SV

Christa Wolf
Stadt der Engel

oder

The Overcoat of
Dr. Freud

Suhrkamp Verlag

Erste Auflage 2010
© Suhrkamp Verlag Berlin 2010
Alle Rechte vorbehalten, insbesondere das der Übersetzung, des öffentlichen
Vortrags sowie der Übertragung durch Rundfunk und Fernsehen, auch ein-
zelner Teile. Kein Teil des Werks darf in irgendeiner Form (durch Fotografie,
Mikrofilm oder andere Verfahren) ohne schriftliche Genehmigung des Ver-
lages reproduziert oder unter Verwendung elektronischer Systeme verarbeitet,
vervielfältigt oder verbreitet werden.
Druck: CPI – Ebner & Spiegel, Ulm
Printed in Germany
ISBN 3-518-42050-8

1 2 3 4 5 6 – 15 14 13 12 11 10

Stadt der Engel

oder

The Overcoat of
Dr. Freud

So müssen wahrhafte Erinnerungen
viel weniger berichtend verfahren
als genau den Ort bezeichnen,
an dem der Forscher ihrer habhaft wurde.

Walter Benjamin: *Ausgraben und Erinnern*

Die wirkliche Konsistenz von gelebtem Leben
kann kein Schriftsteller wiedergeben.

E. L. Doctorow

AUS ALLEN HIMMELN STÜRZEN

das war der Satz, der mir ein-
fiel, als ich in L. A. landete und die Passagiere des Jet dem Pi-
loten mit Beifall dankten, der die Maschine über den Ozean
geflogen, von See her die Neue Welt angesteuert, lange über
den Lichtern der Riesenstadt gekreist hatte und nun sanft aufgesetzt war. Ich weiß noch, daß ich mir vornahm, diesen Satz
später zu benützen, wenn ich über die Landung und über den
Aufenthalt an der fremden Küste, der vor mir lag, schreiben
würde: Jetzt. Daß so viele Jahre über beharrlichen Versuchen
vergehen würden, mich auf rechte Weise den Sätzen zu nähern,
die diesem ersten Satz folgen müßten, konnte ich nicht ahnen.
Ich nahm mir vor, mir alles einzuprägen, jede Einzelheit, für
später. Wie mein blauer Paß ein gewisses Aufsehen erregte bei
dem rotblonden drahtigen officer, der die Papiere der Einrei-
senden genau und streng kontrollierte, er blätterte lange darin,
studierte jedes einzelne Visum, nahm sich dann das mehrfach
beglaubigte Einladungsschreiben des CENTER vor, unter dessen Obhut ich die nächsten Monate verbringen würde, schließlich richtete er den Blick seiner eisblauen Augen auf mich: Germany? – Yes. East Germany. – Weitergehende Auskünfte zu geben wäre mir schwergefallen, auch sprachlich, aber der Beamte
holte sich Rat am Telefon. Diese Szene kam mir vertraut vor,

das Gefühl der Spannung kannte ich gut, auch das der Erleichterung, als er, da die Antwort auf seine Frage wohl befriedigend gewesen war, endlich das Visum stempelte und mir meinen Paß mit seiner von Sommersprossen übersäten Hand über die Theke zurückreichte: Are you sure this country does exist? – Yes, I am, antwortete ich knapp, das weiß ich noch, obwohl die korrekte Antwort »no« gewesen wäre und ich, während ich lange auf das Gepäck wartete, mich fragen mußte, ob es sich wirklich gelohnt hatte, mit dem noch gültigen Paß eines nicht mehr existierenden Staates in die USA zu reisen, nur um einen jungen rothaarigen Einreisebeamten zu irritieren. Das war eine der Trotzreaktionen, derer ich damals noch fähig war und die, das fällt mir jetzt auf, im Alter seltener werden. Da steht das Wort schon auf dem Papier, angemessen beiläufig, das Wort, dessen Schatten mich damals, vor mehr als anderthalb Jahrzehnten, erst streifte, der sich inzwischen so stark verdichtet hat, daß ich fürchten muß, er könnte undurchdringlich werden, ehe ich meiner Berufspflicht nachkommen kann. Ehe ich also beschrieben habe, wie ich mein Gepäck vom Transportband herunterhievte, es auf einen der übergroßen Gepäckwagen lud und inmitten der verwirrenden Menschenmenge dem EXIT zustrebte. Wie, kaum hatte ich die Ausgangshalle betreten, geschah, was ich nach allen inständigen Warnungen Einreisekundiger nicht hätte geschehen lassen dürfen, ein riesenhafter schwarzer Mann kam auf mich zu: Want a car, Madam?, und ich, unerfahrenes Reflexwesen, das ich war, nickte, anstatt entschieden abzuwehren, wie man es mir anbefohlen hatte. Schon hatte der Mann sich den Karren geschnappt und war damit losgezogen, auf Nimmerwiedersehen, meldete mein Alarmsystem. Ich folgte ihm, so schnell ich konnte, und da stand er tatsächlich draußen am Rand der Zufahrtsstraße, auf der, Stoßstange an Stoßstange, mit abgeblendeten Scheinwerfern, die Taxis heranrollten. Er kassierte den Dollar, der ihm zustand, und übergab mich einem Kollegen, ebenfalls schwarz, der sich einen Job als Taxiherbeiwinker geschaffen hatte. Der waltete seines Amtes, stoppte das nächste Taxi, half mein Gepäck verstauen, empfing ebenfalls einen Dollar und überließ mich dem kleinen hageren wendigen Fahrer, einem Puertoricaner, dessen Englisch ich nicht verstand, der aber gutwillig meinem Englisch lauschte und, nachdem er den Briefkopf mit meiner zukünftigen Adresse studiert hatte, zu wissen schien, wohin er mich zu bringen hatte. Erst jetzt, als das Taxi anfuhr, daran erinnere ich mich, spürte ich die milde nächtliche Luft, den Anhauch des Südens, den ich von einer ganz anderen Küste her wiedererkannte, wo er mich wie ein dichtes warmes Tuch zum ersten Mal getroffen hatte, in Warna auf dem Flughafen. Das Schwarze Meer, seine samtene Dunkelheit, der schwere süße Duft seiner Gärten.

Noch heute kann ich mich in dieses Taxi versetzen, an dem links und rechts Lichterketten vorbeijagten, manchmal zu Schriftzügen geronnen, weltbekannte Markennamen, Werbetafeln in grellen Farben für Supermärkte, für Bars und Restaurants, die den Nachthimmel überstrahlten. Ein Wort wie »geordnet« war hier wohl fehl am Platze, auf dieser Küstenstraße, womöglich auf diesem Kontinent. Sehr leise, schnell wieder unterdrückt, kam die Frage auf, was mich eigentlich hierhergetrieben hatte, gerade so laut, daß ich sie wiedererkannte, als sie sich das nächste Mal, dann schon dringlicher, meldete. Immerhin, als sei das Grund genug, glitten die schuppigen Stämme von Palmen vorbei. Geruch von Benzin, von Abgasen. Eine lange Fahrt.

Santa Monica, Madam? – Yes. – Second Street, Madam? – Right. – Ms. Victoria? – Yes. – Here we are.

Zum ersten Mal das Blechschild, am Eisenzaun befestigt, angestrahlt: HOTEL MS. VICTORIA OLD WORLD CHARM. Alles still. Alle Fenster dunkel. Es war kurz vor Mitternacht. Der Fahrer half mir mit dem Gepäck. Ein Vorgarten, ein Steinplattenweg, der Duft unbekannter Blüten, die sich nachts zu verströmen schienen, der schwache Schein einer leise schaukelnden Lampe über der Eingangstür, ein Klingelbrett, hinter dem ein Papier mit meinem Namen steckte. Welcome, las ich. Die Tür sei offen, ich solle eintreten, in der Halle auf dem Tisch liege der Schlüssel zu meinem Apartment, second floor, room number seventeen, the manager of MS. VICTORIA wishes you a wonderful night.

Träumte ich? Aber anders als in einem Traum verirrte ich mich nicht, fand den Schlüssel, benutzte den richtigen Treppenaufgang, der Schlüssel paßte in das richtige Schloß, der Lichtschalter war da, wo er zu sein hatte, ein Wimpernschlag, und ich sehe alles vor mir: Zwei Stehlampen beleuchteten einen großen Raum mit einer Sesselgruppe und einem langen Eßtisch an der gegenüberliegenden Wand, der von Stühlen umstellt war. Ich bezahlte den Taxifahrer anscheinend zu seiner Zufriedenheit mit dem ungewohnten Geld, das ich zum Glück vor dem Abflug in Berlin eingetauscht hatte, bedankte mich bei ihm in angemessener Weise und bekam, wie es sich gehörte, zur Antwort: You are welcome, Madam.

Ich inspizierte mein Apartment: Außer diesem großen Wohnraum eine angrenzende Küche, zwei Schlafzimmer, zwei Bäder. Welche Verschwendung. Eine vierköpfige Familie könnte hier bequem wohnen, dachte ich an jenem ersten Abend, später gewöhnte ich mich an den Luxus. Ein Willkommensgruß von einer Alice lag auf dem Tisch, dies mußte die Mitarbeiterin des CENTER sein, die die Einladungsbriefe unterschrieben hatte, und sie war es wohl auch, die mir fürsorglich Brot, Butter, ein paar Getränke in die Küche gestellt hatte. Ich kostete von allem etwas, es schmeckte merkwürdig.

Ich machte mir klar, daß dort, wo ich herkam, schon Morgen war, daß ich telefonieren konnte, ohne jemanden im Schlaf zu stören. Nach einigen fehlgeschlagenen Versuchen, bei denen mehrere overseas operators sich um mich bemüht hatten, gelang es mir, das Telefon in dem winzigen Kabinett neben der Eingangstür mit den richtigen Nummern zu bedienen, hörte ich hinter dem Rauschen des Ozeans die vertraute Stimme. Das war das erste der hundert Telefongespräche nach Berlin in den nächsten neun Monaten, ich sagte, ich sei nun also auf der anderen Seite der Erdkugel gelandet. Ich sagte nicht, was ich mich fragte, wozu das gut sein sollte. Ich sagte noch, daß ich sehr müde sei, und das war ich ja wirklich, eine fremde Müdigkeit. Ich suchte Nachtzeug aus einem der Koffer, wusch mir Gesicht und Hände, legte mich in das zu breite zu weiche Bett und schlief lange nicht. Früh erwachte ich aus einem Morgentraum und hörte eine Stimme sprechen: Die Zeit tut, was sie kann. Sie vergeht.

Dies waren die ersten Sätze, die ich in das große linierte Heft schrieb, das ich vorsorglich mitgebracht hatte und auf die Schmalseite des langen Eßtischs legte und das sich sehr schnell mit meinen Notizen füllte, auf die ich mich jetzt stützen kann. Inzwischen verging die Zeit, wie es mir mein Traum lakonisch mitgeteilt hatte, es war und ist einer der rätselhaftesten Vorgänge, die ich kenne und die ich, je älter ich werde, um so weniger verstehe. Daß der Gedankenstrahl die Zeitschichten rückblickend und vorausblickend durchdringen kann, erscheint mir als ein Wunder, und das Erzählen hat an diesem Wunder teil, weil wir anders, ohne die wohltätige Gabe des Erzählens, nicht überlebt hätten und nicht überleben könnten.

Zum Beispiel kann man sich solche Gedanken flüchtig durch den Kopf gehen lassen und zugleich in dem Konvolut blättern, das ich am Morgen auf dem Tisch meines Apartments vorfand, eine »First day survival information« des CENTER für alle Neuangekommenen. Die nächsten Lebensmittelmärkte, Coffeeshops und Apotheken sind aufgeführt. Der Weg zum CENTER ist beschrieben, auch die Regeln, nach denen es arbeitet, sind benannt, und natürlich wird sein Tag und Nacht besetzter Telefonanschluß bekanntgegeben. Restaurants und Bistros werden empfohlen, aber auch Buchhandlungen, Bibliotheken, Touristik-Routen, Museen, Vergnügungsparks und Stadtführer, und nicht zuletzt werden dem ahnungslosen Neuling die Verhaltensregeln für den Fall eines Erdbebens eingeschärft. Dies alles nahm ich gewissenhaft zur Kenntnis, studierte auch die Liste der Mitstipendiaten aus den verschiedenen Ländern, die im nächsten halben Jahr meine Kollegen sein würden, die sich zu Mitgliedern einer freundschaftlichen Kommune entwickeln sollten und inzwischen wieder in alle Winde, das heißt in ihre Heimatländer, zerstreut sind.

Ein schweres Erdbeben hat sich erst nach meinem Aufenthalt in der Stadt ereignet, für die der Andreasgraben, der unter ihr verläuft und große Erdschollen gegeneinander verschiebt, eine ständige Bedrohung bleibt. Hätte man mir ein Bild der Welt von heute gezeigt, ich hätte diesem Bild nicht geglaubt, obwohl meine Zukunftsvisionen düster genug waren. Der Rest von Arglosigkeit, mit dem ich damals noch ausgestattet gewesen sein muß, ist mir vergangen. Ein Vorsatz, der schwer zu befolgen ist, der uneingelöst bleibt und sich daher dauerhaft hält, ist mir geblieben: Der Spur der Schmerzen nachgehen.

Darüber habe ich später oft mit Peter Gutman geredet, den aber kannte ich an jenem ersten Morgen noch nicht, er würde einer der letzten von meinen Kollegen sein, den ich kennenlernen würde, darüber haben wir dann gelacht. Überhaupt wurde viel gelacht in der Lounge des CENTER, wenn wir bei Tee und Keksen zusammensaßen, die Jasmine, die jüngere der beiden Sekretärinnen im office, pünktlich vormittags um elf und nachmittags um vier für uns bereithielt, ebenso wie die Zeitungen aller Länder, aus denen wir kamen, amerikanische natürlich, aber auch italienische, französische, deutsche, Schweizer, österreichische, sogar russische, obwohl kein Russe unter uns war, alle auf Holzleisten aufgezogen wie in einem Wiener Kaffeehaus, alle um ein, zwei Tage veraltet, was uns eine wohltuende Distanz gestattete zu den meist unerfreulichen Nachrichten, die wir ihnen entnahmen und die wir uns manchmal kopfschüttelnd gegenseitig vorlasen, als müßten wir in einen Wettbewerb eintreten um die betrüblichsten Zustände, die in dem jeweiligen Heimatland herrschten.

Ich glaube mich nicht zu irren, wenn ich sage, ich zog neugierigere Blicke auf mich als jeder andere aus unserem Kreis. Nicht nur, daß ich die Älteste war, daran mußte ich mich gewöhnen, es war mein Herkunftsort, der mir eine Sonderstellung sicherte. Keiner war so taktlos, mich direkt darauf anzusprechen, aber sie hätten schon ganz gerne gewußt, wie eine sich fühlte, die geradewegs aus einem untergegangenen Staat kam.

Das Morgenlicht fiel jeden Tag durch das Gitterfenster in meinen Schlafraum, gefiltert von einigem Rankenwerk, das sich an der Mauer des MS. VICTORIA hochgearbeitet und mein Fenster teilweise erklettert hatte. Meine Morgenträume trieben mir Wörter zu, die ich später notierte: »Heillos«, lese ich herausfallend aus einem Zusammenhang, der verlorenging. Zuerst im Bett, dann auf dem Bettrand absolvierte ich jene wenigen Übungen, die ich mir verordnet hatte, weil ich, allein in diesem entfernten fremden Land, nicht krank oder bewegungsunfähig werden durfte, stieg dann im kleineren Bad, für das ich mich entschieden hatte, unter die Dusche, deren Kopf, anders als in Europa, fest an die Wand montiert war, so daß es besonderer Techniken bedurfte, um alle Körperteile zu benetzen. Das Frühstück, das ich mir von der mir unverständlichen Musik und den mir unverständlichen Nachrichten aus dem Stadtsender von Los Angeles begleiten ließ, setzte ich, mit schon gewohnten Handgriffen, aus zum Teil ungewohnten Bestandteilen zusammen, Muffins, ja warum denn nicht, eine eigenartige Müsli-Mischung und der Orangensaft, der mir nach einigen Fehlkäufen am vertrautesten erschien, nur mit dem Kaffee mußte ich noch experimentieren, ich mußte jemanden finden, der den Kaffeegeschmack der Germans kannte und mir unter den Dutzenden Büchsen bei PAVILIONS diejenige Marke empfehlen würde, die diesem Geschmack am nächsten kam. (In der DDR wäre es einmal beinahe zu einem Aufstand gekommen, als die Regierung, um die kostbaren »echten« Bohnen zu strecken, der Bevölkerung einen ungenießbaren Kaffee-Mix zumutete, den sie aber, als in den Betrieben die Proteste dagegen bis zu Streikdrohungen gingen, schnellstens wieder aus dem Verkehr zog.)

Bill, der vor mir in meinem Apartment gewohnt hatte und bei einem Freund untergekommen war, hinterließ mir diverse exotische Gewürzmischungen und eine ansehnliche Batterie von Flaschen – Olivenöl, Balsamico-Essig, guten Whiskey und kalifornische Weine. An seinem letzten Tag in der Stadt war er mit mir zum Italiener in der Second Street essen gegangen und hatte mich liebevoll und ironisch in die Gebräuche des alten MS. VICTORIA und in die des jungen CENTER eingeführt. Das Verflixte ist, hatte er gesagt, du kannst über die Geschichte von good old Europe nirgendwo besser arbeiten als hier in der Neuen Welt. Besessen sammeln sie alles, was den alten Kontinent betrifft, so als wollten sie, wenn Europa durch Atombomben oder durch andere Katastrophen unterginge, jedenfalls eine Kopie davon hier bereithalten. Bill arbeitete über die Geschichte des Katholizismus in Spanien und Frankreich und rechnete mir die Tausende von Menschenopfern vor, welche die verschiedenen Christianisierungsschübe in diesen Ländern gefordert hatten. Bei jeder Kolonisierung, sagte er, sei es das erste, die Religion, den Glauben der Unterworfenen auszurotten, um ihnen ihre Identität zu nehmen. Außerdem, das höre sich vielleicht unglaubhaft an, hätten die Eroberer aus einem tiefsitzenden Minderwertigkeitskomplex heraus das dringende Bedürfnis, nicht nur ihre Waffen, nicht nur ihre Waren, auch ihre Glaubens- und Gedankenwelt als die überlegene zu behaupten. Das weiß ich doch, hatte ich gesagt, und Bill, der Engländer, hatte mich prüfend angesehen: Ihr erfahrt das gerade, wie? Er hatte nicht auf einer Antwort bestanden. Manchmal, wenn ich abends ein Glas Wein aus seinem Vorrat trank, stieß ich in Gedanken mit ihm an.

Viele Male machte ich mich also morgens auf den Weg, durch den blühenden Vorgarten des MS. VICTORIA, der mit fremden Gewächsen ausgestattet war und in dessen Mitte in einem Rondell ein Pomeranzenbäumchen stand, dessen Früchte ich reifen sah. Die Autos hier schlichen sich in ihrer außerordentlichen Breite vorsichtig an die Kreuzungen heran, sie hielten höflich an, selbst wenn kein grünes Ampelmännchen den Fußgängern WALK erlaubte, sie wiegten sich sanft in ihren Federungen, freundliche, gut gekleidete und sorgfältig frisierte Fahrerinnen oder smarte Fahrer in dunklen Anzügen mit Schlips und Kragen ließen mit lässigen Handbewegungen der Fußgängerin den Vortritt, ohne Hast überquerte ich die California Avenue, nahm ich die im November, Dezember grellrot blühenden Bäume am Straßenrand überhaupt noch wahr? Herbstlaub, graue Nebeltage blieben mir in diesem Jahr erspart, aber auch versagt. Vermißte ich sie schon?

Jederzeit kann ich das CENTER vor meinem inneren Auge aufsteigen lassen, damals ein vielstöckiges sachliches Bürogebäude, das inzwischen längst durch einen spektakulären postmodernen Gebäudekomplex hoch über der Stadt ersetzt ist. Eine breite Außentreppe also, die zu einer Reihe von Säulen hin aufsteigt, durch die ich mich jeden Tag auf die riesigen spiegelnden gläsernen Flügeltüren zugehen sah. Von sechs möglichen Türen zog ich immer die gleiche auf, betrat die mächtige Vorhalle, wo tagein tagaus an immer dem gleichen Platz immer der gleiche Mann postiert war, Pförtner oder Wächter, der bevorzugte Besucher mit ausgestrecktem rechten Arm und vertraulichem Fingerschnippen begrüßte, und der seinen wachsamen Blick auch über das weitläufige Schaltergelände der First Federal Bank schweifen ließ, in welches die Halle rechterhand überging. Die Bank übrigens, der ich schon mehrmals meinen vierzehntägig eintreffenden Scheck anvertraut hatte und die mich zwar mündlich und schriftlich ihrer Dankbarkeit für diesen Vertrauensbeweis versichert, ihrerseits aber wenig Vertrauen in meine finanzielle Seriosität bekundet hatte; denn immer noch vermißte ich jene ATM-Card, die mich in den Stand setzen würde, bares Geld, cash, am Geldautomaten zu ziehen, worüber die Damen hinter den Schaltertischen sich ein ums andere Mal sehr betrübt gezeigt und mit Zusicherungen nicht gegeizt hatten, während in mir der Eindruck sich verfestigte, daß sie oder ihre unsichtbaren übergeordneten Vorgesetzten die Herausgabe dieses wichtigen Dokuments absichtlich hinauszögerten, weil sie sich erst davon überzeugen wollten, daß sich der Kontostand dieser Kundin zwar geringfügig, doch stetig erhöhte und kaum Gefahr lief, einen plötzlichen Kollaps zu erleiden. Immer noch überkam mich manchmal ein Gelächter, wenn ich bedachte, wie unterschiedlich die Gründe für Mißtrauen gegen mich in den verschiedenen Gesellschaftsformationen waren, in denen ich gelebt hatte und lebte.

Jedenfalls ersparte ich es mir, zu den Bankschaltern abzubiegen, ging stracks auf die Fahrstühle zu und registrierte nicht ohne Genugtuung, daß der Pförtner – Wächter? – mich zum ersten Mal mit jener Geste begrüßte, die unter den zahllosen Besuchern dieses Hauses denjenigen vorbehalten war, die er in den inneren Zirkel der Zugehörigen aufgenommen hatte. How are you today, Madam? – O great! – Es gibt Steigerungsstufen für jedes Wohlbefinden.

Von den vier Fahrstühlen nahm ich wie immer den zweiten von links und betrachtete dann bewundernd die junge Dame aus dem staff, die mir gegenüberstand und, superschlank in ihrem knapp sitzenden Kostümchen, einen aus Goldpapier geformten Schwan, ein Geschenk, auf ihrer flachen Hand, nach oben schwebte in die höheren Sphären, in den zehnten Stock, in den ich mich nie verirrte. How are you today? – Fine, hörte ich mich sagen, Anzeichen dafür, daß neue Reflexe sich bildeten, denn vor ganz kurzer Zeit, gestern noch, hätte ich in meinem Gehirn gegraben nach einer zutreffenden schnellen Antwort, die pretty bad hätte lauten können – warum eigentlich? Darüber müßte ich später nachdenken –, aber nun hatte ich begriffen, daß von mir nichts erwartet wurde, als ein Ritual zu bedienen, das mir auf einmal nicht mehr verlogen und oberflächlich, sondern beinahe human vorkommen wollte. Elevatorsyndrom.

Wie immer stieg ich im vierten Stock aus, wo der schwarze Security-Mann mich schon mit meinem Namen anzureden wußte und mir einen Umschlag überreichte, der für mich abgegeben worden war; wo ich automatisch zum richtigen Haken im Schränkchen mit den Schlüsseln griff, Identity Card, mit meinem Foto versehen, am Jackettaufschlag zu befestigen, ein weiteres wichtiges Zeichen für Zugehörigkeit, und darauf kam es ja schließlich an.

Die zwei Treppen zum sechsten Stock ging ich manchmal zu Fuß, manchmal, wenn die Gelenke zu stark schmerzten, fuhr ich mit dem Fahrstuhl. Den Weg zwischen den Regalen, in denen die Fotos aller Kunstwerke aller Jahrhunderte und aller Kontinente archiviert sind, fanden meine Füße von allein, es passierte mir nicht mehr, daß ich einen falschen Schlüssel in eine falsche Tür steckte. Ich öffnete also die Tür zu meinem Büroraum und war schon so blasiert, daß ich nicht mehr jeden Morgen sofort an das große Fenster treten mußte, um hinter der Second Street, einer Häuserzeile und einer Palmenreihe mit einem Gefühl, das dem der Andacht nahekam, den Pazifischen Ozean hingebreitet zu sehen. Das Telefon. Es war Berlin, die Stadt war auf eine Stimme zusammengeschmolzen, die ich täglich hören mußte. Die wollte mich an die Ostsee erinnern. Die Ostsee, nun ja. Sie ist mir lieb und wert, und sie wird es bleiben, und daß ich auf Dauer eine grandiose Landschaft nicht aushalte, die Alpen etwa, das ist ja bekannt. Aber das Gefühl, daß bis Japan nichts mehr kommt, einfach nur immer diese unendliche Wasserfläche! Waren meine Gefühle übertrieben?

Ich legte meine Tasche ab, in der ich jenes Bündel Papiere mit mir herumtrug, das mir zwei Jahre zuvor nach dem Tod meiner Freundin Emma zugefallen war und das mir, das ist nicht zuviel gesagt, auf der Seele brannte: Briefe einer gewissen L., von der ich nichts wußte, als daß sie in den USA gelebt hatte und mit meiner Freundin Emma, deren Altersgenossin sie war, eng befreundet gewesen sein mußte. Auch dieser Briefe wegen war ich hierhergekommen und wiegte mich in der Illusion, hier müßte es möglich sein, herauszufinden, wer diese »L.« eigentlich war.

Ich ging zum Zentrum des office, winkte im Vorübergehen

in offene Türen, wo meine Kollegen auf Zeit in ihren Zellen an ihren Computern saßen, wenn sie nicht irgendwo in dem weitläufigen Gebäude in der Bibliothek oder in Archiven eine Spur verfolgten oder sich in der Stadt mit anderen Wissenschaftlern trafen. Manchmal beneidete ich sie um ihr fest umrissenes Arbeitsprofil, auf Anhieb konnten sie ihr Fach benennen, Architekturgeschichte oder Philosophie oder Literatur- und Kunstwissenschaft, Filmgeschichte, sogar Literatur des Mittelalters kam vor, und sie alle konnten auch ohne weiteres das Thema der Arbeit hersagen, die sie hier zu befördern dachten. Während ich durch eine Frage nach meinem Arbeitsvorhaben in Verlegenheit geriet, oder sollte ich zugeben, daß ich nichts in der Hand hatte als ein Bündel alter Briefe von einer Toten und daß ich einfach neugierig war auf deren Urheberin, die vor Jahren, als sie diese Briefe an meine ebenfalls verstorbene Freundin Emma schrieb, in dieser Stadt gelebt haben mußte? Und daß mir die Einladung hierher eben auch deshalb zupaß gekommen war und ich nun das Privileg in Anspruch nahm, daß man von einer Autorin belletristischer Bücher nicht allzu genaue Auskunft über ihr Projekt verlangen durfte. Mir aber kam es sehr wahrscheinlich vor, daß ich mit meinem Vorhaben glück- und erfolglos bleiben würde, und auch jetzt noch erscheinen mir die Zufälle unglaublich, die mich am Ende, jedenfalls bei diesem Projekt, zu Glück und Erfolg geführt haben. Wenn ich diese unpassenden Wörter ausnahmsweise einmal benutzen will.

Am wenigsten peinlich waren mir übrigens meine Ausweichmanöver, die ich vielleicht nur selbst so empfand, gegenüber den beiden Sekretärinnen der Abteilung, Kätchen und Jasmine: die eine mittleren Alters, eher unscheinbar vom Äußeren, doch kundig und erfahren in allen Angelegenheiten, die das CENTER betrafen, absolut zuverlässig und diskret und versiert in jenen technischen Fertigkeiten, bei denen gerade ich am Anfang häufig Hilfe brauchte, und, was wir alle zu schätzen wußten, teilnahmsvoll bei Nöten und Bedrängnissen, die etwa ein Mitglied unserer community betrafen. Die andere, Jasmine, blond und jung und rank und schlank und den Blicken der Männer ein Wohlgefallen, war zuständig für unser leibliches Wohlergehen, für den Postein- und -ausgang und für alle Angelegenheiten außerhalb des Hauses, also die Vermittlung von Treffen mit anderen Personen aus der Stadt, wozu Einladungen in dieses oder jenes Restaurant durch einen der scholars gehörten, denn die Mitarbeiterinnen der Abteilung wußten sich verantwortlich dafür, daß die Neuankömmlinge sich in dieser Fremde bald zu Hause fühlten.

Ich nahm die Post aus meinem Fach, Jasmine reichte mir ein paar Zeitungen, und Kätchen sagte, auf die Anfrage, die sie auf meine Bitte hin an die libraries der Universität und der Stadt gerichtet habe, sei noch keine Rückmeldung gekommen. Aber es sei sowieso unwahrscheinlich, daß es dort oder an irgendeiner anderen Stelle ein vollständiges Verzeichnis der deutschen Emigranten geben werde, die in den dreißiger und vierziger Jahren hier Zuflucht gefunden hätten. Obwohl, sagte Lutz, mein um vieles jüngerer Landsmann, Kunstwissenschaftler, der nebenan am Kopierer arbeitete, obwohl das schier Unmögliche hier möglich sei, wo, wenn nicht hier. Er nannte gleich ein Beispiel dafür, wie er das Foto von einem Gemälde eines lange vergessenen und gerade wiederentdeckten Malers, den er sich zum Arbeitsgegenstand erwählt hatte, ganz einfach hier im Archiv gefunden habe, nachdem alle Archive Europas es als verschollen gemeldet hatten. Ja gut, sagte ich, ein wenig verlegen, aber ich kenne von der gesuchten Person ja nicht einmal den Namen. Ich kenne ja nichts weiter als eine Initiale, wahrscheinlich von ihrem Vornamen, und diese sei L. Ja dann, sagte Lutz, dann sei das allerdings ein besonders schwieriger Fall. Dann wisse auch er nicht so recht weiter, sagte er, während wir zur Lounge gingen, weil inzwischen Teezeit war und die anderen sich auch dort versammeln würden.

In der Lounge, wo eine riesige Glaswand das kalifornische Licht ungefiltert hereinließ und den Blick auf den Pazifischen Ozean lenkte und auf den Lauf der Sonne in ihrem großen Bogen von links nach rechts, ein Bild, das mir jedesmal den Atem nahm und das seitdem öfter als jedes andere Bild aus jenem Jahr vor meinem inneren Auge ersteht – dort saßen sie, ein jeder hinter der Zeitung seines Herkunftslandes. Wohltätige Gewohnheiten begannen sich auszubilden. Hi! grüßte ich, hi! kam es hinter den Zeitungen zurück. Es gab schon etwas wie Stammplätze, der meine war, zufällig oder nicht, zwischen den beiden Italienern, Francesco, der über Architektur arbeitete, und Valentina, die zu einem kurzen Aufenthalt gekommen war, um ihre Studien über eine antike Figur im berühmten Museum des CENTER abzuschließen. Sie hatte mir meine Tasse hingestellt, die Thermoskanne mit Tee in Reichweite, die deutsche Zeitung, die man hier abonniert hatte, auch. Ich bedankte mich bei ihr mit einem Blick. Mit ihrem braunen lockigen Haar und der in allen Farben zusammengesetzten Patchwork-Jacke war sie wieder einmal besonders schön. Wie immer, wenn wir uns begegneten, strahlte sie mich entzückt an. Ich goß mir also Tee ein, entfaltete meine Zeitung und las, was vor drei, vier Tagen in Deutschland des Berichtens für wert befunden worden war. Las also, daß ein Kollege, der unser Land wenige Jahre vor dessen Zusammenbruch hatte verlassen müssen, aber doch etwas wie ein Gesinnungsgenosse gewesen war, sich nun als radikaler Kritiker zeigte all derer, die in der DDR geblieben waren, anstatt dieses Land ebenfalls mit Abscheu zu verlassen. Ich las, er warf der »Revolution« vom Herbst 1989 vor, daß sie unblutig verlaufen war. Köpfe hätten rollen müssen, las ich, und daß wir zu zaghaft und zu feige gewesen seien. Das schrieb einer, dessen Kopf jedenfalls nicht in Gefahr gewesen wäre, dachte ich, und ich merkte, wie ich in meinem Innern eine Diskussion mit diesem Kollegen anfing.

Ich erinnerte mich – und erinnere mich noch heute – an deine Erleichterung, als dir am Morgen des 4. November 1989 rund um den Alexanderplatz in bester Stimmung die Ordner mit den orangefarbenen Schärpen entgegenkamen, auf denen stand: KEINE GEWALT! In der Nacht davor wurde bei einem

Treffen, an dem du teilnahmst, das Gerücht verbreitet, Züge mit als Arbeiter verkleideten Stasi-Leuten seien in Richtung Hauptstadt in Fahrt gesetzt, um die friedlich Demonstrierenden zu provozieren und den bewaffneten Kräften einen Vorwand zum Eingreifen zu liefern. Eine Art Panik ergriff dich, du riefst die Tochter an, sie möge die Kinder nicht mit auf den Alexanderplatz bringen, aber die hatten längst ihre Transparente gemalt: SCHULE WERDE SPANNENDER! und GORBI HILF UNS!, und sie würden nicht mehr zurückzuhalten sein. Du gingst deine Rede Wort für Wort noch einmal durch. Ihr spracht nicht davon, aber ihr dachtet an das Massaker auf dem Platz des Himmlischen Friedens in Peking. Die Vorstellung, ihr könntet zu naiv, zu leichtfertig in eine Falle gelaufen sein, lastete auf dir, aber je mehr Demonstranten aus den U-Bahnschächten auf den Platz strömten, ihre Transparente und Schilder aufrichteten, sich zum Demonstrationszug formierten, ohne Anweisungen zu brauchen, um so sicherer warst du, daß nichts passieren würde. Du konntest nicht wissen, ihr alle wußtet nicht, daß auf den Dachböden öffentlicher Gebäude Unter den Linden kompanieweise Volksarmee stationiert war, mit scharfer Munition. Für den Ernstfall. Falls die Demonstranten die vereinbarte Route verlassen und zum Brandenburger Tor durchbrechen sollten, zur Staatsgrenze West. Und was du erst später erfuhrst: daß einer der Söhne einer Kollegin dort oben in Uniform auf einem der Dachböden lag, während der andere im Demonstrationszug unten vorbeizog.

Aber hätten die Soldaten überhaupt geschossen? Einige Monate nach diesem Tag, die Grenzen waren längst offen, die Hochstimmung war verflogen, die Realität, die anscheinend immer ernüchternd sein muß, war auf dem Vormarsch, gingst du mit Einkaufsbeuteln bepackt in deinem Stadtviertel nach Hause, als ein jüngerer Mann dir nachlief und dich dringlich bat, mit ihm und zwei seiner Kameraden, alle drei Offiziere der Nationalen Volksarmee in Zivil, einen Kaffee zu trinken. Ihr saßet in einem Vorgartencafé, es müssen die ersten wärmeren

Tage gewesen sein, die drei hatten bis zum Fall der Mauer die Staatsgrenze West bewacht, von der sie nun, da sie dort nicht mehr gebraucht würden, abgezogen worden seien, um an die polnische Grenze verlegt zu werden, was sie aber auf keinen Fall wollten, da sie ihre Familien, ihre Wohnungen oder kleinen Häuschen hier in Berlin hätten, und überhaupt: Die Truppe werde reduziert. Was dann mit ihnen werden solle. Wo sie doch mit dafür gesorgt hätten, daß in der Nacht vom 9. November an der Mauer kein Schuß gefallen sei. Sie, ein Hauptmann und zwei Leutnants, hätten, als die Massen auf die Grenzübergänge zugeströmt seien und sie keinen Vorgesetzten erreichen konnten, der ihnen Befehle erteilt hätte – sie hätten da bei ihrer Einheit die Munition eingesammelt, damit ja nichts passieren konnte. Warum sie das gemacht hätten, fragtest du. Sie sagten: Eine Volksarmee schießt doch nicht auf das Volk. – Hut ab, sagtest du. – Und das sei nun alles, was sie dafür kriegen würden? – Ich fürchte ja, sagtest du. – Dann seien sie, sagten die drei, die Verlierer der Einheit.

Die Lounge. Bruchteile von Sekunden war ich abwesend, die Erinnerung übertrifft das Licht an Geschwindigkeit. Ich würde den Zeitungsartikel meines Kollegen kopieren und ihn zu den anderen Ausschnitten und Kopien in das Regal in meinem Apartment legen, ein Stapel, der schnell wuchs, den ich über den Ozean mit zurücknehmen würde, per Luftfracht, um ihn zu Hause auf ähnliche, allerdings ungleich größere Stapel zu legen, unnütze Staubfänger, die aber irgendwann einmal gebraucht werden könnten, um eine Erinnerung zu stützen, der ich sonst nicht trauen würde. Nicht mehr trauen könnte. Für den Notfall. Obwohl mir bewußt war, daß das Gedächtnis, welches die Zeitungen mir lieferten, für meine Arbeit höchstens den Wert einer Prothese hatte.

Francesco stöhnte über seiner italienischen Zeitung. Die Politiker richten uns zugrunde, sagte er, diese Verbrecher. Mein Land versinkt in Korruption. Ich zeigte ihm meinen Artikel, er las ihn kopfschüttelnd. Sind denn alle verrückt geworden, sagte er, ich hoffe, du nimmst dir diesen Unsinn nicht zu Herzen. Ich sagte ihm nicht, was ich mir zu Herzen nahm. Er sagte, wie sehr er sich wünschen würde, auch einmal eine Revolution zu erleben. Wie er sich vorstelle, daß das Lebensgefühl eines Menschen, das unser Alltag doch je länger je mehr erdrücke, durch eine solche Erfahrung dauerhaft verändert, er denke: befeuert würde.

Ich überwand meine mir selbst nicht ganz verständliche Abneigung, über jene Tage zu sprechen. Ich sagte, ja, daß ich das erleben, daß ich teilnehmen durfte an einer der seltenen Revolutionen, welche die deutsche Geschichte kennt, das habe mir jeden Zweifel darüber genommen, ob es richtig gewesen sei, in dem Land geblieben zu sein, das so viele mit Grund verlassen hätten. Nun sei ich sogar froh darüber. Aber irgendein Defekt, mit dem ich anscheinend behaftet sei, verhindere, daß ich bei sogenannten historischen Ereignissen die ihnen angemessene Stimmung empfände. An jenem 4. November zum Beispiel, sagte ich, ein Tag für Hochgefühl, überfiel mich mitten in meiner Rede vor den Hunderttausenden, die auf dem Platz standen, meine mir wohlbekannte Herzrhythmusstörung, welche die Ärzte partout nicht mit psychischen Erlebnissen in Zusammenhang bringen wollten, und ich mußte mit einer der am Rand der Demonstration bereitgestellten Ambulanzen in die nächste Klinik gebracht werden, in der alles vorbereitet war für die Aufnahme vieler Patienten. Ich aber war die erste und einzige, die eingeliefert wurde, und ich traf auf ein Team von Ärzten und Schwestern, die mich für eine Erscheinung hielten, weil sie mich eben noch quicklebendig auf dem Bildschirm gesehen hatten. So lag ich denn für den Rest der Veranstaltung auf einer Liege in einer Notaufnahme und wartete die Wirkung einer Spritze ab. – Soviel, lieber Francesco, in Sachen Lebensgefühl. Wir lachten. Ich versprach, an der Tour teilzunehmen, die Francesco für den nächsten Tag organisiert hatte und die uns zu einer modernen Kunstinstallation führen sollte.

Pat und Mike, die jungen Amerikaner mit ihren Clinton-

Buttons an der Bluse, Assistenten unserer Abteilung, brüteten über der »New York Times« vom Wochenende, welche die Wahlchancen der Demokraten vermindert sah. Mike sagte düster: If Clinton doesn't win, I have to leave my country. – Why that? – Die beiden, die jeden Abend im Wahlkampfbüro der Demokraten arbeiteten, erklärten mir, wie schwer es Liberale, nicht zu reden von Linken! in den letzten Jahren gehabt hätten, einen angemessenen Job zu finden, wie stockig und niederziehend, auch denunziatorisch, die Atmosphäre in den öffentlichen Ämtern, bis in die Universitäten hinein, geworden sei, wie man habe abwägen müssen, mit wem man noch offen sprechen konnte, und daß junge Leute wie sie überhaupt keine Perspektive gehabt hätten, ohne sich bis zur Selbstverleugnung anzupassen. Davon höre man im Ausland wohl wenig? – In der Tat, sagte ich.

Dann aber versammelten wir uns alle zum Schauspiel des Sonnenuntergangs über dem Pazifik, ein Ritual, das nicht verabredet war, aber meistens eingehalten wurde, und die Sonne machte aus ihrem Untergang etwas Besonderes, eine Steigerung, die wir nicht für möglich gehalten hätten, und wir sahen stumm ihrer Inszenierung zu, bis jemand den Einfall hatte zu sagen: God exists.

Das Licht! Ja, das Licht, würde ich zuerst sagen, wenn jemand mich fragte, wonach ich mich sehne, wenn ich zurückdenke. Die endlosen palmenumsäumten Straßen, die direkt in den Ozean zu münden schienen, wie der Wilshire Boulevard, den ich oft und oft hinauf- und hinuntergefahren bin. Und, ja, auch das MS. VICTORIA würde mir einfallen, in das ich mich allmählich verliebte, als ich begriffen hatte, daß es ein magischer Ort war. Ganz überraschend war es nicht, daß das Erdbeben, das Los Angeles wenige Jahre nach unser aller Abreise heimsuchte, dieses alte, etwas morsche Gebäude im spanischen Stil bis zur Unbrauchbarkeit beschädigte. Es war nicht so einfach, dahinterzukommen, »how it works«, aber dann mußte man es mit Humor nehmen, von welcher Behausung könnte man das sonst sagen? Einige der Bulletins von der unsichtbaren Managerin des Hotels, die uns regelmäßig unter der Tür durchgeschoben wurden, habe ich aufgehoben, Warnungen zumeist: Wir sollten zum Beispiel unsere Aufmerksamkeit darauf richten, daß die Außentür allzeit geschlossen bleibe. Daß wir niemals, unter keinen Umständen, fremden Personen diese Tür zu öffnen hätten, denn wir fänden uns doch sicherlich mit ihr vereint in dem Bedürfnis nach Sicherheit, besonders in diesen von Mrs. Ascott nicht näher bezeichneten Zeiten. Da hatte noch niemand von uns die Managerin zu Gesicht bekommen, aber ein Bild von ihr hatte sich vor unseren Augen schon entwickelt, eine strenge, in graue Kostüme gekleidete Frau mittleren Alters mit straff zusammengesteckten Haaren. Natürlich mußten wir, um das MS. VICTORIA lebensfähig zu halten, ihre Anweisungen unterlaufen, zum Beispiel ein Netzwerk einrichten für den Fall, der selten, aber eben doch vorkam, daß abends ein verspäteter Gast vor der Tür stand, die ihm unerbittlich verschlossen bleiben sollte, und der, je nach Alter und Geschlecht, entweder bei Emily, der amerikanischen Filmwissenschaftlerin, die über mir wohnte, oder bei Pintus und Ria, den jungen Schweizern, die unter mir wohnten, oder eben bei mir ein Nachtquartier fand.

Es stellte sich heraus, daß man Menschen eher einschmuggeln konnte als Tiere. Eines Tages prangte ein großes Schild: NO PETS!, an der geheiligten Außentür, und Mrs. Ascott, die Urheberin dieses Schildes, nahm es verteufelt ernst mit dem Haustierverbot, wie ich von Emily erfuhr, die keine einzige ihrer geliebten Katzen hatte mitbringen dürfen.

Da hatte ich sie immer noch nicht zu Gesicht bekommen, unsere Mrs. Ascott, und als ich eines Tages eine hinfällige alte Dame in den riesigen weißen Cadillac einsteigen sah, der zu unserem Ärger auf Dauer die eine Hälfte der Garageneinfahrt blockierte, wäre mir nicht im Traum eingefallen, in dieser Dame Mrs. Ascott zu vermuten, die ja schließlich den Titel »Manager« trug, also, wie ich dachte, funktionstüchtig zu sein hatte und das offensichtlich auch war, denn die Gruppe von zumeist puertoricanischen Reinigungskräften, die zweimal in der Woche mein Apartment saubermachte und die Wäsche wechselte, eine Frau und zwei Männer, arbeitete auch sonntags, und die Frau, eine Schwarze mit kurzem krausen Haar, kräftigem Busen und ausladenden Hüften, die ich fragte, ob dies denn nötig sei, verdrehte die Augen und sagte in ihrem harten mühsamen Englisch, Mrs. Ascott sei »not good«. Da nahm ich mir vor, auf den monatlichen Fragebögen, die das Management ausgab und in denen nach der Qualität der Reinigungskräfte gefragt wurde, mein Kreuzchen ausnahmslos hinter die Note »excellent« zu machen. Ja, excellente Reinigung von living room, bedroom, bathroom und kitchen, Mrs. Ascott. Wenn Sie wüßten, wie egal mir das ist.

VOM ENDE HER ERZÄHLEN

kann auch ein Nachteil sein, man kommt in die Gefahr, sich unwissender zu stellen, als man ist, zum Beispiel, was Mrs. Ascott betrifft, die ich unvermeidlicherweise doch eines Tages treffen mußte, falls das der richtige Ausdruck ist für unsere erste Begegnung. Eines Morgens huschte aus der Apartmenttür, die auf dem Treppenabsatz der meinen gegenüberlag, ein hageres weibliches Wesen mit zerzaustem weißen Haar, in einen groß geblümten Morgenrock gehüllt, vor mir die Treppe hinunter, ich erkannte die Cadillacfahrerin, die mit flinken leichten Schritten die im spanischen Kolonialstil gehaltene, etwas verstaubte Eingangshalle durchquerte und schnurstracks auf den kleinen mexikanischen Herrn zustrebte, der an einem schalterähnlichen Tischchen saß und den Hausmeister darstellte, »Herr Enrico«, geschätzt und beliebt bei allen Bewohnern des MS. VICTORIA. Zu meiner Verwunderung erhob sich der, als die merkwürdige Dame sich ihm näherte, und empfing in nicht gerade unterwürfiger, doch achtungsvoller Haltung Anweisungen von ihr. Dies konnte also nur Mrs.

Ascott sein. Sie beschenkte mich, als wir uns nun endlich in der Halle begegneten, mit einem fahrigen Blick aus ihren wäßrig blauen Augen, zum ersten Mal hörte ich ihr übertrieben freundliches, mit hoher zittriger Stimme ausgestoßenes »Hi!« und gewann den Eindruck, daß diese Hotelmanagerin nicht die blasseste Ahnung hatte, wer ihr da in ihrem Hotel entgegenkam und was sich unter dem Dach, unter dem sie für Ordnung sorgen sollte, überhaupt zutrug.

Beweisen könnte ich es nicht, aber ich halte es nicht für ausgeschlossen, daß ich alle Einladungen, noch einmal in diese Stadt zurückzukehren, in den letzten Jahren nicht zuletzt deshalb abgelehnt habe, weil ich das MS. VICTORIA nicht als halbzerstörte Ruine oder als ein neu errichtetes modernes Gebäude antreffen wollte. Wie ich mir vorstellen kann, daß frühere europäische Gäste der Stadt New Orleans nicht mehr dorthin fliegen wollen, nachdem sie diese Stadt in Fernsehbildern überflutet gesehen haben, ihre ärmsten Bewohner bis zur Brust durch verseuchtes Wasser watend. Aber darin habe ich mich wohl getäuscht.

Ehe ich dazu übergehe, einige der wichtigen Personen einzuführen, die meinem Aufenthalt Spannung geben sollten, muß ich mich erinnern, womit ich meine Zeit verbrachte, wenn ich nicht allein oder mit Kollegen unterwegs war, um in die Stadt einzudringen oder ihre Vorteile zu genießen. Da ich mein eigentliches aberwitziges Projekt, eben jene L. ausfindig zu machen, deren Briefe an meine Freundin Emma ich mit mir herumtrug, nicht näher diskutieren wollte, mußte ich Arbeit vortäuschen. Also setzte ich mich, wie alle anderen, mehrere Stunden am Tag in mein Büro, dessen Tür offenblieb wie die Türen der anderen auch, und fuhr damit fort, meine Tage hier getreulich und ausführlich zu dokumentieren, auf meinem elektrischen Maschinchen, einer BROTHER, die ich mir überflüssigerweise mitgebracht hatte, weil ich sie für ein Übergangsmodell zum Computer hielt und mich an die echten Computer noch nicht herantraute, die hier natürlich allen zur Verfügung standen und von den anderen auch genutzt wurden. Die Tatsache, daß ich die Älteste war, ließ man großzügig als Entschuldigung für meinen blamablen Rückstand in technischen Fertigkeiten gelten, den ich allerdings später aufholte. Jedenfalls saß ich immer arbeitsam vor meinem Maschinchen und merkte schnell, daß die Zeit, die mir zur Verfügung stand, für diese ausführlichen Tagesprotokolle kaum ausreichte. Sie, die Protokolle, häufen sich jetzt um mich herum auf verschiedenen provisorischen Tischen, werden aber weniger häufig als Gedankenstütze herangezogen, als man denken sollte. Übrigens schrieb ich ja auch Gedankensplitter auf, Überlegungen, die mit den Tagesnotizen scheinbar nichts zu tun hatten. So finde ich gerade, in Kapitälchen geschrieben:

DIE STADT KANNST DU WECHSELN, DEN BRUNNEN NICHT. DAS SOLL EIN ALTES CHINESISCHES SPRICHWORT SEIN, ES KOMMT MIR SEHR NAHE, ABER STIMMT ES ÜBERHAUPT, HAT ES EIGENTLICH EINEN SINN. UND WIDERSPRICHT ES NICHT DEM LOSUNGSWORT, DAS MICH HEIMLICH HIERHERBEGLEITET HAT UND DAS ANSCHEINEND DISTANZ HEISST.

Der Mensch ist geheimnisvoll, sagte die Stimme am Telefon, und wenn wir solche Familiensätze wechselten, ging es mir im allgemeinen gut, natürlich geht es mir gut, wie denn sonst. Und warum und wovon Distanz?

Eine Krise soll ja auch ihre Vorteile haben, jedenfalls behaupten das Leute, die gerade nicht in einer Krise stecken. Der Hauptvorteil einer Krise sei es, den von ihr Befallenen in Zweifel zu stürzen. Zum Beispiel: Die uralte Tatsache, daß von allem, was gleichzeitig geschieht und gedacht und empfunden wird, in dem linearen Schriftzug auf dem Papier nicht gleichzeitig die Rede sein kann, macht mir plötzlich wieder so zu schaffen, daß der Zweifel an der Wirklichkeitstreue meiner Schreibarbeit sich zu schierer Schreibunmöglichkeit auswachsen kann.

Warum habe ich die drei Racoons noch nicht erwähnt, die manierlichen Waschbären, die ich doch viel früher kennengelernt habe als Mrs. Ascott? Sie waren mir etwas unheimlich, wie sie da auf dem Plattenweg vor dem Eingang des MS. VICTORIA hockten, mich mit ihren runden, hell umränderten Augen unverwandt anstarrten und gar keine Anstalten machten, zurückzuweichen, bis ich sie mit einem Händeklatschen verscheuchte.

Du denkst doch sicher daran, hierzubleiben, sagte Francesco, unser Italiener. Da saß ich neben ihm in seinem uramerikanischen extravaganten holzverkleideten Cabriolet, mit dem er sich einen Jugendtraum erfüllte, und wir fuhren nach einem frühen schnellen Sonnenuntergang auf einem der Freeways lange, lange gen Osten, um die Installation eines Künstlers zu besichtigen, den Francesco »berühmt« genannt hatte. Ich kannte ihn nicht, hatte mich einfach mit den anderen scholars in der Tiefgarage des MS. VICTORIA versammelt, wo wir uns auf drei Autos verteilten. Ich fuhr einfach mit, wie ich immer mitfuhr, wenn sich eine Gelegenheit dazu bot, weil die Stadt, das Monster, anfing, einen Sog auf mich auszuüben, den ich noch nicht wahrhaben wollte. Und nun erschreckte mich Francesco mit seiner Vermutung, oder Aufforderung, hier zu bleiben.

Ich? Hierbleiben? Aber wie kommst du darauf?

Die meisten von uns denken, du wärst dumm, wenn du es nicht tätest. Wenn du jetzt zurückgingest. In diesen deutschen Hexenkessel.

Ihr meint, ich soll emigrieren?

Auf Zeit. Übrigens wohnen wir ja in der Stadt der Emigranten.

Kannten die anderen mich so wenig? Oder sahen sie meine Lage realistischer als ich selbst? Ich konnte nicht voraussehen, wie oft Francescos Frage mir noch gestellt werden würde. Und wie sie als Behauptung weiter kolportiert werden würde.

Die harte Poesie der Freeways, im Abendlicht. Mit Genuß fädelte Francesco sich in den Verkehr ein, während er versuchte, mir den Kauf dieses extravaganten Autos mit der Infektion durch Begierden zu erklären, die er sich als Jugendlicher durch eine Überdosis an amerikanischen Filmen zugezogen habe. Ich sah Francesco von der Seite an: tiefschwarzes, über der Stirn etwas störrisches Haar, eine große gerade Nase, alles sehr männlich, Ines, die hinter uns saß, gab einen Ton von sich, der Zweifel bedeuten konnte, Mißfallen, aber auch überlegenes Gewährenlassen. Sie war die Schönste von uns, fand ich, mit ihrem gemmenhaft geschnittenen Gesicht und dem schwarzen Haarbusch, der nicht zu bändigen war.

Rush hour. Wir mußten ein Bestandteil dieses tausendäugigen Fabelwesens werden, das, auf je fünf Spuren, in zwiefacher gleichartiger Gestalt einander entgegen und scheinbar um Haaresbreite aneinander vorbeiraste, wir mußten uns einfühlen in die vor uns, hinter uns, rechts und links neben uns mitfahrenden anderen Bestandteile dieses Wesens, das uns alle beherrschte und das jede Eigenbewegung, jeden Fehler grausam bestrafte, wie es uns Abend für Abend auf dem Bildschirm vorgeführt wurde. Die ineinander verkeilten Karossen, die im Schockzustand weggeführten oder als Verwundete, als mit einem weißen Laken bedeckte Tote auf Bahren weggetragenen Insassen dieser Schrotthaufen, als untauglich ausgespien, als weichliche Versager den Härtetest nicht bestanden, dem wir uns, dachte ich, arglos und leichtfertig ohne Not aussetzten.

Die gleichförmige Bewegung, in die wir eingeschlossen waren, übte eine hypnotische Wirkung auf mich aus und versetzte mich in einen leichten Trance-Zustand, in dem Francescos Worte mich nur gedämpft erreichten: Bei dieser Installation, zu der wir unterwegs waren, handle es sich um etwas sehr, sehr Modernes, aber daß dieses verdammte College, dem wir zustrebten, so weit draußen liegen würde, hätte er auch nicht gedacht. Längst hatte er die Scheinwerfer angeschaltet, mit unzähligen Lichtern warf sich uns nun das Ungeheuer Verkehr entgegen. Jetzt erst tauchte linkerhand Downtown auf, eine Fata Morgana, Lichtertürme in bizarren Formen. Zu denken, sagte Francesco, daß es das vor zwanzig Jahren noch nicht gab, daß Los Angeles ein platter Pfannkuchen war, städtebaulich gesprochen. Aber diesem Eindruck konnte man auch heute noch leicht erliegen, dachte ich, wenn nämlich Downtown sich langsam vorbeigedreht hatte und sich endlos nach beiden Seiten die manchmal an Laubenkolonien erinnernde flache Stadtlandschaft ausbreitete, aus der nur die Säulen der Palmstämme mit ihren zerzausten Blattwedeln aufragten. Was die für Platz haben zum Bebauen und Verbauen, aus Francesco sprach der Architekt.

Es war ganz dunkel geworden. Ines fragte sich, ob Francesco nicht doch die Abfahrt verpaßt habe, Francesco widersprach gereizt, da überholten uns auf der linken Spur Ria und Pintus, unsere Jüngsten, kenntlich an ihrem schnittigen grellroten Wagen und an Pias Ledermützchen. Sie machte verzweifelte Gesten über die Endlosigkeit der Fahrt. Dann tauchte plötzlich auf dem Wegweiser über uns der Name der Abfahrt auf, die wir suchten, jetzt mußte Francesco schnell auf die rechte Spur kommen, mußte darauf hoffen, daß die anderen Fahrer ihn alle anderen Spuren überqueren lassen würden. Sie taten es, sie taten es fast immer, Amerikaner lassen ihren Frust nicht beim Autofahren aus – dafür haben sie zu Hause ihre Waffen, you see, wird eine Amerikanerin mir einmal erklären. EXIT ONLY, es war kaum zu glauben, wir waren auf der richtigen Straße, fanden die richtige Abbiegung, gerieten in dunkles Gelände, umfuhren suchend einen Häuserblock, sahen Pintus und Ria vor einem erleuchteten Hauseingang aussteigen, da hielt auch das Auto mit unseren vier anderen Combattanten, Hanno, dem leidenschaftlichen Pariser, der in einer grundlegenden Arbeit die Städte Paris und Los Angeles vergleichen wollte, und Emily, der einzigen Amerikanerin unter uns, die sich unaufhörlich ärgerte über ihr scharfgeschnittenes Profil, das wir alle bewunderten, ebenso wie ihre überaus klugen Essays über den amerikanischen Film. Lutz, mein Landsmann aus Hamburg, hatte mir gestanden, daß er nur aus Höflichkeit mitkam, diese sogenannte Moderne sei seine Sache nicht, während Maja, seine Frau, die lose Kleider liebte, überall erschien, wo es für sie etwas Neues gab, und am Ende mehr über Los Angeles wußte als jeder andere von uns. Die ganze Bande, sagte jemand.

Wir traten ein. Eine Studentin erwartete uns, ein Mädchen mit japanischem Gesichtsschnitt, das uns durch verschachtelte, teilweise von Bauzäunen gebildete Gänge zum Objekt unserer langen Fahrt, jener berühmten Installation, führte: Ein quadratischer Raum, durch schnell aufgestellte Wände aus leichtestem Material erschaffen, an zwei gegenüberliegenden Seiten waren Sitz- und Liegeflächen entstanden, indem man verschieden hohe graue Blöcke übereinandergestapelt hatte, auf denen der Besucher sich niederlassen sollte, um dann den Blick an den stumpfroten, indirekt beleuchteten Wänden hinaufzuschicken, zur Decke hin, in der ein zwei Quadratmeter großes viereckiges Loch ausgespart war, ein Himmelsloch, das eigentliche Ereignis dieser Installation: Tiefschwarzer Nachthimmel, in den man mit in den Nacken gelegtem Kopf so lange blicken sollte, bis man etwas *sah*. Der Künstler wolle mit dieser Aufstellung sein Publikum sehen lehren, erklärte Francesco. Lutz, spezialisiert auf die Kunst des neunzehnten Jahrhunderts, konnte ein Stöhnen nicht unterdrücken. Okay, sagte Pintus, der sich sonst mit der Literatur des Mittelalters beschäftigte, wolln mal sehn. Der Spott in den Mienen der meisten war deutlich, nur gezügelt durch die Anwesenheit der japanischen Studentin, die vollkommen ungerührt blieb. Ziemlich hart, diese Sitze, sagte Ines noch, und Ria bemängelte, daß wir nicht mal Sterne sehen würden. Sie nahm ihr Ledermützchen ab und drängte sich in eine Ecke. Nur Emily, deren Arbeitsgebiet auch der Fantasy-Film war, blieb still und aufmerksam, als erwarte sie etwas Außergewöhnliches.

Okay. Ich legte mich auf einen der grauen Blöcke und blickte hoch zu dem Himmelsloch. Die Schwärze begann, so schien mir, nach einiger Zeit zu wabern. Das nichtende Nichts, sagte ich. Schweigen. Anscheinend kamen wir alle allmählich zur

Ruhe, aber was hieß das eigentlich, fragte ich mich. Francesco würde sich vielleicht für eine kurze Zeitspanne durch Ines' Ungenügen an ihrem gemeinsamen Leben nicht bedroht und nicht schuldig fühlen und von der Spannung befreit sein, die ihn sonst dazu zwang, aufzutrumpfen. Ines würde für eben diese kurze Spanne soviel Zutrauen zu sich selbst gewinnen, daß sie nicht Francesco verantwortlich machen mußte für ein Versagen, das nur sie an sich, niemand sonst an ihr wahrnahm. Ria würde ihr Ledermützchen nicht immer wieder in den Ring werfen müssen, und Pintus würde nicht immer erneut loslaufen müssen, um es als erster herauszuholen – eine Übung, deren beide müde geworden sein müssen, sie trennten sich später, ich erfuhr es erst neulich. Hanno, dachte ich weiter, mochte sich von dem Zwang befreit fühlen, durch geschliffene Formulierungen und elegante Kleidung seine großstädtische Überlegenheit darzutun.

Und ich? Ich selbst?

Allmählich lösten die Bedeutungen sich auf. Das dunkle Himmelsviereck übte einen Sog auf mich aus, es erinnerte mich an das viereckige Löwentor von Mykene, hinter dem für die Besiegte die Dunkelheit lauerte, jene endgültige Dunkelheit, von der mein nachtdunkles Himmelsviereck nur einen schwachen Vorgeschmack gab, doch nahm es mich mit, die Sinne schwanden, die Sinne schwinden, dachte ich noch, in mich gehen, warum denn nicht, tiefer, noch tiefer, die endgültige Dunkelheit, erwünscht, ja, manchmal erwünscht, die befreien würde von dem Zwang, alles sagen zu müssen. In diesen Schacht nicht wieder, das kann niemand verlangen, aber wer sagte mir denn, daß ich mich nach dem richten müßte, was andere verlangten, richten, ein schönes Wort, ich liebe diese doppeldeutigen Wörter, sich richten, gerichtet werden, das ist richtig. Gerechtigkeit, du Donnerwort. Tiefer. Noch tiefer. In den Wirbel gerissen, ausgespien werden. Stille. Im Auge des Orkans ist es am stillsten. Jetzt fallen lassen. Haltlosigkeit, ein Fallen ins Bodenlose.

He, aufwachen!

Aber ich habe doch gar nicht geschlafen!

Sah aber verdächtig danach aus. Hast du wenigstens geträumt.

Ich glaube ja.

Und jetzt fahren wir noch zum Chinesen. Hast du Lust?

Lust, gegen Mitternacht zum Chinesen zu fahren? Ich hatte immer Lust, erinnere ich mich. Die Platte mit den verschiedenen Speisen drehte sich inmitten des großen runden Tisches, angestoßen von unseren Händen. Ja, sie hatten recht: Dies war der beste Chinese in der ganzen großen Stadt. Es war spät, wir waren die letzten Gäste an unserem Tisch, der unser Stammtisch werden sollte. Der Besitzer des schlichten Lokals und seine zierliche Frau bedienten uns mit gleichbleibender undurchdringlicher Höflichkeit, mit jenem kleinen Lächeln, das abweisend oder einladend sein konnte, und mit einer Geschicklichkeit, die uns Europäern unerreichbar ist. So würde es jedesmal sein, so ist es jedesmal gewesen, wenn wir den langen Weg zu diesem entlegenen Lokal auf uns nehmen würden, auf uns genommen hatten. Wir priesen uns gegenseitig die verschiedenen Gerichte an, die wir bestellt hatten, wir kosteten von allen, wir tranken Reiswein, wir waren in guter Stimmung.

Da kam Pintus auf die unselige Idee, mich zu fragen, merkwürdigerweise, wahrscheinlich aus Verlegenheit, auf Englisch: What about Germany?

Die Frage hatte ich fürchten gelernt, sie bedeutete immer dasselbe: Wie erklärst du dir und uns die Fotos aus deutschen Städten, von denen die Zeitungen hier voll sind: Brennende Asylantenheime, antisemitische Inschriften an Häuserwänden, ein mit Eiern beworfener Präsident während einer Demonstration gegen Rassismus. Da waren alle eindringlich forschenden Blicke auf mich gerichtet und machten es mir unmöglich, einfach zu sagen: Aber ich weiß doch auch nicht. Ich kann es doch selbst nicht erklären. Es überrascht mich doch beinahe genauso wie euch.

Aber auf dieses Beinahe kam es vielleicht gerade an. Denn

hättest du nicht seit dem Tag, an dem du vor den mit »Judensau« beschmierten Grabsteinen von Brecht und Helene Weigel gestanden hattest, auf alles gefaßt sein müssen? Worauf denn aber? Darauf, daß die Leute aus der mecklenburgischen Kleinstadt, die immer so friedlich und geduckt und ein bißchen öde dagelegen hatte, eines schönen Tages nach der WENDE hinausziehen würden vor das Kasernengelände, das, mit sowjetischen Truppen besetzt, immer streng abgeriegelt und von Gerüchten umgeben abseits lag – Gerüchte, die nach dem Abzug der sowjetischen Truppen bestätigt wurden: Ja, hier, in unserer unmittelbaren Nachbarschaft, waren Atomraketen stationiert gewesen – daß also all die friedlichen Leute hinausziehen würden aus ihrem Städtchen und das Kasernengelände tage- und nächtelang besetzen würden, weil es in ein Übergangslager für Asylbewerber umgewandelt werden sollte und nicht, wie sie alle, die inzwischen arbeitslos waren, gehofft hatten, in ein Tourismuszentrum für diese landschaftlich paradiesische Gegend. Hätte ich mir vorstellen können, daß sie in Zelten leben würden, was sie seit ihrer Kindheit und seit ihrem Dienst in der Nationalen Volksarmee nicht mehr getan hatten? Und daß die Frauen ihnen in Thermosbehältern das Essen bringen würden in den friedlichen duftenden Frühsommerwald? Ob sie abends gesungen haben, fragte ich mich. Welche Lieder, das würde ich doch ganz gerne wissen.

Sie seien nicht fremdenfeindlich, gaben die Einwohner der kleinen Stadt bekannt. Sie wollten auf ihre verzweifelte Lage aufmerksam machen und die mutwillige Vernichtung von Arbeitsplätzen verhindern. Als sie aber von der Kaserne abgezogen, in ihre Häuser zurückgekehrt waren, sollen sie kleine grüne Birken vor ihre Haustüren gestellt haben. Als Zeichen dafür, daß Zigeuner hier unerwünscht waren. Und ich mußte mir vorstellen, wie hübsch die sonst so nüchterne, in letzter Zeit durch ein paar grellbunte Werbeschilder aufgestylte einzige lange Straße der kleinen Stadt im Schmuck der grünen Birken ausgesehen haben und wie traurig diese Hübschheit gewesen sein mochte. Und wie traurig es abends in den kleinen Stuben zugehen mochte, in denen den lieben langen Tag der Fernseher lief und der Mann nicht von der Arbeit nach Hause kam, sondern aus dem Schrebergarten oder aus der Kneipe oder von der Bank vor dem Haus, auf der er jetzt alle Stunden des Tages sitzen und Zeitung lesen konnte, die ihn nur noch wütender und mutloser machte, denn da las er – und liest er noch heute, was ich nicht wissen konnte, als wir bei dem Chinesen saßen und ich den anderen sagen sollte, was in Deutschland los sei –, er las und liest noch heute Arbeitslosenzahlen um die zwanzig Prozent, und die sind noch geschönt, und ich fragte mich und sagte es: Ich frage mich, wie man verhindern kann, daß immer ein falsches Signal auf ein anderes falsches Signal gesetzt wird, warum zum Beispiel, sagte ich, während die runde Platte mit den chinesischen Gerichten sich drehte, warum hat niemand mit den Leuten in der kleinen Stadt gesprochen, warum hat niemand sie gefragt, was sie eigentlich wollen, warum hat man es dazu kommen lassen, daß sie als fremdenfeindlich angeprangert wurden? Nein, hörte ich mich sagen, nein, ich glaube es nicht. Die Berichterstattung in euren Medien ist einseitig, als gebe es in Osteutschland nichts anderes mehr als brennende Asylbewerberheime. Das ist es doch, was man hier von den Deutschen erwartet. Aber es wird die Wiederholung nicht geben, vor der ihr euch fürchtet. Das werden wir nicht zulassen.

Wer: Wir? fragte Francesco, das laute Echo der Frage, die ich mir im stillen selber stellte.

Und übrigens, sagte Hanno, der Franzose, auf Ausgleich bedacht, übrigens ist das doch nicht das Problem eines Landes, oder einer Region. Die entscheidende Frage ist doch, wie dick und wie haltbar die Decke unserer Zivilisation ist. Wie viele vernichtete, sinnlose, perspektivlose Existenzen sie tragen kann, bis sie an dieser oder jener Stelle reißt, dort, wo sie mit heißer Nadel genäht ist.

Und dann?

Damals war ich noch sparsamer im Umgang mit dem Wort

BARBAREI, heute liegt es mir auf der Zunge. Die Nähte sind geplatzt, die unsere Zivilisation zusammenhielten, aus den Abgründen, die sich aufgetan haben, quillt das Unheil, bringt Türme zum Einsturz, läßt Bomben fallen, Menschen als Sprengkörper explodieren.

Signale auf dem mehrspurigen Band, das in einer Endlosschleife in meinem Kopf lief, dessen eine Spur ohne mein Zutun besprochen wurde. Cuttern cuttern, unerwünschtes unbrauchbares Material, ins Unreine gedacht oder vielmehr gedacht worden, während auf einer der anderen Gedächtnisspuren andauernd ein Bildtongemisch aufgezeichnet wurde, Stadtgeräusche, die Tag und Nacht gegenwärtigen gemeinen Sirenen der Polizeiwagen, die, indem sie ihre Opfer verfolgten, aufjaulten wie gefährliche verwundete Tiere. Oder das kurze schrille Anschlagen einer Alarmanlage, wenn jemand einem der geheiligten Autos zu nahe gekommen war. Oder die Feuerwehr. Heulend raste sie in ihrer ganzen unglaublichen kindlichen Feuerwehrschönheit vorbei, immer direkt auf den Brand und die Kameras zu, die immer schon da waren und mir abends unvermeidlich die Leichen der Verbrannten und Verstümmelten und das Geschrei und die Tränen der Hinterbliebenen auf dem Bildschirm in mein Apartment apportierten, getreulich wie unerzogene Katzen jede einzige gefangene Maus, jeden einzigen der täglichen Ermordeten in dieser ungeheuren Stadt auf meine Schwelle legten, was ich zuerst geschehen ließ und wie eine Pflichtübung auf mich nahm, was gingen mich diese fremden Toten an, bis ich mich eines Abends damit überraschte, daß ich mitten in einem Verzweiflungsausbruch einer Mutter, deren kleiner Sohn bei den jüngst niedergegangenen Wolkenbrüchen von einem sonst harmlosen Bach mitgerissen und weggeschwemmt worden war, die rosa Austaste drückte. Diese kleine Geste machte mir klar, daß ich angekommen war und daß die verborgene Hoffnung, mich hier heraushalten zu können, wieder einmal getrogen hatte.

Dann saß ich an der Schmalseite des langen Eßtisches in meinem Apartment, auf dem neuerdings mein Maschinchen stand, und schrieb:

UND WENN ALL MEINE GESCHÄFTIGKEIT, DIE VERDAMMT NACH
FLEISS AUSSEHEN SOLL, NICHTS WEITER WÄRE ALS DER VERSUCH,
DAS TONBAND IN MEINEM KOPF ZUM SCHWEIGEN ZU BRINGEN.
ABER ICH KANN JA NOCH NICHT WISSEN, WELCHE UNTIEFEN IN
MIR HIER UMGEPFLÜGT ODER IM GEGENTEIL ZUGEDECKT WER-
DEN SOLLEN.

Das Telefon machte sich die Mühe, mich über einen Ozean hinweg zu ermahnen: Du bist doch jetzt ganz frei und kannst schreiben, was du willst. Also leg einfach los, was soll dir noch passieren. – Ja ja. – Du sollst dich nicht verteidigen, du sollst nur sagen, wie es war. – Ja ja. Verteidigen? Es waren zuerst nur solche einzelnen verräterischen Wörter.

Dann versuchte ich einzuschlafen in meinem überbreiten Bett, das nicht mehr zu weich war, seitdem Herr Enrico ein Brett unter die Matratze gelegt hatte, nach dem meine Wirbelsäule dringlich verlangt hatte. Ich konnte nicht einschlafen, ich konnte das Bild der besudelten Grabstelle von Brecht nicht verscheuchen, ich konnte nicht aufhören, Gedichtzeilen zu memorieren:

In Erwägung, daß ihr uns dann eben /
Mit Gewehren und Kanonen droht /
Haben wir beschlossen: nunmehr schlechtes Leben /
Mehr zu fürchten als den Tod.

Auf der Bühne oben die Schauspieler im Kostüm der Pariser Communarden, im Zuschauerraum ihr, die Jungen, die begeisterten Gesichter deiner Generation, die ihr das Schicksal der Communarden, das Scheitern, nicht an euch erleben würdet, da wart ihr euch ganz sicher, hohnlachend gegen alle Zweifler, dachte ich und konnte die Gesichter vor meinem inneren Auge in Sekundenschnelle altern sehen, verkniffen, verbraucht, enttäuscht werden. Auch ängstlich, berechnend, dumm. Zynisch. Ungläubig und verzweifelt. Das Übliche. Nur uns hatte es erspart bleiben sollen. Welche Hybris.

Zeitsprung. War es nicht hier gewesen, vor einem halben Jahrhundert, in dieser Stadt, wenige Kilometer von diesem Zimmer entfernt, in dem ich schlaflos lag, daß der Emigrant Brecht seinem Galilei, der uns, den damals Jungen, dann in der Gestalt des Ernst Busch begegnen sollte, daß er diesem Galilei den unbezähmbaren Wahrheitsdrang auferlegte. Kein Mensch könne auf Dauer einen Stein zu Boden fallen sehen und dazu sagen hören: Er fällt nicht. O doch, Brecht, wir können das fast alle. Und als wir Ihren Galilei verachten wollten, weil er schließlich abschwor, da fiel der Stein schon, vor unseren Augen, er fiel und fiel unaufhaltsam, und wir sahen ihn nicht einmal. Und wenn uns einer darauf hingewiesen hätte, hätten wir nur gefragt: Welcher Stein.

Aber du hast sie doch gesehen, die Blumenverkäuferin, die sich in die Geschicke des Staates einmischte, das war im Herbst 1989, sie stand auf der Straße und verteilte Flugblätter, die sie selbst entworfen hatte, und ihren Gesichtsausdruck kanntest du von den Gesichtern der Schauspieler, welche die Communarden dargestellt hatten, ein helles, von Hoffnung und Entschlossenheit aufgerissenes Gesicht, das gibt es also, dachtest du, du wolltest es nicht vergessen, auch wenn der geschichtliche Augenblick, der solche Gesichter hervorbrachte, schrecklich kurz, eigentlich schon vorüber war. Ihn miterlebt zu haben, dachtest du, dafür hatte alles sich gelohnt. Und die Blumenverkäuferin sagte das gleiche mit den gleichen Worten.

Irgendwann schlief ich ein, geriet wieder einmal in eine jener Traumversammlungen, die eigentlich Tribunale waren, diesmal im großen Hörsaal der Universität. Wieder wurde dein Name aufgerufen, du hörtest die scharfe Stimme das Wort »Dokument« sagen, du solltest Stellung nehmen zum Verlust deines Parteidokuments, das mitsamt deiner ganzen Brieftasche einem

Kaufhausdieb zum Opfer gefallen war. Das Heiligtum eines jeden Genossen, das er zwar immer bei sich zu tragen, zugleich aber zuverlässig vor Verlust zu schützen hatte. Ob du dir klar darüber seist, daß dieser Verlust Rückschlüsse zulasse auf dein Verhältnis zur Partei. Zögernd gabst du es zu, insgeheim bestrittest du es. Ob du nicht wüßtest, was die Genossen in der Zeit des Faschismus auf sich genommen hätten, um ihr Parteidokument zu bewahren und zu retten. Und was der Klassenfeind, in dessen Hände dein Dokument womöglich gelangt sei, für Mißbrauch damit treiben könne. Ja! hörte ich mich schreien, während ich erwachte. Ich erkannte das Gefühl von Trostlosigkeit und gebremstem Aufbegehren wieder, das mich damals, vor vierzig Jahren, lange verfolgt hatte.

Parteistrafe. Du solltest es nicht persönlich nehmen, sagte später ein Genosse zu dir, der in der Versammlung am schärfsten gegen dich gesprochen hatte. Aber wie anders hättest du es denn nehmen sollen. Es gehe ums Prinzip, hörtest du, und das war auch dir selbstverständlich, und du wärst die erste gewesen, die sich dagegen verwahrt hätte, daß deine Schwangerschaft in der Verhandlung irgendeine Rolle gespielt hätte. Strafmildernd, etwa. Dem Prinzip müsse der einzelne sich unterordnen. Da seien Härten unvermeidlich.

Ich nehme das kleine rote Büchlein aus der Kassette, blättere darin, die vielen mit Beitragsmarken beklebten Seiten. Ich werde es nicht wegwerfen, es kommt in die Kassette zurück zu anderen ungültig gewordenen Papieren. Auf eine Gefühlsregung warte ich vergebens. Wann waren die Gefühle, die sich einst an diese Papiere geheftet hatten, ungültig geworden? Diese ganze Skala unterschiedlicher, widersprüchlicher, einander ausschließender Gefühle? Die im Lauf der Jahre verblaßt waren. Aber was heißt das, muß ich mich fragen. Ist nicht mein ganzer Gefühlshaushalt mit verblaßt? Verarmt? Wird er mein Lebensgefühl für den Rest des Lebens noch speisen können?

Ich lief im Schlafanzug zu meinem Maschinchen und schrieb:

ES GIBT MEHRERE GEDÄCHTNISSTRÄNGE. DAS GEFÜHLSGEDÄCHT-
NIS IST DAS DAUERHAFTESTE UND ZUVERLÄSSIGSTE. WARUM IST
DAS SO? WIRD ES BESONDERS DRINGLICH GEBRAUCHT ZUM
ÜBERLEBEN?

Ein Teil der Lust des Erzählens ist ja die Zerstörungslust, die
mich an die Zerstörungslust der Physik erinnert, über die ich
unter der Überschrift »Beamen für Fortgeschrittene« in der
Presse las. Quantenphysiker haben also Atome dazu gebracht,
einander über weite Entfernungen »etwas zuzuflüstern«, den
»ursprünglichen Überlagerungszustand von Atom A auf Atom
B zu übertragen« – was immer das heißen mag. Jedoch fasziniert mich am meisten die Mitteilung, daß der Physiker mit
seiner Messung »den ursprünglichen Zustand zerstört«. Das
erleichtert fast mein Gewissen, denn auch der Erzähler zerstört unvermeidlich einen »ursprünglichen Zustand«, indem er
Menschen nüchtern beobachtet und das, was zwischen ihnen
vorzugehen scheint, auf das gefühllose Papier überträgt. Aber
diese Zerstörungslust, sage ich mir, hält sich ja die Waage mit
der Schaffenslust, die neue Personen, neue Beziehungen aus
dem Nichts entstehen läßt. Und was vorher da war, muß gelöscht sein.

Abend für Abend, erinnere ich mich, saß ich vor dem Fernseher, wenn die Star-Trek-Serie lief, und erlaubte mir die Ausrede, ich müsse mein Amerikanisch vervollkommnen, wußte
aber insgeheim, es war mein Bedürfnis nach Märchen, nach
glücklichen Ausgängen, das mich festhielt, denn ich konnte sicher sein, daß die Star-Trek-Besatzung die edlen Werte der Er-
denbewohner in die fernsten Galaxien tragen, sie gegen jeden
noch so infamen Feind durchsetzen und dabei selbst nicht zu
Schaden kommen würde.

Das Telefon. Endlich eine Stimme, auf die ich schon seit Tagen wartete. How are you, Sally. Da kam eine fremde dunkle
Stimme aus dem Telefon, die sagte: My heart is broken, und
das war buchstäblich wahr. Ich begriff es, als ich Sally in ihrem

kleinen Häuschen gegenüberstand, weit weg vom Zentrum, in einer schwer zugänglichen Gegend. Da gab es weder Trost noch Hilfe, mehr war dazu nicht zu sagen, auch der Schrecken darüber, wie stark sie gealtert war, wie grau ihr Haar geworden war, das sie nicht mehr kurz und flott, sondern als wuchernden Haarbusch trug, war zurückzuhalten. Wie lange soll das dauern, fragte sie, und sie meinte ihre Besessenheit von ihrem Verlust. Es dauert, sagte ich, während ich in der winzigen praktischen Küche neben Sally stand, ihr zusah, wie sie Tomaten schnitt, Käse rieb, es dauert mindestens zwei Jahre, und ich erinnerte mich, wann das einmal ein Prager Freund zu mir gesagt hatte. Es war 1977, also anderthalb Jahrzehnte war es jetzt her, es war auf dem Weg vom Hradschin zur Altstadt, ein kalter, trüber und windiger Tag Anfang April, der Prager Frühling lag weit in der Vergangenheit, der Prager Freund hatte die Erfahrung des Absturzes in die Hoffnungslosigkeit mehr als zehn Jahre früher gemacht, du wußtest erst seit dem letzten Herbst, was es hieß, ohne Hoffnung zu sein, 1976, das schlimme Jahr. Im schrecklich kalten Dezember hattest du in einer Berliner Stra-ße im Dunkeln vor einem erleuchteten Schaufenster gestanden, hattest auf Zahnpastatuben und Reinigungsmittel gestarrt und auf einmal begriffen: Das ist der Schmerz. Daß du ihn noch länger als ein Jahr aushalten solltest, wolltest du dem Freund nicht glauben. Zwei Jahre! hattest du damals ungläubig gesagt, und durch diesen Wortwechsel hatte ich behalten, wie lange ich in dieser Druckkammer gewesen war. Sally fehlten nach dieser Zeitrechnung sechs Monate. Es sei so erniedrigend, sagte sie, und ich sagte: Ja. Das hatte ich auch so empfunden. Manchmal, sagte ich, bemüht, nah an meiner eigenen Erfahrung zu bleiben, manchmal kommt der Umschwung plötzlich, you know, über Nacht. Du wachst auf und bist frei.

Aber Sally konnte mich nicht hören, sie steckte noch in der Druckkammer. Sie habe immer gedacht, sagte sie, wenn es ihr einmal passieren sollte, werde sie großzügig sein können zu dem Mann, der sie einer anderen wegen verlasse, aber das kön-

ne sie nicht. Nein, das könne sie nicht. Es sei doch nicht irgendein Mann, you see. Es sei doch Ron. Es sei wie ein Zwang, sie
müsse seine Schuldgefühle ausnutzen bis auf den Grund, verstehst du das. Er hat alles, was er sich wünscht, einen Beruf, der
ihm Spaß macht, Geld, eine schöne junge Frau, die überall täto-
wiert ist, er ist frei, er kann tun und lassen, was er will, und ich,
sagte Sally, während sie den Salat mischte, ich habe mich immer
danach gerichtet, was andere von mir wollten. Du, Sally? sagte
ich. Jetzt übertreib mal nicht, und ich beschrieb ihr das Bild,
das ich von ihr hatte, als wir uns vor Jahren auf jenem College
im Norden begegnet waren: Eine reizvolle, sehr schlanke junge
Frau, selbstbewußt, trainiert, heiter und tätig, auf anfeuernde
Weise exzentrisch, eine eigenwillige Tänzerin voller origineller
Einfälle, Dozentin an dem College, an dem ich creative writing
geben sollte, und eine überzeugte Feministin.

Ach, sagte Sally, wenn du wüßtest. Und ich dachte: Ja, wenn
wir voneinander wüßten. Wenn sie wüßte, was für ein Tonband
die ganze Zeit über in meinem Kopf abläuft, wenn irgend jemand wüßte, daß ich jetzt denken muß: Woher kommt dieser
Zwang, uns an Menschen und Ideen und Dinge zu hängen, die
uns zerstören? dachte ich, während Sally sagte: Weißt du eigentlich, daß ich zehn Monate lang in einem buddhistischen
Kloster war? Da war eine Nonne, die hat sich wirklich Mühe
mit mir gegeben, mich auf den Weg liebevoller Güte und Selbst-
annahme zu geleiten, ich glaube, sie mochte mich, obwohl ich
überzeugt war, ein wertloses Stück Dreck zu sein, das Ron einfach wegwerfen konnte. Sie versammelte uns zur Meditation
und erklärte uns mit ihrer freundlichen gleichmäßigen Stimme,
daß dies alles, was wir jetzt hätten, und sei es noch so wenig,
und daß die alltäglichen Verrichtungen, zu denen sie uns an-
hielt, und unser geistiger und seelischer Zustand in diesem Augenblick genau das seien, was wir brauchten, um menschlich,
wach und lebendig zu sein. So als hätten wir uns genau das
ausgesucht, um ein erfülltes Leben zu führen. Aber die Nonne
hat mir auch nicht geholfen. Wir könnten wählen, hat sie uns

versichert, sagte Sally, während sie die Salatsauce rührte, wir könnten Experten in Wut, Neid und Selbstzerstörung sein oder außerordentlich weise, sensibel gegenüber allen menschlichen Wesen, indem wir uns selbst kennenlernten, so, wie wir sind. Aber ich wollte mich nicht selbst kennenlernen. Ich wollte mich an Ron rächen. Ich wollte nichts anderes.

Das sei das erste Abendessen, das sie allein für Gäste gebe, sagte Sally, und nun sei sie nicht sicher, ob das Fleisch gut sei. Wie magst du es denn, rare oder well done, ich sagte medium, da gab sie dem Braten noch zehn Minuten, zu viert saßen wir dann um den kleinen runden Tisch in ihrem bunten living room, und es schmeckte uns. Es ließ sich nicht vermeiden, ich wollte es auch nicht vermeiden, auf die riots zu sprechen zu kommen, jene gewaltsamen Unruhen, die, von den Vierteln der Schwarzen ausgehend, ein halbes Jahr zuvor die Stadt erschüttert hatten und noch immer halb angstvoll, halb abweisend unter den Weißen erörtert wurden. Ob sie sich wiederholen würden, wollte ich wissen. Sure, sagte Al, der Soziologe. Nur werde diesmal die Polizei darauf vorbereitet sein und jeden Ansatz zu Unruhen im Keim ersticken. Und Maggie, die Lehrerin in einem Armenviertel war, sagte, es habe sich ja gar nichts in South Central Los Angeles geändert. Es gebe dort einfach zu viele Leute, die nichts zu verlieren hätten, und die Weißen ihrerseits versuchten so schnell wie möglich zu verdrängen, daß sie zitternd vor ihren Häusern gestanden und von ihren reichen Vierteln aus die Stadt hätten brennen sehen.

Aber das kennt ihr ja, sagte Al, und ich verstand nicht gleich.

Eure riots, sagte er.

Unruhen nennst du es? Du meinst das, was man heute Wende nennt? Manche haben sie Revolution genannt. Unsere friedliche Revolution.

Al kannte die Leninsche Definition. Der historische Augenblick, wenn die Unteren nicht mehr so leben wollen wie bisher, und die Oberen nicht mehr so leben können, zitierte er.

Mag ja sein. Aber, wenn schon marxistische Theorien: Gehöre zur Revolution nicht der Schritt in eine entwickeltere Gesellschaftsformation? Und? Kann man bei euch davon sprechen? Vom Sozialismus vorwärts zum Kapitalismus?

Eine Weile überließen sie mich meinem Schweigen. Einige Wochen lang, sagte ich dann, konnte es uns vorkommen, als neige die Geschichte sich uns zu. Der Vorschein einer Zukunft, die viele ersehnten und die noch keiner gesehen hatte. Und an deren Gerüst wir mit Hand anlegten.

Einmal, sagte Maggie, möchte sie das erleben. Vielleicht könnte ihr das für das ganze Leben eine Zuversicht geben, die ihr jetzt unaufhaltsam schwinde. So als würde die Luft aus einem Behälter weichen, in dem wir, alle Menschen, luft- und kraftlos zurückblieben. Und uns nur noch Ersatzleben zugebilligt würden.

Das kenn ich, sagte Sally. Und wie ich das kenne! Sie legte ein Video ein. It is about my job, sagte sie. Ihr Job war die Arbeit mit gefährdeten Jugendlichen. Auf dem Video sahen und hörten wir, wie sie mit ihnen umging. Wie sie behutsam Fragen stellte, wie die Jugendlichen über ihr Leben sprachen, düstere Schicksale: Vom Vater verlassen, von der Mutter vergessen, in verwahrlosten Ghettos in Jugendbanden aufgewachsen, drogenabhängig, am Rand der Kriminalität dahinvegetierend, und oft über diesen Rand hinausgetrieben. Das Mädchen mit dem Afro-Look, das Sally mit ins Theater nahm und das neben ihr saß und weinte, weil es begriff: In dem Stück war auch von ihm die Rede. Der Sally später auf den Kopf zusagte: Du bist als Kind mißbraucht worden. Wie das Mädchen zum ersten Mal ja sagen konnte, so daß Sally weiter zu fragen wagte: Von einem nahen Verwandten? – Ja. – Von deinem Vater? – Ja. Ja, ja, ja. – Jetzt ist sie in Therapie, sagte Sally und lächelte zum ersten Mal an diesem Abend. Zur Zeit ist sie mir böse, sie muß ihre Mutter aus sich herausschneiden, das probiert sie an mir aus.

Du weißt nicht, wie stark du bist, Sally, sagte ich, als wir uns verabschiedeten. Wie da ihr Lächeln erlosch. Wie sie sagte: Aber ich bin gerade dabei, diesen Job aufzugeben. Ich kann nicht mehr. Es ist, als müßtest du Wasser mit einem Sieb schöpfen.

Und du? fragte sie mich noch, als wir vor der Tür ihres kleinen halben Häuschens standen, zu dem von der Straße aus eine schmale Treppe hinaufführte. Wozu bist du eigentlich hier? Um Abstand zu gewinnen? Zu vergessen? Was willst du hier machen?

Jemanden suchen, sagte ich. Eine Frau, von der ich nicht mal den Namen weiß. Na, viel Erfolg, sagte Sally. Da lachten wir beide, um Mitternacht auf einer der stillen abseitigen Straßen von Los Angeles, in der samtenen Luft Kaliforniens und unter dem Großen Wagen, der umgekippt war und nun übermütig auf dem Kopf stand.

DER BLINDE FLECK

schrieb ich zu Hause auf meinem Maschinchen, VIELLEICHT IST ES UNS AUFGEGEBEN, DEN BLINDEN FLECK, DER ANSCHEINEND IM ZENTRUM UNSERES BEWUSSTSEINS SITZT UND DESHALB VON UNS NICHT BEMERKT WERDEN KANN, ALLMÄHLICH VON DEN RÄNDERN HER ZU VERKLEINERN. SO DASS WIR ETWAS MEHR RAUM GEWINNEN, DER UNS SICHTBAR WIRD. BENENNBAR WIRD. ABER, schrieb ich, WOLLEN WIR DAS ÜBERHAUPT. KÖNNEN WIR DAS ÜBERHAUPT WOLLEN. IST ES NICHT ZU GEFÄHRLICH. ZU SCHMERZHAFT.

Wenn meine Gedanken sich im Kreise drehten, sprang ich auf, lief hinaus, in das Spätnachmittagslicht, hinein in die Second Street, in das vielfarbige Menschengewimmel, das dort gegen Abend auf- und abtrieb, um sich zu zeigen, um vor den kleinen Restaurants zu sitzen und Hamburger, italienische Pastagerichte, mexikanische Tortillas oder japanische Sushi zu verzehren und sich um die zahlreichen Schausteller mit ihren Vorführungen zu scharen. Und inmitten dieser lebhaften Menge, von niemandem bemerkt, als seien sie unsichtbar, die kleinen fehlfarbenen Flecken der homeless people, die es in dieses günstige Klima zog. Ich würde es lernen müssen, die Tränen zu unterdrücken, wenn einer von ihnen, nachdem ich ihm einen Dollar gegeben hatte, mit demütiger Stimme in seinem leiernden Singsang Have a nice day hinter mir hersagte oder im schlimmeren Fall God bless you, mein Mitgefühl war billig, was könnte es jener homeless-Frau mit der mausgrauen Filzkappe helfen, wenn ich mich neben sie setzte, auf jene Bank vor dem Billigkleiderladen, auf der sie sich immer niederließ, einen Einkaufswagen von PAVILIONS neben sich, in dem sie ein paar mißfarbene Kleidungsstücke, leere Flaschen, mehrere prall gefüllte Plastikbeutel und eine Wolldecke mit sich führte, ihre ganze Habe, Überlebensgepäck, sie wollte kein Geld, sie schüttelte den Kopf und verwies auf die Flaschen, die sie aus Abfallkübeln herausklaubte und von deren Pfand sie existierte. Ich weiß noch, daß ich mich ihr unterlegen fühlte, schuldig, wegen meines unverdienten Luxuslebens, die Frau mochte so alt sein wie ich, Anfang sechzig, sie war gezeichnet, weißes krauses Haar quoll unter ihrer Kappe hervor, sie war unförmig geworden durch die minderwertige Nahrung, auf die sie angewiesen war, selbstbewußt breitete sie sich mit ihren Bündeln auf ihrer Bank aus, die ihr niemand streitig machte, und begann ein Gespräch mit der homeless-Frau auf der Bank gegenüber, ich hörte ihre rauhe Stimme, ihren mir unverständlichen Slang, ein paar einzelne Worte schnappte ich auf, Kinder, Familie, ich sah die Frau ausschweifend gestikulieren, laut und herzhaft lachen mit aufgerissenem Mund voller schadhafter Zähne. Diese Frau, sagte ich mir, hatte alle Rücksichten hinter sich, jede Art von Anpassung und Verstellung, wenn das Freiheit bedeutete, war sie frei, auch frei von Besitz, sie besaß nur das Allermindeste, was ein Mensch braucht, sie mußte nicht ängstlich ihren Reichtum hüten und verteidigen, sie nahm niemandem etwas weg,

sie beteiligte sich nicht an der Ausbeutung der Schätze dieser
Erde, sie ist unschuldig, dachte ich, während wir alle schuldig
sind, weil wir den Preis nicht zahlen wollen, der uns abverlangt
wird.

So sprang das Tonband in meinem Kopf wieder an, während
ich gegrillten Fisch und Salat aß, die Menschen an mir vorüber-
treiben ließ, Dunkelheit sich ankündigte und ich zurückging
in das MS. VICTORIA, das, leicht belustigt mußte ich mir das
eingestehen, neben all seinen Vorzügen auch noch den hatte,
der ideale Ort für einen Krimi zu sein, dachte ich, als ich die
halbdunkle Halle durchquerte und die schmale Treppe zu meinem Apartment hinaufstieg, alles ein bißchen finster, alles ein
bißchen unheimlich, und wie um den Beweis für mein Gefühl
zu liefern, lag da tatsächlich direkt vor meiner Tür eine pralle
Brieftasche, in ihr jede Menge Schecks und Scheckkarten, aus
denen der Name des Eigentümers hervorging, ein Mr. Gutman,
Peter Gutman, der wohl im Haus wohnte. Seine Apartment-
nummer mußte ich erst auf der beinahe unleserlich bekritzelten
und schlecht beleuchteten Namenstafel an der Haustür entziffern, um ihn anrufen zu können. Er wohnte ein Stockwerk
über mir. Zum Glück meldete er sich. Mir aber fiel das englische
Wort für »Brieftasche« nicht ein, so daß ich dem verwunderten
Mister Gutman mitteilte, ich hätte »etwas« – something – von
ihm gefunden.

What did you find?

Something, Mr. Gutman. Please, come down.

Er kam. So sah ich ihn also zum ersten Mal, im Halbdunkel,
auf der Treppe. Er war ein sehr großer, hagerer Mann, an dessen
Gliedmaßen die Kleider achtlos aufgehängt schienen und der
einen langen, eiförmigen kahlen Schädel hatte, egghead, mußte
ich denken, ein typischer Eierkopf, und wie merkwürdig, daß
mir eine derartig markante Gestalt noch nicht im MS. VICTO-
RIA begegnet war. Erfreut nahm er seine Brieftasche entgegen,
»wallet«, ach ja, so hieß das Ding, wieder ein Wort gelernt. Er
hatte den Verlust noch nicht bemerkt. Höflich fragte er, ob ich

nicht mit ihm kommen wolle, damit er sich mit einem Drink bei mir revanchieren könne. Nein danke, sagte ich zu meiner Überraschung, ich sei zu müde. Gerne ein andermal.

Später hat er mich mit dieser ersten Zurückweisung aufgezogen, und ich verspottete ihn dafür, daß er beharrlich weiter Englisch mit mir sprach, obwohl er mich mit meinem ersten Satz als Deutsche ausgemacht haben mußte. Aber da wußte ich ja schon, warum er nicht von einem Wort zum anderen ins Deutsche überwechseln konnte, da sei immer noch eine Sperre, sagte er. Unbewußt. Und ungewollt. Und übrigens habe er sich angewöhnt, sich hinter der anderen Sprache, mit der er aufgewachsen sei, zu verstecken.

Da erzählte ich ihm, das war Wochen später, womit meine Phantasie sich zwanghaft beschäftigte, während er die Treppe wieder hinaufstieg, ich in mein Apartment ging und mich mit einer Margarita, meinem Lieblingscocktail, vor die neue Folge von »Star Trek« setzte: Ich hatte um seine rätselhafte Person eine Kriminalhandlung gesponnen, hatte eine Visitenkarte erfunden, die aus seiner Brieftasche gefallen sein sollte und die ich ihm nicht zurückgegeben hatte. Auf der stand, so dachte ich es mir, die Adresse eines Anwaltsbüros, eine seriöse Adresse in Beverly Hills, Malrough & Malrough, erfand ich kühn, zwei Brüder, warum denn nicht, und auf der Rückseite der Visitenkarte entdeckte ich also in Peter Gutmans schwer leserlicher Schrift, die ich natürlich auch erfinden mußte, einen Termin und die Notiz, daß er, Peter Gutman, ganz eilig noch eine »Gladis Meadow« anrufen solle, unter einer Nummer in Pacific Palisades. Wie wäre es, fragte ich mich, wenn ich diese Gladis meinerseits anrufen würde. Sicherlich würde ich eine dunkle sympathische Stimme hören, die auf die Frage, ob sie Gladis Meadow sei – die Namen flogen mir nur so zu – überrascht mit yes antworten würde, und ich würde sagen, mit freundlicher, aber fester Stimme: Thank you so much! und würde den Hörer auflegen, wobei ich mir mit einem Hochgefühl bewußt machte, daß ich mit diesem einzigen Anruf, mochte er in der banalen Wirklichkeit oder nur – aber was hieß da nur! – in meinem Kopf stattgefunden haben, auf unlösbare Weise in die Geschichte zwischen Mr. Gutman, der dunkelstimmigen Gladis Meadow und dem Anwaltsbüro Malrough & Malrough verwickelt war.

Peter Gutman war begeistert von dieser Phantasie und hätte gerne seine Rolle in der Geschichte weitergespielt und Gladis Meadow unter die wirklichen Gestalten eingereiht. Was sei denn überhaupt »wirklich«? Dies sei eine der Kernfragen, an denen sein Philosoph sich abgearbeitet habe. Da wußte ich schon, daß Peter Gutman sich seit Jahren mit diesem Philosophen abmühte, dessen Namen er kaum je nannte, als würde er, wenn er ihn auf seinen Namen festlegte, einen Zauber brechen. Na siehst du, hatte ich gesagt, aber wir wußten beide nicht, was er »sehen« sollte.

Zu weit will ich nicht vorgreifen, nur soviel: Gladis Meadow hatte ihre Schuldigkeit getan, uns zusammenzuführen, und verschwand ohne Aufhebens von der Bildfläche.

Unvermutet hatte ich Peter Gutman am nächsten Tag in der Eingangshalle des CENTER wiedergetroffen, er kam mir von den Fahrstühlen her entgegen, grüßte höflich und strebte dem Ausgang zu, während ich nach rechts zu den Schaltern der First Federal Bank abbog, wo ich endlich meine ATM-Card abholen konnte, die mir von einer der elfengleichen jungen Damen mit triumphierendem Lächeln überreicht wurde, so daß ich begriff: Erst von dieser Minute an war ich eine vollwertige Kundin dieser Bank, mehr noch: eine vollwertige, wenn auch vorübergehende Bewohnerin dieser Stadt. Was mochte Mr. Gutman in diesem Hochhaus gesucht haben? In Gedanken versunken fuhr ich mit dem Fahrstuhl in den vierten Stock, vergaß, den schwarzen Security-Mann wiederzugrüßen, holte mein Schlüsselbündchen aus dem Schränkchen, fuhr zu meiner sechsten Etage hoch, überflog die Namensschilder an den Türen, an denen ich vorbeikam, und ließ mich auf den Stuhl hinter meinem Schreibtisch fallen. Während in mir noch die Frage nach den Geschäften von Mr. Gutman weiterlief, mußte ich zugleich herausfinden, was mich eben auf dem Weg zu meinem Büro gestört hatte, eine winzige Beobachtung mußte es gewesen sein, die den Weg ins Bewußtsein nicht geschafft hatte und an der mein Gehirn sich nun rieb wie der Fuß an einem Sandkorn im Schuh. Sie, sagte ich zu ihm – das war am nächsten Tag, wir sprachen schon Deutsch miteinander, waren aber noch per »Sie« –, da Sie ja nun mal im MS. VICTORIA wohnten, dachte ich mir, Sie konnten ganz gut etwas mit Kunst zu tun haben. Oder ein Manager sein, in Kunstdingen. Filmproduzent? Eher nicht. Museumsdirektor, auf Einkaufstour? Kaum. Raten Sie weiter, sagte Peter Gutman, als gebe seine Person mir noch Rätsel auf, nur zu. Berater, sagte ich. Irgendeine Art von Berater. Oder Gutachter, von denen es Tausende gibt. Fragt sich nur, auf welchem Gebiet. Wir hatten unseren Spaß.

Aber woher war mir in meinem Büro das beharrliche Gefühl gekommen, daß ich eigentlich wissen mußte, womit Peter Gutman sich beschäftigte. Daß die Auflösung des Rätsels um seine Person zum Greifen nahe war. Ich schloß die Augen und machte meinen Kopf leer. Ein weißes Kärtchen erschien vor meinem inneren Blick, beschriftet mit seinem Namen, gerahmt in der Art, wie die Schilder an unseren Bürotüren im CENTER gerahmt waren. Aber das konnte doch nicht – ich sprang auf, lief auf den Flur und musterte die Tür meines Nachbarbüros. Dort stand: Prof. Peter Gutman, erzählte ich Peter Gutman später, wahr- und wahrhaftig. Wollen Sie mir glauben, daß ich diese banale Auflösung eines so verzwickten Rätsels beinahe bedauerte? Und ich hatte mir ein so schön kompliziertes Phantasiegebilde von den Verwicklungen gemacht, in die ich Sie verfangen sah, und ich hatte mir vorgenommen, Ihnen so lange wie möglich aus dem Weg zu gehen.

Reingefallen, sagte Peter Gutman mit seinem ernsten Wissenschaftlergesicht. Zu früh kapituliert. Verwicklungen gibt es in Hülle und Fülle. Ich musterte ihn gründlich. Aha, sagte ich. Na dann kann es ja losgehen. Wir standen am Kopierer im

Sekretariat des CENTER, und mich überkam ein übermütiges Glücksgefühl.

Abends rief Sally an. Hast du das Buch gelesen, das ich dir gegeben habe? Das von dieser buddhistischen Nonne?

Hab's angefangen, sagte ich. Scheint nicht übel zu sein. Aber du – hast du beherzigt, was sie vorschlägt?

O no! rief Sally. Was die will, das ist ja überhaupt das schwerste: Loslassen! Das könne sie nicht und wolle sie auch nicht. Gerade habe sie eine Therapie angefangen, und ihre Therapeutin ermuntere sie, das Geld ruhig zu nehmen, das Ron ihr anbiete – nein: ihr schulde, aus der Erbschaft seiner Mutter, die für sie beide bestimmt gewesen sei. Schließlich seien sie noch verheiratet, und Rons Mutter habe sie geliebt und sei selbstverständlich davon ausgegangen, daß sie ihr Erbe gemeinsam nutzen würden. Aber wie die Dinge nun lägen – würde man ihr nicht nachsagen, sie lasse sich dafür bezahlen, daß sie Ron freigebe?

Du selbst wirst dir das nachsagen, sagte ich, nur du. Am liebsten hätte ich sie gefragt, ob sie immer noch darauf hoffte, daß Ron zu ihr zurückkäme, aber ich unterdrückte die Frage. Es war zu offensichtlich, was Sally glaubte und hoffte, und wenn ihre Therapeutin gut war, mußte sie ihr diese Hoffnung nehmen, und dafür würde sie von Sally gehaßt werden, aber ich war nicht ihre Therapeutin, ich konnte sie ihren Wunschträumen überlassen, ich wollte auch nicht von ihr gehaßt werden, ich hatte genug vom Gehaßtwerden.

Die Nonne übrigens meinte ja, es gebe ein verbreitetes Mißverständnis unter den Menschen, das darin bestehe, den Schmerz möglichst zu meiden und »to get comfortable«, und ich mußte mich wundern, woher diese buddhistische Nonne das wissen konnte. Natürlich wollte ich Schmerz vermeiden, natürlich wollte ich »angenehm« leben, was nicht heißen mußte, »im Wohlstand« leben, das nicht, Brecht. Aber in relativem Wohlstand doch, unter Bedingungen, die mir meine Arbeit ermöglichten, das war für mich »angenehm«, das war, ich sagte und sage es mir jeden Tag, in dieser Welt ein großes unverdientes Privileg. Unversehens hatte mich eine Art Neugier auf die Gedanken dieser Frau erfaßt, die eine weit interessantere, freundlichere, abenteuerlichere und freudvollere Annäherung an das Leben darin sah, daß die Menschen ihre Wißbegier entwickelten und sich nicht darum kümmerten, ob das Resultat ihrer Nachforschungen für sie bitter oder süß sei, sie müßten sich nur klarmachen, daß sie eine Menge Schmerz und Freude ertragen könnten, um herauszufinden, wer sie seien und wie die Welt sei. Wie sie funktionierten und wie die Welt funktionierte: Wie dieses ganze Ding wirklich i s t.

Ich verabschiedete mich von Sally, setzte mich an mein Maschinchen und schrieb:

DIE GELEGENHEIT IST GÜNSTIG. WARUM NICHT HERAUSFINDEN, WIE ICH WIRKLICH BIN, WENN DIESE NONNE MIR INS GESICHT HINEIN BEHAUPTET, DASS ICH MICH DURCH UND DURCH KENNEN UND DOCH MIT MIR BEFREUNDET SEIN KÖNNTE. SIE NENNT DAS »LOVING KINDNESS« UND BRINGT MICH IN VERLEGENHEIT, WEIL ICH DAS NICHT INS DEUTSCHE ÜBERSETZEN KANN. ANSCHEINEND HABEN WIR NICHT DIESE FREUNDLICHKEIT UNS SELBST GEGEN-ÜBER. ES GIBT SELBSTHASS UND EIGENLIEBE UND EITELKEIT, UND AUF DER ANDEREN SEITE DER MEDAILLE DIESES BOHRENDE MIN-DERWERTIGKEITSGEFÜHL. DAS IST DOCH MERKWÜRDIG.

Unter meiner Bürotür im CENTER fand ich einen Zettel durchgeschoben. Zum ersten Mal sah ich die winzige, kalligraphisch vollkommene Schrift von Peter Gutman, meinem rätselhaften Nachbarn – später hat er mir erzählt, wann er sich diese Schrift antrainiert hat –, und las die Mitteilung, daß unser gemeinsamer Freund Efim Etkind aus Leningrad, der aus seiner Heimat ausgebürgert war und jetzt in Paris lebte, an diesem Tag Geburtstag hatte. Seine Telefonnummer war dabei. So hatten wir also gemeinsame Freunde, woher wußte er das? Und sollte ich mit Peter Gutman nur über Fundstücke in Kontakt kommen, die vor meiner Tür lagen? Ich trat noch einmal hinaus auf den Gang: Die Tür zu meinem Nachbarbüro war geschlossen, wie immer. Kätchen kam herein und brachte die neuesten Computerausdrucke, Literaturlisten, die das Computersystem Orion ausgespien hatte, nachdem sie es mit bestimmten Stichwörtern gefüttert hatte. Das ominöse Kürzel L. konnte man ja nicht gut eingeben, Kätchen hatte es trotzdem versucht, vergebens natürlich. Dann hatte sie ohne viel Hoffnung auf Erfolg den Namen meiner Freundin Emma eingegeben, jener alten Genossin, die mir in ihrem Nachlaß das Bündel Briefe von L. hinterlassen hatte, da war Orion fündig geworden und hatte den Buchtitel ausgedruckt, den ich schon in der Universitätsbibliothek ausfindig gemacht hatte und der ausgeliehen war (»Linke Presse in der Weimarer Republik«, Hrsg. Emma Schulze, Frankfurt am Main, 1932). Von diesem Buch hatte Emma nie gesprochen, ich bezweifelte, daß sie selbst noch ein Exemplar davon besessen hat.

Mit fiel ein, daß Kätchen den Betrieb im CENTER aus dem Effeff kannte. Wo ist Peter Gutman? fragte ich sie. Ach der, sagte Kätchen, der macht sich rar. Der ist selten hier. Heute früh habe sie ihn kurz gesehen, er habe seine Post aus dem Fach genommen, und dann sei er schon wieder verschwunden. Als vermeide er es, an unseren Teestunden teilzunehmen.

Das erschien mir verständlich. Warum eigentlich? Ich steckte meine Post ein, schulterte meinen bunten Beutel aus dem indischen Laden und ging in Gedanken versunken zum MS. VICTORIA. Um herauszufinden, warum er sich so eigentümlich verhielt, müßte ich etwas über die Vergangenheit von Peter Gutman wissen, sagte ich mir. Ich aß, machte es mir dann in dem tiefen Sessel vor dem Fernseher bequem, den Wein in Reichweite, wie üblich lief »Star Trek« auf Kanal 13, schamlos entzückt folgte ich dem Kapitän Picard und seiner Mannschaft, hingegeben den Weltall-Abenteuern des Sternenschiffs Enterprise, wobei die Picard-Mannschaft vorführte, daß unbedingte Disziplin sehr wohl zusammengehen konnte mit einer durch männliches Understatement veredelten reifen Menschlichkeit.

Das Telefon. Peter Gutman. What an incident! sagte ich, und hatte es dann schwer, zu erklären, warum ich diesen Anruf einen »Zufall« nannte, ich konnte ihm doch nicht sagen, daß ich über ihn nachgrübelte. Er hingegen wollte nur nachfragen, ob ich den Zettel gefunden hätte, den er unter meine Bürotür geschoben hatte. Gewiß. Ich hatte sogar gleich in Paris angerufen und von Efim erfahren, daß er, Peter Gutman, ein alter Freund von ihm sei. Natürlich hatte ich ihm zum Geburtstag gratuliert. Great, sagte Peter Gutman. Aber woher ich diesen Freund eigentlich kenne, alles auf englisch. Ich erwiderte auf englisch, dies sei eine längere Geschichte. Da kam es in lupenreinem Deutsch: Warum ich ihm diese Geschichte nicht erzählen wolle. Gleich? Warum nicht gleich. Einen Drink sei er mir sowieso noch schuldig. Er dürfe sich gar nicht ausmalen, was passiert wäre, wenn seine Brieftasche in unbefugte Hände geraten wäre. Ah, dachte ich. Das klingt nach Geheimhaltungspflicht. Aber ich bin schon bei einem Drink, sagte ich, immer noch auf englisch. – Weiß oder rot? – Weiß. – Nun gut, sagte Peter Gutman. Er werde noch eine Flasche mitbringen.

Die vielen Male, die Peter Gutman im Lauf der nächsten Monate an meine Tür geklopft, seinen höflichen langen kahlen Schädel hereingesteckt, seine Gliedmaßen in einem meiner tiefen Sessel untergebracht hat, die kann ich nicht mehr zählen oder auseinanderhalten. Das erste Mal weiß ich noch genau. Er akzeptierte mein Knabbergebäck, ich akzeptierte seinen Wein, und er verkündete zum ersten Mal seine These, daß wir auf einem Luxusdampfer lebten, hier im MS. VICTORIA, und erst recht drüben im CENTER. Vom Deck des einen Luxusdampfers auf das Deck des nächsten, noch luxuriöseren, und nur, damit wir uns wichtig nehmen könnten, wenn wir unsere übrigens ziemlich überflüssigen Texte absonderten. Was habe doch Brecht über Thomas Mann gesagt: *Der Mann ist blind und nicht bestochen.* Wollen wir hoffen, daß man wenigstens das einmal von uns wird sagen können, sagte Peter Gutman, natürlich auf deutsch. Wir haben doch alle keine Ahnung, sagte er. Da war er noch keine zehn Minuten in meinem Apartment, das solche Töne nicht gewohnt war. Das außer dem Fernseher und gelegentlich einem Lied, das ich leise vor mich hinsang, überhaupt keine Töne gewohnt war.

Hallo, sagte ich. Was ist denn los. Auf deutsch. Wir sprachen jetzt beide deutsch. Da machte Peter Gutman seine charakteristische, abwehrend entschuldigende Handbewegung und kam zum Thema: Woher ich unseren anscheinend gemeinsamen Freund Efim denn nun wirklich kenne?

Waren Sie jemals in Leningrad, seiner Stadt, aus der er ausgebürgert wurde? fragte ich ihn. Peter Gutman schüttelte den Kopf.

Auch nicht in Sankt Petersburg, wie die Stadt heute heißt?

Nein. Peter Gutman kannte Rußland nicht, er hatte Efim an einer Universität in Texas kennengelernt, wo beide einen Lehrauftrag hatten. Über verschiedene Etappen der deutschen Literatur – ich, der deutsch-englische Jude, er, der russische Jude, sagte Peter Gutman. Wir haben uns darüber amüsiert.

Also, begann ich: Damals, als Etkind noch als Germanistikprofessor in Leningrad lehrte, haben wir mit der ganzen Familie in einem Schriftstellerheim in Komarowo, nahe bei Leningrad, Ferien gemacht.

Jetzt versuche ich mich zu erinnern, was alles ich Peter Gutman an jenem ersten Abend erzählt habe, suche in allen möglichen Schubladen nach einem bestimmten Aktenstück, das meine Erinnerung untermauern würde. Wieder merke ich, die Akten, zu denen es gehört, habe ich lieblos und unaufmerksam behandelt. Lew Kopelew, euer Moskauer Freund, hatte Efim zu euch geschickt, eines Tages kreuzte er überraschend in seinem alten Pobeda vor dem Heim auf, um euch abzuholen. Eine Fahrt zu seiner Datscha in Richtung finnische Grenze, du erinnerst dich an Kiefernwald, Krüppelkiefern. Es war Spätsommer. Auf einmal flüsterte Efim: Ducken Sie sich!, worauf eure Köpfe hinter den Autoscheiben verschwanden und ihr unbehelligt an einem Militärposten mit quer über die Brust gehängter Kalaschnikow vorbeikamt. Die müssen nicht wissen, daß ich Sie hierherbringe, sagte Efim, und er brachte euch zu einem Holzhaus mitten im Wald, in dem es bunt und warm und gemütlich war, seine Frau empfing euch freundlich, seine beiden Töchter begannen mit euren Töchtern deutsch und russisch zu reden. Wenn ich mich recht erinnere, gab es zuerst Tee aus dem Samowar und Gebäck, und später wohl Pelmeni. Genau weiß ich noch, daß in der Stube, dort, wo in alten russischen Häusern sonst die Ikone und das Öllämpchen hängen, eine Ecke für Alexander Solschenizyn eingerichtet war: Fotos, Bücher, Briefe, du glaubtest sogar etwas wie ein ewiges Lämpchen zu sehen. Sie kennen ihn? hattet ihr Efim gefragt, und er hatte schlicht geantwortet: Wir sind befreundet. Dadurch war er für euch, besonders für die Töchter, in eine andere Kategorie von Lebewesen aufgerückt. Diese Freundschaft hat ihn und seine Familie die Heimat gekostet, ihm wurde vorgeworfen, Manuskripte von Solschenizyn versteckt und ihre Übersetzung im Westen vermittelt zu haben. Sie konnten es nicht beweisen, aber jeder, der ihn kannte, glaubte, daß sie ihn nicht ganz grundlos verdächtigten, auch ihr glaubtet das, habt ihn aber nie, auch später nicht, danach gefragt. Jedenfalls verlor er seine Arbeit, dann zwang man ihn zur Ausreise. In Paris, in einem hypermodernen Stadtteil, habt ihr ihn nach Jahren wiedergetroffen, seine Wohnung war mit Erinnerungsstücken besetzt und durchtränkt von Heimweh, an dem, wie ich glaube, seine Frau gestorben ist, obwohl die Diagnose lautete: Krebs.

Und während ich mir das alles in Erinnerung rufe und eine Serie von Bildern vor meinem inneren Auge abläuft, habe ich nun auch das Schriftstück gefunden, nach dem ich gesucht habe, natürlich in dem Koffer mit den Kopien unserer Stasi-Akten, den ich nur selten und ungern öffne. Es ist das einzige Dokument in russischer Sprache unter diesen Akten, ein Bericht des NKWD an die deutsche Gegenstelle, in dem fein säuberlich der

Besuch eines jungen Mannes in unserer Wohnung geschildert
ist. Der hatte sich in euer Vertrauen eingeschlichen – das erzählte ich Peter Gutman an jenem Abend in Kurzform –, indem er Efims Namen am Telefon nannte, daraufhin natürlich
eingeladen wurde und euch dann berichtete, er, der in Leningrad Naturwissenschaften studiere – das mag er nebenberuflich
auch getan haben –, habe Efim zufällig in einem Antiquariat
getroffen – o diese russischen Zufälle! –, wo dieser Bücher zum
Kauf angeboten habe, weil er gezwungen sei, das Land zu verlassen: Das habe er ihm im Vertrauen gesagt, da sie noch eine
Weile miteinander gesprochen hätten. Und Efim habe ihn be-
auftragt, euch zu fragen, ob er vom westlichen Ausland weiter-
hin mit euch in Kontakt bleiben dürfe oder ob das für euch zu
gefährlich sei, und ihr, unheilbar leichtgläubig, beteuertet, daß
ihr die Verbindung mit Efim halten wolltet, und botet ihm eure
Hilfe an.

So steht es auf russisch in deutscher Übersetzung, versehen
mit russischen Stempeln, in den Akten. Efim habt ihr immer
wieder getroffen, auf der Straße in Bloomsbury in London, in
einer westdeutschen Stadt, wo ihr gemeinsam an einer Tagung
teilnahmt, in Potsdam, nun schon nach der »Wende«, wo er zuletzt wohnte, auf seiner Dachterrasse, bei russischem Essen. Er
steckte voller russischer und jüdischer Anekdoten, ihr habt viel
gelacht, aber er wollte immer auch über die ernstesten Fragen
sprechen, ihn quälte eine Unruhe über die Zukunft, die versuchte er aus sich herauszutreiben, indem er unermüdlich rund
um den Globus reiste, um Vorträge zu halten, zu unterrichten.
Sein Herz war nicht gesund. Irgendwo unterwegs werde er einmal umfallen, dachtet ihr. Dann starb er aber da, wo er es nie im
Leben erwartet hatte, in Potsdam.

Ich habe nie so recht verstanden, sagte ich zu Peter Gutman,
wieso ein so banaler Vorgang zwei Geheimdienste beschäftigen
konnte.

Tja, sagte Peter Gutman, ihr habt euch wohl nicht genug
Mühe gegeben, euch in ihre Denkweise zu versetzen.

Ach doch, sagte ich. Manchmal haben wir alles gewußt, dann haben wir es wieder vergessen, manche Einsichten haben es an sich, in unvorhersehbarem Rhythmus aufzutauchen und wieder zu versinken, im »Meer des Vergessens«, das ist doch ein schönes Bild. Findest du es nicht eigenartig, fragte ich und merkte gar nicht, wie ich zum Du übergegangen war, daß unser Gehirn nicht dafür gemacht zu sein scheint, solche schlichten Einsichten aufzubewahren. Daß es dafür aber alle Arten von Geschichten leicht und leichtfertig aufnimmt und oft genug festhält.

Einspruch, Euer Ehren, sagte Peter Gutman, und mir fiel ein, daß er aus England kam und daß hinter seinem Namen in der Gästeliste als Berufsbezeichnung »essayist« stand.

Wieso denn, sagte ich. Geschichten sind aufgehoben im Strom des Erzählens durch die Jahrhunderte, erzählt ist erzählt. Nie mehr wird Achill als etwas anderes denn als Held erscheinen dürfen. Oder nimm Werther. Wieder und wieder wird er sich diese Kugel in den Kopf schießen, Goethe selbst hätte sie nicht mehr aufhalten können. Also was tun. Oder vielmehr was schreiben, wie schreiben. Daß am Ende jedermann stirbt, ist zwar tragisch, aber das ergibt doch noch keine Geschichte. Oder was denkst du.

Weiß nicht, sagte Peter Gutman. Was du sagst, ist nicht weit entfernt von dem, was mein Philosoph über das Erzählen schreibt, ich werde dir das mal berichten. Aber etwas anderes: Würdest du meinen, daß es eine Geschichte ergibt, wenn in einem Leben ein Motiv sich immer und immer wiederholt.

Das weiß ich nicht, sagte ich. An welches Motiv denkst du denn.

Zum Beispiel an das Motiv des verpfuschten Lebens.

Also hör mal. Du als Literaturkenner müßtest wissen …

Komm komm. Die Bücher kenn ich alle, mit all ihren Geschichten. Sie nützen mir nichts.

Right, sagte ich. Da sind wir uns einig.

Und dabei wollte Peter Gutman es für heute belassen. Er

stand auf, ging. Nach einigen Minuten rief er an. Danke für den Abend. Du wirst gemerkt haben: Es ging um mich. Ich bin der, der dabei ist, sein Leben zu verpfuschen. Nein, sag jetzt nichts. Hat mir gut getan, zu reden.

Ich hatte in jene Gehirnspur, die für Alltagsverrichtungen zuständig ist, das Buslinennetz von Santa Monica und Los Angeles eingespeist und die Benutzungsanweisung für die Universitätsbibliothek. Unangefochten fuhr ich im Blue Bus Line Two die endlosen, schnurgeraden palmenumsäumten Straßen entlang, immer in diesem unwirklichen Licht, ich suchte und fand auf dem Campus der UCLA die Bibliothek, gab meine Lesekarte in einen Computer ein, ließ auf dem Bildschirm eines anderen Computers auf ein Stichwort hin Autoren- und Titellisten vor meinen Augen abrollen, bis ich auf einen Namen und auf einen Titel stieß, die für meine Recherchen nützlich sein konnten: »Weibliche Emigration in den USA«. Ich drückte die Bestelltaste und erfuhr, daß das Buch ausgeliehen war, und zwar erst seit wenigen Tagen. Ich gab meine Vorbestellung auf. Wieder eine Spur, die nicht weiterführte. Die Frage, warum ich eigentlich hier war, schien dringlicher zu werden.

Ich gab mir zu, daß ich einen Stich von Eifersucht empfunden hatte, als mir in dem alten Vulkanfiberkoffer, dem Nachlaß meiner Freundin Emma, dieses Briefbündel in die Hände fiel, in einem großen braunen Umschlag, auf dem in Emmas Schrift in einer Ecke mein Name stand und in der Mitte mit dickem schwarzen Stift der große Buchstabe »L« – derselbe Buchstabe, mit dem die Schreiberin ihre Briefe unterzeichnet hatte. Emma hatte all die Jahre über, in denen ich glaubte, ihre engste Vertraute zu sein, mit dieser L. korrespondiert, ohne mir etwas davon zu sagen. Sei nicht kindisch, mußte ich mir zureden, und nimm das nicht als Vertrauensbruch. War Emma etwa verpflichtet, dir alles und jedes zu sagen. Die Bekanntschaft Emmas mit L. hatte weit in ihre Vergangenheit zurückgereicht, in die zwanziger Jahre. Als ich geboren wurde, war Emma schon in der Kommunistischen Partei und vermutlich befreundet mit »L«. Daß sie ausdrücklich mir diese Briefschaften hinterließ, war mir eine Art Trost und ein Beweis ihres ungetrübten Vertrauens, ich empfand aber auch eine Aufforderung, mich um den Bereich ihres Lebens zu kümmern, den sie vor mir verborgen hatte. Hätte sie nicht sonst diese Briefe vernichtet, ehe sie starb?

Außergewöhnlich müde, ging ich am hellerlichten Mittag anstatt in mein Büro ins MS. VICTORIA, legte mich hin und schlief sofort ein. Ich träumte von einem Traumbuch, das ich einst hatte anlegen wollen, ein Plan, den ich wie so viele andere Pläne nicht ausgeführt hatte. Nun aber, im Traum, hielt ich dieses Traumbuch in Händen, ein liniertes Schulheft im DIN-A4-Format, zwischen dessen Seiten ich alte Geldscheine gelegt hatte, ungültig seit dem Untergang des Staates, in dem sie gültig gewesen waren. Zu meiner Verwunderung träumte ich weiter von Geld. Ein Freund, der schon tot war, ruft mich an: Er brauche Westgeld für seine Mutter. Wir müssen uns also noch in DDR-Zeiten befinden, wie man jetzt sagt, das denke ich im Traum, sage dem toten Freund: Neulich habe ich sogar jemanden von »Ostzeiten« sprechen hören. Aber woher soll ich jetzt so schnell Westgeld nehmen, frage ich ihn, er sagt, man müsse nur zu einem bestimmten Büro gehen und den Zweck angeben, dann bekomme man irgendwelche Scheine. Wir fahren also durch eine wüste Trümmerstadt zu einem düsteren Amtsgebäude, an einem Schalter werden mir tatsächlich Zettel ausgehändigt, die mit Geld aber gar keine Ähnlichkeit haben, beklommen zeige ich sie G., der zuckt die Achseln: Naturalwirtschaft, sagt er. Jetzt müssen wir dieses nach meiner Überzeugung wertlose »Geld« also zur Mutter unseres toten Freundes bringen, wir fahren durch unwegsames Gelände und landen vor einem Haus, das nun wohl von allen meinen desolaten Traumhäusern das desolateste ist, vollkommen verwahrlost, einer der Giebel ragt als Kulisse in den Himmel, auf dem Hof liegen einzelne Pflastersteine, dazwischen Schlamm und Gras, wir sagen: Hier hat der letzte Regen aber sehr geschadet. Die Mutter unseres toten Freundes kommt uns entgegen, ganz verändert, devastiert, alte, verschwommene Gesichtszüge, sie, die immer so korrekt gekleidet war, ist in dicke schmutzige Sachen gehüllt, offenbar hat sie gefroren, sie führt uns in einen unwirtlichen kalten Raum, wir merken, daß sie über unseren Besuch erschrocken ist und sich fragt, ob wir etwa bei ihr übernachten wollen, wir beruhigen sie, liefern die Geldzettel ab, mit denen sie nichts anfangen kann. Ihr Sohn schicke uns, sagen wir, ach ja, sagt sie leichthin, der sorge noch aus dem Grab heraus für sie. Ich habe den Eindruck, die Frau ist nicht bei Sinnen, halb verrückt vor Einsamkeit, schwer bedrückt verlassen wir sie und treffen auf unsere jüngere Tochter, die uns sagt, die Frau verstelle sich nur, wenn sie freundlich tue, eben habe sie durchs Fenster sehen können, wie sie das »Geld« mit einem boshaften Grinsen in den Ofen gesteckt habe.

Im Aufwachen hatte ich das Gefühl, der Traum symbolisiere in der Verkleidung eines bösen Märchens von der alten Hexe den Untergang des ostdeutschen Staates, der sein Ende fand in den Menschenschlangen, die vor den Banken nach dem neuen Geld anstanden, in dem Autokorso, der um Mitternacht rund um den Alexanderplatz mit viel Lärm und Sekt die Ankunft des neuen Geldes feierte, im Halbschlaf schoben sich mir die Fernsehbilder vor die Traumbilder, die ich festhalten, deren Bedeutung ich entziffern wollte, sie schwanden. Ich schlief noch einmal ein.

Am Morgen verlangte es mich nach den Briefen von L., deren Existenz meinen Aufenthalt an diesem Ort rechtfertigte. Der rote Aktendeckel lag griffbereit im Regal neben dem wachsenden Zeitungsstapel – heute liegt er in einer Schublade, in der ich noch andere Erinnerungsstücke an Emma aufbewahre: Fotografien aus verschiedenen Abschnitten ihres Lebens, alle erst aus der Nachkriegszeit, Emma als lebenslustige Frau unter Freunden, auch mit mir im Garten vor ihrer Laube, das alte zerflederte Kochbuch, dessen Gerichte sie für mich gekocht hat, ihr uraltes Parteibuch, das in die zwanziger Jahre zurückreicht, Kopien von Gerichtsakten aus den fünfziger Jahren, als sie, wegen »ungerechtfertigter Anschuldigungen«, wie es im Rehabilitationsschreiben heißt, zwei Jahre in einem Gefängnis der Deutschen Demokratischen Republik einsaß. Nächtelang haben wir darüber gesprochen.

Sie fehlte mir. Gerade jetzt fehlte sie mir sehr. Niemand konnte wie sie die Dinge zurechtrücken. Durch die Worte ihrer Freundin L. wollte ich ihre Stimme hören. Ich setzte mich an den Tisch und schlug den roten Aktendeckel auf: Ein Häufchen zum Teil angegilbter Briefblätter in verschiedenen Größen, zumeist in amerikanischem Papierformat, fast alle auf der Schreibmaschine, einige mit der Hand geschrieben – mit einer ausgreifenden, beinahe männlich wirkenden Frauenschrift, die sich über die mehr als drei Jahrzehnte hin, die diese Briefe umfassen, in eine schwer lesbare Altersschrift verwandelt hat. Briefumschläge mit einem Absender gibt es nicht, nicht einen einzigen, als hätte die Empfängerin sie gründlich und sorgfältig vernichtet. Kein Foto, und auch sonst keinen Anhaltspunkt über die Absenderin, außer vor dem jeweiligen Datum die Ortsangabe »Los Angeles«.

Das sah Emma ähnlich: Nie mit mir reden wollen über meinen Plan, ihre Biographie zu schreiben, mir dann aber kommentarlos wichtige Materialien dafür hinterlassen. Eine Botschaft, die heißen mußte: Schreib! Was sie nicht vorhersehen konnte: Daß mich etwas wie eine Besessenheit packen würde, die Absenderin der L.-Briefe aufzuspüren, das Rätsel zu lösen, das diese Briefe mir aufgaben.

Immer noch mußte ich eine Hemmung überwinden, wenn ich in diesen Briefen las. Sehr vorsichtig faßte ich die frühesten Blätter an, in der Furcht, das dünne Papier, das an den Rändern schon ausfranste, könnte mir unter den Händen zerfallen. Heute verwundert mich mein Leichtsinn, die Originale der Briefe auf diese weite Reise mitgenommen zu haben, anstatt Kopien herzustellen, wie sie inzwischen vor mir liegen, während die Originale in einem Banksafe gesichert sind.

Der erste Brief, vom September 1945. Die blaue Tinte, mit der das Blatt beidseitig beschrieben war, schien auf der je anderen Seite durch und erschwerte das Entziffern. Die ersten Sätze kannte ich auswendig:

»Emma, meine Liebe, ich hoffe und wünsche, ich schreibe an eine Lebende. Das ist die wichtigste Frage, die man heute an seine Freunde in Europa stellen kann. Bitte, beantworte mir diese Frage so schnell wie möglich, auch wenn es immer noch schwierig sein mag, von Euch aus einen Brief nach Übersee zu schicken. Ich gebe diese Botschaft einem jungen Mann mit, der als Korrespondent einer großen amerikanischen Zeitung Europa bereisen wird. Wenn Du noch da lebst, wo ich Dich vermute, wird er Dich besuchen und Dich bitten, ihm einen Brief für mich mitzugeben. Eben habe ich in meinem alten Adreßbuch geblättert, eines der ganz wenigen Dinge, die ich bei meiner Flucht aus Europa mitgenommen und über alle Stationen meines Exils gehütet habe, und war erschrocken, auch traurig, wie wenige Namen geblieben sind, an die ich einen solchen Brief richten kann. Der Führer hat es beinahe geschafft, tabula rasa zu machen mit unseren Leuten. Dein Name, Emma, hat immer ganz oben auf meiner inneren Liste gestanden. All die düsteren Jahre über hat er mich begleitet wie ein Signal, an das ich mich halten konnte: Wenn Frieden sein wird, werde ich Dich wiederfinden, und Du wirst die alte sein – daran hatte ich nie den Funken eines Zweifels.

Von mir heute nur soviel: Ich bin wohlauf, in den Grenzen, die die Umstände und das Alter vorschreiben, und meine Lebensverhältnisse haben sich nicht verändert: Die äußeren nicht, die inneren nicht. Du wirst wissen, was ich damit sagen will, und wirst wie früher mit Deinem spöttischen Grinsen den Kopf schütteln. Ja, meine Liebe, der Mensch ändert sich nicht, da wirst Du mir wohl widersprechen. Dann werde ich Dir Einzelheiten erzählen, und Du mir auch! Ich umarme Dich. L.«

Ich wußte ja, daß Emma im Herbst 1945, als wir uns noch nicht kannten, zwar in Berlin wohnte, sie hat niemals in einer anderen Stadt gewohnt als in Berlin, aber nicht mehr in dem Haus, in dem der junge amerikanische Korrespondent sie gesucht haben mochte, ein Hinterhaus in Neukölln, das war durch Bomben zerstört worden, und vielleicht war dies die Rettung für seine langjährige Bewohnerin gewesen, die von der Gestapo überwacht wurde und kurz vor einer neuerlichen Verhaftung stand. So konnte sie sich in der Bombennacht aus der Ruine herausarbeiten und im Trümmerdschungel der beinahe völlig zerstörten Stadt untertauchen. Darüber sprach Emma fast nie. Wie oft saßen wir in ihrem labyrinthischen Häuschen am östlichen Stadtrand, das in den Jahren durch An- und Ausbauten aus jener Laube herausgewuchert war, in die Emma sich bei Kriegsende geflüchtet hatte. Ich nahm den letzten Brief aus seinem Umschlag. Er war im Mai 1979 nicht von L., sondern von einer Fremden geschrieben und enthielt die knappe Mitteilung, daß L. an Herzversagen gestorben sei. Unterzeichnet war er mit einem Vornamen: »Ruth«.

Ich fragte mich, was Emma mir wohl heute sagen würde. Bleib auf dem Teppich, Mädchen? Allein der Gedanke daran besserte meine Stimmung.

Doktor Kim, zu dem man auf Strümpfen ging und in dessen Vorraum man in Bambussesseln saß, fragte andere Fragen als andere Ärzte. Zwar interessierte ihn der Körperschmerz, der mich zu ihm führte, durchaus und gründlich. Hüftgelenke, nun ja, das schien ihn nicht zu beunruhigen. Dann hob er seinen schmalen asiatischen Kopf von dem Blatt, das ich für ihn hatte ausfüllen müssen: You are a writer. What have you got to do to become a good writer. Da fühlte ich mich wieder in einer

Prüfung, wollte gut abschneiden, versuchte mich einzufühlen in das, was der Lehrer hören wollte, und sagte, ich bemühte mich, mich so genau wie möglich kennenzulernen und das auszudrücken. Doktor Kim schien es zufrieden. Ich solle regelmäßig meditieren, riet er mir noch, dann würde ich mich gut kennenlernen, und ich solle nicht erschrecken vor dem, was ich da sehen würde, und mich nicht scheuen, das auszudrükken. Dann würde ich der beste Schriftsteller der Welt werden können.

Da konnte ich ehrlichen Herzens sagen, das sei nicht mein Ziel, was ihn zu erstaunen schien. Unbewegten Gesichts spickte er meinen Körper mit seinen feinen Metallnadeln.

Aber es war nicht mein Ziel, konnte ich mir bekräftigen, als ich wieder im Bus saß, der den ganzen langen Wilshire Boulevard unter seine Räder nahm und die ärmeren Leute aufsammelte, die autolosen Leute, die es auch noch zu geben schien in dieser Autostadt. Gehörte ich zu ihnen? Müßige Frage, jederzeit konnte ich mir ein nicht teures gebrauchtes Auto zulegen, wenn ich meine Hemmung vor dem Verkehr in dieser mir undurchschaubaren Stadt verloren haben würde. Ich versuchte, mir die wechselnden Passagiere einzuprägen, die schwarze Mutter mit ihrem schleifchengeschmückten schwarzen Kind, den verwahrlosten Obdachlosen, der an der Flasche hing und wütend vor sich hinbrabbelte, eine Gruppe von weißen, schwarzen und braunen Schülern, die sich vor den Mitteltüren versammelten und so albern waren wie Schüler überall auf der Welt, eine Frau, deren Körper, eine Fleischmasse, die beiden Plätze einer Sitzreihe voll ausfüllte. Ich beobachtete sie, wie ich es mir angewöhnt hatte. An jeder Station fiel mir auf, wie viele Leute schlecht laufen und nur mit Mühe ein- oder aussteigen konnten, wie viele an Stöcken oder Krücken gingen, wie viele einen verbundenen Arm oder ein abgeklebtes Auge hatten, und als der Bus endlich Fourth Street hielt, gab ich mir Mühe, so leichtfüßig wie möglich auszusteigen, als brauchte ich den Haltegriff eigentlich nicht, obwohl der Erfolg, den Doktor Kim anscheinend schon von seinen ersten fünf Nadeln erwartet hatte, sich nicht einstellen wollte. Doch hatte ich davon gehört, daß eine Verschlimmerung der Symptome auf die Wirkung der Therapie deuten konnte, und ich fragte mich, als ich etwas mühsam die Treppe zu meinem Apartment hochstieg, ob ich mir nicht noch einmal eine jener Tabletten leisten sollte, von denen Doktor Kim nichts wissen durfte, da er mir schon jeglichen Kaffee- und Weingenuß untersagt hatte – no coffee, no wine! –, weil nach seiner Meinung diese schädlichen Drogen das freie Fließen der Energieströme blockierten, das Doktor Kim gerade in mir anregen wollte.

Unvorbereitet traf mich dann die Meldung, die ich nicht hören wollte, die in den Fernsehnachrichten kam, ehe ich fluchtartig den Raum verlassen konnte, nur die Augen konnte ich noch schließen, und in der Zeitung konnte ich die Seite überblättern, auf der jene »Elektrischer Stuhl« genannte Mordvorrichtung abgebildet war. Aber der Mann, der seit seiner Mordtat zehn Jahre im Todestrakt gesessen hatte, war mit einer Giftspritze getötet worden. Verzweifelt versuchte ich, die Vorstellung zu verdrängen, es gelang nicht. Verzweifelt versuchte ich, der Nachricht von der Entführung jener Archäologin im Irak mit Gleichmut zu begegnen, damit sie erträglicher würde. Es gelang nicht, oder nur zeitweise. Ich weiß noch, wie ich als Kind manchmal in meinem Bett lag und mich fragte, wie ich die Nachrichten von dem Leid, das anderen Menschen andauernd zugefügt wurde, und die Angst vor eigenen Verletzungen ein ganzes langes Leben lang aushalten sollte. Da wußte ich noch nicht und hätte es nicht geglaubt, daß Mitgefühl sich abschwächen kann, wenn es übermäßig beansprucht wird. Daß es nicht in der gleichen Menge nachwächst, wie es ausgegeben wird. Daß man, ohne es zu wissen und zu wollen, Schutztechniken entwickelt gegen selbstzerstörerisches Mitgefühl.

Ich strebte dem CENTER zu, durchquerte die Halle. How are you doing today? Great, thank you. O good. Vier Fahrstühle, zwei auf der einen, zwei auf der anderen Seite. Ich stellte sie mir durchsichtig vor, sah die gläsernen Kabinen auf- und abschweben, die den Kreislauf des Bürohochhauses in Gang hielten, sah die Münder der Menschen in den Kabinen sich bewegen zu immer den gleichen Fragen, immer den gleichen Antworten, sah die Fahrstühle auf den verschiedenen Stockwerken anhalten, die jungen Damen mit ihren Aktenbündeln ihre wichtigen Botschaften in jede Zelle, jeden Winkel des großen Hauses tragen: Es geht uns prächtig, wunderbar, ausgezeichnet. Es könnte uns nicht besser gehen. Und so überall im Land. Und meine Annahme, das ewige Lächeln müßte anstrengend sein, war falsch, wie ich inzwischen wußte. Normalverhalten strengt nicht an.

In meinem Postfach fand ich jetzt immer häufiger Briefe aus der Stadt, darunter Einladungen, ein Zeichen, daß immer mehr Personen und Institutionen von meiner Anwesenheit erfahren hatten. Ein Westberliner Kollege würde also über den Ozean hergeflogen kommen, um hier, wo niemand ihn und seine Vergangenheit kannte, unter der Überschrift: Es gibt kein richtiges Leben im falschen, gegen diejenigen seiner Kollegen zu polemisieren, die sich nicht öffentlich von ihren linken Verirrungen losgesagt hatten, wie er selbst es kürzlich getan hatte, nicht ohne hinzuzufügen, für ihn sei ganz klar, daß die Kollegen unter dem Regime im Osten kein sinnvolles Leben hätten führen können.

Ich kannte diesen Mann nicht persönlich und wollte mich vor Ungerechtigkeit ihm gegenüber hüten. Aber ich mußte mich doch fragen, ob er nicht – gerade er, der zu den Linkesten gehört hatte! – wenigstens seinen Adorno kennen sollte; ob er nicht wissen könnte, daß dieser Satz aus den MINIMA MORALIA, der von allen Medien als Waffe gegen die Intellektuellen in der DDR benutzt wurde, am Ende des 18. Kapitels unter der Überschrift »Asyl für Obdachlose« steht und die Unmöglichkeit angemessenen Wohnens unter den gegebenen »falschen«, nämlich kapitalistischen Verhältnissen erörtert: *Eigentlich kann man überhaupt nicht mehr wohnen.* Aber – was

auch immer sie ursprünglich bedeutete – man konnte sich eine
so griffige Formulierung wohl nicht entgehen lassen.

Ich setzte mich an mein Maschinchen und schrieb:

WAS WÄRE DENN DAS RICHTIGE LEBEN IM RICHTIGEN GEWESEN.
WENN ES UNS BEI KRIEGSENDE GEGLÜCKT WÄRE, MIT UNSEREM
FLÜCHTLINGSTRECK NOCH ÜBER DIE ELBE ZU KOMMEN, DER WIR
DOCH MIT DER LETZTEN KRAFT DER ZUGPFERDE ZUSTREBTEN?
WÄRE ICH UNTER DEN ANDEREN, DEN RICHTIGEN VERHÄLTNIS-
SEN EIN ANDERER MENSCH GEWORDEN? KLÜGER, BESSER, OHNE
SCHULD? ABER WARUM KANN ICH IMMER NOCH NICHT WÜN-
SCHEN, MEIN LEBEN ZU TAUSCHEN GEGEN JENES LEICHTERE,
BESSERE?

Da mußte ich loslaufen, weg von der geduldigen terroristischen
Schreibmaschine, raus aus meinem stillen Apartment, der Zelle,
in der die Wände auf mich zukamen, mußte dem Dauermono-
log in meinem Kopf entfliehen, hin zu jener Stelle an der Ocean
Park Promenade, von der ich den freiesten Blick auf den Pazifischen Ozean hatte.

Kaum zu glauben und schwer auszuhalten, daß alle diese
Leute, die mir auf der Ocean Park Promenade entgegenkamen, unschuldig sein sollten, Menschen ohne Schuld, die gab
es, das japanische Liebespaar, das sich zuerst mit Selbstauslöser
in verschiedenen Posen fotografierte, dann mich bat, sie beide
abzulichten bei dem Versuch, den Stamm eines mächtigen Eu-
kalyptusbaumes zu umarmen, unschuldig auch die mexikanische Großfamilie, die sich zwei Bänke zusammengerückt hatte
und aus recycelbaren Fast-Food-Behältern Hamburger und
Hot dogs speiste, schuldlos sie alle, von der in leuchtende in-
dianische Farben gehüllten Frau bis zum neugeborenen braun-
häutigen Säugling, mochten auch einige Mitglieder ihres Clans
illegal über die Grenze gekommen sein. Darum ging es nicht.
Die einzeln oder zu zweit joggenden jungen Leute, manche an
Pulszähler angeschlossen, oder an Schrittgeber, was wußte denn

ich, manche aus Erschwernisgründen auch noch mit Hanteln bewaffnet. DO YOU LIKE ME stand mit schwarzen Buchstaben auf ihren durchgeschwitzten T-Shirts, und da konnte es ja keine andere Antwort geben als ja und nochmals ja.

Oder die Gruppe russischer Emigranten, denen ich von meiner Bank aus, Beobachtungsposten, das Russische von weitem ansah, schuldlos auch sie, gerade sie. Ich versuchte, während sie vorbeigingen, etwas von ihrer Sprache aufzuschnappen, das Russische, das uns meine erste Russischlehrerin, eine Baltendeutsche, dringend anempfahl – uns Abiturienten, aus allen möglichen Gegenden des besiegten Großdeutschen Reiches in die thüringische Kleinstadt verschlagen und auf nichts weniger aus als darauf, diese Sprache der Sieger zu lernen: Lernt, Kinderchen, lernt, wo der Russe einmal ist, geht er nie wieder weg. Ein paar Wörter schnappte ich auf, ich wagte nicht zu fragen, zu welcher der verschiedenen Emigrationswellen dieser Familienverband gehörte. Die Kinder, merkte ich, riefen sich Wörter auf Englisch zu.

Mich überspülte eine Erinnerungswoge, ausgelöst durch die Sprache, durch das Wort »Moskau«. Die Erinnerung an meine letzte Moskau-Reise im Oktober 1989, die mich schwer deprimierte wegen der bedrückenden Auskünfte der Freunde über den Zustand ihres Landes.

Vor dem Rückflug, auf dem Flughafen Scheremetjewo, wurdest du von einer jungen Frau angesprochen, im reinsten Sächsisch. Sie, die Mitglieder eines Madrigalchors aus Halle, seien wochenlang in Mittelasien unterwegs gewesen, abgeschnitten von Nachrichten aus der DDR, ob du etwas von den letzten Leipziger Montagsdemonstrationen wüßtest, es gebe Gerüchte über Opfer unter den Demonstranten nach Zusammenstößen mit den Sicherheitskräften, sie seien in Sorge um ihre Angehörigen und Freunde, ob du ihnen etwas sagen könntest. O ja, das konntest du. Am vergangenen Montag, dem 9. Oktober 1989, warst du mittags in Moskau angekommen, in der Nacht hattest du zu Hause angerufen, voll Besorgnis um das Schicksal der

Demonstranten in Leipzig, da hörtest du, was du jetzt weitersagen konntest: Es waren hunderttausend auf der Straße, und nichts ist passiert. Und da empfandest du noch mal dasselbe Glück, das diese junge Frau jetzt empfand, die dich umarmte und die gute Nachricht an die anderen Chormitglieder weitergab.

Während ihr, eine große Menge von Reisenden, viele westdeutsche Touristen darunter, in der Abflughalle warten mußtet, formierte sich auf leise Anweisung hinter dir der Chor und fing zu singen an, O TÄLER WEIT, O HÖHN, vielstimmig, sehr rein, sehr klar, sehr innig. Du als einzige von allen Zuhörern verstandest, warum sie sangen, und du mußtest dich wegdrehen und hättest dein wehes und bewegtes Gefühl nicht benennen können. Es war nicht nur ein Abschied von Moskau, der hier stattfand. Und später, in der neuen Zeit, wieder und wieder hochnotpeinlich verhört, was es denn um Himmels willen gewesen sein sollte mit diesem maroden Land, daß man ihm auch nur eine Träne nachweinen konnte. Was es denn außer Schrott und Spitzel-Akten einzubringen habe in das große, reiche und freie Deutschland. Da hast du manchmal an diese Minuten denken müssen auf dem Flughafen in Moskau: Das haben wir jetzt für Sie gesungen. Und an die erstaunten, befremdeten Gesichter der westdeutschen Reisenden, die sich den Herkunftsort des Chores zuflüsterten und am Ende begeistert Beifall klatschten. Sie hatten den Gesang genossen, den schmerzlich freudigen Unterton nicht wahrnehmen können, und da schwiegst du eben, als man später mit Fragen und Vorwürfen in dich drang.

Irgendwann bildete sich der Satz: Wir haben dieses Land geliebt. Ein unmöglicher Satz, der nichts als Hohn und Spott verdient hätte, wenn du ihn ausgesprochen hättest. Aber das tatest du nicht. Du behieltest ihn für dich, wie du nun vieles für dich behältst.

Man wird müde davon, ich mußte manchmal alles stehen- und liegenlassen und in mein Apartment gehen und mich hinlegen. Ich fing an, die Tagebücher von Thomas Mann zu lesen, die er an diesem Ort, wenige Kilometer vom MS. VICTORIA entfernt, als Emigrant geschrieben hatte, aber das Buch fiel mir bald aus der Hand, ich schlief ein. Wir fahren auf der Autobahn in Richtung Berlin, wieder mal habe ich den Autoatlas auf den Knien und suche das Land, die Stadt, in die wir auswandern könnten, mein Gefährte redet von den Radarfallen, deren Standorte er kennt, noch nie habe ihn die Verkehrspolizei bei überhöhter Geschwindigkeit ertappt, ich sage: Aber es ist doch nicht mehr dieselbe Polizei, er sagt, doch, sie hätten nur die Uniform gewechselt, und die neuen Geschwindigkeitsschilder seien Täuschung, in Wirklichkeit müßten wir uns an die alte Geschwindigkeitsbegrenzung von hundert Stundenkilometern halten, alles andere werde bestraft. Auf der linken Spur rasen wie immer die Westwagen an uns vorbei, die dürfen das, sagt er, weil für sie andere Gesetze gelten. Auf einmal sitzen wir mit unseren Töchtern und unseren Schwiegersöhnen im Café Kranzler am Ku'damm, ich ahne schon, was die ältere Tochter uns sagen will, sie sagt: Also wir haben uns entschlossen wegzugehen, warum sollen wir auf ewig in das graue Leben hier und in den Mangel und in die Enge eingesperrt sein. Ich nicke und habe das quälende Gefühl, daß irgend etwas an ihrer Entscheidung nicht stimmt, ich komme nicht darauf, was es sein könnte, unser zweiter Schwiegersohn sagt bekümmert, nun würden wir wohl auch weggehen, ich sage: Aber nein, das ist doch gar nicht nötig. Wir haben alle riesige Eisbecher mit Schlagsahne vor uns und sind traurig, jetzt hat es uns auch erwischt, dachte ich beim Aufwachen und brauchte lange, um mir klarzumachen, warum es nicht mehr nötig, ja nicht mehr möglich war wegzugehen.

Peter Gutman kam, nicht zum ersten Mal im rechten Moment. Du scheinst einen Draht dafür zu haben, wann du hier auftauchen sollst, sagte ich. Er wollte wissen, was los war.

Ich habe herausgefunden, sagte ich, daß meine Gefühlslage häufig nicht den historischen Ereignissen angemessen ist.

Ein Beispiel, wenn's genehm ist?

Gerne. Der Fall der Mauer war ein Jubeltag, wie du weißt. So wird er auch für immer in den Geschichtsbüchern stehen.

Ja, und?

Und ich habe ihn so erlebt: Am Abend waren wir im Kino, bei der Premiere des Films, der das »Coming Out« eines homosexuellen Lehrers in der DDR schilderte, ein Thema, das öffentlich noch nicht behandelt worden war. Das Publikum war sehr bewegt und spendete dem Filmteam minutenlang Beifall. In jenen Tagen waren wir alle aufgewühlt von den Vorgängen in unserem Land. Danach gingen wir zu unserer Tochter. Unser Schwiegersohn empfing uns an der Wohnungstür: Habt ihr schon gehört? Die Mauer ist offen. – Und was sagte ich darauf ganz spontan? Ich sagte: Dann solln sie auf dem ZK die weiße Fahne hissen.

Na und? sagte Peter Gutman. War das falsch?

Nicht falsch. Unangemessen. Ich hätte meinem Schwiegersohn um den Hals fallen müssen und schreien: Wahnsinn! Ich hätte in Freudentränen ausbrechen müssen.

Ja, ja, sagte Peter Gutman.

IMMER DIESE ZWIESPÄLTIGEN GEFÜHLE

Zwiespältig? dachte ich. Hatte ich zwiespältige Gefühle, als wir dann auf dem Nachhauseweg in unserem Auto lange an der Kreuzung Schönhauser / Bornholmer Straße stehen mußten, weil der Strom der Trabis und Wartburgs, der auf den Grenzübergang Bornholmer zuflutete, nicht abriß? Was habe ich da wirklich gefühlt? Freude? Triumph? Erleichterung? Nein. Etwas wie Schrecken. Etwas wie Scham. Etwas wie Bedrückung. Und Resignation. Es war vorbei. Ich hatte verstanden.

Wenn man immer wüßte, was noch kommen wird, sagte ich.

Was du beschreibst, sagte Peter Gutman, sind die harmloseren Gefühlsirrtümer. Es gibt schlimmere. Verhängnisvolle.

Mein Vater zum Beispiel. Oberpostsekretär in Bromberg. Was fühlte er, als Hitler an die Macht kam: Entsetzen? Angst? Mitnichten. Sorglosigkeit hat er empfunden. Warnungen hat er in den Wind geschlagen. Bis die Gestapo ihn für eine Woche einsperrte. Da begriff er und brachte seine Gefühle auf den Stand der Dinge. Da schickte er seine beiden Söhne mit der nächsten Gelegenheit nach England und betrieb die Ausreise für meine Mutter, die damals noch nicht meine Mutter war, weil ich noch nicht geboren war, und sich selbst. Sie kamen weg und überlebten. Wie viele sind mit ihren falschen Gefühlen, mit ihrer Gutgläubigkeit, in den Tod gegangen.

Ich sagte: In Bromberg ist meine Mutter geboren. Mein Großvater war dort Fahrkartenknipser bei der Reichsbahn. Er trank gerne einen über den Durst.

Na siehst du, sagte Peter Gutman, als sei das ein Trost. Wir mußten beide lachen.

Später rief er an: Übrigens – so fingen die meisten seiner Reden an – übrigens hat mein Philosoph sich auch zu der Inkongruenz von objektivem Ereignis und subjektivem Fühlen geäußert.

Ich sagte: Davon bin ich überzeugt. Was sagt er denn?

Er sagt, nicht immer sind die Tatsachen gegenüber den Gefühlen im Recht.

Ich sagte: Das hast du dir jetzt ausgedacht.

Und er: Madame! Das würde ich nie wagen.

Erinnerungsbilder: Ich saß mit John und Judy zum ersten Mal in dem Café, das unser Stammcafé werden würde, in der 17th Street, wo man gute Salate für nicht zu teures Geld bekam. John hatte mir mehrmals Briefe ins CENTER geschrieben, mit Einladungen, und ich hatte geantwortet, ja, ich würde mich gerne mit ihm und einer Gruppe jüdischer Freunde treffen, »survivors« schrieb er, oder Angehörige der »second generation«. Sie wollten mit mir über Deutschland reden. Ich hatte Angst vor diesem Treffen, aber ich wollte ja zuerst John und Judy, seine

Frau, kennenlernen. John, der mich zum Dinner abholte, der jetzt und auch später »alles in die Hand nahm«. Hope you are fine, sagte er, als kennten wir uns schon lange, und ich, zu meiner Überraschung, sagte: Not really fine, John. Und er, wiederum überraschend: I know. But don't worry. You will be fine.

Künftige Freunde, wußte ich. Ein Ehepaar Mitte vierzig, er groß, schlank, mittelblondes, glatt zurückgekämmtes Haar, korrekt; sie klein, dunkelhaarig, lockig, lebhaft. Zum ersten Mal saßen wir uns gegenüber, und John erzählte fast sofort von seiner Familie, deren letzte Überlebende er jetzt, nach der »Wende«, in Ostberlin entdeckt hatte, zwei Cousins, die mit Frau und Kindern in der Karl-Marx-Allee in Berlin wohnten, der eine Ingenieur, der andere Verlagslektor, die sich, wie John es ausdrückte, durch die Vereinigung »kolonisiert« fühlten. Er breitete über den Tisch, über die Salatteller, ein großes Blatt mit seinem Familienstammbaum aus, den er über Jahre erforscht und selbst gezeichnet hatte. Ich hörte den ersten der vielen Berichte über deutsch-jüdische Lebensläufe, die ich noch zu hören kriegen würde: Der Bericht von den Eltern, die im letzten Moment, 1939, Deutschland verlassen können, wie sie über England, wo John später geboren wird, schließlich in die USA kommen und sich lange mit Gelegenheitsjobs durchschlagen. Zum ersten Mal hörte ich, daß ein Nachkomme vertriebener Juden sich zu Deutschland hingezogen fühlte. Dort seien doch seine Wurzeln, sagte John. Sorgfältig pflegte er die Beziehung zu seinen neu gewonnenen Verwandten in Ostberlin, mit leidenschaftlichem Interesse sammelte er alles, was er über die Vereinigung der beiden deutschen Staaten finden konnte, er steckte mir Artikel darüber zu, aus der Mappe, die er immer mit sich führte und jeweils auf den neuesten Stand brachte. Er war der erste Amerikaner hier, der keinen verklärten Gesichtsausdruck von mir erwartete, wenn das Wort »Vereinigung« fiel.

Judy und er teilten sich eine Soziologenstelle an der Universität, sie arbeiteten über Industriemanagement und verhehlten nicht, daß sie die kapitalistische Wirtschaftsordnung wegen ihres Zwangs zu endlosem wirtschaftlichen Wachstum für pervers hielten, aber mit dieser Meinung könnten sie nicht an die Öffentlichkeit gehen, sagten sie, n o c h nicht. Nicht nur, weil das auf lange Sicht ihren Job gefährden könnte, sondern vor allem, weil kaum jemand sie verstehen würde. Man hat es doch fertiggebracht, den Leuten einzureden, sagte John, daß sie in der besten aller möglichen Welten leben, und solange sie das gegen allen Augenschein glauben, sind sie taub für andere Meinungen. Wahrscheinlich würden nur Katastrophen sie wachrütteln, und die könne man ja wirklich nicht herbeiwünschen. Bis dahin müßten sie die Zeit nutzen und überzeugende Fakten sammeln, aber auch, wenn möglich, Vorschläge für Alternativen entwickeln.

Wie ich das kenne, sagte ich.

Wie ich das kannte. Wie oft ich in den letzten Jahren, den Niedergang meines Landes beobachtend, die Zeilen des alten Goethe memoriert hatte, die beginnen: Wir wollen die Umwälzungen nicht wünschen, die in Deutschland klassische Werke vorbereiten könnten. »Literarischer Sansculottismus«.

Wünschen müssen, was Zerstörung bedeutet, in der Klemme sitzen. Ohne Alternativen leben lernen. Deutsche Zustände.

Man würde uns unter verrückt verbuchen, sagte John, so weit haben wir uns mit unseren Ansichten an den Rand der Gesellschaft manövriert. Ich hätte vielleicht schon gemerkt, wie stark der Anpassungsdruck in den Staaten sei und wie wenig er von den Betroffenen überhaupt wahrgenommen werde. Daß der Alltag Amerikas als Norm für die ganze Welt gelte. Daß es als normal gelte, für Profit und Erfolg zu leben. Daß der Präsident nur von einem Drittel der Bürger gewählt werde und man sich für die vorbildlichste aller Demokratien halte. Das alles gelte nach dem Zusammenbruch des Kommunismus als gesichert in alle Ewigkeit. Es werde viel Zeit vergehen, bis die immensen Widersprüche, die im System lägen, aufbrechen würden. Dann aber müßten sie wenigstens theoretisch darauf vorbereitet sein.

Ihr Armen! dachte ich, das weiß ich noch, halb mitleidig, halb neidisch. Sie waren jedenfalls nicht von Selbstzweifeln zerfressen, das muß eine große Hilfe sein, dachte ich. Ihr wißt nicht, was euch noch bevorsteht, dachte ich. Wir aber wissen es jetzt und müssen zugeben, daß unsere Phantasie damals nicht ausreichte, um uns vorzustellen, daß einmal über zweitausend Särge mit toten amerikanischen Soldaten aus dem Irak in die USA transportiert werden würden, ohne daß die Amerikaner dagegen aufbegehrten.

Viele Einzelheiten verschwimmen, natürlich kann ich mich an die verschiedenen Phasen der Berichterstattung aus Europa nicht mehr genau erinnern, aber ich weiß noch, daß die Beiträge, die mir zugeschickt oder gefaxt wurden und die Kätchen mir in einer Mappe überreichte, andere Töne anschlugen, ungeduldigere, heftigere, schärfere. Ich las die Leserbriefseiten der Zeitungen: Die westdeutschen Leser hatten genug von den Problemen der ostdeutschen. Sie zeigten echte Ratlosigkeit: Was denn um Himmels willen dieses Geschrei um angebliche Werte bedeuten solle, die man von dem untergegangenen Staat bewahren wolle? Was man denn von einer Diktatur bewahren könne?

GENTLE, PRECISE AND OPEN, SAGT DIE NONNE, schrieb ich in mein Maschinchen, ich saß viele Stunden am Tag an der Schmalseite meines Eßtisches und schrieb, was jeder, der davon wußte, für Fleiß hielt, außer mir selbst, die ich wußte, was Fleiß war oder gewesen wäre, aber vielleicht fiel mein Unfleiß ja auch unter das alles verzeihende Verständnis der Nonne.

SANFTHEIT IST EINE ART GÜTE UNS SELBST GEGENÜBER, übersetzte ich die Zeilen der Nonne, GENAUIGKEIT VERHILFT UNS DAZU, KLAR ZU SEHEN, OHNE UNS DAVOR ZU FÜRCHTEN, SO WIE EIN WISSENSCHAFTLER SICH NICHT DAVOR FÜRCHTET, INS MIKROSKOP ZU SEHEN, UND OFFENHEIT IST DIE FÄHIGKEIT, GEHEN ZU LASSEN UND SICH ZU ÖFFNEN.

Was mir einleuchten wollte, immer haben solche Sätze mir einleuchten wollen, denke ich jetzt, Jahre später, Jahre, die strikt gegen diese Sätze gearbeitet haben. Mir fällt mein Traum von heute nacht ein: Ich bin mit meiner ganzen Familie zusammen in einer Art Höhle, auf einem freien Feld vor uns erhebt sich ein riesiger Turm, eine Eisenkonstruktion in der Art des Eiffelturms, der sich langsam nach rechts neigt, ein entsetzlicher Anblick, und dann wie ein Taschenmesser an zwei Stellen einknickt. Wir fliehen, wie viele Menschen um uns herum, in Panik, ich vermisse meine Großmutter, laufe zurück, die Höhle hat sich inzwischen in ein kleines passables Restaurant verwandelt, dort sitzt meine Großmutter im Rollstuhl und blickt mir entgegen. Ich denke: Elfter September! und wache schreiend auf. Epochenscheide, höre ich eine Stimme.

Das letzte Mal, als ich schreiend aus dem Schlaf fuhr, erinnere ich mich, das war in der Nacht nach meinem Besuch des kleinen bescheidenen Holocaust-Museums von Los Angeles. Zwei Räume. In dem einen an den Wänden Fotos von jüdischem Leben in Europa vor der Auslöschung. Familienbilder. Dokumente von der Vernichtung der europäischen Juden. Fotos von Überlebenden. – Der zweite Raum leer bis auf einen Eisenbahnwagen, nachgebaut jenen Viehwaggons, in denen die Menschen in die Vernichtungslager deportiert wurden.

Ich setzte mich mit dem noch jungen Direktor des Museums, einem kleinen, unauffälligen Mann mit zupackendem Blick, in ein Café in der Nachbarschaft. Ich wußte, ehe er es aussprach, was er mich fragen würde, auch er hatte natürlich die Bilder aus Deutschland in den Zeitungen gesehen. Ich kam ihm zuvor, sagte, ich hätte selbst auch keine Erklärung für die Ausschreitungen gegen Asylanten in Deutschland. Ich sagte, die Jugendlichen, besonders die in Ostdeutschland, hätten in den letzten Jahren erfahren, wie schwer es ist, schwach zu sein. Er sagte: Aber sie sind schwach, und sie müssen lernen, trotzdem nicht zuzuschlagen. Ich glaubte ihm anzumerken, daß auch für ihn die Deutschen mit einer unheilbaren Krankheit infiziert waren, mit einem Virus, der sich in besseren Zeiten einpuppen und totstellen konnte, so daß Deutschland wie irgendein normales Land wirkte, den aber jede Krise aktivierte, so daß er ausbrach und aggressiv wurde. Der Virus hieß Menschenverachtung. Ich hatte ihn in dem Teil des Landes, in dem ich lebte, lange Zeit für besiegt gehalten, besiegt durch Aufklärung. Als ich dieses Wort aussprach, glaubte ich in den Augen meines jüdischen Gesprächspartners etwas wie eine traurige Belustigung zu sehen. Aufklärung! sagte er gedehnt. Ja, ja. Dieser Hang zur Selbsttäuschung. War ja auch uns nicht fremd.

Mir war es neu, und ich spürte, wie ich mich dagegen auflehnte, hier und jetzt für das ganze Deutschland reden und einstehen zu sollen, das ja auch mir zu großen Teilen nicht nur geographisch fremd war. Er ließ mich reden, mich verhaspeln, Beweise suchen, Beteuerungen ausstoßen. Endlich schwieg ich. Und am Ende wieder diese ungläubige Frage: Und Sie wollen wirklich dorthin zurückgehen? Und meine schnelle Antwort: Aber ja. Selbstverständlich. Was denn sonst.

Und nachdem wir uns verabschiedet hatten und ich wieder im Bus saß, wurde ich das Gefühl nicht los, daß ich vergessen hatte, ihm etwas Wichtiges zu sagen. Ich kam nicht darauf, was es gewesen sein könnte.

An diesem Tag ging ich nicht mehr ins CENTER. Ich setzte mich an meine Maschine und schrieb:

WIE SOLLEN DIE ÜBERLEBENDEN DAMIT LEBEN. WIE SOLLEN WIR DEUTSCHEN DAMIT LEBEN. ES IST EINE LAST, DIE VON JAHR ZU JAHR SCHWERER WIRD. DA GIBT ES NICHTS ZU VERARBEITEN, NICHTS AUFZULÖSEN, KEINEN SINN ZU FINDEN. DA GIBT ES NICHTS ALS EIN JEDES MASS SPRENGENDES VERBRECHEN AUF UNSERER SEITE UND EIN JEDES MASS SPRENGENDES LEID AUF IHRER SEITE.

Und wie lange haben wir gebraucht, »unser« zu sagen, unser Verbrechen. Und wie lange haben wir, habe ich mich an Angebote geklammert, die versprachen, das ganz Andere zu sein, der reine Gegensatz zu diesen Verbrechen, eine menschengemäße Gesellschaft, Kommunismus.

Die Ausbeuter nennen ihn ein Verbrechen
Aber wir wissen: Er ist das Ende der Verbrechen.

Das Telefon. Peter Gutman. Es war Abend geworden. Ob er mir etwas vorlesen dürfe. Ein Zitat.

Bitte sehr. Wenn es nicht zu lang und zu kompliziert ist.

Er las: *Der Erzähler – das ist der Mann*, Pardon, Madame!, *der den Docht seines Lebens an der sanften Flamme seiner Erzählung sich vollkommen könnte verzehren lassen.*

Na ja. Ein wunderbarer Satz.

Aber?

Die sanfte Flamme würde ich ersetzen durch die sengende Flamme.

Dann, sagte Peter Gutman, würde der Docht des Lebens nicht verzehrt, sondern womöglich verkohlt werden.

Das ist es ja gerade, sagte ich.

Aha, sagte Peter Gutman. Ich verstehe. Schlafen Sie gut, Madame.

Sagen wird man über unsere Tage:
Altes Eisen hatten sie und wenig Mut,
denn sie hatten wenig Kraft nach ihrer Niederlage.
Sagen wird man über unsere Tage:
Ihre Herzen waren voll von bittrem Blut.
Und ihr Leben lief auf ausgefahrnen Gleisen,
wird man sagen –
und man wird auf gläsernen Terrassen stehn –
Und auf Brücken deuten –
Und auf Gärten weisen –
Und man wird die junge Stadt zu Füßen liegen sehn.

Im Bett drehten sich diese Verse durch meinen Kopf. Der Dichter KuBa, der sie einst schrieb, hatte an sie geglaubt und uns an sie glauben gemacht und war außer sich geraten, als unser Glaube nachließ, und war zusammengebrochen, als sein unverrückbarer Glaube ihm mit Hohn und Spott vergolten wurde. Ich konnte in den Hohn nicht einstimmen und kann es bis heute nicht. *Sagen wird man über unsere Tage ...* O nein, KuBa, genau das wird man nicht sagen. Und man sagt auch nicht: *Mutter von Gori, wie groß ist dein Sohn.* Zum Glück sagt man es nicht, denke ich, und halte das dünne Bändchen mit dem schmucklosen grauen Einband in der Hand, blättere und finde die Zeilen, die ich suchte:

Gori, du herbe, in Gärten verloren,
Wiege in friedlose Zeiten gestellt.
Tapfere Menschheit, dem Frieden verschworen,
Sei wie der Vater des Friedens der Welt.
Kopf des Proleten, Hirn des Gelehrten,
Rock des Soldaten: Genosse Stalin.

KuBa: Einer von denen, die zur rechten Zeit gestorben sind, denke ich. Gestorben und vergessen, oder brauchbar nur noch als Objekt höhnischer Ablehnung, zu dem er sich ja auch eignet. In dem Büchlein steht als Erscheinungsdatum das Jahr 1952, darüber mit Tinte das Datum geschrieben, als ihr es gekauft habt: 1953.

Die Universität lag hinter dir, ein Kind wollte versorgt sein, eine Wohnung für die Familie war das dringlichste, durch Trümmerstraßen gingst du zu deiner Arbeitsstelle beim Schriftstellerverband in der Friedrichstraße, auf einer Büroetage residierte der Dichter KuBa im Namen und im Interesse seiner Kollegen, hielt blindlings Referate vor jungen Autoren, die ihr ihm ausgearbeitet hattet, ließ sich von seinem Fahrer den einzigen Anzug kaufen, den er für offizielle Anlässe brauchte, der paßte ihm nicht, aber er paßte seinem Fahrer und wurde ihm denn ja auch überlassen. Wenn jemand kein Geld hatte, griff er in seine Taschen und gab weg, was er da zutage förderte. Er war stolz darauf, ein Prolet zu sein, in der englischen Emigration wurde er Kommunist, einer der gläubigsten und zugleich unerbittlichsten, engstirnigsten, der Partei bedingungslos ergeben. Heute kennt man ihn nur noch als denjenigen, der nach dem 17. Juni 1953 das aufmüpfige Volk strafend zurechtwies: Nun müsse es aber viel arbeiten, um diesen seinen Fehler gegenüber der Regierung wieder gutzumachen. Und man kennt ihn wegen der Antwort, die Brecht ihm versetzte: Dann solle die Regierung sich doch ein anderes Volk wählen.

Er hat sein Bändchen seinem Freund Louis Fürnberg gewidmet, seinem Vorbild und Förderer, einem der ersten aus der Riege der zurückkehrenden Emigranten – eine Erinnerung zieht die andere nach sich –, er lud euch nach Weimar ein. Wußtet ihr damals schon, daß Weimar, seine Tätigkeit am Goethe-Schiller-Archiv, seine Rettung war? In seiner Heimat Prag hätten die Slánský-Prozesse für ihn den Tod bedeuten können. Enge Genossen von ihm – zumeist Juden wie er – waren als »Verräter« verurteilt, einige erschossen worden.

Wann erfuhr ich das? Und aus wessen Mund? Fürnberg war neugierig auf euch Junge, Namenlose. Er hat euch viel erzählt. Ich sehe ihn in seinem Haus in Weimar am Klavier sitzen, auch Songs aus seiner Agitprop-Truppe in den zwanziger Jahren intonierend, die ihr auswendig lerntet wie seine Gedichte, mitsingen konntet, wie den

Song von den Träumern

Wenn die Träumer aufmarschieren,
ihre Träume auszuführen,
dann ist nichts verschlafen worden und versäumt.
Wer im Traum die Erde wandelt
und im Wachsein danach handelt,

der hat gut geträumt
und der ist unser Freund.

Ein glühender Kommunist. Mit ihm begann für euch der lange Weg der Erkenntnis. Fürnberg, Sohn deutsch-jüdischer Fabrikanten in Karlsbad, verarmt, war nicht rechtzeitig vor dem Einmarsch der Deutschen geflohen, auf dem Transport ins Zuchthaus hatten sie ihm das Gehör zerschlagen, indem sie Bücher auf ihn warfen, seine Frau hatte mit dem Geld des Großvaters einen SS-Mann bestechen und Fürnberg freikaufen können, der mit der Familie das Exil in Palästina verbrachte, für euch dann der Verfasser des Jugendlieds *Du hast ja ein Ziel vor den Augen, damit du in der Welt dich nicht irrst,* das erschien euch soviel besser als alle die Lieder, die eure Kindheit und Jugend beherrscht hatten und die man so schwer vergessen konnte. Aber Fürnberg war auch der Autor inniger Gedichte und feinsinniger Prosa wie der »Mozart-Novelle«. Und heute ist er vergessen oder wird, schlimmer noch, nur genannt, wenn man ein besonders absurdes Beispiel für Parteidichtung braucht, denn auch das hat er ja geschrieben, das *Lied von der Partei,* das er – wer weiß das schon – gegen seine Zweifel anschrieb, 1950, zwei Jahre nachdem Stalin Jugoslawien, eines der Fluchtländer der Fürnbergs, das sie liebten, aus der sozialistischen Völkergemeinschaft exkommuniziert hatte. *Denn wer kämpft für das Recht, der hat immer recht, gegen Lüge und Ausbeuterei.* Das Lied der Versammlungen, auf denen der Genosse Stalin in das Ehrenpräsidium gewählt wurde, neben dem Genossen Mao Tse-tung.

Bis eines Tages in einer Versammlung ein Bericht des Genossen Chruschtschow verlesen wurde, über den Personenkult um Stalin und erste Andeutungen seiner »Fehler«, und Genossen, die in der Sowjetunion im Exil gewesen waren, in Tränen ausbrachen und bekannten, sie hätten manches selbst erlebt, vieles gewußt, aber geschwiegen, um den Aufbau in unserem Land nicht zu gefährden, und da war es KuBa, der zum Rednerpult lief und sagte, er danke den Genossen, daß sie ein schweres Geheimnis der Partei so lange bewahrt hätten. Von da an hielt er den Genossen Chruschtschow für einen Renegaten und Verräter, während Louis Fürnberg einen Jubelbrief schickte: Tauwetter! Endlich wieder schreiben können! – Dieser Jubel verriet die tiefe Bedrückung, in der er und viele Genossen seiner Generation so lange gelebt hatten. Und keine Alternative sahen. Und schwiegen. Und Gedichte schrieben wie:

Schwere Stunde

Vielleicht sind wir um eines größren Ziels
zum Opfer ausersehn; dann heißt es schweigen,
auch wenn uns Schmerz und Scham den Nacken beugen
im Anblick dieses Spiels.

Heut hat mich der Tod berührt, schreibt Louis Fürnberg am 23. November 1953. Als er an Herzinfarkt starb, 1957, mit achtundvierzig Jahren, wurde er in Weimar von einer Menschenmenge zu Grabe getragen, du warst im Trauerzug dabei.

Andere Trauerzüge tauchen vor meinen Augen auf, zu viele Dichter, die aus der Emigration zu uns zurückgekommen waren, starben in einem Jahrzehnt, fast alle an »gebrochenem Herzen«, altmodisch ausgedrückt: Dem jahrzehntelangen Druck hatten ihre Herzen standgehalten, der plötzlichen Befreiung von diesem Druck nicht. Die Prozessionen zum Dorotheenstädtischen Friedhof begannen. F. C. Weiskopf, Bertolt Brecht, Johannes R. Becher starben innerhalb von vier Jahren, sie wurden neben Fichte, Hegel, Schinkel, Rauch, Schadow gelegt, Bodo Uhse und Willi Bredel kamen bald dazu. Heute defilieren die Touristen in Scharen an diesen Gräbern vorbei, und an denen, die in den Jahrzehnten danach hier beerdigt wurden, Wieland Herzfelde, Helene Weigel, Anna Seghers, Hans Mayer, um bei dieser Generation zu bleiben. So viele Namen. So viele Geschichten. Wer wird sie erzählen? Wer würde sie noch hören wollen? Lustig würden sie nicht sein, diese Geschichten, und gewiß nicht ohne Fehl und Tadel. Irrtümer? O ja. Fehlgriffe? Auch die. Heldentaten? Auch das. Aber keine Heldengeschichten, sie selbst hätten sie nicht gewollt. Und als die »große Sache« vor ihren Augen zusammenbrach, reagierten sie jeder und jede auf seine oder ihre Weise: mit Verzweiflung, mit Abwehr, mit Depression, Wut und Schweigen, mit Leugnung der Tatsachen, mit Selbsttäuschung. Und mancher von ihnen mit Dogmatismus und Rechthaberei.

Nach einer der aufwühlenden Versammlungen legte Willi Bredel dir den Arm um die Schulter: Na, um euch Junge müssen wir uns wohl jetzt auch ein bißchen mehr kümmern. Bei der nächsten Gelegenheit, als ihr zu einem Kongreß in Moskau wart, führte er dich durch das Moskau seiner Emigrantenzeit: Das hier ist das Hotel Lux, da haben wir alle gewohnt, in der schlimmen Zeit der Säuberungen haben wir uns abends gegenseitig angerufen, um zu hören, ob der andere noch da ist, und, wenn er sich meldete, schweigend aufgelegt. Und mancher der Genossen war eben nicht mehr »da«. – Und hier war die Lubljanka, die Zentrale des NKWD mit ihren vergitterten Fenstern, von hier aus wurden sie in die Lager verschickt, und von manchem hat man nie wieder etwas gehört. – Und als Ribbentrop und Molotow den Nichtangriffspakt zwischen Hitler-Deutschland und der Sowjetunion unterschrieben hatten, mußten wir Emigranten mit unserer antifaschistischen Propaganda in der Öffentlichkeit aufhören.

Du versuchtest dir die Einsamkeit vorzustellen, in die sie gestoßen wurden. Und? fragtest du. Wie habt ihr das ausgehalten? – Wir hatten keine Alternative.

Das sollte euch nicht passieren. Ihr damals Jungen hocktet beieinander, Stunden um Stunden, Nacht um Nacht. Eure Aufgabe würde es sein, dachtet ihr, Stalins Ungeist aus dem gesellschaftlichen Leben zu vertreiben, die Konflikte durchzustehen, deren Schärfe ihr nicht voraussaht, und nicht aufzugeben. Ein naives Programm.

Auch die Westküste Amerikas, das sonnenreiche Kalifornien, konnte im Dauerregen versinken, das hatte ich nicht gewußt. Ich blieb im MS. VICTORIA, sah im Fernsehen ganze Abschnitte der Steilküste, wenige hundert Meter von mir entfernt, auf die Küstenstraße niederbrechen.

Ich lief zu meiner Bank im Ocean Park, der Regen hatte aufgehört, die Erde hatte sich vollgesogen, die Blätter der Palmen und der Eukalyptusbäume glänzten in einem satten Grün. Peter Gutman saß schon da, er begrüßte mich beiläufig, als seien wir verabredet gewesen. Auch er hatte sich tagelang in sein Apartment vergraben, auch er schien sich nach Luft zu sehnen. Wir gingen zum Huntley Hotel, fuhren mit dem gläsernen Außenlift hoch, sahen die Küstenlinie unter uns kleiner werden, die Leute am Strand zu winzigen Figuren schrumpfen, fanden noch einen Platz in dem rundum verglasten Restaurant. Happy hour. Gruppen sehr junger Leute hatten fast alle Tische okkupiert, benahmen sich wie die Besitzer, bedienten sich maßlos mit billigen Getränken, mit Häppchen an dem reichhaltigen Buffet, hatten keinen Blick für die Landschaft unter ihnen, den schönen Bogen der Küstenlinie von Malibu, sondern spreizten sich voreinander, indem sie einander überschrien, einen Lärmpegel erzeugend, gegen den wir kaum anreden konnten. Auch wir tranken die dünne, in Karaffen servierte Margarita und aßen Grillwürstchen und Gemüsepfanne, und wir blickten durch die riesige Glaswand auf den gloriosen Sonnenuntergang, den wir seit Tagen vermißt hatten.

Ich legte Peter Gutman die Frage vor: Kann ein Mensch sich von Grund auf ändern? Oder haben die Psychologen recht, daß seine Grundmuster in den ersten drei Jahren angelegt werden und dann nur noch auszufüllen, nicht mehr zu verändern sind?

Zum Beispiel? fragte Peter Gutman.

Zum Beispiel: Die Gefahr, immer wieder in Abhängigkeit zu geraten? Von Autoritäten? Von sogenannten Führern? Von Ideologien?

Darüber, sagte Peter Gutman, hat mein Philosoph gründlich nachgedacht, das trifft sich gut. Er meint, daß wir westlichen Menschen den Preis für unser Wohlleben mit dem Verlust von Reife bezahlen. Was uns mit der Muttermilch eingeflößt wird: Daß, wer sich gegen den Mainstream stemmt, herausfällt aus dem Versorgungsverbund.

Aber ist denn etwas anderes denkbar?

Genau das haben sie erreicht: Daß sogar noch die Utopien des westlichen Menschen in diesen Denkraum eingeschlossen bleiben. Daß wir nur immer mehr von dem wünschen können, was ist. Oder weniger. Oder Schöneres. Oder Vernünftigeres.

Was denn sonst! rief ich.

Eben, sagte Peter Gutman. Und dann wundern wir uns, daß unser stolzer Vernunftglaube in den schlimmsten Irrationalismus umschlägt. Dann bewegen wir uns immer weiter nur auf der einen Schiene, die wir »Fortschritt« nennen. Sagt mein Philosoph.

Darum kommst du mit deinem Buch über ihn nicht zu Rande, sagte ich. Du stößt an Denkunmöglichkeiten.

Mag schon sein, sagte Peter Gutman.

Die Sonne ging unter, dazu mußte man schweigen.

Wir verließen das Restaurant, wir fuhren im gläsernen Lift hinunter in die beginnende Dunkelheit in der Third Street, die sich mit Passanten, mit Artisten, mit Musikanten und Gauklern belebt hatte. Also ist jede Utopie lächerlich geworden? fragte ich.

Das habe er nicht gesagt. Er befinde sich gerade in einem Streitgespräch mit seinem Philosophen über den Nutzen von Revolutionen. Revolutionen als die einzige Möglichkeit, eine Utopie zu verwirklichen.

Ich sagte: Als die vielleicht wirksamste Möglichkeit, sich darüber zu täuschen, daß eine Utopie nicht zu verwirklichen ist.

Sie müssen's ja wissen, Madame, sagte Peter Gutman und wollte sich über das Thema nicht weiter äußern. Wir gingen eine Weile schweigend in dem Gewimmel der abendlichen Straße.

Ob das Wort Revolution 1989 unter euch je gefallen ist, weiß ich nicht mehr, bezweifle es aber. Es wäre euch zu pathetisch vorgekommen. Das Wort, das die Leerstelle besetzte, das eingebürgert wurde, war unangemessen und hatte die Aufgabe, den Charakter der »Ereignisse« zu verschleiern: »Wende«. Was »wendete« sich denn? Und wohin? Was ihr erlebtet, war ein Volksaufstand, der sich die Form friedlicher Demonstrationen gab und das Unterste nach oben schleuderte. Falls das die Aufgabe von Revolutionen ist, war das eine. Wenn ich es recht bedachte, lief es strikt nach der Theorie. Die Erosion der alten Macht auf fast allen Ebenen. Auf einmal lasen die Schauspieler in den Theatern nach der Vorstellung kritische Manifeste vor, und keiner war da, der ihnen in den Arm fiel und das stürmisch Beifall klatschende Publikum zur Raison rief. Auf einmal gingen viele Leute zum ersten Mal nicht zur Wahl, und Gruppen von Bürgerrechtlern verteilten sich auf die Wahllokale, sahen den Auszählern auf die Finger, schrieben die Ergebnisse mit, zählten sie in Stadtbezirken zusammen, verglichen sie mit den offiziellen Zahlen und teilten über die abgehörten Telefone einander und allen Bekannten mit: Wahlfälschung! Auf einmal konnte man niemanden mehr finden, der die Verhältnisse nicht in scharfen Tönen kritisierte, das zeigte, daß auch die Ängstlichen und Angepaßten eine Witterung aufgenommen hatten: Es roch nach Veränderung.

Zuerst die kleinen privaten Gruppen, oft als Lesezirkel getarnt, die miteinander in Kontakt traten, sich vereinigten, politische Diskussionen führten, Programme entwickelten, Resolutionen verfaßten, Forderungen formulierten. Ein emsiges Treiben von Wohnung zu Wohnung, Papiere wurden ausgetauscht, man übte sich in Konspiration, natürlich scharf beobachtet von den Organen der Sicherheit. Daß Parteien sich gründeten, schien unvermeidlich, Namen wurden weitergesagt, NEUES FORUM, DEMOKRATIE JETZT. Während der Jahrestag des Staates mit militärischen Ehren und Pomp begangen wurde. Und die Staatsmacht es als schlimmste Drohung empfand, als die Massen auf den Straßen die Losung riefen: Wir bleiben hier!

Es gibt, sagte ich zu Peter Gutman, immer einen Point of no return. Aber man bemerkt ihn nicht immer.

Wir ließen uns treiben im Strom der Menschen, die sich an den Darbietungen der Gaukler und Straßenkünstler vergnügten. Etwas wie Neid kam in mir auf. So konnte man auch leben. Absurd erschien mir die Vorstellung, diesen zumeist jüngeren Leuten, die ihr kostbares Ich in den wunderlichsten Verkleidungen zur Geltung brachten und sich ganz dem Augenblick hingaben, etwas erzählen zu wollen über die Leidenschaft, mit der ebenfalls junge Leute vor Jahrzehnten auf der anderen Seite der Erdkugel tage- und nächtelang zusammengehockt und versucht hatten, eine Zukunft herbeizureden, in der der Mensch dem Menschen kein Wolf sein sollte. Ich sagte etwas darüber zu Peter Gutman, der erwiderte, auch er kenne solche Diskussionen. Bei uns, sagte er, hingen sie aber in der Luft, während doch ihr, so dachten wir, Boden unter den Füßen hattet: Die neuen Besitzverhältnisse, die euch heute als Verbrechen angerechnet und eilig rückgängig gemacht werden. Wo doch das eigentliche Verbrechen die »giftige Geldwirtschaft« ist, das hat schon Ludwig Börne gewußt. Aber was für Verbrechen neue Besitzverhältnisse hervorrufen können, wenn sie auf totalitäre Strukturen treffen, das hat er nicht gewußt.

Wir gingen schweigend. Hüte und Mützen lagen vor den Tänzern, Musikern und Zauberkünstlern auf der Straße, die Dollars saßen den vorüberschlendernden Zuschauern locker, ich blieb gebannt stehen vor einem sehr dünnen schwarzen Mann, der auf einem Podest stand, als Uncle Sam kostümiert: Auf dem Kopf einen mit der amerikanischen Flagge bezogenen Zylinder, in Zeitlupe einen in winzigen Rucken sich bewegenden Maschinenmenschen darstellend, angetrieben, mußte man denken, von einer in seiner menschlichen Hülle verborgenen

Apparatur, so daß ich unwillkürlich erwartete, die Scharniere knirschen zu hören, und fasziniert verfolgte, wie er, unendlich langsam, ruckhaft die Arme anwinkelte, sie wieder ausstreckte, den Oberkörper beugte, ihn wieder aufrichtete, was viele Minuten in Anspruch nahm und totale Körperbeherrschung voraussetzte. Das Publikum klatschte begeistert. Wir gingen weiter, bis zum Ende der Second Street, wo wir an einem Stand warme Waffeln mit Akazienhonig aßen.

Als wir wieder an dem schwarzen Uncle Sam vorbeikamen, warf ich ihm den Dollar in seinen Zylinder, der ihm zustand, wendete mich zum Gehen. Jetzt winkt er! rief Peter Gutman. Tatsächlich. Der Apparatemensch bewegte ruckhaft winkend seinen rechten Zeigefinger, ein maskenhaftes Lächeln erschien auf seinem Gesicht. Ich trat näher. Im Zeitlupentempo streckte er mir seine Hand entgegen, beugte sich vor, umarmte mich, und ich versuchte seine Bewegungen nachzuahmen, lachte, ging. Jetzt kommt er! rief Peter Gutman. Da hatte der schwarze Mann sich von der Mechanik befreit, hatte schnellen Schritts sein Podest verlassen, kam auf mich zu mit den gelösten geschmeidigen Bewegungen vieler Afroamerikaner, strahlte, schüttelte mir noch einmal die Hand, jetzt erst richtig, locker, locker, noch einmal umarmten wir uns, als sei die Umarmung der Maschinenmenschen nicht gültig gewesen, dann ließ er mich gehen, winkte mir nach. Und mir saß ein Schreck in den Gliedern über die Verwandlung der Kunstfigur in einen Menschen, als sei eben dies das Unnatürliche gewesen, als sei eben dabei eine Klammer zersprungen, eine Feder gebrochen, die ihn so lange gehalten hatten.

Als hätte es dieses Anstoßes bedurft, fühlte ich, etwas war geschehen, Peter Gutman schien es mir anzumerken. Still und eilig gingen wir zum MS. VICTORIA, verabschiedeten uns fast wortlos vor meiner Zimmertür. Ich setzte mich an den Tisch und schrieb wie unter Diktat, was ich heute, in den alten Aufzeichnungen blätternd, mit Erstaunen lese:

IM ÜBRIGEN IST DIE ZEIT DER KLAGEN UND ANKLAGEN VORBEI, UND AUCH ÜBER TRAUER UND SELBSTANKLAGE UND SCHAM MUSS MAN HINAUSKOMMEN, UM NICHT IMMER NUR VON EINEM FALSCHEN BEWUSSTSEIN INS ANDERE ZU FALLEN. »IM WIND KLIRREN DIE FAHNEN« — WELCHER FARBE AUCH IMMER. NA UND? DANN KLIRREN SIE EBEN, ABER WARUM HABEN WIR ES SO SPÄT GEMERKT. WIR MÜSSEN LEBEN NACH EINEM UNSICHEREN INNEREN KOMPASS UND OHNE PASSENDE MORAL, NUR DÜRFEN WIR UNS NICHT LÄNGER SELBST BETRÜGEN. ICH SEHE NICHT, WIE DAS AUSGEHEN SOLL, WIR GRABEN IN EINEM DUNKLEN STOLLEN, ABER GRABEN MÜSSEN WIR HALT.

Ich ging an das Regal, in dem die Mappe mit den Briefen von L. lag. Ihr zweiter Brief an meine Freundin Emma war vom Januar 1947. Er begann mit Freudenausrufen darüber, daß Emma lebte und daß sie wieder in Verbindung gekommen waren.

»Wenn auch«, schrieb sie weiter, «ein Brief niemals unsere Küchengespräche ersetzen kann, da wirst du mir zustimmen. Weißt du noch? Wir saßen am Küchentisch, die S-Bahn fuhr beinahe durch deine Stube, Stube und Küche, das war, was du bezahlen konntest, wir tranken Blümchenkaffee, du warst ja arbeitslos, die Ämter konnten sich eine Suchthelferin nicht mehr leisten, aber ich hielt mich noch als Assistenzärztin in der Armenklinik, in der wir uns kennengelernt hatten. Damals lernte ich auch meinen lieben Herrn kennen. Da wurde mein Leben mir kostbar. Und so ist es geblieben.
So, nun habe ich alte Frau Dir das Wichtigste gesagt, daß ich verrückt bin wie als junges Ding, und ich seh Deinen erstaunt-spöttischen Gesichtsausdruck. Mein Abgesandter, der junge Korrespondent, hat Dir wohl erzählt, daß ich seit langem als Psychoanalytikerin arbeite.
Und, da ich Deine Neugier kenne: Ja. Auch seine Frau, Dora ist noch da, sie leben zusammen wie eh und je. Lach nicht. Nein, zum Lachen ist es nicht.

Während ich dies schreibe, steigt alles wieder in mir auf. Ich seh Dich. Weißt Du eigentlich, wie schön Du damals warst?«

War Emma schön? Nicht, als ich sie kannte. Da hatte sie ihre Haftzeit im Gefängnis in dem mecklenburgischen Städtchen Bützow, das ich später ganz gut kennenlernte, gerade hinter sich. Ihre Gesichtszüge waren gleichzeitig scharf und erschöpft. Aber in dem größten Raum ihres skurrilen Lauben-Häuschens hing über einem altmodischen Sofa ein Bild, das ein befreundeter Maler, der später auch emigrieren mußte, gegen Ende der zwanziger Jahre von ihr gemalt und das auf abenteuerlichen Wegen die Hitlerzeit überstanden hatte: Eine reizvolle junge Frau, selbstbewußt, herausfordernd. Du darfst dir nie die Butter vom Brot nehmen lassen, Kind. Sie war manchmal unzufrieden mit mir, wollte mir meine Schuldgefühle austreiben.

Sally rief an. Es gehe ihr unverändert. Ihre Therapeutin wolle ihr einreden, es sei normal, was ihr jetzt passiere. Normal! rief Sally. Wenn der engste Mensch dich verrät! Ich war versucht, sie zu fragen, ob sie glaube, Verrat sei das treffende Wort für das Aufhören der Liebe. Ob sie es vorziehen würde, daß Ron bei ihr bliebe, obwohl er sie nicht mehr liebe. Aber ich unterdrückte die Frage. Das war ja der Skandal, daß er sie nicht mehr liebte und daß niemand Schuld daran hatte. Daß sie seine Liebe nicht einklagen konnte.

Und du? fragte Sally mich. Was treibst du. Hast du dich eingelebt? Wie ist deine Stimmung?

Ohne es geplant zu haben, ohne es auch nur vorauszusehen, fragte ich sie plötzlich, was »Akten« auf Englisch hieß. Warum willst du das wissen? fragte Sally. Ich ignorierte die Frage und versuchte, sie durch Umschreibungen auf das richtige Wort zu bringen. »Files«, sagte sie schließlich. Aber wozu brauchst du das Wort? – Später, sagte ich. Vielleicht später mal.

Zur Sicherheit sah ich im Langenscheidt nach. Ich konnte nicht glauben, daß dieses kurze helle »file« dasselbe bedeuten sollte wie das dunkel-drohende deutsche »Akten«. »To keep a file on someone« hieß also »über jemanden eine Akte führen«, »to file away« hieß »etwas ablegen« – Briefe, Berichte, Abhörprotokolle, Verpflichtungserklärungen, was auch immer. Aber alle diese Wörter waren ja vorerst neutral, eine »file number« konnte ja etwas Harmloses sein, redete ich mir zu, kein Grund, feuchte Hände zu kriegen.

Die Schonzeit ging vorbei, die Zeit, die ich mir selber genommen hatte. Ich wußte ja meine Aktennummer nicht auswendig, unter der bei jener Behörde mein Aktenbestand registriert war. Wo – wie im Märchen von dem Griesbrei, der unaufhaltsam aus dem Zaubertöpfchen quillt, bis er die ganze Stadt bedeckt und erstickt hat –, wo also Papier über Papier aus einer dunklen Quelle hervorbricht und sorgfältig archiviert wird, bis es viele Zimmer, ein ganzes Haus, immer neue Räume in Beschlag nimmt, von wo aus es seine unheilvolle Wirkung entfaltet. Kopien der »guten«, die man perverserweise »Opferakten« nannte, lagen zu Hause in einem Koffer, und da liegen sie heute noch, und ich mußte an eine Reihe von Behältnissen denken, die vor diesem Koffer jahrelang in einem Kasten versteckt waren: Verschnürte, kreuz und quer verklebte Kartons, Kassetten, Reisetaschen mit Materialien, Manuskripten, Tagebüchern, die »sie« nicht finden sollten, und wenn diese Behältnisse da gemütlich in ihrem oberflächlichen Versteck lagen, war das ein Zeichen dafür, daß du sie nicht für gefährdet hieltest. Diese Hoffnung war immer gebrechlich und bestand, wie du in einer anderen Schicht deines Bewußtseins wohl wußtest, zu einem guten Teil aus Selbsttäuschung, und wenn die zusammenbrach, mußte sofort gehandelt werden. Die schützenswerten Materialien mußten ausgelagert werden: Freunde mußten bereit sein, sie bei sich aufzunehmen, ohne nach ihrem Inhalt zu fragen, Vereinbarungen mußten getroffen werden, wohin diese Behälter zu bringen seien, wenn sie auch bei diesen Freunden nicht mehr sicher wären, peinlicherweise und unter verlegenem Gelächter mußten Codewörter ausgemacht werden, die im Ernstfall übers Telefon durchgegeben werden und konträre Handlungen auslösen sollten. Und immer deine Sorge, du würdest die Codes verwechseln, die du dir ja, das war fest ausgemacht, unter keinem noch so harmlosen Stichwort notieren durftest. Was alles nicht in den Akten steht, dachte ich, die die Behörde zutage fördert. Und was ich nur wenigen Menschen erzählt habe. Der Koffer ist nicht leicht. Jahrelang habe ich ihn nicht geöffnet.

Ich setzte mich an mein Maschinchen. Ich schrieb:

NOCH EINMAL DAS UNTERSTE NACH OBEN KEHREN

ICH WEISS JA, WAS ICH VON MEINEM GEDÄCHTNIS ZU HALTEN HABE, UND ICH KANN NUR HOFFEN, DASS ICH NICHT IN DIE LAGE KOMME, ALL DIESEN UNSCHULDIGEN MENSCHEN MIT IHREN LÜCKENLOSEN REINEN GEDÄCHTNISSEN ETWAS ÜBER ERINNERN UND VERGESSEN ERZÄHLEN ZU MÜSSEN.

Dann machte ich mich fertig, um der Einladung zu einem Dinner zu folgen, das bei einem Germanistenpaar in Pacific Palisades stattfinden sollte und das mir, von den vielen Dinnerpartys dieses Jahres, sehr deutlich vor Augen steht. Ein polnisches Ehepaar holte mich ab, auf das ich besonders gespannt gewesen war. Ihn, einen von mir verehrten Essayisten, hatte ich ausfragen wollen nach den frühen Opferritualen der Urvölker, ich hatte gerade bei ihm darüber gelesen. Dann saß neben mir im Auto ein hagerer, kranker Mann, der offenbar schlecht hörte, große Mühe beim Atmen hatte und das amerikanische Englisch mit einem so schweren polnischen Akzent sprach, daß ich ihn kaum verstand. Seine Frau, eine hinfällige alte Dame, saß stumm neben dem Fahrer, in einer Aura von Trauer, so kam es mir vor.

Ich versuchte, im Vorbeifahren soviel wie möglich von Pacific Palisades zu sehen, von den gepflegten Gärten und den teuren Villen, die sich oft hinter hohen undurchdringlichen Hecken verbargen. Zwei weiße Hunde einer mir unbekannten edlen Rasse sprangen mit wüstem Gebell an ihrem Drahtgitter neben der Eingangstür unserer Gastgeber hoch. Der eine von ihnen hieß Willy, aber er hörte weder auf diesen Namen noch auf irgendeinen anderen Befehl seines Herrchens. Beide mußten draußen bleiben. Marja und Henry, die uns begrüßten – sie ungarische Jüdin, er Sohn einer deutsch-jüdischen Familie –, waren mir schon in Berlin begegnet, als sie ein Gastsemester wahrnahmen. Marja war etwas älter als ich, zwischen uns war von Anfang an eine Sympathie gewesen. Die Gäste, die vor uns angekommen waren, Gottfried, ein Regisseur, und seine Frau Sylvia, standen schon mit den Sektgläsern in der Hand im vorderen Teil des living room, der mit tiefen Sesseln und Sofas ausgestattet war, die wiederum, wie in jedem amerikanischen Wohnzimmer, von zwei Stehlampen flankiert wurden. Wir setzten uns zu den obligatorischen Snacks und Dips. Ted wurde hereingeführt, ein Mitglied des German Department der Universität, als »liberal und links« war er mir angekündigt worden, seine Frau, Elizabeth, eine Anthropologin, besonders sorgfältig gekleidet und frisiert, sprach nicht deutsch und langweilte sich sicher, wenn die anderen mir zuliebe ins Deutsche wechselten.

Schließlich kamen die letzten Gäste, mit ihnen wollte Marja mich überraschen, es gelang ihr vorzüglich: Swetlana und Koba, die Stieftochter und der Schwiegersohn von Lew Kopelew, wir kannten uns aus Moskau, wir fielen uns in die Arme. Sie war eine stattliche Frau, dunkel, in schwarzem Kleid mit schwarz-weißem Überwurf, typisch Russin, mußte ich denken. Er war ein Mann, der aus allen Nähten platzte, gerne redete, froh war, an der hiesigen Universität ein Seminar über den Dichter Ossip Mandelstam halten zu können. Vor zehn Studenten, sagte er achselzuckend.

Immer, wenn ich den Namen höre, taucht das Buch von Nadeschda Mandelstam vor mir auf, eines der ersten, das euch über das Leben in der Stalinzeit aufklärte. Nadeschda Mandelstam, die alle Gedichte ihres Mannes auswendig lernte und sie so, in ihrem Kopf, über die Jahrzehnte rettete, in denen sie verboten waren. Ich dachte an den Moskauer Abend, an dem Lew euch in die Wohnung seiner Verwandten mitgenommen hatte, wo wir Koba trafen, der gerade aus dem Gefängnis entlassen war; er hatte mit einer kleinen Gruppe Gleichgesinnter auf dem Roten Platz gegen den Einmarsch der sowjetischen Truppen in die Tschechoslowakei demonstriert. Damals hockten sie in der Wohnung zusammen und sprachen von Emigration. Das war über zwanzig Jahre her, es hatte sie seitdem in alle Welt verschlagen. Lew, inzwischen selbst ausgebürgert, sagte einmal an seinem Kölner Küchentisch zu euch: Meine Familie ist über alle Erdteile verstreut. Aber das war später.

An jenem kalifornischen Abend zwischen Emigranten aus verschiedenen Ländern drängte sich mir eine Gestalt auf, die heraufbeschworen werden mußte, während die Party weiterging, während wir uns an den großen Eßtisch setzten, zu Reis und seafood. Einen Menschen in der Erinnerung festmachen, dessen Asche in einem Grab in Moskau liegt und der schwindet, wie Tote schwinden. Lew. Ausgewiesen aus dem Land, welches das seine war, für das er als Soldat gekämpft hatte und unter dessen Feinden er Freunde geworben hatte, denn sein Lebensmotto läßt sich mit einem veralteten Wort benennen: Menschlichkeit. Mag das überall sonst, mag es bei fast jedem anderen eine Übertreibung oder eine Fehldeutung sein – auf ihn traf dieses Wort zu. Lew war menschlich, er konnte nicht anders. Es gab mir einen Stich, als ich eines Tages in der Midnight-Special-Buchhandlung in der Third Street sein Buch aus dem autobiographischen Zyklus, »To be preserved for ever«, neben dem gerade erschienenen schrillen Sex-Buch von Madonna liegen sah, diesem kostbar aufgemachten Exemplar, in dem manche Buchhandlungen bevorzugte Leser für einen Dollar blättern ließen, damit sie sich an dem nackten Körper des Stars in seinen verschiedenen gewagten Posen erfreuen konnten. Aber zugleich mit der Regung von Widerwillen, die ich empfand, war mir klar, Lew selber würde diese Nachbarschaft mit einem großzügigen Lächeln akzeptieren.

Er konnte nicht hassen. In diesem Buch, in dem er das Verbrechen schildert, das ihm langjährige Lagerhaft eintrug und den schauerlichen Stempel auf seinen Effekten »Chranitj wetschno« (»Aufbewahren für alle Zeit«): daß er sich als sowjetischer Offizier gegen die gewaltsamen Übergriffe sowjetischer Soldaten an der deutschen Zivilbevölkerung in Ostpreußen aussprach – in diesem Buch gibt es keinen Haß. Ich frage mich, ob ich je ein haßerfülltes Wort von ihm gehört habe. Gewiß nicht an jenem ersten Abend, als ihr euch bei Anna Seghers traft und als Lew mit ihr, die er verehrte, in einen ernsten Streit geriet über die Flugblätter Ilja Ehrenburgs, der die Sowjettruppen zum Haß gegen den faschistischen Feind aufgerufen hatte. Anna Seghers, die deutsche Kommunistin, der Ehrenburg in Paris geholfen hatte, als sie von ihren Landsleuten in Nazi-Uniformen verfolgt wurde, verteidigte ihn, während Lew, der ehemalige sowjetische Offizier, sein Verhalten nicht gutheißen wollte. Sie stritten sich erbittert, und am Ende umarmten sie sich heftig. Das war einer jener Augenblicke, deren zufällige Zeugin du warst und die dich mehr lehrten als manches dicke Buch.

»Und schuf mir einen Götzen – Lehrjahre eines Kommunisten« heißt das Buch seiner Trilogie, in dem Lew sich Rechenschaft gab über den Irrglauben seiner Jugend. Hattest du diesen Glauben nicht später geteilt? Du begriffst, nicht zuletzt durch ihn, daß schonungslose Selbsterkenntnis die Voraussetzung ist für das Recht, andere zu beurteilen.

Viele Bilder von ihm konnte ich mir heraufrufen. Wie er, ein großer Mensch, in den kleinen Zimmern seiner Moskauer Wohnung umhertigerte, die immer überfüllt war mit Besuchern, die bei ihm Rat und Unterstützung suchten, von denen einige ihn wohl auch bespitzelten. Wie er dem auf dem Boden stehenden

Telefon einen Tritt versetzte: Du kleiner Verräter, du! Wie er voll Ingrimm mit euch durch Moskau ging, euch zu einem Maler mitnahm, der offiziell nicht ausstellen durfte – an dem Tag, an dem die reaktionäre Zeitschrift »Ogonjok« wieder einmal eine Kampagne gegen die Nächsten von Wladimir Majakowski lostrat, die noch lebten: Gegen Lilja Brik und ihren Mann. Alles Juden, sagte Lew, der selbst Jude war. Das kann schlimm werden. Das stachelt den Antisemitismus bei uns wieder an. Viel eher als wütend und haßerfüllt sahst du ihn betroffen und traurig.

Die Sowjetunion, die ihn und Raja, seine Frau, zu ihrem großen Kummer ausgebürgert hatte, gibt es nicht mehr, Lew hat sie um wenige Jahre überlebt. Ich stöbere ein wenig in ungeordneten Papieren. Tatsächlich: Das Exemplar der Zeitschrift »Ogonjok«, das ihr euch aus Moskau mitbrachtet, habe ich aufgehoben.

Kaum wüßte ich etwas, was ihn mehr charakterisieren würde als jener Anruf zwei Tage nach dem Fall der Mauer: Ich bin hier. – Wo bist du? – Na, bei euch. Kann ich euch sehen? Hingerissen von der Euphorie der Massen, die, obwohl die Grenzkontrollen noch nicht abgeschafft waren, zwischen Ost- und Westberlin hin- und herwogten, hatte er sich ohne Paß und Visum in eine Maschine gesetzt und war nach Berlin gekommen. Als die Grenzer ihn anhalten wollten, wurden sie lautstark von DDR-Passanten belehrt, wen sie da vor sich hatten: Sie wollten doch nicht den bekannten sowjetischen Schriftsteller Lew Kopelew aufhalten? Er durfte passieren, unter der Bedingung, daß er am selben Grenzübergang wieder »ausreiste«. Das erste, was er sehen wollte, waren die Gräber von Brecht und Anna Seghers. Für große Schriftsteller hegte er eine fast kindliche Verehrung.

Oder etwas später: Wie er vor seinem Auftritt in der Oper Unter den Linden stürzte, sich trotzdem zu seinem Platz auf der Bühne bringen ließ und seine Rede hielt, und wie sich dann herausstellte, daß er sich das Hüftgelenk gebrochen hatte. Wie er in seinem Bett in der Charité lag, ungeduldig, umgeben von Zeitungen, Briefen, Manuskripten, immer arbeitend, seine Mitarbeiter antreibend, sein Projekt über die deutsch-russischen Beziehungen vorantreibend, alle Antennen nach Moskau gerichtet, wo Verwandte und Freunde auf seine Hilfe angewiesen waren. In Rajas und Lews Küche in Köln versammelten sich alle, wenn sie für kurze Zeit oder für lange »im Westen« waren. Von ihrem Heimweh sprachen sie nicht.

Mein letztes Bild von Lew: Er sitzt in seinem Emigrationszimmer in Köln am Schreibtisch, ringsum an den Wänden die Fotos seiner Freunde und Familienangehörigen, ein Zimmer, das aus einem anderen Land und aus einer anderen Zeit in den Westen versetzt ist, wie sein Bewohner. Er hat seinen Platz zwischen den Fronten behauptet. Einen wie ihn wird es nicht mehr geben. Die Zeit ist über Leute wie ihn hinweggegangen.

Sie geht über uns alle hinweg, dachte ich, die wir hier in einem typisch amerikanischen Haus sitzen, in einem typisch amerikanischen dining room ein sorgfältig zubereitetes amerikanisches Mahl zu uns nehmen, während doch für die meisten, die um den Tisch saßen, ganz andere Sitten ihre Vorstellung von einem Gastmahl geprägt hatten, ungarische, skandinavische, russische, jüdische, deutsche Sitten, und ich fragte mich, ob sie sich vielleicht ebenso wie ich als Darsteller vorkamen in einem ihnen fremden Stück, das sie zu kennen vorgaben, das hatten sie bei Strafe ihres Untergangs gelernt, dessen Sprache sie so korrekt wie möglich sprachen, eingelernte Dialoge, aber die eigene Sprache würde es niemals sein, das wußten sie voneinander, und daß sie das wußten, war zwischen ihnen das verbindende Band – stärker verbindend vielleicht, als ein Band zwischen Heimatgenossen es je sein konnte, das wußten sie auch, und ich erfuhr es an jenem Abend aus ihren Blicken, ihren Reden, ihrem Schweigen und ihren Gesten. Meine Rolle war es, ihnen zuzuhören und vorzugeben, daß ich von ihrem mit russischen, ungarischen, polnischen Brocken durchsetzten Englisch mehr verstand, als ich es tat.

Es war einer jener Abende, an denen ich mir ein mitlaufendes Tonband gewünscht hätte. Sie redeten über gemeinsame Bekannte, sie machten sich lustig über die Marotten jüdischer Freunde, über sich selbst, über die Macken der Amerikaner, alles großzügig, in lässiger Manier. Ich wurde mir bewußt, daß ich fast die einzige Nichtjüdin in dieser Runde war. Die Rede kam darauf, wie antisemitisch Amerika in den dreißiger und vierziger Jahren gewesen war, das hatte ich nicht gewußt. Auch die reichsten Juden wurden in Golf- und anderen Clubs nicht zugelassen, sagte Gottfried, und sie konnten nicht in allen Hotels übernachten, auch seinem Vater war das passiert, seinem Vater, der im Berliner Theaterleben ein Gott gewesen war.

Ich genoß es, wieder einmal Russisch zu hören. Koba hatte fest gegründete Ansichten über die neuen Politiker in Moskau. Marja fand die Entwicklung in Ungarn einfach »terrible«: Up to the end of this century, the landscape doesn't look so optimistically, right? Das polnische Ehepaar war froh und stolz, daß ihr einziger Sohn, der mit einer Amerikanerin verheiratet war, jetzt in Warschau lebte als Berater einer großen Firma und daß ihr Enkelkind Englisch und Polnisch lernte.

Am Tisch wurde es immer lebhafter, auch lustiger, es wurde getrunken, man lobte die neuen amerikanischen Weine, alle schienen sich wohl zu fühlen und sich gut zu verstehen, und doch empfand ich, welch dichte Wolke von Trauer über diesen Menschen lag. Ich saß unter Vertriebenen. Sie alle hatten es sich antrainiert, sich ihren Kummer nicht anmerken zu lassen – am tiefsten war er in die Züge der alten polnischen Dame eingegraben –, ihr Heimweh in ihren vier Wänden mit sich selber abzumachen. Man mußte es Amerika zugute halten: Es war das Rettungsschiff für Millionen Menschen wie diese hier.

Elizabeth wandte sich mir zu. Da kam sie endlich, die erwartete, die gefürchtete Frage: What about Germany? You live in Berlin? West or east? East? Under the regime? The whole time?

Yes, madam. Under the regime. Ein Schweigen um mich. Ich

spürte, daß ich die Fremde war. Daß mein ganzes Leben und alle Versuche, es zu erklären, für eine normale gutwillige Amerikanerin in dem einen Begriff zusammenliefen: Regime. Aus dem es kein Entrinnen gab, so wie kein Lichtstrahl aus einem schwarzen Loch im Kosmos nach außen dringen konnte.

Die Gesellschaft hatte nichts bemerkt. Sie hatte das Thema gewechselt. Gottfried vertrat die These, daß der Nationalsozialismus in Deutschland sich nicht durch den Pöbel, sondern durch die Eliten an der Macht hatte halten können. Warum habe Max Planck seinen Kollegen, seinen Bruder Albert Einstein nicht begleitet, als der aus Deutschland fliehen mußte? Man widersprach: Max Planck habe vielen Juden geholfen. Gottfried ließ keinen Widerspruch gelten und nannte Gustaf Gründgens als anderes Beispiel. Man stritt heftig.

Ich spürte: Die Zeit stand für diese Menschen seit Jahrzehnten still, nichts war für sie vergangen, nichts hatte sich gemildert, kein Schmerz hatte sich abgeschwächt, keine Enttäuschung war verblaßt, kein Zorn verflogen. Und die einzige Erleichterung, wenn auch nur für Minuten, war es, manchmal darüber zu reden, es jemandem zu erzählen, der es wissen wollte, der zuhörte, Anteil nahm und ihren Empfindungen recht gab. An diesem Abend mußte ich dieser Jemand sein, ohn all mein Verdienst und Würdigkeit, ich, weil ich aus Deutschland kam und weil ich jünger war. Zum ersten Mal erlebte ich das Bedürfnis der Vertriebenen, mit einer Deutschen ihre nie endende Fassungslosigkeit zu teilen, und ich hörte auf, mich dagegen zu wehren, und nahm diese Rolle an.

Der Kaffee wurde herumgereicht, Willy und der andere riesige, gut erzogene Hund wurden hereingelassen und spazierten zwischen den Gästen herum. Man ging zu Anekdoten über, von denen Gottfried einen unerschöpflichen Vorrat hatte. Im Krieg hatte er als Sergeant bei einer Propagandaeinheit der Army gedient und war dazu ausersehen worden, Albert Einstein zur Teilnahme an einem Antikriegsfilm zu gewinnen. So gutwillig der große Physiker war, seine Aussprache war gräßlich, zum

Beispiel konnte er das englische Wörtchen »such« immer nur wie »sutsch« aussprechen, auch daran scheiterte schließlich das Projekt, aber Gottfried war seitdem ein inniger Verehrer dieses Mannes. Einen Menschen wie ihn habe er nie vorher und nie nachher getroffen. Man kenne ihn nicht. Man bewundere immer seine Bescheidenheit, aber das sei Unsinn: Bescheiden sei Einstein nie gewesen. Er war einfach seiner Sache sicher. Das habe er ihm selbst gesagt. Er benötige für seine Arbeit nur Papier und Bleistift, dann rechne er, und wenn eine Gleichung aufgehe, dann habe er recht gehabt und brauche keine weitere Zustimmung oder Bestätigung, und wenn nicht, dann eben nicht.

Einmal habe Einstein ihm die Relativitätstheorie erklärt, sagte Gottfried, das war, als er ihn im Auto nach Princeton zurückbrachte. Er solle sich vorstellen, hatte er ihm gesagt, er wäre in einem geschlossenen Karton ohne Fenster, der bekäme plötzlich einen Schubs, so daß er, der Insitzende, gegen eine der Seiten gedrückt würde, dann könnte er aus Gewohnheit denken, das hätte die Schwerkraft bewirkt, aber es wäre gar nicht die Schwerkraft gewesen, sondern die Fliehkraft. So ungefähr, sagte Gottfried gerührt, und damals, im Auto auf dem Weg nach Princeton, habe er das verstanden. Oder habe geglaubt, es zu verstehen, weil Einstein ganz fest davon ausging, daß jeder es verstehen würde. Und wir, die wir da um den Tisch saßen, glaubten auch alle einen Moment lang, das zu verstehen.

Henry fragte Ted, den Germanisten, der wie ich die meiste Zeit geschwiegen hatte, welches Thema er eigentlich gerade am Wickel habe. Wir würden wohl lachen, sagte der. Er arbeite mit einer Gruppe von Studenten über bestimmte Aspekte der Literatur in der DDR. Sehr praktisch, sagte Henry. Ein abgeschlossenes Forschungsgebiet. – Ja. Entgegen der massiven öffentlichen Meinung sei dies, sagte Ted, genau der richtige Moment dafür. Was die westdeutsche Öffentlichkeit jetzt mit der DDR-Kultur und ihren Vertretern mache, könne man doch eigentlich nur aus dem Bedürfnis erklären, nachzuholen, was man bei der

Abrechnung mit der Nazi-Kultur versäumt habe. Jedenfalls sei die Voraussetzung für diese Kampagne das Gleichheitszeichen, das man zwischen Faschismus und Kommunismus setze. Doch gerade an der Literatur, meinte Ted, lasse sich ja beweisen, wie abwegig dieses Gleichheitszeichen sei. Marja gab ihm recht und nannte Beispiele, Namen, Titel. Als das Stichwort »Brecht« fiel, fragte ich, ob der eigentlich, vergraben in seine Arbeit, okkupiert von der Sorge um Deutschland, vertieft in Diskussionen mit Mitarbeitern, mit Schauspielern, die seinen »Galilei« aufführen würden – ob also Brecht seine Asylstadt Los Angeles überhaupt zur Kenntnis genommen habe.

Da brauchte Henry nur an sein Bücherregal zu gehen, einen Band herauszuziehen, eine Seite aufzuschlagen. »Landschaft des Exils.« Henry las:

Die Öltürme und dürstenden Gärten von Los Angeles
Und die abendlichen Schluchten Kaliforniens und die
*   Obstmärkte*
Ließen den Boten des Unglücks
Nicht kalt.

Nun, immerhin, dachte ich. Nicht kalt.

In dem Augenblick wendeten wir uns alle der Frau des polnischen Essayisten zu, die einen Schmerzenslaut ausgestoßen hatte. Man umringte sie: Gehe es ihr nicht gut? Nein, es ging ihr nicht gut, die Rede war von einem Krampf. Sie bekam Tropfen eingeflößt und mußte schnell nach Hause gebracht werden. Das war das Zeichen zum überstürzten Aufbruch für alle. Henry, der mich ins MS. VICTORIA fuhr, entschuldigte sich für den jähen Abbruch des Abends. Für mich war der Abend lang genug gewesen.

Ich schlief nicht ein. Ich lag in meinem überbreiten Bett und konnte es nicht verhindern, daß die vier Zeilen, die in meinem Kopf hängengeblieben waren, andere Zeilen aus meinem Gedächtnis heraufzogen. *Er ist vernünftig, jeder versteht ihn …, du kannst ihn begreifen. Er ist gut für dich, erkundige dich nach ihm.* – Das taten wir, Brecht, dachte ich, und es hatte doch so einfach ausgesehen, so folgerichtig, ja, eigentlich unausweichlich. Es gab sie doch, die menschenwürdige Gesellschaft, man mußte nur die Herrschaft des Eigentums an Produktionsmitteln abschaffen, jedermann mußte doch froh sein, nach seinen Fähigkeiten, nach seiner Einsicht und nach seiner Vernunft leben zu können. War dies nicht der uralte Menschheitstraum? Mir fiel ein, daß es ja hier gewesen war, an diesem von Grund auf fremden Ort, nur wenige Kilometer von diesem Raum entfernt, in dem ich in dem fremden Bett lag, wo Brecht in seinem schmucklosen Exilhaus seinen Galilei in den Konflikt zwischen Wahrheitsliebe und Kompromißbereitschaft gestellt hatte. Wie wir ihn kannten, diesen Konflikt! Gab es irgend etwas auf der Welt, das uns hätte bewegen oder zwingen können, abzuschwören? Die Inquisition? Da konnten wir doch bloß lachen.

Endlich wirkte die Tablette, ich schlief ein. Ich war dann in einem meiner verwahrlosten Traumhäuser, diesmal in einem unordentlichen Hotel, ich stand auf einer Terrasse, umgeben von Einrichtungsstücken, die alle unbrauchbar waren. Ich begann aufzuräumen, allerhand wertloses Zeug schleppte ich von einer Ecke in die andere, es wurde nicht wohnlicher, nicht übersichtlicher. Hinter einer dicken Glasscheibe lag ein Rasenstück, ungepflegt, etwas verbrannt, dort wirtschaftete eine Frau herum, blaß, ausdruckslos, aschblondes Haar, nachlässig gekleidet. Sie kam näher heran, wendete mir ihr Gesicht zu, preßte es an die Glasscheibe und sagte, im Ton einer Weisung: Von der anderen Seite her anfangen! Im Aufwachen verstand ich den Traum: Ich sollte nicht immer von der Schuldseite her mit dem Aufräumen beginnen. Aber woher bekam diese wenig attraktive Traumfrau das Recht, mich darauf hinzuweisen? Ich lachte noch beim Frühstück.

Es war Sonntag. Ich setzte mich an mein Maschinchen und schrieb:

DIESES SCHREIBWERK SCHIEBT SICH VORWÄRTS IN MIKROSKOPI-
SCHEN DOSEN, GEGEN EINEN WIDERSTAND, DER SICH MIR ENT-
ZIEHT, WENN ICH IHN BENENNEN WILL.

Vielleicht ist es Zufall, daß mir jetzt eine Schlagzeile aus der
Zeitung von heute einfällt: »Der hauchdünne Schleier über
dem Barbarischen«, so hat der Rezensent eine Inszenierung des
»Don Giovanni« empfunden. Und neulich mahnte ein Kom-
mentator das Fernsehpublikum, aus den Ereignissen dieser
Tage könne sich für uns alle beträchtliches Unheil entwickeln.
Wir aber dächten, wenn bis jetzt keine Atombombe auf uns
abgeworfen wurde, werde das auch in Zukunft so bleiben.

Ein Schreck, der sich wiederholt, verliert an Stärke, sagte
ich zu Peter Gutman, während wir die Ocean Park Promenade hinuntergingen. Erinnerst du dich, wie uns die Panik in die
Glieder fuhr, als Anfang der achtziger Jahre zu beiden Seiten
der deutsch-deutschen Grenze Atomraketen aufgestellt wurden? Und, sagte Peter Gutman, bei uns die Losung aufkam:
Lieber rot als tot.

Peter Gutman hatte mich zum Lunch in einem der guten Restaurants überredet. Da lagen sie wieder in der kalifornischen
Sonne, die homeless people, einzeln oder in Gruppen, auf dem
Rasen des Mittelstreifens zwischen den Fahrbahnen, manche
auf wattierten Decken, aus denen die Füllung herausquoll, in
tiefem bewußtlosen Schlaf, wir gingen an ihnen vorbei, als sähen wir sie nicht, versuchten, jenem zerlumpten männlichen
Wrack auszuweichen, das sich immer hier aufhielt, in laute
Gespräche mit sich selbst verwickelt war und manchmal ganz
plötzlich aggressiv zu den Passanten wurde. Verstohlen beobachtete ich an den Obdachlosen die verschiedenen Grade des
Verfalls und der Abstumpfung.

Wir sprachen über das mögliche Ende unserer Zivilisation.
Aber damals waren die Bomben noch nicht auf Bagdad gefal-
len. Die Türme in New York noch nicht zum Einsturz gebracht.
»Nine eleven« war noch kein Schreckensdatum.

God bless you, sagte der halbblinde schwarze Mann vor der Tür des Restaurants, in das wir hineingingen, nachdem wir unseren Zoll an ihn entrichtet hatten. Ich kann nur hoffen, sagte ich, daß es keinen Gott gibt und kein Jüngstes Gericht, denn segnen würde er keinen von uns satten gefühllosen Weißen, es sei denn, er wäre wirklich nur u n s e r Gott.

Dieses Restaurant war bekannt für seine Austern. Wir bestellten trockenen kalifornischen Weißwein dazu.

Peter Gutman hielt mir vor, ich würde mich immer wieder über das altbekannte Problem des »blinden Flecks« ereifern. Jede unserer modernen Gesellschaften, die auf Kolonisierung, Unterdrückung und Ausbeutung begründet seien, müsse, um sich ihr lebenswichtiges Selbstbewußtsein zu erhalten, bestimmte Teile ihrer Geschichte ausblenden und sich möglichst viele Teile ihrer Gegenwart schön lügen. Aber eines Tages bricht alles zusammen, wenn man sich der Realität nicht stellt, sagte ich. Nun ja, sagte Peter Gutman. Früher oder später.

Ein Wort geisterte in meinem Kopf herum, nicht zum ersten Mal, IRRGANG, ich dachte, dies wäre ein passender Titel für ein künftiges Schreibwerk, er würde mich radikal in die richtige Richtung leiten, nein: zwingen, und da war doch die Frage angebracht: Wollte ich das überhaupt? Konnte ich es wollen? Der Titel traf zu gut, er blieb einsam. Ein einsamer Titel, der seinen Text suchte. Ich wußte, er war vorhanden, dieser Text, mit unsichtbarer Tinte geschrieben, gegen unbefugten Zugriff präpariert. Die Schrift würde in einer bestimmten Beleuchtung hervortreten, dachte ich, die nicht zu grell und nicht zu milde sein durfte, sondern, noch scheute ich das Wort, gerecht sein sollte. Eines der ausrangierten Wörter, die wie Brocken aus einer Vorzeit dem glatten Strom unserer neuen Sprache im Wege sind.

Valentina, die Italienerin, die nur für kurze Zeit hier Gast gewesen war, meldete sich, sehr willkommen. Ihr Aufenthalt ging zu Ende. Sie kam, um Abschied zu nehmen. Sie sprühte vor Leben. Vor Liebe zum Leben. Sie war in einer Art von Entzücken auf mich zugekommen, die mich entwaffnet hatte. Wir gingen zu unserem Thai-Restaurant. Unterwegs stieß sie kleine Schreie aus vor jeder neuen Pflanze, die sie entdeckte. Sie empfinde es fast als Sünde, daß sie soviel Schönes sehen dürfe, sagte sie. C'est génial! konnte sie ausrufen. Was denn, Valentina? – La vita, sagte sie. La vie. Life. Das Leben. Und sofort befanden wir uns auf der nüchternen Third Street mitten in einem ganzen Kosmos von genialem Leben. Valentina war eine Zauberin, aber sie wußte es nicht. Wir aßen eine säuerliche Seafoodsuppe, die Valentina begeisterte. Ich hielt sie für einen in sich ruhenden Menschen, der sich nicht nur an anderen, auch an sich selber erfreute, aber nun wollte sie mir doch noch erzählen, wie schwer es ihr fiel, von anderen Menschen und deren Meinungen unabhängig zu werden, zum Beispiel von ihrem Mann, dem sie sich zu lange unterworfen habe, und sie stecke immer noch mitten in dem mühsamen Prozeß, sich von ihm zu trennen, und sie habe das so lange gescheut, daß sie darüber fast ihren Sohn verloren hätte, und nun habe ihr Mann einen schweren Unfall gehabt und sie müsse sich fragen, ob sie ihn jetzt überhaupt verlassen dürfe.

Valentina? Unterdrückt? Schuldbewußt? Ich sagte ihr, das hätte ich nicht gedacht, und sie meinte, ich würde von mir auf andere schließen. Ach Valentina! Aber nun konnte ich ihr doch nicht auch noch diese Illusion nehmen.

Ohne Übergang fragte sie mich: Was denkst du über den Tod. – Was meinst du, Valentina, fragte ich, um Zeit zu gewinnen. Ob der Tod wirklich das Ende von allem sei, wollte sie wissen. Ob ich das glaube. Ja, sagte ich, erinnere ich mich, leichtfertiger, als ich es heute sagen würde. Das glaube ich, aber es bekümmere mich nicht. Noch nicht, dachte ich damals, aus dem »Noch nicht« ist inzwischen ein »Jetzt« geworden.

Da machte Valentina ihr geheimnisvolles Gesicht, wollte aber ausdrücklich gefragt werden, um ihr Credo bekanntgeben zu können. Der Körper sterbe, das schon. Er zerfalle in seine Moleküle und Atome und werde in den natürlichen Kreislauf der Materie zurückgenommen. Die Seele aber, der Geist, die Energie seien unzerstörbar und würden in irgendeiner Form erhalten bleiben. Der Tod habe keine Macht über sie. Ich sagte, nur wir, du und ich, wir als Personen sind dann nicht mehr dabei. Das gab Valentina zu. Aber vielleicht solle man sich nicht zu wichtig nehmen. Sie jedenfalls finde es von einem höheren Gesichtspunkt aus tröstlich, daß etwas erhalten bleibe und daß es nicht die feste Masse sei, diese plumpen undurchdringlichen Körper. Der lustige, quicklebendige Geist sei ihr viel lieber.

Ich fand nichts mehr einzuwenden. Beim Abschied fragte ich Valentina, ob ich eigentlich sehr als Deutsche auf sie gewirkt hätte. Da sagte sie leider ja: Streng und zielstrebig und gründlich sei ich ihr vorgekommen, und das seien nun mal typisch deutsche Eigenschaften, nicht wahr. Und übrigens sei auch meine Frage, ob ich typisch deutsch wirke, typisch deutsch. Oder könne ich mir vorstellen, daß ein Italiener sich darüber Gedanken machte, ob er typisch italienisch wirke? Wir lachten, wir umarmten uns heftig, wir konnten uns schwer voneinander trennen. Wir haben uns nicht wiedergesehen.

Ich erinnerte mich noch gut an die Zeit, in der ich viel darum gegeben hätte, nicht Deutsche sein zu müssen. Aber das ging uns doch allen so, sagte Lutz, der blonde Hamburger aus der Generation der Achtundsechziger, mit dem ich im Sekretariat zusammentraf. Er, der um so viel jünger war als ich – er kannte diese Scham, Deutscher zu sein? So wäre es eine Gemeinsamkeit der Ost- und Westdeutschen gewesen, daß sie nach dem Krieg keine Deutschen sein wollten? Ganz sicher, sagte Lutz. Anders wäre die Wut der damals jungen Generation gegen die Älteren kaum zu erklären.

Ich fragte mich und ihn, ob das denn eine Gemeinsamkeit sei, auf der sich aufbauen ließe. Übrigens: Was denn aufbauen. »Ein gesundes Nationalgefühl«, las ich in der Zeitung, die ich aus meinem Fach genommen hatte. Ich zeigte sie Lutz, der schnaubte durch die Nase: Wie denn aus zwei Volksteilen, von denen jeder ein schwaches Selbstbewußtsein auf je verschiedene Weise kompensiert habe – wie denn, wenn man die zusammenwerfe, ein »gesundes Nationalgefühl« herauskommen solle? Ob dann nicht jeder zwanghaft die Schuld für seine eigenen Defizite der anderen Seite zuschieben müsse? Um sich an den offensichtlichen Schwächen dieser anderen Seite weiden zu können? Und so dem eigenen angeknacksten Selbstbewußtsein Auftrieb zu geben? Wie es in dieser sogenannten Wiedervereinigung geschehe.

Wir waren es doch, wir Ostdeutschen, die nach dem Krieg zu den östlichen Völkern gehen mußten, zu denjenigen, die am meisten unter uns gelitten hatten, sagte ich.

Ich kann nicht vergessen, wie an der überreich bestückten Tafel in einem sowjetischen Kolchos, der für eine DDR-Delegation ein Gelage gab, zwischen ausschweifenden Trinksprüchen auf euer aller Gesundheit, Glück und Wohlergehen immer mal wieder, niemals anklagend, die Rede war von dem Sohn, der als Partisan von den Deutschen erschossen, dem Bruder, der im Krieg gefallen, der Nachbarsfamilie, die ausgerottet worden war. Und wie da der Leiter eurer Delegation, ein alter Kommunist, der seine Unbeugsamkeit im Klassenkampf der zwanziger Jahre erworben und in Zuchthaus und Illegalität bewiesen hatte und der inzwischen ein hochrangiger, unversöhnlich engstirniger Funktionär geworden war, wie der einen Weinkrampf bekam, als er auf die Trinksprüche der Russen erwidern wollte.

Und es war auch diese Szene, die es dir später schwermachte, seinen Zorn und seine Gegnerschaft zu ertragen, als es darum ging, ihm grundsätzlich und scharf zu widersprechen. Deine kleinbürgerliche Herkunft habe dich eingeholt, konnte er dich anschreien, an die Stelle des Klassenstandpunkts sei bei dir Humanitätsduselei getreten, er habe sich bitter in dir getäuscht, du sollst keine Nachsicht von ihm erwarten. Da dachtest du an seine Zeit als Widerstandskämpfer und an deine eigene Zeit in der Hitlerjugend und wünschtest sehr, eure gegensätzlichen

Standpunkte über das, was »uns« nützte, hätten euch nicht immer weiter auseinandergetrieben. Da standest du ihm in seinem riesigen Dienstzimmer gegenüber, in das du mit einem Passierschein und nach gründlicher Kontrolle durch bewaffnete Posten gelangt warst, die dich mit wachsamen Augen bis zum Paternoster verfolgten und deren ebenfalls bewaffnete Genossen im oberen Stockwerk schon auf dich warteten, um nochmals deinen Ausweis mit dem Passierschein zu vergleichen und dir dann den Weg durch endlose menschenleere Flure und eine Reihe von Vorzimmern zu weisen, die ihre Wirkung auf dich nicht verfehlten. Wozu brauchten sie das, woher diese Angst, diese Paranoia vor einem Volk, das ihnen soviel angetan hatte und dessen kleineren Teil sie nun regierten. Regieren mußten, ohne ihr Mißtrauen gegen dieses Volk je loszuwerden. Eine kalte Angst überkam dich, du hättest sie noch nicht in Worte fassen können.

Damals ging es um ein Buch, das du geschrieben hattest und dessen Erscheinen der hochgestellte Genosse verhindern wollte, weil er es für schädlich hielt. Dir lag an diesem Buch, es war der Test, ob du in diesem Land weiter leben konntest oder nicht. Da schrie er dich an. Daß es um Grundsätzliches ging, wußtet ihr beide. Dann wurde sein Ton kalt, und dein Ton wurde verzweifelt. Ihr verabschiedetet euch unversöhnt, auf dem langen Weg zur Tür kipptest du um, und als du zu dir kamst, war über dir sein erschrockenes Gesicht.

Ich wußte, solche Szenen hatte Lutz nicht erlebt, und selbst ihm würde ich sie nicht verständlich machen können.

Doktor Kim ließ nicht nach, er fragte mich mit scheinheiligem Lächeln: Can you reduce eating, und ich sagte ja, zu allem, was Doktor Kim mir anempfahl, sagte ich ja, aber ich war nicht mehr wie am Anfang entschlossen, all seinen vernünftigen Empfehlungen zu folgen, ich wollte ihn los sein, ich wollte mich nicht einschränken, ich wollte leben, wie ich es gewöhnt war und wie es mir gefiel, und ich wollte ihm auch nicht sagen, was ich dachte und fühlte, aber dann kriegte er mich doch wieder mit der Frage, wie mein Verhältnis zu meiner Mutter gewesen sei: Did you love her? Wieder sagte ich ja, sie sei eine starke Frau gewesen, ich hätte sie geliebt. Doktor Kim, dunkles Gesicht unter schwarzem Haarbusch, blauer Yoga-Anzug, lächelte, als wüßte er sowieso alles, was ich ihm sagen könnte, stach mir seine Nadeln in Rücken, Hüften und Beine: Relax!, drehte das Licht aus und überließ mich dem Strom von Erinnerungen und Gedanken, der mich überflutete.

Das Leben der Mutter. Eine starke Frau, die Stärkste in der Familie, die dir unbewußt die Botschaft sendete, es sei von Natur aus vorgesehen, daß die Frau die Dinge in die Hand nehmen und den Betrieb in Krisenzeiten lenken solle. Sie habe Bescheid zu wissen, wie der Hase lief, und das auch zu sagen. Weibliche Unterordnung ist dir nicht vorgeführt worden, dachte ich in meiner dunklen warmen Zelle. Wohl aber, daß Stärke Güte nicht ausschließt, die jedoch mit Strenge einhergeht, Strenge auch gegen sich selbst, nicht schwach werden, seine Schwachstellen niemandem offenbaren, Selbstbeherrschung wahren bis zur Selbstzerstörung. Den Tumor in der Brust, den sie entdeckt hat, vor jedermann geheim zu halten, bis das Familienfest vorbei war, das sie nicht stören wollte. Wie oft hast du dir das Wachstum des Tumors in jenen versäumten Wochen vorstellen müssen, als die Mutter dann im Krankenhaus lag, immer noch beherrscht. Als sie nach den Bestrahlungen einen fremden Geruch ausströmte. Als du, verstört und aufgeregt, ihr eines Tages sagtest, die Truppen der Warschauer-Pakt-Staaten hätten den Prager Frühling niedergeschlagen, erwiderte sie, die starb: Es gibt Wichtigeres. Dir war es wichtig, vielleicht zu wichtig, vielleicht war dir lange Zeit das wirklich Wichtige nicht wichtig genug. Ich war sehr müde, ich hörte Meeresrauschen, war ich am Meer?

Did you sleep? Doktor Kim hatte das Licht angemacht, hatte ich geschlafen? Mein Gesicht war tränenüberströmt, wortlos reichte mir Doktor Kim ein Papiertaschentuch. Don't worry, sagte er. Be careful. Während ich mich anzog, hörte ich, sehr fern, das Meeresrauschen. Ein Tonband. Ein Mittel von Doktor Kim, seine Patienten zu beruhigen.

Ich fragte mich, ob man ein schlechtes Gewissen durch Meeresrauschen wegspülen kann.

Ich ging. Mitten auf dem Wilshire Boulevard merkte ich, daß ich schmerzfrei war, gelobt sei Doktor Kim. Ich überquerte die Straße zu dem riesigen Drugstore, der mir schon lange in die Augen gestochen hatte und den ich endlich erkunden wollte. Genußvoll streifte ich an den kilometerlangen Regalreihen vorbei, angefüllt mit Dutzenden von Putzmitteln für jeden vorstellbaren Zweck, auch für unvorstellbare Zwecke, um unsere Badezimmer und Küchen und Treppenhäuser und Fußböden keimfrei zu machen und auf Hochglanz zu bringen. Ich schlenderte durch die engen Gassen, gesäumt von Parfums, Cremes, Seifen, Deodorants, Duschgels, Bein- und Körperlotionen, Shampoos, Haarfärbemitteln, wiederum zahllose Sorten, wer sollte sich mit all dem Zeug waschen, eincremen, parfümieren, wer sich mit all diesen Foundations, Lippenstiften und Mascaras verschönern. Ich dachte, der Inhalt der Fläschchen und Tiegel und Päckchen aller Drugstores reichte aus, die ganze Erde mit Seifenschaum zu überziehen und sie dann, gereinigt, mit Meerwasser gründlich abzuspülen und mit Cremes und Lotions partyfähig zu machen. Vielleicht würden die besonders zahlreichen Anti-Aging-Mittel die tiefen Falten unseres alten Planeten glätten, dachte ich. Aber nun kamen ja erst noch die Pflegemittel für unsere empfindlichen Möbel, die Waschmittel für unsere Kleider und Wäsche. Ich mußte daran denken, wie meiner Großmutter Persil und Essig, Ata, Kernseife und Schmierseife genügt hatten, um ihre Wäsche und ihren Haushalt sauberzuhalten, und meine Großmutter war eine reinliche Frau, sie wusch sich mit Palmolive-Seife und hatte in ihrem ganzen Leben nie ein Badezimmer. Ich sehe sie noch im Wrasen der Waschküche stehen, wie sie auf einem Brett die Wäsche der ganzen Familie rubbelt, während Großvater die Kochwäsche in einem großen Kessel über dem Feuer stukt, mit einem altertümlichen Gerät, das es heute nicht mehr gibt.

Natürlich hatte ich meinem Gelenk zuviel zugemutet, ich stieg wieder in den Bus ein, der mußte warten, bis eine starke Motorradkavalkade mit jungen Fahrern in schwarzen Lederkombinationen vorbeigedonnert war, die schwarze Frau auf dem Sitz neben mir schüttelte mißbilligend den Kopf, was hieß eigentlich »Rücksicht« auf englisch, nein, Rücksicht nahmen diese Jungen auf ihren schweren Maschinen nicht, warum sollten sie ihre Stärke, ihre Überlegenheit allen anderen gegenüber nicht ausspielen.

Ich fuhr den schnurgeraden Wilshire Boulevard in Richtung Pazifik, berauschte mich wie jedesmal an dem Licht, das ich nie, niemals vergessen wollte und von dem ich mir doch nur noch einen schwachen Abglanz heraufrufen kann, und ich erinnerte mich an eine große Versammlung in einem der schönen neuen Kulturhäuser, die neben die großen Volkseigenen Betriebe gebaut wurden. Es mußte Anfang der sechziger Jahre gewesen sein, ein hoher Wirtschaftsfunktionär hatte eine Grundsatzrede gehalten und darin erwähnt, daß sich die Jugendlichen über den Mangel an Motorrädern beschwerten, und er hatte prophetisch ausgerufen, auch ihr würdet in gar nicht langer Zeit eure Jugend mit Motorrädern versorgen können, die in euren eigenen Betrieben gebaut sein würden. Du aber mußtest wieder mal schlau sein wollen, du mußtest dir einen Ruck geben, dich zu Wort melden und zum Rednerpult marschieren, um zu widersprechen: Dies könne doch euer Ziel nicht sein. Ihr könntet euch doch nicht vornehmen, die kapitalistischen Länder in der Produktion trivialer Konsumgüter einzuholen. Ihr müßtet euch doch auf andere Werte konzentrieren, die Bedürfnisse der Jugend doch auf wichtigere Ziele lenken. Ach, sagte der Redner, gutgelaunt, du habest wohl Angst vorm Motorradfahren? Unter dem Gelächter des Saals schlichst du an deinen Platz zurück.

Ich mußte an die Menschenmassen denken, meine Landsleute, die, wenige Tage nach der Maueröffnung und nachdem sie ihr Begrüßungsgeld abgeholt hatten, mit Tüten und Taschen und Kartons voller bisher unerreichbarer Waren bepackt, von ihrem ersten Westbesuch glücklich zurückkamen. Dies also war des Pudels Kern, aber was hatte ich denn gedacht.

Allmählich füllte sich die Lounge, einer nach dem anderen kamen sie herein, holten sich Tee, begannen mit ihren Nachbarn zu reden, sogar Peter Gutman war da, er versteckte seinen langen Schädel hinter der »Times« und nahm nicht an der allgemeinen Unterhaltung über Wahlprognosen teil, bis ich ihn direkt ansprach und ihn dazu brachte, seine Überzeugung zu äußern, daß es gleichgültig sei, wer gewinne, da sich an den Verhältnissen doch nichts ändern werde und da die meisten Leute auch überhaupt nicht wollten, daß sich etwas ändere: die Angehörigen der herrschenden und der besitzenden Schicht aus natürlichem Selbsterhaltungstrieb nicht, der bei ihnen gut entwickelt sei, und die anderen nicht, weil man es ja geschafft habe, ihnen einzureden, daß sie in der besten aller möglichen Welten lebten. Oder etwa nicht.

Dazu schwiegen wir, bis ausgerechnet Pintus, unser junger Schweizer, zögernd vorbrachte, ihm seien ja radikale Gedankengänge durchaus nicht fremd, er sei ja selbst einmal, in seiner Studentenzeit, Mitglied einer maoistischen Gruppe in Zürich gewesen, aber inzwischen habe er sich doch zu differenzierteren Ansichten durchgerungen. Zum Beispiel denke er, daß auch Nuancen von Veränderungen immerhin etwas bewirken könnten. Peter Gutman wendete sich ihm höflich zu und wollte wissen: Was. Nun ja, überlegte Pintus, dessen kurze Haarbürste immer zu Berge stand und der nur Jeansanzüge trug, jedenfalls kämen neue unverbrauchte Kräfte ins Spiel, die sich trauten, an den Privilegien der Vorhergehenden zu kratzen. Jüngere kritische Geister bekämen eine Chance, sagte er auf deutsch, mit seiner schweren Schweizer Lautfärbung. Ach ja? sagte Peter Gutman. Und wie lange hält das vor? Bis sie sich dieselben Privilegien angeeignet haben?

Einem die Lust an der Diskussion zu nehmen, das verstand er wirklich. Er kam auch nicht auf das Thema zurück, als wir zusammen zum MS. VICTORIA gingen. Plötzlich sprach er davon, wie ängstlich er darauf geachtet hatte, daß ihm in der Schule nur kein deutsches Wort entwischte, obwohl er zu Hause mit seiner Mutter deutsch sprach, übrigens die einzige in der Familie, die sich manchmal etwas wie Heimweh anmerken ließ.

Und was hat das mit den Wahlergebnissen zu tun? fragte ich, während wir, an den drei wachsamen Racoons vorbei, ins MS. VICTORIA gingen, Herrn Enrico zuwinkten, der überaus erfreut war, uns zu sehen. Denk mal drüber nach, sagte Peter Gutman, während wir die Treppe hochstiegen. Er verabschiedete sich vor meiner Tür, nein, heute keinen Drink. Er schien sehr müde zu sein, und ich verspürte den Anflug eines schlechten Gewissens, ohne zu verstehen, warum.

Die Enterprise stieß wieder mal in unbekannte Universa vor, ich verstand nicht, warum ich das nicht so genießen konnte wie sonst. Nach zwei Stunden rief Peter Gutman an. Mir kam es vor, als habe auch er ein Gläschen getrunken. Störe ich? – Nein. Er sagte: Was meinen wir eigentlich mit unseren »westlichen Werten«, für die andere Kulturen uns bewundern und respektieren sollen? Ich schwieg überrumpelt. Peter Gutman sagte: Darüber denken Sie mal nach, Madame. Darüber wollte ich an diesem Abend durchaus nicht nachdenken.

Der nächste trübe Tag war ein Sonntag, der Fernsehprediger rief, nein schrie in seine riesige Gemeinde hinein: Your sins are forgiven!, und die Gemeinde stöhnte auf, vereinzelte Rufe: Yeah! O Lord!, der Prediger schritt wie ein Dompteur an der ersten Reihe vorbei, er trug einen kleidsamen violetten Phantasietalar, der hinter ihm herwallte, und jetzt fragte er die Gemeinde, welches wohl das größere Wunder sei: Wenn Jesus dem Gelähmten sage: Stehe auf und wandle!, oder wenn er uns allen sage: Eure Sünden sind euch vergeben! Nun kam der berühmte Prediger den Mittelgang herab, auf die Kamera zu, sprach einzelne Gläubige an, eine schwarze Frau: Was denkst du, Schwester!, einen gut gekleideten Weißen: Und du, Bruder – ja, darüber hast du noch nicht nachgedacht!, und sie alle spürten mit jeder Faser, auch ich spürte, was nun kommen mußte, alle fieberten sie dem erlösenden Wort entgegen, das sie hören, von ihm hören wollten, denn nur er, der berufene Prediger in seinem farbigen Talar, der jetzt wieder vorne stand, erhöht auf den Stufen, neben einem riesigen Busch gelber Blütenzweige – nur er konnte dieses Wort aussprechen. Und endlich hob er in einer wohleinstudierten Bewegung die Bibel gen Himmel und rief: Gott ist mein Zeuge! Nichts Wunderbareres gibt es unter der Sonne als die Vergebung der Sünden!

Yeah! rief die ergriffene Gemeinde aus einem Mund, Tränen überströmten die Gesichter, Beifall brandete auf, das Ritual hatte gewirkt, die Reinigung hatte stattgefunden. Sonntag vormittags sind die Straßen der amerikanischen Städte voller geläuterter Menschen in ihren lautlos dahingleitenden übergroßen Wagen, aber die eigentlichen Tempel, die Kaufhäuser und Supermärkte, schließen nicht eine Minute, als müsse man fürchten, wenn der Konsum auch nur für eine Sekunde unterbrochen würde, der Kreislauf von Geld zu Ware zu Geld für allerkürzeste Zeit zum Erliegen käme, dann würde der Organismus, der sich Gesellschaft nennt und am Tropf hängt, an seinen Entzugserscheinungen unverzüglich kollabieren.

Ich setzte mich an mein Maschinchen und schrieb:

DIE SUCHE NACH DEM PARADIES HAT ÜBERALL ZUR INSTALLATION DER HÖLLE GEFÜHRT. WALTET DA EIN UNUMSTÖSSLICHES GESETZ? DEM WÄRE NACHZUGEHEN. AUCH WÄRE ZU BEDENKEN, WARUM DER HIER VERBREITETE GLAUBE, DASS ES FÜR JEDES PROBLEM EINE LÖSUNG, FÜR JEDES ÜBEL EINE ABHILFE, FÜR JEDEN SCHMERZ EINE LINDERUNG UND FÜR JEDE KRANKHEIT EINE HEILUNG GIBT, EIN GEFÜHL VON UNWIRKLICHKEIT, JA UNHEIMLICHKEIT ERZEUGT UND LEICHT IN IRRSINN UMKIPPEN KANN.

Ich griff nach der roten Mappe mit den Briefen von L. Mir fiel auf, daß ich immer nach dieser Mappe griff, wenn ich Trost brauchte. Die Briefe sind nicht in gleichmäßigem zeitlichen Abstand geschrieben, der dritte Brief ist erst auf den Juni 1948 datiert. Er ist einer der ausführlicheren Briefe, offenbar antwortet er auf Fragen und Meinungen, die Emma an ihre alte Freundin gerichtet hatte. L. schreibt, es verwundere sie nicht, wenn sie und Emma sich wieder einmal über die gleichen Probleme den Kopf zerbrächen, das sei ja schon früher so gewesen.

»Deine Zuchthauserfahrung und meine Exilerfahrung sind gewiß kaum miteinander zu vergleichen. In einem Punkt mindestens scheinen sie sich zu ähneln: In dem Gefühl der Fremdheit, das sie in uns erzeugt haben. Denn, so kritisch wir in den Jahren davor dieser Gesellschaft gegenüberstanden, wir gehörten dazu, vielleicht gerade mit unserer radikalen Kritik gehörten wir dazu.

In dem Moment aber, als ich mit dem Zug im April 1933 die deutsch-französische Grenze überquerte, legte sich diese Fremdheit auf mich, die mich nie mehr verlassen hat, und ich entnehme Deinem Brief, daß es Dir genauso gegangen ist, als sich die Zuchthaustore hinter Dir schlossen. Wir waren draußen. Und wenn ich Deinen Brief recht gelesen habe – auch seinen Untertext, meine Liebe, der bei Dir ja oft der Haupttext ist –, so schüttelst auch Du die Fremdheit gegenüber Deinen Landsleuten, die Dich von sich absonderten und sich von Dir fernhielten, nicht mehr ab. Dies ist, das will ich Dir jetzt gestehen, einer der Gründe gewesen, warum ich nicht ,nach Hause' zurückgekommen bin: Ich wußte, daß ich unter diesen Menschen nie mehr zu Hause sein könnte.

Aber du kennst natürlich meinen anderen Grund: Ohne meinen lieben Herrn würde ich ja diesen Kontinent nicht verlassen können. Ihn würde ich niemals verlassen können. Was immer ich mir für Gründe dafür zusammensuche: Es ist, wie es ist.«

Tröstet dieser Brief mich, wie ich es erhofft hatte? In gewisser Weise. Mir kommt der Gedanke, daß Emmas Treue zu ihrer Partei, deren Fehler sie erkannte und rücksichtslos aussprach, mit dem Bedürfnis zusammenhing, sich wenigstens an einem Ort zu Hause zu fühlen, wenn schon alles andere ihr fremd geworden war. War auch ich ihr fremd geblieben?

MEINER EIGENEN FREMDHEIT NACHZUGEHEN

hatte ich lange vermieden, bis jetzt.

Ein Lied stieg in mir auf, aus einem Zyklus von Liedern, der dich in einem besonders düsteren Jahr begleitet hatte, viele Male am Tag hattest du die Platte aufgelegt. Mein Gedächtnis lieferte mir die erste Strophe aus, auch die Melodie dazu:

Fremd bin ich eingezogen
Fremd zieh ich wieder aus.
Der Mai war mir gewogen
Mit manchem Blumenstrauß.
Das Mädchen sprach von Liebe,
Die Mutter gar von Eh' –
Nun ist die Welt so trübe,
Der Weg gehüllt in Schnee.

Ein Freund hatte dir die Platte geschickt, er hatte herausgefühlt, was du brauchtest. In einem lakonischen Kommentar verglich er die Zeit, in der Schubert die Gedichte des Wilhelm Müller vertont hatte, die restaurative Zeit nach den Karlsbader Beschlüssen, die finsteren Jahre vor der achtundvierziger Revolution, mit der Restauration, in die ihr geraten wart, die euch in Depressionen stürzte. Er wollte dir sagen: Wir sind die ersten nicht! Aber das hattet ihr schon herausgefunden, in langen Spaziergängen in der Umgebung des Waldkrankenhauses, in dem ihr beide gegen eure psychosomatischen Beschwerden mit viel Wasser und mit viel Rohkost behandelt, vor allem aber »aus dem Verkehr gezogen« wurdet, wie der Chefarzt das nannte. Niemand wird sich heute vorstellen können, wie mühsam, in wie kleinen Gedankenschritten, gegen welchen inneren Widerstand und über wie lange Zeit hin ihr euch eure Einsichten erarbeiten mußtet. Immer noch erinnerst du dich an den Lichteinfall in der Tannenschonung, an der ihr gerade vorbeikamt, als dein Freund sagte: Also das wissen wir jetzt: Dieser Staat ist wie jeder Staat ein Herrschaftsinstrument. Und diese Ideologie ist wie jede Ideologie: Falsches Bewußtsein. Darüber können wir uns keine Illusionen mehr machen. Ihr bliebt stehen. Du fragtest: Was sollen wir tun. Ihr schwiegt lange, dann sagte der Freund: Anständig bleiben.

Ich schrieb:

WIE VOM ENDE HER ALLES SICH AUFKLÄRT. WIE MAN, WENN MAN MITTEN DRIN STECKT, DURCH KEINE ANSTRENGUNG DAS MUSTER ERKENNEN KANN, DAS UNTER DEN ERSCHEINUNGEN ARBEITET. WEIL DER BLINDE FLECK DAS ZENTRUM DER EINSICHT UND DER ERKENNTNIS ÜBERDECKT.

Ich lief los, zur Uferpromenade, blickte über den Pazifischen Ozean, in dem, weit hinter dem Horizont, die Japanischen Inseln schwammen, schaute lange einer schwarzen Großfamilie zu, die sich im Wasser vergnügte, wie die Frauen mit gerafften Röcken immer wieder in die sanften Wellen hineinliefen, vom begeisterten Geschrei der Kinder begleitet, konnte mich nicht satt sehen an einem vielleicht zehnjährigen Jungen, der sich vor Freude nicht zu lassen wußte, hüpfte und tanzte und dabei schrille Kreischtöne ausstieß. Das haben wir nicht, dachte ich, neidisch. Selbstbeherrschung ist auch eine Herrschaft, eben über das Selbst.

Vom Santa Monica Pier aus hatte ich den vollkommen geformten Bogen der Malibu-Bucht vor mir, das zartgrüne geruchlose Meer mit seinem weißen Schaumrand, den ocker-farbenen Sand, die weiße Häuserreihe im Vordergrund, die dunkelgrünen Hügel weiter hinten, und schließlich, farblich sorgfältig davon abgesetzt, gestochen scharf die bräunliche Bergkette im Hintergrund. Und darüber unglaubhaft makellos blau der Himmel.

Es schmerzte. Alles schmerzte, so weit war es mal wieder. Angstvoll, allein, erlebte ich abends im Fernsehen den Absturz der israelischen Maschine in zwei Amsterdamer Hochhäu-ser. Peter Gutman klopfte an, er hatte es auch gesehen. Reden wollten wir nicht, zusammen sahen wir einen Film über einen bedeutenden englischen Kunstwissenschaftler, Peter Gutman kannte ihn und erfuhr nun, daß der lange Zeit ein sowjetischer Spion gewesen war, ein Homosexueller übrigens, den sogar Ihre Majestät die Königin einmal eines Gesprächs gewürdigt hatte, in dem es um Anstand und Moral gegangen war und in dem der Wissenschaftler bewundernswerte und bewegende Formulierungen gefunden hatte, bewegend für den, der seine Lage kannte, aber dann wurde er natürlich enttarnt, gestand al-les, man versprach, ihn zu schonen, gab ihn aber doch, entgegen der Verabredung, der beutegierigen Öffentlichkeit preis und zerstörte sein Leben – soweit er es, der Einspruch war berech-tigt, nicht schon selbst zerstört hatte. Kaum erträglich war es, mit anzusehen, wie er schließlich auf dem Bildschirm erschien, ein alter gebrochener Mann. Wie er sich zu den zudringlichen Fragen äußern mußte, mit denen man ihn bedrängte.

Nichts für mein Gemüt, sagte ich und stellte den Fernseher aus. Übrigens denke ich das in letzter Zeit etwas zu oft, sag-te ich zu Peter Gutman, und bin mir bewußt, daß ich gerade wieder in einer solchen Phase bin, oder die Zeit ist wieder in eine solche Phase geraten, oder die Brutalität der Zeit und mein schwaches Gemüt stoßen gerade mal wieder zusammen, und ich drücke den Aus-Knopf beim Fernseher oder blicke weg, wenn riesige Menschenmengen im Namen Allahs ihre Verwün-schungen gegen uns, die Weißen, ausstoßen oder wenn Männer in weißen Schutzanzügen am Ostseestrand tote Vögel aufsammeln. Und daß manches, nein: vieles von dem vorauszusehen gewesen ist, tröstet mich nicht. Ob ich noch genau weiß, was richtig und was falsch, was gut und böse ist? Da ich mich dabei ertappe, daß ich für die falschen Leute Mitgefühl empfinde, wenn ich sie als die Verlierer sehe.

Besser als überhaupt kein Mitgefühl, sagte Peter Gutman. Übrigens: Wer ist hier der Christ? Für wen gilt der Spruch: Schlägt dich einer auf die rechte Backe, halte ihm die linke hin? Du bewegst dich im Innersten eures Wertesystems, Madame. Vergiß das nicht.

Und du: Auge um Auge, Zahn um Zahn?

Bei uns zu Hause gab es keine Bibel. In welcher Sprache auch. Wir waren drei Brüder. Meine Eltern haben uns wenig verboten und fast nichts befohlen, außer Verhaltensregeln, damit wir uns auf der Straße nicht als Deutsche verrieten. Und wenn die Jungen in der Schule mich als Nazi beschimpften, habe ich mir zu Hause nichts anmerken lassen. Es galt als oberstes Prinzip: Die Mutter schonen. Und mein Vater? Der hat so gut wie gar nicht gesprochen, seit er im Exil war. Abends kam er von seiner schweren schlecht bezahlten Fabrikarbeit nach Hause, dann wurde gegessen, ziemlich karg, übrigens. Dann wurde der Tisch abgeräumt, und mein Vater breitete seine Bücher darauf aus und machte sich an seine Ausarbeitungen über deutsche Literatur des neunzehnten Jahrhunderts. Er hat nie eine Zeile veröffentlicht. Ich glaube, es konnte keinen Menschen geben, der mehr daran hing, Deutscher zu sein, und der tiefer enttäuscht und verletzt und verbittert war, als die Deutschen ihn ausstießen. Ich war noch nicht auf der Welt, als die Familie sich, ärmlich genug, in einem fremden Land zurechtfinden mußte, und wie willkommen den Eltern, unter diesen Umständen, nach Kriegsbeginn, ein drittes Kind sein mußte, das kannst du dir wohl vorstellen.

Wir schwiegen. Dann sagte ich: Kennst du das: Ein Tonband im Kopf, das Tag und Nacht läuft?

Ach du lieber Himmel, sagte Peter Gutman. Dafür bin ich doch Experte. Wenn du wüßtest, was mir Tag und Nacht wie ein Mühlrad im Kopf herumgeht.

Was denn, Monsieur? Wenn man fragen darf.

Na, immer dasselbe. Daß ich Jahr um Jahr nichts anderes zustande bringe, als mir systematisch mein Leben zu verpfuschen. Was soll man dazu sagen.

Vielleicht können wir uns darauf einigen, daß rhetorische Fragen nicht beantwortet werden müssen.

Okay, okay. Wie du wohl weißt, werde ich demnächst dreiundfünfzig, sagte Peter Gutman.

Was wir hoffentlich mit einer guten Flasche kalifornischen Weines feiern werden.

Und ich hänge in der Luft wie ein Jüngling. Habe mir nichts aufgebaut. Keine Ehe. Keine Familie, die ich gerne hätte. Keine dauerhafte Beziehung zu einer Frau, nicht mal eine nennenswerte berufliche Karriere.

Einspruch, Euer Ehren.

Ach geh. Ja, ja! Seit zwanzig Jahren bin ich besessen von meinem Philosophen, durchleuchte noch seine abseitigsten Regungen, ein Mann, der seinerseits lauter Fragmente hinterlassen hat. Ich bitte dich, man muß Herrn Freud nicht kennen, um dieses unstillbare Bedürfnis, mich durch einen anderen auszudrücken, einen anderen vor mich zu schieben, neurotisch zu finden. Einen, der mich erdrückt. Der sich in mich eingefressen hat, wie ich mich in ihn eingefressen habe, unauflöslich sind wir ineinander verstrickt. Ich kann ihn nicht loswerden, und er hindert mich perverserweise, das Buch über ihn, in dem ich mich verewigen und begraben will, zu Ende zu bringen.

Wodurch. Wodurch hindert er dich.

Hab ich mich lange gefragt. Ich glaube, er hindert mich durch seine Vollkommenheit. Denn daß er nur Fragmente hinterlassen hat, ist genau ein Zeichen für seine Sucht nach Vollkommenheit. Er hätte einen vollständigen Text, der ein vollständiges Weltbild voraussetzt, als Lüge empfunden. Nichts war ihm gräßlicher. Und: Wie käme ich dazu, über ihn, der seine Gedanken und Einsichten nie in ein System gebracht hat, der selbst zu seinen Lebzeiten nie ein Buch veröffentlicht hat, meinerseits ein Buch zu schreiben? Wäre das nicht Anmaßung? Noch dazu, wo sein Grundgedanke ist: Diese unsere Kultur wird sich von ihrem tiefsten Fall nicht mehr erholen. Wir leben also in einer Endzeit.

Das war das erste Mal, daß Peter Gutman ausführlich von seinem Philosophen sprach.

An jenem Abend fragte ich ihn noch, ob er denn nie eine tiefe Beziehung zu einer Frau gehabt habe.

O doch, sagte er. Gerade jetzt habe er die tiefste Beziehung zu einer Frau. Aber auch die aussichtsloseste, das hätten sie beide von Anfang an gewußt. Nie würde sie ihren Mann und ihre Kinder verlassen. Und sie hätten gerade vor zwei Wochen beschlossen, nicht mehr miteinander zu telefonieren. Und jetzt sei er in der schlimmsten Depression, habe furchtbare Angstzustände und wache jeden Morgen mit einem Gefühl des Entsetzens auf.

Man hat dir nichts angemerkt, sagte ich.

Darin habe ich ja Übung von klein auf, mir nichts anmerken zu lassen. Und jetzt: Gute Nacht, Madame. Grübeln Sie nicht. Ein guter Rat von einem Profi im Grübeln.

Er ging. Ich weinte. Von den Gründen für meine Tränen würde er nichts wissen wollen. Jeder, der in seine Nähe kam und in seiner Nähe bleiben wollte, muß sich an ein unausgesprochenes Übereinkommen halten: Das understatement nicht aufbrechen. Mir wurde klar, daß ich diese Bedingung bisher unwillkürlich erfüllt hatte. Das sollte so nicht weitergehen. Ich mußte, nahm ich mir vor, ganz vorsichtig, sogar liebevoll, an dem Panzer kratzen, den er über die Jahre hin planvoll um sich hatte wachsen lassen. Man dachte, man habe den Mann vor sich, dabei war es der Panzer.

Ich nahm die Tagebücher von Thomas Mann zur Hand. Seit ich mit einer Gruppe unserer Scholars zu seinem Haus hochgefahren war, Pacific Palisades, 1550 San Remo Drive, wo wir uns am Eingang herumgedrückt hatten, an dem übrigens keine Tafel an den berühmten ersten Bewohner dieses Hauses erinnerte. Seit ich seinen Nachmittagsspaziergang hinunter zum Ocean Park nachgegangen war, las ich die Tagebücher mit noch stärkerem Interesse. Fand die Stelle, die er zu seiner Goetherede 1949 notiert hatte:

Und doch wiederum, nimmt man gewisse intime Bekenntnisse hinzu, wie die Briefstelle an Frau von Stein zur Zeit der Winterreise in den Harz: »*Wie sehr ich wieder auf diesem dunklen Zug Liebe zu der Klasse von Menschen gekriegt habe, die man die niedere nennt, die aber gewiß vor Gott die höchste ist*«*; ... nimmt man ferner hinzu, daß er in* »*Hermann und Dorothea*« *von der begeisternden Freiheit und von der höheren –* »*der höheren*«*! – Gleichheit spricht, und daß er sich noch kurz vor dem Ende seines Lebens mit den Theorien des französischen Sozialisten Saint Simon objektiv vertraut machte, – so gelangt man zu sonderbaren Fragestellungen. Ich bin nicht absolut sicher – es ist nur ein Argwohn, aber ich will ihn aussprechen –, ob nicht heute Goethe's Blick eher auf Rußland gerichtet wäre, als auf Amerika. Ich führe sogleich seine Mißbilligung des Despotismus dagegen ins Feld. Aber vor dem Phänomen Napoléon versagte bekanntlich dieser Widerwille, und wer weiß, wovor er heute versagen würde. Die Frage ist ja, wie das mitwirkende Sich verlieren in der geregelt tätigen Masse, das zuletzt, wenn nicht sein Ideal, so doch seine Vision war, sich anders abspielen soll als unter der Kontrolle des Staates und unter einem gewissen Despotismus. Sein heller Geist hat sich bestimmt keine Illusionen darüber gemacht, daß es unter den neuen sozialen Verhältnissen um die* »*staatsfreie Sphäre*«*, auf welcher der Liberalismus besteht, mehr und mehr geschehen sein werde, und ich würde mich nicht wundern, wenn schon die Frage ihn beschäftigt hätte, ob die Freiheit der Forschung und*

Kunst nicht bei einem Staat, der selbst nicht mehr das Instrument des Privatinteresses wäre, besser aufgehoben wäre, als in der Abhängigkeit von eben diesem.

Wer stellt heute noch solche Fragen? Wer wagt sie auszusprechen?

Jetzt, mehr als anderthalb Jahrzehnte später, lese ich ähnliche Fragen in manchen Zeitungen, hervorgetrieben von einer KRISE, die eigentlich ein Zusammenbruch ist, auf den ich in einer ferneren Zukunft gefaßt war. Die Ursache für den Kollaps des Bankwesens, der Lebensader eines Wirtschaftssystems, das auf einmal sogar wieder »Kapitalismus« heißen darf, wird allerdings möglichst auf die psychologische Ebene geschoben: Die unersättliche Geldgier der Manager und Wirtschaftsbosse. Gestern hörte ich, eine neurologische Forschergruppe habe ein Gen entdeckt, das über ein kompliziertes Belohnungssystem im Gehirn die Gier nach Geld und Besitz antreibt, so daß der mit diesem Gen Behaftete kaum etwas gegen seinen wilden egoistischen Aktionismus tun kann. Die Lösung der Probleme, heißt es, wäre wohl eine Durchmischung des Personals in der Leitung bestimmter Unternehmen: von den Gier-Gen-Trägern mit anderen, mehr buchhalterisch Veranlagten.

Was hätten John und Judy zu den heutigen Verhältnissen gesagt, wenn sie sie damals vorausgeahnt hätten? Wir saßen wieder in dem Café in der 17th Street, wir hatten schon einen Stammtisch, wir kannten die Speisekarte und bestellten jeder seinen Lieblingssalat. Die sehr junge schwarze Kellnerin mit den blitzenden Augen kannte uns und lachte uns entgegen, das war angenehm.

John hatte mich abgeholt. Wir wollten mit Judy zu ihren Freunden fahren, die mich eingeladen hatten, meistens Angehörige der »second generation«. Die Diskussion über den Text von Thomas Mann müssen wir verschieben, sagte John. Ich sagte, beinahe genau so interessant wie dieser erstaunliche Text sei die Tatsache, daß er in die Endfassung des Goethe-Vortrags nicht aufgenommen wurde. Vielleicht tat er recht daran, sagte ich, sich den voraussehbaren Anwürfen nicht auszusetzen. »Kommunismus« wäre das mindeste gewesen. Kannten John und Judy den Skandal um Thomas Manns Deutschlandtournee 1949? Nein. In Amerika sei der Kommunismus eine Leiche, toter als tot. Aber dicht unter der Oberfläche rege sich ein hysterischer Antikommunismus.

Sein wiedergefundener Cousin, sagte John, der in der Berliner Karl-Marx-Allee wohne, fange jetzt schon an, wieder nach dem Kommunismus zu fragen. Daß er den DDR-Kommunismus nicht meine, sei ja klar. Er meine den vernünftigen Kommunismus, den auch sie, John und Judy, meinten. Ach, ihr Lieben! sagte ich, und dachte, das ist ein weites Feld, und auf diesem Feld haben wir uns zuerst die Schuhsohlen und dann auch noch die Fußsohlen abgelaufen. Ich glaubte, besonders in Johns Augen noch jenen naiven Funken zu sehen, den wir alle einmal in den Augen gehabt haben müssen. Irgendwann würde er auch bei John erlöschen.

Unterwegs setzte Judy mir auseinander, daß nach ihrer Meinung die Nachkommen der ermordeten Juden und die Nachkommen der Deutschen, durch die oder in deren Beisein die Verbrechen geschahen, etwas Gemeinsames hätten: Ihre Eltern hätten mit ihnen nicht über die Vergangenheit gesprochen. Ich protestierte. Das sei doch etwas ganz anderes. Das sei doch genau das Entgegengesetzte: Ob man Verbrechen verschweige oder ob man zu seinen Kindern nicht über die Untaten und Demütigungen sprechen könne, die einem zugefügt worden seien. Die beiden blieben dabei, daß dieses inhaltlich so unähnliche Verschweigen ähnliche Muster in den Beziehungen zwischen Eltern und Kindern erzeugen könne.

Wir fuhren durch gepflegte Viertel, in denen ich noch nicht gewesen war, hielten vor einem middle-class-Haus in einer Nebenstraße, stiegen eine kurze Außentreppe hinauf und kamen in eine Wohnung, in der alle Lampen brannten, die möbliert war wie die Wohnung eines westdeutschen Rechtsanwalts oder Gymnasialdirektors, in der sich Menschen verschiedenen Alters in den Räumen drängten. Eine zierliche blonde Frau, Mitte fünfzig, die Gastgeberin, trat auf uns zu und sagte auf deutsch: Ich bin Ruth. Willkommen. Und fügte auf englisch hinzu: I was a hidden child.

Der Satz traf mich. Ich verstand sofort, was er bedeutete: Ein Kind, das vor den Deutschen versteckt worden war. Es war eine der vielen trostlosen Geschichten, die ich noch zu hören kriegen würde. Wenn ich an den Abend zurückdenke, sehe ich diesen und jenen an mich herantreten, sein Glas in der Hand, und leise mit mir sprechen. Nicht nur einmal erblickte ich in den Augen der Menschen eine absurde Hoffnung, als könne doch noch ein Wunder geschehen, und der Abgrund, in den ihr Leben gestoßen worden war, könne sich schließen, der unaufhörliche Schmerz könne wenigstens gemildert werden, wenn jemand diesen Schmerz mit ihnen teilte. Nein, nicht irgend jemand: eine Deutsche. Die meisten von ihnen waren nie in Deutschland gewesen, die Älteren nie wieder hingefahren. Ich schwieg. Da war nichts zu sagen, nichts zu erklären, nichts wiedergutzumachen. Da konnte nichts wieder »gut« werden.

What about Germany today? Die Frage mußte kommen. Ich erinnere mich, daß ich mich, innerlich auf diese Frage gefaßt, um Objektivität bemühte. Der Fall der Mauer. Ja. Ein historisches Ereignis, das, ich zögerte, das zuzugeben, von den Demonstranten nicht erwartet und nicht beabsichtigt war. Ich zitierte Inschriften von Transparenten, die inzwischen schon verwelkt waren: Die Euphorie der Übergangszeit. Ich wollte die Menschen hier nicht enttäuschen, die erwarteten, daß im vereinten Deutschland jedermann glücklich sein müsse. Nein, von Enttäuschungen stand nichts in ihren Zeitungen. Nichts von Verlusten. Es wäre mir kleinlich vorgekommen, hier davon zu sprechen.

Aber da war ein Rechtsanwalt, der anscheinend deutsche Mandanten hatte. Er wußte, daß Tausende ehemaliger Besitzer, die inzwischen sehr lange schon in Westdeutschland lebten und eine gewisse Entschädigung für ihre Verluste erhalten hatten, ihre Grundstücke und Häuser zurückverlangten, wo oft seit Jahrzehnten Ostdeutsche wohnten, in gutem Glauben, sie hätten sie rechtmäßig gekauft oder würden sie rechtmäßig nutzen. Das stimmt, sagte ich und mußte den Grundsatz: Rückgabe vor Entschädigung! ins Spiel bringen. John geriet außer sich. Darüber wisse man hier gar nichts. Stell dir das bloß mal in einem anderen Land vor! Ich versuchte zu erklären, daß die ehemaligen Besitzer und deren Erben mit dem besten Gewissen von der Welt auf ihrem Anspruch bestünden, weil Eigentum und Besitz für sie zu den höchsten anzustrebenden Werten gehörten.

Und ihr? fragte jemand. Die Ostdeutschen? Ich sagte, denen sei es abgewöhnt worden, privaten Besitz für so heilig zu halten, und auch wenn sie den früheren Staat abgelehnt hätten, neigten viele Ostdeutsche der Meinung zu: Gemeinwohl komme vor Profit.

Leiser sagte ich zu John, in diesem unterschiedlichen Verhältnis zum Besitz liege wohl der Kern der vielbeschworenen Spaltung in den Köpfen. John sagte: Da seht also nicht nur ihr euch in Frage gestellt, auch die Westdeutschen müssen sich durch eure Art zu denken angegriffen fühlen. Das fand ich bedenkenswert.

Wirklich wichtig war für die Gäste dieses Abends etwas anderes: Man sehe und höre von rechten Gewalttaten gegen Asylanten, besonders im Osten Deutschlands. Das sollte ich ihnen erklären. Halbherzig und weitschweifig versuchte ich die Umstände anzuführen, aus denen solche Gewalttaten erwüchsen. Ich merkte, daß ich niemanden überzeugen konnte.

Am Ende des Abends kamen zwei junge Leute zu mir, ein Paar, er Deutscher, sie amerikanische Jüdin. Sie wollten einen Rat. Sie hätten gerade nach Deutschland übersiedeln wollen, wo er einen guten Job als Chemiker in Aussicht habe. Doch nun fragten sie sich, ob sie es verantworten könnten, ihr Kind in dieses Land zu bringen. Ich erschrak. Kam ich denn aus einem barbarischen Land, in das man keine Kinder bringen durfte? Ich sagte, ihre Informationen seien gewiß einseitig, und ich wäre froh, wenn sie kämen. Aber einen direkten Rat wollte ich ihnen nicht geben. Ich wich aus.

Ruth fuhr mich nach Hause. Ich spürte, daß sie reden wollte, und wußte nicht, ob ich hören wollte, was sie zu sagen hatte: Ruths Vater, deutscher Jude mit perfekten Französischkenntnissen, konnte 1933 mit der Familie ins Elsaß flüchten und sich dort als Franzose ausgeben. Als die Deutschen einmarschierten, hatten sie keinen Unterschlupf. Um wenigstens das Kind zu retten, gaben sie Ruth in ein Nonnenkloster, niemand vermutete in dem blonden Mädchen eine Jüdin. Da war sie monatelang ein von den Eltern ausgesetztes, verstecktes Kind. Und das blieb ich auch, sagte Ruth, während wir auf dem Freeway durch die niemals dunkle, niemals schlafende Stadt fuhren, ich blieb es, als die Eltern für uns alle einen Fluchtweg gefunden hatten und mich wieder abholten. Sie sei das versteckte Kind geblieben, bis heute. Ob ich mir das vorstellen könne. Zwar habe sie inzwischen aufgehört, ihrer Mutter Vorwürfe zu machen. Sie sage ihr auch nicht mehr, sie selbst, Ruth, hätte ihr Kind niemals weggegeben, unter keinen Umständen. Ich schwieg.

Selbstverständlich, sagte Ruth, ihr Auto durch mir bekanntere Gegenden lenkend, selbstverständlich begreife sie ganz genau die tragische Lage, in der ihre Eltern damals waren. Mein Kopf versteht alles, you know, sagte sie. Aber in ihrem tiefsten Innern sei die Verletzung, welche die Verstoßung durch die Eltern ihr zugefügt habe, niemals geheilt, sie könne nicht vergessen und nicht verzeihen. Ihren Eltern nicht verzeihen, sagte Ruth, während die Tränen ihr über das Gesicht liefen. Sie klage sie an, anstatt die Deutschen zu verfluchen, die ihnen das angetan hätten. Es hätte nicht viel gefehlt, sagte Ruth, und sie wäre an der verkehrten Welt in ihrem Kopf verrückt geworden. Sie habe ihr eigenes Kind, ihren Sohn, zuerst nicht annehmen können. Ob ich ahnte, was das bedeutete. Erst eine lange Therapie, übrigens bei einer Emigrantin aus Deutschland, die ihre enge Freundin geworden, aber vor einigen Jahren leider gestorben sei, erst durch deren Hilfe habe sie verstehen gelernt, was da in ihr vorging. Nun sei sie selbst Psychologin.

In meinem Apartment war meine erste Handlung ein Griff nach der roten Mappe. Noch nie, so kam es mir vor, hatte ich es wie heute bedauert, daß ich L. nicht kennengelernt hatte. Ich machte mir ein sehr genaues Bild von ihrem Äußeren, kühne Gesichtszüge, denen das Alter nicht viel anhaben konnte, ein grauer, nach hinten gekämmter Haarschopf, von Statur höchstens mittelgroß, nicht dünn und nicht dick, immer in Bewegung. Klassisch in gute Stoffe, in gedeckte Farben gekleidet, anders als Emma, die wenig Wert auf ihr Äußeres legte. Emma mußte sie in einem ihrer Briefe mit ihrer Vorliebe für gute Kleidung aufgezogen haben, sie mußte es ein »bürgerliches Relikt« genannt haben. L. erwiderte ihr in ihrem Brief vom Februar 1949 – dieser Monat fiel in meine Vorbereitungszeit zum Abitur in einer thüringischen Kleinstadt –, ob sie vergessen habe, daß ihr lieber Herr diese Art, sich zu kleiden, an Frauen schätzte.

»Und warum hätte ich«, schrieb sie weiter, »ihm in dieser Kleinigkeit nicht entgegenkommen sollen, wo es doch anderes gab, worin ich mich ihm widersetzen mußte. Zum Beispiel ging ich während des Bürgerkriegs nach Spanien, obwohl mein lieber Herr strikt dagegen war – nicht, weil er den Kampf gegen Franco nicht für gut und richtig und unerläßlich befunden hätte. Nur eben ich sollte mich nicht in Gefahr begeben, fand er, ich sei nicht geschaffen für eine ›heldische Attitude‹.

Den Bruch mit mir hat er nicht riskiert, ich ging als Korrespondentin nach Spanien. Er las dann natürlich gierig die Artikel, die ich schrieb, und sammelte sie sorgfältig. Später habe ich gesehen, daß er meine Berichte einarbeitete in seine Überlegungen über die Quellen des Inhumanen in unserer

Kultur, ein Thema, von dem er besessen war und das ihn immer mehr herunterzog in eine Hoffnungslosigkeit, die ich nicht mit ihm teilen konnte und wollte.

Wir lebten übrigens sehr ärmlich in Paris, wie die meisten Emigranten, mein lieber Herr lebte, wie auch später oft, von der Arbeit seiner Frau, die eine Putzstelle bei einer reichen französischen Familie hatte, deren Söhnen sie auch Deutschunterricht gab. Dora ist eine bewundernswerte Frau, sie hat all die Jahre über nicht eine Minute geschwankt in der Überzeugung, daß es ihre Aufgabe sei, diesen Mann am Leben zu halten. Und sie hat all die Jahre über nicht eine Spur kleinlicher Eifersucht gezeigt gegenüber unserem Verhältnis. Mein lieber Herr ist fest an Dora gebunden, er würde sie niemals verlassen, und ich würde das niemals von ihm erwarten.«

Es war einer der längsten Briefe, die L. an Emma schrieb, mit blasser Schreibmaschinenschrift auf weißem Papier in amerikanischem Format, etwas weniger flüchtig, schien mir, als viele ihrer anderen Briefe. Nicht zum ersten Mal versuchte nun ich, an dem langen Eßtisch in meinem kalifornischen Apartment, zwischen den Zeilen dieser Frau zu lesen, versuchte den Kummer, die Selbstverleugnung, den andauernden Verzicht herauszulesen, welche die Liebe ihr auch auferlegt haben mußte. Und ich versuchte mir den Inhalt ihrer über die Jahrzehnte andauernden Gespräche mit ihrem »lieben Herrn« vorzustellen.

Und ich? War ich, kaum zwanzigjährig, nicht schon einer Überzeugung sicher gewesen, die ich gerade erst einigen Schriften der Klassiker entnommen hatte? Selbstverständlich mußte sie lauten: DIE REVOLUTION. Die Revolution war das einzige Mittel zur Rettung der Menschheit. Euer Mathematik- und Physiklehrer, Flüchtling aus dem Osten, in der thüringischen Kleinstadt gestrandet wie du, ein überaus intelligenter, etwas undurchsichtiger, aber eben deshalb für dich besonders faszinierender Mann, der von der übrigen verkalkten Lehrerschaft abstach, hatte dir diese revolutionären Schriften empfohlen, hatte nicht ohne Wohlgefallen bemerkt, wie es dir einleuchtete, daß die Welt nicht immer nur interpretiert, sondern daß sie von Grund auf verändert werden mußte, und er hatte ohne zu zögern die Bürgschaft übernommen, als du dich entschlossest, der Partei beizutreten, die eben diese Veränderung ja in ihrem Programm hatte. Und, um diese Geschichte zu einer typischen Geschichte jener frühen Jahre zu machen: Später sollte sich herausstellen, daß dieser Lehrer, der wegen seiner unbestreitbaren Fähigkeiten inzwischen zum Schulleiter aufgestiegen war, ein Mitarbeiter des Goebbels-Ministeriums gewesen war und das verschwiegen hatte, so daß er degradiert und an eine kleine Landschule versetzt wurde. Du aber, so sehr dich diese Nachricht traf, nahmst keinen Augenblick an, daß er euch, daß er dich betrogen hatte, indem er selbst an die Lehren nicht glaubte, die er dir anempfahl, oder daß er etwa an die Wahnsinnslehren seiner ehemaligen Dienstherren geglaubt hatte. Er war zu klug dazu, dachtest du.

Ich blätterte in Thomas Manns Tagebüchern, fand die Eintragung, die ich suchte, vom 31. März 1949, nahe dem Datum des Briefes von L.: *Nachmittags einstündige Rede Churchills in Boston, peinlich durch Unwahrheit, grobe Schmeicheleien für Amerikas hohen Opfersinn, Verherrlichung des Cold War, banale Russenhetze ... Das Ganze deprimierend, wenn auch ganz wie es sein mußte.*

Ich fragte mich, ob du im Frühjahr 1949 den Begriff »Kalter Krieg« schon gehört hattest, ich erinnerte mich nicht. Du saßest nachts in deinem Souterrainzimmer, dessen Fenster dir den Blick auf den schiefen Kirchturm des Städtchens und auf den überwältigenden Sternenhimmel erlaubte, über einem Aufsatz zu einem Wettbewerb: »Revolutionen – Notwendigkeit oder Exzesse der Geschichte?«, du plädiertest für »Notwendigkeit«, gewannst einen Preis und durftest zu den Goethetagen der Jugend nach Weimar fahren, wo du Lothar Müthel als Mephisto sahst und den künftigen Ministerpräsidenten Grotewohl reden hörtest, unter dem Motto: *Du mußt steigen oder sinken / Leiden oder triumphieren / Amboß oder Hammer sein.*

Jena. Die alte Universität, aus deren Hörsälen ihr auf die Wege blicken konntet, auf denen Goethe und Schiller miteinander gewandelt sein mochten. Von den Gedankengebäuden dieser beiden leiteten eure Dozenten die Linien ab, die bis zu euch hin führten: Fortschritt und Reaktion, sie haben sich immer gegenübergestanden, kämpfend. Du siehst dich mit den anderen im Viereck um den Tisch in dem Seminarraum sitzen, der von Bücherwänden umstellt war, hörst den jungen Dozenten begeistert von Georg Lukács sprechen, dessen Theorien euch einleuchteten, es ging um den Realismus, um was denn sonst, begeistert saugtet ihr seine Thesen auf, konntet euch nicht vorstellen, wie man Literatur anders beurteilen sollte.

In den Nächten last ihr beide Remarques »Arc de Triomphe« – ausgerechnet dieses war das erste der hunderte von Büchern, die ihr inzwischen gemeinsam gelesen habt –, geliehen für wenige Tage, ihr verschlangt es, vergaßt, es einzuordnen, war es fortschrittlich oder etwa doch ein wenig reaktionär, es war tiefer Winter, spät abends gingt ihr durch eiskalte, schlecht beleuchtete Straßen, über die Saalebrücke, wo der Wind euch ins Gesicht pfiff, über der Hügelkette vor euch stand der Mond, ihr traft kaum noch Menschen, ihr redetet über Remarque.

Ich saß in meinem Apartment im MS. VICTORIA, im Fernsehen lief ein Film über zwei beeindruckende Frauen, die sich der Forschung an Schimpansen und Gorillas verschrieben hatten, ich folgte ihren geduldigen Annäherungsversuchen an eine Affenhorde, eine andere Gedankenspur führte mich in andere Seminarräume, in denen vor vierzig Jahren eure Dozentin, die als Kommunistin und Jüdin in den dreißiger Jahren Deutschland hatte verlassen müssen und dorthin, zu euch, zurückgekehrt war, mit euch über jene Sturm und Drang genannte Bewegung arbeitete, so lebendig, so überzeugend, daß ich es nie vergaß, eine antifeudalistische frühbürgerliche Bewegung, ihr identifiziertet euch mit den Jungen damals, die sich abstießen von den Zwängen des Absolutismus. Ihre Fahnenwörter waren Natur! Freiheit!, mit List wehrten sie sich gegen die Zensur, der junge Goethe zum Beispiel ließ seinen »Prometheus« so in sein Gedichtbuch einbinden, daß man dieses Gedicht, falls die Zensur es beanstanden sollte, herauslösen konnte, ohne das ganze Buch zu beschädigen, *Ich kenne nichts ärmers unter der Sonn als euch Götter* – ha, der Atheist, ha, der Fürstenhasser, dieser Goethe war euer, und eure Blütenträume würden reifen. Ja, sagte eure Dozentin, die du verehrtest, ein Revolutionär war er vielleicht nicht, unser Goethe, doch hat er, das sagt er selbst, das eine Ende der Stange immer leise berührt. Ihr aber in euren fortschrittlichen Zeiten hieltet die Stange fest in beiden Händen und würdet sie nicht mehr loslassen.

Diese Dozentin, die euch den Blick dafür geöffnet hatte, daß noch das zarteste Liebesgedicht eingebettet ist in ein gesellschaftliches Gewebe, hat dreißig Jahre später, alt geworden, in einer anderen Stadt lehrend, ihre Studenten veranlaßt, eine Resolution zu verfassen, in der du des ideologischen Kapitulantentums bezichtigt wurdest. Es war dir nicht gleichgültig wie manches andere.

Die beiden Forscherinnen, die sich auf entgegengesetzten Seiten der Erde mit dem Verhalten von Schimpansen und Gorillas vertraut machen, werden von den verschiedenen Affengruppen nach langer Zeit so weit geduldet, daß sie ganz nah an sie herangehen können, ohne Flucht- oder Aggressionsreflexe auszulösen, mit Anteilnahme, fast mit Neid, sah ich ihnen zu.

Auf der anderen Gedankenspur, die unaufhaltsam weiterlief, erschien die Ausstellung im Weimarer Schloß, »Gesellschaft und Kultur der Goethezeit«, durch die du in den Semesterferien Gruppen von Besuchern führtest. Ich sah euch in der Versammlung sitzen, hörte den Referenten, der sagte, der Klassenkampf verschärfe sich, ihr müßtet euch auf kritische Situationen vorbereiten. So sehr wir den Krieg haßten, sagte er, Pazifismus sei heutzutage geradezu selbstmörderisch, eure Bereitschaft, die Republik zu verteidigen, dürfe kein Lippenbekenntnis bleiben, kurz und gut: Ihr solltet schießen lernen. Es wurde auf einmal ganz still in dem Raum.

Nachts gingst du mit einer Genossin den Berg hinauf zum Nietzsche-Haus, in dem ihr wohntet. Sie sagte: Ich habe nie ein Gewehr in die Hand nehmen wollen, und vor deinen Augen tauchten die Berge von Gewehren auf, die die besiegten Soldaten der deutschen Wehrmacht im April 1945 in die Straßengräben geworfen hatten, an denen euer Flüchtlingstreck vorbeizog, ihr rührtet keines der Gewehre an, aber die KZler, die auf dem Todesmarsch vom Lager Sachsenhausen teilweise auf den gleichen Straßen nach Norden getrieben worden waren, die nahmen sich Gewehre, die sie vor Schwäche kaum halten konnten, und bezogen Posten auf der Anhöhe des Hohlwegs, durch den ihr kamt.

Dem Versammlungsleiter sagtest du: Ich habe ein Kind. Er sagte: Ich weiß. Überleg dir, ob du es nicht verteidigen willst. Du riefst bei deiner Mutter an, du mußtest die Stimme deines Kindes hören, das noch nicht sprechen konnte. Nachts schliefst du kaum. Am nächsten Tag sagtet ihr alle zu dem Leiter: Ja, ihr würdet an Schießübungen teilnehmen. Ich erinnere mich nicht, daß ihr je dazu aufgefordert wurdet. Es war das Jahr 1953. Du warst vierundzwanzig Jahre alt.

Die uralten, menschlich anmutenden Gesten der Affen rührten mich, gebannt verfolgte ich auf dem Bildschirm, wie »Melissa«, eine allein streunende Äffin mit Kind, Anschluß an die Gruppe suchte, wie sie Unterwürfigkeits- und Demutsgesten vollführte, die uns, dachte ich, nur allzu bekannt sind, wie sie den Rangältesten, das Alphatier, nachdem sie längere Zeit still beieinander gesessen hatten, vorsichtig an der Schulter berührte, schließlich nach seiner Hand griff und sie mehrmals an den Mund führte, »küßte«, wie sie dann unendlich geduldig auch die Akzeptanz der Frauengruppe suchte, bis sie, da war ich bewegt und erleichtert, am Ende mit ihrem Kind auf dem Schoß friedlich zwischen den anderen hockte.

Ich rief Peter Gutman an, ich mußte ihn fragen, ob er gewußt habe, daß Affen küssen können, er sagte, nein, das habe er nicht gewußt. Was er aber wisse, sei, daß er das Küssen immer mehr verlerne. Oder ob ich glaubte, Telefonküsse könnten echte Küsse ersetzen.

Nein, sagte ich, das glaubte ich allerdings nicht, und Peter Gutman freute sich, daß wir uns darin einig waren. Ersatzleben, sagte er. Das soll uns doch allen aufgenötigt werden. Ersatz bis in unser Intimleben hinein.

Monsieur, rief ich, hallo, versteigen Sie sich nicht. Oder meinen Sie etwa, auf dem langen Weg vom Affen bis zum Homo sapiens sei das Original verlorengegangen? Das Original des Lebens? Der Liebe?

Könnte man manchmal denken, sagte Peter Gutman. Zum Beispiel: Wer garantiert mir denn, daß ich mit dieser wunderbaren Frau, mit der ich stundenlang über den Ozean hin sehnsüchtig telefoniere, überhaupt etwas anzufangen wüßte, wenn sie mir plötzlich erreichbar wäre? Kann es nicht sein, daß ich diese absurde Situation, dieses absurde Leiden daran, daß wir nicht zusammenkommen können, brauche, um sie mir vom Leib zu halten? So wie ich meinen Perfektionismuswahn brauche, damit er mich hindert, das Buch über meinen Philosophen fertigzuschreiben.

Das ist aber ziemlich sophisticated, Monsieur, sagte ich, und dachte: Worüber reden wir da.

Sophisticated? Peter Gutman seufzte und gab es zu. Sonst spreche ich ja nicht darüber, sagte er, und ich fragte: Warum mit mir?

Weil du selbst unglücklich bist und Unglück verstehst.

Unglücklich, ich? Aber wie kommst du darauf. Ich habe doch gar nichts davon gesagt.

Eben, sagte Peter Gutman. Hast du was zu trinken da? Okay. Schlaf gut.

Ich schaltete den Fernseher aus, dann auch die Lampe, ich saß im Dunkeln und hörte das MS. VICTORIA atmen. Nach langer Zeit ging ich in die Küche und holte mir noch eine Margarita, die nahm ich mit und stellte sie auf dem schmalen Brett neben dem Telefon ab, ersparte es mir, die Zeitdifferenz auszurechnen, weil ich jetzt nichts dringlicher brauchte, als diese Stimme zu hören, wählte also die vertraute Berliner Nummer. Natürlich hörte der Teilnehmer nicht gleich, er schlief ja gerade, ich ließ es lange klingeln, bis ich sein schlaftrunkenes »Hallo?« hörte. Da beschwerte ich mich, daß er es nie lernen würde, sich mit seinem Namen zu melden, und er fragte, ob ich eigentlich wisse, wie spät es bei ihm sei, und ich sagte, nein, das wisse ich nicht. Halb sechs Uhr früh, sagte er, und ich sagte, ach so, ich würde jetzt gleich ins Bett gehen. Wir schwiegen, der Ozean rauschte, dann fragte er: Ist was?, und ich sagte: Nein. Was soll sein. Hörst du den Ozean rauschen? Wußtest du, daß das MS. VICTORIA nachts atmet und sich wie ein Schiff auf den Wellen wiegt? – Wußte ich nicht, sagte er. Aber grüß mal dein MS. VICTORIA, es soll auf dich aufpassen. Ich fragte, meinst du, das wird nötig sein, und er sagte, man könne nie wissen. Nein, sagte ich, das könne man nicht. Wir legten auf. Es ging mir besser.

Ich stand spät auf, es war ja Wochenende, ich machte mir ein ausgiebiges Frühstück, was sang ich dabei, unbewußt? Ich hatte gelernt, darauf zu achten, ich sang: »Ich hatt' einen Kameraden«, die Fassung der Interbrigaden im Spanischen Bürgerkrieg, nachdem Hans Beimler gefallen war: *Eine Kugel kam geflogen, sie kam aus Deutschland her, der Lauf war gut gezogen, das Korn hat nicht getrogen, ein deutsches Schießgewehr.* Früher waren mir bei diesem Text manchmal die Tränen gekommen, das war in den naiven Zeiten, als man noch an Märchen glaubte. Ein Freund, selbst Spanienkämpfer, der vor kurzem Einblick in geheime spanische Militärarchive erhalten hatte, sagte mir, die Version vom Tod Hans Beimlers würde so, wie sie in unseren Geschichtsbüchern stand, auch nicht stimmen. *Glücklich das Land, das keine Helden braucht.* Übrigens, fiel mir ein, gab es seit Spanien in der deutschen kommunistischen Bewegung keine Lieder mehr. Mit scharfen Instrumenten war ihr die Seele aus dem Leib gerissen worden, dieser Schmerz war nicht zu besingen, lange Zeit sollte er nicht einmal empfunden werden, künstlich eingepflanzte Ersatzgesänge wurden zu offiziellen Anlässen angestimmt, sie haben die Zeit nicht überdauert. Warum sollen die Lieder länger leben als die Menschen, die sie gesungen haben, dachte ich. *Spaniens Himmel breitet seine Sterne / über unsre Schützengräben aus ...* Wir sangen die Lieder der Alten, wir sangen das Lied von den Moorsoldaten, *Wohin auch das Auge blicket, Moor und Heide nur ringsum.* Wir sangen aber auch das neue Thälmannlied, *Thälmann und Thälmann vor allen / Deutschlands unsterblicher Sohn,* oder wir sangen zum Weltjugendtreffen *Im August blühn die Rosen,* aber es fehlte diesen Liedern etwas, wir hörten auf, sie zu singen, sie stimmten nicht.

Also was war los mit mir, ich muß mich zusammennehmen, sagte ich mir, ich darf nicht so in mich versunken durch den Alltag treiben, auf dem wunderbaren Gemüsemarkt in der Second Street hatte ich heute an zwei Ständen vergessen, die gekaufte Ware mitzunehmen, man lief mit den Tüten hinter mir her. Dann war plötzlich mein Einkaufswägelchen verschwunden, auf das ich nicht verzichten konnte, jetzt ist es passiert, dachte ich, jetzt hat man mir das Wägelchen mitsamt meiner Lederjacke geklaut, dann stand es plötzlich mitten auf dem Weg friedlich vor mir, die Leute mußten sich dran vorbeidrängeln.

Ich bin abwesend, dachte ich. Als ich mittags zum office ging, lief ich bei Rot über die Kreuzung, ein Auto mußte bremsen. In meinem Postfach lag ein Bündel Zeitungsausschnitte, gefaxt aus Berlin, ich legte die Papiere in eine Mappe, verstaute sie in meiner Tasche, ohne einen Blick darauf zu werfen, ich war ihnen nicht gewachsen.

Ich ging hinüber ins MS. VICTORIA, setzte mich in meinem Apartment an das Maschinchen und schrieb zu meiner eigenen Überraschung:

IN DER STADT DER ENGEL WIRD MIR DIE HAUT ABGEZOGEN. SIE WOLLEN WISSEN, WAS DARUNTER IST, UND FINDEN WIE BEI EI-

NEM GEWÖHNLICHEN MENSCHEN MUSKELN SEHNEN KNOCHEN ADERN BLUT HERZ MAGEN LEBER MILZ. SIE SIND ENTTÄUSCHT, SIE HATTEN AUF DIE INNEREIEN EINES MONSTERS GEHOFFT.

Na, hörte ich mich zu mir selber sagen, verrenn dich nicht. Die Sätze ließ ich stehen.

Ich rief Peter Gutman an. Wie ist es dazu gekommen, fragte ich ihn, daß unsere Zivilisation Monster hervorbringt.

Verhindertes Leben, sagte er. Was sonst. Verhinderte Leben.

Ich weiß nicht, sagte ich, sind wir nicht vielleicht ursprünglich Monster?

Ein Sturm weht vom Paradiese her, sagte Peter Gutman. Der treibt den rückwärts fliegenden Engel der Geschichte vor sich her. Doch er macht kein Monster aus ihm.

Aber hinten hat er keine Augen, sagte ich.

Das nicht, sagte Peter Gutman. Das ist es eben: Er ist blind.

Geschichtsblind, sagte ich.

Schreckensblind, wenn Sie so wollen, Madame.

Vielen Dank, sagte ich und legte auf. Ich dachte, schreckensblind zu sein sei der Menschheit zu wünschen, denn wer könnte leben, indem er sich alle Schrecken gegenwärtig halte. Es müßte etwas geben wie eine Schreckensaustreibung, dachte ich. Ich erinnerte mich, wie du dir immer wieder vorstellen mußtest, wie der kleine Sohn eurer Zugehfrau, beim Schwimmen in der Warthe unter ein Floß geraten, ertrunken war und daß die Mutter zusehen mußte, als sie ihren toten Jungen aus dem Wasser zogen, und du dich fragtest, wie sie damit leben sollte, und ich erinnerte mich, daß du, das Kind, dich fragtest, wie du diese Angst vor Unglück und fremden und eigenen Verletzungen dein ganzes Leben lang aushalten solltest, aber da wußtest du noch nicht und hättest es nicht für möglich gehalten, daß man, ohne es zu wollen und zu wissen, Schutztechniken entwickelt gegen selbstzerstörerisches Mitgefühl.

Ein paar Zeilen des alten Gedichts stiegen in mir auf, das lange Zeit obenauf in meiner Schreibtischschublade gelegen hatte, weil ich es jeden Tag brauchte, das ich auswendig konnte und jetzt vergessen hatte, aber diese Zeilen fielen mir ein: *Nimm dein Verhängnis an, laß alles unbereut.*

Dieser öde Sonntag vormittag in meinem Apartment. Es regnete. Television. Ein Prediger in farbenprächtigem Phantasie-Habit vor dem Altar einer riesigen Kirchenhalle mit hunderten von Menschen, neben ihm General Schwarzkopf. Mit ersterbender Stimme las der berühmte Prediger dem General den Brief vor, den dieser zu Beginn des Golfkriegs an seine Familie geschrieben hatte. Beide Männer hatten Tränen in den Augen. Was hat sich seitdem geändert in unserem Land? fragte der Prediger den General. Immer noch schrieben ihm viele Leute und dankten ihm für das, was er für das Land getan habe, sagte der. Wir waren vielleicht zu erfolgreich, fuhr er fort. Der Kommunismus sei zusammengebrochen. Im Golfkrieg habe Präsident Bush, »the magnificent leader«, die richtigen Entscheidungen getroffen. Er arbeite im Wahlkampf für Bush.

Pauken und Trompeten. Alle erhoben sich in der riesigen Halle und brachten dem General Ovationen dar. Begeisterte, hingebungsvolle Gesichter. Der Prediger betete mit schallender Stimme: God, give us men. What we need are leaders. Strong minds, great hearts, true faces who will not lie. – Yeah! riefen die hunderte von Menschen im Saal. Ihr Prediger forderte sie auf, sich sorgfältig im Gebet zu prüfen, bevor sie am nächsten Sonntag ihre Stimme abgeben würden. Yeah!

Ehe der Golfkrieg begann, fiel mir jetzt ein, unternahmst du deine letzte öffentliche Aktion: Schriebst einen Text an die UNO, sie solle alles dafür tun, daß die französische Resolution, die einen Aufschub der Kampfhandlungen gegen die Golfregion forderte, angenommen werde, schicktest diesen Text per Telefon und per Fax an sämtliche dir bekannte Adressen, batest um Unterschriften, bekamst sie, sandtest das Dokument an die UNO – jetzt stieg mir die Schamröte ins Gesicht, wenn ich daran dachte – und saßest dann wenige Tage später früh um vier vor dem Fernseher, sahst die amerikanischen Truppen an der Golfküste landen, wo sie von den bestellten Fernsehkameras empfangen wurden, und dir liefen die Tränen über das Gesicht, weil du dir die unstillbare Feindschaft der arabischen Welt gegen den Westen vorstellen mußtest, die in diesem Moment ausgelöst wurde. Auf Grund falscher Zeugenaussagen, wie wir inzwischen wissen.

How are you? Sally rief an. Sie habe ihren Job bei den gefährdeten Jugendlichen aufgegeben, habe einen Kurs belegt, mit dem sie sich auf ein Studium vorbereiten wolle. Was für ein Studium? – Innenarchitektur. Design.

Hör mal, sagte ich, und ich dachte, du seist die geborene Tänzerin.

Ich sah sie vor mir, und ich kann sie heute noch vor mir sehen, wie ich sie Mitte der siebziger Jahre kennengelernt hatte, in einer kleinen Collegestadt im Bundesstaat Ohio, wie jung sie war, wie straff und durchtrainiert, wie glücklich sie war, als in einem Fernsehkanal eine Vorstellung ihrer Tanztruppe gezeigt wurde, ich sah, ich sehe ihren Vogelkopf mit dem streichholzkurzen dunklen Haar, wie gelöst, wie artistisch sie sich bewegte, wie verliebt Ron in sie war, alle blickten sich nach ihnen um, wenn sie beide, mit Broten unter den Armen, ausgelassen aus der deutsch-jüdischen Bäckerei über den großen Parkplatz zu ihrem Auto liefen, Ron mußte Sally immer ansehen und anfassen. Sie leuchtete. Sie hatte das Leben vor sich.

Du, Sally, sagte ich, ich wäre nie auf die Idee gekommen, daß dein Selbstvertrauen so wacklig ist.

Hast du eine Ahnung, sagte Sally. Dafür hat schon meine Mutter gesorgt. Jetzt spürt sie fast etwas wie Genugtuung, daß ich versagt habe, daß das Leben mit Ron mir nicht geglückt ist. – Das kann ich nicht glauben, sagte ich. – Und warum bezahlt sie mir jetzt so großzügig diesen Kurs, geizig, wie sie sonst ist? Und übrigens: Meinst du nicht auch, daß der Mann das spürt, wenn die Frau schwach wird? So wie ein Jagdhund es wittert, wenn ein Wild blutet, und es dann um so aggressiver verfolgt? Kennst du das Bild von der Kahlo: Ein von Pfeilen durchbohrtes Reh mit dem Kopf einer Frau – ihrem eigenen Kopf? – Ich kenne es. – Und weißt du nicht, daß die Hetzjagd erst richtig losgeht, wenn du angeschlagen bist? – O ja, Sally. Das weiß ich.

Du, sag mal, fragte Sally, was bedrückt dich eigentlich.

Ach Sally, das ist eine längere Geschichte.

Erzähl sie mir.

Später. Bald.

Aber ich erzählte die Geschichte nicht zuerst Sally, sondern Francesco, später. Noch war ich nicht so weit.

Am Montag vormittag in der Lounge, fast alle waren da, versteckten sich hinter den Blättern aus ihren Heimatländern. Rechtzeitig vor den Wahlen hatten die Medien die Nachricht verbreitet, das Nationaleinkommen der USA sei in diesem Jahr überraschend um 2,7 % gestiegen, so daß Präsident Bush vor der Nation ausrufen konnte: The recession is over! Die lokalen Medien hielten dagegen: In Kalifornien sei die Rezession in voller Blüte, es gebe hohe Arbeitslosenzahlen, einige Industrien, die bisher hauptsächlich für die Rüstung gearbeitet hätten, seien am Zusammenbrechen. Na klar, sagte Lutz, der ebensoviel von Politik wie von Kunstgeschichte verstand, niemand habe irgendein Konzept gehabt für das von niemandem vorhergesehene Ende der Konfrontation zwischen den beiden Blöcken. Keiner habe das wirklich gewollt. Er las uns einen Kommentar aus einer deutschen Zeitung vor, der den Beweis führte, was für ein Segen der Kalte Krieg auch für die demokratisch verfaßten Gesellschaften gewesen sei – er habe viele Industrien auf Hochtouren gepuscht und zugleich durch das harsche Festhalten an Feindbildern die Gültigkeit demokratischer Spielregeln eingeschränkt und das ungebremste krebsartige Wuchern der Geheimdienste ermöglicht. Würden die modernen Gesellschaften das Zusammenbrechen des Feindes, also das Schwinden der Feindbilder, verkraften? Ohne neue Feindbilder, neue Ziele für Aggression und Rüstungen aufzubauen?

Die Wahlchancen für Clinton sollten sich über Nacht verschlechtert haben.

Die Landschaft der Erinnerung ist ausgebreitet, denke ich, der Gedankenstrahl tastet sie ab. Ich stoße in meinen Aufzeichnungen auf die Sätze der Nonne aus dem Buch, das Sally mir mitgegeben hatte:

ICH HABE DEN WERT VON JEDERMANNS WEISHEIT UND DIE TATSACHE, DASS DIE MENSCHEN DIESELBE WAHRHEIT AUF VIELEN STRASSEN ENTDECKEN KÖNNEN, ZU VERSTEHEN BEGONNEN. ÖFFNE DEINEN GEIST, SO DASS DU NICHT MEHR IN EIGENSUCHT GEFANGEN BIST. DANN WIRST DU DICH NICHT MEHR FÜR DAS ZENTRUM DER WELT HALTEN, WEIL DU SO BESCHÄFTIGT BIST MIT DEINEN LEIDEN, SCHMERZEN, GRENZEN, BEGIERDEN UND ÄNGSTEN, DASS DU BLIND BIST FÜR DIE SCHÖNHEIT DES LEBENS. DU WIRST SEHEN, DAS LEBEN IST EIN SOLCHES WUNDER, UND WIR VERBRINGEN SOVIEL ZEIT DAMIT, HERAUSZUFINDEN, WO ES UNS UNRECHT TUT.

Daß Doktor Kim in dasselbe Horn wie die Nonne blies, verwunderte mich nicht. Als ich ihm sagte, daß die Schmerzen in der letzten Woche ziemlich schlimm gewesen seien, erklärte er ungerührt: That depends on what you eat, und verbot mir auch noch die Süßigkeiten. Was ich denn überhaupt noch essen solle? Reis und Gemüse. Aha. Ich war sicher, er selbst richtete sich nach seinen Anweisungen. Was ich ihm nicht sagte: daß ich Schmerztabletten nahm. Er riet, mir ein möglichst genaues Bild vom Zustand meiner Hüften zu machen und die abgenutzten Knorpelteile mit einer wohltuenden Flut heilender Gedanken zu umgeben. Er spickte mich mit seinen Nadeln und behauptete: I will rebuild your hip. Das konnte ich nicht glauben, ich hatte ein schlechtes Gewissen dabei und sah ein, daß für eine Ungläubige seine Voraussage nicht gelten konnte. Er ermahnte mich noch, nicht soviel Brot zu essen, und ließ mir von einem Gehilfen eine Tüte voller merkwürdiger Ingredienzien abwiegen, zu denen außer Blättern und Kräutern und Knollen offenbar auch Knochen gehörten, die ich jeden Morgen sehr lange kochen mußte, was mein Apartment in eine übelriechende Behausung verwandelte und einen Sud ergab, den ich trinken sollte und mit zugehaltener Nase auch trank, der aber nicht helfen konnte, dachte ich, wenn ich ihn verabscheute. Ich wußte, daß Doktor Kim jede Woche einen Tag fastete und auch sonst sehr mäßig aß, und ich dachte, wieder im Bus, wie mußte er uns zügellos unseren Begierden ausgelieferte Bewohner der westlichen Welt verachten.

Es ging auf das Jahresende zu, um fünf wurde es schon dunkel, ich stieg noch einmal aus dem Bus, um im Fahrradladen eines der als sicher geltenden Bügelschlösser für mein neues Fahrrad zu kaufen, das ich für hundertsechs Dollar bei Woolworth erstanden hatte, da das alte, von Bill geerbte, aus der Garage heraus gestohlen worden war, zusammen mit zwei anderen Rädern, die dort, angeschlossen natürlich, abgestellt waren. Die müssen doch mit einem Laster vorgefahren sein! – Ja, sagte die junge schmucke Polizistin, die im office erschien, um ein detailliertes Protokoll aufzunehmen, das sei wahrscheinlich, es seien organisierte Gangs, die die Fahrräder in Windeseile umrüsteten und weiterverkauften, jeden Tag gebe es mindestens zwanzig Verlustmeldungen allein in Santa Monica. Und die Aussicht, das Rad wiederzubekommen? Da zuckte sie die Achseln. Die sei gleich null, besonders, wenn der Bestohlene nicht mal die Fahrgestellnummer wisse, wie ich.

Trotzdem sagte ich thank you zu der jungen Polizistin, sie erwiderte: You're welcome, ich kaufte ein neues Rad und bin ein einziges Mal damit den Uferweg nach Venice gefahren, mehr aus Pflichtgefühl denn aus Lust: Das mußte man erlebt haben. Dabei merkte ich, daß ich nur unter Schwierigkeiten auf- und absteigen konnte, weil die Zwischenstange zu hoch war, ich brachte das neue Rad also in die Garage und schloß es gewissenhaft mit dem neuen Schloß an, welches nach einer Woche auch noch brav am Geländer hing, das Rad aber war säuberlich von ihm abgetrennt und wiederum gestohlen, doch noch einmal würde ich die ohnehin überforderte Polizei mit dieser Bagatelle nicht belästigen. Die Einsicht, daß ich in diesem Landstrich nicht Fahrrad fahren sollte, mußte ich mich eben hundertsechs Dollar kosten lassen.

»Bob Roberts«, ein Film zur rechten Zeit, konnte man denken, mit ingrimmigem Vergnügen begleiteten die Zuschauer in dem kleinen Kino in der Second Street den Weg eines korrupten, betrügerischen Senatorenkandidaten, der, ein Folksänger, Massen in Trance versetzt, durch Songs, die an Bob Dylan erinnern, auf die er verlogene Texte macht, und als es am Ende für ihn nicht mehr so gut steht, simuliert er mit seinem Team einen Anschlag auf sich selbst, als angeschossener Kandidat im Rollstuhl gewinnt er die Wahlen, und dann zeigt die Kamera, wie sich die Beine des angeblich Gelähmten während eines Konzerts vergnügt im Takt bewegen. Der Mann, der gekauft war, um ihn zum Schein anzuschießen, ist inzwischen von Roberts' fanatisierten Anhängern umgebracht worden.

Ein Film, der an Schärfe nichts zu wünschen übrig läßt, sagte ich, während wir, der ganze Clan, auf der dunkelnden, belebten Second Street zum MS. VICTORIA gingen, zu Francesco, der uns zu einem Risotto eingeladen hatte. Die aktuellen Bezüge zum gegenwärtigen Wahlkampf seien doch zum Greifen gewesen. Ich hätte mir denken können, daß Peter Gutman, der ausnahmsweise mitgekommen war, mir widersprechen würde. Schön und gut, sagte er. Nur daß Filme wie dieser nicht die Spur einer Wirkung hätten. Nicht nur ich, auch die anderen wollten das nicht glauben. Wer diesen Film gesehen habe, der übrigens gut gemacht gewesen sei, könne den gegenwärtigen Wahlkampf nicht mehr so naiv und leichtgläubig erleben wie einer, der den Film nicht gesehen habe. Danke für eure Argumente, sagte Peter Gutman, der mir manchmal mit seinem Sarkasmus auf die Nerven ging. Oder glaubt ihr etwa, die Anhänger unserer drei gegenwärtigen Kandidaten, die in irrationalen Begeisterungstaumel verfallen, wenn ihr Star vor ihnen auftritt, sehen diesen

Film? Nicht einer, sag ich euch. Aber die aufputschenden Reden der Sonntagsprediger im TV, die sehen und hören sie. Und sie empfangen die Botschaft, daß es normal und gottwohlgefällig ist, den Verstand auszuschalten, wenn man über den Mann entscheidet, der in den nächsten Jahren dieses Land regieren soll.

Bei Francesco und Ines kamen wir in ein wohnliches, mit italienischen Decken, Kissen, Wandbehängen ausgestattetes Apartment. Francesco übernahm in der Küche das Kommando, mußte sich auf den Risotto konzentrieren und konnte sich an unserer Diskussion nur noch mit seltenen Einwürfen beteiligen. Lutz aber wollte Peter Gutman seinen Kulturpessimismus, wie er ihn nannte, nicht durchgehen lassen. Ein Film wie dieser sei doch jedenfalls mutig, und man könne ihm nicht einreden, daß er keine Wirkung habe, auch wenn die nicht zu messen sei. Oder, Emily?

Emily, die Filmwissenschaftlerin, die uns diesen Film empfohlen hatte, schüttelte den Kopf. Wirkung? sagte sie. No. Nichts. Nothing. Niente.

Bleibt also ein Geheimtip, resümierte Peter Gutman befriedigt.

Aus irgendeinem Grund war ich wütend auf ihn und warf ihm vor, es mache ihm Spaß, mit seinen düsteren Prognosen recht zu haben.

Peter Gutman zog die Augenbrauen hoch.

Aus der Küche kam ein Zischen, als Francesco die Fischfilets in das siedende Öl warf. Ines fragte, welche Art Dressing wir an den Salat haben wollten, natürlich italian dressing, sagten wir, und Francesco überließ Ria, die auch jetzt ihr Ledermützchen aufbehielt, die letzten entscheidenden Minuten am Risotto, das Rühren, das vorsichtige Nachgießen der heißen Brühe, das Abmessen des Butterstückchens, das Unterheben des Parmesan, den sie gerieben hatte. Francesco schichtete die Fischfilets, mit Zitronenstückchen und Dill garniert, auf eine große Platte, Ines tat den Salat in Schüsselchen, wir alle hatten in unseren Küchenschränken das gleiche weiße Geschirr. Der

Weißwein war gut gekühlt, wir hatten Hunger, es schmeckte, wir waren in Stimmung.

Übrigens, fragte Pintus, hätten wir nicht bemerkt, daß die Nation viel stärker als vom Ausgang der Wahlen bewegt sei vom endgültigen Rücktritt ihres Idols, des Basketballspielers »Magic Johnson«, der leider HIV-infiziert sei und nach seiner kurzen umjubelten Rückkehr in seine Mannschaft nun wegen Bedenken von Spielern aus anderen Mannschaften das Handtuch werfen mußte, Spieler, die das Risiko nicht eingehen wollten, daß sowohl er als auch einer von ihnen verletzt werden und ihr gesundes Blut sich mit seinem kranken vermischen könnte. Dieser Vorgang spalte die Nation, nicht die einander so ähnlichen Programme der Präsidentschaftskandidaten.

Wir schwiegen.

Ich versuche mich in jene vergangene Zeit zurückzudenken, die jetzt wie ein gut beleuchtetes, durchschaubares Gelände vor uns, eigentlich hinter uns liegt, und ich frage mich, ob wir, bei aller Skepsis, damals schon so deutlich und unbezweifelbar voraussahen, wie es heute sein würde. Daß wir wieder im Krieg sein würden. Nur Peter Gutman hielt wohl alles für möglich, es war nach jenem Risotto-Abend bei Francesco und Ines, daß er mich mit hinaufnahm in sein Apartment, zum ersten Mal übrigens, er sagte, für ihn sei der Tag noch nicht zu Ende. Darauf mußte ich sagen: Für mich auch nicht, und mußte hinter ihm ein Stockwerk höher hinaufsteigen in die Wohnung, die genauso geschnitten war wie die meine, und die von meiner so verschieden war, wie man es sich nicht ausdenken konnte. Ich kam in eine unberührte Behausung, in der nichts darauf hinwies, daß hier jemand wohnte. Kein Buch, kein Bild, keine Zeitung auf dem Tisch, keine Blume, nicht mal ein Stuhl war verrückt, beklemmende Nüchternheit. Peter Gutman sah mich in der Tür stehen, er wußte, daß der Anblick seiner Wohnung mich schockierte, er sagte nichts, ich sagte nichts. Er wies mir den bequemen Sessel an, er ging in die Küche, ich hörte die Kühlschranktür auf- und zuschnappen, er brachte guten Weißwein, davon verstand er etwas. Irgendwann sagte er, daß Gemütlichkeit ihn anekele, wegen ihrer Verlogenheit. Er hatte, glaube ich, an diesem Abend ein Ziel, er wollte etwas bei mir erreichen. Es fing damit an, daß er mich provozierte: Die haben euch den Schneid abgekauft, sagte er.

Ich verstand, was er meinte, aber ich stellte mich dumm. Wer? Wem? Welchen Schneid?

Darauf ging er gar nicht ein. Verlierer ist man erst, wenn man sich selbst als Verlierer sieht, sagte er.

Objektive Kriterien lasse er also nicht gelten?

Es gehe darum, ob man sich von der anderen Seite, der Gewinnerseite, definieren lasse.

Kurz und gut, Peter Gutman hatte sich vorgenommen, mich gegen so etwas wie Selbstaufgabe abzuschirmen. Er habe nämlich, erklärte er mir viel später, eine Art untergründige Depression an mir beobachtet, gegen die wollte er angehen. Allerdings konnte er zu diesem Zeitpunkt ihren wahren Grund noch nicht ahnen.

Es muß an demselben Abend gewesen sein, daß ich Peter Gutman von einem lange zurückliegenden Theatererlebnis erzählte. Es muß in den fünfziger Jahren gewesen sein, sagte ich. »Ljubow Jarowaja« – das Stück eines sowjetischen Autors. Die Titelheldin kämpft 1919 im Bürgerkrieg als Offizierin auf seiten der Roten. Ihr Mann, den sie liebt, ist weißer Offizier, plant einen Anschlag auf die Roten und läßt sich von Ljubow in einer zerstörerischen Auseinandersetzung nicht davon abbringen. Also erschießt sie ihn. Muß sie ihn erschießen, suggeriert der Stückeschreiber. Und ich dachte, erzählte ich Peter Gutman: So muß eine Revolutionärin sein. Dazu muß sie fähig sein. Und zugleich wußte ich: So könnte ich nie werden.

Und? fragte er.

Und ich brauchte lange, bis ich erkannte, daß eine Moral, die Menschen in solche Konflikte stellt, ihnen etwas von ihrem Menschsein nimmt. Der neue Mensch als der reduzierte Mensch.

Geschieht aber überall, wo bis aufs Messer um Ideen ge-kämpft wird, bis heute, sagte Peter Gutman. Gerade heute.

Es sei wohl nicht leicht, so etwas aufzuschreiben, sagte er dann.

Nein.

Mach es trotzdem. Kannst es ja später rausnehmen.

Mir fällt ein, daß wir uns nie beim Vornamen nannten. »Monsieur«, »mein Herr« reichten mir aus, ihn anzureden. Er nannte mich »Madame« oder vermied die Anrede.

Adieu, Monsieur.

Schlafen Sie gut, Madame.

Von heute aus gesehen, scheint es mir, daß die Zeit vor der Jah-reswende von 1992 auf 1993 sich dehnte, weil so viel Neues, was ich zu sehen, zu hören, zu bedenken bekam, in jene wenigen Monate fiel. Auch viele neue Gesichter drängten sich ja in diese kurze Zeit. Manche tauchten einmal auf, mit einer Information, einer Frage, einer Botschaft, einer Nachricht, und traten dann wieder zurück, andere wurden »Bekannte«, ein Wort, das es im Amerikanischen nicht gibt, sehr schnell werden Bekannte zu Freunden, in einem etwas anderen Sinn als im Deutschen. Bob Rice zum Beispiel, der Architekturhistoriker, muß jetzt endlich auftauchen.

Es ging auf Weihnachten zu, große Hitze herrschte, die Christmas-Psychose war im vollen Gange, obwohl von »Christmas« keine Rede sein sollte, um die nicht-christlichen Religionen nicht zu beleidigen, man wünschte einander »Hap-py Holidays«. Die Straßen erstrahlten im Lichterglanz kunst-voller Dekorationen, überall Massen von Weihnachtsbäumen, oft zu exakten Pyramiden geschnitten, in der Halle des CEN-TER empfing uns ein riesiger Tannenbaum, reich geschmückt, im Fahrstuhl fuhr man zu der Melodie »Es ist ein Ros' ent-sprungen«, und Mrs. Ascott hatte in die Lobby unseres lieben MS. VICTORIA zu einer Christbaumschmückparty eingeladen, bei der Peter Gutman und ich uns einig wurden, daß sie, Mrs.

Ascott, die perfekte Lady für einen skurrilen Krimi abgeben würde.

Häuser, Neutra-Häuser! gab Bob Rice, unser Architekturführer, als Losung aus. Er wußte alles über den berühmten Architekten, der in den zwanziger Jahren von Deutschland nach Amerika ausgewandert war. Francesco und Ines zwängten sich hinten in Bobs winzigen HONDA, der Witterung aufnahm und wie von selbst jeweils das nächste Ziel ansteuerte, kreuz und quer durch die Mega-Stadt, auf Freeways, Boulevards und auf steinigen steilen Straßen, den Canyon hoch, wo das »grandmother's house« lag, oben auf der äußersten Spitze, ein winziges Häuschen, gebaut von Richard Neutra als Gästewohnung für die Mutter der Familie, die weiter unten am Hang wohnte, ein zwiespältiger Erfolg, denn die Großmutter fühlte sich so wohl in dem Häuschen, daß sie als Dauergast blieb. Die alte Lady, die jetzt darin lebte, kannte die Geschichte, sie zeigte uns den überwältigenden Rundblick über die Stadt.

So ging es uns überall, wir hatten überall Zutritt, jeder der Bewohner kannte Bob. In einem der Häuser, einst für eine berühmte Schauspielerin gebaut, lag eine Frau oben krank, wir durften trotzdem im Erdgeschoß herumgehen, die großen hellen Räume, ihre Maße, ihre Anordnung zueinander besichtigen. So mußte man wohnen.

Es schien uns natürlich, daß Neutra nicht nur eine neue Bauweise, auch eine neue Lebensweise ausprobieren wollte. Bob fuhr uns zum Schindler-Haus, gebaut von dem anderen großen Emigranten-Architekten, der in dieser gesichtslosen Stadt seine unverwechselbare Spur hinterlassen hatte. Hier also hatten die Neutras zusammen mit den Schindlers gewohnt. Ein Haus im japanischen Stil, sehr niedrig, flach, mit verschiebbaren Wänden und zahlreichen Ausgängen nach draußen, ins Freie, Helle, wo man, wie wir erfuhren, auch das ganze Jahr über schlafen konnte. Wir standen auf dem flachen Dach, Bob holte aus seinem Ledertäschchen eine Flasche Rotwein, sechs silberne Becherchen und ein Büchschen gesalzene Erdnüsse hervor, hier, gerade hier wollte er mit uns anstoßen, er hatte einen Sinn für symbolische Gesten.

Mindestens ein Haus müßten wir noch sehen, sagte er, es liege am Rand von Koreatown, also dem Viertel, in dem bei den riots im April die meisten Geschäfte in Brand gesteckt worden seien, von Schwarzen, die sich durch den schnellen sozialen Aufstieg der Asiaten benachteiligt gefühlt hätten. Das Haus, das Bob uns dann zeigte, habe Neutra in den dreißiger Jahren als Modell eines Wohnhauses für sozial bedürftige Familien gebaut. Hier könnten wir nicht hineingehen, hier wohnten heute arme Leute, zumeist Hispanics. Fünfstöckig, gleichmäßige Fensterreihen, halb zugezogene Vorhänge, Flaschen auf den Fensterbrettern, Kinder- und Frauenköpfe, die hervorlugten, Wäsche über die Fensterbänke gelegt. In der Nachbarschaft, gegenüber, kleine Familienhäuser, auch arm, arbeitslose Männer mit Strohhüten in Gruppen vor den Eingängen. Sie beobachteten uns schweigend. In diesem Klima hier, meinte Bob, wirkten selbst Slums nicht so trostlos wie in New York oder Detroit.

Francesco und Ines hatten sich von uns entfernt, sie schlenderten am Neutra-Haus entlang, Francesco fotografierte. Ein Auto näherte sich ihnen von hinten, ein schwarzer Mann am Steuer, eine schwarze Frau auf dem Beifahrersitz. Sie kurbelte ihr Fenster herunter und rief den beiden, die sie für neugierige Müßiggänger hielt, ein Schimpfwort zu. Francesco, anstatt zu schweigen, antwortete aggressiv, da bremste der Fahrer, ganz dicht neben unserem Auto, die Frau stürzte heraus, eine stattliche, vielleicht dreißigjährige Frau, sehr selbstbewußt, in großer Lautstärke ließ sie drohend eine Schimpfkanonade gegen uns los, Bob faßte mich am Arm, schob mich rasch zum Auto, sagte begütigend zu der Frau: We're just looking at the architecture, uns war wohl beiden bewußt, wie absurd diese Erklärung der schwarzen Frau vorkommen mußte, sie stieg wieder in ihr Auto, das fuhr mit quietschenden Reifen weg, Francesco und Ines stiegen bei uns ein. Die Männer mit den Strohhüten vor den Häusern blickten so gleichmütig wie zuvor. Bob sagte: She's just angry, und ich dachte: Das mußten wir ja auch mal erleben.

Karl, ein Freund von Bob Rice, von Beruf Fotograf, hatte mit einigen Gästen in Bobs Wohnung auf uns gewartet und mixte uns Getränke. Gin Tonic, ich trank zu schnell, es tat mir gut. Mit den Gläsern in der Hand schlenderten wir durch Bobs Haus, natürlich ein Neutra-Haus, like a shrine, sagte eine Besucherin leise. Das Bücherregal mit einer Menge Büchern von und über Richard Neutra. Im Arbeitsraum handschriftliche Neutra-Briefe unter Glas. Aber das Stück, das Bob am wichtigsten war, das einzige, um das er und seine Frau sich bei ihrer Scheidung gestritten hätten, war das Plakat eines alten Films mit dem Titel: I MARRIED A COMMUNIST. Tom wollte wissen, ob man bei uns einen Film hätte drehen können mit dem Titel: »Ich heiratete einen Kapitalisten«? Das hängt ganz vom Schluß ab, sagte ich. Wenn die Ehe an diesem Widerspruch zerbrechen würde – warum nicht!

Eine Lady war da, Frau eines Professors, sorgfältig gekleidet und frisiert, mit dem überpflegten faltenreichen sonnengebräunten Gesicht vieler älterer Amerikanerinnen, sie wollte von mir wissen, ob es denn richtig sei, diesen deutschen kommunistischen Führer, wie hieß er doch gleich, ins Ausland entkommen zu lassen, wohin doch gleich, ich sagte: Chile, und: Er heißt Honecker. Right, sagte die Lady, und wo ich denn wohnte. Berlin, sagte ich und schob nach: Eastberlin. Oh, sagte die Lady, und ob ich da schon immer gewohnt hätte. Yes, sagte ich, mit einem leicht perversen Genuß, und da wußte die Lady nichts mehr zu sagen, ich aber hätte etwas darum gegeben, sehen zu können, welche Bilder jetzt in ihrem Kopf abliefen.

Bob Rice, sensibel für Schwingungen in seinem Umkreis, begann eine Geschichte zu erzählen. Die Geschichte, wie er Freuds Mantel gewann und wieder verlor. Richard Neutras Witwe nämlich hatte ihm, dem treuen Chronisten ihres Mannes, nach Neutras Tod seinen Mantel als Erinnerungsstück übergeben. Ursprünglich, hatte sie ihm versichert, sei dies einmal Freuds Mantel gewesen, the overcoat of Dr. Freud, beide seien ja Österreicher gewesen, beide aus Wien, sie hätten einander ganz gut gekannt. Der Mantel sei inzwischen alt, aber nicht schäbig gewesen, gute Vorkriegsware, Bob wußte: In diesem Mantel würde er jeder Lebenssituation gewachsen sein, und wir verstanden, daß er durchaus in Situationen geraten konnte, die eine solche warme Schutzhülle dringend erforderten. Er habe, sagte Bob, diesen Mantel nicht getragen, aber er habe ihn in seinem office in der Universität an die Tür gehängt, so daß er ihn immer im Auge hatte. Dann habe er für ein paar Tage wegfahren müssen, er habe seine Tür entgegen dem, was üblich war, und entgegen seiner Gewohnheit abgeschlossen, das könne er beschwören. Als er zurückkam, habe er seinen Augen nicht trauen wollen: Der Mantel sei weg gewesen. In seiner Verzweiflung habe er eine große Befragungs- und Suchaktion gestartet, vergebens natürlich. Diesen Verlust könne er nie verwinden. Nun versuche er sich mit dem Gedanken zu trösten, daß der Mantel durch eine Kette unglaubhafter Zufälle an einen der homeless people geraten sei und daß er den nun wärme in diesem nassen und kalten Winter.

What do you think about my story, fragte Bob mich später.

Hör zu, sagte ich, morgen werde ich anfangen, ein Buch zu schreiben, das wird heißen:

DIE STADT DER ENGEL ODER THE OVERCOAT OF DR. FREUD

Mach das, sagte Bob, und dann kam sein großmütiges Angebot: Nimm dir alles, was du brauchen kannst.

Alles? fragte ich.

Alles, sagte er.

Das wird ein Buch werden, sagte ich, das ich nicht veröffentlichen kann.

Das ist deine Arbeitshypothese, sagte Bob, damit du nahe an die Dinge herangehst.

Das wird diesmal nicht genügen, sagte ich. Natürlich habe ich Angst.

Das kenne ich, sagte Bob. Take care of yourself.

Bei Tisch holte er ein Buch herbei, Gedichte, deutsch und englisch, ich sollte mir eins aussuchen, es auf deutsch vorlesen. Ich sah unter Barock nach und fand Paul Fleming:

An sich

Sei dennoch unverzagt, gib dennoch unverloren,
Weich keinem Glücke nicht, steh höher als der Neid,
Vergnüge dich an dir und acht es für kein Leid,
Hat sich gleich wider dich Glück, Ort und Zeit
    verschworen.

Ich las es, glücklich, es wiedergefunden zu haben, tastete mich an den Worten entlang, die wieder aufstiegen, die du einst auswendig kanntest, gleich neben dem Gedicht hatten in deiner Schreibtischschublade die kleinen grünen Beruhigungspillen gelegen, mit denen du dich unempfindlicher machen wolltest gegen die Auseinandersetzungen mit den Leuten, die du noch für deine Leute hieltest. Noch hattest du gehofft, es würde sich alles als ein Mißverständnis erweisen.

Was dich betrübt und labt, halt alles für erkoren,
Nimm dein Verhängnis an, laß alles unbereut.
Tu, was getan muß sein, und eh man dir's gebeut.
Was du noch hoffen kannst, das wird noch stets geboren.

Aber dann, erinnerte ich mich, in einer heftigen Auseinandersetzung, deren Anlaß und Verlauf mir plötzlich wieder gegenwärtig war, du solltest etwas zugeben, was du nicht zugeben konntest, sie gaben nicht nach, du auch nicht, da wußtest du plötzlich: Nein. Ich will nicht dasselbe wie die. Und das war eine bittere und befreiende Einsicht.

Was klagt, was lobt man doch? Sein Unglück und sein Glücke
Ist ihm ein jeder selbst. Schau alle Sachen an:
Dies alles ist in dir. Laß deinen eitlen Wahn,

Und eh du förder gehst, so geh in dich zurücke.
Wer sein selbst Meister ist und sich beherrschen kann,
Dem ist die weite Welt und alles untertan.

Das muß ja nicht sein, dachte ich. Ein Wort wie »untertan« wird nicht mehr gebraucht.

Typisch deutsch, sagte Francesco. Erst wollt ihr euch selbst, dann gleich die ganze Welt beherrschen, und Karl, der Fotograf, sagte, »untertan« sei dasjenige deutsche Wort, das er am meisten hasse, vielleicht sei er dieses Wortes wegen aus Deutschland weggegangen. Ich hätte nicht gedacht, daß Karl ursprünglich Deutscher war, selbst wenn er deutsch sprach, hatte er einen leicht amerikanischen Akzent und mußte manchmal nach einem Wort suchen. Auf englisch, sagte er, könne man das gar nicht sagen: »untertan«. Wir lasen in der Übersetzung nach, da stand: *The man who is master of himself and can control himself has the whole wide world and what is in it at his feet.*

Na bitte, sagte Francesco. Das ist der entscheidende Unterschied: Ob du die Welt beherrschen willst oder ob sie dir zu Füßen liegt. Ja aber, sagte ich, sich selbst beherrschen sei doch nicht tadelnswert! Eben doch! schrie Francesco. Eure Selbstunterdrückung bringt ja das ganze Unglück hervor! Und dein Verhängnis annehmen – das fehlte noch! Wir hatten nicht wenig getrunken, streitlustig gingen wir das Gedicht Zeile für Zeile durch, einige Zeilen blieben vor Francescos Augen bestehen, die anderen ließ er fallen. Ich behauptete, das eine sei ohne das andere nicht zu haben: Unglück, Trauer seien das Unterfutter von Dr. Freuds overcoat, Francesco aber wollte Lebensfreude und Lebensmut und Selbstbehauptung pur, ohne den Schatten der Melancholie, des Scheiterns und des Versagens. Also ohne den Hintergrund der deutschen Geschichte, sagte ich. Da wollte Francesco mir verbieten, mich am deutschen Unglück zu delektieren; eine lautstarke Diskussion kam in Gang. In eine plötzliche Stille hinein ertönte die Stimme der Lady von vorhin: Aber als die Mauer fiel, da haben Sie doch alle gejubelt, nicht wahr. Und sie konnte nicht verstehen, warum ihre schlichte Frage einen Lachsturm auslöste. Ich aber sagte: Oh yes! zu der Lady und blickte sie unverfroren an. I was so happy.

Bob, sagte ich, ich brauche das Gedicht. – I'll fax it to you. Am nächsten Morgen würde ich es in meinem Postfach im office finden, ich würde es brauchen, ich würde es bald wieder auswendig können. Und Bob würde mich überwachen, er würde da sein, wenn alte Freunde zusammenkamen oder wenn ich mich mit neuen Freunden traf, how are you? würde er mich fragen, und ich würde nicht sagen müssen: Fine, sondern manchmal: Bad, und manchmal: It is very hard, und er wird sagen: I know, und einmal wird er mich zu einem bedeutsamen Abendessen bei GLADSTONE'S einladen, aber das kommt später.

Zuerst, nach jenem langen Tag mit den Neutra-Häusern, träumte ich einmal wieder von Emigration. Wir saßen in einem verrotteten Auto, es war klar, das »neue Geld« würde kommen, und dann hätten wir zu emigrieren, ein Mann mit breitem Gesicht und pelzüberwachsener Nase, der wohl befugt war, darüber zu entscheiden, bestätigte, daß wir dann zu »gehen« hätten. Ob viele »gehen« müßten, wollten wir wissen. Nein, sagte der Mann, die meisten wollten ja das neue Geld. Ich war mir im Traum meiner Stellung als Außenseiterin sehr wohl bewußt. Daß wir »gehen« mußten, tat mir weh. Wir könnten ein paar Sachen mitnehmen, hieß es, einige Frauen packten uns Kleidungsstücke ins Auto, dann drängten sich auch noch Mitfahrer hinein, das Auto wurde immer voller. Aber wir müßten uns doch noch von unseren Töchtern verabschieden, sagten wir. Die wüßten Bescheid, hieß es, und würden hierbleiben.

Und ich erinnerte mich beim Erwachen unserer Fahrten über Land, wenn du, den Atlas auf den Knien, das Land suchtest, in dem ihr Zuflucht finden könntet, und dieses Land nicht fandest und ihr euch beide spöttisch an Brechts Gleichnis des Buddha vom brennenden Haus erinnertet (*Wirklich, Freunde, / Wem der Boden noch nicht so heiß ist, daß er ihn lieber / Mit jedem andern vertauschte, als daß er da bliebe, dem / Habe ich nichts zu sagen),* und du eines Tages, nach einigem Blättern im Atlas, schließlich: Straßburg! riefst: Nicht Deutschland, doch deutsche Sprache. Aber insgeheim wußtest du, das war ein Spiel.

Ging es damals nicht auch gerade auf Weihnachten zu, in jenem düsteren Winter 1976, der die Konturen schärfte und euch in die Zange nahm. Aber was war es denn eigentlich, könnte ich mich doch jetzt, nach mehr als einem Vierteljahrhundert und so weit vom Ursprung dieses Unheils entfernt, in aller Ruhe fragen, was war es denn, das diesen atemberaubenden Schmerz auslöste, den du zuerst nicht erkanntest, dem du durch die finsteren, schlecht beleuchteten Straßen zu entkommen suchtest, die Friedrichstraße hinauf bis zur Chausseestraße, vor der Ecke die unscheinbare Drogerie, ein helles Schaufenster, Zahnpastatuben, Schwämme, Waschmittel, in dem ein vielzackiger, von innen rosa beleuchteter Weihnachtsstern hing, eine kleine banale Bühne, deren Anblick dir die Brust zusammenpreßte, so daß du plötzlich erkanntest und es wie eine Befreiung empfandest: Das ist ja Schmerz. Ein beinahe unerträglicher Schmerz um einen Verlust.

FALSCHE EMPFINDUNGEN KANN MAN BEDAUERN, VIELLEICHT SOGAR VERFLUCHEN, ABER NICHT ZENSIEREN ODER ÄNDERN. JEDENFALLS DAUERT ES JAHRE, JAHRZEHNTE, EHE EINE EHEMALS FALSCHE EMPFINDUNG NUR NOCH FALSCH UND KEINE EMPFINDUNG MEHR IST. UND VIELLEICHT HEISST EBEN DAS SICH VERÄNDERN. ABER MAN KANN SEINE FALSCHEN EMPFINDUNGEN NATÜRLICH AUCH HÄTSCHELN.

Oder war es nicht doch einfach Angst, fragte ich mich, als ich von meinem Maschinchen aufsah. Angst kanntest du ja auch. Angst hattest du ja in jenem November 1976, von dem hier die Rede ist, als ihr von eurer Zusammenkunft bei dem Freund nach Hause fuhrt und in Gedanken den Weg jenes Protestbriefes verfolgtet, den ihr gemeinsam formuliert hattet und der in dem Augenblick, in dem ihr in eurer Wohnung angekommen wäret, womöglich gerade über verschiedene Stufen des »Apparats« zur »Nummer Eins« nach oben befördert und, als Kopie, über die Westagentur, der ihr ihn auch übergeben hattet, drahtlos aus der geteilten Stadt hinaus an diverse Radiostationen übermittelt wurde, die, auch wenn sie die ihnen auferlegte Sperrfrist einhalten sollten, mit ihren Sendungen einen Wirbel erzeugen würden, den ihr euch vage vorstellen konntet. Die sperren uns ein, sagte die Freundin/Kollegin/Genossin, die bei euch auf dem Rücksitz saß. Und daß sie den Sänger, den sie ausgebürgert hatten, auf euren Protest hin wieder ins Land lassen würden, das glaubtet ihr doch nicht wirklich, oder?, so fragten euch viele, manche wütend, manche ratlos, manche feige, und ihr sagtet: Doch, oder: Nein, je nachdem, wer mit euch sprach oder euch vorgeladen hatte, und je nachdem, ob ihr euch taktisch oder offen verhieltet, und in jedem Fall sagtet ihr, daß ihr es tun mußtet, und das war eine ehrliche Auskunft, und manchmal fügtet ihr hinzu, daß diese Ausbürgerung an die finstersten Zeiten in Deutschland erinnere und daß ihr nicht mehr hättet schreiben können, wenn ihr diese Maßnahme stillschweigend hingenommen hättet. Fiel das Wort »sozialistisch«? Gewiß. Es wurde von beiden Seiten gebraucht, als Anklage, als Verteidigung, und die sich ihre Feigheit am meisten übelnahmen, waren am wütendsten auf euch und wiederholten am häufigsten das Wort »Schaden«, ihr hättet eurem Land unermeßlichen Schaden zugefügt, ihr grifft das Wort auf und gabt es zurück. Nur als eine alte Genossin, Jüdin, die lange in der Emigration gewesen war, euch in einer der Versammlungen zitternd zurief, ihr wolltet die Konzentrationslager wiederhaben, da schwiegt ihr, dazu war nichts zu sagen, und du begriffst: Es war hoffnungslos. Da kam der Schmerz. Und angesichts der anderen, die euch erregt oder kalt gegenübersaßen und die euch zum Widerruf bringen und die Urheber der Verschwörung aus euch herausfragen und euch gegeneinander ausspielen wollten, kam die Wut, und es wuchs und wuchs die Erkenntnis, daß ihr Gegner wart, unversöhnlich, und daß es keine gemeinsame Sprache und keine gemeinsame Zukunft mehr gab.

Früher Morgen, ich hielt es im MS. VICTORIA, in meinem Apartment nicht aus, ich ging zur Ocean Park Promenade, das Erinnerungsband lief weiter in meinem Kopf, mir fiel ein, daß es doch schade war um jenes Tagebuch, in das du ein Jahr nach diesem Winter unseres Mißvergnügens in Ungarn, in einem Schwefelbad, eine genaue Chronik der Ereignisse aufzeichnetest und das du sträflicherweise, um es bei einer Durchsuchung nicht bei dir zu haben, in jene Reisetasche legtest, die mit dem anderen Gepäck in den Flieger verladen wurde, die aber niemals auf dem Leipziger Flughafen ankam. Ihr wartetet lange am Schalter für vermißtes Gepäck, schicktet alle Suchmeldungen los, die für einen solchen Fall vorgesehen waren und die fast immer, wie man euch versicherte, Erfolg hatten. Allerdings führtest du in der Liste der vermißten Gegenstände jenes am meisten vermißte Tagebuch nicht auf, nichts wurde wiedergefunden, aber alle verlorenen Gegenstände wurden dir anstandslos von der Reiseversicherung ersetzt, Waschzeug und Schlafanzug und Schuhe, nicht aber jenes Tagebuch, das es gar nicht geben durfte. Das nirgends dokumentiert ist, aus Vorsicht auch nicht von mir, und das es daher leicht hatte, sich in nichts aufzulösen, so daß nun niemand an seine einstmalige Existenz glauben muß, da auch die Akten der Behörde, auf die ich eine gewisse Hoffnung gesetzt hatte, in diesem Fall versagten: Es lag nicht in der großen grünen Holztruhe bei der Masse der anderen Dokumente, und ich ertappte mich dabei, daß ich denen, die sich so fleißig über unser Tun und Lassen informiert hatten, diese Nachlässigkeit zum Vorwurf machte. Aber waren sie denn zur Vollständigkeit verpflichtet? Oder zur Wahrhaftigkeit?

Wir fanden ja auch kein Zeugnis über jene finstere Nacht, in der auf der Straßenkreuzung eurem Haus gegenüber ein Mannschaftswagen der Polizei mit voller Besatzung stationiert war, stundenlang, ihr standet hinter der Gardine, die du erst angebracht hattest, seit die jungen Herren in den Autos vom Parkplatz auf der anderen Straßenseite eure Wohnung unter Beobachtung genommen hatten, ihr saht, wie sich drüben einer aus der Truppe löste und zur Telefonzelle auf eurer Straßenseite ging, woraufhin prompt euer Telefon klingelte, mitten in der Nacht, ohne daß irgend jemand sich meldete, als du den Hörer abnahmst, und nach einiger Zeit fuhr dieser Mannschaftswagen ab, und ihr konntet zu Bett gehen, ohne allerdings Schlaf zu finden. Am nächsten Tag erschien das Zentralorgan der Partei verspätet, erst mittags.

Alles wahr, aber nicht zu beweisen, dachte ich, während die Frühsportler an mir vorbeiliefen, die Sonne linkerhand schon hochgekrochen war und die Erinnerung sich nicht mehr aufhalten ließ, denn diese merkwürdige Nacht bekam doch noch so etwas wie eine Erklärung durch den Bericht eines befreundeten Schauspielers. Er sei zufällig in jener Nacht, nach einer Premierenfeier, an der Druckerei vorbeigekommen, bei der gerade die druckfrischen Zeitungen, auf Paletten zusammengeschnürt, ausgeliefert und auf Lastwagen verladen wurden. Eine der Verschnürungen habe sich gelöst, eine Zeitung sei herausgefallen, er habe die große Schlagzeile auf der ersten Seite lesen können, die besagte, ihr alle, ihr Verschwörer und Erstunterzeichner jenes Protestes, hättet eure Aktion als schädlich erkannt und sie widerrufen. Und ein anderer wollte wissen, man habe euch in jener Nacht festnehmen und so lange unter Druck setzen wollen, bis ihr den Widerruf unterschrieben hättet, ein Plan, der aber von einer anderen Fraktion in der Führungsschicht gestoppt worden sei. Eine abenteuerliche, unbeweisbare Version.

Damals hattest du Angst. Inzwischen habe ich erfahren, daß

das Gefühlsgedächtnis sich nicht abhärtet, sondern an der Stelle, in die ein Gefühl einmal tief eingeschnitten hat, empfindlich bleibt. Bin ich ängstlicher geworden? Ich verweigere die Antwort. Inzwischen, erinnere ich mich, habe ich ja in meinen Akten die Kopie jenes Planes der Behörde gefunden, der dann auch ausgeführt wurde: Man verbreitete, um dich bei den anderen Protestierern zu verunglimpfen, die Behauptung, du hättest insgeheim bei einem der »Gespräche« deine Unterschrift doch widerrufen und eure Aktion als Fehler eingestanden. Verschwiegen haben sie, daß sie niemals etwas anderes als ein Nein von dir zu hören kriegten, ein Nein, das, wie du genau wußtest, aus Gründen der Selbsterhaltung unantastbar war und bleiben mußte.

Dies war einer der Wendepunkte in meinem Leben, dachte ich.

Ocean Park. Es wurde warm, an meiner Bank zogen die einsamen Läufer und Geher vorbei, durchgeschwitzt und zielstrebig. Dann kam ein Mann indianischen Aussehens, der sich mir gegenüber an das Geländer lehnte, Merry Christmas sagte und fragte, ob er sich zu mir auf die Bank setzen dürfe. Sure. – I am an Indian, sagte er, coming from Oklahoma. Er sei nur für zwei Tage hier, um eine Freundin zu besuchen, aber als er bei ihr eintraf, war sie nach Kentucky umgezogen. Er sei gerade weit gelaufen, von Venice herüber. Er trug ein helles T-Shirt und hatte einen weißen Pullover um den Hals geknotet. Wie ich hieße. Ich sagte meinen Vornamen. Er heiße Richard. No Indian name, sagte ich. Sein Nachname sei indianisch, er nannte ihn, sehr kompliziert. Er gab mir die Hand, die verkrüppelt war. Ich fragte nach seinem Job. Er könne nicht mehr arbeiten, er zeigte auf die Hand und eine lange Narbe am Unterarm: Ein Autounfall. – Very bad. Und dann kam, worauf ich beklommen gewartet hatte: Do you have some change for me? Leider war ich losgelaufen ohne Tasche, ohne Geld. Ich sagte es, bedauernd. Er nickte. Ob ich verheiratet sei. Als ich bejahte, stand er auf: Nice to have spoken with you, und ging. Und dies, dachte ich, war nun meine erste Begegnung mit einem der Ureinwohner von Amerika.

Dann kamen die beiden jungen, brav gescheitelten Männer in ihren blütenweißen Hemden auf mich zu, um mir ihre Mormonenbibel aufzudrängen. Da stellte ich mich, als würde ich kaum ein Wort Englisch sprechen, als verstünde ich sie kaum, und übrigens sei ich nicht gläubig und würde es auch nie sein, worauf der eine der beiden mich scharf fixierte und fragte, woher ich das wissen wolle. Immerhin ließen sie es bei einem leaflet bewenden, das sie mir überreichten und das mir mitteilte, Gott habe zur Vergebung meiner Sünden auch für mich seinen Sohn geopfert. Eigentlich hätte ich diese beiden blütenweißen jungen Männer, die ein Stück weiter ihre Bibel an eine Frau losgeworden waren, fragen sollen, wie grausam ein Vater sein müßte, um seinen Sohn einem gräßlichen Opfertod zu überantworten, und warum die einzige Art und Weise, wie der Christenmensch seiner Sünden ledig werden kann, das Kreuz ist, das Folterinstrument, das seine Arme verrenkt. Während der Kreis, das Symbol des Buddhismus, den Menschen als Ganzes in die Mitte des Universums stellt, der Kreis, der dich umgibt, bewirkt, schrieb Perma, die Nonne, daß du immer auf einem heiligen Platz stehst, und du könntest deine Sinne öffnen, um der Bedeutung und der Schönheit einer jeden Einzelheit in einem jeden Augenblick deines Lebens gewahr zu werden. If you want to attain enlightenment you have to do it now.

Ins MS. VICTORIA zurücklaufen, das um die Vormittagszeit nur von Herrn Enrico und den Reinigungstrupps belebt war. Hallo, Herr Enrico, nice to see you, yes, I am fine, yes, my apartment is okay, thank you, und in meinem Apartment fand ich Angelina, die einzige schwarze Frau unter den Reinemachleuten im MS. VICTORIA, und Alfonso vor, einen Puertoricaner, die gerade die Bettwäsche gewechselt hatten – auch die des Bettes, das ich niemals benutzte, aber da war nicht mit ihnen zu reden – und die jetzt in der Küche saubermachten. Diese Hitze, sagte ich, und ob sie nicht Durst hätten, zögernd gaben sie es zu, wollten aber nicht, daß ich ihnen etwas zu trinken anbot, ich mixte für uns drei einen Campari Soda, zögernd nahmen sie ihn, nur Alfonso setzte sich zu mir an den kleinen runden Küchentisch und trank schnell, Angelina wollte sich nicht setzen, sie sei so müde, sagte sie, daß sie nicht wieder hochkäme, wenn sie sich erstmal hingesetzt hätte. Mein Verdacht blieb, daß sie sich in meiner Gegenwart nicht hinsetzen wollte. Angelina war nicht nur dunkelbraun, wie die meisten, die von uns Weißen »schwarz« genannt werden, Angelina war wirklich schwarz. Sie hatte Rundungen, wo immer eine Frau Rundungen haben kann, ohne dick zu sein, auch ihre Stirn, ihre Wangen, ihre Lippen waren gewölbt, selbst ihr Kinn war rund, auch die Flügel der Nase, deren Sattel tief zwischen die halbkugeligen Wölbungen der weiß blitzenden Augen eingelassen war, waren abgerundet, die Ellenbogen, die Knie, die unter dem weiten bunten Rock hervorkamen, wenn sie sich reckte, und ihr Haar lag in kleinen runden Locken auf ihrem kugelrunden Kopf. Wie lange sie hier sei, fragte ich sie. Sechs Jahre. Sie komme aus Uganda. Dort habe sie sechs Kinder, die zuerst bei ihrer Mutter, nach deren Tod bei ihrer Schwester lebten und für die sie hier arbeite, I have to work very hard, sagte sie lächelnd, und ich erfuhr, daß sie manchmal zwei Schichten am Tag machte, in verschiedenen Hotels, und kaum zum Schlafen kam. Nach dem Vater der Kinder fragte ich nicht, ich fragte Angelina, wie alt sie sei, sechsunddreißig, sagte sie, und ihre Kinder seien zwischen sechs und achtzehn, seit 1989 habe sie sie nicht gesehen, drei Jahre, der Flug sei so teuer. Sie gab mir zum Abschied die Hand und bedankte sich für den Drink mit einem Knicks.

An diesem Vormittag war ich froh, daß sie bald mein Apartment verließen, Angelina und Alfonso, und daß ich im großen Zimmer nach der roten Mappe im Regal greifen konnte. Ich hatte mich nicht getäuscht, einer von L.s Briefen war im Winter 1977 geschrieben, und er war eine Erwiderung auf einen Brief von Emma, in dem sie offensichtlich etwas von den jüngsten

Ereignissen in unserem Land angedeutet haben mußte. Mir war klar, daß große Teile des Briefwechsels nicht den offiziellen Postweg gegangen waren, und ich hatte wenig Hoffnung, nachträglich herauszufinden, welch unverdächtige Boten sich Emma und L. bedient hatten.

L. hatte also im Februar 1977, in jenem düsteren Winter, an ihre (und meine!) Freundin Emma geschrieben:

»Meine Liebe, nein, ich glaube nicht, daß die Geschichte sich wiederholt. Mein lieber Herr ist zwar der Meinung, wir Menschen, besonders wir linken Menschen, seien nicht fähig, aus Fehlern zu lernen. Aber sieh doch mal: Du und ich, wir können doch ohne falsche Bescheidenheit sagen: Wir haben was gelernt. Du warst nicht mehr wie früher im Stande, den Dogmen zuzustimmen, die in jedem Andersdenkenden den Klassenfeind sehen, und hast nicht zu knapp dafür bezahlt. Und ich, die ich dich damals für Deine Parteitreue mit Hohn und Spott überzog, ich kann heute verstehen, daß Du diese Partei nie verlassen hast. Heute würden wir uns nicht mehr um solche Fragen streiten, uns zornbebend in deiner Küche gegenüberstehen. Ist das vielleicht kein Fortschritt?
Ich sehe sie übrigens vor mir, Deine Küche, jedes einzelne Stück könnte ich beschreiben. Ja, manchmal bin ich traurig, daß ich die Küche, in der Du jetzt mit Deinen Freunden hockst, nie sehen werde. Auch dieses Mädchen nicht, das Dir Sorgen zu machen scheint. Sie läuft in jedes Messer? Warum wohl. Was will sie sich damit beweisen? Daß sie mutig ist? Daß sie was bewirken kann? Oder einfach nur, daß die Sache, an die sie glauben will, jeden Einsatz lohnt.«

Hatte meine Freundin Emma diese Fragen eigentlich an mich weitergegeben? Manchmal rührte es mich, manchmal verletzte es mich, daß die beiden hinter meinem Rücken über mich geredet hatten. Wenn es stimmte, daß ich in jedes Messer gelaufen war, dachte ich, dann doch nur, weil ich das Messer nicht für ein Messer hielt. Das änderte sich. Warum so langsam? So mühevoll?

L. schrieb: »Laß doch den Jungen ihre eigenen Erfahrungen. Sie werden es nicht schlechter machen als Du und ich, wenn sie was taugen. Aber was sollen sie tun? Klein beigeben?«

Perma, die buddhistische Nonne, erzählte die Geschichte einer Frau, die vor Tigern flüchtet. Sie läuft und läuft, und die Tiger kommen immer näher. Als sie an den Rand eines Felsens kommt, sieht sie Weinstöcke weiter unten, und sie klettert hinunter und holt sich von den Trauben. Beim Hinunterblicken sieht sie, daß da auch Tiger sind. Dann bemerkt sie eine Maus, die in die Weinstöcke huscht, dann sieht sie einen wunderschönen kleinen Himbeerstrauch, ganz nah, der aus einem kleinen Grasflecken herauswächst. Sie blickt hinauf, blickt hinab, sieht der Maus nach, pflückt schließlich eine Himbeere, steckt sie in den Mund und genießt den Geschmack mit allen ihren Sinnen. – Das kam mir menschenunmöglich vor, auch nicht erstrebenswert.

Computerabsturz. Nach dem ersten Schock, nach den Rettungsversuchen durch besser beschlagene Freunde, die zu nachtschlafender Zeit sogar telefonische Beratung durch wieder andere, noch besser beschlagene Freunde in Anspruch nehmen – anscheinend wird eine Computerhavarie ganz selbstverständlich als Katastrophe behandelt und löst zu jeder Tages- und Nachtzeit grenzenlose Hilfsbereitschaft aller PC-Profis aus –, nachdem wir uns einen Überblick verschafft haben, wieviel Text wirklich verloren ist, da ich zu träge gewesen bin, ihn jeden Abend auf die Diskette zu speichern; nachdem mir also klargeworden ist, daß die Leerstelle durch das in meinem Kopf gespeicherte Material zu füllen sein würde, kommt etwas wie eine merkwürdige Schadenfreude in mir auf. Was hat dieser Unfall zu bedeuten? Wird mir da aus den Untiefen der Technik ein unüberhörbares Stop! zugerufen? Eine hochwillkommene Entlastung von einer Daueranstrengung? Die Hitze dieses abnormen Mecklenburger Sommers als Vorwand nehmen dürfen für Faulheit? Oder wie könnte ich diesen banalen Zufall sonst verstehen, deutungssüchtig, wie ich bin? Will dieser »Absturz« – welch klares Bild! – mich warnen, daß ich mich, schreibend, dem Punkt nähere, den ich mehr oder weniger bewußt, mehr oder weniger kunstvoll umschlichen habe?

Immer ist es ein Zeichen, wenn ich anfange, meine Haare zu verlieren, damals, in der Hitze des kalifornischen Jahreswechsels, verlor ich wieder meine Haare, pfundweis, gab ich nach Berlin durch, pfundweis verliere ich meine Haare. Du hast genug davon, und die wachsen wieder nach, kam die Stimme über den Ozean. Diesmal nicht, dachte ich, holte mir Pillen für das Wachstum von Haaren und Nägeln und versuchte mich zu erinnern, wann mir früher meine Haare ausgegangen waren. Nach dem Typhus 1945, da warst du fast kahl. Nach den Geburten der Kinder, da lagen früh Dutzende von Haaren auf deinem Kopfkissen, wie jetzt auf dem fest gestopften Kissen in meinem breiten amerikanischen Bett. Nach jenem Parteiplenum 1965. Nach dem Einmarsch der Warschauer-Pakt-Truppen in Prag 1968. In dem trostlosen düsteren Winter 1976/77, als sich die Autos mit ihrer Doppelbesatzung von Beobachtern vor eurem Fenster ablösten und ihr hinter der Gardine die Frage GEHEN ODER BLEIBEN erörtertet. Nach den fünf Operationen 1988. Nach dem Scheitern der Volkserhebung vom Herbst 1989, die kein Programm hatte, ein unvermeidliches Scheitern, aber das scheint jene Hormone, die für den Haarwuchs verantwortlich sind, nicht zu kümmern, sie scheinen nicht auf Einsichten, nur auf Gefühlsstürme zu reagieren, die an die Wurzeln der Existenz gehen.

Thomas Manns Tagebücher. *Pacific Palisades, Sonnabend den 15. X. 49: ... Brief an einen Deutschen, der mir Liebeserklärung an Serenus Zeitblom schickte ...: Die Wahrnehmung tut mir doch wohl, dass es in Deutschland auch Leute gibt, die an dem Werk meines Alters, und an meinem Werk überhaupt, etwas zu lieben – und nicht nur zu mäkeln – finden.* Im Grunde ist es dumm von den Deutschen, dass sie immer das Beste, was sie gerade haben, und was sie vor der Welt anständig vertritt, herunterzerren und schimpfieren müssen. Das tut kein anderes Volk.

Television. Ich sah Mr. Clinton, der am nächsten Tag Präsident der Vereinigten Staaten von Amerika sein würde, mit seiner Frau Hillary, die im Wahlkampf ihr allzu selbstbewußtes Auftreten hat abmildern und ihr Outfit hat ändern müssen, und mit ihrer Tochter Chelsea an der Spitze eines großen Stroms von Amerikanern aller Hautfarben und Altersgruppen in Washington über jene berühmte Brücke laufen, an der Hand schwarze Kinder, auf die nachgebildete Freiheitsglocke zu, die sie dann läuteten. Daß Chelsea nicht in eine public school gehen würde, obwohl die Clintons selbstverständlich für public schools waren, das schienen die Amerikaner den Eltern zu verzeihen, und ich fragte mich, ob ich mich in drei, vier Monaten genieren würde, daß ich beim Anblick dieser gelösten, freudigen, vorwärtsschreitenden Menge feuchte Augen bekam.

Traum. Bin auf der Autobahn mit mehreren Leuten in verschiedenen Autos unterwegs, kein in meinem »wirklichen« Leben Bekannter ist dabei. Kahles, ödes Gelände. Kurzer Halt. Plötzlicher Aufbruch. Nun fahre ich ganz allein in einem winzigen Auto, stoppe, da sehe ich im Rückspiegel groß die Kühlerhaube eines riesigen grünen Lasters auftauchen. Ich muß weiterfahren, will aber aus irgendeinem Grund unbedingt zurück, schere also aus und lenke mein Auto in einem kühnen Manöver über den Mittelstreifen. Drüben stehen einige blasse Gestalten, einer sagt zum anderen: Heute ist ja der Jahrestag der DDR, der andere antwortet lässig: Den lassen wir unter den Tisch fallen. Dann rufen sie mir aufgeregt: Achtung! zu: Auf der Autobahnseite, auf die ich gerade auffahren will, kommt ein Krankenwagen mit wehender Rotkreuzfahne angerast, biegt kurz vor mir und meinem Autochen auf die Fahrbahn, von der ich komme, und hält nach hundert Metern an. Jetzt erst sehe ich: Dort liegen Leichen, in Decken gehüllt, auch einzelne Särge. Alles grau. Und wir hatten wenige Meter vor diesem Unheil Rast gemacht und hatten nichts bemerkt! Das bleiche Licht über der Landschaft. Ein surrealistisches Bild.

Im Radio hörte ich beim Frühstück einen Mann über seine Eltern sprechen, die vor vierzig Jahren exekutiert worden seien. Sie seien ehrenhafte Menschen gewesen, hörte ich ihn sagen, die die Welt hätten besser machen wollen. Ich verstand: Da sprach einer der Söhne von Ethel und Julius Rosenberg. Mein Bruder und ich, sagte er, waren zehn und sechs Jahre alt, als meine Eltern hingerichtet wurden. Ganz davon abgesehen, was es bedeutet, auf diese Weise seine Eltern zu verlieren – man stellt sich kaum vor, was es bedeutete, in den Vereinigten Staaten als Kind solcher Eltern aufzuwachsen. – Was bedeutete es also, fragte die Moderatorin. Da erzählte Robert von einem Alptraum von Kindheit; von dem Zwang, den eigenen Namen abzulegen, von einem Waisenhaus, das er »Gefängnis« nannte. Von Schulverweisen unter Vorwänden, wenn die Eltern der anderen Schüler ihre Identität herausgefunden hatten. It was an experience, sagte er, und es gebe noch mehr Kinder in Amerika, deren Eltern für eine bessere Welt gestorben seien und die man vergessen habe. Er und sein Bruder hatten einen Fonds zur Unterstützung solcher Kinder gegründet.

Ich entsinne mich genau dieses Tages. Es muß 1953 gewesen sein, du studiertest in Leipzig, euer erstes Kind war geboren, du saßest auf der Liege im heizbaren Zimmer und hattest das Baby auf dem Arm. Es war Morgen. Du hörtest im Radio, in dieser Nacht seien Ethel und Julius Rosenberg in den USA auf dem elektrischen Stuhl hingerichtet worden. Du weintest. Du strichst deiner kleinen Tochter über das Köpfchen. Ich fühle heute noch in den Fingerspitzen, wie weich und verletzlich es war. Ich weiß noch, daß du dachtest: Diesen Tag vergesse ich nicht. Ich habe ihn nicht vergessen.

Teepause im CENTER. Die Namen der Rosenbergs kannten

alle, über die moralischen Verstrickungen der Atomphysiker hatten alle nachgedacht: Diente ihre Arbeit an der Atombombe der Niederwerfung des Nationalsozialismus? Mußte ein Wissenschaftler sich nicht grundsätzlich weigern, an einer Waffe mitzuarbeiten, die letzten Endes die Menschheit vernichten konnte? Oder mußte man nicht alles auf sich nehmen, um den Vernichtern der Menschheit in den Arm zu fallen, ihnen mit ihren eigenen Waffen zu drohen? Also: Schuldig werden in jedem Fall. Der Konflikt der alten Tragödien. Warum aber kam mir der Konflikt des Orest, der Iphigenie menschlich vor, der unserer Atomphysiker aber unmenschlich, fragte ich Peter Gutman, der mit mir zum MS. VICTORIA ging. Der sagte: Wenn gutwillige normale Menschen so in eine Klemme getrieben werden, daß sie, nach ihren eigenen Maßstäben, nichts mehr richtig machen können, dann ist die Gesellschaft krank, in der sie leben.

Ich schwieg.

Doktor Kim wollte auf einmal von mir wissen, was er auf mich für einen Eindruck machte. Also doch eitel, dachte ich belustigt, besann mich kurz und sagte: Er wirke willensstark, gütig, er wisse, was er wolle, er habe Humor, könne lachen, vor allem kenne er die Rangordnung der Dinge, könne Wesentliches von Unwesentlichem unterscheiden. Doktor Kim lächelte so unergründlich wie eh und je, er setzte sechs Nadeln, löschte das Licht, sagte: Relax! und ich, im Halbschlaf, dachte, vielleicht ist es nicht Eitelkeit, vielleicht weiß er, daß jeder ihm die Eigenschaften zuschreiben wird, die er selbst gerne hätte, und mir fiel ein, was ich ihm nicht gesagt hatte: Daß er es wohl liebte, Einfluß auf andere auszuüben, ihnen womöglich überlegen zu sein; daß aber der Respekt, den er genoß, einer echten Autorität entsprang, einer Überlegenheit, die er nicht vorspielte und anscheinend auch nicht ausnutzte. Als er zurückkam: Did you relax?, musterte ich ihn verstohlen, um ihn beschreiben zu können: seinen länglichen dunkelhäutigen Kopf mit den asiatischen Gesichtszügen, seine schlanken, sensiblen Hände, den blauen, nach Art der Yoga-Kleidung geschnittenen Anzug mit der reinlichen weißen Halsblende. Sigrid, die mir im Vorraum die Zahlung von sechzig Dollar quittierte, sagte, er habe sie, die schwer an Krebs erkrankt gewesen sei, durch eine strenge Diät, durch Meditation und Akupunktur gerettet. Die letzte Untersuchung habe keine Metastasen mehr gezeigt. Sigrid war Deutsche, unwillkürlich sprach sie auch mit mir meistens Englisch.

Auf der Third Street nachmittags ins volle Kino. Emily, meine Nachbarin über mir, unsere Filmexpertin, hatte mich überredet, mit ihr zu gehen. »Close Encounters of the Third Kind« müsse man gesehen haben. Ich war nicht darauf vorbereitet, die Außeridischen direkt in unsere Gegenwart einbrechen zu sehen. Daß sie uns mit grellsten Lichterscheinungen am Himmel erschreckten, im wohlgeordneten amerikanischen Vorstadtheim unter den Augen der Hausfrau die Puppen tanzen ließen, alle Geräte in Bewegung setzten, vom Bügeleisen bis zum Kühlschrank, der entsetzten Mutter ihr Kind durch die Katzenklappe buchstäblich aus dem Haus zogen, also alle heimlichen Ängste weckten und uneingestandene Wünsche erfüllten. Und daß sie dann, auf einem von dem an fliegende Untertassen glaubenden François Truffaut sinnreich eingerichteten Platz, durch Technik und Musik zur Landung veranlaßt werden, bei der es zur Rückgabe ausgeliehener Menschen, natürlich auch jenes entführten Kindes, und zur Anheuerung neuer Mitreisender kommt. Bei der wir aber vor allem ein anrührendes Bild von jenen Außerirdischen gewinnen, nämlich, daß sie in technischer Hinsicht vollkommen, in anderer Hinsicht aber unerlöst sind und unserer bedürfen, was Emily, die auf dem Heimweg eher wortkarg war, nicht ganz ausschließen wollte. Womit sie indirekt zu erkennen gab, daß der Appell der Film-Außerirdischen an unser Mitgefühl bei ihr Wirkung gezeigt hatte.

Für den Abend lud sie mich zu sich ein, zur Barbecue-Ente in ihr Apartment, wo ich Mary vorfand, eine erfolgreiche, überschlanke, wortgewandte Rundfunkjournalistin, und Marc, Ingenieur bei einem Raum-Teleskop-Projekt, das Signale von anderen Zivilisationen auffangen sollte, von deren Existenz Marc felsenfest überzeugt war. Das sei »statistically evident«. Aber nur Mary konnte mit eigenen Erfahrungen der »dritten Art« aufwarten, über die sie sonst, das heißt: unter Ungläubigen, nicht spreche. Vor einigen Jahren nämlich, als sie mit ihrer Familie, zu der auch ein kleines Kind und ein Hund gehörten, im Auto durch Arizona gefahren und auf einem Berg mit einem berühmten Aussichtsturm gewesen sei, seien am Himmel superhelle und eigentümliche Lichterscheinungen aufgetaucht, und es sei ihnen nicht gelungen, ihr Auto zu starten. Da hätten sie es einfach den Berg hinunterrollen lassen, das Kind habe vor Angst zu schnackeln und zu schlottern begonnen, und der Hund sei zitternd, die Pfoten unnatürlich über dem Kopf verschränkt, unter den Sitz gekrochen. Sie aber habe aus dem Fenster geblickt und am Himmel drei dunkle zigarrenförmige Objekte in geschlossener Formation sich auf sie zubewegen sehen, Mary habe geschrien, da hätten die anderen Erwachsenen sie auch gesehen. Dann habe es eine Art unhörbarer Explosion gegeben, sehr grelles Licht, und dann sei alles vorüber gewesen. Der Himmel war leer, das Auto habe wieder funktioniert, stumm seien sie weitergefahren. Ihr aber sei es seitdem ganz klar, daß die Berichte jener Menschen, die behaupteten, von Außerirdischen gekidnappt worden zu sein, auf Tatsachen beruhten.

Damit nicht genug, sagte Mary. Ein Freund von ihr, ein Naturwissenschaftler mit einem Uhrentick, dessen Armbanduhr immer auf die Sekunde genau gehen müsse, habe auf einer Autofahrt nach London, die normalerweise noch zwei Stunden hätte dauern sollen, plötzlich, wiederum nach einer blendend hellen Lichterscheinung, am Himmel ein Objekt sich nähern sehen, mehreckig, grün, von weißem Licht wie von einer Hülle umgeben, das neben der Straße, auf der er fuhr, und zwar genau neben seinem Auto, gelandet sei. Und dies sei das letzte gewesen, woran er sich erinnern konnte. Als er wieder zu sich kam, habe er sich mit seinem Auto am Stadtrand von London befunden, und auf seiner zuverlässigen Uhr seien genau fünf Minuten vergangen gewesen. Und wir sollten gar nicht erst anfangen, über Sinnestäuschungen zu spekulieren. Ihr Freund habe zwar mit niemandem über sein Erlebnis gesprochen, um nicht für verrückt gehalten zu werden, aber zwei Lastwagenfahrer, die zum selben Zeitpunkt in derselben Gegend unterwegs gewesen seien, hätten genau das gleiche erlebt und seien zur Polizei gegangen, um es zu melden, so daß eine Nachricht daraus wurde, die ihr Freund zwei Tage später in der Zeitung lesen konnte.

Die Barbecue-Ente war knusprig und gut gewürzt, der kalifornische Wein schmeckte, für eine kurze Zeit konnten Nachrichten und Gerüchte über das CENTER und über den Universitätsbetrieb die Runde fesseln, aber das Thema des Abends verschaffte sich wieder Gehör. Emily wollte von einer Frau wissen, die sogar von den Außerirdischen geschwängert worden sei. Zur Entbindung habe man sie gekidnappt, um ihr das Neugeborene wegzunehmen. Später habe man ihr das Kind noch einmal gezeigt, um ihr klarzumachen, daß man dieses Kind gebraucht habe zur Auffrischung des eigenen genetischen Materials, berichtete Emily ernsthaft, als sei das die selbstverständlichste Sache von der Welt. Und überhaupt, setzte sie hinzu, wer sage denn, daß es nur »gute« Außerirdische gebe, warum solle sich nicht auch »dort« die Trennung in Gut und Böse vollzogen haben, so daß »sie« ein Spiegelbild unserer eigenen Welt darstellen könnten, nur technisch vollkommener und menschlich unvollkommener.

Sie wandte sich an Marc: Müsse man das nicht für ziemlich gefährlich halten? Marc sagte, das könne man nicht wissen, er aber würde sich mit Freuden einem jeden Unternehmen anschließen, das zur Erforschung der Tiefen des Weltalls aufbrechen würde, und falls er zurückkehre und falls er Emily dann noch auf dieser Erde vorfinde, würde er ihr jede Auskunft geben, die sie anscheinend so brennend interessiere. Ja, sagte Emily, sie habe sogar schon versucht, von den Astronauten direkt zu erfahren, was sie im Weltall geträumt hätten. Einmal habe sie doch tatsächlich einen der Mondfahrer am Telefon gehabt und es gewagt, ihn danach zu fragen. Der aber habe sie barsch abgewiesen: Sie könne doch aus einem Felsen kein Blut pressen. Ein schrecklicher Satz, fand Emily, aber sie habe den Eindruck gehabt, der habe gelogen. Oder sie hätten ihnen auch die Träume abtrainiert. Bei sowjetischen Kosmonauten, meinte sie, wäre das vielleicht anders.

Die Möglichkeit, daß es außer uns keine vernunftbegabten Wesen im All gebe, wollten sie nicht in Erwägung ziehen, anscheinend scheuten sie das Einsamkeitsgefühl, das sie dann überfallen würde.

Ich weiß noch, daß ich in der Nacht danach einen der seltsamsten Träume hatte. Wir gehen zu zweit in einem welligen, grasbewachsenen, teils sumpfigen Gelände, ich schleppe eine der großen blanken Milchkannen, wie die Bauern sie in den Kuhställen verwenden, mir träumt, vor uns grast gemütlich eine dunkle Ziege, auf die wir zugehen, wohl um sie zu füttern, sie ist ganz zahm, mir träumt, sie läßt sich von mir streicheln, da hat sie auf einmal mit einem Schwups die riesengroße Milchkanne verschluckt, ich bin, im Traum, außer mir, das Tier wird diese Kanne niemals wieder herausbringen können, vorsichtig und ängstlich taste ich den Leib der Ziege ab und spüre tatsächlich die scharfen metallischen Ränder der Kanne unter ihrem Fell, die Ziege scheint sich noch nicht schlecht zu fühlen, ich bin schuld, sage ich im Traum, ich hätte besser aufpassen müssen, da fällt mir ein, die alten Griechen hatten eine heilige Ziege Amaltheia, vielleicht ist sie das, sage ich unglücklich, durch meine Schuld dem Verderben preisgegeben, da bewegt sich die Ziege auch schon von uns weg auf das sumpfige Gelände zu, und ehe wir sie einholen, retten können, versinkt sie vor unseren Augen klaglos im Sumpf, heruntergezogen von der schweren Metallkanne in ihrem Innern, und ich erwachte mit einem tiefen Unheilsgefühl und wagte mich an die Deutung dieses Traumes nicht heran.

Heute hindert mich ein Fernseherlebnis daran, sofort und ohne zu zögern niederzuschreiben, wofür dieser Arbeitstag vorgesehen war: Das Auftauchen der Gesichter jener meist älteren, oft alten Männer gestern zu später Stunde auf dem Bildschirm. Was sie erzählten, oder richtiger: aussagten, hatte Realitätswert: Die meisten von ihnen waren ja einst Mitarbeiter jener sagenumwobenen US-amerikanischen Institution gewesen, deren Name, CIA, in verschiedenen Gegenden der Welt und in verschiedenen Bevölkerungsschichten unterschiedliche Reaktionen auslöst. Warum sie aber jetzt anfangen, ihre Heldentaten aus den sechziger, siebziger und achtziger Jahren aufzublättern, will mir nicht einleuchten. Zwingt sie jemand dazu, sie, die doch die Sieger der Geschichte sind? Welcher Teufel reitet sie, jetzt zu erzählen, daß zwanzigtausend Vietnamesen – egal, ob Angehörige des Vietkong oder nicht – auf Befehl der CIA ermordet wurden? Daß es gegen Patrice Lumumba, Martin Luther King, Fidel Castro Mordbefehle gab? Daß der Sturz Salvador Allendes in Chile nach einem ausgeklügelten Plan erfolgte? Wen Amerika weghaben wollte, den hat die CIA ermordet, und jeder der Präsidenten, die an der Macht waren, hat das entweder selbst angeordnet, oder er hat zumindest davon gewußt, sagt einer der alten Männer. Warum sagt er das? Weil ihn die Reue gepackt hat? Weil manches inzwischen sowieso bekannt geworden ist? Es gibt eine dritte Möglichkeit: Weil sie es sich erlauben können. Weil keiner sie zur Rechenschaft ziehen kann. Weil sie die Weltherrschaft und damit automatisch recht haben. Weil alles, was nötig war, diese Weltherrschaft zu erringen, von Natur aus gut war. So ist es nun mal, und diese alten Männer, die rückblickend gar nicht ganz unkritisch sind, wissen genau, daß keine ihrer Enthüllungen irgendwelche Folgen haben wird. Mag sein, sie lösen in ein paar hundert Fernsehzuschauern einen Schrecken, vielleicht sogar Entsetzen aus, na und? Das beschädigt ihr Lebensgefühl nicht, das ihnen erlaubt, ohne Selbstzweifel auf der Insel der Wohlhabenden und Rechthabenden zu leben.

Nachdem ich wider Erwarten eingeschlafen war, erschien mir gegen Morgen eine mir fremde, nicht unsympathische jüngere Frau, die mir mit beiden Händen halb durchsichtige, um zarte Skelette gebildete Körperteile eines lurchartigen Geschöpfs entgegenhielt und sagte: Du mußt die Kröte schlucken. Als ich erwachte, mußte ich lachen. Sie hatte ja recht.

The overcoat of Dr. Freud, dachte ich, was mag dieser Mantel alles in seinem Innenfutter versteckt halten und nach und nach freisetzen? Ja, sagte Bob Rice, das hab ich mich auch gefragt. Was das zu bedeuten hat, daß ich diesen Zaubermantel verloren habe. Daß er mir gestohlen werden konnte. Hatte ich die Tür wirklich abgeschlossen? Wenn nicht – eigentlich unmöglich, aber den Verdacht darf ich, Freud zufolge, doch nicht ganz ausschließen! –, was könnte das bedeuten? Wollte ich diesen Mantel etwa wieder loswerden? Damit er nicht da an meiner Tür hängen und mich jeden Tag an bestimmte Dinge erinnern konnte, die ich lieber vergessen wollte?

Wem sagen Sie das, Mister, sagte ich, denn über Erinnern und Vergessen lernte ich gerade einiges, was ich nicht für möglich gehalten hätte. Alles in mir sträubte sich dagegen, aber es ließ sich nicht mehr aufschieben, damit an die Öffentlichkeit zu gehen, ich fing an, eine Art Bericht zu schreiben, so wahrhaftig wie möglich, den ich an eine Zeitung nach Berlin faxte. Ich sprach mit niemandem darüber, bis Peter Gutman eines Morgens im Sekretariat einen Artikel aus dem Faxgerät nahm, einen Blick auf seine in großen Lettern gehaltene Überschrift warf und ihn an mich weiterreichte: Für dich bestimmt. Ich las das groß gedruckte Stichwort, las meinen Namen und begriff: Meine Akte war den Medien übergeben worden.

Du hör mal, sagte ich zu Peter Gutman, da muß ich dir was erzählen.

Mußt du gar nicht, sagte Peter Gutman und ließ mich stehen: Er wollte nichts hören. Kam aber nach wenigen Minuten noch einmal zurück: Ich hoffe, du hast nicht vergessen, daß ich morgen Geburtstag habe. Um acht bei mir.

Er war einer der letzten, dem ich »was erzählen« durfte, dann aber am ausführlichsten und am häufigsten.

ALSO WEM KONNTE ICH DIE GESCHICHTE ERZÄHLEN

die nun erzählt werden mußte, obwohl es ja gar keine Geschichte war? Das Zufallsprinzip sollte entscheiden: Wer würde beim Nachmittagstee in der Lounge sitzen? Francesco. Allein. Als Zufallstreffer gar nicht so übel. Ich legte das gefaxte Zeitungsblatt vor ihn auf den Tisch, den Artikel, in dessen Überschrift mein Name vorkam im Zusammenhang mit den zwei Buchstaben, die seit Monaten in den deutschen Medien den höchsten Grad von Schuld bezeichneten, und redete drauflos, einen Nachmittag lang, niemand störte uns, es wurde spät, die Sonne war untergegangen, von uns unbeachtet, dann war ich erst mal am Ende, und Francesco sagte: Scheiße.

Francesco, der an jenem stillen Regensonntag ganz allein hinter seiner Zeitung saß und wieder über den Nachrichten aus Italien verzweifeln wollte. Sie haben das Land ruiniert, sagte er. Unsere politische Klasse hat das Land ruiniert, und wir haben zugesehen. Das geht den Menschen wie den Leuten, sagte ich, und weil er aufmerksam aufblickte, interessiert zu sein schien, konnte ich den Fax-Artikel vor ihn auf den Tisch legen, und weil er seine Zeitung zusammenfaltete und mich auffordernd ansah, konnte ich reden. Francesco, den manche für unsensibel hielten, der zu cholerischen Anfällen neigte, hörte auf die rechte Weise zu, und ich erzählte ihm von jener Woche vor einem Dreivierteljahr, die mir aus der Zeit gefallen war.

Von deiner Fahrt, zehn Tage lang, jeden Morgen in jenen Teil von Ostberlin, den du wenig kanntest. Von jener Straße, die gerade berühmt und berüchtigt wurde, weil sie die Adresse war für jene Behörde, die von allem Bösen, das der untergehende Staat verkörperte, das Böseste war, das Teuflische, das jeden, der mit ihm in Berührung gekommen war, infiziert hatte. Ich versuchte Francesco das Gefühl zu beschreiben, mit dem du auf jenen Innenhof einbogst, um den herum fünfstöckige eintönige Bürohäuser im Quadrat standen. Er kenne solche Häuser, sagte Francesco, und wie sollte er, der Architekturhistoriker, sie nicht kennen. Flüchtig der Gedanke, daß nur in solchen Häusern diese Art von Behörde einquartiert sein konnte. Fremdheit, Beklommenheit überkamen dich, während du auf dem riesigen, immer überfüllten Parkplatz eine Lücke suchtest. Auf welchen Eingang du dann zusteuern mußtest, wußtest du schon, hieltest deinen Ausweis bereit. Daß der Wachhabende dich allmählich kannte, machte es dir paradoxerweise leichter, einzutreten. Natürlich mußte er deine Ausweisnummer jedesmal wieder notieren, die früheren Wachhabenden, die hier Dienst hatten, haben das ja auch getan, dachtest du, während du die Treppe hochgingst, und dir war bewußt, um wieviel beklommener dir zumute gewesen wäre, wenn du in der alten, noch ungewendeten Zeit, vor drei, vier Jahren, in dieses Haus bestellt worden wärest. Dabei wußtest du ja nicht einmal, ob man Außenstehende – Verdächtige? – überhaupt in dieses Haus bestellt hatte oder ob nur Angestellte dieser Behörde hier ein- und ausgegangen waren, deren allergeheimste Materialien nun, da sie zur Hinterlassenschaft geworden waren, vor den Augen von fast jedermann ausgebreitet wurden, auch vor meinen Augen, soweit sie mich betrafen, sagte ich zu Francesco. Kannst du verstehen, fragte ich ihn, daß ich mich jeden Tag zwingen mußte, wieder dorthin zu gehen, mich bei der übrigens netten, bescheidenen und unaufdringlichen Frau zu melden, die jenen winzigen Teil der riesigen Materialfülle verwaltete, der euch betraf und den sie in einer großen grünen Holzkiste lagerten, die ihr »Seemannskiste« nanntet, aus der sie dir die täglich zu bearbeitende Ration von Akten herausholte, um sie vor dir auf den Tisch in jenem Besuchszimmer zu legen, in dem an gleichen Tischen andere Besucher vor ihren Aktenstapeln saßen.

Es war sehr still in diesem Raum. Deine Bearbeiterin machte

dich mit den geltenden Spielregeln bekannt, übrigens gehörte es zu diesen Regeln, daß sie deine Akten Wort für Wort vor dir gelesen hatte, aber, wie sie versicherte, verpflichtet worden sei, nicht über ihren Inhalt zu sprechen.

Hör mal, sagte Francesco, du mußt jetzt nicht weiterreden. Doch, ich muß, sagte ich. Es waren viel mehr Akten, als du erwartet hattest. Zweiundvierzig Bände, später kamen noch mehr dazu, darunter Telefonabhörprotokolle. Die Observierung hatte sehr früh angefangen. Dabei waren die Akten der achtziger Jahre bis auf eine Karteikarte, auf der ihr Inhalt verzeichnet war, nicht vorhanden. Vernichtet. Jedenfalls nicht auffindbar.

Und? fragte Francesco. Hättet ihr anders gelebt, wenn ihr das gewußt hättet?

Darüber habe ich seitdem nachgedacht, sagte ich. Ihr hattet, wie viele eurer Freunde, damit gerechnet, beobachtet zu werden. Aber nicht so früh. Nicht so lückenlos. Am Telefon hattet ihr Witze gemacht. Hattet zwar eure Meinungen ziemlich rückhaltlos zum besten gegeben, es aber vermieden, Namen zu nennen. Soviel Vorsicht mußte sein. Ihr wolltet euch aber auch nicht so wichtig nehmen und euch in eine Paranoia hineintreiben lassen. Das ist schwer zu beschreiben, dieser Zustand von Wissen und Verdrängen, in dem wir lebten, sagte ich zu Francesco. Und ob wir anders gelebt hätten, wenn wir alles gewußt hätten – ich weiß es nicht.

An jenem Nachmittag in der Lounge konnte ich nicht wissen, wie viele Abende, wie viele Stunden in den kommenden Jahren mit dem uferlosen Gerede vergehen sollten, das wir »Stasi-Debatte« nennen würden. Berichte über die jeweilige Aktenlage. Ob ein Verdacht sich bestätigte oder zerstreute. Und in der Öffentlichkeit beherrschten die zwei Buchstaben das Feld: IM. »Informeller Mitarbeiter«. Auf wen die zutrafen oder zuzutreffen schienen, der war verurteilt, wie wenig oder wieviel diese Buchstaben wirklich über ihn aussagen mochten.

Meine Betreuerin, sagte ich zu Francesco, die ja meine Akten kannte, hat mich übrigens zweimal morgens gewarnt: Ich würde an diesem Tag wohl eine böse Überraschung erleben. Und? fragte Francesco. Kam die böse Überraschung?

Sie kam: Ausführliche Berichte eines Freundes über euer Leben und Treiben. Da du diesen Freund gut kanntest, hattest du zum ersten Mal die Gelegenheit, eine Erklärung dafür zu suchen, warum sie ihn dazu bringen konnten, euch zu bespitzeln. Ohne seine Schuld hatten sie ihn in der Hand. Aber warum hatte er euch nicht einen Wink gegeben? Während ich diese Berichte las, sagte ich zu Francesco, mußte ich gegen eine Übelkeit ankämpfen, mußte ich daran denken, wie viele Leute diese Seiten vor mir gelesen hatten, wie viele sie nach mir lesen würden, ich fragte mich, ob das erlaubt sein dürfte, und ich entwickelte die Zwangsvorstellung, auf dem Innenhof dieses öden Häuservierecks würde ein Riesenfeuer entfacht, und ich würde all die Akten aus der Seemannskiste holen und sie nach und nach ins Feuer werfen. Ungelesen. Was für eine Erleichterung ich dabei empfinden würde.

Kann ich gut verstehen, sagte Francesco.

Ich aber, sagte ich, ich mußte statt dessen diejenigen Decknamen aus den Akten heraussuchen, die ich kopieren lassen wollte, ein Köfferchen voll. Ich mußte die Formulare ausfüllen, mit denen ich diese Kopien beantragte, und andere Formulare, auf denen ich die Klarnamen derjenigen zu wissen verlangte, die uns bespitzelt hatten. Die ich ein paar Tage später schwarz auf weiß vor mir hatte, sie aber, weil es mir peinlich war, meist nur überflog, öfter einen Verdacht bestätigt fand, manchmal doch schmerzlich überrascht war, und die ich dann merkwürdigerweise schnell vergaß.

Mittags gingst du – um aus diesem Raum mit den schweigend lesenden Leuten herauszukommen, die jeder in seinen eigenen Kummer versunken und anscheinend unfähig waren, mit einem anderen darüber zu sprechen, eine besondere Art von Scham hinderte euch daran, mehr als einen knappen Gruß miteinander auszutauschen – mittags gingst du über den Hof in eines der anderen Gebäude, dort aßest du in einer Art Kantine, die offenbar für die Mitarbeiter dieser Behörde eingerichtet worden war, eine lieblos zubereitete Mahlzeit, mustertest dabei die anderen Essenden und fragtest dich, wie viele von ihnen vor drei, vier Jahren schon hier gearbeitet haben mochten und ob sie, um diese Stelle zu bekommen, ihr früheres Denken und ihre frühere Tätigkeit hatten verleugnen müssen. Oder ob sie ihr wirkliches Denken früher verleugnet hatten und sich jetzt befreit fühlten. Doch wie Befreite sahen sie nicht aus, sagte ich zu Francesco. Aber was bewies das schon.

Ich schilderte ihm, wie du von Tag zu Tag bedrückter wurdest, den Augenblick herbeisehntest, in dem du endlich die Akten zurückgeben und Feierabend machen konntest. Und wenn du durch die bekannten fremden Straßen nach Hause fuhrst, hattest du das Gefühl, zu beiden Seiten der Straße habe ein Prozeß des Verwelkens begonnen, der schnelle Fortschritte machte. Die Fassaden der Häuser schienen in wenigen Tagen um Jahre zu altern, die Menschen auf den Bürgersteigen schienen zu schrumpfen, obwohl sie in den Plastiktüten mit den neuen bunten Aufdrucken die neuen Waren nach Hause schleppten, nach denen es sie so sehr verlangt hatte, und selbst die neuen Automarken, die immer häufiger zwischen den alten Fahrzeugen auftauchten, verbreiteten nicht jene Fröhlichkeit, die man sich von ihnen erhofft hatte, als sie noch Sehnsuchtsobjekte auf den Bildschirmen waren. Mein Blick mochte getrübt sein, sagte ich zu Francesco, vielleicht erlebte ich wieder einmal einen jener historischen Augenblicke, in denen ich nicht jubeln konnte, wenn die meisten Menschen jubelten, ich mußte mir eingestehen, daß meine Wünsche und die der meisten Menschen nicht in die gleiche Richtung gingen. Und daß viele meiner Irrtümer eben daraus erwuchsen. Und manchmal mußtest du bei der Rückfahrt anhalten, in irgendeines der neuen Geschäfte gehen und dir eine Bluse oder ein anderes Kleidungsstück kaufen, das du dann nie trugst. Und zu Hause mußtest du sofort duschen und dich vollständig umziehen.

Der Blick in diese Akten, weißt du, hat die Vergangenheit

zersetzt und die Gegenwart gleich mit vergiftet. Das verstehe er nicht ganz, sagte Francesco. Ein plötzlicher Einbruch von Fakten könne eben auch zerstörerisch wirken, sagte ich, da wurde Francesco wütend und herrschte mich an: Ob ich etwa dächte, was ich da in diesen Akten gefunden hätte, sei die Wahrheit über Fakten gewesen?

Die Öffentlichkeit wird dazu gebracht, das zu denken, sagte ich.

Eben, sagte Francesco. Frag dich mal, warum.

Darüber dächte ich nach, sagte ich. Oft, wenn ich von jenem Ort kam, der Beschädigung dokumentierte und Beschädigung verbreitete und vertiefte, fragte ich mich, ob diese Art Wissen zur Heilung von Wunden führte.

Ja doch, sagte ich, wir hatten gewußt, daß wir observiert wurden. Die Autos, die wochenlang vor der Tür standen. Der zerschlagene Spiegel im Bad. Die Fußspuren im Flur. Die deutlich geöffneten und wieder zugeklebten Postsachen. Die oft gestörten und ewig knackenden Telefone. Gewiß. Das war die normale Arbeit der zuständigen Organe.

Hatte sie euch nicht angst gemacht, wollte Francesco wissen. Doch. Die normale Angst vor einem Gegner, der über wirksamere Mittel verfügt als du. Und es war eine Wohltat, daß du ihn rückhaltlos »Gegner« nennen konntest: Klare Verhältnisse. Dazu habe ich einige Zeit gebraucht. – Kenn ich, sagte Francesco, kenn ich alles. Und die Kategorien, in die man euch eingegliedert hatte, hast du auch den Akten entnommen: »feindlich-negativ«: Na bitteschön, das hattest du dir denken können.

Sie gehören ja zu den PUTS und PIDS – Politische Untergrundtätigkeit, Politisch-ideologische Diversion –, sagte dir eure Bearbeiterin. Aber was war das schleichende Gift, das du aus diesen Akten einatmetest und das dich so lähmte? Damals konntest du es nicht benennen. Jetzt weiß ich: Es war die brutale Banalisierung eures Lebens auf diesen hunderten von Seiten. Die Gewöhnlichkeit, mit der diese Leute euer Leben ihrer Sichtweise anpaßten. Selbst wenn die Tatsachen gestimmt hätten, über die die Observanten berichteten und die die Führungsoffiziere von Zeit zu Zeit zusammenfaßten – was keineswegs immer der Fall war; sie mußten ja den Interessen und Erwartungen der Auftraggeber angepaßt werden –, selbst dann stimmte nach meinem Empfinden nichts. Wenn ich irgend etwas gelernt habe bei der Lektüre dieser Berichte, dann, was Sprache mit der Wirklichkeit anstellen kann. Es war die Sprache der Geheimdienste, der sich das wirkliche Leben entzog. Ein Insektensammler, der seine Objekte aufspießen will, muß sie vorher töten. Der Tunnelblick des Spitzels manipuliert sein Objekt unvermeidlicherweise, und mit seiner erbärmlichen Sprache besudelt er es. Ja, sagte ich zu Francesco, das war es, was ich damals empfand: Ich fühlte mich besudelt.

Wieder bot Francesco mir an, eine Pause zu machen, wir holten uns Tee, es wurde dunkel, wir traten an das große Fenster und sahen den letzten Lichtschein auf der See. Ob das jemand verstehen kann? fragte ich Francesco. Nicht die Masse des Materials, nicht die Menge der auf uns angesetzten Informellen Mitarbeiter, nicht einmal deren Entschlüsselung durch ihre Klarnamen – das alles ist es nicht gewesen, was die Depression in mir auslöste und mir das Gefühl gab, ich dürfe mich nicht tiefer in diese Akten einlassen, um nicht angesteckt zu werden von dem Ungeist, der ihnen entströmte. Nein, nicht angesteckt: Befallen. Ich dürfe nicht zulassen, daß die nachträglich über uns triumphierten, was ja nun in der Öffentlichkeit doch geschieht.

So wäre es dir lieber gewesen, sagte Francesco, ihr hättet intelligente, womöglich feinfühlige Informanten auf eurer Spur gehabt?

»Lieb« und »lieber« seien Worte, die in diesem Zusammenhang wahrlich nicht gehörten, sagte ich. Die natürlich in den Berichten auch nicht vorkämen. Wie müßten diese Informanten sich ins Fäustchen lachen, wenn sie mitkriegten, wie ernst man ihre oftmals schludrigen Aufzeichnungen jetzt nehme, wie sie nach Belastungsmaterial durchforstet würden, wie sie noch einmal Beweiskraft bekämen und zu Schicksalsentscheidungen über Menschen gebraucht werden könnten. Wie man sie dazu benutzte, einander um Lohn und Brot zu bringen und von begehrten Posten fernzuhalten. Die Büchse der Pandora öffnet man nicht ungestraft, sagte ich.

Ihm werde schlecht, sagte Francesco, wenn er sich vorstelle, was passieren würde, wenn in Italien auf einmal alle Geheimdienstakten geöffnet würden.

Nicht alle, sagte ich. Nur die von einem Teil eures Landes: Nord oder Süd zum Beispiel.

Unmöglich! sagte Francesco.

Ich lachte. Es war Abend geworden, ich merkte, Francesco hatte genug, er wollte gehen, aber ich mußte ihn festhalten. Jetzt käme ich erst zu dem Eigentlichen, was ich ihm erzählen müßte, wozu ich aber diese lange Vorgeschichte gebraucht hätte. Der letzte Tag in der Behörde, endlich. Du habest die zweiundvierzig Aktenbände mehr oder weniger gründlich durchgesehen, habest die Klarnamen der Spitzel erfahren und wieder vergessen, du dachtest, du hättest es hinter dir, da druckste deine Betreuerin, zu der du ein beinahe freundschaftliches Verhältnis entwickelt hattest und die deine Akten besser kannte als du selbst, herum: Es sei da noch etwas. Sofort überkam dich ein Gefühl von drohendem Unheil, ohne daß du ahntest, was da noch sein könne, aber du wolltest es wissen, gleich. Sie zögerte. Sie dürfe dir deine »Täterakte« – zum ersten Mal dieses Wort! – nicht zeigen, dazu habe sie sich verpflichtet. Du hast insistiert. Schließlich hat sie dir das Versprechen abgenommen, niemandem zu sagen, daß sie gegen diese Anweisung verstoßen habe.

Dann hat sie kurz den Raum verlassen, in dem ihr allein gesessen habt, weil es nach Feierabend war, und ist mit einem dünnen grünen Aktendeckel zurückgekommen, den sie vor dich hingelegt hat, den sie, als du immer noch nicht begriffen hast, hinter dir stehend aufblätterte, wenige Minuten lang, während deren sie sich andauernd umgesehen hat, ob auch niemand sie bei dieser verbotenen Handlung ertappte. Das ist doch Ihre Schrift, habe sie dich leise, wie bekümmert, gefragt, und es w a r meine Schrift, sagte ich zu Francesco, und seitdem weiß ich: Es ist keine leere Redensart, daß einem die Haare zu Berge stehen, das gibt es wirklich. Aber Sie haben ja nichts unterschrieben, keine Verpflichtung, nichts, sagte die Kollegin, das sieht dann nämlich ganz anders aus.

Du hattest keine Zeit, du konntest nichts gründlich lesen, konntest die paar Seiten nur überfliegen: Deine Schrift in einem offenbar harmlosen Bericht über einen Kollegen, Berichte zweier Kontaktleute über drei oder vier »Treffs« mit dir und die Tatsache, daß sie dich unter einem Decknamen geführt hatten, machten diesen Faszikel zur »Täterakte« und schleuderten dich unvorbereitet in eine andere Kategorie von Men-schen.

Deine Betreuerin, die den Hefter hastig wieder an sich zog, sagte: Dies alles sei ja mehr als dreißig Jahre her, geschehen sei fast nichts, und danach kämen meterweise »Opferakten«, da müsse doch jeder einsehen, wie unerheblich dieser alte Vorgang sei, doch sie habe mich nicht ungewarnt in die Falle laufen lassen wollen, die sich bald auftun werde. Schließlich lese sie ja auch die Zeitungen. Jeder Journalist, der sie anfordere, komme an diese Akte – laut Gesetz! –, und wie sie meine Lage einschätze, sei es doch nur eine Frage der Zeit, bis jemand einen Tip erhalte und meine Spur aufnehme.

Ich aber, sagte ich zu Francesco, hörte mich zum ersten Mal sagen: Ich hatte das vollkommen vergessen, und merkte selbst, wie unglaubwürdig das klang. Meine Betreuerin seufzte: Das hören wir hier öfter! und trug die Akte eilig hinaus.

Francesco sagte: Scheiße. Und nach einer Weile: Was willst du tun.

Ich sagte: Ich werde das alles veröffentlichen.

Überleg dir das genau, sagte Francesco. Ich lese ja auch eure Zeitungen. Du mußt dich fragen, ob du das aushalten kannst, was dann losgeht.

Ich kann es mir nicht aussuchen, sagte ich. Übrigens durfte

ich ja öffentlich nicht über diese Akte sprechen, um die Mitarbeiterin, die sie mir verbotswidrig gezeigt hat, nicht in Schwierigkeiten zu bringen. Nun habe ich erfahren, daß sie inzwischen, sehr jung, an Krebs gestorben ist. Also kann ich darüber reden.

Kafka, sagte Francesco. Der hätte so was erfinden können.

Ja, sagte ich. Auch, weil bei ihm kein Unschuldiger vorkommt. Wie im wirklichen Leben. Ich bog von der Second Street in den spanischen Vorgarten ab, sah die Masken der drei Racoons aus dem Gebüsch starren, betrat die Halle, winkte Herrn Enrico zu, der gerade seinen Tisch abräumte und sein Tagewerk beendete, kam in mein fremdes Apartment, als käme ich nach Hause, goß mir ein Glas Wasser ein, trank, als sei ich am Verdursten, und setzte mich zu meinem Maschinchen an den Tisch. Ich schrieb:

WIE SOLL ICH MICH DAVOR HÜTEN, IN EINEN RECHTFERTIGUNGSZWANG ZU GERATEN, WELCHES DIE DÜMMSTE VON ALLEN MÖGLICHEN VERHALTENSWEISEN WÄRE. ABER GIBT ES DENN FÜR DIESEN FALL EINE MÖGLICHE, EINE RICHTIGE, EINE ANGEMESSENE VERHALTENSWEISE. ODER VERFALLE ICH WIEDER IN DEN FEHLER, NACH DEN ANSPRÜCHEN ANDERER ZU FRAGEN.

Ich legte mich auf mein breites Bett, es war dunkel draußen, aber noch nicht Schlafenszeit, ich sagte zu der Nonne Perma, deren Buch auf meinem Nachttisch lag: Die Tiger sind da, aber wo ist die Himbeere, ich versank in einen Halbschlaf, in dem Gedichtzeilen vorbeitrieben, die ich kannte, *Nimm dein Verhängnis an,* heiliger Fleming, was habt ihr von Verhängnis wissen können. Ich dämmerte hinüber in einen flüchtigen Traum, ein Gesicht erschien mir, das Gesicht meiner Freundin Emma, die auch tot war und die ich jetzt gebraucht hätte, aber was sie von mir gefordert hätte, glaubte ich zu wissen: Keine Wirkung zeigen! Das hätte sie gesagt.

Wie sie es damals gesagt hatte, 1965 – mein Gott, mehr als ein Vierteljahrhundert war seitdem verstrichen! –, nach jenem ZK-Plenum genannten Spektakel, auf dem die Kultur zum Sündenbock gemacht wurde für alles, was fehllief. Wo du es für nötig hieltest, die Angegriffenen zu verteidigen, natürlich gegen eine Mauer ranntest und deinerseits angegriffen wurdest, schließlich aus dem Saal gingst mit der Zeile im Kopf: Die Hände weggeschlagen. Ach was, sagte Emma, nimm dich nicht so wichtig. War doch gut, daß du was gesagt hast, sonst hättest du dich beschissen gefühlt. Und Hände wachsen nach. – Du glaubst wohl an Wunder, sagtest du. – Was denn sonst, sagte Emma. Daß ich hier vor dir sitze, verdanken wir einer Kette von Wundern.

Du wußtest, was sie meinte: Daß sie die Zuchthausjahre im Dritten Reich überlebt hatte. Daß sie, ehe sie erneut verhaftet wurde, aus dem zerbombten Berlin fliehend, in dieser Laubenkolonie ein Versteck gefunden hatte. Daß sie Tränen vergossen hatte, als sie bei den »Unseren« wieder im Gefängnis saß »unter falschem Verdacht« –, und die Nachricht von Stalins Tod sie erreichte. Ihre Gelenke waren angegriffen, Rheuma, die feuchtkalte Zelle. Sie ging am Stock, sie hatte Schmerzen, die ignorierte sie. Hatte ich sie dringlich genug befragt, warum sie auch durch die Haft bei den »Unseren« nicht von ihrem Glauben an Stalin kuriert worden war? Ich hätte ihre Antwort jetzt gebraucht. Ach Mädchen, hatte sie einmal gesagt, hast du eine Ahnung, woran man sich klammert, wenn man so tief in der Scheiße sitzt wie wir damals. Wenn wir diese Hoffnung auf den weisen Völkerlenker aufgegeben hätten, hätten wir uns doch damit selbst aufgegeben. – Und du begriffst, daß dieses halbe Deutschland, dieser Staat, auch wenn er streng zu ihnen war, auch wenn er viele Fehler hatte, ihre einzige Zuflucht war. Daß sie an dem Glauben festhalten mußten, er werde sich zu der ersehnten Menschengemeinschaft entwickeln. Daß sie ihn verteidigen mußten.

Emma, die sich, anders als andere, nicht scheute, den Tatsachen ins Auge zu sehen, wurde eine meiner zuverlässigsten

Beraterinnen. Aber damals, erinnerte ich mich, nach jenem un-
heilvollen PLENUM, brauchtest du mehr. Du brauchtest, was
man professionelle Hilfe nannte.

Der Arzt sagte, überall auf der Welt seien die herrschenden
Systeme daran interessiert und darauf eingerichtet, die Individualität ihrer Untertanen zu schwächen oder möglichst ganz
auszulöschen. Am besten sei es, mit diesen Kräften, die in jedem Fall stärker seien als der einzelne, nicht auf Konfrontation
zu gehen, sondern sich zurückzuziehen und im stillen geistig
unbeschädigt zu überleben. Es sei ja nicht ausgeschlossen, daß
eine Zeit heraufkomme, in der die Menschen sich wieder zeigen
könnten: Dann würde sich erweisen, daß die Unterdrückung
ihrer Individualität keine genetischen Veränderungen verursacht habe, daß ihre Erbmasse unberührt geblieben sei und daß
eine neue Generation imstande sei, ohne geistige Fesseln zu leben.

Ich erinnerte mich, daß dir die Medikamente, die der Arzt
dir verschrieb, nicht bekamen, ich erinnerte mich wieder an die
Wochen in jener Klinik, in die der Arzt dich schließlich einwies,
weil er die Verantwortung nicht mehr übernehmen wollte. (»Einen verwundeten Soldaten schickt man auch nicht wieder in die
Schlacht!«) Ein winziges Zimmer mit einem vergitterten, wein-
umrankten Fenster, aber die Gitter hättest du nicht gebraucht,
aus dem Fenster springen wäre deine Wahl nicht gewesen, du
hingst an der Unversehrtheit deines Körpers. Viel später hat
mir ein Arzt gesagt, wieviel Tabletten man braucht, und von
welcher Sorte, er wollte sich wohl ein wenig wichtig machen.
Das einzige, was du dem Chefarzt der Klinik erzähltest, war,
daß du eine Zeitungsphobie hattest: Die Zeitungen waren voll
gewesen von Zustimmungsadressen an jenes Gremium und für
jene Maßnahmen, gegen die du dich aufgelehnt hattest. Unter
den Artikeln und Briefen hatten Namen gestanden, die du nie
unter solchen Artikeln und Briefen erwartet hattest. Wenn du
eine Zeitung sahst, brach dir der Schweiß aus.

Ich spürte, daß die neue Zeitungskampagne, die schon eingesetzt hatte, das alte Trauma wieder aufleben ließ. Die Zeitungen, die man dir in der Klinik täglich aufs Zimmer schickte – als Therapie! –, stecktest du schnell, ohne sie anzusehen, unter die Decke. Da du nicht schlafen konntest – ich konnte es jetzt wiederum nicht –, pilgertest du nachts auf dem Krankenhausflur auf und ab und trafst oft eine andere Patientin, die Frau eines Offiziers der Grenztruppen, der ausländische Besucher an die seit vier Jahren bestehende Mauer zu führen und ihnen die Grenzmaßnahmen der DDR zu erklären hatte. Seitdem wurde seine Frau täglich und nächtlich angerufen und bedroht und beschimpft, immer wieder, so oft man auch ihre Telefonnummer wechselte. Bis sie eine Telefonphobie bekam und nicht mehr schlafen konnte. Euer gemeinsamer Chefarzt, der überzeugt war, daß falsch Gelerntes im Gehirn durch richtiges Lernen zu löschen sei und daß dazu ein Training gehörte, ließ sie im Ärztezimmer auf der Liege schlafen und von der Nachtschwester mehrmals anrufen, woraufhin die Frau in Panik geriet und die Nächte auf dem Flur verbrachte. Als du es über dich brachtest, wenigstens die Schlagzeilen in den Zeitungen zu lesen, war das ein erstes Zeichen von Besserung. Das zweite Zeichen, fand die hocherfreute Assistentin des Professors, die ihrem Chef hörig war, sollte der Einkauf neuer Schuhe sein, die sie an dir bemerkte, Schuhe mit einem auffallenden schwarzweißen Blockmuster, die ich lange trug.

Peter Gutmans fünfzigster Geburtstag. Wir waren zu viert, das entsprach seiner asketischen Lebensweise, auch seinem Hang zum Einzelgängertum. Außer mir zu meiner Überraschung Johanna, eine unserer jungen Stipendiatinnen, die über die Behandlung sozialer Themen in der jüngeren amerikanischen Literatur arbeitete – ein Alibithema für unser CENTER, meinte Peter Gutman –, und Malinka, Ende dreißig, eine schlanke, dunkelhaarige, reizvolle, scharfkantige Person. Sie kam aus dem ehemaligen Jugoslawien und lebte schon einige Jahre in dieser Stadt. Ich weiß nicht mehr, woher Peter Gutman sie kannte, sie hatte nichts mit dem CENTER zu tun, sie koor-

dinierte irgendwelche Forschungsaufgaben in einem naturwis-
senschaftlichen Institut.

Peter Gutman bestand darauf, uns ohne fremde Hilfe zu
bewirten, zuerst mit Melone und Schinken, mit einem guten
Wein, und dann verschwand er in der Küchenabteilung, um
auf dem Wok ein schnelles chinesisches Gericht mit Gemüse
und Hähnchenfleisch herzustellen, während wir Frauen den
Gesprächsfaden weiterspannen: Daß das Mitgefühl einigerma-
ßen wohlhabender Menschen mit den »Unterprivilegierten«
immer mehr schwinde; daß man zwar darauf achte, sich ihnen
gegenüber einer korrekten Ausdrucksweise zu befleißigen,
aber konkrete Hilfe, die auch ans eigene Portemonnaie ginge,
zunehmend verweigere. Wir alle hatten beobachtet, daß gutbe-
tuchte Zeitgenossen sich wie blind und taub an Obdachlosen
vorbeidrückten, ihr Gesicht zu einer Ekelgrimasse verzogen,
ihnen den Dollar vorenthielten, den sie leicht hätten entbehren
können.

Da wurde Malinka heftig. Sie verstehe das vollkommen. Sie
gebe auch keine Almosen. Niemand, der es nicht selbst erfahren habe, könne sich vorstellen, wie hart das Leben in diesem
Land für jemanden sei, der mit nichts anfangen müsse. Ihre erste Zeit hier sei so unbeschreiblich grausam gewesen, daß sie
alle Sentimentalität gegenüber denen, die heute unten seien, in
sich abgetötet habe. Sie habe es sich angewöhnt, hinter ihrem
Lenkrad zu sitzen und emotionslos an allem vorbeizufahren:
an Autounfällen, an Leichen am Straßenrand, an der größten
Armut und an den größten Verbrechen, zu denen ja oft der
unermeßliche Reichtum gehöre. Ihr Mantra sei: I don't care, I
don't care. Und sie bemitleide nicht die homeless people, wie
wir es täten. Sie gebe ihnen auch kein Geld. Sie behalte jeden
einzelnen verdammten Cent für sich. Sie habe sogar eine Wut
auf die, würde sie am liebsten durchschütteln und anschreien:
Laßt euch nicht so gehen! Verliert doch eure Würde nicht! Sollten sie sich selber aus dem Sumpf ziehen. Ihr habe auch niemand dabei geholfen.

Peter Gutman steckte seinen Kopf aus der Küchentür, um Malinka anzusehen, aber niemand von uns sagte ein Wort. Wir wechselten Blicke, ein wenig ratlos.

Johanna erzählte, wie sie in New York einmal einem Mann Geld gegeben und wie der sich in dem üblichen Jammerton mit God bless you! bei ihr bedankt hatte. Den hatte sie angeschrien: Er solle nicht God bless you zu ihr sagen, er solle sie lieber verfluchen. Da hatte er sie erstaunt angesehen und dann gleichmütig gesagt: My business, madam!

O Brecht! lachten wir.

Mir war klar, vieles, was Peter Gutman an diesem Abend noch in die Debatte warf – wir hatten angefangen, über die schwindende, oder eigentlich geschwundene, Rolle der Vernunft in unserer abendländischen Kultur zu reden –, vieles davon war an mich gerichtet, war sein Kommentar zu jenem Artikel, den er am Tag vorher aus dem Fax genommen hatte. Er wußte Bescheid, wollte aber noch nicht mit mir reden. Wollte mir Abstand beibringen. Aber dafür war es zu früh. Das Tonband in meinem Kopf war angesprungen und würde nicht so bald wieder stillstehen. Beim Abschied sagte er: Be careful!

Wie weiter? Eine Pause entsteht, breitet sich aus. Der übliche Verdacht, daß die Schreibarbeit an ihr Ende gekommen ist, weil es mir nicht gelingt, die Schranke des »Nie sollst du mich berühren« zu durchbrechen, und weil dann das Schreiben keinen Sinn hätte. The overcoat of Dr. Freud, denke ich spöttisch, kann auch dazu mißbraucht werden, verwundbare Stellen zu bedecken.

MANCHMAL GREIFT DIE VERGANGENHEIT NACH EINEM

denke ich, dann beginnt der festgelegte bekannte Ablauf. Die Öffentlichkeit reagiert blitzschnell und freudig auf das Wort »Moral«, reißt dem der Unmoral Bezichtigten zum guten Zweck die Haut vom Leib.

Und die Wahrheit, der sie alle dienen?

Wie weiter? Es muß ja immer alles weitergehen. Im MS. VICTORIA mußte ja alles weitergehen. Ich mußte ja auf den schon bekannten Wegen weitergehen. How are you doing today, diesmal war es der uniformierte Portier vor dem feinen Restaurant in der Second Street, das der Stadtführer zu den zehn besten Lokalen von Los Angeles zählte und bei dem man mit den größten Stretch-Limousinen vorfuhr, die man diesem Wächter-Portier mit seinen blütenweißen Handschuhen vertrauensvoll überließ, der übrigens keinen Grund hatte, ausgerechnet mich nach meinem Befinden zu fragen, er mußte mir doch ansehen, daß ich nicht zu seiner Kundschaft gehörte. O fine, sagte ich überrascht, and you? – Terrific! sagte er überzeugt und überzeugend, ein Wort, das ich anfangs mit terrifying verwechselte, was bei mir zu Mißverständnissen führte, bis ich endlich im Wörterbuch beide Wörter hintereinander fand, das eine aber, terrific, war mit »toll«, »phantastisch«, auch »wahnsinnig« zu übersetzen, während das andere, to terrify, »jemandem schreckliche Angst einjagen« bedeutete, eine Wendung, die sich in meinem Kopf sofort zu tummeln begann, wahnsinnige Angst einjagen, phantastisch in Angst gejagt werden, schreckliche Angst toll finden. Stop! befahl ich mir. Stop. Stop. Das Tonband anzuhalten lag nicht in meiner Macht.

Jetzt wurden die drei Racoons dreist, die vor dem MS. VICTORIA herumsaßen oder in den Büschen nach Freßbarem suchten, angeblich waren die Mülltonnen in den schmalen Hintersträßchen ergiebig für sie. Als ich abends kam, hockten sie im Dunkeln vor dem Rondell mit dem Pomeranzenbaum und starrten mich an. Hi! sagte ich freundlich, was sie nicht beeindruckte. Na nun laßt mich mal durch, sagte ich, aber Deutsch verstanden sie ja nicht, da ging ich Schritt für Schritt auf sie zu, auf ihre Maskengesichter mit den immer aufgerissenen Augen, sie hockten unbeweglich, don't worry, sagte ich mehr zu mir als zu ihnen, denn sie waren offensichtlich in keiner Weise beunruhigt, also sollte ich mich jetzt einfach an ihnen vorbeidrücken, oder was? Da wurde die Tür des MS. VICTORIA aufgerissen, der große Gast mit dem Indianergesicht trat heraus, er klatschte in die Hände und schrie laut und aggressiv, die Racoons huschten ins Gebüsch. Come in! rief der Mann mir zu, hurry up, please, they are dangerous, ich lief ins Haus, und als ich mich unter der Tür umdrehte, blickte ich in drei beharrlich aufgerissene Augenpaare. They are crazy, sagte der Mann, they behave abnormally.

In den nächsten Tagen sah ich dann die abgerissene graue Katze ums Haus schleichen, NO PETS! stand groß an der Tür, niemand konnte es wagen, an Mrs. Ascott vorbei dieses Tier ins Haus zu schleppen, und wen fütterte man eigentlich, wenn man Eßbares ins Gebüsch legte, die verrückten Racoons oder die struppige Katze, aber nach wenigen Tagen schon war ihr Fell etwas glatter geworden, dann hatte sie ein braunes Lederhalsband um, und dann sah ich sie eines Mittags unter dem Sonnenschirm im Vorgarten auf dem Schoß des großen Mannes mit dem Indianergesicht sitzen, zu seinen Füßen ein Tellerchen mit Milch, und er streichelte die Katze, die sich zutraulich an ihn schmiegte, er sah meinen Blick, sagte: I adopted it, und seitdem lag die Katze in aller Seelenruhe zusammengerollt vor der Tür des MS. VICTORIA in der Sonne und ließ sich von vertrauten Personen streicheln. Peter Gutman sagte, der Große sei selbst ein bißchen crazy. Hast du ihn noch nie singen hören? Er legt alte Gesangsplatten auf, die schon ein bißchen zerkratzt sind, und dann singt er mit. – Gut? fragte ich. – Gräßlich. Aber das ist okay, ich liebe die natürlichen Geräusche in meiner Umgebung, besonders die, die ich auf einem Luxusdampfer nicht hören würde.

Ablenkungsmanöver, das wußten wir beide. Wir redeten über alles mögliche, nur nicht über den Inhalt der Faxe, die in steigender Zahl für mich im Sekretariat des CENTER eingingen und von Kätchen kommentarlos in mein Postfach gelegt wurden. Als gäbe es für große Teile der deutschen Presse keinen interessanteren Gegenstand als mein Verhalten. Ich las nicht alle Artikel sofort, es gab eine Grenze für die Tagesration von Anwürfen, die ich aushalten konnte. Im übrigen hatte sich herausgestellt, daß ich, selbst für die einfachsten Alltagsverrichtungen wie Einkaufen, entgegen meinem ursprünglichen Wunsch ein Auto brauchte. Das war ein schwieriges Unterfangen, das mich tagelang in Anspruch nahm, mich ablenkte und mit einem smarten Verkäufer vertraut machte. Schließlich kaufte ich zu dessen Begeisterung einen feuerroten GEO, der allerdings bei scharfen Lenkmanövern nach links ein merkwürdiges Kratzgeräusch von sich gab, aber wann mußte ich schon scharf nach links lenken? Er war billig und paßte in die Lücke auf Platz sieben in der Garage des MS. VICTORIA.

Peter Gutman, den ich warnte, mit mir zu fahren, bestand trotz meiner Warnung darauf, mit diesem Auto und mit mir am Steuer in eine uns beiden fremde Gegend von Los Angeles zu fahren, in der Malinka uns erwartete, um uns das Haus zu zeigen, das sie kaufen wollte.

Das Haus von Malinka war dürftig, in einer dürftigen Gegend, wir verständigten uns mit einem Blick und hielten uns im Urteil zurück. Daß es bessere Häuser gebe, wisse sie selbst, sagte Malinka. Aber das hier könne sie bezahlen. Und es wäre ihr eigenes. Und es liege weit genug entfernt von einem möglichen neuen Ausbruchsort der riots. Denn sie erinnere sich recht gut an ihre gespaltenen Gefühle während der riots im April. Die eine Person in ihr habe sich aufgerichtet und triumphiert: Ha! Endlich!, die andere habe bedenklich die näher kommenden Brandherde verfolgt und gesagt: Mögt ihr recht haben, mögt ihr ein Recht darauf haben, zu revoltieren, aber verdammt noch mal, verschont mein Haus. So ist es, sagte sie: Je mehr man besitzt, desto weniger kann man sich erlauben, die Welt zu sehen, wie sie ist – und am wenigsten darf man die Welt sehen, wie sie sein sollte.

Das ist Marxismus, sagte ich.

Na und? sagte Malinka. Ur-Marxismus, wenn du willst. Gar nicht so weit weg vom Urchristentum.

Wenn ich euch reden höre, sagte Peter Gutman, muß ich denken, der Kommunismus ist vielleicht doch noch nicht am Ende.

Immer diese Wörter, sagte ich. Könnte man nicht mal eine Weile ohne diese Wörter auskommen?

Nein, sagte Malinka, Wörter sind ja so wichtig. Zum Beispiel »riots«, oder höchstens noch »unrests« – das hat sich jetzt festgesetzt. Ist ja klar, wer ein Interesse daran hat, daß es sich bei diesen Erhebungen um Aufruhr, Tumult, Krawall gehandelt haben muß, nicht etwa um »revolt«, »rebellion«, »insurrection«, »uprising« oder gar »revolution«: Es soll nackte, zügellose Gewalt gewesen sein, die im April South Central Los Angeles in Angst und Schrecken versetzt hat, kein politisches oder soziales, kein ökonomisches Motiv wird den Aufständischen zugebilligt. Sie haben sich am Heiligtum der Heiligtümer vergriffen, an der Grundlage dieser Gesellschaft, am Privateigentum. Ja, sagte Malinka, natürlich taten mir die koreanischen Geschäftsleute leid, die es unverdient getroffen hat, aber die andere Person in mir, die von früher, verstand die Aufständischen. So haben doch Revolutionen immer angefangen, die am meisten Benachteiligten holten sich von den Reichen, was ihnen bisher vorenthalten worden war.

Und wenn eine Revolution ihr Ziel verfehlt hat und am Ende ist, sagte ich, stellen diejenigen, die sie beerben, als erstes die alten Besitzverhältnisse wieder her.

Ich fragte Malinka, es war ein Zwang, ich mußte jeden danach fragen, den ich traf, ob sie schon einmal ganz wichtige Ereignisse ihres Lebens vollkommen vergessen habe. O ja, sagte sie, andauernd werde ich darauf gestoßen, wenn ich nach Hause fahre und meine Familie besuche. Die erinnern sich an viele Ereignisse, bei denen ich dabei war, von denen aber in meinem Gedächtnis nicht eine Spur geblieben ist. Für sie ist diese Erinnerung ein kostbarer Besitz, für mich eine Last, die ich abwerfen mußte.

Doch auch ein Verlust? fragte ich.

Sie habe eisern trainiert, das Bedauern über diese Art Verluste zu unterdrücken, sagte Malinka.

Ganz hat sie es nicht geschafft, sagte ich auf der Rückfahrt zu Peter Gutman. Sonst hätte sie sich nicht derartig über die Namensgebung der April-Aufstände ereifert. Übrigens habe es mich schon länger beschäftigt, mit welcher Intensität und Eile die politische Klasse und ihre Medien eine ihnen genehme Namensgebung für Ereignisse betrieben, von denen sie überrascht, vielleicht überrollt worden seien. Jüngstes Beispiel dafür sei der Volksaufstand im Herbst 1989, gegen Ende der DDR. Da verfestigte sich die Bezeichnung »Wende«. Und der Staat, dessen Benennung interessanterweise so bald wie möglich, mit ihm zusammen, verschwinden mußte, kam unter den Namen »SED-Diktatur« in die Gazetten, »Unrechtsstaat«. Und im persönlichen Gespräch sagt man heute: »zu DDR-Zeiten«.

Aber ich erinnere mich, sagte ich zu Peter Gutman, der stumm und, wie ich zu spüren meinte, etwas angespannt in meinem roten GEO neben mir saß und meine manchmal gewagten Fahrkünste kommentarlos ertrug – ich erinnere mich, wie schon einmal, viele Jahre früher, am 17. Juni 1953, das erste Mal, als ich Massen protestierend auf den Straßen gesehen hatte, die Benennung dieses Ereignisses den Politikern und den Zeitungen Kopfzerbrechen machte: Wie in den ersten Tagen nach dem 17. Juni noch von »Arbeiterprotesten«, von »berechtigten Kritiken« die Rede war, und wie wir dann informiert wurden, daß wir Zeugen einer »Konterrevolution« gewesen seien, was natürlich die öffentliche Auseinandersetzung mit den Ereignissen sehr erleichterte. Und wenn Malinka von der Spaltung in sich selbst gesprochen habe – an die Spaltung in mir damals könne ich mich gut erinnern.

Wie du erschrakst, als du, in Leipzig mit der Straßenbahn aus der Deutschen Bücherei kommend, wo ein Flüstern hinter dir dich alarmiert hatte, im Vorbeifahren Arbeiter sahst, die auf einer Baustelle ein Transparent aufspannten: Wir streiken! Wie du durch die Leipziger Innenstadt zum Germanistischen Institut in der alten, halb zerstörten Universität liefst, wo fast niemand war – niemand jedenfalls, der wußte, was sich draußen abspielte, denn die Sender der DDR sendeten ja leichte Musik, und Westsender hörte man im Institut nicht. Wie du um die Ecke zur Ritterstraße liefst, zur FDJ-Kreisleitung, und sahst, wie sie Akten und Schreibmaschinen und Büromaterialien und Möbel aus den Fenstern warfen und die unten Stehenden enthusiastisch dazu schrien und Beifall klatschten. Das sind jedenfalls keine Arbeiter, dachtest du erleichtert. Wie du in der Innenstadt zwischen den immer dichter werdenden Menschenaufläufen herumirrtest, um jemanden zu finden, den du kanntest. Wie du von einer Straßenbahn die Kreideschrift »Weg mit dem Spitzbart!« mit deinem Taschentuch abwischtest, und ich erinnere mich merkwürdigerweise bis heute an das Gesicht des älteren Mannes, den du für einen Beamten hieltest, der dich am Ärmel packte, der sein Gesicht ganz nah an deines heranbrachte, um dir das Ende deines Scheiß-Staates zu verkünden und dich aufzufordern, dein Parteiabzeichen abzumachen. Wie sich ganz schnell ein Ring von Leuten um euch bildete, die dasselbe von dir verlangten, und wie du, ganz kalt, zu dem Mann sagtest: Nur über meine Leiche!

Das war natürlich lächerlich, aber damals schien es mir, ich weiß nicht, ob du das glauben kannst, die einzig angemessene Antwort zu sein, sagte ich zu Peter Gutman, der schwieg und zuhörte. Dann stand ein Genosse von den Historikern plötzlich neben dir und zog dich weg, ihr lieft zum Historischen Institut und begegnet dabei Gruppen von Menschen, wie du sie zuvor noch nie gesehen hattest, wilde Leute, fandest du, bei einem Trupp lief in der ersten Reihe ein muskulöser Mann mit Bart und nacktem Oberkörper und hatte etwas Keulenartiges in der Hand. Wenn die uns in die Mache nehmen! sagte dein Begleiter, da wurde auch dir mulmig. Aber im Historischen Institut waren sie dabei, die Verteidigung zu organisieren, lach ruhig, aber wie soll ich das anders nennen. Die Eingangstür haben sie von innen mit Schreibtischen verbarrikadiert, ein Wachposten wurde aufgestellt und ließ nur Leute ein, die er kannte oder die sich ausweisen konnten, noch immer keine Instruktionen von der Partei, hieß es. Das, dieses Versagen, wiederholte sich in Krisensituationen, sagte ich.

Dich befiel zum ersten Mal ein Gefühl von Ausweglosigkeit, das du wieder vergaßest. Nicht vergessen habe ich, wie du abends, es war ja lange hell, auf dem Nachhauseweg mindestens zehn Parteiabzeichen aufsammeltest, die ängstliche Genossen weggeworfen hatten. Und wie du entsetzt und erleichtert warst, als die Panzer fuhren. Und wie in den nächsten Tagen, wenn du dich mit deinem Parteiabzeichen in einem Restaurant an einen Tisch setztest, die anderen Leute demonstrativ von diesem Tisch aufstanden. Und zu deiner Beunruhigung waren es dann nur noch eine christliche Kommilitonin und du, die in der Versammlung der Studiengruppe darauf bestanden, die Partei solle sich nicht nur um die Einwirkung des Gegners kümmern, die es natürlich gegeben habe, sondern vor allem die berechtigten Forderungen der Arbeiter beachten. Es hieß aber: Dem Klassenfeind keinen Fußbreit Boden, und man sagte mir, ich solle aufpassen, in welche Gesellschaft ich mich da begebe.

Ich schwieg. Peter Gutman schwieg auch. Dann sagte er: Du kennst ja den Ausspruch von Brecht, als er davon abließ, ein Stück über Rosa Luxemburg zu schreiben: Ich werde mir doch den Fuß nicht abhacken, nur um zu beweisen, daß ich ein guter Hacker bin.

Ja. Diesen Ausspruch kannte ich. Aber müsse man sich nicht eigentlich fragen, warum es zu einer Selbstverstümmelung führen solle, wenn man einfach sage oder schreibe, was ist?

Hoho! rief Peter Gutman, Madame! Einfach sagen, was ist! Nicht mehr und nicht weniger!

Wir waren glücklich vor dem Garagentor des MS. VICTORIA angekommen. Peter Gutman stieg aus. Er steckte seinen Kopf noch einmal ins Autoinnere: Also wann fragst du endlich mich?

Was denn. Was soll ich dich denn fragen.

Ob ich ganz wichtige Dinge in meinem Leben schon mal vergessen habe.

Dich? sagte ich. Dich frage ich zuletzt.

Er warf die Tür beim Beifahrersitz zu.

Doktor Kim war auf Urlaub nach Korea gefahren, ein freundlicher mondgesichtiger Wu Sun würde sich um mich kümmern, aber zuerst mußte Doktor Pan meinen Blutdruck messen, beide wiegten sie ihr Haupt, sie nannten mir Werte, die ich nicht glauben konnte, nun steckten sie die Köpfe zusammen, flüsterten auf englisch, weil Doktor Pan ein Chinese war, kein Koreaner, er wollte wissen, »whether there are some troubles in your life just now«, ich mußte lachen, ja, sagte ich, es gebe einige Schwierigkeiten, die beiden waren diskret, fragten nicht nach, besprachen die Punkte, an denen Wu Sun die Nadeln ansetzen sollte, nun auch noch einige gegen den viel zu hohen Blutdruck. Relax! sagten beide beschwörend im Chor, relax!, aber ich konnte mich nicht entspannen, ich wußte noch nicht, daß ich nicht mehr hierherkommen würde, weil eine Unruhe mich ergriff, die es mir unmöglich machte, mich eine halbe Stunde lang ruhig auf eine Liege zu legen.

Sally rief an: How are you today. – O Sally, sagte ich, there is something wrong.

Das habe sie schon an meiner Stimme gehört, sagte sie.

And what about yourself, fragte ich. How are you?

Very bad. Sie kam. Wir gingen an der Küste entlang, oben im Ocean Park, immer auf und ab, rückhaltloses Sprechen in der fremden Sprache, kalifornisches Winterlicht, es regnete seit Wochen, heavy rain, das Wasserdefizit von acht Jahren mußte aufgefüllt werden, im Fernsehen sah man nur noch Leute mit Sandsäcken durch die Dunkelheit laufen, Feuerwehrleute Keller auspumpen oder Häuser die unbefestigten Hänge hinunterrutschen. Der Ozean war bräunlich und schlug mit hoher Brandung gegen den leeren Strand.

Sally sagte: It is hopeless, das sei das erste und Grundlegende, was man wissen müsse. Es gibt keine Hoffnung, you know, es gibt nur die Pflicht, weiterzugehen, dir auf den Grund zu gehen. Das ist das einzige, was wir tun können.

Das weiß ich manchmal, sagte ich, vergesse es wieder.

Sie vergesse es jeden Tag, sagte sie.

Sally war mein Versuchsmensch. An ihr probierte ich aus, wie ich mich fühlte, wenn ich unaussprechbare Wörter laut aussprach, im Schutz der fremden Sprache und des fremden Ozeans sah ich mich dort stehen, an den Stamm eines Eukalyptusbaums gelehnt, und ihr die verschiedenen Sorten von Akten erklären, the bad files and the good files, sie mußte lachen: Ach, ihr Deutschen!

Nein, sagte ich, lach nicht, das ist nicht zum Lachen! Sally ist Jüdin, sie wird mich verstehen, dachte ich unlogisch. Hör zu, sagte ich, kannst du dir nicht vorstellen, wie dir wird, wenn dir aus so einer Akte zwei Buchstaben entgegenschlagen, die in dieser Sekunde wie ein Gerichtsurteil sind, ein moralisches Todesurteil. IM – weißt du überhaupt, was das heißt.

No, sagte Sally unbefangen, I have no idea.

Glückliches Amerika! Stasi, ja, das habe sie gehört. Das kenne jeder.

Informeller Mitarbeiter, wie sollte ich das auf Englisch sagen?

O I see. Some kind of agent? Or spy?

O Sally, treib mich nicht zur Verzweiflung, warum kannte sie auch kein Wort Deutsch, natürlich wurde alles noch direkter und roher und abscheulicher in der fremden Sprache, in der die Differenzierungen wegfielen, weil sie mir einfach nicht zur Verfügung standen. Aber was wären die Differenzierungen.

I'll tell you what happened, okay?

Aber gerade das war ja nicht so einfach. Also: In meiner Erinnerung, die ich mühsam heraufgeholt hatte, kamen eines Tages zwei junge Männer in dein Büro in der Redaktion der Zeitschrift, bei der du arbeitetest, und wollten eine belanglose

Auskunft von dir, die diese Arbeit betraf. In den Akten steht, sie hätten dich auf der Straße abgefangen. Daran erinnere ich mich nicht. Sie gaben sich als das aus, was sie waren: Mitarbeiter des Ministeriums für Staatssicherheit.

When? fragte Sally.

1959.

O my goodness. But then you were another person!

Laß mal, Sally. Darum geht es jetzt nicht. Es geht um Gedächtnis, es geht um Erinnerung: Mein Thema seit langem, verstehst du. Und d a s hatte ich vergessen können. Mir fiel ein, daß du diese beiden Männer, die sich Heinz und Kurt – oder so ähnlich – nannten, noch zweimal getroffen hattest, einmal, entsann ich mich jetzt, wohl in der Nähe des U-Bahnhofs Thälmannplatz, worüber ihr redetet, weiß ich nicht mehr, sagte ich zu Sally, es waren kurze und in meiner Erinnerung unerhebliche Begegnungen, über die ich übrigens zu Hause sprach, das hatte ich ihnen gleich angekündigt. Angenehm waren sie dir nicht, das weiß ich noch, aber man wußte ja, daß diese Leute beinahe jeden aufsuchten, der in irgendeiner Funktion war, das war schließlich ihr Job, und es belastete dich nicht. Übrigens warst du sie ja bald los. Und als dann nach der »Wende« bei uns die Jagd auf Informelle Mitarbeiter in den Akten begann, kam mir nicht eine Sekunde der Gedanke, dies könne auch mich betreffen. Ich fühlte mich ganz unbelastet, verstehst du das, Sally.

O yes, I understand, sagte sie. Genauso sicher sei sie sich gewesen, daß sie niemals in Rons Jackentasche einen Brief seiner Geliebten finden würde. Nicht daß sie das vergleichen wolle, soviel nur zu unseren trügerischen Sicherheiten.

IM stand da, ich habe es nicht glauben wollen. Der Körper glaubte es sofort, das Herz fing an zu trommeln, ich war in Schweiß gebadet, Katastrophenalarm, Fluchtreflexe, gerne wäre ich gelaufen bis an den Rand der Welt. Ist Santa Monica der Rand der Welt?

O yes, sagte Sally. So gesehen schon.

Nützt aber nichts. Weglaufen nützt nichts, alte Volksweisheit. Sich stellen nützt auch nichts. Ich weiß nicht mehr, was ich als erstes dachte, als die Denkblockade sich löste. Was ich als erstes fühlte, ohne Worte, weiß ich noch, in Worte übersetzt hieß es: Das kannst du jetzt niemandem sagen. Ich hatte keinen Zweifel, daß ich erst einmal schweigen würde, wie ich nicht daran zweifelte, daß das falsch und auf Dauer unnütz war, und um dir das zu erklären, Sally, müßtest du die Atmosphäre bei uns damals miterlebt haben. Den ersten Schub der Hexenjagd hattest du hinter dir, einer deiner Texte, der einen Tag deines Lebens unter Kontrolle beschreibt, hatte Anlaß gegeben, dir eine Anmaßung zu unterstellen, an die du im Traum nicht gedacht hättest. Ich hätte einen neuen Schub jetzt nicht ausgehalten, Sally. Wieder einmal stand ich vor der Wahl zwischen zwei Unmöglichkeiten und wählte die, die mich im Augenblick scheinbar weniger verletzte.

So machen wir's doch alle, sagte Sally und seufzte. Aber warst du denn überhaupt verpflichtet, darüber zu reden.

Genau das fragte ich mich auch, sagte ich, als ich mir wieder Fragen stellen konnte, und meine Antwort war: Nein. Nein, sagte ich mir, ich war nicht verpflichtet, darüber zu reden. Übrigens hatte ich Angst.

Das darfst du dir hier nicht anmerken lassen, sagte Sally. Wenn sie wittern, daß einer Angst hat, fallen sie über ihn her. Wie die wilden Tiere, sag ich dir.

The overcoat of Dr. Freud, fiel mir ein. Ich wünschte, er könnte mich schützen.

Im Gegenteil, sagte Sally. Er ist doch dazu da, dir deinen Selbstschutz wegzuziehen.

Im Traum fuhr ich eine wüste Straße entlang auf dem Oberdeck eines verrotteten Lastwagens, es war mir anscheinend aufgegeben, daß ich die Ladung auf dem Oberdeck abtragen sollte, um auf die eigentliche Ladefläche zu gelangen, das war sehr schwierig, fast halsbrecherisch während der schütternden Fahrt, endlich gelang es mir doch, ich war auf der Ladefläche, aber die war zu meiner Enttäuschung vollkommen leer. Ich erwachte in der Finsternis mit einem Gefühl von Trostlosigkeit, das durch den Traum allein nicht zu erklären war, und es überraschte mich nicht, daß ich mich jetzt, mitten in der Nacht, fragte: Was tue ich eigentlich hier. Dem Hochgefühl der ersten Wochen hatte ich mich beinahe gierig überlassen, hatte es beinahe bewußt vermieden, mir darüber Rechenschaft zu geben, hatte es, wenn ich es jetzt recht bedachte, als etwas Verdientes hingenommen, ohne daß dieses Wort mir eingefallen wäre, dachte ich, die milde kalifornische Nachtluft tief einatmend, die durch das große offene Fenster hereinkam, gefiltert wie alle Luft in allen Räumen durch die dichten Maschen des Fliegenfensters, Abwehr jeglichen Getiers, das etwa die sauberen immunisierten Innenräume verunreinigen, schlimmer: unsicher machen könnte. Der unstillbare Drang der Amerikaner nach Sicherheit.

Aber was wußte ich von den Amerikanern. Ich sollte mir zugestehen, daß ich Heimweh hatte, ich lauschte in mich hinein, bereit, den Heimwehschmerz zu empfinden, doch er kam nicht auf, er ließ mich im Stich, die Ladefläche ist leer, dachte ich mit einem kleinen selbstspöttischen Lachen.

Warum hatte ich kein Heimweh, das war doch unnatürlich, ein fremdes Land, dachte es in mir. Ich hatte nicht noch einmal in einem großen Deutschland leben wollen, dachte es weiter, unvernünftig, aber Nachtgedanken haben eine andere Färbung als Taggedanken, vor allem kennen sie alle Schleichwege und undichten Stellen, durch die sie ins Bewußtsein eindringen können, das wehrt sich, aber schwach, mit Gegenfragen, die ich kannte, bis zum Überdruß kannte. Ob ich denn dieses kleinere Deutschland auf Dauer wirklich vorgezogen hätte, mit all seinen Mängeln, ach was, mit seinen Gebrechen und Fehlern, mit dem Keim des Untergangs, den ich doch seit langem schon gespürt hatte. Ich war wieder gut in Fahrt, in ausgefahrener Spur, ich mußte nur noch stillhalten und Rede und Gegenrede in mir gewähren lassen, nichts Neues würde ich erfahren, aber der Schlaf würde mich fliehen, das war erprobt, es hatte keinen Sinn, hoffnungsvoll die Augen zu schließen.

Bis ich, im Halbschlaf, das leise Klirren von Flaschen hörte, das war der homeless-Mann, der seinen Sitz an der Ecke der kleinen Straße hinter dem Haus hatte und nachts die Container nach Flaschen absuchte, für die er Pfand kassieren konnte, ich hörte das Klirren und merkte nicht, wie ich einschlief.

Ein neuer Tag mit dem alten Tonband im Kopf, das in einer Endlosschleife lief und das wieder und wieder die Frage aufbrachte: Wie hatte ich das vergessen können? Ich wußte ja, daß man mir das nicht glauben konnte, man warf es mir sogar als mein eigentliches Vergehen vor – Vergehen, was für ein schönes deutsches Wort!

Ich rief den Freund in Zürich an: Sie als Psychologe müssen es wissen: Kann man das vergessen? Daß sie mir einen Decknamen gegeben haben? Daß ich einen Bericht geschrieben habe? Er ließ sich nicht aus der Ruhe bringen. Na und? sagte er. Was weiter? Im übrigen: Man kann alles vergessen. Man muß sogar. Kennen Sie nicht den Satz von Freud: Ohne Vergessen könnten wir nicht leben? – Verdrängen! sagte ich. Und er: Nicht unbedingt. Man vergißt auch, was man nicht so wichtig findet. – Aber das kann es doch bei mir in diesem Fall nicht gewesen sein. – Wer weiß. Wie lange ist das denn her. – Dreiunddreißig Jahre. – Ach du lieber Himmel. Und woher wollen Sie heute wissen, was Ihnen damals wichtig war? – Das will ich rauskriegen. – Und wie? – Ich steig noch mal runter in diesen Schacht. – Viel Glück. Aber bitte: Vorsicht. Denken Sie dran, daß Sie zur Zeit ganz allein für sich verantwortlich sind. Daß niemand Ihnen das abnimmt. Und daß Sie, entschuldigen Sie schon, in einem seelischen Ausnahmezustand sind. – Und was sollte ich Ihrer Meinung nach tun? Eine Therapie anfangen? – Das wäre wohl das beste.

Aber das kam ja nicht in Frage, ich brauchte ja keine Hilfe, ich durfte ja keine Hilfe brauchen, ich mußte ja alleine »damit fertig werden«, und erst sehr viel später, vielleicht heute erst, verstehe ich, daß dieses Beharren nicht so weit entfernt war von dem alten Denken, das mich, wie Peter Gutman später sagte, »in den Schlamassel« gebracht hatte. Ich blätterte in Büchern, auf der Suche nach Erleichterung. Ich fand Brechts Verse über die Stadt, in der jetzt ich lebte.

Nachdenkend, wie ich höre, über die Hölle
Fand mein Bruder Shelley, sie sei ein Ort
Gleichend ungefähr der Stadt London. Ich
Der ich nicht in London lebe, sondern in Los Angeles
Finde, nachdenkend über die Hölle, sie muß
Noch mehr Los Angeles gleichen.

Stadt der Engel, dachte ich belustigt. Ich holte meinen feuerroten GEO aus der Garage, jedesmal eine Mut- und Geschicklichkeitsprobe, bei der mir möglichst niemand zusehen durfte, und fuhr wieder mal zur 26th Street. Brechts würfelförmiges Haus, in dem er mit Adorno und Eisler und Laughton diskutierte und über die unlösbaren ethischen Probleme des »Galilei« nachdachte, wurde von einem Mann bewohnt, den ich manchmal in seinem Garten sah und der bestimmt nicht wußte, wer vor ihm hier gelebt hatte. Wie oft mag Brecht dieses Haus verlassen haben, um nach Downtown zu fahren? Oder zu den Feuchtwangers in die Villa Aurora, wohin auch mein GEO mich brachte, hoch über den Klippen des Pazifik am Paseo Miramar? Wo einmal, vor Jahren, an einem unvergeßlichen Nachmittag, Marta Feuchtwanger euch die Bibliothek ihres Mannes vorgeführt hatte und wo jetzt in dem ausgeräumten Haus die Handwerker in Wolken von Steinstaub zugange waren. Wo Brecht mit dem »kleinen Meister«, der in eiserner Disziplin alle seine Tage seinem Werk widmete, politische und literarische Probleme besprechen konnte, in denen sie sich einig waren. Während er ja den anderen Meister, Thomas Mann, möglichst mied. Hat es das je gegeben, in der europäischen Neuzeit, daß die geistige Elite eines Landes fast ausnahmslos dieses Land verlassen mußte? Weimar unter Palmen. Wo habe ich das gehört?

Oh, sagte ein alter Schauspieler zu mir, im grünen Hof hinter dem Schönberg-Haus in der North Rockingham Avenue, wo wir uns gegenüberstanden, jeder ein Glas Margarita in der Hand, I am Norman, sagte er, und er stellte mir seine Frau Peggy vor, die in eine Tschechow-Inszenierung gepaßt hätte, das weiße Haar zu einer Frisur der Jahrhundertwende hochgesteckt, lange altertümliche Ketten um den Hals geschlungen, stark gepudert, tieflila Lippenstift, Bluse und Rock auch aus dem Kostümfundus jener Zeit. Er, Norman, war korrekt gekleidet, Anzug, Krawatte auch an diesem sehr heißen Tag im Winter, blaue Amphibienaugen, weißes, akkurat gescheiteltes Haar, ein ziemlich kleines, immer noch straffes Gesicht. Man hätte ihn nicht für einen Schauspieler gehalten. Das änderte sich sofort, als er anfing zu sprechen. Seine Stimme trug immer noch, seine Anekdoten untermalte er mit gut dosierten Gesten, er mußte mir dringlich erzählen: Er habe mit Brecht gearbeitet. Er war einer der Betreiber des Theaters in Beverly Hills, in dem die zweite Fassung des »Galilei« uraufgeführt wurde. Er wußte Geschichten aus den Proben mit Laughton, nicht ganz stubenrein, mit Begeisterung präsentierte er sie mir: Wie Laughton als Galilei bei der Generalprobe, die Hände in den tiefen Taschen seines weiten Gewandes, »was playing with his genitals«. Wie daraufhin Brecht ihm, Norman, telefonisch die Weisung erteilte, Laughton davon abzubringen, was er, Norman, verweigerte, auch als Helene Weigel sich Brechts Aufforderung anschloß. Das könne er nicht machen. Am nächsten Tag aber, vor der Vorstellung, sah man einen wütenden Laughton die Garderobiere verfolgen, die beteuerte, nicht schuld zu sein: Die Taschen waren von Galileis Kittel entfernt. Und wissen Sie, fragte Norman, wer für die Kostüme verantwortlich war? Helene Weigel!

O madam, sagte er, wie dankbar wir euch sind, daß ihr uns diese ganze deutsche Kultur hierhergeschickt habt! Was für

Männer und Frauen! Brecht. Feuchtwanger. Thomas Mann. Heinrich Mann. Hanns Eisler. Arnold Schönberg. Bruno Frank. Leonhard Frank. Franz Werfel. Adorno. Berthold Viertel. Undsoweiter undsoweiter. O madam, what a seed! Und das beste an ihnen: Ihr Sinn für Humor. Wie hat man mit denen lachen können! Eisler zum Beispiel, Normans Nachbar an der Küste von Malibu, erlitt einmal einen Kreislaufkollaps, sie wurden von der bestürzten Lou Eisler herbeigerufen, Eisler lag auf der Erde, ich fragte ihn, sagte Norman: Hi, what is it. How are you feeling!, darauf er: Als ob tausend Kröten auf meiner Zunge kopulieren würden. Der kann nicht lebensgefährlich krank sein, sagten wir uns.

Norman bewunderte immer noch Brechts Auftritt vor dem McCarthy-Ausschuß und die Aussage Eislers, der die Denunziation anderer abgelehnt hatte mit der Bemerkung: They are my colleagues.

Die Gäste waren versammelt, man rief uns zu Tisch. Das Haus, in dem Arnold Schönberg, den sein Schüler Eisler sehr verehrte, fünfzehn Jahre gelebt hat, wird jetzt von seinem Sohn Ronald und dessen Frau Barbara bewohnt. Man tritt in einen Wiener Salon ein: Hier hat sich nichts verändert! rief Norman aus. Man bekommt Rindssuppe mit Grießnockerln serviert, Tafelspitz mit Karotten und verschiedenen Saucen und endlich einmal gekochte Kartoffeln, und zum Nachtisch natürlich Sachertorte mit Schlagobers und Erdbeeren. Man wird vor eine Vitrine geführt, in der Frau Barbara die wenigen Andenken an ihren Vater, den aus Österreich emigrierten Komponisten Eric Zeisl, aufbewahrt, mit Wehmut spricht die Tochter im Haus des berühmten Schwiegervaters davon, daß ihr Vater vergessen sei.

Ich erinnere mich, daß ich es gegen Ende des Dinners wagte, die Rede auf den Streit zwischen Thomas Mann und Schönberg zu bringen, wegen der von Schönberg scharf kritisierten Verwendung von Elementen der Schönbergschen Zwölftonmusik im 22. Kapitel des »Doktor Faustus«. Ob dieser Streit am Ende wirklich beigelegt gewesen sei. Nun ja, sagten die Söhne

Schönbergs, die beiden hätten ja diese Briefe gewechselt, sich also sozusagen verständigt. Ob sie sich danach getroffen hätten. Kopfschütteln. Frau Barbara, die versöhnliche: Schönberg sei ja schon 1951, also kurz danach, gestorben.

Noch einmal wurden die Gründe aufgezählt, warum Schönberg vom »Doktor Faustus« so erzürnt gewesen war, die Söhne berichteten, auch der Nachspruch in den späteren Auflagen des Buches habe den Vater verletzt. Beide Fassungen, die deutsche und die englische, wurden herbeigebracht und von Barbara vorgelesen. Übrigens habe Schönberg sogar gesagt, wenn Thomas Mann mit ihm gesprochen hätte, so hätte er extra für ihn und für dieses Buch ein Stück komponiert.

Unvermutet mußte ich mich an diesem Abend noch streiten mit einem Germanistikprofessor, der den »Doktor Faustus« als »Allegorie auf den NS-Staat« bezeichnete. Ich mußte darauf bestehen, daß es sich um eine viel tiefergehende Deutung deutschen Wesens aus der Geschichte und der Verstrickung deutscher Intellektueller und Künstler in das Unheil handelte, in das diese Geschichte mündete. Der Professor verstand mich nicht, er wollte mir mit Zitaten aus dem Buch beweisen, daß er recht habe, ich war erstaunt, wie flach seine Interpretation war, und mußte die Höflichkeit wahren, aber doch auf meinem Standpunkt bestehen.

Das wiederholte sich, als der Professor sich für die Todesstrafe aussprach, nachdem Norman einen Fall geschildert hatte, bei dem Teenager in bestialischer Weise drei Kinder getötet hatten: Wozu sollten diese Teenager am Leben bleiben? Auch andere am Tisch waren dafür, sie mit dem Tode zu bestrafen. Ich gab meine Neutralität auf: Um unseretwillen, sagte ich, müßten die leben. Isoliert werden, sicher, daß sie keinen Schaden mehr anrichten könnten. Aber nicht getötet. Ob ich auch so reden würde, wenn es mein Kind beträfe. Da sagte einer am Tisch, so dürfe man nicht fragen. – Wo war wirklich die Grenze? Die Hinrichtung der Nazi-Massenmörder wurde ja auch von mir sanktioniert. Ich sagte noch: Man könne sich doch eine

Gesellschaft vorstellen, in der diese drei Teenager nicht so tief pervers geworden wären. Irrte ich mich, oder erntete ich spöttische Blicke? Mir war klar, daß die meisten Amerikaner diese Verbrechen als abhängig von der menschlichen Natur sehen: eine Frage der Moral, die man einzuhalten hat.

Schon am nächsten Tag, erinnere ich mich, fuhr ich noch einmal zum San Remo Drive hinauf, um vom Eingang her das Haus Thomas Manns zu betrachten, *wo ich*, wie er schreibt, *länger als ein Jahrzehnt, natürlich auch dort, wie es überall gewesen wäre, dem Druck der oft würgenden Not der Zeit ausgesetzt, aber doch unter relativ milden und zuträglichen Umständen gelebt und gearbeitet habe.* Ich unternahm es dann wieder, den Weg hinunterzufahren, den er oft gegangen ist, bis zur Ocean Park Promenade, zum Hotel Miramar, wo er von seiner Frau Katia mit dem Auto abgeholt wurde. Er wiederum quälte sich mit Nachrichten aus Deutschland, am 5. Dezember 1944: *Störender und taktloser Artikel von Marcuse über meinen Atlantic-Aufsatz ... Dummheit.* Ein Artikel, in dem Marcuse Thomas Mann auffordert, *daß er einmal, bei Gelegenheit, schonungslos über seine Vergangenheit schriebe – so schonungslos, wie es alle großen Bekehrten taten.* Gemeint ist jene »Vergangenheit«, die Thomas Mann in den »Betrachtungen eines Unpolitischen« dokumentiert hat. Die holte ihn nun also, immer noch als Mahnung, nach seiner Emigration, nach all seinen Rundfunkreden an das deutsche Volk, mitten in der Arbeit an der vielleicht schonungslosesten Auseinandersetzung mit der »Schuld der deutschen Intellektuellen« im »Doktor Faustus« ein.

Erinnerungsbilder: Die Modefarbe für weibliche officials scheint Karmesinrot zu sein, es kann passieren, daß Hillary Clinton und Barbara Bush und die Frau von Al Gore und noch einige Kongreßkandidatinnen vor dem amerikanischen Fernsehpublikum auf ein und derselben Bühne in eben dieser Farbe erscheinen. Aber das Rot, mit dem CBS am Wahlabend die Staaten markiert, die schon an Clinton gefallen sind, ist dunkler. Eigentlich ist um fünf Uhr nachmittags, als ich in mein Apartment komme, schon alles entschieden, an der Ostküste werden die Wahllokale geschlossen, die Ergebnisse sollen zurückgehalten werden, bis es auch bei uns an der Westküste zwanzig Uhr ist, aber davon kann in dieser Mediengesellschaft natürlich keine Rede sein, wir sitzen, mehr als fünfzehn Leute, zu Rotwein, Brot, Chicken und Käse bei Ria und Pintus und beachten den Fernsehschirm kaum noch, alles brüllt durcheinander, die Amerikaner geben sich Mühe, uns Europäern das indirekte amerikanische Wahlsystem über Wahlmännerstimmen zu erklären, und erst als die siegreichen Protagonisten sich ihren Anhängern zeigen, finden sie wieder unser Interesse. Der Jubel, als Clinton mit Hillary auf einer Bühne erscheint, mein Vergnügen, als Hillary die Rede für Clinton aus ihrer Kostümtasche hervorholt. Bush soll am Freitag vor der Wahl den entscheidenden Stoß bekommen haben, als sich herausstellte, daß er von den Waffenlieferungen an den Iran nicht nur gewußt, daß er sie sogar befürwortet hatte; als er die Frage danach mit einer Handbewegung vom Tisch wischte und dazu noch verlauten ließ, sein Hund verstünde mehr von Außenpolitik als »diese beiden Clowns«, Clinton und Al Gore: Das brachte das Faß wohl zum Überlaufen. – Wir feiern.

Aber am nächsten Tag schon hörte ich in einer Radiosendung einen christlichen Anrufer die Amerikaner beschwören, keine Steuern mehr zu zahlen, bis dieser Unhold das Weiße Haus wieder verlassen habe. Ja, Reagan, als der noch dort saß, da hätten alle gewußt, da war ein Vater. »Maybe he had mistakes. But we all felt his energy: He was our father.« – »Robert«, der Moderator, der eigentlich Prediger war, war genau der gleichen Meinung, da rief eine Sharon an, eine Frau, die von ihrem Mann schlecht behandelt wurde und der »Robert« schroff den Bescheid gab, sie habe mit diesem Mann geduldig und lieb zu sein und ihm vor allem immer das Gefühl zu geben, daß er ein MANN sei, und wenn Sharon etwas einwerfen wollte, schrie

»Robert« sie an: Er rede jetzt, sie solle ihm gefälligst zuhören, und es gelang ihm, in seine Suada haßerfüllte Bemerkungen gegen Clinton einzuflechten. Einem späteren Anrufer erzählte er ausschweifend, was für ein religiöser, guter Mensch er sei, der seit fünfundvierzig Jahren nichts Böses getan habe, aber selbst er werde gehaßt. Shut up! brüllte er eine Frau nieder, die Einwände vorbringen wollte, bis sie den Hörer auflegte. Ein schwerer Paranoiker, der sich wöchentlich einmal vor der Radioöffentlichkeit austoben durfte.

Weiter im Text. Ich griff nach der roten Mappe, nach den Briefen jener L., die ich nie kennen würde und die mir sehr nahe war. Ich sah sie vor mir, ihre Gestalt, ihr Gesicht, ihre Frisur, ich hörte ihre Stimme, wie sie, aus den Briefen, zu meiner Freundin Emma sprach, ohne Datum, aber wohl gegen Ende der siebziger Jahre:

»Meine Liebe, Du solltest mich nicht drängen. Ich versteh ja, daß Du Dir jemanden an Deine Seite wünschst, der oder die Dir eine Spur von dem verlorenen Heimatgefühl zurückgeben würde. Ich kann mir denken, daß man nicht nur in anderen Ländern, nicht nur in der Emigration heimatlos werden kann, und daß es vielleicht um so trostloser ist, diese Erfahrung im eigenen Land machen zu müssen. Als wir noch in Frankreich waren, vor dem Krieg, als die meisten Franzosen an das Appeasement glauben wollten und uns, mit unseren ängstlichen, drohenden Prophezeiungen, auf Abstand hielten, da sagte mein lieber Herr einmal: Es tut so weh, den alten Kontinent untergehen zu sehen, auch wenn er es vielleicht verdient hat. Und: Ist er denn nicht untergegangen, der alte Kontinent? Ja, ich weiß: Er ist zwar in großen Teilen zerstört worden, arbeitet aber an seiner Wiederherstellung, die ihm vielleicht mit Gottes und der Amerikaner Hilfe gelingen wird.
Ich aber, ich alte Frau, würde nach den Bewohnern suchen,

die, vielleicht nicht ganz so geschäftig, darüber nachdächten, wie es zu der Katastrophe kam und welchen Anteil sie selbst daran haben. Die in sich gehen würden, um ihren Kindern ein menschliches Land zu übergeben.

Kannst Du mir das zusichern?

Siehst Du. Emma, ich werde nicht kommen. Weißt Du, womit mein lieber Herr sich gerade beschäftigt? Er sammelt Alltagsbeobachtungen. Er fragt mich und jeden, den er trifft, nach seinen Alltagsgewohnheiten aus, und er liest deutsche Zeitungen, soviel er kriegen kann, und schneidet aus, was er dort über den Alltag seiner früheren Landsleute findet. Um nicht wieder überrascht zu werden, falls es ihnen noch einmal einfallen sollte, aus dem harmlosesten Alltag in Wahnsinn zu verfallen.

Ach, Emma, sei nicht traurig.«

Meine Freundin Emma war also traurig gewesen, sie hatte sich fremd gefühlt unter ihren Landsleuten und sich nach ihrer Freundin L. gesehnt. Natürlich hatte sie mir nichts davon erzählt. Sie hatte sich nicht erlaubt, düstere Stimmungen zu zeigen. Das Experiment, dem sie ihr Leben gewidmet hatte, war gescheitert. Wenige Monate vor ihrem Tod, als wir aus einer jener trostlosen Versammlungen kamen, in denen Kritiker der Verhältnisse abgestraft wurden, sagte sie, mit einem Lächeln, das ich nicht vergessen werde: Unsre Enkel fechten's besser aus. – Und wenn nicht? sagte ich. Tja, sagte sie und zuckte die Achseln.

Ja ja, sagte Peter Gutman, der sich immer häufiger anhören mußte, was mir durch den Kopf ging. Ich weiß. Aber allmählich könntest du eigentlich anfangen, diese ganze Geschichte mal von einer anderen Seite zu sehen. – Nämlich von welcher? – Zum Beispiel als Chance.

Es hat dich nicht kaputtgemacht. Du kannst davon berichten.

Ich weiß doch nicht, sagte ich zu Peter Gutman, es war einer der seltenen Nachmittage, da ich ihn in seinem Büro angetroffen hatte, er schien mit wichtigen Papieren beschäftigt. Wer soll dieses Ich sein, das da berichtet. Es ist ja nicht nur, daß ich vieles vergessen habe. Vielleicht ist noch bedenklicher, daß ich nicht sicher bin, wer sich da erinnert. Eines von den vielen Ichs, die sich, in schneller oder langsamer Folge, in mir abgelöst haben, die mich zu ihrem Wohnsitz gewählt haben. Wen also zapft das Instrument Erinnerung an? Tja, sagte Peter Gutman, mit diesem Schrecken leben wir doch alle: Daß wir uns nicht wiedererkennen.

Nimm bloß mal die Nachkriegszeit, sagte ich. Der Führer war tot. Eine Leere breitete sich in dir aus. Ihr hattet in der Kleinstadt, in die es dich nach eurer Flucht aus dem Osten verschlagen hatte, einen tüchtigen Pfarrer, der war klug und anziehend für euch Oberschüler, er lud euch ein, euch unter seiner Anleitung auf neue Art und Weise dem christlichen Glauben zu nähern: Einer Kampfreligion. Stark griff er in die Tasten: So müsse man »Ein feste Burg ist unser Gott« spielen und singen, so habe Luther es gemeint, in fröhlichem Streit das Leben als Christenmensch bestehen. Eine Zeitlang gingst du sonntags in die Kirche, saßest auf der Empore und hörtest ihn predigen, fröhlich und streitbar und klug, warum eigentlich nicht, dachtest du. Aber dann, nach einigen Monaten, mußtest du doch zu ihm gehen und ihm sagen, daß du nicht mehr kommen würdest, zu vieles an seiner Religion könntest du nicht glauben, weder die unbefleckte Empfängnis noch die Auferstehung von den Toten, noch das Weiterleben nach dem Tod. Schade, sagte er. Aber du solltest Geduld mit dir haben, auch er habe spät zu seinem Glauben gefunden, auch du könntest noch nicht wissen, was Gott mit dir vorhabe.

Das erzählte ich Peter Gutman als Beweis, daß ich nicht mehr anfällig für Glauben war. Der neue Glauben mußte ein anderes Einfallstor gefunden haben. Er kam listigerweise über den Kopf.

Ja, sagte Peter Gutman. Denkst du, du bist die einzige, die an die Unwiderstehlichkeit der Vernunft geglaubt hat?

Rhetorische Fragen wollten wir uns doch verkneifen. – Selbstverständlich mußte die alte Gesellschaft, deren herrschende Klassen das Unheil verursacht hatten, vollkommen umgewälzt werden. Selbstverständlich sollten die bisher Unterdrückten nun ihre Chance bekommen. Und sie bekamen sie. Der Staat förderte die armen Leute, Familien, die bisher Fabrikarbeiter und Putzfrauen hervorgebracht hatten, ließen ihre Söhne und Töchter studieren, ein neuer Zug kam an die Universitäten, war das vielleicht schlecht?

Nein, sagte Peter Gutman, wer behauptet denn das.

THE SECRET LIFE OF MR. HOOVER. Pünktlich zu Beginn der Clinton-Ära, die nicht, wie Clinton es versprochen und versucht hat, mit der Diskriminierung der Homosexuellen in der Armee ein Ende machen konnte, wurden Enthüllungen über J. Edgar Hoover angekündigt, der achtundvierzig Jahre lang, bis 1972, Chef des amerikanischen Geheimdienstes FBI war und der, wie man nun erfuhr, ein vom »Normalen« weit abweichendes Sexualleben führte und eben deshalb – durch entsprechende Fotos in den Händen der Mafia – erpreßbar war, was, unter anderem, mit dazu führte, daß das FBI eine zentrale Institution zur Anheizung des Kalten Krieges wurde und seine Operationen nicht etwa auf die kriminelle Szene, sondern auf die Kommunistische Partei der USA konzentrierte, die sich zwar schon seit 1956 so gut wie aufgelöst hatte, auf deren Restbestände Hoover aber immer noch, als Robert Kennedy Justizminister wurde, tausendfünfhundert Agenten angesetzt hatte, während das organisierte Verbrechen sich 1959 mit schäbigen vier Agenten begnügen mußte, berichtete die Zeitung. Den schockierten Innenminister der britischen Labour-Regierung ließ Mr. Hoover noch 1966 nicht ohne Stolz wissen, daß er »über jeden bedeutenden US-Politiker, und vor allem über ihre liberalen Vertreter, so detailliertes und vernichtendes Material besitze, daß seine Position unangreifbar sei«. Mit Hilfe dieses Materials hatte er bis Anfang der siebziger Jahre ein riesiges Netzwerk von geheimen Manipulations- und Erpressungsoperationen aufgebaut, das seine Kampagne gegen die Neue Linke, die Bürgerrechtsbewegung und die Anti-Vietnam-Bewegung unterstützte. Ich verstand jetzt den Stoßseufzer einiger amerikanischer Freunde nach der Clinton-Wahl besser: Endlich ein Präsident, der nicht vom Geheimdienst kommt.

Inzwischen reden ja die altgedienten FBI- und CIA-Agenten unbekümmert im Fernsehen darüber, wie sie die Emigranten während des Kriegs in den USA observiert haben, man sieht sie in den Autos sitzen, zum Beispiel vor dem Haus von Brecht, sie sehen aus, wie man sie sich vorgestellt hat, sie tragen die Hüte, die sie auch in entsprechenden Filmen tragen, die Dossiers, die aufgrund ihrer Berichte angelegt wurden, werden jetzt Wissenschaftlern auf Antrag ausgehändigt, die meisten Namen, ganze Abschnitte geschwärzt, die hätten den Observierten damals gefährlich sein können, inzwischen haben sie ihre Brisanz verloren.

Der Vorteil langandauernder Staatswesen liegt auch darin, dachte ich, daß ihre Geheimdienstarchive noch weit ergiebiger sein müssen als die beachtlichen Aktenkilometer des Ministeriums für Staatssicherheit, das nur vierzig Jahre lang seine Paranoia entwickeln und ausleben konnte, während das FBI seit dem Ende des Ersten Weltkriegs zeitweise eine nationale Hysterie pflegte. So daß John Steinbeck sich nur für soziale Gerechtigkeit aussprechen, Faulkner für die Bürgerrechte der schwarzen Bevölkerung eintreten mußte, um eines eigenen Dossiers bei der Behörde gewürdigt zu werden. So daß der Verfolgungswahn Hemingways, der als einer der wenigen unter den sonst sorglosen Künstlern ahnte, daß er überwacht wurde, in einem neuen Licht erscheint, und auch die intensiven Befürchtungen Thomas Manns haben nun ihre Aktengrundlage bekommen: Er gehörte wegen »verfrühtem Antifaschismus« zu den Observierten.

Es ist alles eine Frage der Erziehung, sagte Horst, euer Seminargruppensekretär, es war das Jahr 1950, ihr kamt aus der Pädagogik-Vorlesung von Professor W., Horst sagte, dieses Gerede von Veranlagung, genetischem Material, Vererbung festgelegter Eigenschaften sei alles Humbug. Gebt mir dreißig Säuglinge, sagte er, die an ein und demselben Tag in ein und derselben Klinik geboren sind, gebt mir ein Heim, in dem ich sie aufziehen kann, abgeschottet von äußeren Einflüssen, und ich garantiere euch, sie werden sich in ihren Charakteren nicht voneinander unterscheiden und werden allesamt absolut das gleiche Verhalten an den Tag legen. Es war ein grauer Tag im Herbst, mitten auf der Straße in der Universitätsstadt Jena, und dir wurde unheimlich bei Horsts Rede, die du ihm aber nicht widerlegen konntest.

Sprache. Allmählich konnte ich anfangen, über die Unterschiede zwischen dem Englischen und dem Deutschen nachzudenken, trotz des reduzierten Gebrauchs, der mir im Englischen nur möglich war. Ich dachte, wieviel leichter ich sagen könnte: I am ashamed, als: Ich schäme mich, um wieviel näher das Deutsche bei ganz gleichem Wortlaut, bei ganz gleicher Bedeutung der Wörter meine Gefühlswurzeln anrührte, sich an sie heranschlich, sie umspielte, nährte, sie aber auch schmerzhaft traf, wie ja auch das englische Wort »pain« für mich niemals den Schmerz bezeichnen könnte, mit dem ich es zu tun hatte, it is painful, könnte ich ja ziemlich ruhigen Gemüts sagen, leichthin wie eine Lüge, dachte ich, während mir der Schweiß ausbricht bei der Vorstellung, sagen zu sollen: Es tut weh, und dabei an die Ursache meines Schmerzes denken zu müssen. Oder wie könnte »conscience« mir jemals unser deutsches Wort »Gewissen« ersetzen, ein Wort, in dem die »Bisse«

schon enthalten sind, die Gewißheit der Gewissensbisse, wenn das Gewissen verletzt wurde, Gewißheit der Gewissenlosigkeit, darüber kann man sich ja niemals betrügen, dachte ich. Und was sollte es mir nützen, »Reue« durch »Bedauern« zu übersetzen, »ich bereue« also mit »I regret« auszudrücken: He (or she) regrets, what he (she) has done. Ich bereue, was ich getan habe. Oder nicht getan habe. Das geht nur auf deutsch. Vielleicht, weil es sich um deutsche Taten oder Unterlassungen handelt, dachte ich. Die fremde Sprache als Schutzschild, auch als Versteck.

Oder wie mir unerwartet das Wort »honest« widerfuhr, in dem Laden mit den indischen Kleidern in der Second Street, als es nach einer langen, von der einzigen, älteren Verkäuferin, die ein Englisch mit starkem indischen Akzent sprach, exzessiv geförderten Prozedur des Aussuchens und Anprobierens nun endlich ans Bezahlen ging und ich schon darauf gefaßt war, wieder nach der driver's license gefragt zu werden, die hier als Ausweis galt, wenn man schon nicht cash, sondern mit Scheck bezahlen wollte, so daß ich gleich freiwillig zugab, ich hätte nur einen internationalen Führerschein, der hier ja nicht für voll genommen wurde, aber ich könne ihr zusätzlich zu meinem Scheck – auf dem übrigens Blatt für Blatt mein Name und meine Adresse gedruckt waren – genügend ausweisähnliche Kärtchen vorlegen, die alle auf denselben Namen und ebendieselbe Adresse ausgestellt waren, womit ich auch sofort begann, nur um sie damit in einen schier unlösbaren Konflikt zu stürzen. Öfter hatte ich schon erlebt, daß die Verkäuferin in diesem Fall irgendeine höhere Instanz anrief. Daß sie ausführlich schilderte, mit was für einer seltsamen Kundin sie es hier zu tun hatte, und damit die Entscheidung für das Ja oder Nein auf die Vorgesetzten schob. Diese arme Verkäuferin aber war zugleich die Ladenbesitzerin. Wenn ich eine der anscheinend zahlreichen gefürchteten Scheckbetrügerinnen wäre, ginge es an ihren eigenen Geldbeutel. Ich sah den Kampf, den sie mit sich auszufechten hatte, sah, wie sie sich einen Ruck gab und dann den Scheck entgegennahm: You look honest! sagte sie entschlossen, und ich versicherte: Sure, I am, und bei mir ergänzte ich im stillen: Wenigstens in Gelddingen.

Und auf dem Weg zum MS. VICTORIA überlegte ich, daß das englische »honest« es wohl mit dem deutschen »ehrlich«, »redlich«, »aufrichtig« aufnehmen könnte, daß es zu dieser Reihe ja auch noch »upright« beisteuert oder das schöne »sincere«. Wogegen wieder »do one's best« doch wohl unserem »sich redliche Mühe geben« nicht das Wasser reichen konnte, nicht wahr. Denn, fragte ich mich, nehmen die englisch Sprechenden dieses »ihr Bestes tun« nicht ein wenig auf die leichte Schulter, auf die unsere »redliche Mühe« ja gewiß nicht gehört, vielleicht einfach deshalb, weil unsere »Schuld«, sprachlich gesehen, schwerer zu wiegen scheint als ihr »guilt«, selbst als »blame«, so kam es mir jedenfalls vor. Und ganz zufällig mag es ja auch nicht sein, dachte ich, daß es ein deutscher Dichter war, dem als Schluß seines Menschheitsdramas mit reichlich Schuld und Schande der Vers einfiel: *Wer immer strebend sich bemüht, den können wir erlösen.* Und während ich stracks auf die drei Racoons zuging, die mir wie immer entgegenstarrten, verwies ich mir eine leichte Unzufriedenheit darüber, daß der Dichter keine Andeutung macht, wie denn etwa die Mühen aussehen könnten, die einen normalen Menschen, der sich nicht als *edles Glied der Geisterwelt* betrachten darf, in den Genuß jener »Erlösung« bringen würden, nach der es doch vielleicht auch ihn verlangt.

Um wie vieles leichter war es doch, dachte ich, über die Verführungen einer Kindheit Rechenschaft zu geben als über Verfehlungen der späteren Jahre. Nun also denn, einmal mußte ja auch darüber geschrieben werden: Die Gefängnisanekdote. Vielleicht habe ich sie etwas zu oft erzählt, der frische Blick auf sie ist verstellt. Was ich sehe, ist ein nüchterner Büroraum im Gewerkschaftshaus Unter den Linden, da, wo heute eine große westliche Autofirma ihren Ausstellungsraum hat. Leider habe ich den Wahlhelferausweis nicht mehr, den ein Funktionär

euch Wahlhelfern aushändigte. Diesen Ausweis hast du dann
ja später selbst vernichtet, weisungsgemäß. Ihr solltet die kommunistische Partei SEW in ihrem Wahlkampf in Westberlin unterstützen. Ihr seid legale Wahlhelfer, prägte er euch ein, es gebe
eine Abmachung mit den Westberliner Behörden. Die Materialien, die ihr verteilen solltet, seien zum Zeichen ihrer Legalität
mit einem Stempel versehen. Es verstand sich von selbst, daß
ihr die Empfänger dieser Schriften möglichst in Diskussionen
verwickeln und davon überzeugen solltet, die Kommunisten zu
wählen. Diese Ausweise, auf denen euer Name stand, dürften
auf keinen Fall in die Hände des Klassenfeindes fallen. Keiner
fragte, warum denn nicht, auch du fragtest nicht. Es war Mitte der fünfziger Jahre. Unter den Linden waren immer noch
Baugräben, über die ihr auf Planken in Richtung S-Bahnhof
Friedrichstraße lieft. Lorchen, eine junge Genossin, war dir als
Begleiterin zugeteilt.

Ich erinnere mich an die kurze S-Bahnfahrt gen Westen,
eine Richtung, die ihr sonst meiden solltet. Drei, vier Stationen. Du blättertest das Agitationsmaterial durch und fandest es
entsetzlich primitiv. Aber da half nun nichts, es wäre dir nicht
eingefallen, zu tun, was andere Agitatoren taten: Das Material
in den nächsten Papierkorb werfen, dich ein paar Stunden am
Ku'damm herumtreiben und dann zurückfahren in den Demokratischen Sektor. Dir war mulmig zumute, das weiß ich noch,
aber du durftest dir nichts anmerken lassen, weil du für Lorchen, die junge Genossin, ein Vorbild sein mußtest. Du warst
sechsundzwanzig. Nicht erinnere ich mich an die Adresse, die
euch zugeteilt war, nicht einmal an den Stadtbezirk, Westberlin
war für dich eine fremde Welt. Dunkel sehe ich vor mir eine
baumlose Straße mit vierstöckigen gutbürgerlichen Häusern
zu beiden Seiten, deren Bewohner, soviel dämmerte dir wohl
schon, vielleicht nicht die geeignetsten Objekte für eure Agitation sein mochten.

Bei eurer Einweisung war niemand auf die Idee gekommen,
euch die banale Regel der Illegalen mitzuteilen, daß man Flug-

blätter in einem Haus niemals vom Erdgeschoß, sondern immer vom obersten Stockwerk aus zu verteilen hat – Emma hat es mir viel später, als ich ihr von unserem gescheiterten Einsatz erzählte, unter dröhnendem Lachen gesagt. Ihr begannt unten rechts. Es war eine dunkel gebeizte Tür, an der ihr klingeltet und die euch, zu deiner geheimen Erleichterung, nicht geöffnet wurde. Also warft ihr die Materialien, die für diese Wohnung bestimmt waren, durch den Briefschlitz in den Korridor. Und so verfuhrt ihr, immer schön von unten nach oben, bei allen Wohnungen dieses Hauses, da keine einzige sich vor euch öffnete. Hier sind wohl alle auf Arbeit, sagtet ihr euch. Es war früher Nachmittag. Als ihr, die Treppe herunterkommend, wieder im untersten Flur angelangt wart, stand dort ein Polizist in der Montur der Westberliner Stumm-Polizei und erwartete euch. Ich erinnere mich, daß dein Herz heftig zu klopfen begann, daß du dich aber beruhigtest: Der kann uns nichts.

Er konnte euch mitnehmen. Ihr hättet zwecks Identifizierung mit ihm aufs Revier zu kommen. Ob er sich eure Wahlhelferausweise überhaupt ansah, habe ich vergessen. Genau erinnere ich mich an das Licht, das euch vor der Haustür empfing: Ein Licht nach einem Regenschauer, wenn der Himmel sich gerade wieder klärt und die Sonne einen Nachmittagsschein auf die Straßen und Häuser der großen Stadt wirft. Und genau erinnere ich mich an den kleinen Jungen, fünf, sechs Jahre alt, der im Rinnstein hockte und Papierschiffchen schwimmen ließ. Wie er zu euch aufblickte, die Situation blitzschnell erfaßte und rief: Kommunisten! Alle aufhängen! Und wie du im Vorbeigehen stolz zu ihm sagtest: Da werdet ihr aber viel zu tun haben.

Danach warst du ruhiger. Das nächste Erinnerungsbild zeigt mir ein Polizeirevier, eines der altertümlichen mit holzverkleideten Wänden und einer Art Theke, hinter der der Wachtmeister vom Dienst saß. Der war ein älterer Mann und nicht zuständig für euren Fall. Er telefonierte nach einem Ranghöheren. Dann blätterte er eure Papiere durch und fand tatsächlich ein Blatt, auf dem der Legalitätsstempel fehlte und das euch nun unversehens zu Illegalen machte. Er zeigte und erklärte es dir ganz genau, sachlich und ohne Triumphgefühl. Du bekamst eine Wut auf die Genossen im Gewerkschaftshaus, die euch reinen Wein hätten einschenken sollen, denn ihr wärt doch auch auf Agitation gegangen, wenn ihr gewußt hättet, daß nicht alle eure Materialien legal waren. Dir wurde klar, daß eure Lage nicht besonders rosig war, du mußtest sie also durch Haltung verbessern.

Ihr mußtet euch auf eine der unvermeidlichen Polizeiholzbänke an der Wand setzen. Lorchen hatte Angst. Ich erinnere mich, daß du sie durch halblaute Sätze zu beruhigen suchtest. Der Wachtmeister hatte das Bedürfnis, mit dir zu diskutieren. Es ging um die Nachteile der Diktatur und um die Vorteile der freiheitlich-demokratischen Grundordnung. Du gabst dir Mühe, sein falsches Weltbild zurechtzurücken. Endlich stöhnte er auf: Daß eine so kluge gebildete Frau so vernagelt sein konnte! Deine Antworten waren knapp, stolz und unnachgiebig. Schließlich forderte er dich auf, die Landkarte zu betrachten, die über eurer Bank an der Wand hing. Es war eine große violette Karte der Sowjetunion, in die eine Reihe kleiner gelber Vierecke eingezeichnet war, unregelmäßig über das Land verstreut, an manchen Stellen, besonders im Nordosten, gehäuft auftretend. Sehen Sie diese Vierecke? sagte der Wachhabende. Das sind alles Arbeitslager, Lager für politische Häftlinge. Da konntest du ihn ja nur bedauern, wenn er im Ernst annahm, das würdest du ihm glauben. Ich weiß noch, daß er dich ein Weilchen nachdenklich betrachtete und dann fragte, was du sagen würdest, wenn er dir versichern könnte, daß er selbst in einem solchen Lager gewesen sei. Ach so einer sei er also! Ein Kriegsverbrecher. Da würdest du mit ihm überhaupt nicht mehr reden.

Daran hieltest du dich. Zwar warst du eigentlich harmoniesüchtig, zu Unhöflichkeit mußtest du dich zwingen, aber im Klassenkampf war sie eben unvermeidlich. Du hieltest das

Schweigen also durch, bis der junge Vorgesetzte kam, auf den ihr gewartet hattet, und eine Polizistin, die zuerst Lorchen, dann dich ins Nebenzimmer rief.

Du solltest dich ausziehn, zur Leibesvisitation. Hier? sagtest du. Ohne Vorhänge an den Fenstern? Ich denke nicht daran.

Die Polizistin öffnete eine Schranktür, hinter der solltest du dich dann eben ausziehen. Sie fand den Wahlhelferausweis, den du in einer Socke versteckt hattest, du entrissest ihn ihr, sie wollte ihn sich zurückholen, kratzte dich dabei an der Hand. So geht man bei Ihnen mit den Menschen um! fauchtest du sie an und begannst, vor ihren Augen das Papier in kleine Stücke zu zerreißen. So machte man das, du wußtest es aus Büchern und Filmen, du hattest nicht vergessen, was man euch im Gewerkschaftshaus eingeschärft hatte. Du vernichtetest also das Papier, mit dem du dich hättest legitimieren können. Die Polizistin, nun sehr wütend, schrie dich an: Sind die bei Ihnen alle so?, und du, gelassen, innerlich zitternd, erwidertest: Nicht alle, aber viele.

Schöne druckreife Dialoge. Ich kann nicht zählen, wie oft diese violette Karte der Sowjetunion später vor meinem inneren Auge erschien, aber vorerst kamst du, mit der Grünen Minna befördert und von Lorchen getrennt, die unter das Jugendstrafrecht fiel, für eine Nacht in eine Viererzelle der Untersuchungshaftanstalt Moabit – noch heute, wenn ich an der langen stacheldrahtbewehrten Mauer vorbeifahre, grüße ich mit den Augen hinüber. Natürlich stürzten die drei Frauen, die schon in der Zelle waren, sich auf dich: Warum sind Sie hier? – Flugblätter, sagtest du, da winkten sie beinahe angewidert ab: Ach, bloß politisch! Sie hatten ernstere Probleme.

Die eine tigerte in der Zelle herum und stieß alle Minute einen einzigen Satz aus: Wejen eene Zahnbürste! Auf Nachfrage erweiterte sie diesen Satz zu einer langen blumigen Erzählung, die von einem Abendspaziergang mit ihrem »Gatten« über den Kauf einer Seife in einer Drogerie, wo der hinterhältige Drogist leichtfertigerweise ein ganzes Glas mit Zahnbürsten in Reichweite der Kunden unbeaufsichtigt hatte stehen lassen, zur Mitnahme einer einzigen Zahnbürste führte, nur, damit der Drogist einen Vorwand hatte, ihnen einen Streifenwagen hinterherzuschicken. Anstiftung zum Diebstahl ist Ihnen das, Sie! –

Na gut. Aber aus dem Diebstahl einer einzigen Zahnbürste würde auch die Klassenjustiz kein Kardinalverbrechen konstruieren können, suchtest du die Frau zu beschwichtigen. Da baute sie sich vor dir auf und stellte die unheilschwangere Frage: Kennen Sie die Männer? Eine schnelle Antwort hattest du nicht parat, genaugenommen kanntest du nur wenige Männer, aber um die Art Männerkenntnis ging es ja nicht. Es ging darum, ob du für einen Mann die Hand ins Feuer legen würdest, wenn »die« ihn erst mal in die Mangel nahmen. Wer: die. – Na die. Wenn die ihm so richtig auf den Zahn fühlen, ob er dann singen wird. – Keine Ahnung. Aber worüber sollte er denn … – Ach! Verächtliche Handbewegung. Wenn die ihm mit nem Hausdurchsuchungsbefehl kommen. Wenn die ihn so richtig schön in die Enge treiben, wie das ihre Art ist. Wenn er dann die Nerven verliert und in unserer Küche die Diele hochnimmt … – Ja, was dann? Die Frau war verblüfft, wie naiv man sein konnte. Na dann finden die da eben was, Sie. Sogar ne ganze Menge finden die da vielleicht. Und dann haben die wieder ihren beliebten Tatbestand: Diebstahl und Hehlerei in Tateinheit nennen die das, Sie. Die übertreiben ja zu gerne, wenn sie unsereins eins auswischen können. Und dann gucken sie natürlich in unsere Akten. Na und denn …

Die Andeutung verstandest sogar du. Auch Männer können schweigen, versichertest du der Frau, ohne einen einzigen Beweis dafür zu kennen. Jedenfalls wünschtest du es ihr von Herzen, wie du der anderen jungen Hübschen wünschtest, daß sie das Verhör, das ihr am nächsten Tag bevorstand, überstehen möge, ohne daß »die« ihr ein Geständnis abringen konnten. Denn sogar dir blutigen Anfängerin war klar, daß sie, die in einem berühmten eleganten Hotel Zimmermädchen war, den Schmuck des reichen weiblichen Gastes gestohlen hatte, um den es bei der Anklage ging. Immer uff die Kleenen! rief sie aus, und da konntest du ihr ja nur von ganzer Seele zustimmen. Seit Wochen wurde sie schon verhört, sie begann sich zu verhaspeln. Das Versteck würde niemand finden, gab sie plötzlich von sich, nicht einmal ihr Freund. Aber sie wollte wenigstens dann, wenn sie aus dem Gefängnis kam, endlich auch mal ein gutes Leben haben. Das habe sie sich doch verdient. Darin bestärktest du sie rückhaltlos. Sie solle weiter eisern schweigen, suggeriertest du ihr, niemand könne ihr doch das Geringste beweisen. Goldrichtig! rief sie aus, und du: Sie solle immer an das gute Leben denken, das auch ihr zustände, nicht immer bloß den Reichen. – Goldrichtig! – Aber du sahst, die Frau war fertig, ihr flatterten die Hände, morgen haben sie sie, dachtest du bekümmert, morgen verquatscht sie sich. Sie haben gut reden mit Ihren Flugblättern, sagte sie noch, fast neidisch. Ihnen kann ja nichts passieren.

So war es. Aber war es wirklich so? Du bekamst eine Einzelzelle in der Untersuchungshaftanstalt Moabit und wurdest nun selbst eine Woche lang jeden Tag verhört. Wie es in einer Zelle aussieht, weiß heutzutage jeder: Eine Pritsche, die tagsüber hochgeklappt wurde, ein Holzhocker, ein schmaler Tisch, ein Wandschränkchen mit dem dürftigen Gefängnisgeschirr, Seife, Kamm, Zahnputzbecher. Ein Waschbecken. Das Klo hinter einer halben Trennwand.

Du bekamst Besuch von einer korrekten Sozialarbeiterin, die außer den notwendigsten Angaben kein Wort von dir zu hören kriegte. Religion? fragte sie. Keine, sagtest du. Worauf sie auf das schmale Kärtchen, das sie dann in die dafür vorgesehene Leiste des Wandschränkchens schob, ein Wort schrieb: DISSIDENT. So lernte ich dieses Wort kennen, das viel später mit einer ganz anderen Bedeutung in meinem Leben wieder auftauchen sollte und das den Pfarrer, der dich auch besuchen kam, sehr betrübte. Er ging bald. Da du die Bücher, die du dir gewünscht hattest, nicht bekamst – eine russische Grammatik und das »Kapital« von Marx –, schmökertest du gelangweilt in einem dicken Buch mit uninspirierter Prosa: Nacherzählungen der Shakespeare-Dramen, und dachtest dir Mystifikationen aus, mit denen du deinen Verhörer, einen uneifrigen, häufig kopfschüttelnden mittelalten Mann, über deine Familienverhältnisse in die Irre zu führen suchtest. Dabei wollte er nur wissen, welche Institution dich »in Wirklichkeit« geschickt habe, was ja kein Geheimnis war, was er aber von dir natürlich nicht erfuhr. Er versuchte zu erfragen, ob du noch andere Aufträge hattest als diese unglückselige Wahlagitation, und welche Verbindung du zu Westberliner Mitgliedern der Kommunistischen Partei hattest – alles Fragen, auf die du stur die Aussage verweigertest, obwohl du sie leicht negativ hättest beantworten können.

Er kam nicht weiter mit dir, du aber, die du ganz unnötigerweise behauptet hattest, dein Vater sei tot, während er doch gerade bei bester Gesundheit mit deiner Mutter bei deiner Familie in Karlshorst zu Besuch war, du mußtest dir die abenteuerlichsten Codes ausdenken, mit denen du deine ahnungslose Familie von dieser Aussage unterrichten und sie daran hindern mußtest, dir etwa bei einem der Besuche, die erlaubt waren, in Gegenwart des Vernehmers zu widersprechen. Du mußtest also mit ansehen, wie deine Mutter angesichts deiner Geheimbotschaften, die du in deinen knappen Sätzen unterzubringen suchtest und die sie natürlich nicht entschlüsseln konnte, an deinem Verstand zu zweifeln begann, immer ratloser wurde und am Ende, zu deinem Ingrimm, deinem Verhörer dein Verhalten als jugendlichen Leichtsinn darstellen wollte.

Im übrigen konntest du dir nicht verhehlen, daß dir die Haft nicht bekam, daß du keineswegs so gelassen warst, wie du dich stelltest, daß dein Magen zugeschnürt war und du von der Gefängniskost kaum einen Bissen schlucken konntest. Fatalerweise warst du aufgeregt, nervös, konntest kaum schlafen. Das Wort Angst vermiedest du sorgfältig. Du bekamst von empörten Kollegen und Genossen Konfektpackungen und Obst in die Zelle geschickt, Solidaritätsaktionen liefen »draußen« an, ein anklagender Artikel erschien in der Zeitung.

Aus der Literatur wußtest du, daß man als Häftling konspirative Kontakte mit den anderen Häftlingen aufnehmen mußte. Du schobst also den Hocker unter das halb heruntergeklappte Gitterfenster, zogst dich an den Stäben hoch und fragtest laut flüsternd nach rechts und nach links, ob jemand dich hören könne. Von links kam Antwort: eine verzagte Frauenstimme. Flüsternd, halblaut sprechend, immer wieder unterbrochen durch die Geräusche des Gefängnisalltags, konntest du die wichtigsten Informationen über die Lage deiner Zellennachbarin herausbekommen: Sie kam auch aus der DDR, und man warf ihr Spionagetätigkeit in Westberlin für das Ministerium für Staatssicherheit vor. Es war unüberhörbar: Diese Frau hatte wirklich Angst. Da fiel dir ja nun eine Aufgabe zu: Du mußtest sie aufrichten und ihren Widerstandsgeist stärken, der am Erliegen war. Natürlich fragtest du sie nicht, ob etwa an der Anschuldigung etwas dran sein mochte, du beschworst sie nur, nichts zuzugeben. Man könne ihr doch bestimmt nichts beweisen. Da schien sie sich nicht so sicher zu sein. Einmal, als du von einer Polizistin, die dir Verachtung zeigte, zum Verhör geholt wurdest, sahst du deine Zellennachbarin zwischen zwei baumlangen amerikanischen Militärpolizisten vor dir den langen Gang hinuntergehen, eine kleine, schmale Person mit dünnem farblosen Haar. Spioninnen hattest du dir anders vorgestellt.

Dann waren die Wahlen vorbei, mit schmählichem Ausgang für die Kommunisten. Das Interesse an dir erlosch, du wurdest entlassen, zwei dir unbekannte Studenten holten dich an der Gefängnispforte ab, sie hatten Blumen dabei und schmuggelten dich mit ihren Fahrausweisen in die S-Bahn, da sie es unvertretbar fanden, euer gutes Ostgeld umzutauschen, um für Westgeld eine S-Bahnfahrkarte zu kaufen.

Ich weiß noch, wie erleichtert du warst, als du an eurer Wohnungstür klingeln konntest. Als deine kleine Tochter dir aus der Badewanne entgegensah. Ich glaube, kein Bild von ihr aus jener Zeit hat sich mir so eingeprägt wie dieses, und ich weiß noch, daß der zuerst fremde Blick der Tochter dir einen Stich gab und daß die Frage in dir aufkam, ob dieser ganze Einsatz sich dafür gelohnt hatte, daß dein Kind dich über eine Woche lang missen mußte.

Überflüssig zu sagen, daß deine dringliche Beschwerde bei den Genossen im Gewerkschaftshaus, weil man euch über den Charakter des Agitationsmaterials nicht die ganze Wahrheit gesagt hatte, milde, aber bestimmt abgewehrt wurde. Die leitenden Genossen hätten sich etwas dabei gedacht, da könnest du sicher sein. Und im übrigen habest du dich ja bestens bewährt. Aber weil du dich bewährt hattest, konntest du uneinsichtig bleiben, konntest ihnen auch noch deine Meinung sagen über die miserable Qualität dieses Materials, und daß es, neben allen anderen Mängeln, auch noch schlecht geschrieben gewesen sei. Da hörtest du zum ersten Mal den Vorwurf, der dich von jetzt an begleiten sollte: Ästhetizismus.

Wäre »dogmatisch« das richtige Wort, frage ich mich, um die Person zu kennzeichnen, die du damals warst? Kompromißlos. Konsequent. Radikal. Das wären auch so Worte, die mir einfallen. Und vor allem: Im Besitz der Wahrheit, was ja unduldsam macht. The overcoat of Dr. Freud. Und wenn ich den Mantel umdrehte? Das Innere nach außen kehrte? Eine Be-Kehrung beschreiben würde, aufhören könnte, unduldsam gegen mich selbst zu sein? Gerade jetzt? dachte ich. Wann sonst, wenn nicht jetzt. Aber es war nicht möglich.

Ich saß im Frisierstuhl, das Gesicht im Spiegel mißfiel mir wie meistens, wenn ich gezwungen bin, es lange anzusehen, in diesem Salon gab es ein ausgeklügeltes timing, zuerst hatte ein Lehrling namens Jerry mir einen Umhang umgelegt und mein Haar gewaschen, dann ließ sich eine Art Chefdesigner beschreiben, wie ich mir meinen Haarschnitt wünschte, in Gegenwart von Caroline, die mich nun gewandt und schnell bediente, ohne Zögern, ohne einen überflüssigen Handgriff, dachte ich. Es hatte sie aus München hierher verschlagen, das erste Jahr sei hart gewesen, ohne Sprachkenntnisse, jetzt aber, schien mir, sprach sie perfekt. Und hatte man nicht unduldsam sein müssen, dachte ich, das Tonband in meinem Kopf stand keine Sekunde still, gegen diejenigen, die das Rad der Geschichte zurückdrehen wollten, während wir doch radikal, von der Wurzel her, die Gründe für den Irrweg der Gattung beseitigen würden. Caroline erzählte von ihrem Mexiko-Urlaub, Freiheit ist Einsicht in die Notwendigkeit, was denn sonst, ihr wart frei, den Schritt zu tun von der Vorgeschichte in die Geschichte des Menschen, ihr befreitet euch ja von den Irrtümern, den tief eingebrannten Gewohnheiten der alten Zeit, zu denen nicht zuletzt die Gier nach Besitz gehörte, eine für euch, die ihr nichts besaßet, kaum verständliche Abwegigkeit. Ich sah, daß Caroline die Haare sorgfältig, aber offenbar viel zu kurz schnitt, summer cut, nun meinetwegen. Der Mensch ist gut, man kann ihn bessern, ja was denn sonst. Wirklich ans Herz rührend war Carolines Geschichte von ihrem gefundenen und wieder verlorenen amerikanischen Freund auch nicht, irren ist menschlich, sagte sie, und ich sagte: Da haben Sie aber recht.

Ich wußte, im MS. VICTORIA wartete eine Journalistin aus Deutschland auf mich, der ich nicht hatte ausweichen können, mir war heiß, und ich fürchtete mich vor dem Aufstehen, wahrscheinlich war mein Gelenk wieder blockiert. Wahrscheinlich könnte Dr. Freud mir erklären, warum mein Körper, oder wer immer dafür zuständig war, mich mehr und mehr am Laufen hindern wollte. Wahrscheinlich würde er mir raten, jeden Gedanken daran, daß sein Mantel mich beschützen könnte, aufzugeben. Wahrscheinlich hätte er mir geraten, meinem Instinkt zu folgen und der Begegnung mit Frau Leisegang gar nicht erst zuzustimmen. Aber da ich meines Instinkts nicht mehr sicher war und da Frau Leisegang es verstand, das Treffen mit ihr als eine Art Pflichttermin darzustellen, unterdrückte ich mein Unbehagen gewaltsam und traf mich mit ihr.

Es erwartete mich eine hoch aufgeschossene Blondine mit einem Pferdeschwanz, die kurze rote Hosen trug, eine glänzende beigefarbene Bluse, mit bunten Bändern und Hüten bedruckt, und dazu eine kurze Blouson-Jacke in Rot und Gelb. Sie fing sofort zu reden an und hörte in den nächsten Stunden nicht mehr auf. Ihre Krankheit, die sie nach Amerika geführt hatte und die sie in Palm Springs in der Wüste auszuheilen suchte. Ihr Vater, der schuld daran war, daß sie keinen Tropfen Alkohol trank, allerdings war sie leider eine Kettenraucherin. Wie sie ihren Mann kennengelernt hatte. Wie der ihr Verbindungen mit Verlagen besorgen konnte, wo es Intrigen gegen sie gab, genau wie beim Fernsehen, jeder dort war gegen sie, so daß sie in tiefe Depressionen verfiel und jetzt nur noch tageweise und mit konkreten Aufträgen für den Sender arbeitete. Ich hatte begriffen: Ihr konkreter Auftrag war ich.

Ich merkte bald, daß ihre Fragen ihr wichtiger waren als meine Antworten, die sie schon ausgeformt mit sich trug und an denen ich kaum noch etwas ändern konnte. Sie habe gewissen Veröffentlichungen entnommen, daß ich schon früh keine Illusionen mehr gegenüber dem Staat gehabt hätte – warum ich denn nichts gegen diesen Staat unternommen habe. Warum ich denn dort geblieben sei. Ich hätte mich beim Schreiben doch andauernd verbiegen müssen. Beispiele dafür fielen ihr gerade nicht ein. Warum ich denn anstelle von »Kassandra« nicht lieber ein Buch über die Mißstände in der DDR geschrieben hätte. Wie es sich denn in einer Diktatur lebe. Sie kenne die DDR nur von zweimaligem Messebesuch in Leipzig. Meine wichtigsten Bücher habe sie nicht gelesen, aber sie sei ein Fan von mir, wirklich. Sie werde einen Film über Intellektuelle in der DDR machen. Bei uns, sagte sie, kann man alles, was man will, öffentlich sagen.

Ich war hilf- und sprachlos. Ich sah, alle Erklärungsversuche würden nichts nützen. Ich versuchte ihr entgegenzuhalten, wie die Öffentlichkeit in der Bundesrepublik jetzt mit meiner Akte umging. Ja. Sie hätten natürlich diesen investigativen Journalismus, das sei ganz grauenhaft. Ich könne mir überhaupt nicht vorstellen, was für üble Leute in den Redaktionen säßen, wirkliche Spürhunde. Sie hätte das früher auch nicht geglaubt. Aber sei es denn so wichtig, was man öffentlich über mich sage. Ich machte sie darauf aufmerksam, daß Journalisten, die sich um eine sachliche Darstellung bemüht hätten, von ihren Chefs getadelt worden seien. Daß weder sie noch sonst jemand den Mut habe, über die Zustände in den Redaktionen, die sie mir gerade geschildert habe, öffentlich zu reden oder zu schreiben; daß sie alle, um an der Futterkrippe zu bleiben, schön stillhielten.

Ja, der Kapitalismus – aber sie würde die westliche Welt nicht »Kapitalismus« nennen, sondern »Freie Marktwirtschaft« –, da sei natürlich jeder Mensch dem anderen ein Wolf, das bringe der Wettbewerb so mit sich, aber sie habe fast die ganze Welt bereist und habe nirgends eine bessere Wirtschafts- und Gesellschaftsordnung gefunden. Es kam noch ihre Befürwortung des Golfkriegs, die Amerikaner seien jetzt so in Schwierigkeiten, weil sie überall auf der Welt die Bedrohten schützen und ihr Geld hingeben müßten, um die Armen zu unterstützen. Marx habe leider nichts von Wirtschaft verstanden, sie habe beide Bände des »Kapital« gelesen und das alles mit ihrem Mann diskutiert. Dann mußte sie aber schnell gehen, ohne meine Mahnung hätte sie ihren Flug verpaßt. Sie umarmte mich zum Abschied. Ich solle doch nicht bekümmert sein, wenn wir in manchem verschiedener Ansicht seien. Sie sei und bleibe ein Fan von mir.

Betäubt blieb ich zurück. Wenn ich das in einem Buch lesen würde, dachte ich, das könnte ich nicht glauben. Nie würde ich mir erlauben, ein derartiges Klischee zu verwenden. Aber warum sollte jemand nicht Fragen stellen dürfen, auch wenn sie, teilweise wegen Ahnungslosigkeit, verletzend waren. Und wie sollte denn ein Verständnis aufkommen, wenn man nicht auf diese Fragen einging. Ich hatte wieder dieses Gefühl von Vergeblichkeit: Es hatte alles keinen Sinn, wir hatten keine Chance. Wer aber waren »wir«?

Aber war das nicht immer so oder
jedenfalls lange schon, und hätte ich mich nicht längst daran
gewöhnen können oder müssen. Was hindert mich, diese Aufzeichnungen einfach abzubrechen.

Ich lief los, es war noch hell, das normale Leben der normalen Leute, die mich überholten, mir auf der Ocean Park Promenade entgegenkamen. Trostlos, trostlos, wann hatte ich dieses
Wort schon einmal unausgesetzt wiederholt, wie ein Mantra. Es
war, als du über den Akten saßest, ein Vergiftungsgefühl hatte
dich gepackt, eine Art dir bisher nicht bekannter Übelkeit, als
du auf die Schriftstücke stießest, die sich mit deinen Arbeiten
befaßten. IM »Jenny«, offenbar germanistisch gebildet, wurde
von Buch zu Buch besorgter über dein Abgleiten in negativ-
feindliche ideologische Strömungen, es kam, wie es kommen
mußte, schließlich konnte sie in einem zugegeben etwas komplizierten Text nichts anderes mehr sehen als ein Geflecht ge-
heimer, raffiniert verschlüsselter staatsfeindlicher Botschaften,
du reagiertest dich mit Gelächter ab, aber das feine Gift drang
in dich ein und wirkte, trostlos, trostlos, sagtest du vor dich
hin, wenn du von jener Behörde wegfuhrst, und dagegen sagte
eine Stimme in dir, es gibt Schlimmeres, was ja stimmte.

Ich setzte mich noch ein wenig auf eine Bank im Ocean
Park, in der letzten Sonne, wollte Licht tanken, ein kleiner,
knubbliger Mann, der etwa so alt sein mochte wie ich, setzte
sich dazu, zeigte auf den Ozean, in dem gerade die Sonne unterging: That's wonderful, isn't it? – Yes, sagte ich. Marvellous.
Er sah, daß ich ein Buch dabei hatte, im Titel kam das Wort
Patriarchat vor, achtungsvoll fragte er, ob ich »studiere«, ich
sagte: Nur lesen. Er wollte reden. Er erzählte, wo in L. A. er
wohne, daß er vierzig Minuten mit dem Bus hierher brauche,
er liebe diese Stelle. Oh, ich wohnte in Santa Monica? Was für
ein Glück! – Nur für neun Monate, sagte ich, I am German.

Das interessierte den Mann. Er sei aus Irland hier eingewandert, schon vor zwanzig Jahren. Er wollte wissen, wie es jetzt nach der Wiedervereinigung bei uns sei: Better or worse? Ich sagte: Different. Difficult. Er meinte, immer, wenn zwei verschiedene Dinge zusammengeschmissen würden, gebe es eine schwierige Übergangszeit. Ob ich nicht am Ende lieber hier bleiben wolle? – Nein, nein, sagte ich. Meine Familie ist auch in Berlin. – Das verstand er. Ob mich denn mein Mann ganz alleine hierher habe gehen lassen. – Yes, sagte ich. He did. – Hätte ich eine solche Szene in einem deutschen Park erleben können, fragte ich mich.

Wie sollte ich diese Nacht verbringen? Und die nächste, und wieder und wieder eine? Nein, ich ging nicht mehr zum CENTER, um meine Post abzuholen, die Zeitungen, die Faxe, ich muß nicht alles gleich wissen, dachte ich.

Peter Gutman kam nicht ans Telefon, er erlaubte es sich, nicht da zu sein, wenn man ihn brauchte. Die Enterprise-Mannschaft im television konnte mich heute abend nicht fesseln. Rotwein war da, Käse. Ich lief in meinem Apartment auf und ab. Da waren die Thomas-Mann-Tagebücher, in denen ich blättern konnte, unsystematisch Stellen herausgreifend. Mit Rührung las ich, wie er von seiner letzten großen Liebe schrieb, dem Franzl. Wie er sich fragte, ob er die Tagebücher verbrennen solle oder ob er von der Nachwelt gekannt sein wolle. Schließlich: Sollen sie mich kennen, aber erst nach zwanzig, fünfundzwanzig Jahren, wenn alles tot ist. *Über das alles bekennend zu schreiben, würde mich zerstören.* Ich dachte: Gar nicht darüber zu schreiben hätte ihn erstickt. Den Selbstversuch abbrechen, den es bedeutet, zu schreiben: sich selbst kennenlernen wollen, bis auf den Grund, dachte ich, hätte ähnliche Folgen wie der Abbruch einer lebenserhaltenden Therapie bei einer schweren Krankheit.

Ist denn das Leben, wie wir es führen müssen, eine schwere Krankheit? fragte ich mich.

Wie lebt man in einer Diktatur? Das Wort, auf unsere Verhältnisse bezogen, kam mit der »Wende«. Was eine Diktatur ist, glaubte ich ja zu wissen, bis ich sechzehn wurde, hatte ich sie erlebt, sie war unvergleichlich, dachte ich, mit den späteren vier Jahrzehnten, die ich auch erlebt hatte, und wehrte mich gegen die Gleichsetzung. Aber die Frage begleitete mich: Wie lebt man in einer Diktatur?

Ich sitze, anderthalb Jahrzehnte, nachdem die Frage mir gestellt wurde, in meinem Arbeitszimmer vor einem dicken Stapel von Manuskriptblättern, die unvermutet vor kurzem aufgetaucht sind, aus dem Nachlaß eines Kollegen, den ich ganz gut kannte, der jünger war als ich und der früh gestorben ist. Er hat sich zu Tode getrunken, hieß es, und wir wußten alle, warum. Den Anfang der Tragödie, so muß man die Kette von Vorfällen wohl nennen, wenn an deren Ende ein Toter ist, hast du miterlebt, ihn nie vergessen: Eine Versammlung von Autoren, zusammengerufen von »höchster Stelle«, in dem neuen Staatsratsgebäude, in dem die Treppen mit Teppichen belegt waren und die schweren Vorhänge vor den hohen Fenstern sich auf Knopfdruck öffneten und schlossen. Der Arbeiter- und Bauernstaat konnte sich das jetzt leisten. Gedrückte, zugleich gespannte Stimmung, von halbwegs informierten Funktionären wurde Gefahr im Verzug signalisiert: Wieder einmal sollte der Literatur und den Literaten die Schuld an gesellschaftlichen Mißständen, diesmal an Ausschreitungen in der Jugendszene, zugeschoben werden. Die Literatur liefere den Jugendlichen die Vorbilder für ihr staatsfeindliches Betragen. Ein Beispiel lag auf dem Tisch: der Vorabdruck eines Kapitels aus einem noch unfertigen Romanmanuskript, »Rummelplatz«, dessen Autor genau das getan hatte, was die Partei vor nicht zu langer Zeit von den Schriftstellern verlangt hatte: Er war in einem der größten Betriebe gewesen, hatte mit den Arbeitern gelebt und gearbeitet und die Entwicklung einiger Figuren in diesem Milieu geschildert. Die Zeitschrift hatte ein Kapitel abgedruckt, wilde Zustände aus den ersten Jahren dieses Betriebs, der SAG WISMUT, wurden beschrieben, der Uran für die Rüstung in der Sowjetunion förderte und der damit geholfen habe, den Weltfrieden zu sichern. Wem sollte das nützen, fragte der Generalsekretär der Partei, diese längst überwundenen Zustände jetzt in einem Roman noch einmal hochzuspielen? Meine man denn, die Partei habe nicht gewußt, wie es damals dort zuging? Sie habe es gewußt, aber sie mußte mit den Menschen arbeiten, die nun einmal da waren, alte Nazis darunter, Kriminelle darunter, und sie habe sie, so gut es eben ging, erzogen. Manche von ihnen hätten heute leitende Stellungen in diesem oder einem anderen großen Betrieb. Manche seien endgültig abgerutscht, andere seien gen Westen verschwunden, nun gut, mit Verlusten müsse man immer rechnen. Aber was wolle der Genosse Schriftsteller damit erreichen, wenn er den heutigen Lesern, besonders den Jugendlichen, Saufgelage schildere? Vergewaltigungen? Dem Generalsekretär wurde das Literaturheft zugeschoben, in dem die beanstandeten Stellen des Kapitels angestrichen waren, er las sie anscheinend jetzt zum ersten Mal.

Eine lange peinliche Stille, vorzeitig wurde die Pause angeordnet, mit Getränken und Häppchen, die unteren Funktionäre flehten euch an, doch um Gottes willen etwas zu sagen. Es gibt eine Mitschrift deines Beitrags, der versuchte, die Notwendigkeit von Konflikten in der Literatur zu verteidigen und einen anderen Umgang mit »der Jugend« anzumahnen. Auch andere setzten sich für den angegriffenen Autor ein, am Ende sah es so aus, als wäre das Schlimmste noch einmal verhindert worden.

Das war 1965. Glaubten wir damals noch, durch Reden, durch Argumente die Meinung der Regierenden, sogar ihre Handlungen beeinflussen zu können? Die Realität, dachten wir, wäre doch ein mächtiges Argument, wenn man sie nur wahrnähme. Macht und Geist vereint, eine typisch deutsche Intellektuellen-Illusion, schon einmal gescheitert an der deutschen Misere. Aus jeder Seite des kritisierten Buches sprach die Verbundenheit des Autors mit dem Land, über das er schrieb. Woanders hätte er nicht leben wollen. Daß in unserer Gesellschaft kein Künstler zugrunde gehen sollte, wie in den Ausbeutergesellschaften vor uns und neben uns, war ein Codex, über den wir uns mit den Regierenden einig glaubten.

Ich erinnere mich an einen kalifornischen Abend. Weihnachten mit seiner Hitze bis zu 25 Grad war vorbei. Das gesellige Leben kam zum Erliegen, niemand schien Lust zu haben, sich abends mit anderen zu treffen. Vielleicht fühlte nur ich mich vereinsamt, sogar zurückgewiesen. Aus dem CENTER hatte ich einen schweren Packen von Zeitungen und Faxblättern mitgenommen, mein Selbstschutz versagte, ich las die Artikel und die Beiträge, die sich inzwischen in verschiedenen Sprachen mit meinem Fall befaßten, hintereinander weg. Die Meldung darüber lief nicht nur innerhalb Deutschlands, auch in den USA und in fast allen europäischen Ländern durch die Nachrichten und durch die Zeitungen.

Nach langem Zögern rief ich in Berlin an, niemand hörte, ich stellte mir alle vertrauten Menschen in irgendeiner heiteren Runde vor, in einem hellen Lokal, mit den Gläsern anstoßend. Ich fragte mich ernsthaft, was ich machen sollte. Wie ich die Nacht überstehen sollte. Ich blätterte in dem Buch der Nonne Perma, die mir mitteilte, daß jeder Tag, jede einzelne Minute meines Lebens genau richtig für mich sei und daß ich dies akzeptieren solle, um mein Gemüt im Gleichgewicht zu halten. Ich stellte den Fernseher an und sah einen Bericht über krebskranke Frauen, die sich zu Übungen gegen die Angst zusammenfanden und eine nach der anderen starben. Ich legte mich ins Bett und suchte angestrengt nach Beweisen, die ich für eine Verteidigung hätte brauchen können. Ich fand keine. Keinen Zipfel des overcoat des Dr. Freud konnte ich ergreifen. Ich spürte, daß ich in einen Strudel geriet, und begriff, daß ich in Gefahr war. Der Grund des Strudels, an dem ich nicht mehr da wäre, kam mir sehr verlockend vor, als das einzig Mögliche. Ich überlegte, wie ich es machen könnte, das lenkte mich etwas ab. Die Stimme in mir, die mich gemahnte, daß ich den anderen diesen Kummer nicht antun dürfe; die mir riet, wenigstens den nächsten Tag noch abzuwarten, war sehr leise. Ich nahm einige Schlaftabletten, achtete aber darauf, daß es nicht zu viele wären.

Ich schlief ein, oder wurde bewußtlos, und erlebte, wie ich starb. Es war kein Traum, es war eine andere Art von Erleben. Es war ein Erkalten der Glieder von den Füßen her aufwärts, bei vollem Bewußtsein, ich wußte, was geschah, ohne mich zu ängstigen, ich wußte, die Kältewelle würde das Herz erreichen, ich erstarrte nach und nach, mit offenen Augen, ich war tot, aber ich konnte noch sehen, ich sah meine Umgebung, Wände, Fenster, ich sah auch mich daliegen auf einem breiten Lager. Es war nicht schlimm. Als ich erwachte, es war noch dunkel, brauchte ich lange, mir klarzumachen, daß ich nicht tot war, mich aus der Starre herauszuarbeiten. Ich dachte, jetzt weiß ich, wie es ist, wenn man stirbt, und habe keine Angst mehr davor. Ich empfand etwas wie einen kleinen Trost.

Die nächsten Tage, daran erinnere ich mich, waren sehr nüchtern. Ich tat, was zu tun war, las alles, was man mir zuschickte, sah, wie die Flut des Papiers anschwoll, und empfand nichts dabei. Ich war ja tot, das war gut, es betraf mich nicht. Wie immer saß ich stundenlang an meinem Maschinchen und schrieb alles auf, was ich sah und hörte. Im CENTER blickte man mich von der Seite an und ging mir aus dem Weg, auch das war gut.

Ein leitender Angestellter, der für unsere Betreuung verantwortlich war, lud mich in ein teures steriles Restaurant ein und wollte »meine Version der Geschichte« hören. Sie kann ihn nicht befriedigt haben. Ich hörte aus seinen verlegenen Sätzen heraus, daß er meine Anwesenheit im CENTER gegenüber seinen Vorgesetzten auf der höheren Ebene zu rechtfertigen hatte, die wiederum einer aufgescheuchten Öffentlichkeit Rede und Antwort stehen mußten. Man nehme hier »so etwas« sehr genau, das wisse ich wohl. Ich fragte, ob ich abreisen solle. Erschrocken wehrte er ab. Man stelle sich hier hinter seine Gäste.

Vor Jahren habe man sogar einmal einen Wissenschaftler gehalten, von dem sich herausstellte, daß er nicht ganz unbedeutend in einer Nazi-Organisation gewesen sei. Ich hatte große Mühe, einen bösen Lachanfall zu unterdrücken.

Ein Selbsterhaltungstrieb scheint noch funktioniert zu haben, ich achtete darauf, daß ich jeden Tag um die Mittagszeit eine Stunde auf meiner Bank im Ocean Park verbrachte und aufs Meer sah. Irgendwann hatte Peter Gutman das ausgekundschaftet, er kam und setzte sich einfach dazu. Schwieg. Sagte endlich: Sie vernachlässigen Ihre Freunde, Madame. Darauf zuckte ich die Achseln. Nach wieder einer Weile wollte er wissen, ob ich gedächte, irgendwann wieder einmal am Leben teilzunehmen. Aber das wußte ich doch nicht. Ob ich denn meinte, aus dieser Isolierung sei irgend etwas zu gewinnen. Aber darum ging es doch gar nicht. Worum es denn sonst gehe? Da wußte ich es: Es ging darum, eine Gefahrenzone zu überstehen. Sie zu durchqueren mit möglichst wenig Empfindung. Als Mittel der Schmerzvermeidung. Aber das sagte ich nicht.

Nun gut, sagte Peter Gutman. Er wolle mir nur mitteilen: Er habe sich kundig gemacht. Habe einiges gelesen. Habe wohl auch einiges verstanden. Ihm sei klar, daß ich jetzt nicht auf das hören werde, was er mir sagen wolle. Doch möchte er es lieber zu früh als zu spät sagen: Ich steigere mich da in eine unnötige Psychose hinein. Der Anlaß dafür sei, objektiv betrachtet, gering. Natürlich bliesen die Medien ihn auf. Wieso lasse ich das so an mich heran? Nähme ich mich so ernst? Habe ich mich denn als fehlerfrei und tadellos sehen wollen? Sei das nicht eine merkwürdige Art von Hochmut?

Gerade das hätte mir nicht passieren dürfen, sagte ich. Es war eine Art innerer Kehrreim.

Na dann, sagte Peter Gutman, wenn es so ist, dann wünsche ich dir, daß du eines Tages froh darüber bist, daß gerade dir das passiert ist.

Dazu ist es tatsächlich gekommen, Wochen später, als ich

zu meiner Erleichterung einem Menschen, der es besser hätte wissen müssen und der in einem der zahllosen Zeitungsartikel ein heuchlerisches Bedauern über meinen angeblichen Fehltritt ausgedrückt hatte, in einem zornigen Brief schreiben konnte: Rutscht mir doch alle den Buckel runter. Vorher aber mußte noch einiges geschehen. Das Telefon mußte ein Eigenleben beginnen, es mußte mir Stimmen zutragen, aus einer Welt, die mir abhanden gekommen war und in der man anscheinend weiter ein normales Leben führte. Grace Paley mußte anrufen aus ihrem Waldhaus von der Ostküste, sie mußte sagen: Du solltest wissen, I am with you. Die Welt wird immer schlechter, aber die Menschen werden immer besser. Lew Kopelew mußte anrufen und mich beschwören, ich solle nur mir und meinen Kindern etwas erklären, nicht den Kleingeistern rundum. Während wir sprachen, sah ich ihn wieder durch sein Moskau gehen, mit seinem Patriarchenbart, kräftig ausschreitend an seinem Stock, wütend über verleumderische Zeitungsartikel, besorgt über eine vielleicht bevorstehende neue antisemitische Welle. Ich sah das Schriftstellerheim bei Leningrad vor mir, wo man schon am Morgen Kotelett und fetten Kascha essen sollte, sah euch mit dem alten Übersetzer-Ehepaar auf der Treppe sitzen, ihren Erzählungen zuhörend über die Intrigen gegen die Achmatowa, über deren Verurteilung in Versammlungen, sah die Blumen, die immer auf dem Grab der Achmatowa lagen, das nahebei war. Sah den Mann, der sich abseits hielt, wenig sprach, von einer Aura der Unnahbarkeit umgeben war, aber eines Abends doch anfing, von den Lagern zu sprechen, in denen er viele Jahre hatte verbringen müssen. Der Begriff Gulag war noch unbekannt. Ihr sogt Informationen ein, ihr wolltet wissen, wo ihr lebtet. Ich schrieb auf meinem Maschinchen:

MANCHMAL DENKE ICH, ICH MÜSSTE MICH NUR AUF DIE RICHTIGE WEISE ANSTRENGEN, DANN WÜRDEN DIE RICHTIGEN, DIE RETTENDEN SÄTZE ZUM VORSCHEIN KOMMEN. DANN WIEDER ERFAHRE ICH, DASS ALLE ANSTRENGUNG NICHTS NÜTZT. WAS ICH

Ich lese nach langer Zeit in dem Buch der Nonne. Daß man Schmerz nicht vermeiden soll. Daß man einfach dasitzen soll und sich selbst ruhig ansehen: So ist man eben. Man ist nicht auf der Welt, um sich zu bessern, aber um sich zu öffnen.

Aber wenn man das gerade versucht, dachte ich, wird man dafür bestraft. Darauf muß man gefaßt sein, würde die Nonne sagen. Auch das muß man aushalten.

Was mußte noch geschehen? Eines Abends, als ich nach Hause gehen wollte und mein Schlüsselbündchen bei der Security im vierten Stock abgab, saßen die Wachmänner vor dem kleinen Fernseher und drehten sich nicht nach mir um. Über ihre Schultern sah ich: die dunklen Umrisse einer Stadt, Lichtblitze von Detonationen. Einer sagte: We're bombing Bagdad with missiles. Bagdad bei Nacht unter dem Beschuß amerikanischer Missiles. Einer der Männer sagte immerzu: Unbelievable, und ich wußte nicht, war das ein Ausdruck von Entsetzen oder von Bewunderung für die amerikanische Technik. Ein amerikanischer Korrespondent in Bagdad wurde befragt, er sagte, das schlimmste sei es gewesen, als vor fünfundzwanzig Minuten die Erde gebebt habe vom Einschlag einer Rakete. Es sei ein unbeschreibliches Gefühl, wenn die Missiles mit ihrem unheimlichen Heulen dicht über einem dahinfliegen würden. Ja, Bagdad liege unter Beschuß, »but we don't know much«. Eine ältere Frau kam vorbei, aus der Fotoabteilung, sie sah die Fernsehbilder, fragte: What happened? Die Männer sagten: Bagdad is being attacked. O my goodness, sagte sie, und sie murmelte etwas wie: Sie habe ein paar Tage keine Nachrichten gehört, und nun gleich das! Ich empfand, daß ich zu schweigen, mich nicht einzumischen hatte. Amerikaner unter sich. Ein Ausländerhotel sei getroffen worden, hörte ich den Sprecher sagen, und auch ein Gebäude, in dem der Irak an Stoffen zur

Herstellung von Atombomben gearbeitet habe, aber da habe sofort ein Mitarbeiter der UNO erklärt, er sei vor wenigen Wochen in dieser Anlage gewesen, die sei schon längere Zeit stillgelegt.

Hat Bush das mit Clinton beraten? fragten wir uns am nächsten Tag, während wir in der Lounge saßen und Tee tranken. Die Clinton-Regierung fing an. Überall im Land sollten zur gleichen Zeit die Glocken läuten, eine neue Ära sollte eingeläutet werden. Während die Bomben auf Bagdad fielen.

Francesco sagte: Der amerikanische Traum. Es stellte sich heraus: Die Amerikaner unter uns glaubten nicht an ihn. Ein blonde Frau in mittleren Jahren, Freundin von Emily, eine Rechtsanwältin, sagte, erst jetzt, durch die Lektüre des Buches von Malcom X, erfahre sie eigentlich, wie ein Schwarzer das weiße Amerika erleben müsse, seit kurzem wohne sie in einem Viertel, in dem auch Schwarze der Mittelklasse wohnten, was sie zuerst sehr irritiert habe, weil sie es einfach nicht gewöhnt war, Schwarze normale Dinge tun zu sehen wie die Weißen. Ihr Sohn gehe auf eine Privatschule, da sei kein schwarzes Kind, und auch zu Hause spiele er mit keinem.

Ich hatte am Morgen im Radio ein Gespräch mit einer jetzt alten schwarzen Köchin gehört, die lange bei der Familie Rokkefeller gearbeitet hatte und dann bei einem hochrangigen Politiker, der anscheinend in eine Betrugsaffäre verwickelt war. Was sie denn davon mitbekommen habe, wurde sie gefragt. Und ob sie in der Küche nicht darüber gesprochen hätten. O no! sagte sie ganz erschrocken. Wir hatten soviel zu tun. Dreimal am Tag kochen! Es war nicht leicht.

Tja, sagte Peter Gutman. Klassenlose Gesellschaft.

Mit einem möglichst harmlosen Gesicht hatte er sich eines Abends wieder bei mir eingestellt: Ist es erlaubt? Er wollte wissen, was ich schrieb. Ich reichte ihm ein paar Blätter hin. Es war die Antwort auf den Brief eines Freundes, eine Art Selbstanalyse. Er las sie lange, zu lange, fand ich, und schwieg. Wir tranken den Wein, den er mitgebracht hatte, aßen Salzgebäck.

Wie du weißt, sagte Peter Gutman nach einer Weile, habe ich eine Telefonliebe.

Und was sagt die, gerade jetzt?

Sie rät zur Mäßigung. Vor allem gegen sich selbst. Sie kann es auf den Tod nicht leiden, wenn man gegen sich selbst wütet.

Wer tut denn das. Du?

Ich auch, sagte Peter Gutman. Manchmal.

Gerade jetzt?

Wir sprechen nicht von mir, Madame. Wir sprechen von Ihnen. Hören Sie auf einen alten weisen Mann: Die Liebe zu sich selbst ist die schwerste unter allen Liebesarten.

Und du, mein Lieber, bekommst demnächst einen Preis für durchsichtige Ablenkungsmanöver. Ich aber frage mich in jüngster Zeit: Vielleicht habe ich durch ein Versäumnis die große Chance meines Lebens verpaßt.

Und die wäre? wollte Peter Gutman wissen.

In den Westen zu kommen. Im Mai 1945: Über die Elbe. Wohin unser Flüchtlingstreck strebte, wie all die anderen Trecks und all die kampfmüden Wehrmachtssoldaten auch, die ihre Waffen weggeworfen hatten. Und auch die Offiziere, die sich ihre Offizierspauletten und ihre Orden abgerissen hatten und am Straßenrand an kleinen Feuerchen ihre Papiere verbrannten, wofür ich sie übrigens verachtete. Es ging um Stunden. Dabei glaubten wir es ja geschafft zu haben, Amerikaner nahmen uns als erste Besatzungsmacht in Empfang, dann kontrollierten die Engländer den Zipfel Mecklenburgs, in dem wir untergekommen waren. Aber am Ende, im selben Sommer noch, waren es eben doch die sowjetischen Truppen, die verabredungsgemäß bis zur Elbe vorrückten. Die ihre Ordnung in dem östlichen Teil Deutschlands errichteten, in die ich hineinwuchs und in der ich wie selbstverständlich lebte. Es war um Stunden gegangen: Wären die Pferde des Gutsbesitzers, auf dessen Wagen wir hockten, nicht so ausgepumpt gewesen, daß sie selbst durch Peitschenhiebe nicht mehr anzutreiben waren – ich hätte ein vollkommen anderes Leben gelebt. Ich wäre ein anderer Mensch geworden. So war das damals in Deutschland, ein Zufall hatte dich in der Hand.

Und? fragte Peter Gutman. Möchtest du zurück? Den Zufall korrigieren? Die Elbe diesmal überschreiten? Der andere Mensch sein, der du dann geworden wärst?

Wahrscheinlich wäre ich Lehrerin geworden, wie ich es eigentlich wollte. Ob ich geschrieben hätte, weiß ich schon nicht, denn zum Schreiben haben mich ja immer die Konflikte getrieben, die ich in dieser Gesellschaft hatte. Meinen Mann hätte ich nicht kennengelernt. Andere Kinder, oder keine. Andere Eigenschaften hätte ich in mir hochkommen lassen, andere unterdrücken müssen. Hätte ich in einem Reihenhaus am Rand einer großen Stadt gelebt? Welche Partei gewählt? Wäre mein Leben langweilig gewesen? Für die Achtundsechziger wäre ich zu alt gewesen. In den Osten wäre ich nicht gegangen. Meine Urlaube hätte ich in Italien verbracht. Jetzt, als die Mauer fiel, wäre ich als Fremde in ein fremdes Land gekommen, in dem auch Deutsch gesprochen wurde, in dem ich die Leute aber nicht verstanden hätte. Weil ich gedacht hätte, das Leben, das ich, das wir geführt hatten, sei das eigentlich normale. Und ich wäre ohne Schuld gewesen.

Okay, sagte Peter Gutman. Das reicht.

Er ging. Ich war noch nicht müde, ich nahm mir noch die rote Mappe vor. Außer dem letzten Schreiben vom Mai 1979, das nicht von L., sondern von einer »Ruth« unterschrieben war und Emma mitteilte, daß ihre Freundin gestorben sei, gab es nur noch einen Brief, in dem L. sich entschuldigt, daß die Abstände zwischen ihren Briefen so lang geworden seien.

»Glaub nicht, liebe Emma, daß ich nicht an Dich denke. Im Gegenteil, öfter als früher denke ich an unsere gemeinsamen Jahre, die ja auch meine ersten gemeinsamen Jahre mit meinem lieben Herrn gewesen sind. Du hast es erraten, Emma, warum ich so lange geschwiegen habe: Mein lieber Herr ist tot. Das einfach so hinzuschreiben fällt mir immer noch schwer. Die Sehnsucht nach ihm, nach seiner körperlichen Anwesenheit, läßt nicht nach. Immer noch erwarte ich, ihn in der Tür stehen zu sehen, wenn ich mich von meinem Schreibtisch umdrehe, immer noch empfinde ich den gleichen Schmerz, daß er nicht da ist, nie mehr da sein wird.

Er war verzweifelt. All seine Forschungen der letzten Jahre waren der Frage gewidmet: Wohin geht die Menschheit. Ich kann bezeugen, daß er nie lustvoll den Untergang unserer Spezies prophezeite. Die politischen Ereignisse der letzten Jahre, die McCarthy-Ära, der von den Amerikanern herbeigeführte Sturz Allendes in Chile und was danach in und mit diesem Land geschah, hat ihm den Rest gegeben. Es war ihm zur Gewißheit geworden, daß die Barbarei, der wir gerade noch hatten entfliehen können, sich unaufhaltsam über die Erde ausbreiten würde. Er ist freiwillig gegangen.

Ich bin alt geworden, das ist kein Vergnügen. Todesnähe ist kein Vergnügen. Ich arbeite noch, reduziert natürlich, weil ich diese Arbeit liebe, aber auch, weil man in diesem Land sonst schnell arm wird. Ich sehe Dora jetzt öfter, sie ist die tapfere Frau geblieben, die sie immer war, sie ordnet den Nachlaß ihres Mannes, ich helfe manchmal. Ich bin müde.«

Meine Freundin Emma konnte diesen Brief nicht mehr beantworten. Sie hat ihn sicher noch bekommen, da war sie schon im Krankenhaus. Sie litt an Schilddrüsenkrebs. Ich habe sie nie niedergeschlagen oder ängstlich gesehen. Durch eine List hat sie einer Schwester ihre Diagnose abgeluchst; sie hat sich dann auf ihren Tod vorbereitet, indem sie alles weggab, was sie nicht mehr brauchen würde, Papiere verbrannte. Einmal, als ich meine Trauer nicht verbergen konnte, sagte sie: Ach weißt du, ich hab alles erlebt, was ein Mensch in dieser Zeit erleben kann. Nun ist es auch genug.

Ich suchte Ablenkung. Ann, die Fotografin des CENTER, hatte uns lange schon angeboten, uns durch die Slums von Los Angeles zu führen, in die wir, das sagten uns alle, auf keinen Fall alleine fahren sollten. Ich hatte eine neue Begleiterin: Therese, die ich erst wenige Tage kannte und mit der ich schon vertraut war wie mit einer alten Freundin, eine Journalistin, die war aus Deutschland herübergekommen, um für eine deutsche Zeitung über die anstehende Wahl des Bürgermeisters von Los Angeles zu berichten. Sie war oft hier gewesen, sie war süchtig nach dieser Stadt. Sie schien jedermann zu kennen, jeder kannte sie. Sie würde auf jeden Fall mit Ann und mir in die für Weiße verbotenen Stadtviertel mitfahren. Strahlend begrüßte sie die Gegenden, durch die wir fuhren, gewisse Straßenkreuzungen, einzelne Gebäude. Therese war Ende vierzig, blond, schlank, hatte kurzgeschnittenes Haar, graue Augen, über denen ein Schleier lag, der sich, je länger sie in der Stadt war, um so mehr auflöste. Als wir mit Anns altem Peugeot auf den Freeway auffuhren, seufzte Therese vor Glück. Sie würde mich in einen neuen Freundeskreis einführen, aber das wußte ich da noch nicht.

Ann wohnte an der Santa Fe Avenue in einer Künstlerkommune, die in einer ehemaligen Fabrik eingerichtet war und in die Künstler aufgenommen wurden, die unter 25 000 Dollar im Jahr verdienten. Das Areal war durch einen hohen, unbezwinglichen Zaun und durch ein kompliziertes Einlaßsystem abgesichert, nur mit einem bestimmten Zahlencode ließ sich das schwere Tor öffnen. Leider nötig, sagte Ann, wir wohnen ja hier in einem extrem unsicheren Viertel. Nicht daß ihr denkt, man könnte hier einfach draußen spazieren gehen. – Bedrückt dich das nicht? fragte ich. Ann sagte, der Mensch gewöhne sich an alles. Und nirgendwo sonst in dieser Stadt könnten sie zu erschwinglichen Mieten so große Apartments und Ateliers finden.

Ich mußte ihr recht geben. Riesige, hohe Räume, Platz für eine Art Dauerausstellung ihrer Fotos an den Wänden und an

Schnüren, die kreuz und quer gespannt waren, Platz für eine Dunkelkammer, eine Küchenecke und einen Wohnbereich mit Tisch, Sesseln und einer Musikbox. Hier läßt es sich leben, sagte Therese, und wir beiden anderen sahen uns an: Therese wünschte es sich, so leben zu können.

Auf dem Hof zwischen den Gebäuden hatten die Bewohner ein Kakteenfeld angelegt, eine Malerin winkte uns in ihr Atelier, um uns die Nachahmungen der pompejanischen Wandzeichnungen zu zeigen, die sie für einen zahlenden Auftraggeber gemacht hatte. Ein Glücksfall.

Dann aber gerieten wir in die Unterwelt. Direkt gegenüber dem Künstlerareal, jenseits einer breiten Straße, führte uns Ann den riesigen Müllplatz vor, der sich bis an den Horizont erstreckte, teilweise eingeebnet zu einer Art Mondlandschaft, über die der Wind ging und Staubwolken und kleinere Abfallstücke vor sich hertrieb. Ich erhob keine Einwände mehr gegen eine solche Nachbarschaft, die niedrigen Mieten für die Künstler erklärten und entschuldigten alles. Zwei Männer kamen auf uns zu, Ann kannte sie, die leben auf der Müllkippe, sagte sie, die bauen sich aus den Holz- und Metallabfällen ihre Buden. Die beiden hatten etwas in den Händen, was ich nicht erkennen konnte, was sie uns aber anscheinend zum Kauf anboten. Heute nicht, sagte Ann freundlich, die beiden winkten ihr zu und zogen friedlich ab.

Sie fuhr mit uns Richtung Downtown, durch immer verwahrlostere Viertel. Hier würde sie auch niemals aussteigen, sagte Ann. Gruppen von homeless people hockten an Häuserwänden, am Straßenrand, nur wenige bewegten sich. Alles Schwarze. Verwüstete Straßen. Ann hatte ein bestimmtes Ziel, sie verabredete sich mit jemandem über ihr Handy. Wenn ich anhalte, sagte sie, dann steigt ihr aus und lauft so schnell ihr könnt zu dem einzigen Laden, der eine heile Schaufensterscheibe und eine ordentliche Tür hat, die wird man euch öffnen, und ihr geht ganz rasch rein. So geschah es. Ein junger Mann hatte hinter der vergitterten Tür auf uns gewartet, öffnete sie kurz und zog uns hinein. Ann hatte es nicht ganz geschafft, ein Mann hatte sich ihr an die Fersen geheftet, sie kaufte sich mit einer Zigarette los, dann noch mit einem Dollar, witschte zu uns herein, der Mann preßte von draußen seine Wange an die Scheibe, zeigte mit dem Finger auf einen Punkt, Ann küßte diesen Punkt auf der Wange des schwarzen Mannes durch die Scheibe. Dann war er zufrieden und ging.

Wir befanden uns in einer Oase mitten in der Wüste. Der junge Mann war zu einem Anlaufpunkt für homeless people geworden. Er hatte den rückwärtigen Teil dieses Raums, der durch starke Gitter gesichert war und in dem er selbst malte, als Werkstatt eingerichtet, in der Obdachlose Holzspielzeug bauten, schöne Dinge in einfachen Formen, die sich gut verkaufen ließen, weil es sonst nur Plastikspielzeug gab. Von dem Erlös, sagte er, und das ist das Wunder, kaufen sie sich nicht Schnaps. Sondern Werkzeug und Material, um weiter bauen zu können. Wichtig sei, daß sie nicht bedrängt, nach nichts gefragt, von nichts überzeugt würden, daß sie kommen und gehen könnten, wann sie wollten, auch wegbleiben und nach längerer Zeit wiederkommen. Daß man sie einfach akzeptiere, wie sie seien. Und daß sie, manche von ihnen, dieses Angebot annähmen, sei das zweite Wunder.

Ann hatte das Bedürfnis, die Düsterkeit ein wenig aufzuhellen, sie fuhr uns durch die Mexikanerviertel, die sie besonders liebte, in denen sie einkaufte, die arm, aber sehr bunt und lebendig waren. Wir aßen unseren Lunch in einem Restaurant, das Serenata de Garibaldi hieß, und Therese deutete an, daß diese Stadt, Los Angeles, etwas wie ein Fluchtort für sie war, nein, sagte sie auf eine halbe Frage von Ann, sie sei immer noch nicht getrennt von ihrem Mann, er halte sie immer noch mit der Behauptung, daß er ohne sie zugrunde gehen würde. Ann sagte, sie würde es darauf ankommen lassen.

Der Nachmittag ging zur Neige, wir fuhren noch einmal nach Downtown, durch die Viertel der Armen. Jetzt sammelten sich überall um die missions, die kirchlichen Sammelstellen, und um die public shelters, die von der Stadt eingerichtet waren, wie um Magneten die homeless people, um vor der Nacht einen Teller Suppe und für die Nacht einen Unterschlupf zu finden. Jetzt sah man erst, wie viele es waren, eine grauschwarze düstere Masse, zu Schlangen aufgereiht. Fast alle schwarz, viele Gesichter schon ausdruckslos. Ein einziges Paar saß im Rinnstein beieinander, jüngere Leute, sie lachten, ich hielt sie für ein Liebespaar und machte Ann auf sie aufmerksam. Die sagte, ein Liebespaar? Nun ja, vielleicht. Aber man könne keineswegs sicher sein, ob der junge Mann nicht einfach ihr Zuhälter sei. Übrigens habe sie längst aufgehört, in diesen Vierteln zu fotografieren, nicht nur, weil es gefährlich sei. Ich verstand, daß ein Schamgefühl sie davon abhielt, diese Menschen in ihrer Erniedrigung zu dokumentieren. Statt dessen fotografierte sie uns privilegierte Gäste des CENTER auf möglichst vorteilhafte Weise, um die vergrößerten Fotos als eine Art Galerie im Flur des sechsten Stockwerks aneinanderzureihen. Ich konnte diese Ausstellung nur noch als obszön empfinden.

Maßlos erschöpft kam ich nach Hause, ins MS. VICTORIA, das sein Gesicht verändert hatte. Das mir nicht nur wie eine Oase, auch wie eine Trutzburg vorkam, eine Verteidigungsbastion gegen das Elend dieser Stadt, gegen das wir ohnmächtig waren. Ich lief zwischen Küche und Apartment hin und her, ich konnte mich nicht an die Maschine setzen, konnte nichts aufschreiben, aß wenig und trank gegen meine Gewohnheit schnell hintereinander zwei Whiskey, ohne daß ich eine Wirkung spürte. Dann nahm ich die Post aus meinem indischen Beutel, die ich morgens noch im CENTER abgeholt hatte, ohne sie anzusehen, und blätterte sie durch. Ein Fax war dabei, ein Artikel, gedruckt in einer angesehenen deutschen Zeitschrift, von einem angesehenen Journalisten, den ich leider aus Unachtsamkeit las. Er übertraf alles bisherige, alles, woran ich mich in den letzten Tagen fast gewöhnt hatte. Ich fühlte, daß ich in eine andere Luft geraten war, in eine wirkliche Gefahr, der ich nicht ausweichen konnte, ich mußte in dieser Nacht eine Entscheidung treffen.

248

Ich will mich erinnern, was ich in jener Nacht gemacht habe, über die ich nichts aufschreiben konnte. Ich bin ins Bett gegangen. Ich habe mir das Gedicht des heiligen Fleming mitgenommen. *Sei dennoch unverzagt, gib dennoch unverloren.* Ich wiederholte jede Strophe, bis ich sie im Schlaf konnte. Es war aber erst Mitternacht. Was jetzt.

DA FING ICH AN ZU SINGEN

Ich habe diese Nacht durch gesungen, alle Lieder, die ich kannte, und ich kenne viele Lieder mit vielen Strophen. Zweimal trank ich noch einen Whiskey zwischendurch, aber ich wurde nicht betrunken. Mehrmals klingelte das Telefon, ich wußte, wer da so inständig versuchte, mich zu erreichen, aber ich nahm nicht ab. Ich sang An jenem Tag im blauen Mond September, ich sang Glück auf, Glück auf, der Steiger kommt, ich sang Es leben die Soldaten so recht von Gottes Gnaden. Du Schwert an meiner Linken. Lieder verschiedener Lebensepochen gerieten mir durcheinander, plötzlich hörte ich mich singen Was fragt ihr dumm, was fragt ihr klein, warum wir wohl marschieren, und brach schnell ab.

Ich weiß noch, daß ich das Gefühl hatte, the overcoat of Dr. Freud schwebe über mir, er habe mir angekündigt, daß ich in dieser Nacht viel über mich erfahren würde, und er werde mich, da das gefährlich sei, beschützen. Da würde sich zeigen, ob ich das, wie ich es immer behauptete, wirklich wissen wolle. Es wunderte mich nicht, daß ein Mantel zu mir sprach.

Ich sang Als wir jüngst in Regensburg waren, ich sang Am Brunnen vor dem Tore, ich sang Der Mond ist aufgegangen, dann sang ich Spaniens Himmel breitet seine Sterne, und Da streiten sich die Leut herum wohl um den Wert des Glücks, und dann sang ich Im schönsten Wiesengrunde ist meiner Heimat Haus, aber auch We shall overcome und Au clair de la lune. Ich sang Das Wandern ist des Müllers Lust, und Großer Gott

im Himmel, sieben Heller sind mir noch geblieben, und Stehn
zwei Stern am hohen Himmel, und Guten Abend, gute Nacht,
und Kein schöner Land in dieser Zeit und Wohl auf, Kameraden, aufs Pferd aufs Pferd, und Die blauen Dragoner, sie rei-
ten, und O Straßburg, o Straßburg, du wunderschöne Stadt,
und Das Lieben bringt groß Freud, und Zu Straßburg auf der
Schanz, und Ik weit enen Eikboom de steiht an de See, und
Up de Straat steiht en Djung mitn Tüdelband, und Laßt uns
froh und munter sein, und Ich hatt' einen Kameraden, und Es
geht eine helle Flöte, und Alle Vögel sind schon da, und ich ließ
keine Pause zu und holte Lied auf Lied aus einem unerschöpflichen Speicher, ich sang Die Gedanken sind frei, und ich sang
Es zogen drei Burschen wohl über den Rhein, und Drei Lilien,
drei Lilien, die pflanzt ich auf ein Grab, und O du stille Zeit,
und Hohe Tannen weisen die Sterne, und Im August blühn die
Rosen, und Du hast ja ein Ziel vor den Augen, und Die Blüm-
elein, sie schlafen, und Fremd bin ich eingezogen, und Sah ein
Knab ein Röslein stehn, und Der Mai ist gekommen, und Am
Weg dort hinterm Zaune, und All mein Gedanken, die ich hab,
und Willst du dein Herz mir schenken, und Es, es, es und es,
es ist ein harter Schluß, und Der Frühling hat sich eingestellt,
und Winter ade, und Hoch auf dem gelben Wagen, und Auf der
Lüneburger Heide, und Im Frühtau zu Berge wir ziehn vallera,
und Dat du min Lewsten bist, ich sang Stunde um Stunde und
erleichterte mein Herz, und sang Wir lagen vor Madagaskar,
und sang Wo die blauen Gipfel ragen, und sang Wir sind durch
Deutschland gefahren, sang Der Landsknecht muß die Trom-
mel rühren, sang Das Frühjahr kommt, wach auf, du Christ,
und Am Grunde der Moldau, da wandern die Steine, und Wem
Gott will rechte Gunst erweisen, und Auf, auf zum fröhlichen
Jagen, und Ich ging im Walde so für mich hin, und Ein feste
Burg ist unser Gott, und Geh aus, mein Herz, und suche Freud,
und Die Glocken stürmten vom Bernwardsturm, und Im tiefen
Keller sitz ich hier, und Über allen Gipfeln ist Ruh, und Kein
Feuer, keine Kohle kann brennen so heiß, und Abend wird es

wieder, und Als die goldne Abendsonne, sandte ihren letzten Schein, und Von all unsern Kameraden, war keiner so lieb und so gut, und Steige hoch, du roter Adler, und Maßlos gequält und gepeinigt, und Wer recht in Freuden wandern will, und Wie herrlich leuchtet mir die Natur, und Sonne komm raus, und Wo man singt, da laß dich ruhig nieder, und Unser Zeichen ist die Sonne, und Prinz Eugen, der edle Ritter, und Wacht auf, Verdammte dieser Erde, und Leise zieht durch mein Gemüt liebliches Geläute, und ich sang Ade nun zur guten Nacht, und Es blies ein Jäger wohl in sein Horn, und Im Märzen der Bauer die Rößlein einspannt, auch Und in dem Schneegebirge, und schließlich Freude, schöner Götterfunken.

Da wurde es Morgen, das erste Licht fiel durch das Rankengewirr am Fenster, und ich schlief ruhig ein. Wenige Stunden später saß ich an der Schmalseite des großen Tisches an meinem Maschinchen, ich hatte den Ausblick auf einen niedrigen Dachfirst, und dort erschien ein blauer Vogel, groß und schön, mit schimmerndem Gefieder, den ich noch nie hier gesehen hatte und den ich nie wieder sah. Er kam ganz nah an mein Fenster heran, ließ sich auf der Brüstung nieder, legte seinen silbern glänzenden Kopf schief und blickte mich an. Ich begriff, daß er ein Gesandter war, und verstand seine Botschaft, die in Worten nicht auszudrücken war.

Ich schrieb pflichtgemäß alles auf, was mir einfallen wollte.

Nachmittags ging ich zu Woolworth, mir eine Lampe für meinen Arbeitstisch kaufen. Ich hatte den länglichen Karton schon unter dem Arm und stellte mich an die Schlange vor der Kasse, da sprach mich ein jüngerer schwarzer Mann an, ziemlich unhöflich, er wirkte ungepflegt, unter einer knappen Kappe sah krauses schwarzes Haar hervor, er hatte schlechte Zähne und ein pockennarbiges Gesicht. Er drückte mir ein Päckchen mit Süßigkeiten in die Hand und einen Dollar, ich sollte das für ihn bezahlen, er müsse nur schnell mal weg. Ich verstand seinen Jargon kaum, er schien mir das übelzunehmen. Ich sagte, ich bräuchte den Dollar nicht, könne erst mal von meinem Geld

bezahlen. Nein. Das wollte er nicht. Ich sah ihn dann mit großen Schritten hinausgehen. Vielleicht muß er eilig eine Toilette
aufsuchen, dachte ich. Es dauerte lange, ehe die einzige Verkäuferin, ungeschult wie alle Verkäuferinnen hier, die Kundinnen
vor mir abkassiert und ihre Waren verpackt hatte. Ich bezahlte
das Päckchen Süßigkeiten extra und ließ mir das Wechselgeld
auf den Dollar herausgeben. Dann stand ich, meinen Karton
unterm Arm, in der Hand das Päckchen und das Wechselgeld,
und wartete. Er kam nicht. Hatte er sich über mich lustig gemacht? Wollte er für irgend etwas an einer weißen Frau Rache
nehmen? Sollte ich einfach weggehen? Dann plötzlich, als ich
mich umdrehte, stand er hinter mir. Here you are! rief ich erleichtert und streckte ihm sein Päckchen und das Geld entgegen. Er war wie verwandelt. Strahlend nahm er beides an sich,
drückte mir lange und herzlich die Hand, bedankte sich immer
wieder. Wir schieden in bestem Einvernehmen. Anscheinend
war das ein Test gewesen, und anscheinend hatte ich ihn bestanden.

Im Postfach des CENTER lag neben vielen neuen Zeitungs-
ausschnitten ein Brief von Ruth. Sie lud mich zu einer Diskussion ein in eine jüdische Gruppe, die sich in größeren Abstän-
den regelmäßig treffe und deren Leiter, falls man ihn so nennen
wolle, ein Freund von ihr sei. Kätchen, die in letzter Zeit mit
besonderer Sorgfalt meinen Postein- und -ausgang beobachtete, legte neue Faxblätter, mit der Schrift nach unten, vor mich
hin. Are you okay? Ich sagte: No. Und sie: I thought so. What
is the matter? Ich lud sie ein, mit mir zum Lunch zu gehen. Ich
versuchte, über die sprachliche Hürde hinweg, ihr zu erzählen,
was los war. Sie versuchte zu verstehen. Sie hatte amerikanische Zeitungen gelesen. Sie sagte, was alle zuerst sagten: Aber
das ist doch so lange her! Sie mochte mich. Sie wollte mich
trösten. Ich wußte, daß allein das Wort Kommunismus Entsetzen in ihr auslösen würde, wie bei fast allen Amerikanern.
Plötzlich krampfte sich der Muskel an meinem Mageneingang
schmerzhaft zusammen. Ich konnte nicht mehr schlucken. Ich

mußte meine Spaghetti kalt werden lassen und versuchen, vor Kätchen zu verbergen, daß ich nicht weiteraß. Auch trinken konnte ich nicht. Nach zehn Minuten löste sich der Krampf, aber er kam von da an immer wieder, ohne daß ich dagegen angehen konnte.

Gegen Abend begann im CENTER die »Zukunftsparty«, zu der alle Mitarbeiter eingeladen waren, gehalten, sich als Zukunftsmenschen zu verkleiden. Ich hatte nur mein Schlangenarmband umgetan und mir die bunte Holzschlange, die ich bei einem Ausflug nach San Diego gekauft hatte, über die Schulter gelegt. Nun glaubten die Partyteilnehmer, ich wolle die Schlangenfrau darstellen, und manche der Feministinnen wußten, daß die Schlange ein uraltes weibliches Symbol ist. Die meisten hatten sich mit ihrer Verkleidung als Zukunftsmenschen große Mühe gegeben, erschienen in metallisch glänzenden Kostümen, andere waren behängt mit elektronischen Geräten, wieder andere hatten sich Kopfbedeckungen mit Antennen aufgesetzt, und einige traten als Rakete auf. Sie tanzten nach elektronischer Zukunftsmusik, und wir aßen abenteuerliche Gerichte und tranken Phantasiegetränke. Unsere Gruppe war glänzend vertreten durch Pintus und Ria, ein konstellares Paar, zwei kleine Planeten, die einander umkreisten.

Spät erschien zu meiner Überraschung noch Peter Gutman, natürlich ohne auch nur einen Ansatz von Kostümierung. Aber wieso denn. Er sei der am raffiniertesten Kostümierte: Er komme als Mensch. Als Mensch aus dem zwanzigsten Jahrhundert. Ein Wissenschaftler aus der Vor-Zeit, als es noch Wissenschaften gab. Er hatte großen Erfolg.

Wir trafen uns an der Bar bei einem Getränk, das sich Lunacocktail nannte und von leuchtend gelber Farbe war. Peter Gutman ließ sich meine Schlangen erklären.

Aha, sagte er, Madame ziehen sich zurück ins Matriarchat.

Ob das ein Rückzug wäre, sagte ich, das wäre noch die Frage. Immerhin müßte ich im Matriarchat die Verantwortung für den ganzen Stamm mit übernehmen. Anstrengend, stell ich mir vor. Ich sah nicht rechts, nicht links und saugte an meinem Strohhalm.

Da sagte Peter Gutman: Uralte Regel: Wenn man sich festgefahren hat, muß man einen Schritt zurücktreten und mit Verhandlungen beginnen.

Worüber verhandeln, wollte ich wissen. Über Kapitalanlagen?

Sie überschätzen mich, Madame. Ich bin gerade nicht flüssig. Auch bezweifle ich, daß in der Zeit, der wir alle hier offenbar angehören, ein Wort wie Kapital überhaupt noch vorkommt. Der letzte Dollar ist doch längst von der Zeitmaschine zerschreddert.

Are you sure, Sir? Das war Emily, die in phantastischer Umhüllung als Pythia gekommen war und nach allen Seiten wahrsagte.

Sicher bin ich sure, sagte Peter Gutman. Denn wenn das nicht passiert wäre, wenn der Dollar immer weiter die Welt überflutet hätte, dann hätten wir ja die Zukunft gar nicht erlebt, in der wir hier gemütlich herumsitzen.

Hätte und wäre, sagte ich mißfällig. Lutz, der Hamburger, ein Sternenritter, der erklärte, er vertrete das interkontinentale Gute, bemerkte: Aber er hat doch recht. Klar hatte er recht, aber zugleich war er ein hoffnungsloser Phantast.

Ob ich schon mal das Wörtchen Utopie gehört hätte.

O Mann, das hatte mir noch gefehlt. Da kam auch noch Francesco in seinem üppigen venezianischen Gewand mit der Teufelsmaske – der Teufel würde niemals aussterben, hatte er behauptet – und schlug auffallend milde vor, sie sollten die Last der Utopie doch mal von meinen östlichen Schultern nehmen und sie sich auf ihre westlichen Schultern laden.

Allgemeine Zustimmung. Was hieß denn das. Das hieß, daß sie anfingen zu spinnen. Natürlich hatten wir alle etwas getrunken, die Zusammensetzung der farbenfrohen Cocktails blieb ein Geheimnis, sie zeitigten unvorhersehbare Wirkungen, zum Beispiel begann Ria, der kleine schillernde Planet – allmählich hatte unsere ganze Gruppe sich an der Bar versammelt – ausführlich von einer Welt zu schwärmen, in der ein jeder Mensch, besonders ein jedes Mädchen, mit vierzehn ein Grundgehalt bekäme und sich von den Eltern ablösen könnte. Das würde die Selbstmordrate unter jungen Leuten erheblich senken.

Alle errieten, was Ria zu dieser Vision trieb, die uns aber doch zu banal erschien. Besonders Pintus mußte ihr widersprechen, mir fiel auf, daß er ihr in letzter Zeit andauernd widersprach. Man müsse schon etwas anspruchsvoller sein. Als er noch bei den Maoisten gewesen sei, hätten sie geglaubt, man könne die Menschen zu ihrem Glück zwingen. Und ihr Glück, hätten sie gedacht, sei es doch zweifellos, ihr Leben ganz und gar in den Dienst der Gesellschaft zu stellen. Die man natürlich von Grund auf verändern müsse, hätten sie gedacht. Wenn nicht anders, dann mit Gewalt.

Na und jetzt? wollte Lutz wissen.

Und jetzt, da wir doch von Utopie sprächen, setze er seine Hoffnung darauf, daß die Leute über einen langen, sehr langen Zeitraum andere Bedürfnisse entwickeln würden. Nicht nur nach Geld und Macht und Konsum streben würden.

Aber wie denn. Und wodurch.

Hoffentlich nicht durch Katastrophen, sagte Lutz. Hoffentlich werden wir nicht erst durch Katastrophen klug. Zum Beispiel haben wir alle in der Zukunft kein eigenes Auto.

Sehr schade, sagte Francesco.

Dann haben wir die alternativen Energien entwickelt und die Klimakatastrophe aufgehalten, sagte Maja, Lutzens Frau, im wallenden Kleid einer archaischen Göttin, und Ines, keck als Mätresse gekleidet, die es in jeder Zukunft geben werde, fügte hinzu: Dann fühlen sich nicht nur die Eltern, sondern alle für die Kinder verantwortlich. – Bloß nicht! kam es von Francesco, aber Ines gab ihm Bescheid, daß dann die Menschen nicht mehr kleingeistig und selbstsüchtig wären, sondern großherzig und, nunja, eben klüger.

Ihr meint, sagte Hanno, unser vornehmer Franzose, der in einer Art Frack gekommen war und einen Direktor der Sternen-Verkehrsbetriebe vorstellte, ihr meint: Dann wissen die Menschen mehr über sich? Und wollen das auch?

Schweigen.

Mehr über sich wissen, das kann einen ja auch zur Verzweiflung treiben, sagte Peter Gutman, der Mensch von heute.

Spielverderber.

Emily rettete die Situation. Sie erhob ihren Weisheitsstab, murmelte ihre pythischen Sprüche, blickte aus unseren Fenstern des elften Stockwerks weit hinaus auf das im blassen Mondschein glitzernde Meer und verkündete: Die Menschen werden es lernen, alles über sich zu wissen und das dazu zu verwenden, einander behilflich zu sein.

Wie langweilig! rief Ria. Man versprach ihr, die Konflikte würden nicht aufhören. Erst dann würde es die lohnenden Konflikte geben: Nämlich die zwischen den einzelnen Menschen in ihrer Verschiedenheit. Nicht nur die zwischen Reich und Arm, Hoch und Niedrig, Gläubig und Ungläubig.

Das kannte ich doch. Fing noch mal alles von vorne an?

Francesco dirigierte uns an einen freien runden Tisch, etwas abseits, direkt hinter der breiten Fensterfront. Auf einmal hatten wir den Trubel des Festes im Rücken und konnten reden, als wären wir in einem abgeschlossenen Raum. Ich erinnere mich, daß währenddes der große runde Theatermond seinen vollkommenen Bogen über dem glitzernden Meer beschrieb, ich verlor ihn nicht aus den Augen.

Zum ersten Mal setzte sich Stewart zu uns, der einzige schwarze Stipendiat im CENTER, der später als wir alle gekommen war und sich bis jetzt immer abgesondert hatte. Ich begriff auf einmal, daß wir uns ihm gegenüber genau so gehemmt verhalten hatten wie die anderen in letzter Zeit mir gegenüber: aus Unsicherheit. Das konnte ich plötzlich aussprechen. Stewart schien überrascht, nicht gekränkt, beinahe amüsiert, die anderen gaben zu: Ich hatte recht. Stewart arbeitete an einer soziologischen Studie über die schwarze Community in Los Angeles, er hatte, als er sein Projekt erläuterte, keinen Zweifel an seiner radikal ablehnenden Einstellung gegenüber den gesellschaftlichen Strukturen gelassen, die er da aufdeckte. Er war es jetzt, der mich von einer unerwarteten Seite her kritisierte: Er wolle nicht so tun, als wisse er nicht, worum es gehe. Schließlich lese auch er Zeitungen und schnappe im CENTER Gespräche und Gerüchte auf, die um mich einen Bogen machten. Das müsse aufhören, finde er. Vor allem müsse mein Herumschleichen aufhören.

Der Widerspruch war allgemein, aber nicht überzeugend. Herumschleichen?

Ja. Als hätte ich Grund, ein schlechtes Gewissen zu haben. Das mache ihn wütend.

Schlechtes Gewissen? Das traf es nicht. – Was denn sonst. – Nun. Ich fand, ich hätte Grund nachzudenken. – Nichts gegen Nachdenken. Aber worüber. – Ich will herausfinden, wie ich damals war. Warum ich mit denen überhaupt geredet habe. Warum ich sie nicht sofort weggeschickt habe. Was ich wenig später getan hätte.

Also gut. Warum denn also.

Weil ich sie noch nicht als »die« gesehen habe, glaube ich. Das sagte ich wohl zuerst. Natürlich weiß ich nicht mehr, was alles in jener Nacht zur Sprache kam, aber ich weiß noch, das Meer, der Pazifische Ozean da draußen und der Mond da oben waren die ganze Zeit dabei. Ich merkte, wie schwierig es war, normale Alltagswörter mit dem Land in Verbindung zu bringen, aus dem ich nun mal herkam und das in den Zeitungen, die meine Freunde lasen, umstandslos dem Reich des Bösen zugeordnet wurde. Ich bestritt ja vieles nicht, was da zu lesen war, nur hatte ich doch in einem anderen Land gelebt. Wie sollte man das beschreiben.

Tatsachen, aneinandergereiht, ergeben noch nicht die Wirklichkeit, versteht ihr. Die Wirklichkeit hat viele Schichten und viele Facetten, und die nackten Tatsachen sind nur ihre Oberfläche. Revolutionäre Maßnahmen können für die von ihnen Betroffenen hart sein, die Jakobiner waren nicht zimperlich, die Bolschewiki auch nicht. Wir hätten ja gar nicht bestritten, daß wir in einer Diktatur lebten, der Diktatur des Proletariats. Eine Übergangszeit, eine Inkubationszeit für den neuen Menschen, versteht ihr? *Die wir den Boden bereiten wollten für Freundlichkeit, konnten selber nicht freundlich sein*, daran habe ich mich festgehalten. Wir platzten vor Utopie, da dieses Wort nun mal gefallen ist. Wir mochten unser Land nicht, wie es war, sondern wie es sein würde. WIE ES IST, BLEIBT ES NICHT, das war uns gewiß.

Damals also, sagte ich, als diese jungen Herren mich ansprachen und ich sie nicht sofort wegschickte, habe ich wohl noch geglaubt: Vielleicht sind die notwendig. Vielleicht brauchen wir die. Nur zwei, drei Jahre später hätte ich »die« nicht mehr zur Tür hereingelassen. Anderen habe ich das dann mit Erfolg geraten.

Was war inzwischen passiert? Das wollten die Freunde doch wissen. Francesco meinte, es sei das passiert, was mit allen Illusionen passiere: Sie platzten. Lutz widersprach, das sei doch mehr gewesen als eine Illusion. Das sei doch ein neuer Gesellschaftsentwurf gewesen. Eine Alternative, die wir – er sagte: »wir« – doch dringend gebraucht hätten. Wer habe das deutlicher gesehen als sie, die Achtundsechziger? Und wer habe bitterer als sie erlebt, wie das »Wir« zerbröckelte? Kaum anders als bei euch, sagte er.

DER ARGE WEG DER ERKENNTNIS, sagte ich. Davor der lange Weg der Kenntnis, des Zur-Kenntnis-Nehmens. Was wir nicht für möglich gehalten hätten. Was wir nicht glauben wollten. Die Hoffnung verkam, die Utopie zerbröckelte, ging in Verwesung über. Wir mußten lernen, ohne Alternative zu leben.

Jetzt erst merkte ich, daß wir an unserem runden Tisch allein in dem großen Raum saßen. Die Musik hatte längst aufgehört zu spielen, die Bar hatte geschlossen, die letzten Paare waren gegangen, buntes Papier, Plastikbecher, Strohhalme lagen auf dem Boden verstreut, die Dekoration hing schlaff von den wenigen noch brennenden Lampen herab. Es war weit nach Mitternacht. Es tat mir leid, daß ich so lange, daß ich überhaupt geredet hatte. Ich wurde das Gefühl nicht los, daß ich sie mit den Teilen abgespeist hatte, die im Erinnerungsspeicher obenauf lagen, aber bis zur wirklichen Wirklichkeit gar nicht vorgedrungen war.

Wieso denn, fragte Peter Gutman, mit dem ich noch zum Ocean Park ging, noch eine Weile, an die Balustrade gelehnt, auf das nächtliche Meer schaute, den Mond jetzt ganz weit rechterhand knapp über den Santa-Monica-Bergen, dann zum MS. VICTORIA hinüberlief, durch menschenleere Straßen. Wieso denn bloß.

Ja, ja, sagte ich, es stimme ja alles. Aber darum gehe es ja eigentlich nicht. Worum es gehe? Immer noch um die Frage, wie ich das vergessen konnte. Warum hatte mich das keiner gefragt?

MAN KANN SICH AUCH AN FALSCHEN FRAGEN ABARBEITEN

sagte Peter Gutman, und wahrscheinlich hatte er recht.

Am nächsten Tag begann ich den noblen Brief eines Freundes zu beantworten (*wir wußten doch immer, daß es das eigene widersprüchliche Leben ist, aus dem das ANDERE wird*), dazu brauchte ich eine Woche und viele Bogen Papier und einige schlafarme Nächte. Ich schrieb mich an einen Kern heran, den ich deutlich spürte, nicht benennen konnte, bis ich eines Nachts aus dem Schlaf aufschreckte und den letzten Satz einer längeren Rede, die jemand mir gehalten hatte, als Schrift vor mir sah: DER FREMDE IN DIR. Das überzeugte mich gleich, es traf zu. Oder, dachte ich, vielleicht auch das Fremde in mir, das ich gespürt hatte, wie man wohl im Körper eine Wucherung spürt, fremdes Gewebe. Der Arzt wird eine Probe entnehmen, um die Zusammensetzung dieses Gewebes zu bestimmen, wobei es eigentlich nur darum geht: bösartig oder harmlos. Und um die Frage: schneiden oder nicht? Die Gefahr, daß das bösartige Gewebe den ganzen eigentlich gesunden Körper überwuchert und auffrißt.

MIR IST PASSIERT, WAS MIR NICHT HÄTTE PASSIEREN DÜRFEN, SAGE ICH MIR, UND DAS SCHEINT JA RICHTIG ZU SEIN, ABER ICH WEISS DOCH NICHT, OB NICHT ZUGLEICH EIN GEGENLÄUFIGER TEXT IN MIR SICH BEWEGT, DER DIESE THESE BEZWEIFELT. ETWAS WIE NEUGIER AUF DIE NÄCHSTEN SCHRITTE, DIE ICH GEHEN WERDE. ODER AUF DIE NÄCHSTEN GEDANKEN, DIE ICH DENKEN WERDE. SOGAR IN DEM WORT VERGEBLICHKEIT, DAS MEINE TAGE UND NÄCHTE BEHERRSCHT, LIEGT EINE ART GENUGTUUNG, DIE ICH IMMER EMPFINDE, WENN ICH FÜR EINEN ZUSTAND DIE TREFFENDE BEZEICHNUNG GEFUNDEN HABE.

Rachel, die Feldenkrais-Lehrerin, zu deren winzigem Häuschen ich jetzt regelmäßig fuhr, um von ihr zu lernen, war überhaupt nicht für gewaltsame Aktionen. Sie ließ mich spüren, was kleine Bewegungsänderungen für Auswirkungen auf das ganze System haben können. Wie eingefressene Gewohnheiten die freie Bewegung blockieren. Wie die Lockerung der Blockade im Körper auch die Blockaden im Gehirn lockert, weil wir nämlich nicht aus Körper und Geist bestehen, weil diese Trennung, die das Christentum uns suggeriert hat, falsch und verhängnisvoll ist. So daß wir es ganz verlernt haben, sagte Rachel, uns als eine Einheit zu sehen: Daß Körper, Geist und Seele in jeder einzelnen Zelle verschmolzen sind. Du nämlich, sagte sie mir nach der dritten Stunde, hast immer versucht, alles über deinen Kopf zu regieren. Versuchst es immer noch. Aber du beginnst, zu verstehen, worum es geht. Du lernst, nicht nur mit dem Kopf. Dein Widerstand läßt nach.

The overcoat of Dr. Freud, sagte ich.

Wie bitte?

Der Mantel, weißt du, der dich wärmt, aber auch verbirgt, und den man von innen nach außen wenden muß. Damit das Innere sichtbar wird.

Wenn du meinst, sagte Rachel. Mir genügt es, wenn mein Denken, meine Bewegungen, mein Fühlen so aufeinander abgestimmt sind, wie der liebe Gott das vorgesehen hat. Übrigens sagte sie noch, als dürfe sie mir das nicht verschweigen, daß sie sonst nur jüdische Patienten habe. Peter Gutman hatte mich an sie verwiesen. Ich fragte nichts weiter, sie sagte nichts weiter. Ich erinnere mich, das war einer der ersten hellen sonnigen Nachmittage nach dem großen Regen.

Mein kleiner roter GEO stand folgsam am Straßenrand vor Rachels Bungalow, aber ich konnte nicht hinein, weil ich die Schlüssel drinnen steckengelassen und die verriegelten Türen zugeschlagen hatte. Ich fand die Karte der Versicherung und stellte fest, daß die sich wirklich zuständig fühlte für mein Mißgeschick. Nach zwanzig Minuten kam ein kompetenter freundlicher Monteur, der es fertigbrachte, das Auto zu öffnen, ohne die Tür aufzubrechen, der für meinen unpassenden Scherz, daß er ja alle Chancen hätte, ein erfolgreicher Autodieb zu werden, nur ein müdes Lächeln übrig hatte und mein inständiges: Thank you so much! mit einem überzeugenden: You're welcome! beantwortete. Ich lenkte mein wiedergewonnenes Auto auf den Wilshire Boulevard und fuhr der Sonne entgegen, die endlich wieder einmal in ihrer ganzen Pracht im Pazifik versank.

Alles war, wie es sein sollte, die drei Racoons hatten die Sintflut überlebt, die Lampe über dem Eingang des MS. VICTORIA flackerte wie eh und je, Herr Enrico packte die Papiere auf seinem Schreibtisch zusammen, grüßte hochbeglückt und war genauso erfreut wie jedermann, daß die Sonne wieder über Kalifornien schien, ich schleppte die Taschen mit den Einkäufen von unterwegs zu meinem Apartment, trank meine Margarita und aß Käsebrote, während die Besatzung der Enterprise einmal mehr eine fremde Zivilisation rettete, wofür ich ihr aufrichtig dankbar war.

Unkontrollierte Gedanken liefen mir durch den Kopf, auf einmal kam das Wort »Schrecken« auf, wie hieß das eigentlich auf englisch, ich griff nach dem Langenscheidt: »shock«, ja natürlich, das war es wohl, obwohl es nicht ganz genau dem deutschen Schrecken entsprach. Zum ersten Mal in all diesen Wochen fiel mein Blick auf die Rückseite des Bandes, ich las die Anpreisung: »Hochaktuell mit Neuwörtern aus allen Lebensbereichen, z. B. Wendehals, Binnenmarkt.« Da wollte ich nun doch die englische Entsprechung sehen, ich suchte und fand: »Wendehals, m. pol. DDR contp (= contemptously, verächtlich): quick-change artist«, und war nun endgültig von der Unübersetzbarkeit der Wörter überzeugt. Denn der junge Kollege, der das Wort im Herbst 1989 zuerst gebrauchte – das war in der Erlöserkirche in Lichtenberg, bei der Veranstaltung der Schriftsteller: WIDER DEN SCHLAF DER VERNUNFT –, der tat ja nichts anderes, als ganz sachlich aus Brehms »Tierleben« die Beschreibung des Vogels namens Wendehals vorzulesen, und mehr mußte er auch nicht tun, um das Verhalten der übereifrigen Anpasser an die revolutionären Zustände lächerlich zu machen, und ich tat nichts anderes, sagte ich mir, als diese Definition am berühmten 4. November auf den Alexanderplatz zu tragen.

In der Erlöserkirche versammeltet ihr euch im Oktober 1989, noch billigte man euch keine großen Säle zu, verbot aber eure Veranstaltungen nicht mehr, und die Kirchen öffneten ihre Tore. »Wider den Schlaf der Vernunft«, besser hätte ein Motto kaum sein können, das spürten die Hunderte, die sich in der Kirche drängten und bis in die Nacht hinein den Dutzenden von Beiträgen der Schriftsteller, der Sänger lauschten. Erschütterte Freude – das war die Stimmung an jenem Abend. Die Sprache war frei, als wäre das selbstverständlich. Keine Vorsicht und Rücksicht fesselte die Worte, die jedem auf der Zunge lagen, eine Erfahrung, die ihr nie mehr missen wolltet. Dein ceterum censeo in jenen Tagen war die Forderung nach einer unabhängigen Untersuchungskommission, die ermitteln sollte, was in den Nächten, in denen die Republik ihr vierzigjähriges Bestehen feierte, mit den gewaltlosen Demonstranten geschehen war und wer die Befehle zur Gewalt gegen sie gegeben hatte. (»In diesen Nächten ist eine Krankheit dieser Gesellschaft aufgebrochen.«) Wenig später hat es eine solche Kommission gegeben.

Als Peter Gutman kam, nicht angekündigt, aber erwartet, es ging auf Mitternacht zu, gab ich ihm den Brief zu lesen, den ich als Antwort für meinen Freund entworfen hatte. (»Aus Fehlern lernen ist die schwerste Art zu lernen, um wieviel leichter ließe es sich lernen aus Gelungenem, das aber war uns nicht vergönnt.«) Er schwieg dazu, allmählich wußte ich, was sein Schweigen bedeutete, aber es störte mich nicht. Ich sagte, ich will wissen, was damals los war mit mir.

Also hör mal zu, sagte Peter Gutman. Der Fall liegt ziemlich einfach: Du wolltest geliebt werden. Auch von Autoritäten.

Die sehr frühe Kindheitsangst vor der dicken Schlange, die nächtlich vor deinem Bett lag, so daß du unter gar keinen Umständen aus dem Bett steigen konntest, ohne auf diese eklige Schlange zu treten und von ihr gebissen zu werden. Aber was hatte diese Schlange zu tun mit deiner Angst vor der Lüge, oder vor der Entdeckung, oder vor der Mutter, die dir diese Angst eingeimpft hatte, die Mutter belügen als das schlimmste Vergehen, »Gott sieht alles«, die Geschichte von dem Mann, dem die Hand aus dem Grab wächst, brachtest du ganz alleine in einen Zusammenhang mit der Urlüge, der Lüge gegenüber der Mutter, da wurde dir das Grauen eingepflanzt, da das schlechte Gewissen und die Gewissensangst (»Hab ich Unrecht heut getan, sieh es lieber Gott nicht an«), da die Selbstzweifel als Brutstätte neuer Angst und verzweigter Ängste, da auch der Hang oder Zwang, vollkommen und untadlig zu sein, in Übereinstimmung mit den Autoritäten. Von ihnen geliebt zu werden. Um die tiefste Angst, die vor dem Verlust der Mutterliebe, zu vermeiden.

Nun, Madame, sagte er. Da warst du nicht die einzige. Übrigens bist du jetzt ziemlich tief in den Mantel des Dr. Freud reingekrochen.

An einem der nächsten Abende die Abenteuerreise zu dem Haus von Karl, dem Fotografen deutscher Herkunft, der in einem Vogelnest in den Hügeln lebte, direkt unter den vor den Felsen aufgestellten Riesenbuchstaben HOLLYWOOD, dem Wahrzeichen der Stadt, das man von Karls Fenstern aus erschreckend nahe sah, so wie man von der anderen Fensterfront das ganze riesige flimmernde Los Angeles bei Nacht da unten liegen sah, daß es einem die Sprache verschlug. Und Karl hatte dieses verschachtelte Häuschen um eine einzige Bude herum, die Urzelle, selbst aufgebaut, mit Basement und Holzterrassen, ein kleines Wunder. Bob Rice hatte mich hergebracht, außer uns war noch Allan da, ein Amerikaner japanischer Herkunft, der Freund von Bob, und ein älteres jüdisches Ehepaar, der Rechtsanwalt John, seine Lebensgefährtin, eine Professorin an der Universität, und ihre Tochter. Wir tranken einen Gin Tonic und saßen dann eng um einen Tisch in einem der kleinen Zimmer, die alle ineinander übergingen und deren Wände mit Fotos von Karl bedeckt waren. Er und Allan hatten gekocht, »japanischer Touch« wurde angekündigt, eine Vertrautheit kam zwischen uns auf, als würden wir uns lange kennen. Immer wieder war ich überrascht, mit wieviel Wärme die Menschen mir entgegenkamen, obwohl sie doch alle den Artikel in der »New York Times« gelesen haben mußten, in dem ein Porträt von mir entworfen wurde, vor dem ich erschrak. John, der Rechtsanwalt, sagte leise zu mir, ich solle mir einfach vorstellen, daß die Amerikaner jedes Land und jeden Menschen nach ihrem Bilde formten, und daß viele Leute es einfach »great« fänden, wieviel Platz diese große Zeitung mir widmete, unabhängig vom Inhalt des Artikels.

Bob bat Allan, von der Internierung der in den USA lebenden Japaner in concentration camps nach der Bombardierung von Pearl Harbour zu erzählen, seine Eltern und er als einjähriges Kind waren davon betroffen gewesen, Allan wollte nicht viel dazu sagen, nur, daß es sehr schwer für sie war, nach ihrer Entlassung wieder Fuß zu fassen im normalen amerikanischen Alltag, ein allgemeines Mißtrauen schlug ihnen entgegen. Er arbeitete übrigens bei Universal Studios als Kulissenbauer, wenn es mich interessiere, könne er mich mal durch die Studios führen.

John hatte viel über den Herbst 1989 gelesen. Er brachte die Diskussion auf die Frage, welches englische Wort dem deutschen »Aufbruch« angemessen wäre, wir fanden »uprising«, aber das stimmte nicht ganz, wir würden Wörterbücher zu Rate ziehen.

Wie waren sie denn, diese Wochen, wenigen Monate, für die so schwer ein passender Name zu finden ist? Die sich langsam, fast unauffällig herangeschlichen hatten, auf verschiedenen Wegen, einer davon mündete in einem Pfarrgarten, nach einer Lesung in einer Kirche, ein paar Dutzend Leute standen herum, heftig diskutierend, es war Frühsommer, die Wahlen waren gefälscht, das war nun durch Zeugen in den Wahllokalen dokumentiert. Ich weiß noch, du sagtest: Das erlauben die sich nicht noch mal! Der Gefühlspegel stieg an, gemischte Gefühle, durchaus, bei dir neben Wut und Empörung und Erstaunen auch Sorge, denn wohin sollte das führen, wenn die Oberen immer noch und immer weiter nicht imstande und nicht willens waren, die Realität zu sehen, die Stimmung im Land wahrzunehmen und darauf zu reagieren.

DIALOG! war die erste Forderung der ersten Demonstranten. Die Machthaber aber setzten eine törichte Maßnahme auf die andere, verboten schließlich sogar die Moskauer Zeitschrift »Sputnik«, die das Neue Denken, das aus Gorbatschows Sowjetunion zu euch herüberschwappte, im eigenen Land unangefochten verbreitete. Ihr wart dabei, als in einem der kritischen Stücke, um die die Theater sich jetzt rissen, ein Schauspieler mitten in einer Szene einen ganzen Packen dieser Zeitschrift auf die Bühne warf, und wie das Publikum jubelnd, Beifall klatschend aufsprang. Noch wurden die Manifeste verschiedener Gruppen unter der Hand weitergereicht, noch fanden die unverblümt offenen Diskussionen in Wohnungen statt, aber das Tempo der Ereignisse beschleunigte sich unaufhaltsam.

Ich habe jetzt die Mappe gefunden, auf der 1989/90 steht und in der die Texte versammelt sind, die du in jenen zwei, drei Monaten geschrieben hattest. Das erstaunt mich nun doch. Sie waren dir damals abgefordert worden. Zuerst ein Appell an die Machthaber, endlich in einen öffentlichen Dialog mit den Kritikern einzutreten, den du zusammen mit Kolleginnen verfaßtest und dann in einer großen Versammlung vortrugst, in der er zu eurer fassungslosen Verwunderung mit sieben Gegenstimmen angenommen wurde, womit klar war: Der Wind hatte sich gedreht. Interviews, Berichte, Aufrufe über Funk und Fernsehen, die dir plötzlich offenstanden. Mir fällt auf, daß diese Texte getränkt waren von Hoffnungen, die man wenig später Illusionen nennen mußte, »Für unser Land« nanntet ihr einen dieser Appelle, der schon veraltet war, als er erschien. Aber ich weiß seitdem, daß eine Volksbewegung ohne diese Hoffnungen, ohne Illusionen nicht auskommt.

Das wichtigste aber, woran ich mich erinnern will, sind ja nicht diese Texte, ist überhaupt nichts, was geschrieben steht oder gesendet wurde, das wichtigste ist der Zustand, in dem ihr euch befandet. All die Leute, die in Massen durch die Straßen trieben, Wildfremde, die miteinander über Themen redeten, die gestern noch tabu waren, und die sagten und riefen und taten, was ihnen niemand zugetraut hätte, sie selbst sich auch nicht, klug und phantasievoll und diszipliniert, und es war durchaus kein Glücksrausch, in dem ihr euch befandet, es war oft eine sehr schmerzliche Erfahrung, als nämlich die so dringlich geforderte Untersuchungskommission wirklich tagte, längere Zeit im Roten Rathaus, später in einer Kirche, und als die Macht in Gestalt ihrer hohen und höchsten Funktionäre sich für ihren Machtmißbrauch zu rechtfertigen hatte und in ihrer ganzen Erbärmlichkeit auftrat.

Ich wußte, sagte ich zu Peter Gutman, daß ich so etwas nicht noch einmal erleben würde. Wir waren alle in einem seelischen Ausnahmezustand.

Im television ein Film über Charlie Chaplin, stark herausgearbeitet seine Verfolgung durch den FBI-Chef Hoover. Am Ende ein Spruchband, wie viele Kilometer Akten dieser Hoover hinterlassen hat. Inzwischen wußte jedermann oder konnte es wissen, daß der spätere Präsident der Vereinigten Staaten, Ronald Reagan, seinerzeit Schauspieler und Präsident der Screen Actors Guild, einem Interessenverband, seine Kollegen als FBI-Informant »T-10« bespitzelt und verraten hatte. So what? Never mind. Wie sagte doch Mr. Hoover vor dem Untersuchungsausschuß zur Feststellung unamerikanischer Betätigung: »Der Kommunismus ist eine bösartige Lebensform, sie breitet sich epidemisch aus. Sie unter Quarantäne zu stellen wird unvermeidlich sein.« Bösartige Lebensformen, die ja noch nicht einmal die Schwelle zum Untermenschentum überwunden haben, rottet man ohne einen Anflug von schlechtem Gewissen aus.

Ich ging, um mich abzulenken, die Second Street hinunter, traf vor dem Restaurant, bei dem es angeblich die besten Burgers gab, den Freund, der trotz Flugangst aus Europa herübergekommen war, um mich zu interviewen. Es war ausgemacht, daß er an diesem ersten Tag seines Aufenthalts ungestört bei seinen Vorbereitungen sein sollte, aber nun lud er mich ein, mich zu ihm zu setzen, das war der einzige Burger, den ich in Amerika aß, er wurde in einem Weidenkörbchen serviert und war wirklich sehr gut. Wir sprachen über den Flug und den Wein in der Business-Class der Lufthansa, über die Auswirkungen des Jetlag, über das metereologische und das politische Klima in Deutschland, und am Ende fragte er: Warum sind Sie bei der Fahne geblieben? Nein: Sagen Sie jetzt nichts.

Wir verabschiedeten uns, ich ging noch an dem indischen

Laden vorbei, um mir ein Spiel Tarotkarten zu kaufen, dazu eine ausführliche Anweisung, wie sie zu gebrauchen seien. Im Vorgarten des MS. VICTORIA sah ich ein unglaubliches Bild: Mrs. Ascott, die Managerin, die nichts strenger verbot als das Mitbringen von Haustieren, saß an dem kleinen zierlichen weißen Tischchen rechterhand unter einer großblättrigen exotischen Pflanze, in eines ihrer flattrigen pastellfarbenen Gewänder gehüllt, und hatte eine Katze auf dem Schoß, die sie liebkoste. Es war das Kätzchen, das der große indianisch aussehende Mann, der inzwischen abgereist war, für sich adoptiert hatte. Isn't it sweet, isn't lovely? fragte sie und konnte mich zu meinem Erstaunen sogar mit meinem Namen anreden. Yes, Mrs. Ascott, it is. Zeichen und Wunder.

Auf meinem Tisch das inkriminierte Aktenstück, das corpus delicti, das mir der Freund aus Deutschland mitgebracht hatte, dick verschnürt, VERTRAULICH! Dutzende Journalisten hatten es vor mir gesehen und sich darüber ausgelassen, wie das Gesetz es erlaubte. Ich konnte es noch nicht öffnen. Ich war müde. Ich legte mich auf das Bett und las in Thomas Manns Tagebüchern.

Am 22. November 1949 hatte er geschrieben: *Adenauer, der Kanzler, erklärt einem Franzosen, Deutschland wolle keine Armee. Militaristische Erinnerungen dürfen nicht erweckt werden. Dabei ist schon die ganze westdeutsche Presse, kaum daß die Frage der dismantlings zu D.'s Gunsten gelöst, zur Forderung der Aufrüstung gegen Rußland übergegangen. Dieses würde mit der Einführung der allgem. Wehrpflicht in Ost-Deutschland antworten. – Becher und Eisler haben eine neue deutsche National-Hymne hergestellt, gestimmt auf Einheit und Frieden, die kein Volksfeind stören soll. – Gefühl des Ephemeren, Überholten und Unsinnigen. Friedensmilitarismus. Aber was ist das Rechte, und was hat Zukunft?*

Gute Frage, dachte ich. Warum sind Sie bei der Fahne geblieben?

Einmal, erinnerte ich mich, hat jemand dich ausdrücklich

aufgefordert, »bei der Fahne« zu bleiben. Das muß in den siebziger Jahren gewesen sein. In Leipzig. Ihr saßet – eine Gruppe von Autoren – beim Frühstück in einem Hotel, in dem ihr nach einer Veranstaltung am Vortag übernachtet hattet. Da trat unerwartet ein älterer Mann auf dich zu, ehemaliger Generalstaatsanwalt, seines Amtes enthoben, als er sich weigerte, gegen Walter Janka und Wolfgang Harich Anklage zu erheben, »da er den notwendigen Kampf gegen Feinde der DDR vernachlässigt« hatte, jetzt Leiter des Amtes für Buch- und Verlagswesen, also oberster Zensor. Er legte dir die Hand auf die Schulter und sagte: Bleib du bloß bei der Fahne! – Bei welcher Fahne? fragtest du verblüfft. Und er: Bei der Fahne der Humanität.

Ich schlief ein. Ich träumte einen Traum, der durch die Sperrzone der Schlaftabletten drang, das weiß ich genau, weil ich ihn zu Papier gebracht habe – ich würde mich hüten, einen so aufdringlichen, leicht durchschaubaren Traum zu erfinden. Ich träumte also, ich läge auf einer Art Brett, und mir würden im Schlaf mit einer Scheibensäge alle Gliedmaßen scheibchenweise abgesägt, abgetrennt, zuerst die Beine, dann die Arme, zum Schluß der Kopf, bis das Gehirn freilag und auch dieses zersägt wurde, und dazu rief eine männliche Stimme: So muß es sein. Dann ist da noch in Leuchtschrift mein Name, am Schluß verlischt auch der.

Beim Erwachen dieses intensive Gefühl: Mir drohte Gefahr von mir.

Früh lief ich ans Telefon und gab nach Berlin durch: Mein Körper entfernt sich von mir. In derselben Weise, aber wohl nicht in der gleichen Geschwindigkeit, wie die Zeit sich von mir entfernt. Vielleicht stimmt es ja, was Jurij Trifonow behauptet, daß die Libido des Schreibens sich zum Alter hin abschwächt, sagte ich, aber ich bekam nur die harsche Antwort, das sei nichts als eine Ausrede, anscheinend dächte ich immer noch an ein Publikum, anstatt, wie es nötig wäre, mir einfach über mich selbst Klarheit zu verschaffen und nur für mich zu schreiben, und ich, wie immer in solchen Fällen, wollte zuerst widersprechen, aber dann sagte ich zu meiner Überraschung einfach ja und genoß es, nachzugeben. The overcoat of Dr. Freud, sagte ich. – Wie bitte? – Ach nichts. – Kommst du darauf wegen der Libido? – Nein, aber: wäre das ein guter Titel? – Das käme darauf an.

Worauf denn? Darauf, daß der Weg in die Unterwelt gelingt: Der Eingang in die Unterwelt ist eine Wunde, erfuhr ich. Die Bewegungsart: Langsames Zurücktasten ins Dunkle. Ein Tunnelgefühl. ICH MUSS HINUNTERSTEIGEN IN DIESEN SCHACHT. Aber mußte ich das wirklich? Oder war es wieder nur eine Pflichtübung. EIN FREMDER MENSCH BLICKT MIR DA ENTGEGEN. Aber stimmte das überhaupt?

Warum sind Sie bei der Fahne geblieben? Das Hotel. Das Interview zur Person, die Aufregung, die Lampen. Die Antwort war noch nicht fertig, eine Teilantwort konnte ich geben: Es war die Hoffnung, daß diejenigen, die vielen, die, wie ich glaubte, so dachten wie ich, sich mit der Zeit durchsetzen würden. Weil es nicht anders sein konnte. Weil sonst dieses Land und alles, was es für uns verkörperte, zugrunde gehen würde. Weil es für uns keine Alternative gab. – Ich wußte: Die Frage würde über die Jahre mit mir gehen.

Abends aßen wir mexikanisch, die Hochspannung war der Erschöpfung gewichen, ich konnte meine Zunge nicht hüten, warf dem Freund, der mich, wie angekündigt, »ohne Rücksicht« befragt hatte, seine Überlegenheit vor, der sagte: Jetzt haben Sie mich aber beleidigt, da brach ich in Tränen aus.

Am nächsten Tag fuhren wir, zuerst in strömendem Regen, zum Sunset Boulevard, bogen in den Paseo Miramar ein, hoch zur Villa Aurora, Feuchtwangers Wohnsitz, an dem nach dem Tod von Marta Feuchtwanger gebaut wurde, wir konnten auf der Terrasse stehen und bewundernd über das Meer blicken, ich konnte dem Freund erzählen, wie es im Innern des Hauses ausgesehen hatte mit all den kostbaren Büchern. Wir saßen dann an der Küste von Malibu eine Weile auf einer Bank in der Sonne, die gegen Mittag aufgezogen war, und fühlten uns wohl. Der Freund sagte: Man hält mich bei uns jetzt für einen Ultralinken, dabei habe ich mich gar nicht verändert, aber mein Land ist mit unglaublicher Geschwindigkeit nach rechts an mir vorbeigezogen. Und ich dachte: Warum sollen die sich eigentlich immer nur mit unseren Problemen befassen, warum sollen nicht einmal wir uns auch für ihre Schwierigkeiten interessieren.

Wir fuhren dann noch mal den ganzen Sunset Boulevard hinauf und fingen an zu singen. Wir sangen »Wacht auf, Verdammte dieser Erde«, und »Wenn wir schreiten Seit an Seit«, und »Spaniens Himmel breitet seine Sterne« , »Und weil der Mensch ein Mensch ist«, und »Madrid, du wunderbare«, und »Durchs Gebirge, durch die Steppe zog unsre kühne Division« und »Wohin auch das Auge blicket, Moor und Heide nur ringsum«, der Freund kannte die Lieder alle, ich wollte wissen, woher. Was denken Sie denn, sagte er, als ich vor 1961, vor dem Mauerbau, in Berlin war, bin ich immer zu euch rübergegangen und habe mir die Ernst-Busch-Platten gekauft.

Abends saß ich allein in meinem Apartment und trank den Lufthansa-Wein, den der Freund mir dagelassen hatte, und las in Thomas Manns Tagebüchern: Pacific Palisades – wenige Kilometer von mir entfernt – Sonntag, den 4. Dezember 1949. *In diesen Tagen viel leidende Begierde und Nachsinnen über ihr Wesen und ihre Ziele, über erotische Begeisterung im Streit mit der Einsicht in ihr Illusorisches. Das höchste Schöne, behauptet als solches gegen eine Welt, ich würde es nicht anrühren wollen. ... Über das alles bekennend zu schreiben, würde mich zerstören.*

Ich setzte mich an mein Maschinchen und schrieb:

NUN IST JA SCHREIBEN EIN SICH-HERANARBEITEN AN JENE GRENZLINIE, DIE DAS INNERSTE GEHEIMNIS UM SICH ZIEHT UND DIE ZU VERLETZEN SELBSTZERSTÖRUNG BEDEUTEN WÜRDE, ABER ES IST AUCH DER VERSUCH, DIE GRENZLINIE NUR FÜR DAS WIRKLICH INNERSTE GEHEIMNIS ZU RESPEKTIEREN UND DIE DIESEN

KERN UMGEBENDEN, SCHWER EINZUGESTEHENDEN TABUS NACH
UND NACH VON DEM VERDIKT DES UNAUSSPRECHLICHEN ZU BE-
FREIEN. NICHT SELBSTZERSTÖRUNG, SONDERN SELBSTERLÖSUNG.
DEN UNVERMEIDLICHEN SCHMERZ NICHT FÜRCHTEN.

Oder die Furcht überwinden. Ein heute junger Thomas Mann,
dachte ich, müßte nicht davor zurückschrecken, seine homo-
erotischen Neigungen zu bekennen, nur scheinen sie auch
nicht sein eigentlich »innerstes Geheimnis« gewesen zu sein.
Nicht lieben können, nicht lieben dürfen ist der Fluch über
dem Leben des deutschen Tonsetzers Adrian Leverkühn, dessen Nähe zu sich selbst Thomas Mann nie geleugnet hat. Und
rührt damit, dachte ich, an das innerste Geheimnis der liebes-
unfähigen Männer, die zu Untaten bereit sind, um ihre Leere
auszufüllen.

Wdar es ein gutes Zeichen, daß Schreiben mir nicht möglich
war? Ein Zeichen für Aufrichtigkeit?

Wie der Reiter über den Bodensee fühle ich mich, sagte ich
dem Freund in Zürich am Telefon.

Sie haben überreagiert, sagte er.

Was bin ich bloß damals für eine dumme Kuh gewesen.

Na schön. Das wäre aber schon alles, was Sie heute dazu sagen können.

Und wie erklären Sie mir, daß ich das vergessen konnte?

Ziemlich einfach: Es wird Ihnen nicht so wichtig gewesen
sein.

Das könnte stimmen. Aber das kann ich doch jetzt nicht sagen.

Sie können jetzt alles sagen.

Sie meinen, da man mir sowieso nicht glaubt? Übrigens:

Der Satz war gültig, das wußte ich. Wollte für mich festhalten, daß danach keine Kontakte der falschen Art mehr möglich gewesen wären. Da gab es etwas wie Erleichterung, da öffneten sich die Klammern, wenn auch nur um Millimeter.

Ich erinnere mich, wie ich es mir erlaubte, spät aufzustehen, früh noch im Bett zu lesen, das Gelenk würde sowieso wieder blockiert sein, keine Therapie konnte ein zerstörtes Gelenk wieder aufbauen, war das nicht ein guter Grund, mit unnötigen Handgriffen herumzutrödeln, das Maschinchen an der Schmalseite des Tisches als unzumutbare Mahnerin zu beschimpfen. Ich erinnere mich, wie ich mich dabei ertappte, mit mir selber zu reden, unwirsch. Wie ich eine klemmende Schublade anschrie: Komm doch schon, du Biest. Wie ich dann mitten in der Küche stand, das Geschirrtuch in der Hand, und laut sagte: Es muß ja nicht sein. Ja, was denn! Aber ich wußte es ganz genau. Es hatte ja keinen Sinn zu leugnen, daß dieser Text viel langsamer wuchs, als die Zeit verging, die hatte es eilig, die war immer da, breitete sich aus, vielleicht konnte ich sie dazu benutzen, das Gefühl der Vergeblichkeit abzuschütteln, das sich in mir festgekrallt hatte.

Ich hielt das Alleinsein nicht aus, ich mußte unter Menschen, ich ging zur Third Street Promenade, begegnete einem der riesigen Müllwagen, auf dessen Seitenwand in großen Buchstaben zu lesen war: If you don't start recycling your litter Santa Monica will look like the inside of this car, ich mußte an die Unmengen von Plastikbeuteln denken, in die noch der kleinste Einkauf verpackt wurde, und daß mein Stereotyp: No bag, please! und die Angewohnheit, mir meine Einkäufe in mitgebrachte Baumwollbeutel verstauen zu lassen, mein einziger Beitrag zur Abfallvermeidung war. Ich würde heute mal wieder ein Sandwich bei Natural Food essen, wo man die gewünschte Zusammenstellung des Belags auf einer Liste ankreuzte und dann, wenn das Sandwich fertig war, von den jungen Kellnern mit Vornamen aufgerufen wurde und wo draußen an der Wand eine Plakette angebracht war: In loving memory to Tony. Ich begann in einer auf dem Nachbartisch liegengebliebenen Zeitung zu lesen, es war die »Daily Breeze«, die ich noch nie vorher zu Gesicht bekommen hatte, ich las die Schlagzeile: OSCAR FOR TRUMBO EASES YEARS OF PAIN, und da war ein großes Farbfoto, eine Frau in den Siebzigern saß in roter Bluse und dezent karierter Hose auf einem grauen amerikanischen Sitzsofa, die unvermeidliche Stehlampe hinter sich, und sie hielt, auf ihr Knie gestützt, eine Goldstatuette in der rechten Hand, den Oscar also, und sie hatte die Augen niedergeschlagen hinter ihrer Brille und den Mund skeptisch verzogen, keine strahlend Glückliche hatte da in die Kamera geblickt, denn dieser Oscar galt eigentlich ihrem Mann, dem einst bekannten Szenaristen Dalton Trumbo, einem der berühmten »Hollywood Ten«, die sich geweigert hatten, während der McCarthy-Zeit angebliche Kommunisten unter ihren Kollegen zu denunzieren, so war er mit einer Reihe anderer Schriftsteller, Regisseure und Schauspieler auf die schwarze Liste gekommen, was einem Berufsverbot glich, verdiente mit Hilfe des schwarzen Marktes der verbotenen Schriftsteller, auf dem er heimlich seine Manuskripte anbot, nur wenig Geld, aber er schrieb, schrieb, schrieb, sagte seine Witwe, und sie hatte die Last des Haushalts und der Kindererziehung, denn sie fand ja keinen Job, solange sie nicht bereit war, sich von ihrem Mann zu trennen und seinen Namen abzulegen, sie mußte sich daran gewöhnen, daß man aufstand und wegging, wenn sie sich neben jemanden setzte, und daß die Nachbarn ihre Kinder nicht mit denen der Trumbos spielen ließen. Zehn Monate war ihr Mann im Gefängnis wegen Verachtung des Komitees für Unamerikanische Umtriebe, sie war zugleich wütend und voller Angst um die Zukunft ihrer Familie, sie tippte die Endfassungen der Manuskripte ihres Mannes, die er dann unter verschiedenen Pseudonymen in ein Hollywood-Netzwerk einschleuste, ein Freund fand sich bereit, als story writer für einen Film zu fungieren, den in Wirklichkeit Trumbo geschrieben hatte und der einen Oscar gewann.

Genau wie in der Tschechoslowakei, dachte ich, nach dem Einmarsch der Warschauer-Pakt-Staaten: Übersetzer, denen das Publizieren verboten war, fanden Kollegen, die ihren Namen hergaben für den Text der anderen. Unter ähnlichen Pressionen schienen sich ähnliche Verhaltensweisen und ähnliche Formen der Solidarität herauszubilden. Ich versank in Erinnerungen.

Natürlich hatten deine tschechischen Übersetzer-Freunde deine Bücher nicht mehr unter ihrem Namen übersetzen können, sie gehörten zum engeren Kreis der Dissidenten, es fand sich ein slowakischer Germanistikprofessor, der ihnen seinen Namen gab und nicht eine Krone dafür verlangte, natürlich wußte der Verlagslektor Bescheid, aber sonst, dachtest du, durfte niemand es wissen, das sagte ich, als ich nach der »Wende« zum ersten Mal wieder in Prag lesen konnte, da kamen nach der Lesung viele Zuhörer zu mir und sagten lachend: Aber das haben wir doch alle gewußt!

Das war mir nun überhaupt kein Trost, daß hüben wie drüben widerständige Meinungen geahndet wurden. Daß die scheinbar tief gespaltene Welt sich in ihrer tiefsten Tiefe aus einer Wurzel speiste, also noch bedrohlicher war, als die meisten von uns es glauben wollten.

Mein Name ertönte, ich holte mein chickensalad sandwich und den sparkling apple juice, tat die Zeitung beiseite und wollte anfangen zu essen, da fühlte ich einen Blick auf mir liegen. Drei Meter von mir entfernt saß, jenseits des Bürgersteigs, eine sehr junge schwarze Frau auf dem Rand einer großen steinernen Blumenschale und sah mich unverwandt an. Nach ihrer Kleidung konnte sie zu den homeless people gehören. Ich war mir nicht sicher, da wenige Schritte von ihr entfernt eines jener Wägelchen stand, die man zum Markteinkauf verwendete, und darin waren säuberlich einige Pakete geschichtet. Sie hat Hunger, dachte ich, und mein erster Impuls war, ihr mein Sandwich anzubieten, von dem ich aber inzwischen schon abgebissen hatte. Wie konnte ich essen unter diesem Blick, der sich übrigens manchmal nach oben verdrehte, so daß ich nur noch das Weiße in ihren Augen sah. Sie hatte ihre Haare zu vielen dünnen Zöpfen geflochten und am Hinterkopf zu einem Busch zusammengebunden, einige der Strähnen waren etwas heller gefärbt als die übrigen, schwarzen. Sie trug einen dicken roten Anorak bei der Hitze, sie beschäftigte sich mit den Perlenschnüren an ihrem linken Handgelenk, und von Zeit zu Zeit stieß sie ein höhnisches Lachen aus, oder sie wurde von einem höhnischen Lachen gestoßen. Ich aß also und nahm mir vor, ihr Geld zu geben, wenn ich später an ihr vorbeiginge, aber woher wußte ich, daß sie Geld haben wollte, woher wußte ich, daß sie es nicht zurückweisen würde, mit dem gleichen höhnischen Lachen. Woher wußte ich überhaupt, daß ihr Blick mich sah, da sie doch offensichtlich psychisch krank war. Ich gab ihr nichts, als ich an ihr vorbeiging, mich vorbeidrückte, ich gab das Geld zwei Männern, die auf verschiedenen Bänken saßen und jeder ein Schild vor sich hinhielten: HOMELESS AND HUNGRY, und die einen Pappbecher für die Münzen vor sich hingestellt hatten. Auf dem Rückweg mied ich die Stelle, an der vielleicht immer noch die Frau höhnisch lachend auf dem Rand der Blumenschale saß, ich wußte, daß ich sie nicht vergessen würde, aber was nützte ihr das.

In der Midnight-Special-Buchhandlung suchte und fand ich die Bücher von Art Spiegelman, die man mir ans Herz gelegt hatte: MAUS. Das Schicksal einer – des Autors – jüdischen Familie, in Cartoons dargestellt: Die Juden als Mäuse, die Deutschen als Katzen, ein riskantes Wagnis. Es seien die traurigsten Mäuse, die je gezeichnet wurden, hatte die Frau gesagt, die mir die Bücher empfohlen hatte und die selbst zu denen gehörte, von denen sie handelten: A SURVIVOR'S TALE war der Untertitel. Ich traf hier Menschen, die sich selbst als survivors definierten, Überlebende des Holocaust, wie auch jene Frau, Agnes, die mich wenige Tage später wieder zu einem Treffen von Angehörigen der »second generation« abholen sollte.

Ü b e r lebende. Nicht Lebende, sagte sie. So sehen sich manche von uns immer noch, wie unsere Eltern.

Auf dem Titelbild des ersten Bandes von MAUS war ein aggressives schwarzes Hakenkreuz, in dessen Zentrum ein zu einer Hitlerfratze stilisierter Katzenkopf, darunter, im Schatten des Hakenkreuzes hingekauert, ein als Flüchtlinge erkennbares Mäusepaar. Ich las dann nachts, immer wieder weinend, in diesem Buch.

Ich überquerte den Wilshire Boulevard, rechterhand auf der Third Street war die kleine Reinigung, in die ich meine Seidenblusen gab, die ich billig gekauft hatte. Die freundliche Koreanerin kannte mich inzwischen, sie nannte mich beim Vornamen, ich mußte ihr meine Adresse nicht mehr diktieren, sie werde Tränen vergießen, wenn ich abreisen würde, behauptete sie. Sie arbeitete Tag für Tag zwölf Stunden in diesem lichtlosen stickigen Raum zwischen der von der Decke herunterhängenden gereinigten Kleidung. Nach der California Avenue kam der Block, an dessen Ende das MS. VICTORIA lag, die Straße war von fremdartigen Bäumen gesäumt, die eines Tages tausende von intensiv roten Blüten in Form von Flaschenbürsten entfalteten, und ich freute mich, als ich erfuhr, daß diese Bäume wirklich bottle brush trees hießen.

Was noch? Ich halte ein. Ich kämpfe mit den Zeiten. In den Papierstapeln, die ich über den Ozean mit nach Europa gebracht habe, herrscht natürlich die Gegenwartsform. Immer wieder vergesse ich, das, was ich den verschiedenen Fassungen entnehme, in die Vergangenheitsform zu übersetzen. Das alles, was ich jetzt beschreibe, ist Vergangenheit: Der Tag, an dem wir endlich unser Vorhaben ausführten und in den Süden, nach San Diego, fuhren, wo ich an einem Kiosk für mexikanische Kunst die Holzschlange kaufte, der einige Glieder fehlten, die jetzt auf meinem Schränkchen mit Erinnerungsstücken liegt und mich an den Dialog mit der Verkäuferin erinnert. Sie wollte mir die Schlange nicht verkaufen: It is broken! sagte sie. Und ich: Doesn't matter, I am broken, too. Sie gab mir die Schlange mit einem Preisnachlaß. Broken. Ein treffender Ausdruck. Meine Kollegen, die nach Südkalifornien mitgekommen waren, bemerkten, daß meine Stimmung sich aufgehellt hatte, als wir später an einem langen Tisch bei »Alfonso« saßen und seine mexikanische Küche genossen, gegrillte Shrimps und Steaks oder Tortillas und rote Bohnen

Dann habe ich lange im Museum vor dem Medea-Kleid der Jana Sterbak gestanden: Ein Frauenkörper, aus Draht geflochten, umgeben von einer Installation aus elektrischen Drähten, die an eine Steckdose angeschlossen waren und die ständig aufglühten, für kurze Zeit erloschen, wieder aufglühten. Alles brannte auf der Haut dieser Frau, das Leben brannte auf der Haut der Frau, es war ja das Kleid, das Medea der Glauke gegeben haben soll, der Nebenbuhlerin, und das deren Haut verbrannte. Auf einer Projektionsfläche erschien ein Text, den ich mir abschrieb:

I want to feel the way I do. There's barbed wire wrapped
*   all around my head and my*
skin grates on my flesh from the inside. How can you be so
*   comfortable only 5 feet to*
the left of me? I don't want to hear myself think, feel my-
*   self move. It's not that I want*
to be numb. I want to slip under your skin. I will listen to
*   the sound you hear, feed on*
your thought, wear your clothes.
Now I have your attitude and you're not comfortable any-
*   more. Making them yours*
you relieved me of my opinions, habits, impulses. I should
*   be grateful but instead ...*
you're beginning to irritate me. I am not going to live with
*   myself inside your body,*
and I would rather practice being new on someone else.

Die Frau mit ihrer brennenden Haut, die in meine Haut schlüpfen möchte, um mich fühlen zu lassen, was sie fühlt, um von ihrem Schmerz befreit zu sein, und die sich doch nicht heimisch fühlen kann im Körper einer anderen. Bekannte Sehnsucht. Bekannte Enttäuschung.

Das Treffen der »second generation«-Gruppe war in San Fernando Valley. Agnes, eine große knochige Frau um die sechzig, fuhr mich den langen Weg auf den Freeways nach Norden. Sie mußte reden. Sie mußte von ihrem Mann erzählen, einem russischen Schriftsteller, der vor der Gorbatschow-Ära als Jude aus der Sowjetunion emigriert war und den sie, Kind einer jüdisch-deutschen Familie, zu ihrem unaussprechlichen Glück hier getroffen hatte. Er hatte ein stalinkritisches Buch geschrieben, das sie mir mitgab. Sie konnte seinen Tod vor drei Jahren nicht verwinden. Zornig zitierte sie einige Freundinnen, die ihr gesagt hatten, sie könne noch froh sein, daß ihr Mann gestorben sei und sie nicht wegen einer anderen Frau verlassen habe.

Wir fanden die Halle, in deren Nebenraum sich die Gruppe SECOND GENERATION traf, der Raum war viel zu groß, vielleicht vierzig Leute verteilten sich auf die vorderen Stuhlreihen. Ruth war da, darüber war ich froh, ich fühlte mich sehr fremd. Es waren nicht die gleichen Leute, die ich bei Ruth getroffen hatte, diese hier waren meistens älter. Der Leiter der Gruppe und auch der Veranstaltung war ein gutaussehender Mann Mitte vierzig, ein Arzt, sehr selbstbewußt, erfahren als Moderator. Er führte mich ein mit einer Bemerkung, die mich schockierte und die ich von mir wies: Ich sei »a lone voice out of wilderness«. Er sagte, ich sei die erste Deutsche, die sie eingeladen hätten. Er sagte, die meisten Anwesenden hätten noch nie mit einer Deutschen gesprochen. Alte Menschen der »first generation« waren kaum da, außer seiner sehr alten Mutter, einer Wienerin, die mir bei der Übersetzung helfen sollte, die aber so aufgeregt war, daß ich versuchen mußte, mit meinem undifferenzierten Englisch alleine zurechtzukommen.

Die Menschen vor mir nahmen mich ganz selbstverständlich als Vertreterin des heutigen Deutschland, sie verhörten mich über den Zustand dieses Landes, West oder Ost spielte für sie keine Rolle. Die Fragen waren scharf, ich versuchte, in meinen Antworten deutlich, aber verständnisvoll zu sein. Was ihnen jetzt aus Deutschland gemeldet wurde, bestätigte diese Menschen in dem Urteil, das sie über dieses Land gehabt hatten, mit dem sie mich identifizierten. Ich versuchte wieder, ihnen zu versichern, daß die meisten Deutschen von heute keine Antisemiten seien. Ich merkte, viele glaubten mir nicht. Insistierend bezweifelte eine jüngere, reizvolle Frau meine Beteuerungen, sie, an der mir besonders lag, konnte ich nicht überzeugen.

Am Ende kam das junge Paar zu mir, das mich gefragt hatte, ob sie es wagen könnten, mit ihrem Kind jetzt nach Deutschland zu gehen: Sie sagten mir, daß sie sich dazu entschlossen hatten. Ich war froh darüber. Wir saßen noch in einer größeren Gruppe in einem Café, ich aß Eis, konnte mich kaum an dem Gespräch beteiligen, weil ich erschöpft war und meine Englischkenntnisse mich fast vollständig verließen. Ruth verabschiedete sich besonders herzlich von mir, Agnes fuhr mich, nun schon im Dunklen, zurück. Etwas verlegen erzählte sie mir unterwegs, die junge reizvolle Frau habe unter den Teilnehmern verbreitet, ich hätte in der DDR intensiv mit dem Geheimdienst zusammengearbeitet und meine Kollegen verraten. Ein unerwarteter Schlag. Nun mußte ich also auch das noch mit Agnes besprechen.

Das Zimmer, in das ich zurückkam, war fremd. Tückisch stand meine kleine BROTHER mit aufgeklapptem Maul an der Schmalseite des langen Tisches, süchtig, leere Papierbogen in sich hineinzuziehen und sie, mit meinen Bekenntnissen beschrieben, wieder hervorzubringen, ein automatischer Vorgang, zu dem sie mich nicht mehr benötigte. Hinter meinem Rücken wurden Disketten mit geheimnisvollen Zeichen beschrieben, schon wieder war die SPEICHERKAPAZITÄT ERSCHÖPFT, und ich hatte keine Ahnung, wovon sie so erschöpft sein mochte. Schließlich war ich auch erschöpft, meldete ich der Maschine, und sie antwortete kühl: DIE SICHERUNGSDATEI WIRD GESPEICHERT BITTE WARTEN. Meine Erholungspausen wurden von meinem Wordprozessor diktiert, schon rasselte er weiter und warf aus, was ich ihm nicht eingegeben hatte, er war ein Meister der nicht nachweisbaren Fälschungen und würde es eines Tages zu verantworten haben, wenn ich das üble Spiel satt bekäme und die Produktion einstellen würde. Denn wie sollte ich mir auf Dauer die Manipulationen gefallen lassen, die er in der Tiefe seiner unergründlichen Programme mit meinen unprogrammierten, vergleichsweise harmlosen vertrauensseligen Vorgaben anrichtete. Schon stellte er mich vor Gewissensfragen: SPEICHERN LÖSCHEN. Mach doch, was du willst, hätte ich am liebsten gesagt, und mein Zeigefinger spielte mit der verführerischen Taste. Ein sanfter Druck, und der Text wäre gelöscht. Jetzt mußte sich zeigen, was ich wirklich wollte. Ob mein Zorn und mein Ekel jenen Grad erreicht hatten, der das Objekt dieses Zorns und diesen Ekels vernichten wollte. Ich drückte die andere Taste: SPEICHERN. Triumphierend rasselnd verleibte sich mein Maschinchen eine neue Zufuhr von Zeichen ein. DAS INHALTSVERZEICHNIS DER DISKETTE WIRD EINGELESEN. Jetzt drückte ich die Taste, die den Bildschirm trügerisch leerfegte. Weiter im Text.

Merkwürdig, daß ich mich nicht schuldig fühle, kannst du mir das erklären? Ich redete seit neuestem mit dem grauen amerikanischen Eichhörnchen, das jeden Tag über das niedrige Holzschindeldach vor meinem Fenster huschte und das ich, wenn ich an meinem Maschinchen saß, ganz nah sah. Was immer ich es auch fragen mochte, mein Eichhörnchen ließ das unberührt. Es war Februar geworden, auf einmal waren die Knospen der Bäume in der Third Street zwischen Wilshire Boulevard und California Avenue aufgebrochen, eine üppige weiße Kirschblüte mitten im Winter. Aber was hieß hier Winter.

Mit Therese, die ich jetzt öfter sah, von der ich mich infizieren ließ mit der Sucht nach dieser Stadt, stand ich auf dem Santa Monica Pier, der sie entzückte. Ein makelloser Tag, das Meer schlug in kleinen weißschäumenden Wellen an den Strand. Die Bucht von Malibu, behauptete Therese, sei der schönste Strandbogen der Welt, ich widersprach nicht. Aber ob sie noch gar nicht bemerkt habe, daß das Wasser hier geruchlos sei? Dieser herrliche Pazifische Ozean unter uns, dieses unvergeßliche durchsichtige Grün mit dem weißen Schaumrand, schöner könnte kein Naturschauspiel sein, aber riecht es denn auch nach Meer? Nach Algen, Fisch, Wasser wie die bescheidene graue Ostsee? Therese hatte es noch nicht bemerkt, eigentlich wollte sie es nicht wahrhaben. Sie wollte mich zu ihren Freunden nach Venice führen, die mußte ich kennenlernen, aber ich mußte zuerst Venice kennenlernen, mit seinem einzigartigen Zauber, gewiß etwas überlaufen von Touristen, gewiß, die Kanäle, die das originale Venedig hatten nachahmen sollen, inzwischen zugeschüttet, gewiß, die einst romantischen Häuschen etwas verfallen, aber war das nicht gerade sein Charme? Konzentrierte sich nicht gerade hier der Geist von Kalifornien? In Venice, wo schon an Wochentagen kaum ein Durchkommen ist, wo sonntags alle schrägen und halbschrägen Typen von Los Angeles zusammenströmen, sich vorbeischieben an den Buden mit den Millionen T-Shirts, sich um die Plätze drängeln, auf denen die Darbietungen stattfinden, wir mitten unter ihnen. Wo ein dünner schwarzer Mann mit schlangenhaften Bewegungen sich unter den Zuschauerinnen seine Mitspielerinnen – oder sollte man sagen: Opfer? – zusammenholte, eine Schwarze, eine Weiße, eine Mexikanerin, eine Japanerin. Die weiße Frau wollte nicht mitmachen, sie wollte ums Verrecken nicht auf die Tanzfläche, sie war ein wenig dicklich, sie hatte einen zu kurzen Rock an für ihre unförmigen Knie, die anderen drei Frauen waren attraktiver als sie, aber der schwarze Mann kannte kein Erbarmen, er zog die weiße Frau in die Mitte, sie entschlüpfte ihm, nun wurde er ärgerlich, er hielt sie fest im Griff, ihr Freund, ein Milchgesicht, ließ sie im Stich, geniert grinsend nahm er ihre Handtasche in Empfang, die der Schwarze ihm herablassend reichte, dann stellte er den Recorder an, ein Tango, der schwarze Mann nahm sich zuerst die Mexikanerin und tanzte mit ihr, er war ein Künstler, er tanzte mit jeder der Frauen nach ihrer Musik, er betanzte sie, wenn es das Wort gäbe, er ließ die Puppen tanzen, nicht daß er ihnen zu nahe trat, und doch fand auf offener Szene eine Vergewaltigung statt, die niemand ihm nachweisen, die niemand auch nur erwähnen könnte, ohne sich lächerlich zu machen, nur die schwarze Frau war ihm gewachsen und wirbelte laut lachend mit obszönen Gebärden um ihn herum, bis er sich, auch laut lachend und klatschend, damit abfand und die Abrichtung der Frau in den Tanz eines Paares verwandelte. Kläglich dagegen schnitt die weiße Frau ab, gerade weil der schwarze Mann sie betont höflich behandelte, all ihre Schwächen tanzte er gnadenlos heraus unter dem prasselnden Beifall des überwiegend farbigen Publikums.

Der rächt sich, sagte Therese, und wir zogen uns eilig zurück.

Das war der unvergeßliche Tag, an dem Therese mich mit der Gang zusammenführte. An dem ich Jane kennenlernte, und Toby, und Margery. Die »Jungen« nannte ich sie und spürte, daß ich auf sie neugierig war. Noch nicht Susan, Susan war ein Gerücht, ein Gesprächsstoff unter ihnen. Susan gehörte dazu, und auch wieder nicht. Eigentlich hatte sie auch kommen wollen, aber keiner, der sie kannte, hatte wirklich mit ihr gerechnet. Sie hielt niemals eine Verabredung ein. Sie wolle sich interessant machen, indem sie die Verwirrte spiele, sagte Margery. Jane meinte, sie sei wirklich verwirrt, anders könne man sich ihre widersprüchlichen Aktionen doch nicht erklären. Wenn sie bezweckten, mich auf Susan neugierig zu machen, dann erreichten sie das.

Wir saßen in der gleißenden Sonne vor dem berühmten deutschen Café in der Main Street von Venice und aßen original deutschen Apfelkuchen, wir redeten miteinander, als würden wir uns lange kennen, anders als sonst in Amerika, dachte ich, wo zwar auch gleich geredet wird, aber es blieben nice-to-see-you-Gespräche, das hier war etwas anderes. Es tat mir wohl, daß sie miteinander umgingen, als sei ich nicht dabei, als störe ich sie nicht, und mir damit zeigten, ich störte sie wirklich nicht. Susan, erfuhr ich, war eine reiche Frau – nein, nicht wohlhabend, sagte Therese: wirklich reich. Sie besitze eine Insel. Nicht groß, aber immerhin. Zugleich sei sie etwas geizig, wie viele reiche Leute. Zum Beispiel wohne sie in einem winzigen Haus in einem der engen Sträßchen von Venice, das wie alle diese Häuser dem Verfall ausgeliefert sei. Aber teuer! rief Margery. Macht euch da bloß nichts vor! Übrigens sei Susan gerade dabei, eine Villa in Beverly Hills zu kaufen, sie feilsche mit dem Makler, schließlich werde sie sich das Objekt noch durch die Lappen gehen lassen. Alle lachten. Ich erfuhr, daß die modernen Häuser, die eine Seite des kleinen Platzes bildeten, auch Susan gehörten, daß Jane dort ihre Fotogalerie aufmachen konnte. Ob ich sie sehen wolle? Gewiß.

Ich erfuhr, Jane war selbst Fotografin, eine ausgezeichnete, flüsterte Margery mir zu. Sie wiederum therapierte Ehepaare, die nicht miteinander zurechtkamen, erklärte sie schulterzukkend. Mit irgendwas müsse man ja sein Geld verdienen. Manchmal habe sie diese reichen Leute gründlich satt, die sich vor lauter Langeweile gegenseitig das Leben schwermachten. Und Toby? Ein schmaler, stiller jüngerer Mann, ich hatte den Eindruck, niemand wollte ihm zu nahe treten. Ich sah, wie er eine Hand flüchtig auf Thereses Schulter legte und sie ihre Wange an seiner Hand rieb, während wir zu Janes Atelier hinübergingen. Eine sehr begabte junge ungarische Fotografin hatte Jane aufgetrieben, Landschaften, Gesichter, wie ich sie noch nicht gesehen hatte. Jane liebte diese Arbeiten, sie war stolz auf sie wie auf eigene. Ich fühlte mich immer stärker zu ihr hingezogen, aber hatte ich denn noch Zeit, hier neue Freundschaften anzufangen? Da verabredete Therese schon unser nächstes Treffen.

Ruth rief an. Sie müsse mich unbedingt sehen. Sie müsse mit mir über den Abend bei der »second generation« sprechen, an den sie immerzu denken müsse. Sie war nicht zufrieden mit den Teilnehmern. Die würden sich in ihren Kummer und in ihre Vorurteile gegenüber Deutschland einspinnen. Sie würden sich keine Mühe geben, die neue Realität wahrzunehmen. Sie würden es strikt ablehnen, deutschen Boden zu betreten. Sie hätten die größten Schwierigkeiten mit ihren Eltern, manche von ihnen seien weit von den Eltern weggezogen, nur, um sie nicht zu oft sehen zu müssen. Aber die Meinung der Eltern zu den Deutschen hätten sie kritiklos übernommen.

Das ist doch verständlich, sagte ich.

Ja und nein, sagte Ruth. Die andere Seite der Medaille sei es ja, daß sie sich danach sehnten, mit Deutschen über die Wunde zu sprechen, die die ihnen beigebracht hätten. Das hätte ich wohl gemerkt. Danach sei sie von mehreren angerufen worden: Endlich hätten sie einmal mit einer Deutschen sprechen können, die glaubwürdig gewesen sei.

Mehr kann man doch nicht verlangen, sagte ich.

Meine Mutter ist schwer krank, sagte Ruth. Sie wird sterben.

Mein Herz begann laut zu klopfen: Die Mutter würde sterben, ohne daß die Tochter sich mit ihr versöhnt hatte. Ruth hatte meine Gedanken erraten. Nein, sagte sie. Sie hätten sich ausgesprochen. Sie hätten zueinander gefunden. Es sei nicht die Spur von Groll gegen ihre Mutter mehr in ihr.

Du weinst? fragte Peter Gutman, als er hereinkam. Aus Freude, sagte ich. Du kommst gerade recht.

Gut zu hören, sagte er. Und selten.

Selbstmitleid? Ich wollte ihn provozieren.

Sarkasmus, sagte er. Besser als Selbstmitleid.

Lebt deine Mutter noch?

Nein. Der Tod meines älteren Bruders, der vor ein paar Jahren schnell an Krebs starb, hat ihre Lebenskraft gebrochen. Wir hatten meiner Mutter die Krankheit verheimlicht. Mein zweiter Bruder, der jetzt selber Krebs hat und es nicht wahrhaben will, wirft uns das nun vor. Ich bin mir bis heute nicht sicher, was richtig gewesen wäre. Sie starb, man muß wohl sagen, vor Kummer.

Ich schwieg.

Habe ich es geschafft, dich mundtot zu machen. Ich mißbrauche dich, wie du merkst, als Rettungsring.

Der Blinde führt den Lahmen, sagte ich.

Manchmal habe ich mich schon gefragt, was bei dir dieses starke Über-Ich installiert hat.

Sind wir wieder mal bei Freud. Aber da kann ich Auskunft geben, Monsieur: Der preußische Protestantismus. Fleißig, bescheiden, tapfer und immer ehrlich sein. Tugenden, verkündet von der sehr geliebten Mutter.

Und sich selber etwas verzeihen hat zu diesen Tugenden nicht gehört.

Absolutely not, Sir.

Und es ist wohl sehr schwer, das später noch zu lernen.

Yes, Sir.

Aber woher dieses Sündenbewußtsein beim Schreiben.

Du hast es bemerkt. Es ist der kalte Blick. Der kalte Blick des Schreibenden auf seine Objekte. Und daß in dem Augenblick, in dem du soviel Abstand von deinem Schmerz hast, daß du darüber schreiben kannst, dieses Schreiben nicht mehr ganz authentisch ist.

Also wenn du schreiben solltest, kannst du nicht schreiben, und wenn du schreiben kannst, solltest du nicht schreiben.

Correct, Sir.

Na. Da hast du dir ja was Schönes zurechtgelegt. Sind Madame vielleicht eine verkappte Calvinistin?

Reden wir von Ihnen, Monsieur.

Was willst du hören. Daß ich mir meine Neurosen selber anerzogen habe? In der Pubertät fing ich an, wie verrückt in der Schule zu arbeiten, obwohl meine Lehrer mir eher zu Mäßigung rieten. Sogar meine Schrift habe ich verändert, sie wurde auf einmal ganz genau und penibel. Nein, meine Familie hat da keinen Druck ausgeübt. Obwohl es natürlich – aber was heißt hier eigentlich »obwohl«! – also: Obwohl es natürlich – und was heißt hier verdammt noch mal »natürlich«! – wie in vielen jüdischen Familien eine »Schuld« gab, über die nie gesprochen wurde. Die Eltern meiner Mutter sind nicht aus Deutschland rausgekommen, sie sind in Theresienstadt gestorben. Eine Tante, die früh nach Amerika ausgewandert war, hat mir einmal umständlich zu erklären versucht, warum sie die Eltern nicht hatten retten können, ich habe das gleich wieder verdrängt. Ich glaube nicht, daß dieses Schuldgefühl in der Familie eine Rolle gespielt hat. Obwohl, mir fällt ein, daß meine Mutter, als sie starb und schon sehr desorientiert war, plötzlich gefragt hat: Wo sind die Eltern?

Ich schwieg. Peter Gutman fragte, ob er vielleicht lieber gehen solle. Ich sagte: Es ist dir ja klar, daß ich Deutsche bin.

Und jetzt denkst du, ich als Jude müßte Schwierigkeiten haben, mit einer Deutschen über diese Dinge zu sprechen.

Ich frage. Ich bin hier auf Juden getroffen, die nie wieder deutschen Boden betreten wollen. Das versteh ich. Ich glaube, ich würde es an ihrer Stelle genauso machen.

So habe ich auch gedacht, als ich jung war. Dann habe ich in Deutschland studiert, in Frankfurt, dann habe ich mich mit meinen deutschen Altersgenossen für die linken deutschen Denker begeistert, von denen einige auch Juden waren. Nein, es war nicht schwierig. Nur einmal bin ich ausgerastet, als die Meldebehörde partout ein polizeiliches Führungszeugnis von mir haben wollte, was es ja in England gar nicht gibt, und mir androhte, meine Anmeldung nicht anzunehmen, wenn ich es nicht beibrächte. Da habe ich zu meinem eigenen Erstaunen in diesem deutschen Büro angefangen zu brüllen, sie hätten meine Eltern vertrieben und meine Großeltern umgebracht, und ich würde mir von keinem deutschen Beamten mehr drohen lassen. Und dann bin ich rausgerannt und war ziemlich zufrieden mit mir, obwohl ich mich zugleich ein kleines bißchen lächerlich fand.

Siehst du.

Was seh ich denn.

Ein richtiger Deutscher hätte sich kein bißchen lächerlich gefunden, nur verdammt großartig. Wie ist die Sache denn ausgegangen.

Ach, nach einiger Zeit wurde meine Anmeldung ohne polizeiliches Führungszeugnis geregelt. Aber wie sind wir auf diese alten Geschichten gekommen.

Auf dem Weg über die deutsch-jüdische Frage.

Ja. Übrigens: Mir macht es genauso Schwierigkeiten, mit gewissen Deutschen zu reden, wie mit gewissen Juden zu reden. Wie ich auch früher nie eine jüdische Frau hatte, jetzt zum ersten Mal, und das ist das Unglück.

Worin da das Unglück liege, wollte ich wissen.

Er könne es mir nicht ersparen, noch eine weitere jüdische Geschichte anzuhören, die Geschichte von Lilian, die aus einer streng orthodoxen Wiener Familie komme, deren Vater sich durch einen Sprung aus dem Zug vor der Deportation gerettet habe, in Polen bei den Partisanen gewesen sei, später einen Pelzhandel aufgemacht habe und unsagbar reich geworden sei. Seine einzige Tochter, die er anbetete, mußte auf gleicher Ebene heiraten, den Sohn sehr reicher jüdisch-holländischer Goldschmiede, sie habe zwei Kinder, für orthodoxe Juden wäre es eine untilgbare Schande, wenn die Frau die Familie verließe. Nie würde sie das tun. Es sei alles ganz aussichtslos. Er wisse manchmal wirklich nicht, wozu sie diese Quälerei brauchten.

Vielleicht hätte es Sinn, sich das einmal ernsthaft zu fragen, sagte ich vorsichtig. Ob er jetzt verstehe, warum ich ihn dazu bringen wollte, mir von seiner Familie zu erzählen.

Du meinst: Bis ins dritte und vierte Glied.

Ja. Und verstehst du jetzt auch, warum es mir oft obszön vorkommt, für gewisse Inhalte nach einer Kunstform zu suchen. Übrigens: Wie lange hast du schon diese Depression.

Seit einem Jahr.

Das ist zu lange.

Es ist die Hölle, würde ich sagen, wenn ich an Himmel und Hölle glauben würde.

Hast du schon mal daran gedacht, dich umzubringen.

Mit diesem Gedanken lebe ich. Kennst du das nicht, wie es dich tröstet, zu wissen, daß man nicht leben muß.

Doch. Das kenne ich.

Und? Das Tonband in deinem Kopf, läuft es noch?

Es läuft. Aber wir wollten von dir sprechen. Gibt es etwas, was dir hilft.

Es geht mir besser, wenn ich darüber reden kann.

Ich wünsche dir, daß du morgen nicht mit diesem Schrecken aufwachst.

Ich werde Ihnen Bericht erstatten, Madame.

Band läuft. WIE SOLL ICH IHNEN ERKLÄREN, DASS MICH KEIN ANDERES FLECKCHEN ERDE AUF DIESER WELT SO INTERESSIERTE WIE DIESES LÄNDCHEN, DEM ICH EIN EXPERIMENT ZUTRAUTE. DAS WAR MIT NOTWENDIGKEIT GESCHEITERT, MIT DER EINSICHT KAM DER SCHMERZ. WIE SOLL ICH IHNEN ERKLÄREN, DASS DER SCHMERZ EIN MASS FÜR DIE HOFFNUNG WAR, DIE ICH IMMER NOCH IN EINEM VOR MIR SELBST VERBORGENEN VERSTECK GEHEGT HATTE.

Shenja rief aus Moskau an, mitten in der Nacht, sie hatte sich bei der Umrechnung der Moskauer Zeit in die von Los Angeles vertan. Nun gut, das war nicht mehr zu ändern. Ob ich geschlafen hätte. Nein? Das mißbilligte sie. Sie las deutsche Zeitungen, sie wollte sich nur mal melden. Ach, Shenja! – Nu was? – Verstell dich nicht. Du willst mir auf den Zahn fühlen. Sie fand die deutschen Redewendungen manchmal komisch. Aber wenn es denn der Zahn sein mußte – bitte sehr. Also was ist? Das sei nicht in einem Satz zu sagen. Ich könne auch zwei Sätze nehmen. Sie habe Zeit.

Shenja, die älter als ich war, bezeichnete sich gerne als »Roter Matrose«. Sie war 1945 mit der Roten Armee nach

Deutschland gekommen und in den ersten Jahren danach Kulturoffizierin in Berlin gewesen. Seitdem pflegte sie beständige Freundschaften mit Schriftstellern und Theaterleuten, denen sie damals geholfen hatte. Sie widmete ihr Leben dann der Aufgabe, in den sowjetischen Redaktionen und Verlagen, in denen sie arbeitete, deutsche Literatur durchzusetzen. Wir seien uns doch einig gewesen, sagte sie nachts am Telefon, daß wir uns nicht unterkriegen lassen würden. Ich wußte, wie oft man versucht hatte, sie unterzukriegen. Sie war Jüdin, das kam erschwerend hinzu. Ich sagte, das sei aber in einer anderen Zeit gewesen. Ach, sagte sie, das denke man nur. Die einen unterkriegen wollten, seien immer die gleichen Leute, nur anders angestrichen. Was die zu sagen hätten, höre man sich an, und dann denke man: Geschenkt. Oder ob ich vergessen hätte, was ich ihr mal gesagt hätte: daß es mein Ur-Wunsch sei, kenntlich zu sein. Mich kenntlich zu machen durch Schreiben. Also. Wer hindere mich daran?

Du hast ein zu gutes Gedächtnis, Shenja.

Gott sei Dank, sagte sie. Ich seh uns noch in dem Hotelzimmer sitzen, mit dem Chef vom Verlag, weißt du noch?

Und ob ich das wußte. Es ging um ein Buch von dir, das Shenja unbedingt veröffentlichen wollte und das der Verlagschef nur herausbringen konnte, wenn du bestimmte Szenen, in denen die Rote Armee vorkam, herausnähmest. Sie seien zu kritisch, und die Rote Armee sei das einzige, was ihr Riesenreich noch zusammenhalte.

Du wolltest nicht schuld sein am Zusammenbruch ihres Riesenreiches, aber die Szenen konntest du nicht herausnehmen, so wie du die Szenen über den Vietnamkrieg der Amerikaner nicht hattest herausnehmen können, die der amerikanische Verlag streichen wollte. Dann würde nur eine Fischgräte von deinem Text übrigbleiben, sagtest du.

Ja, das tat ihm aufrichtig leid, dir auch, Shenja auch. Plötzlich mußten wir beide am Telefon unbändig lachen, und als wir damit fertig waren, sagte Shenja, sie rufe eigentlich an, um mir zu sagen: Jetzt würden sie das Buch drucken, um das es damals ging, und nicht ein einziger Satz würde gestrichen werden. Die Amerikaner nämlich hatten, gegen meinen Willen und ohne mein Wissen, die ihnen unerwünschten Stellen einfach weggelassen, das wußte sie.

Tja, sagte ich, nun ist euer Riesenreich auch ohne mich zusammengebrochen.

Sei da mal nicht so sicher, sagte sie. Der Geist unterhöhlt die härtesten Gebilde.

Du, Shenja, sagte ich nach einer Pause, kannst du dir vorstellen, daß ich das vergessen konnte?

Sie verstand die Frage sofort. Nichts leichter als das, sagte sie. Wenn ich nicht das meiste in meinem Leben vergessen hätte, würde ich nicht mehr leben.

Aber daß all die Jahre über nicht der Anflug eines Verdachts mich berührt hat! Wer soll mir das glauben.

Wenn dir das nicht egal ist, bist du noch nicht durch, meine Liebe. Wenn du die Vergangenheit Macht über die Gegenwart gewinnen läßt, dann haben die doch noch gewonnen.

Ist unser Leben umsonst gewesen?

Jetzt gehst du unter dein Niveau. Lies mal ein bißchen in deinen Büchern.

Hab ich gerade gemacht. In dem ersten, das ihr gar nicht übersetzt habt, weil angeblich der sowjetische Offizier zu schwach wegkäme gegen die deutsche Ärztin. Die fragt den Russen, den sie einst liebte, nach den wichtigsten Eigenschaften des Zukunftsmenschen. Und weißt du, was der sagt: Brüderlichkeit. Mit offenem Visier leben können. Dem anderen nicht mißtrauen. Die Wahrheit sagen können. Arglosigkeit, Weichheit, Naivität nicht als Schwäche sehen. Lebenstüchtig sein heißt nicht mehr rücksichtslos über Leichen gehen.

Na und? sagte Shenja. Wär doch ganz schön.

Shenja! So etwas würde heute nicht mal mehr der dümmste, jüngste Autor schreiben! Ich schrieb das fünf, sechs Jahre nach Stalins Tod. Ich war dreißig. Das waren die Jahre, in denen sie diese Akte über mich führten. Shenja, wie oft im Leben wird man ein anderer?

Darüber müsse sie nachdenken, sagte Shenja. Ob mir nicht klar sei, daß wir im teuflischsten Jahrhundert der Geschichte lebten. Daß übermächtige Kräfte nach verschiedenen Richtungen an jedem von uns zerrten. Man müsse versuchen, auf sich zu bestehen, mehr könne man nicht tun. Und damit doswidanja.

Shenja ist inzwischen gestorben. Damals, das weiß ich noch, ging ich wieder ins Bett, an Schlaf war nun nicht zu denken. Ich dachte an jenen Moskauer Aufenthalt. Stalins überlebensgroßes Bild hing über dem Hoteleingang, fast nie geriet es euch außer Sichtweite, wenn ihr im Bus oder im Taxi durch die Stadt fuhrt, es hing in jedem Büro über den Schreibtischen. Nicht daß dir das gefallen hätte, aber das Wort Personenkult war noch nicht erfunden, russische Freunde meinten, zur Zeit der Revolution hätten die Bilder und Spruchbänder denen, die kaum lesen konnten, die Zeitungen und Broschüren ersetzt, nun allerdings könnte man sie eigentlich entbehren. Im übrigen aber seien das Randerscheinungen, die ihr gemeinsam überwinden würdet.

Der Freund aber, der dich die ganze Zeit über als Dolmetscher – und wohl nicht nur als Dolmetscher – begleitet hatte, schüttete, als ihr in deinem Hotelzimmer voneinander Abschied nahmt, ein Glas mit Wodka gegen die Deckenlampe, und er stieß dazu einen Fluch aus. Er dachte offenbar, ihr würdet abgehört, du lachtest, aber du nahmst seinen Verdacht ernst. Er war der erste, der dir ohne Worte vermittelte, daß er an nichts mehr glaubte. Woher kam deine Beklommenheit, als er gegangen war? Was ging es dich an, woran dieser Russe glaubte?

Vor meinem inneren Auge lief ein Film ab, ich hatte nichts vergessen. Nicht, wie ihr den Einmarsch der Roten Armee in Mecklenburg erlebtet, nicht eure Angst, als die Besatzungstruppen wechselten, die Amerikaner gingen, die Russen kamen, aber es waren ja nicht nur Russen, es waren doch darunter Mongolen, Kalmücken, sagten die Leute in dem mecklenburgischen Dorf schaudernd, du hast die versprengten Trupps marodierender und vergewaltigender sowjetischer Soldaten erlebt, die durch das Land zogen, die abgerissenen Uniformen, die zum Erbarmen schlechte technische Ausrüstung, die Panjewagen, auf denen sie bis in die Mitte Europas gelangt waren, während ihr im Frühjahr dieses Jahres 1945 tagelang mit eurem Flüchtlingstreck an hochwertigem deutschen Kriegsgerät vorbeigezogen wart, das, weggeworfen, stehengelassen, unbrauchbar gemacht, umgekippt in den Straßengräben lag, und die Demütigung saß tief, die in dem Sieg dieser schlecht ausgerüsteten, unzureichend gekleideten und ernährten, meist dunkelhäutigen, zum Teil schlitzäugigen Soldaten über unsere gut bewaffnete, mit allem versehene Truppe lag, doch im Laufe weniger Jahre drehte sich, unmerklich zuerst, dein Gefühl, bis zu dem Punkt, an dem dir der Sieg dieser sowjetischen Truppe nicht nur als erwünscht, auch für dich als rettend erschien und die Vorstellung, nicht sie, sondern ihr, die Deutschen, also die Nationalsozialisten, hätten gesiegt, zur Schreckensvision wurde.

Eine Reihe von Gesichtern taucht vor mir auf, Moskauer, Leningrader, Menschen, mit denen du offen und rückhaltlos reden konntest. Einige von ihnen, ehemalige Offiziere der Roten Armee, waren mit ihrer Truppe als Sieger in das damalige Deutsche Reich eingerückt. Einer davon in deine Heimatstadt, aus der du kurz zuvor geflüchtet warst. Er war Schriftsteller geworden, mit einer Delegation in Berlin, saß neben dir bei einem Abendessen. Plötzlich sagte er, wie es ihn bedrücke, daß sie damals ohne Not die Innenstadt deines Heimatortes zerstört hätten. Dieser Stadtteil ist inzwischen mit häßlichen neuen Häusern zugebaut, ich habe es gesehen. – Später bat ein anderer dich, in einem mecklenburgischen Dorf nach einer Frau zu suchen und, falls sie da noch lebte, herauszufinden, ob sie ein Kind habe, das 1946 geboren sei. Sie war leider nicht aufzuspüren.

Professor Jerussalimski, Historiker, der dir ausgerechnet im Park des Schlosses Cecilienhof begegnete, wo die historische Potsdamer Konferenz stattgefunden hatte und wohin er zu einer Tagung gekommen war. Der dir die geschichtlichen Wurzeln des Stalinismus erläuterte und dich inständig bat, niemals deine kritische Haltung gegenüber den offiziellen Verlautbarungen der sowjetischen Seite aufzugeben. Er war schwer krank, er atmete mühsam. Einmal noch konntest du ihn in einem Moskauer Krankenhaus besuchen, er wollte mit dir unbedingt in den Garten, um zu reden. Er starb kurz darauf. Oder die Kollegen, die auch verdächtig oft mit dir auf die Straße oder in Parks gingen und die dir dort die realen Geschichten ihres Landes und ihre eigenen Geschichten erzählten. So daß du eine Zeitlang dachtest, da seien doch so viele kluge kritische Menschen, dieses Riesenreich von innen her zu reformieren, und sie hofften es wohl selbst, als ihnen mit »Glasnost« eine Arbeit aufgeladen und möglich gemacht wurde, nach der sie doch so lange schon verlangt hatten: Das wahre Gesicht ihres Landes ihren Mitbürgern vor Augen zu halten. Eine Herkulesarbeit. »Utopie«, sagt man heute mit verächtlich heruntergezogenen Mundwinkeln. Du sahst ihre müden, entschlossenen Gesichter in den Redaktionen, in denen auf einmal ein anderer Geist wehte.

Kaum einer von denen ist noch da, in meinem Moskauer Adreßbuch ist ein Name nach dem anderen ausgefallen. Ich scheue mich, sie zu streichen.

DAS ALTER IST DIE ZEIT DER VERLUSTE

Auch der Hellsichtigkeit?

Als Ruth zu mir kam, sah ich es ihr an: Ihre Mutter war gestorben. Ruth brachte mir einen Band mit Gedichten von Nelly Sachs, der ihrer Mutter gehört hatte. Ich wehrte mich mit aller Kraft gegen dieses Geschenk, nichts könne unverdienter sein, sagte ich zu Ruth, gerade jetzt. Es würde mich erdrücken. Ruth ließ nicht nach. Eben weil ich es so vehement ablehnte, sagte

sie, sehe sie, daß ich es brauchte. Das würde ich vielleicht erst
viel später einsehen. Ich sollte es ruhig in eine Ecke legen und
andere Bücher darüber türmen. Es würde mich weiter brennen,
und das sei gut so. Ich schlug das Buch auf:

Welt, man hat die kleinen Kinder wie Schmetterlinge,
flügelschlagend in die Flamme geworfen –

Ich würde es annehmen müssen, würde diese Zeilen wieder
und wieder lesen müssen.

Daß Peter Gutman unerwartet an die Tür klopfte, war einer
jener Zufälle, über die man nachträglich ins Staunen kommt,
wenn ihre Folgen sichtbar geworden sind. Er erfaßte unsere
Stimmung und wollte sich gleich zurückziehen, wir hielten ihn
fest. Ich machte Ruth und ihn miteinander bekannt und erlebte,
daß sie aufeinander zugingen, als seien sie alte Vertraute. Während ich aus der Küche Brot, Käse, Tomaten hereinholte und
Rotwein einschenkte, waren sie schon in ein Gespräch vertieft,
sie sprachen über ihre Leben. Das war unglaublich, scheu wie
sie beide waren.

Sie bemerkten kaum, daß sie zu essen anfingen, und ich verhielt mich still und hörte ihnen zu. Ja, sogar die Geschichte
mit ihrer Mutter vertraute Ruth Peter Gutman an, die sie sonst
fest in sich verschlossen hielt, und er sprach in Andeutungen
über das, was er sein »Lebensproblem« nannte. Und danach
war es nicht mehr weit bis zu der Erkenntnis, daß ihre Probleme ihnen von der düsteren Geschichte dieses Jahrhunderts
aufgezwungen wurden. Und doch, sagte Peter Gutman, sei es
wahrscheinlich, daß das Unheil unserer Zeit noch übertroffen
würde von dem Grauen des nächsten Jahrhunderts, an dessen
Schwelle wir standen.

Ruth widersprach ihm heftig. Wem solle es nützen, wenn
man die Zukunft schwarz in schwarz sehe, sagte sie. Ob er
etwa nicht wisse, daß man Unheil herbeidenken und herbeiwünschen könne.

Peter Gutman glaubte eigentlich nicht daran, er sagte es mehr durch seinen Gesichtsausdruck als durch Worte. Aber harte Tatsachen könne man eben leider nicht mit noch soviel seelischer Energie aus der Welt schaffen.

Erst jetzt fiel mir auf, daß wir die ganze Zeit deutsch sprachen, Ruth mit einer leichten rheinländischen Sprachfärbung, die sie nicht verloren hatte, während sie manche Wörter suchen mußte, das rührte mich. Sie geriet in Eifer, sie wollte ihn wirklich überzeugen. Sie wisse nämlich, wohin das führe, rief sie, wenn ein Mann sich im Netz seiner ausweglosen Gedanken verfange und selbst die klügste und ihm liebste Frau ihn nicht daraus befreien könne.

Wie sie es sich denn erkläre, fragte Peter Gutman, daß die tiefsten Denker unserer Zeit die von ihr so geschmähte pessimistische Weltsicht gehabt hatten?

Wer zum Beispiel?

Nun, zum Beispiel Sigmund Freud.

Ja, Freud! Das gab sie zu. Er war ja natürlich einer ihrer geistigen Lehrer und Vorbilder. Aber der habe, so schmerzliche Einsichten sein Leben ihm auch aufgezwungen habe, jedenfalls nicht klein beigegeben, habe weiter gearbeitet, an seinen Heilungsversuchen gestörter Seelen. Also habe er gezeigt, daß er die Hoffnung nicht aufgab. Ein Mann wie dieser habe sein Verzweifeln an der Menschheit durch sein eigenes heroisches Leben aufgehoben. Während andere –

Ruth brach ab, als habe sie zuviel gesagt.

Peter Gutman drängte sie, weiterzusprechen. Später gestand er mir, daß er von diesem Augenblick an in eine unerklärliche Aufregung geriet. Nun ja, sagte Ruth, sie kenne »tiefe Denker«, wie Peter Gutman sie nenne, die sich aus dem Sog des Wortes »Vergeblichkeit« nicht mehr befreien konnten. Nicht einmal durch die innigsten Anstrengungen ihrer Geliebten. Sie wisse das, sagte Ruth, durch ihre Freundin Lily.

Unglaubhaft, dachte ich. Ich weiß noch, ich dachte: unglaubhaft.

Ihre Freundin? Aber von der sei doch noch gar nicht die Rede gewesen, sagte Peter Gutman.

Nein? Das sei ihr Fehler, sagte Ruth. Ihre Freundin Lily, die hätte sie gleich erwähnen müssen. Eine Psychoanalytikerin. Aus Berlin. Wo die lieben Kollegen unter dem Druck der Nazis widerspruchslos zugesehen hätten, wie die jüdischen Psychoanalytiker aus der gemeinsamen Vereinigung vertrieben wurden. Emigrieren mußten und hier in den USA die Psychoanalyse zur Blüte brachten. Ihre Freundin aber, die selbst nicht Jüdin war, habe erkannt, daß im Deutschland der Nazis keine Analyse möglich sein würde. Und sie habe nicht von ihrem Geliebten lassen wollen, der, als Jude, auf ihr Betreiben hin rechtzeitig in die USA emigriert war.

Was jetzt kam, was Ruth von Lily, von ihrem Leben, ihrem Charakter erzählte, glaubte ich alles zu kennen. Aus den Briefen jener L., die in der roten Mappe in meinem Regal lagen.

Und ihr Geliebter, der Philosoph? hörte ich Peter Gutman sagen. Wie hieß er denn.

Da wußte ich es schon, sagte er später zu mir. Es war ja nicht möglich, aber ich wußte es schon.

Ruth nannte den Namen, auf den Peter Gutman gewartet hatte.

Ein paar Sekunden war es still, dann sagte Peter Gutman leise: Ja. Das ist er.

Das war der Mann, mit dem er seit Jahren lebte.

Der habe, sagte Ruth, immer verzweifelter im Menschen eine Fehlkonstruktion gesehen, dazu gemacht, um kurzfristiger Vergnügungen willen seine Existenz aufs Spiel zu setzen. Er habe geargwöhnt, das Bedürfnis zur Selbstzerstörung sei in unseren Genen angelegt.

Solche Zufälle kann man nur erfinden, dachte ich, aber an jenem Abend war ich von einem Gefühl absoluter Richtigkeit erfüllt wie sehr lange nicht mehr. Alles schien zusammenzupassen und einen Sinn zu haben. Ich glaubte, an Peter Gutman die gleiche Stimmung zu bemerken, er war lebhaft, neugierig.

Erst ganz am Schluß, es war nach Mitternacht, Ruth war dabei, sich zu verabschieden, fragte Peter Gutman sie leise: Und wie starb er? Ruth sagte: Er hat sich umgebracht. Peter Gutman schien nicht überrascht zu sein.

Wir gingen schnell auseinander, plötzlich sehr müde. Wir würden Ruth besuchen. Vielleicht würde sie im Nachlaß von Lily, der ihr anvertraut war, Briefe meiner Freundin Emma finden. Der Aufenthalt in dieser Stadt bekam eine neue Dringlichkeit. Ich setzte mich noch für ein paar Minuten an mein Maschinchen und schrieb:

MERKWÜRDIG IST DIE WIRKUNG DES ZUFALLS. FAST BESCHÄMT ES MICH, DASS ER IMSTANDE SEIN SOLL, EINE STIMMUNG DERART ZU VERÄNDERN, SO DASS EINE AUFHELLUNG MÖGLICH SCHEINT. JETZT ERST MERKE ICH, DASS ICH NICHT MEHR DARAN GEGLAUBT HATTE.

Ich ging schlafen, das Tonband in meinem Kopf hatte Pause. Ich war zu müde, um noch zu lesen. Ich träumte von einer riesigen dunklen Wasserfläche, die ich zu durchqueren hatte. Ein voller roter Mond schwebte am Himmel. Eine Stimme rief: Hast du noch nicht genug? Nein! antwortete ich. Leuchte, guter alter Mond, leuchte! Ich ging und ging durch das kniehohe Wasser. Das Ufer war nicht zu sehen, es schien unmöglich, es je zu erreichen. Trotzdem war mir nicht angstvoll oder trostlos zumute. Als ich aufwachte, sagte eine mir unbekannte Stimme: STADT DER ENGEL. Ich nahm das als Aufforderung.

Und da ich zwar viele Stunden, aber doch nicht alle Stunden am Tag schreiben konnte und es nötig war, die verbleibende Zeit auszufüllen, und da ich die Zeit auf keine Weise dazu bringen konnte, einfach zu verschwinden, Zeit ist merkwürdigerweise immer da, unzerstörbar, unbeeinflußbar, da ich also das brauchte, was man Ablenkung nennt und zu Unrecht verachtet, fuhr ich gerne wieder mit zu Mon Kee nach Chinatown, wir saßen zu zehnt in dem einfachen Raum um den großen runden Tisch, der sich alsbald, nachdem wir den ersten Tee getrunken und die Frühlingsrollen gegessen hatten, mit zehn ovalen Platten füllte, Krabben in jeder Form und Ummäntelung, Francesco bestand auf seinem süßsauren Fisch, Pintus war dazu bestimmt worden, Rindfleisch zu bestellen, ich blieb bei der kroß gebratenen Ente, die Reisschüsseln gingen herum, eine Flasche Bier für jeden reichte natürlich nicht, wir drehten die große Platte, die in der Mitte stand, und bedienten uns von allen Gerichten, Ria hatte neue Ohrringe vom Flohmarkt in Pasadena, Ines beschwerte sich über Francescos Unschlüssigkeit, wo er die nächsten Jahre verbringen sollte, in Italien oder vielleicht doch hier, wo der berühmte Frank Gehry lebte und baute, über den er schreiben wollte, Pat hatte sich mit ihrer Wirtin total zerstritten und würde noch einmal umziehn müssen, Hanno wußte immer noch nicht, welche Schwerpunkte er in seiner Arbeit setzen sollte, Pintus hatte endlich die Korrekturen von seinem Buch über den Geist des frühen Mittelalters fertig gelesen, Lutz hatte die Nachricht, daß seine Bewerbung für einen Lehrstuhl in Frankfurt angenommen war, das freute uns, darauf mußten wir mit ihm und Maja anstoßen, und Peter Gutman, der zum ersten Mal mitgekommen war, sprach zum ersten Mal vor uns allen über seinen Philosophen und dessen Schicksal.

In vier, fünf Monaten würden wir über ganz Europa verstreut sein, uns vielleicht nie wieder sehen, doch die Sympathie, die uns verband, war keine Illusion, ich wußte, daß der Anteil, den wir aneinander nahmen, nicht geheuchelt war, wir genossen es, daß wir nur soviel voneinander wußten, wie wir uns gegenseitig erzählen wollten, wir freuten uns an dem Beziehungsnetz, das entstanden war. Ich merkte, daß es um den Tisch still geworden war und daß ich aussprach, was ich nur hatte denken wollen. Eigentlich sind wir eine ganz gute Truppe. Dann wurden die Küchlein gebracht, in die die Orakelsprüche eingebacken waren. Wir brachen sie auf, ich las: You are open and honest in your philosophy of love.

Und am nächsten Tag, oder an einem der nächsten Tage, saß ich mit Bob Rice bei GLADSTONE'S, er hatte mich zum Dinner eingeladen, how are you, hatte er mich zur Begrüßung gefragt, und ich sagte: It is very hard, und er antwortete: I know, und sagte dann, was mich zum Lachen brachte: I am proud of you. GLADSTONE'S ist ein riesiges Lokal auf den Klippen, wo sie fast senkrecht ins Meer abstürzen, hier konnten hunderte von Amerikanern mit ihren Familien auf einmal essen, an großen Holztischen, riesige Portionen, die meisten Esser dick, auch schon die Kinder, wir bestellten meine obligatorische Margarita, die anderswo besser war, dazu Shrimps auf Kokosnuß. Die Hamburger sind gut hier, sagte Bob.

Daß es so laut sein würde, weil alle schrien, und daß wir auch würden schreien müssen, hatte Bob nicht vorausgesehen. Er war mit mir hierhergegangen, um mir zu erzählen, wie ausgerechnet eines meiner Bücher ihm geholfen habe, sich zu seiner Homosexualität zu bekennen, er mußte die Hand wie einen Schalltrichter vor den Mund halten, um mir das Zitat aus meinem Buch zuzurufen und um mir zu schildern, wie schrecklich es ist, wenn man einen wichtigen Teil seiner Person immer verborgen halten muß, wenn man sich immer verstecken muß, und wie erleichternd, wenn man es endlich nicht mehr tut, du denkst, schrie er, nun schon die Speisekarte als Sprachrohr zusammengerollt vor dem Mund, du denkst, wenn du das gesagt hast, kannst du alles sagen, und du bist frei.

Die dicken Väter und Mütter der Familien um uns herum fanden nichts dabei, dem allgemeinen Lärm ihren eigenen Lärm hinzuzufügen, es waren unglaubliche Portionen, die sie vertilgten, riesige Steaks, Berge von Würsten, mehr als handtellergroße Hamburger, und alles, was die Kinder verlangten, wurde ihnen vorgesetzt. Bob aber schien es kaum zu bemerken, er erzählte mir von seinem Freund, von ihrem gemeinsamen Leben, er nannte die Namen großer Männer, die homosexuell waren, und er rief mir zu, wovon ich nicht jedes Wort verstand, wie glücklich er sei, daß er bei seiner Frau nach einer langen schwierigen Zeit ein menschliches Verständnis gefunden habe und daß seine Kinder ihn liebten und zu ihm kamen.

Wir saßen sehr nahe über dem Meer, die Sonne war eben in einem Dunstfeld untergegangen, siehst du den hellen Streifen am Horizont, sagte Bob, das ist, was ich am meisten liebe. Ein graues Licht breitete sich aus, das hier selten war. Es wurde immer lauter um uns herum.

Bob, der mich meinen Text »Nagelprobe« hatte lesen hören, hatte mir ein Gedicht mitgebracht, das er mir vorlesen wollte, das war aber unmöglich in dieser Lärmkapsel, wir gingen hinaus auf die Holzterrasse, wo es feucht, kalt und dunkel war und wo wir beide allein waren. Wir saßen dicht am Geländer, das uns vom Meer unter uns trennte, nichts war zu hören als das Brüllen der Brandung, die uns besprühte, der Wind war sehr stark geworden, Bob las, wiederum schreiend, das Gedicht über die Kreuzesnägel, das die englische Dichterin Edith Sitwell 1940 geschrieben hatte:

Still falls the rain –
Dark as the world of man, black as our loss –
Blind as the nineteen hundred and forty nails
Upon the cross.

Ja, sagte ich, die Kreuzesnägel kommen in meinem Text vor.

Der Abend hat sich mir eingeprägt. Was aber wird mir bleiben vom heutigen Tag? Daß es wieder einmal Frühling geworden ist, in all seiner Pracht? Daß die Frage, ob es mein letzter, einer meiner letzten Frühlinge ist, jeden Blick grundiert? Daß die Meldung, in den vergangenen vier Jahren seien im Irak zehntausende Iraker und dreitausend US-Soldaten getötet worden, anscheinend niemanden erschreckt?

Es ist eine Horrorvorstellung, die Gabe zu besitzen, in die Zukunft zu blicken.

Damals aber war diese Gabe gefragt. Ich war unvorsichtig genug gewesen, meinen neuen Freunden, der »Gang«, wie wir uns inzwischen selber nannten, Therese, Jane, Margery, auch Toby, meine Tarotkarten zu zeigen. Wir trafen uns draußen beim Privatflughafen, wo Manfred, Janes Freund, ein deutscher Maler, in einem der nicht mehr benötigten Hangars sein Atelier eingerichtet hatte. Es war einer jener Nachmittage, die in einen Abend mit einem überirdischen Himmel übergingen. Aus Manfreds Musikanlage kamen Country-Songs, draußen war ein Grill angeworfen, es roch nach Bratwürsten. Wein und Bier waren in Kühltaschen mitgebracht worden, vom nahen Flugplatz stiegen Privatmaschinen auf, die Reichen, hörte ich, die von ihren Büros in L. A., wo sie ihr Geld machten, abends nach San Diego oder Malibu in ihre schloßähnlichen Villen flogen.

Freunde der Freunde kamen und gingen, wurden bewirtet, in die Gespräche hineingezogen, begrüßten mich, ohne lästige Neugier zu zeigen, manche sangen einen der Songs mit, Manfreds Eisenskulpturen wurden begutachtet.

Siehst du, sagte Manfred, das ist für mich Amerika. Wenn man eine Weile hier gelebt habe, gebe es den gefährlichen Punkt, an dem man den Absprung verpaßt habe und nicht mehr zurückkehren könne nach Europa. Ihm sei das passiert. Er sei im vorigen Jahr probehalber ein paar Wochen in Deutschland gewesen – es sei nicht mehr gegangen, er habe es akzeptieren müssen. Sicher reichten die Beziehungen mit den Freunden hier nicht sehr tief, sicher bewege man sich manchmal ein wenig zu sehr in seichtem Wasser, aber diese Leichtigkeit sei doch oft einfach erholsam, verglichen mit der Sucht der Deutschen, alles zu verkomplizieren.

Ich fragte mich, wann ich zum ersten Mal und aus erster Hand etwas über Amerika gehört hatte, kennst du Leonhard Frank, fragte ich Manfred. Er kannte ihn nicht.

Du siehst ihn sitzen, weißhaarig, schmal, korrekt und zugleich leger gekleidet, wegen eines Buches, das in einem ostdeutschen Verlag erschienen war, aus München gekommen, in einer Runde von Kollegen, zumeist Ostdeutschen, die wie er eine kürzere oder längere Zeit in einem Schriftstellerheim an einem märkischen See verbrachten, es gab die zwei deutschen Staaten schon, aber noch keine Mauer, keine Reisebeschränkung, aber Devisenmangel in der DDR, der Westdeutsche mußte sein Honorar für Bücher, die in der DDR gedruckt worden waren und nicht in Westgeld bezahlt werden konnten, bei einem längeren Aufenthalt hier verbrauchen. Der westdeutsche Staat riß sich nicht gerade um Leonhard Franks Bücher, so wenig wie um die von Heinrich Mann, Lion Feuchtwanger, Anna Seghers. Ihr wußtet, daß er als Emigrant in den USA gelebt hatte, und fragtet ihn aus, er erzählte bereitwillig, aber er beschränkte sich auf Anekdoten. Wenn seine Frau Charlotte den Raum betrat, leuchtete sein Gesicht auf, und er ließ den Blick nicht von ihr. Sie war Schauspielerin und habe, erzählte er euch, in einer amerikanischen Fernsehserie mitgewirkt, als beim Publikum sehr beliebte Hauptdarstellerin, die an Tuberkulose erkranken und am Ende sterben mußte. Um die Krankheit glaubwürdig spielen zu können, habe sie sich von einem Arzt vorführen lassen, wie ein Lungenkranker zu husten habe. Nach dem Tod seiner Lieblingsfigur habe das Publikum verlangt, öffentlich von ihr Abschied nehmen zu können. Der Produzent habe darauf bestanden, daß Charlotte sich auf der Bühne eines Theaters als Leiche aufbahren ließ und das Publikum an ihr vorbeidefilieren konnte. Charlotte habe starr und steif dagelegen und die ganze Zeit wie ein Mantra gedacht: Hundert Dollar, hundert Dollar. Leonhard Frank bewunderte sie dafür wie für jeden ihrer Auftritte, für jedes Wort, das sie sagte.

In seinen ersten Monaten in Los Angeles soll er, wenn er nicht untätig seine Zeit im Filmstudio absaß, von einer Bank im Ocean Park aus unverwandt über den Pazifischen Ozean geblickt haben. Als ein Bekannter ihn fragte, was er denn da sehe, habe er gesagt: Da liegt Europa. O nein, wurde ihm bedeutet. Da liegt nicht Europa, da liegt Japan. Da habe er den Kopf geschüttelt und sei gegangen. Und, sagte ich, daran muß ich oft denken, wenn ich im Ocean Park sitze, vielleicht auf der gleichen Bank, auf der er damals gesessen hat.

Und soeben, mehr als fünfzehn Jahre danach, finde ich in Leonhard Franks Lebensbericht »Links wo das Herz ist« die Schilderung jenes Zustands, in den das Exil den Emigranten versetzt: *Jetzt gab es kein Zurück mehr. Dieses lähmende Bewußtsein begleitete ihn siebzehn lange Jahre Tag für Tag, ... daß es kein Zurück mehr gab nach Deutschland, in seine Werkstatt, sein Leben, in seine Landschaft, mit der er sich eins fühlte, als wäre er ein Teil von ihr. ... Sein Leben war nicht mehr sein Leben. Es war mitten entzweigebrochen.*

Manfred sagte, ja, er verstehe wohl, daß man Sehnsucht haben könne nach dem alten Kontinent. Aber da sei ja Jane, die könne er doch nicht nach Europa verpflanzen. Ich sah den Blick, den Jane ihm zuwarf, ich sah, daß sie ihm anhing, es überraschte und freute mich. Wir aßen, tranken, bewegten uns zwischen den verschiedenen Gruppen, Jane trat zu mir und sagte, sie habe es sich nicht vorstellen können, noch einmal in ihrem Leben einen Menschen zu finden, der ihr so wichtig sein würde wie Manfred. Warum hast du dir das nicht vorstellen können? fragte ich. Das erzähl ich dir später mal, sagte sie.

Sie erzählte es mir noch am gleichen Abend. Als es dunkel wurde, brachen wir auf, wollten uns aber noch nicht trennen, verabredeten uns für den Abend bei Toby in Venice, verteilten uns auf die verschiedenen Autos, ich kam neben Jane in ihrem Auto zu sitzen. Eine Weile fuhren wir schweigend auf dem Freeway, wieder spürte ich, daß dieses Fahren im Dunkeln auf Freeways die Lust erweckte, miteinander zu reden. Jane wollte wissen, ob ich dächte, Manfred passe nicht zu ihr, weil sie beide so verschieden seien. Ich sagte, zuerst hätte ich so etwas gedacht, nachdem ich sie zusammen gesehen hätte, dächte ich das nicht mehr. Sie habe selber nicht gewußt, sagte Jane, daß sie genau das gebraucht habe. Sie habe bis dahin immer nur schwere Beziehungen zwischen Menschen kennengelernt, gerade zwischen Menschen, die einander nahe seien. Ich müsse wissen, ihre beiden Eltern seien deutsche Juden, die verschiedene KZs überlebt hatten und sich nach dem Krieg in einem der Lager für displaced persons getroffen hätten. Ihr Vater habe vorher schon Familie, Frau und Tochter, gehabt, die umgebracht worden seien. Ich glaube, sagte Jane, er hat niemals wirklich mich lieben können, er hat immer hinter mir seine tote erste Tochter gesehen. Kannst du dir vorstellen, was das für ein Kind bedeutet? Die Fotografie habe ihr geholfen, zu sich selbst zu finden, merkwürdigerweise dadurch, daß sie sich mit der Kamera auf andere konzentrieren mußte und von sich selbst ganz und gar absehen konnte.

Ich erinnere mich, wie froh ich war, auf Jane getroffen zu sein.

Tobys Zimmer in seinem kleinen Venice-Haus waren beinahe leer geräumt, ich sah, wie Therese darüber erschrak. Man hatte ihr bis jetzt nicht gesagt, daß Toby wieder einmal die Brücken hinter sich abbrechen und nach Mexiko gehen wollte. In einer Ecke standen die Modelle der Häuser, die er entworfen hatte, feingliedrige, originelle Basteleien aus dünnen Hölzern, die keiner ausführen wollte, wie üblich, sagte Toby mit einer leichten Bitterkeit. Er müsse sich noch einmal ganz woanders ausprobieren. Wir bekamen Wein und Crackers, dann mußte ich die Tarotkarten auspacken. Jeder sollte mir die Frage, die er den Karten stellen wollte, ins Ohr flüstern. Ich ließ mir von allen versichern, daß sie nicht an die Karten glaubten. Daß es ein Spiel war, was wir da trieben. Ich mischte die Karten, und es ging los.

Toby wollte zu meiner Überraschung wissen, ob das Verhältnis zu seinem Vater sich noch einmal bessern würde. Ich legte das vorgegebene Muster aus und fand, daß zwei weit voneinander entfernte männliche Figuren sich auf den Weg zueinander machten. Toby schien glücklich zu sein über das Orakel, er habe nie geglaubt, daß sie beide für immer verfeindet bleiben würden, und ich hatte nicht das Herz, zu wiederholen: Es ist ein Spiel, Toby, es ist ein Spiel!

Therese wollte wissen, auf welchem Kontinent sie ihr Glück finden würde, und die Karten sagten, daß sie unstet bleiben und eben darin ihr Glück sehen sollte. Oder jedenfalls ihre Bestimmung. Therese wurde nachdenklich und lehnte sich an Toby.

Ich wollte Jane abhalten, sich auch dem Spruch der Karten anzuvertrauen, du bist doch nicht abergläubisch, wollte ich ihr sagen, ich wußte das Wort nicht, superstitious, ich sagte: Don't believe in the cards, please, Jane! Sie sagte: Certainly not, don't worry! Aber sie bestand darauf, daß ich auch für sie die Karten befragen müsse. Sie wollte wissen, ob man sie lieben könne, und ich verfluchte meine Leichtfertigkeit und Nachgiebigkeit, mit diesem Spiel begonnen zu haben. Lange mischte ich die Karten für Jane, wild entschlossen, die richtige Antwort herauszulokken, und ich hatte Glück: Als letzte Karte erschien, alle anderen überstrahlend, DIE WELT, die nun allerdings denjenigen oder diejenige, der sie zufiel, über jeden Zweifel mit einer Fülle von Liebe ausstattete, Liebe, die sie verströmte und empfing. Dazu ließ sich, auf Jane bezogen, viel sagen. Zufrieden? fragte ich sie. Thank you, sagte sie, und ich wußte nicht: Hatte sie mich durchschaut? Wollte sie den Karten glauben? Ich begriff, daß ich mit den Karten unvermeidlich Macht über andere bekam, und nahm mir fest vor, für niemanden mehr mein Tarot auszupacken.

Bis, wenige Tage später, Peter Gutman bei mir anklopfte und ohne Umschweife verlangte, daß ich für ihn mit Hilfe der Karten herausfinden sollte, wie man sich verhalten müsse, wenn man einen Menschen liebe, aber jede Hoffnung, mit ihm je leben zu können, vollkommen illusorisch sei. Ich weiß nicht mehr, welche Kunststücke ich brauchte, um die Karten zu dem Ergebnis zu treiben, das ich von Anfang an angestrebt hatte: Sublimieren, sagte ich. Ihr müßt eure Gefühle sublimieren.

O yes, madam, sagte er.

Übrigens hätten sie natürlich längst das Gelübde gebrochen, daß sie nicht mehr miteinander telefonieren wollten. Sie telefonierten exzessiv, aber das mache sie nicht glücklicher. Dazu war nichts zu sagen.

Er fragte mich nach meinen »Zuständen«. Ob sie vorüber

seien. Nicht ganz, sagte ich. Er äußerte seine Mißbilligung. Ob ich mich nicht damit abfinden könne, ein durchschnittlicher Mensch zu sein, mit Fehlern und Fehlhandlungen, wie alle. Herrgott noch mal, hör schon auf! sagte er. Du hast doch niemandem geschadet!

Doch, sagte ich trotzig. Mir selbst.

WORUM GEHT ES EIGENTLICH. ES GEHT DARUM, MIR KLARZUMACHEN, DASS DIESE ZUSTÄNDE VORÜBERGEHEN. ERFAHRUNGSGEMÄSS, AUCH WENN ICH MIR DAS JETZT NOCH NICHT GLAUBEN KANN. EINE ZEIT WIRD KOMMEN, IN DER ES MIR SCHWERFALLEN WIRD, MICH DARAN ZU ERINNERN.

Das Schlafmittel wollte ich eigentlich mal auslassen. Ein Glas warme Milch würde jetzt gut tun. Ich stand auf und machte mir ein Glas warme Milch mit Honig. Es war noch dunkel, aber die Vögel fingen schon an mit ihrem Morgenkonzert. Wer sagte denn oder wo stand geschrieben, daß ich die Gedanken, die durch meinen Kopf liefen, immer mitdenken mußte. Ausgehöhlt, das war das richtige Wort. Ich war ausgehöhlt. Jetzt trink mal in kleinen Schlucken diese Milch, sagte ich zu mir. Jetzt leg dich wieder hin. Jetzt bin ich müde. Jetzt kam der Obdachlose, der jeden Morgen in den Müllcontainern unter meinem Fenster nach Flaschen suchte. Ich hörte noch das Klingeln der Flaschen, und dann nichts mehr.

How are you today. Ein ganzer Fahrstuhl voller ahnungsloser unschuldiger Leute. O thank you, I am fine. That's wonderful. Jemand hatte mir erzählt, von den weiblichen Angestellten in diesem Bürohaus werde erwartet, daß sie täglich ihre Garderobe wechselten. Ich merkte, wie ich anfing, mich nach dieser Regel zu richten. Ja war ich denn verrückt. Ich redete im Sekretariat mit Kätchen. Sie sagte, sie sei oft in Versuchung, diese ganzen Faxe, die für mich aus Europa kämen, einfach in den Schredder zu schmeißen. Darüber konnte ich lachen. Ich hatte ihr gesagt, daß sie die Suche nach L. aufgeben sollte, und ihr Lilys Geschichte erzählt. Ich steckte das Bündel Papiere, das wieder in meinem Fach lag, in die indische Tasche, ohne es anzusehen.

Ich ging in die Third Street und aß ein Sandwich. Ich kaufte mir eine von den billigen Seidenblusen. Beim Nachhausekommen hörte ich schon auf der Treppe mein Telefon. Es hörte und hörte nicht auf, dann war es die aufgebrachte Stimme aus Berlin. Wo bist du denn, verdammt noch mal. Ich konnte und konnte dich nicht erreichen. – Aber ich war doch nur zum Lunch. – Ach so. Ich dachte schon, ich hätte dir diesen Artikel nicht faxen sollen. – Welchen Artikel? – Einen ziemlich unangenehmen Artikel von jemandem, von dem du es nicht erwartet hättest. – Er nannte den Namen. – Hab ich noch nicht gelesen. – Dann laß es bleiben, hörst du. Lies ihn nicht. Ich hätte ihn dir nicht faxen sollen. – Ach weißt du: Was zuviel ist, ist zuviel. – Na eben. Aber ich konnte dich nicht erreichen, und da bin ich einfach ins Schwitzen gekommen, weißt du. – Du hör mal, ein für allemal: Mir passiert nichts. Da ist keine Gefahr. – Ist gut. Wär ja auch absurd. Ich dachte nur, wegen dieses verdammten Artikels. – Nein. Gerade wegen dieses verdammten Artikels nicht. Geh schlafen. Ist bei dir nicht Mitternacht. – Ja, allerdings. Bei mir ist Mitternacht. – Bei mir dagegen ist es erst vier Uhr nachmittags. Daran gewöhnt man sich schwer, findest du nicht? – Ja, das find ich auch, daß man sich schwer daran gewöhnt. – Gute Nacht.

Den Artikel las ich Tage später, in kleinen Schlucken. Es war die Überdosis, und ich wartete auf meine Reaktion, die blieb fast ganz aus. Fing ich etwa an, Abwehrkräfte zu entwickeln?

Ich weiß, daß es unglaubhaft klingt, aber es gab da rosa Vögel, ein rauchiges Rosa, ein solcher Vogel hatte sich früh morgens auf dem Dachrand vor meinem Fenster eingestellt.

Für Tage tanzte diese ganze taumelnde Erdscheibe auf einer Nadelspitze.

Das MS. VICTORIA hatte ein unterirdisches Leben. Wenn ich mit dem Fahrstuhl in den Keller fuhr, um mich der Waschmaschinen zu bedienen, traf ich manchmal auf unsere Reinemachtruppe, fast alle Latinos, bis auf Angelina, die aus Uganda kam. Hier unten waren sie bei sich und frei, sie packten ihre Sandwiches aus und tranken Kaffee aus Pappbechern, sie machten sich übereinander und vielleicht auch über uns lustig, sie lachten laut, sogar kreischend, sie nahmen mich kaum zur Kenntnis. Jetzt waren sie noch beieinander und zeigten Fotos von ihren Kindern herum und schlugen sich auf die Schenkel und hatten Freuden und Gefühle, die ich niemals teilen würde, und waren, solange sie diesen elenden Job hatten, so frei, wie ich niemals sein würde, dachte ich, sie kümmerten sich nicht darum, was sonst in dieser Stadt passierte, sie waren erst drei, vier Jahre hier, vielleicht nicht alle legal, Englisch sprachen sie nur das Nötigste und kaum verständlich, sie gingen zu keiner Wahl, sollte doch regieren, wer wollte, ihr Leben war so hart, wie ich es mir nicht einmal vorstellen konnte, aber jetzt, diese Viertelstunde inmitten ihres Arbeitstags, saßen sie hier und waren beieinander und heiter und kümmerten sich nicht um den schmutzigen stickigen Kellergang und um die weiße Frau, die ihren Wäschebeutel vorbeitrug und der sie zwei Stunden später, wenn sie in ihr Apartment kamen, um die Becken zu scheuern und Staub zu saugen, das Gefühl vermitteln würden, daß ihr Wohlergehen ihnen am Herzen lag.

Ich spüre einen Sog vom Ende her, ich muß mich dagegen stemmen und noch bisher Verschwiegenes oder jedenfalls nicht Erwähntes in mir aufsteigen lassen und zu Papier bringen. »Sog vom Ende her«, jetzt erst bemerke ich den Doppelsinn dieser Metapher, lasse sie aber stehen, obwohl – oder weil – sie auch in ihrem zweiten Sinn, dem Sog auf das Lebensende, nicht nur auf das Ende dieses Textes hin, zutrifft.

Immer dieselbe Litanei, auf allen Kanälen, sagte ich zu Peter Gutman, mit dem ich wieder mal im Auto durch Los Angeles fuhr und Radio hörte. Auch ich konnte meine Litanei noch nicht unterbrechen.

Dir ist ja wohl klar, daß du dich sofort aus der Schußlinie

nehmen würdest mit einer wohlformulierten Reueerklärung, sagte er. Halt dich an deine Freunde. Und wenn dir kein Freund was nützt, warum hältst du dich nicht an deine Feinde? Warum hältst du dich nicht an deine Verachtung für die Journalisten, die dir ins Gesicht hinein sagten, daß sie ihrer Sorgfaltspflicht nicht nachkommen konnten, als sie erfuhren, daß die Konkurrenz die Story bringen würde? Daß sie da sofort zuschlagen mußten? Auch Haß kann einen stark machen, glaub's nur.

Sie sprechen von Haß, Monsieur?

Darauf ging Peter Gutman nicht ein. Er wollte wissen, warum ich nicht endlich wütend würde, Herrgott noch mal.

Ist mir noch nicht eingefallen, sagte ich. Ich frage mich, ob alles umsonst war.

Da zweifelst du? Alles war umsonst, und alles war unvermeidlich.

Du kannst einen trösten, sagte ich, und er: Ja, das könne er, wenn ich schon auf diesem Wort bestehen wolle. Oder sei es etwa kein Trost, zu wissen: Wir sind die ersten nicht? Und auch nicht die letzten?

WIR SIND KOMISCH KONSTRUIERTE WESEN, NICHT?

Right, Madam.

Und dann forderte ich ihn auf, sich umzudrehen und sich die Sonne anzusehen, wie sie am äußersten Ende des Wilshire Boulevard im Meer unterging, die letzte Handbreit über dem Horizont machte sie wie immer unglaublich schnell, als nehme sie sich für dieses Stück extra einen Endspurt vor. Das wäre es wieder mal gewesen, und nun würde es schnell dunkel werden, und ich dachte, daß ich auf Dauer nicht in einem Land leben wollte, in dem es keine Dämmerung gab. Ich hänge an der nördlichen Dämmerung, sagte ich zu Peter Gutman, und dann schwiegen wir den Rest des Weges und waren auch bald bei Ruth angekommen, die uns eingeladen hatte.

Sie wollte über Lily mit uns reden, und sie wollte uns einiges zeigen.

Jetzt, so viele Jahre danach, ist meine Verwunderung noch gewachsen: Taten wir drei wirklich so, als sei unser Zusammentreffen an diesem Ort, aus diesem Anlaß, die selbstverständlichste Sache von der Welt? Kaum will ich das glauben. Haben wir je, Peter Gutman und ich, unser aufgeregtes Erstaunen ausgedrückt über die unglaubhafte Fülle höchst exzentrischer Zufälle, die in Gang gesetzt werden mußten, damit einige Rätsel, die jeder von uns mit sich herumtrug, hier ihre Auflösung fanden? Oder hatten wir uns so an den seelischen Ausnahmezustand gewöhnt, in dem wir zweifellos lebten, daß kein noch so unvorstellbares Wunder uns aus der Bahn werfen konnte? War es so? Wenn es nicht so gewesen wäre, müßte ich es erfinden.

Daß Ruth eine Holzkiste mit dem Nachlaß von Lily für uns bereitgestellt hatte. Daß sie uns Tee und Cookies anbot, weil die Gastfreundschaft es so erforderte. Daß wir den Tee tranken, die Cookies aßen, obwohl wir insgeheim nur nach der Holzkiste blickten, die auf einem Nebentischchen stand. Es war eine schlichte, mit einem Riegel verschließbare Kiste, in der Ruth wahrscheinlich irgendwelche Waren aus einem Versandhaus empfangen hatte. Sie enthielt, als sie endlich vor unseren Augen geöffnet wurde, hauptsächlich Papiere.

Lily habe vor ihrem Tod gründlich aufgeräumt. Da sie keine Kinder, keine Angehörigen hatte, müsse sie selbst für ihren Nachlaß sorgen, habe sie zu ihr, Ruth, gesagt. Lily sei eine Frau ohne jedes Selbstmitleid gewesen, von einem manchmal derben Humor – ganz anders als ihr Philosoph, der über vierzig Jahre ihr Geliebter war, sie habe es kürzlich erst ausgerechnet, sagte Ruth. Sie wolle nicht sagen, daß kein anderer Mann je über Lilys Schwelle gekommen sei, sie sei eine gefühlsstarke Frau gewesen, aber oft und oft habe sie zu ihr gesagt, sie habe unter den Milliarden Menschen auf unserem Planeten den einen

Mann gefunden, der für sie bestimmt gewesen sei. Und sie habe sich nicht genug wundern können über dieses Glück.

Der Philosoph? O der! Nein, der habe außer seiner eigenen Frau, Dora, die ein Ausbund an Tapferkeit sei, und Lily keine andere Frau gehabt, und auch keine andere gebraucht. Und ob wir es nun glaubten oder nicht: Es habe zwischen den beiden Frauen nie einen Anflug von Eifersucht gegeben.

So hat Lily sich ganz der Liebe zu diesem Mann untergeordnet? fragte ich, ungewollt leicht aggressiv. O nein! rief Ruth. Sie könne sich keine Frau vorstellen, die weniger zur Unterordnung geeignet gewesen sei als Lily. Zwischen ihr und dem Philosophen seien manchmal die Funken geflogen. Sie habe sich oft gesagt, für einen Menschen wie Lily müsse das schlimmste am Exil gewesen sein, daß sie sich, um des schieren Überlebens willen, auf eine Art Mimikry einlassen mußte. Oder ob wir noch nicht bemerkt hätten, wie durch und durch konformistisch die amerikanische Gesellschaft sei. Auch darüber habe Lily ihr die Augen geöffnet. Vorher habe sie wirklich an den freien kritischen Geist geglaubt, den die Zeitungen für Amerika reklamierten. Lily benutzte es als Test, sagte Ruth, wie ein Gesprächspartner reagierte, wenn sie, scheinbar beiläufig, das Wort »Kommunist« hinwarf.

Du bist die erste Amerikanerin, sagte ich, die dieses Wort ausspricht, als sei es ein gebräuchliches Alltagswort. – Nun blieben wir beim »Du«.

Das haben die beiden mir beigebracht, Lily und ihr Philosoph, sagte Ruth. Sie haben mir bewiesen, mit welcher Feigheit alle – fast alle – Amerikaner sich um dieses Wort herumdrücken; und daß sie, daß wir, uns selber abtrennen von einem riesigen, folgenreichen Gebiet des europäischen Denkens und Handelns und uns ein verhängnisvolles Tabu verordnen, indem wir alle Kommunisten zu Verbrechern erklären. Seitdem frage ich nach bestimmten Schriften, nach bestimmten Autoren, nach bestimmten Namen. Das hilft mir übrigens sogar, was ich nicht vermutet hätte, bei meinen Therapien mit Patienten.

Inwiefern? wollte Peter Gutman wissen. Sie werde ihren Patienten doch keine kommunistischen Ideen einflößen wollen?

Lieber Himmel, nein, sagte Ruth. Dann würde sie wohl bald keine Patienten mehr haben. Aber es sei doch merkwürdig, wie hellsichtig man werde gegenüber den Denk- und Gefühlshemmungen eines anderen, wenn man sie bei sich selber einmal durchschaut habe. Nun ja: Bis zu einem gewissen Grade durchschaut.

Ich war die einzige von uns dreien, überlegte ich, die leibhaftige Kommunisten gekannt hatte. Zuerst konnte ich sie noch einzeln an den Fingern abzählen. Die ersten waren Schemen, Gerüchte, erinnerte ich mich. Du sahst das Gesicht eures Mädchens Anneliese vor dir, die dir, dem Kind, erzählte, wie ihre Familie geweint habe, als die Kommunisten in eurer Heimatstadt nach dem Sieg der Nazis ihre Fahnen öffentlich auf dem Moltke-Platz verbrennen mußten. Ja, wart ihr denn Kommunisten? hast du sie ungläubig gefragt. Ja, sie seien Kommunisten gewesen. Der nächste Kommunist war ein Mann aus der Nachbarschaft, ein Bierwagenfahrer, wenn du dich recht erinnertest, über den du nur Gerüchte aufschnappen konntest, die die Erwachsenen sich zuflüsterten, ja, er sei aus dem KZ zurückgekommen, aber er habe unterschreiben müssen, daß er nichts erzähle, und er sei auch wirklich stumm wie ein Fisch. Von da an prägte sich dir ein, daß es genauso schlimm war, Kommunist zu sein, wie Jude zu sein. Zum Glück traf keins von beidem auf euch zu.

Dein erster leibhaftiger Kommunist – von ihm habe ich öfter erzählt – war dann jener KZler, der, sicher zu dem Zug von Häftlingen gehörig, der vom KZ Sachsenhausen aus von der SS auf den Todesmarsch gen Norden getrieben worden war, sich zusammen mit anderen Überlebenden, von der Bewachungsmannschaft fluchtartig verlassen, unter die Flüchtlinge auf jenem Gelände gemischt hatte, das euch mit eurem Treck von der ersten Besatzungsmacht, den Amerikanern, zum Übernachten angewiesen war. Der Mann, dem deine Mutter einen Teller

Suppe anbot und den sie fragte, warum er im KZ gewesen sei. Der Mann sagte: Ich bin Kommunist. Aha, sagte deine Mutter. Aber dafür kam man doch nicht ins KZ. Die Miene des Mannes blieb unbewegt. Er sagte: Wo habt ihr bloß alle gelebt.

Dein zweiter leibhaftiger Kommunist war der Schuster Sell in dem mecklenburgischen Dorf, in dem ihr nach der Flucht im Frühjahr 1945 gestrandet wart. Die russische Besatzungsmacht verlangte, daß die Bauern des Dorfes Pferdefuhrwerke für alle möglichen Transportleistungen zur Verfügung stellten, und deine Aufgabe als Hilfskraft des Bürgermeisters war es, diese Spanndienste einzuteilen – je nach Größe des Besitzes der Bauern. Da stürmte Schuster Sell, der nur ein Pferd besaß, zu dir ins Büro und beschimpfte dich: Du habest ihn und die Häusler überhaupt zu stark belastet. Empört und im Vollbesitz des Gefühls, Recht zu haben, wiesest du seine Anschuldigungen zurück, er aber tobte weiter, schlug mit der Faust auf den Tisch und warf die Tür mit Krach hinter sich zu. Der Bürgermeister, der sich bei jedem Konflikt in seinem Schlafzimmer versteckte, tauchte auf und belehrte dich, daß Sell Kommunist sei, übrigens der einzige im Dorf, und die hätten ja jetzt das Sagen.

Ich mußte meinen Erinnerungsstrom unterbrechen, um nicht zu verpassen, was Ruth aus der Kiste als Hinterlassenschaft von Lily zutage förderte. Als erstes ein Foto: Lily, in ihrem letzten Lebensjahrzehnt, an eine der Palmen im Ocean Park gelehnt, im Hintergrund das Meer. Wie immer ich sie mir vorgestellt haben mochte, mir leuchtete sofort ein: So mußte sie ausgesehen haben. Nicht groß, feingliedrig, aber kraftvoll, mit einem Gesicht, das sensibel und kühn zugleich war, mit leicht angekraustem Haar, ungebändigt, als wehe der Wind ihr ins Gesicht, und obwohl sie stand, vermittelte sie den Eindruck einer Gehenden. Einer Vorwärtsgehenden.

Ja, sagte Peter Gutman. Dann betrachtete er lange das zweite Foto, das anscheinend am gleichen Tag und am gleichen Ort aufgenommen war, nur diesmal saß Lily neben einem Mann auf einer Bank im Ocean Park. Obwohl sie sich nicht ansahen, nicht einmal berührten, gab es keinen Zweifel, daß sie ein Paar waren. Für einen Mann war er zierlich, die Hände, die auf den Knien lagen, konnten fast Frauenhände sein, sein Kopf war zu groß für diesen Körper. Die Augen verschwanden hinter dikken Brillengläsern. Keiner von uns sagte es, aber ich glaube, wir dachten es alle: Dieser Mann hatte seine Lebenssubstanz beinahe aufgebraucht.

Ruth sagte, sie habe diese Fotos gemacht. An diesen Nachmittag erinnere sie sich genau, wegen ihrer zwiespältigen Gefühle. Sie drei fühlten sich an jenem Tag besonders wohl miteinander, und zugleich überfiel sie eine Trauer, die sie nicht in Worte faßte. Es war die Trauer darüber, daß dies alles bald vorbei sein würde.

Während Ruth sprach, holte sie weitere Fundstücke aus der Kiste. Lilys Paß, ein Bündel Papiere aus ihrer Berliner Zeit, darunter ihr Diplom als Ärztin und, kaum hatte ich das zu hoffen gewagt, ein Foto von ihr und meiner Freundin Emma als sehr junge Frauen, umgeben von anderen Frauen, in ein inniges Gespräch vertieft, anscheinend während einer Tagung. Dieses Foto, das vergilbt und an den Rändern abgegriffen war, hatte Lily jahrzehntelang durch mehrere Exilländer und über den Ozean mitgenommen und gehütet.

Wie jung sie waren. Wie schön. Wie energiegeladen. Wie hoffnungsvoll.

Worüber mochten sie so intensiv gesprochen haben. Über ihre unterschiedlichen Meinungen? Ruth sagte, Lily sei eine überzeugte Anarchistin gewesen. Sie habe jede Einzäunung von Ideen in ein Dogma abgelehnt, ja, verabscheut. Eine Partei, hat sie mir oft gepredigt, sagte Ruth, werde zu schnell zum Selbstzweck und ungeeignet, Veränderungen zu bewirken.

Der Philosoph nun wieder sei ja der Ansicht gewesen, der Mensch müsse zu seinem Glück gezwungen werden. In diesem Jahrhundert, habe er gesagt, sei die Menschheit an einem Kreuzweg gewesen, zum letzten Mal habe sie wählen können zwischen zwei scheinbar entgegengesetzten Richtungen, und dann habe sich gezeigt, daß beide Wege in die Irre, in die Tragödie führten. Und daran teilzunehmen, habe der Philosoph gesagt, das war unser Leben. Na und? habe Lily ihm entgegengehalten, war es nicht aufregend? War es nicht interessant?

Ruth holte einen grauen unscheinbaren Aktenhefter aus der Kiste, sie hielt ihn hoch. Das sei das Herzstück von Lilys Vermächtnis: Eine Diskussion, ein Austausch von Meinungen und Argumenten zwischen Lily und dem Philosophen, die sie über einen längeren Zeitraum fortgesetzt hätten, teils, um den anderen zu überzeugen, teils zur Selbstklärung.

Das ist ja unglaublich, sagte Peter Gutman.

Ruth übergab ihm den Aktenhefter: Er könne ihn auswerten. Peter Gutman fing sofort an, darin zu blättern. Unglaublich, sagte er immer wieder. Ich hatte ihn noch nie derart aufgeregt gesehen. So etwas passiere einem Forscher nur einmal im Leben.

Sehen Sie, sagte Ruth freundlich. Und ausgerechnet heute und hier. Und ausgerechnet durch mich.

In mir hatte sich das Bild vom Kreuzweg festgesetzt. Wann hatte ich erkannt, daß ich lernen mußte, ohne Alternative zu leben? In Schüben, erinnerte ich mich, so etwas lernt man nicht von heute auf morgen. Du sitzt unter Genossen, die dasselbe erleben wie du. Ihre Zahl schrumpft. Die Älteren sind euch Jungen überlegen: Sie haben Übung darin, wider alle Vernunft an einer Hoffnung festzuhalten. Sie finden, ihr hättet noch kein Recht dazu, sie aufzugeben. Das Projekt, an das sie ihr Leben gewendet hatten, sei auf die Dauer von Generationen angelegt, nicht kurzfristig auf unsere winzige Lebensspanne. Wenn ich an sie denke, sagte ich zu Peter Gutman und Ruth, an meine Freunde, die inzwischen alle gestorben sind, sehe ich einzelne Gesichter, hell aus einer dunklen Flut auftauchend, die sie gleich verschlingen wird. Der eine, den ich danach fragte, sagte: Etwas bleibt immer. Guck doch mal, in welchem Schrecken die Französische Revolution geendet hat, und was fällt einem ein, wenn man an sie denkt? Freiheit, Gleichheit, Brüderlichkeit.

Ich habe ihn nicht gefragt, sagte ich, was den Späteren einfallen wird, wenn sie an uns denken.

Vielleicht, sagte Peter Gutman, wird man sagen, sie haben zuletzt ohne Illusionen, aber nicht ohne Erinnerung an ihre Träume gelebt. An den Wind Utopias in den Segeln ihrer Jugend.

Dein Wort in Gottes Gehörgang, sagte ich.

Ich stieg allein, da Peter Gutman noch in Downtown zu tun hatte, in mein rotes Auto und fuhr den Sunset Boulevard hinunter, sah die Menschenmassen, weiße, schwarze, braune, gelbe, die den Boulevard hinuntertrieben, denen fragt auch keiner nach, dachte ich, es ist das Schicksal der allermeisten, also was ficht dich an.

Allmählich hatte ich die Scheu davor verloren, ein Teil der Blechlawine zu werden, die auf dem Straßennetz durch Los Angeles fuhr, mein kleines rotes Auto trug viel dazu bei, die Struktur des Stadtplans meinem Gehirn einzuspeichern, aber auf einmal schien etwas gar nicht zu stimmen, der Wagen kam ins Schleudern, zum Glück tauchte eine Tankstelle vor mir auf, zum Glück erreichte ich sie, der Tankwart, ein äußerst fixer Latino, stellte schnell fest, daß ich mir einen Nagel in den linken Hinterreifen eingefahren hatte, bewundernd sah ich zu, in welcher Geschwindigkeit der Mann am stehenden Auto den Schaden behob, Los Angeles ist eine Autostadt, es war für jedermann selbstverständlich, daß jedermann zu jeder Zeit ein fahrbereites Auto brauchte, thank you so much. You're welcome, Ma'am, good luck.

Weiter den Sunset Boulevard abwärts, auf den Ozean zu, und wehre dich nicht gegen den Strudel des Vergessenwerdens, der uns alle diesen berühmten Boulevard hinunterspült in diesen dunklen Ozean hinein.

Mühelos fand ich die Zufahrt zu unserer Straße, zur Tiefgarage, in kühnem Bogen, ohne rangieren zu müssen, stellte ich mein Autochen auf seinen Platz zwischen dem holzgetäfelten Oldtimer von Francesco und dem eleganten schwarzen Coupé von Pintus und Ria. Mrs. Ascott hatte ihren weißen Riesenwagen wie immer am Eingang so abgestellt, daß er die halbe Zufahrt versperrte, als Managerin vom MS. VICTORIA nahm sie sich das Recht dazu, wir begegneten uns vor dem Eingang und grüßten uns überaus freundlich. Seit wann eigentlich hatte ich dieses Gefühl, nach Hause zu kommen, wenn ich die Tür zu meinem Apartment aufschloß.

Sicher habe ich mir an jenem Abend etwas zu essen gemacht, wahrscheinlich vor dem Fernseher gesessen, während ich aß, und erst dann meinen indischen Beutel, den ich zu Ruth mitgenommen hatte, geöffnet. Wahrscheinlich war es spätabends. Den großen weißen Umschlag, auf dem mein Name stand, sehe ich vor mir. Niemand anderes als Ruth konnte ihn mir in den Beutel gesteckt haben. Der Umschlag enthielt ein Blatt mit Ruths Handschrift und einen ungeöffneten Luftpostbrief, adressiert an Lily. Dieser Brief, schrieb Ruth mir, sei aus Deutschland angekommen, als ihre Freundin Lily im Sterben lag. Sie habe ihn ungeöffnet bei den übrigen Papieren gefunden, die Lily ihr hinterlassen habe. Sie habe ihn nicht öffnen wollen. Nun wolle sie ihn mir übergeben, weil sie glaube, damit im Sinn von Lily und auch der Briefschreiberin zu handeln.

Die Absenderin des Briefes war meine Freundin Emma.

Er war in einer westdeutschen Stadt abgestempelt, hatte westdeutsche Briefmarken. Ich hielt ihn lange in der Hand, drehte und wendete ihn, bis ich ihn schließlich öffnete. Fast mußte sich dieser Brief mit der Nachricht von Lilys Tod gekreuzt haben. Er war in Emmas ausladender Altfrauenschrift auf dem marmorierten Briefpapier geschrieben, das ich von ihr kannte.

»Liebe Lily, dies wird ein langer Brief. Ich habe die Gelegenheit, ihn westdeutschen Freunden mitzugeben, die werden ihn an der Postzensur vorbei befördern.

Ich habe Krebs. Das weiß außer mir noch niemand. Du wirst mir glauben, daß mich die Einsicht, daß meine Lebenszeit begrenzt ist, nicht sehr schockiert hat. Das Lebensgefühl aus den braunen Jahren, daß wir alle Tote auf Urlaub sind, hat sich tief eingefressen. All die Jahre danach habe ich wie hinter einem Vorhang gelebt. Ich war immer sehr beschäftigt, und ich wollte mich nicht lähmen lassen. Als Stalin starb, saß ich hier bei uns ›unter falscher Anschuldigung‹ im Gefängnis. Als ein Wärter mir die Nachricht zuflüsterte, habe ich geweint. Dazu mußt Du nichts sagen, ich habe mir selbst schon alles dazu gesagt.

Du wirst Dich erinnern: Einmal, kurz nach der Machtübernahme, haben wir in einem Riesensaal eine der Reden des ›Führers‹ und den Begeisterungstaumel der Masse miterlebt. Im Rausgehen sagtest du: Jetzt haben sie ihren Messias. Wir müssen so schnell wie möglich hier weg. Du warst hellsichtig und entschlossen.

Ich blieb, ich hatte einen Parteiauftrag. Ein Himmelfahrtskommando, von heute aus gesehen. Wir waren eine kleine Gruppe, nach einem Jahr faßte man uns. Nur dadurch, daß keiner von uns einen Namen verriet, kamen wir mit dem Leben davon. Drei Jahre Zuchthaus, danach unter strenger Beobachtung. Ich konnte nichts mehr machen. Fast nichts.

Ich frage mich, was wir getan hätten, wenn wir schon in den dreißiger Jahren alles gewußt hätten, alles über die Säuberungen in der Sowjetunion, alles über den GULAG. Wir wären verzweifelt und handlungsunfähig gewesen. In unseren Alpträumen stellten wir uns ein faschistisches Europa vor. Stalin, sagten wir uns, hat das verhindert.

Wir sind gescheitert. Das Land, in dem ich lebe und auf das ich anfangs noch einige Hoffnung gesetzt hatte, verknöchert und versteinert von Jahr zu Jahr mehr, der Moment ist abzusehen, an dem es als bewegungslose Leiche am Weg liegen wird, freigegeben zur Ausplünderung. Was dann? Eine lange Verwesungsphase?

Sehe ich vielleicht eine Lösung nicht, die für Dich, für Euch, naheliegt? Ach Lily, schreib mir bald, die gute Emma ist doch recht ratlos auf ihre alten Tage. Sei gegrüßt, meine Liebe. Wie sagten wir früher? Adieu.«

Emma hat lange vor mir verborgen, daß sie diesen Krebs hatte. Sie starb dann ziemlich schnell. Sie sprach nicht über den Tod. Nur einmal sagte sie, ihr sei zumute, als sei sie auf einen anderen, kleinen Planeten versetzt worden, der sich ziemlich schnell von der Erde wegbewege und von dem aus sie zum ersten Mal unsere Erde von außen und als Ganzes sehen könne. Das sei sehr lehrreich.

Mich überfiel in jener Nacht eine unbeschreibliche Müdigkeit. Merkwürdigerweise hatte Emmas Brief mich getröstet. Ich schlief sofort ein und schlief bis weit in den nächsten Tag hinein. Ich erinnerte mich deutlich an einen Traum: Ein rasender Fall durch Schichten von immer dichterer Konsistenz, zuerst Luft, dann Wasser, Morast, Schutt, Geröll, ich drohte stekkenzubleiben, drohte zu ersticken. Plötzlich unter mir Gestein, auf dem ich Halt fand, und die Stimme: Du stehst auf festem Grund. Der Satz ging mir lange nach. Ich verstand ihn.

Am Sonntag wollte ich mit Therese und Jane und den anderen von der Gang in die Kirche gehen, in die First African Methodist Episcopal Church. In der Gegend, in der die Kirche lag, schien man den Feiertag zu heiligen, die Straßen waren menschenleer. Unsere Gang hatte sich verabredet, wir waren zu früh da, umkreisten den Häuserblock. Therese kannte sich auch hier aus, sie zeigte uns die Häuser, welche die Gemeinde gekauft und für soziale Zwecke eingerichtet hatte, Schule, Kindergarten, Altenheim, die Gemeinde schien nicht ganz arm zu sein, die Nachbarschaft atmete bescheidenen Wohlstand und Wohlanständigkeit, die Vorgärten waren gut gehalten, nicht üppig, aber säuberlich bepflanzt, fast alle Häuser, aus Holz wie überall in der Stadt, hatten in den letzten Jahren einen neuen Anstrich bekommen, bonbonrosa, himmelblau, türkis, die Fensterrahmen blendend weiß abgesetzt, eine Hollywoodschaukel hinterm Haus, in der Einfahrt Wagen der unteren Mittelklasse, die der schwarze Hausherr am Sonntagvormittag wusch, während seine Kinder, entzückend gekleidet, an der Hand der mit einem großen Hut und einer üppigen Spitzenbluse angetanen Mutter aus dem Haus kamen, sich anmutig in Richtung Kirche bewegten.

Sie haben es geschafft, sagte Therese, aber ganz sicher sind sie sich dessen noch nicht, sie sind Bankangestellte und Versicherungsagenten und Verkaufstellenleiter und Reisende und Beschäftigte bei der Kommune, sie übertreiben im Eifer die Nachahmung der Weißen ein wenig, und sie denken noch, sie könnten es fertigbringen, erfolgreich zu sein wie die Weißen und außerdem fromm, ich meine: wirklich fromm im Sinne des Evangeliums, du wirst ja sehen.

Wir waren angemeldet, wir wurden in das office geführt, nach und nach kamen die minister herein, schwarze Frauen und Männer in weißen Gewändern, über die lange verschiedenfarbige Seidenschals gelegt waren, sie begrüßten uns, umarmten uns, boten uns zu trinken an, erkundigten sich nach unserer Herkunft, nach unseren Berufen, der Raum war auf einmal voller Menschen, eine lockere, heitere Atmosphäre, schließlich kam der Reverend, er war der Älteste, sein Gesicht erinnerte mich an eine dunkle verschrumpelte Frucht, es war das Gesicht eines alten gütigen Clowns, er strahlte, auch er umarmte uns, ich spürte den Druck seiner kräftigen Hände auf meinen Oberarmen, ich dachte, es gibt mehrere Arten von Sicherheit, diejenige, die dieser Mann ausstrahlt, ist wohl am schwierigsten zu erwerben.

Der Reverend bat eine der minister, eine stattliche Frau mittleren Alters, über deren weißem Gewand ein violetter Schal hing, uns zu unseren Plätzen in der Kirche zu führen, wir waren sieben, außer mir und Therese Jane, Margery, Manfred, Toby und sogar Susan, ich war froh, daß wir nicht in der ersten, sondern in der fünften Reihe saßen, wir schienen in dieser mindestens vierhundertköpfigen Menge, die inzwischen die Kirche füllte, die einzigen Weißen zu sein, es war mir nicht unbehaglich, nur daß ich mir dessen in jeder Sekunde bewußt war, viele Blicke auf mir spürte, beobachtend, prüfend, aber worin bestand die Prüfung, sollte ich mich benehmen wie eine Weiße, aber wie benahm die sich in dieser Lage.

Da erzitterte der Boden unter unseren Füßen, rythmisch, dann hörte ich das Klatschen, dann den Gesang. Ich drehte mich um mit den anderen, der Chor zog ein, alle standen auf, auch wir, alle begannen im Takt des Liedes zu klatschen, ich zögerte, hatte das Im-Takt-Klatschen immer verweigert, dann klatschte auch ich, es war nicht peinlich. Die fünfzig, sechzig Männer des Chors jubilierten, anders konnte man es nicht nennen, sie wußten sich vor Freude kaum zu halten, hielten sich aber doch an das Lied, den Text, die Melodie, an den Rhythmus des Klatschens und an den schleppenden, verzögernden Doppelschritt, mit dem sie durch den Mittelgang hereinzogen, sich vor der Kanzel in zwei Gruppen teilten, die symmetrisch, immer weiter singend und klatschend, von den beiden Seiten her die Plätze einnahmen, die steil ansteigend hinter der Kanzel, der Gemeinde gegenüber, angeordnet waren, dann wurde groß und lange gesungen, zum Entzücken der Zuhörer, eine Solistin trat aus dem Chor an ein Mikrofon, mit Beifall und Zurufen empfangen, ihre strahlende Stimme öffnete die Herzen, anders kann ich es nicht sagen, die Sängerin trat winkend in den Chor zurück, der weiter sang, sang, lobpries und jubilierte. Fast unbemerkt war einer der minister auf die Kanzel getreten, jetzt sah ich, die anderen minister saßen links und rechts von ihm auf den Bänken, er begann die Liturgie im Wechselgespräch und -gesang mit der Gemeinde.

Mein Blick fiel auf eine elegante Frau in der ersten Reihe in einem grasgrünen, knapp sitzenden Kostüm, ein grünweißes Hütchen auf dem Kopf, weiße Baumwollhandschuhe an den Händen, sie sprang auf, antwortete laut auf die Fragen des ministers, yes, Er ist der Herr mein Gott, yes, ich glaube an Ihn und seinen eingeborenen Sohn, no, ich will keine anderen Götter haben neben Ihm. Die Frau warf die Arme hoch, wiegte sich im Rhythmus des wieder einsetzenden Chores, ein zweiter minister stand jetzt auf der Kanzel und sprach fröhlich das Sündenbekenntnis und ebenfalls fröhlich und der Erhörung gewiß die Bitte um Vergebung, der Gott dieser Menschen schien kein eifernder Gott zu sein, keiner, der auf Zerknirschung und Reue bestand, er schien zu wissen, daß es seinen Kindern unmöglich war, seine Gebote einzuhalten, eigentlich war es schon viel in dieser Welt, die auch er nicht ändern konnte, daß sie sich Mühe gaben und daß es ihnen leid tat, wenn es wieder nicht ganz klappen wollte mit dem Gutsein und mit der Vermeidung des Bösen, das nächste Mal mochte es vielleicht besser gelingen, wenn der Vater im Himmel es ihnen diesmal noch nachsehen wollte, das tat er zweifellos, der minister wußte es und dankte ihm dafür, und aus vollem Herzen stimmte die Gemeinde in diesen Dank ein, und ich spürte, nichts könnte mich stärker von ihr absondern als dieses Bekenntnis- und Vergebungsritual, aber ich konnte diesem schmerzlichen Gefühl nicht nachhängen, denn jetzt stellte ein weiblicher minister uns, die Gäste, vor, und ich sah, daß außer uns noch einige Weiße in der Kirche waren, darunter ein paar Bekannte aus dem CENTER, alle hatten wir aufzustehen, und die Gemeinde wurde gebeten, uns zu begrüßen, das tat sie. Zuerst umarmten uns unsere unmittelbaren Nachbarn, dann kamen entfernter Sitzende, sie standen in einer kleinen Schlange, ich spürte viele schwarze Wangen an meiner Wange, hörte viele Stimmen welcome sagen, ich begann zu lächeln, zu lachen, mich wohl zu fühlen.

Der Gottesdienst nahm seinen Lauf, an- und abschwellender Chorgesang. Jetzt stand der Reverend auf der Kanzel, gütig und selbstbewußt lächelnd quittierte er die freudige Begrüßung durch die Gemeinde. Heute wolle er zu uns darüber sprechen, daß es an uns liege, jeden Tag unser Leben zu ändern und ein neues zu beginnen. Yeah! riefen viele, right! rief die Frau im grünen Kostüm, der Reverend winkte ihr zu, sie winkte begeistert zurück. Der Reverend begann zu sprechen. Er hatte ein Froschgesicht mit unglaublich beweglichen Lippen, fast jeder seiner Sätze wurde mit Jubel und Zustimmung aufgenommen, oh yes, you're right, die minister im Hintergrund bildeten den Chor, bar jeder Tragik, mit Mimik und Gestik drückten sie aus: Isn't he wonderful? Manchmal sprang eine oder einer auf, um es laut zu rufen: Great! Wonderful!, manchmal buffte einer der minister dem Reverend vor Begeisterung in die Rippen, der machte ein paar Sidesteps im Rockrythmus, das gefiel, er gab eine kleine Rock-Einlage, die Gemeinde sprang auf und jubelte, die Frau im grünen Kostüm legte vor der ersten Reihe ein Solo hin, das den Beifall ihrer Nachbarn fand, der Reverend lachte aus vollem Hals und erklärte seinen Leuten, er habe keine Mühe, sich vorzustellen, daß jeder und jede von ihnen noch heute, einfach so, alles ganz neu sehen könne, nämlich mit den Augen der Liebe, und daß es ihnen dann ganz leichtfallen würde, mit Hilfe des Herrn ihr Leben einfach umzukrempeln wie einen alten Hut, der bei ihm zu Hause an der Garderobe hänge und den viele von euch, sagte er, doch kennen. Freilich, o ja, sie kannten den Hut, sie beschrieben ihn sich gegenseitig und hielten es für einen der genialen Einfälle ihres Reverends, ihr Leben mit diesem Hut zu vergleichen, aber hatte er denn damit unrecht? Nein. Recht hatte er, wie immer, und das riefen sie ihm nun zu, und sie hätten noch lange gerufen, wenn der Chor nicht machtvoll wieder eingesetzt hätte, diesmal geleitet von dem großen Baß eines der älteren Mitglieder.

Währenddessen zogen einige der minister die Plastikfolie von dem langen schmalen Tisch, der zwischen der Kanzel und der ersten Reihe fast die ganze Breite der Kirche einnahm und der sich jetzt als Abendmahlstisch zu erkennen gab, vor dem schon eine Reihe von Gläubigen kniete, unter ihnen die Frau im grünen Kostüm, die vom Reverend selbst das Abendmahl empfangen wollte und in inniger Hingabe zu ihm aufblickte.

Und nun, was ich nicht erwartet hatte, rückte die ganze Kirche zum Abendmahl vor, Mann für Mann, Frau für Frau, Reihe für Reihe, von hinten beginnend, und die minister regelten geschickt und freundlich den Zugang zum Tisch des Herrn, legten die Handtaschen der Frauen auf eine der Bänke, unterstützten Behinderte, eine große Bewegung war in der Kirche, in aller Ruhe, unter den langgezogenen Klängen der Musik, ich sah Weiße niederknien, darunter einen der Direktoren unseres CENTER, ich sah Annie, die Jüdin, das christliche Abendmahl nehmen. Jetzt waren wir dran. Ausschließen konnte ich mich nicht, Therese schob mich, ich kniete auf dem Bänkchen vor dem Tisch, winzige Oblaten lagen in Tellerchen, und in einer sinnreich angeordneten Lochreihe steckten Plastikfingerhütchen mit Wein. Ich aß das Brot, ich trank den Wein. God bless you, sagte der minister, der vor mir stand.

Das war seit fünfzig Jahren das erste Mal, sagte ich zu Therese, nämlich seit meiner Konfirmation, und übrigens bin ich gar nicht mehr Mitglied einer Kirche, Therese sagte, sie sei in einer Klosterschule erzogen worden und habe mit fünfzehn fluchtartig die Kirche verlassen, aber hier sei das etwas anderes. Das sagten alle unsere Freunde, die sich vor der Kirche in einem kleinen weißen Grüppchen versammelten, ein wenig verlegen, kaum imstande, die Bewegung zu verbergen, die uns eben ergriffen hatte, nach allen Seiten winkend, wo man sich mit Kopfnicken und Lächeln von uns verabschiedete.

Es war mörderisch heiß. Wir verteilten uns auf die Autos, ich kam in den Fond zu Therese, neben ihr saß Margery, die Paartherapeutin, die sagte, wenn ihre Patienten einmal in der Woche ein solches Erlebnis von Hingabe und Selbstentäußerung haben könnten, bräuchten sie weiter keine Therapie. Ich war müde, schloß die Augen, glitt in Erinnerungen ab, an den freudlosen säuerlichen Konfirmandenunterricht in dem kahlen häßlichen Raum, an die heuchlerisch verzogenen Lippen des Pfarrers, wenn er den Namen Gottes aussprach, an meine erfolglose Abwehr der Konfirmation, an unser Bestreben, uns über das Abendmahl lustig zu machen.

Nicht der Hauch eines Flügelschlags wurde uns damals zuteil, Angelina, während ich heute ein leises beständiges Fächeln verspürte. Mit wem sprach ich da? Angelina, der Engel war es, die schwarze Frau aus dem MS. VICTORIA, die saß ganz selbstverständlich neben mir auf dem Rücksitz von Thereses Auto, entspannt, falls das ein passender Ausdruck für einen Engel sein sollte, lächelnd. Einmal müsse man sich doch schließlich erholen, oder? Ich wollte ihr keine direkten Fragen zumuten, nach der Vorstellung, die ich mir als Kind von meinem Schutzengel gemacht hatte, mußte der sowieso Gedanken lesen können. Nicht immer, sagte Angelina, oft sei sie einfach zu müde dazu, von der vielen Arbeit. Aber übrigens weißt du es doch selbst. Was, fragte ich, was soll ich wissen. Ich konnte es nicht lassen, den Engel zu drängen, der sagte, ich wisse doch, daß ich immer, wenn ich erst mal eine Frage stellen könnte, schon dicht vor der Antwort stünde, warum also wollte ich die Antwort aus ihr herausziehen, sie sei nur für Notfälle da, wo käme sie sonst hin. Verlangte sie etwa, daß ich mich meiner Frage schämen sollte, spürte sie wirklich nicht, daß ich ein Notfall war und ein kleines bißchen Sicherheit brauchte. Worüber denn, wollte sie wissen.

OB SIE, DER ENGEL, EIN TEIL MEINER GENESUNG SEI

Und: Ob ich auch einmal wieder erfahren würde, was Freude ist, sagte ich zu meinem Erstaunen, ich hätte Angst, daß ich sogar die Erinnerung daran verlieren könnte, Angelina!

Der Engel antwortete nicht, er war verschwunden, die Mittagshitze schlug mich wie eine Keule, schweißüberströmt kroch ich aus dem Auto, das wir in der prallen Sonne auf dem Broadway stehenlassen mußten, engelfrei war die palmenumsäumte Straße von Downtown bis zum Pazifischen Ozean, auto- und menschenleer in dieser Sonntagsglut, Häuser, Palmen ohne Schatten, wohin mit uns Gestrandeten, Verdurstenden. Da geschah das Wunder, da zeigte sich eine schmale himmelblaue Tür in der weißen Häuserwand, da stand Susan in der Tür, da tat die Tür sich hinter ihr auf, da traten wir in einen verdunkelten Gastraum, der menschenleer war, den wir durchquerten, um auf einen Hof zu gelangen, auf dem unter schattigen exotischen Bäumen Tische standen, an denen vergnügte Menschen aßen und tranken, wo der für uns passende Tisch wie selbstverständlich frei war, wo nach einer Minute ein großes Glas Eistee vor jedem von uns stand, ein Labsal, das wir gar nicht bestellt hatten, aber hier schien man zu wissen, was einem gut tat, auch die Speisekarte war uns genehm, Salate in vielen Variationen, es wurde zügig bedient, aber wiederum nicht zu flott, wir brauchten Zeit, uns abzukühlen und miteinander ins Gespräch zu kommen.

In eines der Gespräche, von denen jene letzten Wochen, jetzt, im Rückblick, erfüllt zu sein schienen, ich könnte sie als ein fortgesetztes Gespräch sehen, nicht beschreiben, denke ich bedauernd, Gespräche scheinen aus dem flüchtigsten Stoff von all unseren Erfahrungen zu sein, flüchtiger selbst als manche Gedanken, denn schon am nächsten Morgen, als ich das, was mir vom vergangenen Tag in Erinnerung war, notieren wollte, waren mir nur ein paar Stichworte geblieben. Wir redeten über Gott und die Welt, genauer gesagt, über Gott und den Teufel. Nämlich wir fragten uns, wann denn die frühen Religionen es nötig gehabt hatten, zu einer Moral zu greifen, die des Menschen Tun und am Ende sogar sein Denken in »gut« und »böse« aufspaltete. Wann also Himmel und Hölle, Engel und Teufel erfunden wurden. Und warum.

Angelina, mein Engel, hatte sich in die Zweige des Eukalyptusbaums geschwungen, unter dem wir saßen, und hörte uns aufmerksam und ein wenig spöttisch zu. Nur ich sah sie, das war normal und würde von nun an so bleiben, ich blieb nüchtern und tatsachenfreundlich, aber ich gewöhnte mich an diese Begleiterin. Sie, der Engel, ließ mich sagen, denn woher außer von ihr hätte ich das wissen können, daß es ein dunkles Geheimnis nicht nur unter den Menschen, auch unter den Engeln gebe, nämlich daß die dunklen Engel gegen Gott aufbegehrt hätten und dafür in den unteren Himmeln bleiben müßten, in den Kategorien von Zeit, Raum und Illusion, darin den Menschen näher, anders als die hellen Engel, die in den oberen Dimensionen in ewigem Licht und Gesang Gottes Thron umkreisten. Angelina schien mein Mitgefühl darüber, daß sie zu den verbannten Engeln gehörte, nicht zu benötigen, sie machte eine wegwerfende, fast obszöne Bewegung, die ich von einem Engel nicht erwartet hätte.

Unsere Gesellschaft hatte sich vergrößert, Lowis war dazugestoßen, ein Mann mit einem mächtigen graumelierten Lockenhaupt, Ethnologe, erfuhr ich, an der hiesigen Universität, und von allen, besonders von Therese, stürmisch begrüßt. Er brachte eine junge Frau mit, die keiner kannte, Sanna, stellte er sie vor, ihres Zeichens eine Art Regisseurin, sagte er, niemand konnte zweifeln, daß die beiden ein Paar waren. Verstohlen, doch gründlich wurde die Frau gemustert, auch von mir. Sie war auffallend schlank. Sie reizte mich, alles an ihr war braun, die Haut, die kunstvoll hochgebundenen Haare, die lockere, wohlüberlegte Kleidung, auch die Augen, das fiel mir erst später auf, als sie sich mir zuwandte. Sie hatte sich neben mich gesetzt. Lange sah ich nur ihr wohlgestaltetes Profil.

Lowis und Sanna wurde die Frage vorgelegt, die uns gerade beschäftigt hatte: Wozu man in den alten Religionen Opfer gebraucht habe, Menschenopfer. Nicht alle alten Religionen hätten Menschenopfer gekannt, sagte Lowis, zum Beispiel hätten die Hopi, ein Indianervolk, das er studiert hatte, höchst selten einen Menschen ihren Göttern zum Opfer gebracht. Die Rede ging jetzt hin und her über die gegenwärtigen Ausprägungen des Sündenbock-Rituals, anscheinend könnten wir nicht darauf verzichten, anscheinend werde es immer gebraucht, wenn auch das Kreuzigen aus der Mode gekommen sei, aber aus der Stadt gejagt werden, das gebe es weiter.

Sanna beugte sich zu mir und fragte leise: Glaubst du eigentlich, daß sie so mit dir umgesprungen sind, weil du eine Frau bist?

Das hatte jemand anderes zuerst sagen müssen. Beweisen könnte ich das nur, wenn ich einmal die Wörter zusammenstellen würde, die sie gegen mich verwenden, und sie mit den Wörtern vergliche, die sie gegen Männer verwenden.

Hallo, sagte Jane, jemand zu Hause?

Sie war eine kraftvolle Frau mit starkem blonden Haar, das in Schlangenwindungen herabhing, sie hatte ein großflächiges, schönes Gesicht und zupackende blaue Augen, starke Hände, eine kräftige Figur.

Toby, der dicht neben Therese mir gegenüber saß, dessen schlanken Händen man ansah, daß sie fähig waren, mit winzigen Holzteilen zu arbeiten, aus denen er die Modelle herstellte für die Bauten, die er errichten wollte und die niemand haben wollte; Toby, der schwer fertig wurde mit seinem Ungenügen an sich selbst, den es nach Mexiko zog, fragte sich, ob uns die Geschichte nicht dadurch, daß doch immer die materiellen Werte über die geistigen siegten, eine Botschaft übermitteln wollte.

Sie bezweifle, daß das stimme, sagte Sanna. Ob wir uns nicht einfach auf die gröbste Anschauung eingeschworen hätten, nur noch die Vorherrschaft des Materiellen sehen könnten und nicht mehr imstande seien, das ausschlaggebende Wirken geistiger Kräfte wahrzunehmen.

So glaube sie also nicht, sagte Susan, daß der Mensch genetisch darauf programmiert sei, materiellen Werten den Vorzug zu geben? Aber wie erkläre sie sich dann diesen unaufhaltsamen Run der Menschenmassen auf Autos, Häuser, Waschmaschinen, auf Geld, Geld, Geld?

Einige von uns, die Susan näher kannten, verbargen ihre Belustigung darüber, daß ausgerechnet sie, die Millionärin, sich Sorgen um den Materialismus der Menschheit machte. Wir taten ihr unrecht, sie war sich ihrer zwiespältigen Lage bewußt. Wir hätten gut reden, sagte sie, ja, auch sie, sie zuallererst, wir gehörten doch zu dem Bruchteil der Menschheit, der im Überfluß lebe. Wir hätten ja das Auto, nach dem die anderen sich sehnten, und wie kämen wir dazu, über ihre Bedürfnisse zu urteilen.

Margery meinte, alles komme doch darauf an, was wir für normal hielten. Wie oft sehe sie in ihrer Praxis ein Ehepaar, das sich ein ganzes Leben lang nach dem Gesetz gerichtet habe, der Mann verdient das Geld, die Frau gibt es aus, kriegt die Kinder, organisiert Partys und beaufsichtigt die Dienstboten, nichts normaler als das. Bis die Frau, nah an den Sechzigern, auf einmal Anfälle kriegt und anfängt, ihren Mann und jeden anderen Menschen in ihrer Umgebung in wüster obszöner Weise zu beschimpfen, Ausbrüche von Wahnsinn, an die sie sich später nicht mehr erinnere, aber dann säßen die beiden ratlos vor ihr, und die Frau gehe in Gegenwart der Therapeutin auf ihren Mann los, der neben ihr sitze wie ein Lamm und, nichts verstehend, alles über sich ergehen lasse. Es gebe eben Menschen, bei denen das unterdrückte und abgeschnürte Leben irgendwann aufbreche und die Person ein Entsetzen über die Normalität erfasse, in der sie bis jetzt gelebt habe.

Wir saßen lange in dem schattigen Innenhof, auf dringenden Wunsch von Susan verabredeten wir, daß wir beim nächsten Vollmond in die Wüste fahren und den Mondaufgang bewundern würden. Irgendwann sagte Lowis, er und Sanna würden bald den Südwesten bereisen und dabei auch zu den Hopi-Indianern kommen, wo er einen alten Häuptling kenne, und ich hörte mich fragen: Nehmt ihr mich mit? und sie sagten: Yes. Sure.

Das war also abgemacht. Wir trennten uns. Ich fuhr bei Lowis und Sanna mit, die Hitze hatte sich kaum abgemildert, aber ich fühlte mich wundersam erholt. In die kühle Halle des MS. VICTORIA eintreten war wie das Einlaufen in den Heimathafen. Bei Herrn Enrico lagen zwei Postsachen für mich. Das eine war eine Postkarte, deren Absender ein Diplom-Jurist aus Leipzig war. Er schrieb mir: »Im Gegensatz zu Ihnen habe ich die DDR immer gehaßt und war dadurch gegen vieles gefeit. Sie waren jedoch ein bedeutender Teil der DDR, und ich hasse Sie!«

Das zweite war eine Notiz von Peter Gutman, er schrieb, er wolle mir nur ein Zitat zukommen lassen, das er bei einem seiner Lieblingsessayisten gerade gefunden habe. Das Zitat lautete: *Ich leugne die Schrecken des Gulag nicht und mich ekelt vor allen, die ihre stalinistische Vergangenheit leugnen, aber der Kommunismus war eine ungeheure Hoffnung. Es gibt im Marxismus – das ist sehr jüdisch – eine verrückte Überschätzung des Menschen. Er bringt uns dazu zu glauben, wir seien Wesen, die zur sozialen Gerechtigkeit fähig wären. Ein schrecklicher Irrtum, den zig Millionen Menschen mit ihrem Tod bezahlt haben, aber eine generöse Idee und ein großes Kompliment an die Menschheit.*

Ich legte mich auf das Bett, um etwas auszuruhen, und schlief zwölf Stunden lang.

Wie weiter? Die Gefahr kommt näher, höre ich, während ich dies schreibe, auf allen Sendern. Der Politiker sagt im Fernsehen, die Frage sei nicht, ob, sondern wann ein Terrorakt in Deutschland gelingen werde, den man diesmal noch habe verhindern können. Die Ängste stiegen in der Bevölkerung, dies wolle man auf keinen Fall erreichen, es sei die falsche Reaktion. Die Zeit, denke ich, hat ein Scharnier, um das herum sie sich bewegt, das Datum kann man benennen, es ist der 11. September 2001, danach war die Zeit anders als davor. Wie anders. Aus anderem Stoff, ein Material, durchsetzt mit dunklen Einschlüssen, die, wenn sie freigesetzt werden, Tod bedeuten. Darauf waren wir nicht gefaßt und merken erst allmählich und widerstrebend, daß wir es zu spät bemerkt haben und »es« nicht mehr »besiegen« können. »Es« ist dabei, unsere Wurzeln zu zerstören.

Die Zeit verging, ich hatte angefangen, die Tage zu zählen, manchmal, nachts, ließ ich ein Wort wie Heimweh zu. Jüngst hatte es tatsächlich noch ein Erdbeben gegeben, das Epizentrum war in Südkalifornien gewesen, stundenlang erschien auf dem Fernsehschirm immer wieder das Meßgerät, dessen Zeiger über das erlaubte Maß hinausschoß, und dann die gelassene, kompetente Erdbebenforscherin, die diesen Ausschlag kommentieren mußte, damit in der Bevölkerung keine Panik ausbrach. Und ich erinnerte mich an die Dozentin, eine Deutsche, die bei einem Universitätsdinner neben mir gesessen und erzählt hatte, daß ihr Mann, ein Erdbebenforscher, nicht oft genug predigen konnte, nicht ob, sondern wann es das große Erdbeben in Los Angeles geben würde, sei die Frage: THE BIG ONE, von dem alle wußten und an das keiner glauben wollte, weil keiner die immer gefährlicher auseinanderdriftenden Erdschollen ernst nahm, den Andreasgraben, auf dem diese Stadt nun einmal erbaut worden war. Sie jedenfalls hätten zu Hause immer einige Gallonen frischen Wassers parat und einen Wochenvorrat unverderblicher Lebensmittel. Um die würde es übrigens im Ernstfall Mord und Totschlag geben, daher versteckten sie sie. Die leichtfertigen Amerikaner wollten sich einfach nicht klarmachen, was allein der Totalausfall des Computernetzes bedeuten würde. Was zum Beispiel passieren würde, wenn das ganze Finanzsystem zusammenbräche, das wagte ihr Mann sich gar nicht auszumalen. Lieber heute als morgen würden sie von diesem hochgefährlichen Ort wegziehen, wäre da nicht der Beruf ihres Mannes, der ihn hier festhalte.

Die Straße, an den Ozean geschmiegt. Das Licht, das überirdische Licht. Stoßstange an Stoßstange die Autos, mein kleiner roter GEO mitten unter ihnen, einer der seltenen Nachmittage, an denen ich mich in den Verkehr wagte, um an den Strand zu fahren, obwohl ich Kopfschmerzen hatte. Meine Gedanken hatten sich an dem Erdbeben festgemacht.

Ist ja nochmal gutgegangen. Wer sprach da mit mir. Angelina. Können Engel also wirklich Gedanken lesen? Übrigens solle ich jetzt lieber nach links abbiegen, es komme so bald kein Parkplatz mehr. Weiß ich doch, hätte ich aber jetzt nicht dran gedacht. Das machten die Kopfschmerzen.

Der Parkplatz war, wie alle Parkplätze, voll. Angelina dirigierte mich in die einzige Lücke. Sie ließ mich das Fleckchen Strand entdecken, auf dem ich meinen Klappstuhl mit Sonnenschutz aufstellen und das Meer sehen konnte, nicht nur halbnackte Menschen. Ich ließ Angelina wissen, daß ich meine Ruhe wollte. Übrigens wurden die Kopfschmerzen stärker. Als ich mich satt gesehen hatte und das Sonnengefunkel auf dem Wasser den Augen weh tat, nahm ich mir das Buch vor, das ich lange vernachlässigt hatte, »The Wisdom of no Escape« von der Nonne Perma.

Übrigens habe ich nicht vor, mich für das Auftreten des Engels Angelina zu rechtfertigen oder irgendwelche Erklärungen abzugeben. Nach Umfragen glauben sechsundachtzig Prozent der Amerikaner an Wunder und natürlich auch an überirdische Wesen, zum Beispiel an Engel. Oder daran, daß eine eigentlich bisher unauffällige Madonnenfigur im Haus eines ebenfalls unauffälligen Priesters plötzlich anfangen kann, Tränen zu vergießen. Und natürlich glaubte und glaube ich, eine unerschütterliche Anhängerin der Aufklärung, nicht an derartige Vorkommnisse, das soll ein für allemal klar sein. Sehr wohl erinnere ich mich an meine Gemütsverfassung, wenn Emily, die Amerikanerin, nach einem ausgezeichneten und reichlichen Dinner im Kreis ihrer Gäste ganz unbefangen über ihre »Psychic« sprach, eine Frau, die in Mexiko wohnte, über paranormale Fähigkeiten verfügte und ihr gerade mehr als zwei Stunden lang eine Menge Orakelsprüche am Telefon durchgesagt hatte, unter anderem die für Emily wichtige Mitteilung, daß ihre zwei Katzen, die in New York in Pension waren, gar nicht schon wieder umziehen wollten. Das zu erfahren ersparte Emily belastende Gewissensbisse. Ich weiß noch, daß ich schwieg und dachte: Das darf doch nicht wahr sein. Emily nannte sich »intellektuelle Marxistin«, auf jeden Fall Materialistin, doch hielt sie übersinnliche Erscheinungen für möglich, da wir ja nicht wissen könnten, was für Energien sich tief in unserem Unbewußten und im Kosmos herumtrieben. Und was war eigentlich, fiel mir ein, mit dem overcoat of Dr. Freud? Meinem Fetisch? – Nicht doch, sagte die andere Stimme in mir. Das war ja gegen die Psychic von Emily die reinste, glasklare Wissenschaft.

Angelina ließ mich wissen, daß man nicht alles erklären müsse und daß ich im übrigen krank sei. Krank? Ich? Das bißchen Kopfschmerzen? – Und das Fieber? – Welches Fieber.

Ich hatte einen heißen Kopf, aber wir hatten auch einen der heißesten Tage bisher. Ich schlug die Zeitung auf, die sich »Weekly World News« nannte und die ich im DELI mitgenommen hatte, als ich mir griechischen Salat und Brot gekauft hatte. Die Schlagzeile: »The most horrifying photo ever published!« Und dann, in Riesenlettern: FACE OF SATAN APPEARS OVER WACO! Und daneben das Foto der Brandwolke, die über dem Camp jener Sekte aufstieg, die sich selbst verbrannt haben soll, und in der ein Gesicht erschienen war, das so aussah, wie sich der kleine Moritz den Satan vorstellen mag. Diese Fratze sei über mehreren der großen Katastrophen der letzten Zeit aufgetaucht und ein Beweis dafür, daß der große Kampf zwischen Gott und Satan begonnen habe und daß nun ein jeder Mensch sich auf die richtige Seite stellen müsse.

Ich lehnte mich in meinem Stuhl zurück, vergaß die Kopfschmerzen, das Fröstelgefühl und versenkte mich in das Leben um mich herum, in das Blau des Himmels, die lebhafte Bewegung der halbnackten Körper am Strand, den feinen hellen Sand, den Wind, der aufgekommen war und mir über die Haut strich. Dies alles, sagte die Nonne, ist in diesem Augenblick genau so, wie es sein soll. Dein volles Leben. Let it be. Es wollte mir einleuchten.

Abends hatte ich Schüttelfrost. Ich schlief sehr schlecht, ich hatte nicht essen können, ich wälzte mich unter feuchten Betttüchern, der Kopf dröhnte, Aspirin hatte nicht geholfen. Anstatt mich zu bemitleiden, verfolgte Angelina mich mit ihrem spöttischen Blick. Warum ich mir immer etwas einreden ließe, was nicht zu mir passe. Ob mir nicht endlich klargeworden sei, daß geduldiges Hinnehmen meine Sache nicht sei. Aber der Mensch kann sich doch verändern, hielt ich ihr entgegen. Angelina durchschaute natürlich, daß es mir darum ging, Leid zu vermeiden. Ob ich nicht bemerkte, daß ich immer noch auf der Flucht sei. Ich sagte, sie solle mich in Ruhe lassen. Sie verschwand.

Es kam eine ältere Frau, Gertrud, in Hellblau, eine Art Schwesterntracht, gekleidet, und betreute mich sorgfältig und liebevoll, sie wollte mir gerade noch etwas Schönes kochen, das ich bestimmt essen würde, auf einmal ließ sie sich langsam auf die Seite fallen und begann zu sterben, was ich sofort begriff. Gertrud stirbt, dachte ich, da verwandelte sie sich vor meinen Augen in einen riesigen sterbenden Elefanten, der sehr traurig war und mich sehr traurig machte, dann war es wieder Gertrud in ihrem Bett, dann war sie tot. Dann fing ich an zu weinen. Ich kannte niemanden, der Gertrud hieß, mir fiel nur die alte Königin Gertrude in »Hamlet« ein, die ihren Mann mit dessen Bruder betrogen hatte.

Dann war es Morgen, und an meinem Bett stand Angelina, ihr Staubtuch in der Hand, das verwunderte mich nicht. Ich sagte: Mein Engel, aber darauf ließ sie sich nicht ein. Sie sagte, ich sei krank, sie werde nicht den Staubsauger anstellen. Ob sie nicht einen Arzt holen sollte. Ich sagte: No doctor, und sie sagte: Yes, it is very expensive. Zu teuer. Angelina, sagte ich, auf englisch: Wir alle müssen sterben. Das war ihr nichts Neues, sie lächelte wissend und sagte: Yes. That's true.

Ich dachte, warum muß ich diese Wahrheit in einer fremden Sprache erfahren. Vielleicht hätte ich sie in meinem heimatlichen Deutsch nicht ausgehalten. Wie lebten alle die Menschen mit diesem Wissen. Ich war untröstlich. Angelina brachte mir Tee. Das Fieber stieg, Ria kam, nach mir sehen, Therese, Peter Gutman steckte seinen langen Schädel herein und gebrauchte das Wort »Krise«. Es dauerte zwei, drei Tage. Dann war es vorbei, ich stand auf, ein wenig wacklig noch, ich erholte mich schnell, ging zu den anderen, nahm teil an ihrem Leben, an ihren Gesprächen.

Was vorher wichtig gewesen war, hatte an Bedeutung verloren. Ich wußte nun, daß ich sterben mußte. Ich wußte, wie gebrechlich wir sind. Das Alter begann. The overcoat of Dr. Freud hatte Risse bekommen, ich wollte herausfinden, wie das Innenfutter des Mantels beschaffen war. Das konnte ich überall tun, an jedem Ort der Erde, warum nicht hier?

Peter Gutman gefiel die Stimmung nicht, in der ich mich befand. Wir saßen in meinem kleinen GEO und fuhren zu Karl, dem deutschen Fotografen, zu seinem Haus in den Hügeln direkt unter den Buchstaben HOLLYWOOD. Die Straßen waren wider Erwarten ruhig. Am Morgen war das Urteil der Geschworenen im Rodney-King-Prozeß bekannt geworden, dem zweiten Prozeß gegen die vier weißen Polizisten, die einen Schwarzen, der vor ihnen geflohen war, beinahe zu Tode geprügelt hatten. Wären die »nicht schuldig« gesprochen worden, hätten viele einen Ausbruch von Gewalt in der Stadt erwartet, ausgehend von den Vierteln der Schwarzen. Die Jury hatte ein salomonisches Urteil gefällt: Zwei der Angeklagten »guilty«, zwei »not guilty«. Die Weißen hätten aufgeatmet, in den Kirchen der Schwarzen sei Jubel ausgebrochen.

Das Leben in der Stadt ging seinen normalen Gang. Karl hatte die Wände seiner kleinen verschachtelten Zimmer mit großen Fotos bedeckt, Porträts der Städtebewohner, Weiße, Schwarze, Gelbe, Latinos. Je länger ich sie ansah, um so mehr übertrug ihre Anspannung sich auf mich. Ja, sagte Bob Rice, der natürlich auch da war und Allan, seinen Freund, mitgebracht hatte, wie lange soll das gutgehen? Diesmal ist der Kelch noch an uns vorübergegangen, ganz schnell werden wir Weißen wieder die Angst vergessen, die wir hatten. Und werden nicht wahrhaben wollen, wie dünn die Decke ist, auf der wir uns bewegen.

Neben mir saß beim Essen ein alter jüdischer Professor, der sehr krank zu sein schien, ein Medizinpsychologe, der eine lange Zeit seines Arbeitslebens der Erforschung von Hitlers Psyche gewidmet hatte, ich glaubte zu verstehen, daß er das als eine Art Schuldigkeit gegenüber den ermordeten Juden empfunden hatte. Eines könne er mit Sicherheit sagen: Der Mann war impotent. Und seine Blindheit im Ersten Weltkrieg war eine hysterische Blindheit. Die Frau des Professors, eine betagte, elegante Dame, machte mir Zeichen, ich solle nicht weiter auf diesem Gespräch bestehen. Später flüsterte sie mir zu, das rege ihren Mann zu sehr auf. Erst da bemerkte ich, daß wir die ganze Zeit deutsch gesprochen hatten.

Karl sagte, er wolle so bald wie möglich nach Deutschland gehen. Er wolle Gesichter in Ostberlin und in Westberlin fotografieren. Er wolle versuchen, diesen einzigartigen Augenblick festzuhalten. Ich sah vor mir eine Reihe der erschütterten Gesichter aus dem Wendejahr. Du mußt dich beeilen, sagte ich. Sie machen schon wieder zu. Sie fangen schon an, sich zu schämen, daß sie ein paar Wochen lang eine Hoffnung hatten und das auch gezeigt haben.

Welche Hoffnung?

Ich merkte, daß es mir schwerfiel, darauf zu antworten, es war, als würde ich die damals Hoffenden denunzieren, weil es so wirklichkeitsfremd, so peinlich, so lächerlich war, worauf sie, worauf wir gehofft hatten. Ich weiß kaum noch, was ich Karl antwortete. Vielleicht nannte ich Worte wie »selbstbestimmt«, oder »Gerechtigkeit«, oder »Solidarität«.

Freiheit, schlug jemand vor.

Ich hatte das Wort damals nicht gehört. Freie Wahlen, das ja. Reisefreiheit. Die Ziele waren meist konkret.

Was alles so unter Freiheit läuft, sagte Peter Gutman.

Er kam am nächsten Morgen mit zu den Häusern der Emigranten, Therese wollte sie uns zeigen, sie hatte sich ein bequemes Auto gemietet, sie arbeitete an ihrem Auftrag, über den Wahlkampf um den Bürgermeisterposten der Stadt zu berichten. Unsere erste Station war Mabery Road, das Haus, in dem Salka Viertel fünfundzwanzig Jahre lang gewohnt, ihre Kinder großgezogen, Szenarien geschrieben hatte, die zumeist nicht verfilmt wurden, mit Greta Garbo Filmpläne erörtert und für sie Drehbücher verfaßt hatte. Das Haus, das in den dreißiger Jahren zum Treffpunkt der deutschen Emigranten wurde und von dem aus sie umfangreiche Hilfsaktionen für bedürftige Kollegen in Kalifornien und für Gefährdete in den von den

Nazis besetzten Gebieten organisierte. Ihr Buch »Das unbelehrbare Herz« lag neben mir auf dem Sitz, seit ich es gelesen hatte, war ich öfter schon an ihrem Haus vorbeigefahren, ein kurzer Weg von der Second Street, die Ocean Avenue entlang, die eine Rechtskurve macht und in die die Mabery Road mündet. Eine Fahrt von weniger als zehn Minuten, während deren ich meinen Mitfahrern von Salka Viertel erzählte, anscheinend in einem Ton, daß Peter Gutman mich fragte: Die hättest du gerne kennengelernt, wie?

O ja, das hätte ich. Mir fiel auf, daß ich diesen Wunsch selten hatte, so sehr ich manche der Emigranten bewunderte, deren Häuser wir noch sehen würden. Sie ist fast vergessen, sagte ich, in manchen Berichten über die Emigration im »New Weimar unter Palmen« wird sie kaum erwähnt.

Hätte ich Lion Feuchtwanger kennenlernen wollen? Wir fuhren den Sunset Boulevard hinauf zum San Remo Drive, hoch über der Stadt, gerade hatte ich »Jud Süß« noch einmal gelesen, um mich zu vergewissern, daß das Buch – natürlich – keinen Hauch von Antisemitismus enthielt. Anders als der Veit-Harlan-Film, mit dem mich eine merkwürdige und nicht zu beweisende Kindheitserinnerung verbindet. Selbstverständlich hätte deine Mutter dir niemals erlaubt, diesen Film zu sehen, und selbstverständlich wolltest du es unbedingt – wie den »Großen König« mit Otto Gebühr oder, ganz am Schluß, »Die goldene Stadt« mit Kristina Söderbaum. Alles, woran dir wirklich lag, wurde dir verwehrt.

Es folgte bei mir eine Erinnerung, die sich unmöglich auf ein wirkliches Erlebnis beziehen konnte, die aber so hartnäckig war, daß ich ihr glauben möchte. In unserer Stadt gab es drei Kinos, eines davon, das modernste, die »Kyffhäuser Lichtspiele«, hatte einen Nebenausgang, in dem du eines schönen Tages standest – in dem ich mich in meiner unglaubhaften Erinnerung stehen sehe – und durch den Schlitz des geschlossenen Vorhangs in den Kinoraum linstest, direkt auf die Leinwand. Dort erschienen einige sehr farbintensive, grelle Bilder, ein in

Angst verzerrtes Gesicht, ein Galgen, das wolltest du um jeden Preis weitersehen, das konntest du um keinen Preis länger ertragen. Da wurdest du von hinten an den Schultern gefaßt und unter Beschimpfungen weggezogen. »Jud Süß«. Verlangen und Grauen, das ist geblieben.

Natürlich habe ich Marta Feuchtwanger davon nicht erzählt, sagte ich, als wir sie vor ein paar Jahren besuchten, in der Villa Aurora, die noch heil war. Mit den wunderbaren spanischen Fliesen in der Eingangshalle, mit der kostbaren Feuchtwangerschen Bibliothek, aus der Marta einige Bände herauszog, Inkunabeln, mit dem Arbeitszimmer, wo Feuchtwangers Sekretärin Hilde Waldo, alt und hinfällig schon, uns von seiner Arbeitsweise, den verschiedenen Manuskriptfassungen auf verschiedenfarbigem Papier und von seiner sagenhaften Konzentration erzählte, und mit der uralten Schildkröte, die auf der Terrasse herumkroch, von der aus man einen einzigartigen Blick auf den Pazifischen Ozean hatte. Alles vorbei, Marta Feuchtwanger war gestorben, die Bibliothek der Universität übergeben, die Villa Aurora eine Baustelle. Später, heute, würde sie deutschsprachige Schriftsteller als Stipendiaten beherbergen und der einzige Ort sein, der an die deutsche Emigration in dieser Stadt erinnert.

Wie immer, wenn ich mich auf den Spuren der Emigranten bewegte, kam ich gegen ein erdrückendes Gefühl von Vergeblichkeit nicht an. Könnt ihr euch vorstellen, sagte ich, daß ich die allermeisten Namen derer, die hier lebten, weil Deutschland sie ausgespien hatte, bei Kriegsende überhaupt nicht kannte? Keinen Brecht natürlich, zu dessen Haus in der 26th Street wir noch kommen würden, keinen Alfred Döblin, der, wie übrigens auch Heinrich Mann, bescheiden in einem Apartmenthaus gewohnt hatte, an dem wir vorbeifuhren, während die Villa von Thomas Mann, 1550 San Remo Drive, die wir, dem Sunset Boulevard weiter folgend, in den Amalfi Drive einbiegend, als nächste besuchten, stattlich und repräsentativ wirkte, allerdings, von hohen Gewächsen umgeben, unseren Blicken weitgehend verborgen blieb. Ich hatte mich nie nahe herangetraut. Therese wollte das Grundstück betreten, wir hielten sie zurück. Sie habe doch wenigstens das Fenster sehen wollen, hinter dem er, in seiner Sofa-Ecke sitzend, seinen »Faust« geschrieben habe. Und ich mußte mich wieder fragen, ob es denn sein konnte, daß im schmalen Bücherschrank meiner Eltern im »Herrenzimmer« hinter »Volk ohne Raum« von Hans Grimm und hinter den Büchern von Karl Albrecht, »Der verratene Sozialismus«, und von Edwin Erich Dwinger über »Die Armee hinter Stacheldraht« in der zweiten Reihe wirklich die »Buddenbrooks« gestanden hatten, wie ich mich zu erinnern glaubte. Ich mußte mich irren, sagte ich mir wieder; denn dann hättest du sie doch damals schon gelesen, weil du alles Gedruckte lasest, was dir in die Hände kam.

Kann es sein, daß ich auch den Namen Marlene Dietrich nicht gekannt habe? Ist in meiner Gegenwart nie die Rede gewesen vom »Blauen Engel«? Therese waren alle Häuser vertraut, die die Dietrich in dieser Stadt bewohnt hatte. Franz Werfel? Die Komponisten, die Schauspieler wollte ich erst gar nicht erwähnen. Ein dichtes Netz deutscher Kultur hatte sich in den dreißiger Jahren über dieser Stadt ausgebreitet. Nichts davon war geblieben. Ich weiß nicht, sagte ich, wieviele der heute Zwanzigjährigen diese Namen kennen.

Was willst du, sagte Peter Gutman. Vergessen werden ist das Normalste auf der Welt. Und du und ich und Therese, wir vergessen sie doch nicht.

Wir waren müde, erschöpft, hungrig. Therese ließ sich nicht auf unsere Klagen ein, sie hatte eigene Pläne. Sie steuerte den Hollywood Boulevard an und brachte uns zu MUSSO AND FRANK, wo amerikanische Autoren wie Hemingway, Faulkner, Fitzgerald, aber eben auch viele deutsche Emigranten sich getroffen hätten. Von Brecht zum Beispiel wisse man es. Ich liebe solche Stätten, wir ließen uns in einer der Nischen nieder, auf den roten Sitzen, die es seit Anbeginn in diesem Restaurant gegeben haben soll, wir musterten aufdringlich die anderen

Gäste, ob nicht ein bekanntes Gesicht darunter wäre. Auch die Speisekarte habe sich nicht geändert, erfuhren wir, also bestellte ich ein Kotelett, das wie erwartet einen maßlosen Appetit vorausgesetzt hätte, aber an diesem Ort konnte nichts mich stören.

Nach einer Weile sagte Therese, sie habe sich als junges Mädchen oft gewünscht, bei anderen Eltern und woanders geboren zu sein. Nicht in diesem schrecklichen katholischen Internat eingesperrt zu sein. Wir könnten uns nicht vorstellen, welchem Zwang sie da ausgesetzt gewesen sei, mit welcher Härte der alleinseligmachende Glaube durchgesetzt wurde. Sie hasse die Kirche seitdem, sie könne nicht anders. Sie habe damals eine Überdosis von Religion abbekommen. Sie müsse immer lachen, wenn sie höre oder lese, wie die Kinder in der DDR indoktriniert worden seien.

Ich weiß nicht, warum ich das Antiquariat in der Second Street so spät erst besuchte. Ich glaube, Stewart, der einzige schwarze Scholar in unserer community, empfahl es mir. Wir saßen vor dem Café Largo und aßen Seafood-Salat. Stewart war von den scholars in unserem Jahrgang derjenige, der sich am meisten abseits hielt, ein Einzelgänger, der mich aber eben deshalb und wegen einiger verhaltener Reaktionen in unseren Diskussionen lange schon interessierte. An einem Verziehen der Mundwinkel, am Zucken einer Augenbraue konnte man manchmal Spott oder Kritik an unseren Gesprächen ablesen. Als einziger von den Amerikanern in unserer Gruppe lebte er in Los Angeles, von allen stand er am meisten links und konnte die Verhältnisse in dieser Stadt am realistischsten einschätzen. Er komme aus der Gewerkschaftsbewegung, sagte er, allerdings aus einer Splittergruppe. Die großen »weißen« Gewerkschaften kümmerten sich nämlich nicht darum, wie die Konzerne die mexikanischen Arbeiter ausbeuteten, oft bekämen sie überhaupt nichts bezahlt, wenn sie illegal eingewandert seien. Er forsche als Soziologe, wie die Unternehmer mit Hilfe des Marktes die

Arbeiter ethnisch und rassisch auseinanderdividierten und wie ihnen die Gewerkschaften dabei halfen. Wie rassistisch die Vergabe von Wohnraum, der Verkauf von Häusern gehandhabt werde, das sei illegal, aber jeder wisse es, jeder tue es. Er strebe eine multikulturelle Gesellschaft an, arbeite mit Gruppen in den Vierteln der Farbigen, er wolle sie politisieren. Dafür müßten sie erst mal verstehen, in was für einer Gesellschaft sie eigentlich lebten.

Da war einer, der noch die Welt verändern wollte. Lohnte es sich denn? Stewart sagte zu mir: Ich hoffe, ihr gebt nicht auf. Ich dachte, ich will mir merken, daß ein junger Amerikaner diesen Satz zu mir gesagt hat, und ich merkte es mir tatsächlich, und wenn ich heute diesen Satz in mir aufrufe, kann ich das Licht sehen, das vom wolkenlosen Nachmittagshimmel in die Third Street fiel. Erst später wurde mir klar, daß Stewart mich zu einem Abschiedsessen eingeladen hatte. Wenige Tage danach war er verschwunden, er habe seinen Aufenthalt im CENTER früher abbrechen müssen, hieß es. Er hatte sich von niemandem verabschiedet. Ich fand in meinem Postfach einen Zettel von ihm: Don't worry.

Er hat mich also in das Antiquariat zu Eric Chaim Kline geschickt, in dem es so dunkel war, wie es in Antiquariaten sein soll, und in dem alle Wände und noch ein paar Tische mit Büchern bedeckt waren. Englische, französische, sogar russische. Schließlich fand ich hinten links in der Ecke das deutsche Regal und begann, die Buchreihen abzusuchen. Ich schlug das eine oder andere Buch auf und las Namen und Jahreszahlen: Hier war die Hinterlassenschaft deutscher Emigranten abgeblieben, die in der Fremde gestorben waren oder die zurückkehren konnten und Gepäck hierlassen mußten, das sie einst aus Europa mitgebracht hatten. Oder wie sonst war ein umfangreicher, in rotes, jetzt abgegriffenes Leinen gebundener Roman von Vicki Baum hierher geraten, »Liebe und Tod auf Bali«, erschienen 1937 im Emigrationsverlag Querido in Amsterdam. Den Titel hatte ich nie gehört, aber erst kürzlich war ich an

Vicki Baums riesigem Haus am Amalfi Drive vorbeigefahren. Sie war, scharfsinnig den Charakter des Nationalsozialismus voraussehend, früh aus Deutschland emigriert und eine der wenigen, die auch in den USA Erfolg hatten und ein luxuriöses Leben führen konnten. Ich blätterte in dem Buch, da trat ein sehr höflicher junger Schwarzer zu mir, mit der obligatorischen Frage: Can I help you? Ich versuchte ihm begreiflich zu machen, was ich suchte. Wait a moment! sagte er, und wenige Minuten später kam ein älterer, rüstiger Herr, weißhaarig, eine schwarze Kippa auf dem Kopf, er mußte der Besitzer sein. Geduldig hörte er sich mein Anliegen an: Literatur von deutschen Emigranten, die hier gelebt hatten. Er verstand. Ich solle morgen nachmittag wiederkommen, er glaube, er habe etwas für mich. Den Vicki-Baum-Band ließ ich mir zurücklegen.

Der nächste Tag, ein Tag im Juni, war wieder ungewöhnlich heiß. Der alte Antiquar, Mr. Kline, führte mich eine Holztreppe hoch, zu einem langgestreckten Speicherraum, direkt unter dem Dachgebälk, in dem Tausende von Büchern an den Wänden, auf dem Boden, auf langen Tischen gestapelt waren. Die Hitze war unerträglich, in einer Sekunde stand ich unter Schweiß. Es roch nach heißem Papier und nach heißem Holz. Wenn es hier einmal brennt! dachte ich. Der Antiquar hatte auf einem der Tische eine Ecke frei geräumt und dort die Bücher ausgelegt, die er mir anbieten wollte. Er ließ mich allein.

Die Bücher, die ich an jenem Nachmittag zum ersten Mal sah, sind jetzt um mich herum aufgebaut, ich nehme sie in die Hand, und etwas von der Stimmung, die mich damals erfaßte, kommt zurück. Obenauf liegt das Bändchen »Der Mensch ist gut« von Leonhard Frank, ein roter Pappband mit Leinenrücken, offensichtlich alt, abgenutzt, vergilbtes Papier, beim Gustav Kiepenheuer Verlag Potsdam erschienen, ohne Erscheinungsdatum, aber mit dem Hinweis: »Geschrieben 1916 bis Frühling 1917«, und mit der Widmung: »Den kommenden Generationen«, ein Pathos, das im Zweiten Weltkrieg nicht mehr aufgekommen wäre, dachte ich und sah schon beim ersten Blättern, dem Titel zum Hohn, daß der damals blutjunge Schriftsteller ein fulminantes Antikriegsbuch geschrieben hatte, das an Drastik und grausamen Schilderungen von den späteren, bekannteren Büchern der zwanziger Jahre nicht übertroffen wurde. Warum war es vergessen worden? Remarques »Im Westen nichts Neues« konnte nicht aufwühlender sein, das auch dort lag, beschädigt, ohne Einband und ohne Verlagsangabe, aber offensichtlich die gleiche Ausgabe, die du rätselhafterweise bei deiner Großmutter gefunden und auf ihrem Sofa gelesen hattest. Oft habe ich mir gesagt, das kann nicht sein, nie sahst du deine Großmutter etwas anderes lesen als den »Landsberger Generalanzeiger«, und wie sollte ein verbotenes Buch sich zu ihr verirrt haben, und doch fühle ich noch die rauhe Armlehne ihres Sofas in der Hand, während du aus jener Lektüre Greuelbilder in dich aufnahmst, an die ich mich bis heute zu erinnern glaube. Ebenso wie an den Spruch, der, in gotische Lettern gesetzt und schwarz gerahmt, an der Wand hing, den du oft und oft lasest, der dich jedesmal traurig stimmte und von dem ich eine Zeile behielt, deren Ursprung ich viel später erst fand: »Ich hatte einst ein schönes Vaterland.« Heinrich Heine, weiß ich heute. Wie kam ein Gedicht von Heinrich Heine zu meiner Großmutter? *Ich hatte einst ein schönes Vaterland. / Der Eichenbaum / Wuchs dort so hoch, die Veilchen nickten sanft. / Es war ein Traum.* – Stand der Name des Dichters etwa unter dem Text? Wohl kaum. Auch ein Emigrant. Auch einer, der Heimweh hatte. Wie jener, der in das Buch von Erich Kästner, »Ein Mann gibt Auskunft«, das auf der Ecke jenes langen Tisches lag, die Widmung an einen Schicksalsgefährten schrieb: »Liebster Paul, Merry X-Mas – Dieses Buch soll Dich unsere alte Sprache nicht vergessen lassen. Herzlichst Walter.«

Noch einmal gerate ich in diesen Sog, indem ich mich in die Bücher vertiefe, welche die Emigranten später, sich erinnernd, nach ihrer Rückkehr ins Nachkriegsdeutschland oder eben nach ihrer Nicht-Rückkehr geschrieben haben. Die Ludwig Marcuse und Leonhard Frank und Curt Goetz und Carl Zuckmayer, Marta Feuchtwanger und Erich Maria Remarque – die Bücher, die nach einer Internet-Recherche noch antiquarisch aufzutreiben sind, da die meisten von ihnen seit Jahrzehnten nicht wieder aufgelegt wurden. Meine Arbeit stockt, während ich mich in diese Texte vergrabe. Ich suche die Stellen, an denen ihre Autoren beschreiben, was das Exil ihnen angetan hat. Was es hieß, wurzellos zu sein. Und zu erfahren, daß niemand, kein Einheimischer in ihren Exilländern und erst recht keiner ihrer ehemaligen Landsleute, ermessen konnte, wie die Jahre in dieser Schattenexistenz sie veränderten. Und ich lese erneut jene Erzählung, die ich auch im Antiquariat von Mister Kline gefunden hatte, veröffentlicht in einer Reihe unter dem Namen »Pazifische Presse«, von Emigranten gegründet, die ich vorher nicht gekannt hatte: »Mein ist die Rache« von Friedrich Torberg.

Genau erinnere ich mich an die amerikanische Nacht, in der diese Erzählung, eine der frühesten, welche die Zustände in einem deutschen Konzentrationslager schildert, mich schlaflos machte, weil da die sadistischen Torturen, die von dem SS-Führer Wagenseil jüdischen Häftlingen angetan werden, in solcher Kraßheit beschrieben wurden, wie ich sie noch kaum vorher gefunden hatte. Auf einer, wenn man so will, philosophischen Ebene geht es um die Frage, ob ein gläubiger Jude berechtigt ist, die Rache an seinem Peiniger, die eigentlich »des Herrn« ist, selbst auszuüben. Der Ich-Erzähler hat es getan, er hat den SS-Mann erschossen, das Unwahrscheinliche, die Flucht nach Holland, dann in die USA, ist ihm geglückt, und nun steht er in New York am Hafen und wartet auf jedes Schiff aus Deutschland, ob nicht einer von den fünfundsiebzig Kameraden, die er in jener Baracke zurückgelassen hat, an Bord ist, entkommen wie er selbst. Bis aufs Blut quält ihn die Vorstellung, sie könnten alle ermordet worden sein, als Vergeltung dafür, daß er diesen SS-Kommandanten getötet hat.

Zusätzlich erschütternd in meinem Exemplar: Auf den angegilbten Seitenrändern des schmalen Bändchens war der gedruckte Text mit Bleistiftanmerkungen versehen, die von einem jüdischen Leser, einem Emigranten, stammen mußten. Sie begleiteten die düsteren Vorgänge der Erzählung mit Kommentaren, Ausrufen, verspäteten Ratschlägen. Und unter den letzten Satz hatte dieser Leser geschrieben: »America ist voll von Juden die Deutschland lieben und Sehnsucht haben.«

Ich sehe mich ja noch auf dem heißen Bücherboden von Mister Kline, der Turm der Bücher, die ich mitnehmen wollte, wuchs, bekannte Namen, unbekannte Titel von Arnold Zweig, Leonhard Frank, noch einmal Vicki Baum, Bruno Frank. Aber am meisten weckten drei unscheinbare, graue, etwas zerlesene Zeitschriften meine Begehrlichkeit, drei Ausgaben vom WORT aus den dreißiger Jahren, der Emigrantenzeitschrift, die in Moskau erschienen war. Die möchte ich haben, sagte ich zu Mr. Kline, als er wieder zu mir trat. Er lächelte zufrieden: Ja, das glaub ich, sagte er. Aber gerade diese drei Stücke seien unverkäuflich, er habe sie selbst als Student in Boston antiquarisch erworben und wolle sie behalten. Wir redeten über die anderen Bücher, über Preise, Versandmöglichkeiten, alles ging problemlos. Dann kehrte ich zu den Zeitschriften zurück: Ob er sich nicht doch entschließen könne … Mr. Kline wiegte den Kopf. Er hätte sie mir nicht zeigen dürfen, meinte er. Ich sagte, ich könne sie für meine unmittelbare Arbeit gebrauchen, das möge er bedenken. Für ihn, sagte er, hingen wertvolle Erinnerungen an diesen Heften. Ich spürte einen Hauch von Unentschiedenheit in seinem Ton und stieß nach. Eine Pause entstand. Schließlich wendete Mr. Kline sich mir zu und sagte: But they are very expensive!

Sehr teuer, selbstverständlich. How much? fragte ich. Mr. Kline sah mich nachdenklich an, während er sagte: One thousand dollars.

Er wollte nicht verkaufen. Er wollte mich prüfen.

Ich verstand, daß ich bezahlen mußte, aus vielerlei Gründen. Ich sagte: I'll take them. They are more important than a new car.

Mr. Kline schien überrumpelt. Eine Pause entstand. I agree, sagte Mr. Kline schließlich, lachte und umarmte mich fest. Ich würde noch zur Bank gehen müssen. Die drei Hefte gab Mr. Kline mir mit, ich ließ sie nicht mit den übrigen per Luftfracht nach Hause schicken. Den Kauf habe ich nie bereut.

In meinem Apartment legte ich mich auf das Bett und blätterte in den Nummern des WORT. Ich las Grußworte von Thomas Mann und Hemingway. Ich las von Erich Weinert seine Erinnerungen an die Gesichter der in Spanien gefallenen Genossen. Wer denkt noch an sie, sagte ich zu Ruth und Peter Gutman, mit denen ich mich am nächsten Tag traf. In diesem neuen Deutschland werden sie dem Vergessen überantwortet. Aber das war es doch, warum ich an dem kleineren Deutschland hing, ich hielt es für die legitime Nachfolge jenes Anderen Deutschland, das in den Zuchthäusern und Konzentrationslagern, in Spanien, in den verschiedenen Emigrationsländern, verfolgt und gequält, schrecklich dezimiert, doch widerstand.

Ich konnte es mir nicht versagen, ihnen das dickste Heft von WORT aufzublättern, in grauem angegriffenen Umschlag mit roter Schrift, stark vergilbte Seiten, eine Doppelnummer von April / Mai 1937. Mit diesem Fund hatte ich besonderes Glück: Die Redaktion hatte alle ihr erreichbaren antifaschistischen emigrierten deutschen Schriftsteller um »biografische und bibliografische Mitteilungen« gebeten und druckte ihre Antworten auf fünfzig Seiten ab, hundert Autoren, von denen ich achtundzwanzig persönlich gekannt habe, sagte ich zu Peter Gutman und Ruth, ihre Gesichter zogen an mir vorbei, ihre Schicksale, ihre Schriften. »Diese Bücher wurden in Deutschland verbrannt«, »diese Bücher sind in Deutschland verboten« steht unter jedem der kurzen Texte. Als dieses Heft erschien, sagte ich, war ich acht Jahre alt, ich las leidenschaftlich Grimms und Andersens und Hauffs Märchen, vielleicht hat mich das vor dem Schlimmsten bewahrt. Ob diese Märchen einen Grund legen können für eine Anteilnahme gegen Unrecht? Für das Unterscheidungsvermögen von Gut und Böse?

Du hast niemals ein offenes Wort der Kritik am Führer gehört, hast nur zweifelnde, besorgte, gegen Ende des Krieges immer mehr verzweifelnde Mienen deiner Mutter wahrgenommen, die hatte – das muß 1943/44 gewesen sein – zu einer Kundin, der sie vertraute, gesagt: Den Krieg haben wir verloren! Sie wurde angezeigt, und daraufhin war sie mehrmals von zwei Herren in Trenchcoats besucht und verhört worden. Angst hatte die Eltern erfüllt, das wollte man dir verheimlichen, allerdings erfolglos.

Vor uns auf dem Tisch lag das Buch von Paul Merker, das ich auch bei meinem Antiquar gefunden hatte, ein dicker Band von 574 Seiten, in braunes Leinen gebunden, Verlagsangabe: Editorial »El Libro Libre« Mexico, 1945. Sein Titel: »Deutschland – Sein oder nicht sein?« Ich kannte den Leiter dieses Verlags, Walter Janka, sagte ich zu meinen Besuchern, ein überzeugter Kommunist aus einer Arbeiterfamilie, der nach 1933 illegal gearbeitet, in einem Nazizuchthaus gesessen, in Spanien als Kommandeur bei der spanischen Volksarmee gekämpft hat, nach dem Sieg Francos in französischen Lagern interniert war. Unter anderem in Les Milles, sagte ich.

Da bist du gewesen, von Marseille aus, wo ihr versucht habt, den Spuren nachzugehen, die Anna Seghers in ihrem Roman «Transit« gelegt hatte. In Les Milles war kein Mensch, das Gebäude, in dem die Internierten gehaust hatten, zugesperrt, ihr blicket durch staubige Fenster in den großen Innenraum, konntet Teile des Wandfrieses ausmachen – Früchte, Lebensmittel –, die Internierte, unter ihnen Max Ernst, als Aufmunterung für ihre hungernden Genossen gemalt hatten. Das ganze Gelände war mit feinem und grobem zermahlenen roten Splitt bedeckt, hier waren Ziegelsteine produziert worden. Jeder Regen mußte diesen Hof in einen roten Sumpf verwandeln.

Die Leistung, sagte ich, diese zwei dicken Bände von Paul Merker im Emigrationsverlag herauszugeben. Und erst die Leistung, dieses Werk in der Emigration zu schreiben. Als Anlaß dafür muß man sich wohl die bohrende Frage der linken Emigration vorstellen, was aus Deutschland nach dem Sieg über Hitler werden solle, über die es kontroverse Diskussionen gab, zum Beispiel zwischen Brecht und Thomas Mann, hier in Kalifornien, wo acht herausragende Autoren, unter ihnen Brecht und die Brüder Mann, es im August 1943, *in dem Augenblick, da der Sieg der Alliierten Nationen näher rückt, für ihre Pflicht* halten, die *Kundgebung der deutschen Kriegsgefangenen und Emigranten in der Sowjetunion* zu begrüßen, *die das deutsche Volk aufrufen, seine Bedrücker zu bedingungsloser Kapitulation zu zwingen und eine starke Demokratie in Deutschland zu erkämpfen.* Es folgte der wichtige, damals alles andere als selbstverständliche Satz: *Auch wir halten es für notwendig, scharf zu unterscheiden zwischen dem Hitlerregime und den ihm verbundenen Schichten einerseits und dem deutschen Volk andererseits.*

Und am nächsten Tag, notiert Brecht ingrimmig in seinem »Arbeitsjournal«, ruft Thomas Mann bei Feuchtwanger an und zieht seine Unterschrift zurück, mit der man, meint er, den Alliierten *in den rücken falle.* Er könne es nicht unbillig finden, wenn *die alliierten deutschland zehn oder zwanzig jahre lang züchtigen.*

Um so mehr bewunderte und bewundere ich die Weitsicht Paul Merkers, dessen Buch jetzt, nach seiner Reise über den Ozean, wieder vor mir liegt. In dem ich blättere, bis zur letzten Seite, wo er dem Zentralkomitee der kommunistischen Partei eine Plattform von elf Punkten vorschlägt, deren erster lautet: *Aufrichtung eines antifaschistischen demokratischen Regimes*

und einer parlamentarischen Republik mit allen demokrati-
schen Freiheiten.

Was ist aus diesem Mann geworden? fragte damals Peter Gutman.

Er starb 1969, wie es heißt, »psychisch und physisch gebrochen«, sagte ich. Zuerst wurde er aus der Partei ausgeschlossen, weil er Kontakt zu dem Amerikaner Noel Field hatte, der ihm wie vielen Emigranten bei der Flucht aus dem besetzten Frankreich geholfen hatte. Dessen unglaubliche Geschichte auch noch zu erzählen, sagte ich, würde zu weit führen. Merker geriet dann in die Ausläufer der Prager Slánský-Prozesse in der DDR, wurde zu acht Jahren Zuchthaus verurteilt – als Stalin schon tot war! –, von denen er vier Jahre abgesessen hat. Danach wurde er von dem gleichen Richter freigesprochen und rehabilitiert, der ihn vorher verurteilt hatte. Er wurde auf unbedeutende Posten abgeschoben.

Walter Janka, der das Exil in Mexiko mit ihm geteilt hatte und nach ihrer beider Rückkehr eine Zeitlang sein persönlicher Mitarbeiter war, hat euch von ihm erzählt. Er selbst hatte nach 1960 drei Jahre Zuchthaus in der DDR hinter sich, wegen »Bildung einer konterrevolutionären Gruppe«. Er war daran nicht zerbrochen, sondern kämpferisch geblieben. Als Dramaturg im Filmstudio beriet er euch bei Filmprojekten.

Ein geschärftes Interesse an einem Gegenstand treibt einem ja scheinbar zufällig alles mögliche zu, das paßt, wie jetzt einen Zeitungsartikel unter der Überschrift »Hell aus dem dunklen Vergangenen«, in dem Forschungsberichte über das Verhalten der Berliner Arbeiter während der Nazizeit referiert werden: Der Widerstand von Sozialdemokraten und von Kommunisten, deren Blutzoll besonders hoch gewesen sei, Tausende Verhaftete und Gefolterte, hunderte Hingerichtete. Die These von der sozialen Korrumpierung der Bevölkerung durch die NS-Gesellschaftsordnung sei jedenfalls für die Berliner Arbeiter nicht beweisbar. – Wo ist das Erinnerungsmal für sie?

Ich hatte das Gefühl, ich müßte mir Urlaub geben vom Denken, vom Schreiben, ich legte mich hin, ich versuchte meinen Kopf leer zu machen, wie die Nonne es empfahl, aber ich hörte das Telefon, ich brachte es nicht fertig, es klingeln zu lassen, die Stimme kam von weither, eine Freundin wollte mir mitteilen, die Bosnier seien jetzt in einer Stadt eingeschlossen und hätten verkündet, sie hätten dort eine Chlorfabrik, wenn sie die in die Luft sprengen würden, reichte das Gift aus, um ganz Europa zu verseuchen.

MANCHMAL MÖCHTE ICH DOCH WISSEN, WIE DIE ZEITSCHICH-TEN, DURCH DIE ICH GEGANGEN BIN UND DIE ICH IN GEDANKEN SO MÜHELOS DURCHSTOSSE, IN MEINEM INNERN ANGEORDNET SIND: WIRKLICH ALS SCHICHTEN, SÄUBERLICH ÜBEREINANDER? ODER ALS EINE WIRRE MASSE VON NEURONEN, AUS DER EINE KRAFT, DIE WIR NICHT KENNEN, DEN JEWEILS ERWÜNSCHTEN RO-TEN FADEN HERAUSZIEHT? WERDEN DIE NEUROWISSENSCHAFT-LER DAS JE HERAUSFINDEN?

Ich suchte Ablenkung, ich spürte im Genick das Abreisedatum und mußte mir sagen, daß ich mich zu wenig oder gar nicht um wichtige Besuchermagneten, die jedermann mit dem ma-gischen Namen Los Angeles verbindet, gekümmert hatte. Bob Rice war derselben Ansicht, man könne nicht hier gewesen sein, ohne wenigstens eines der berühmten Hollywood-Stu-dios besichtigt zu haben. Allan, sein japanischer Freund, der »hinter den Kulissen« von Universal Studios arbeite, werde mich führen. Tag und Stunde waren ohne mein Zutun verab-redet – eine der Unternehmungen, bei denen sich bis zuletzt in mir Antrieb und Hemmung miteinander stritten und letzten Endes die Höflichkeit gegenüber dem Begleiter die Oberhand behielt. Ein Schweizer Kollege kam mit uns, ein Literaturkriti-ker, ich las seinem Gesicht bei der Begrüßung dieselbe Skepsis ab, die ich empfand. Und Allan schien fast etwas wie Verle-genheit zu spüren, als er uns zu den Eingängen, zu den vielen tunnelartig glasüberdachten Rolltreppen führte, die pausenlos

Touristen hinuntertransportierten zu der »Tour«, der wir uns anschlossen. »Welcome to the largest film and television studio in the world. Here you don't just watch the movies – you live them. The real star is you.« In Gondeln fünfzig Minuten durch Kulissenstädte, verstreut auf einem riesigen Gelände, vorbei an den Schauplätzen berühmter Filme, gerade der Filme, sagte ich zu Allan, die ich nicht als »mein Genre« bezeichnen würde. Schade, sagte Allan, aber ich hatte ihn nur darauf vorbereiten wollen, daß ich die berühmten Filme und ihre Schauplätze vielleicht nicht erkannte. Oder daß ich vorzeitig abbrechen würde, weil mir die »Tour« jetzt schon auf die Nerven ging, mehr wegen der bedingungslos begeisterten Teilnehmer als wegen der stummen Zeugen rechts und links der Strecke.

Aber »Psycho« würde mir doch etwas sagen! Tatsächlich stand da, unheimlich beleuchtet, das Gruselhaus, und später würde man uns noch die Kameraführung bei der berühmten Mordszene in der Dusche zeigen, zuerst aber ging es weiter, E.T. tauchte vor uns auf mit seinem Sehnsuchtslaut. »Quick! Hop aboard a starbound bike! And fly home with E.T.«, das taten wir, flogen also zunächst in den Weltraum und gerieten, kaum zurück, in verschiedene Gefahrensituationen, nachgestellt aus Filmen, die ich nicht kannte und nicht kennen wollte: Eine Brücke stürzte unter uns ein, in einer Metro-Station erlebten wir ein Erdbeben, Autos stürzten in die Tiefe, die Mitfahrenden kreischten, in einem Weiher erschien gefahrdrohend die Rückenflosse eines Hais. Am besten war noch der Schneetunnel, in dem man sich plötzlich zu drehen begann, aber es waren die Wände, die sich um uns drehten. Das sollte man sich merken, wenn man denkt, man ist mitten im Strudel und wird in die Tiefe gerissen, dann sind es vielleicht nur die Wände, die sich um einen drehen, und man selber ist im Auge des Orkans.

Aber wie unterscheidet man dann in Zukunft Täuschung von Realität? fragte ich.

Daß du genau das verlernst, dazu ist diese ganze Einrichtung gemacht, sagte unser Schweizer. Aber die Gefühle, die durch

Täuschung in uns ausgelöst werden, sind echt. Für diese Gefühle bezahlen wir.

Und wir hatten noch für eine ganze Menge Vorführungen von Stuntmen bezahlt, zu Wasser und zu Lande, mit Pulverdampf und Knallerei und Feuer und Explosionen, und für einen ostasiatischen Schwerterkampf vor einem Drachen, aber schließlich gab es auch eine Halle, in der Tricks entschlüsselt wurden, zum Beispiel, wie man es anstellen muß, jemanden auf der Freiheitsstatue herumklettern und am Ende abstürzen zu lassen, was ja Hitchcock gemacht hat.

Erschöpft saßen wir dann, es war schon Abend, oben auf dem Berg in dem wunderbaren japanischen Restaurant, von dem aus man über die ganze weit hingebreitete Stadt blickt, in der allmählich die Lichter angingen, das ist unglaublich, sagten wir, unvergeßlich, und Allan, unser Gastgeber, lächelte zufrieden. Zuerst tranken wir einen Cocktail, der sich »Kamikaze« nannte und aus Wodka, Triple Sec und Limonensaft bestand, der hatte seinen Namen verdient, fanden wir und wurden sehr gesprächig, aßen Sushi und Combination Dinner, sehr reichlich, sehr schmackhaft, viel roher Fisch, und redeten über den Gegensatz zwischen dem japanischen und dem protestantischen Gewissen, wie das eine gesteuert werde von der Angst vor dem Gesichtsverlust in der Öffentlichkeit, das andere von der Angst vor dem Versagen vor Gott. Und daß es wohl ein Fortschritt in der Menschheitsgeschichte gewesen sei, meinten wir, als das persönliche Gewissen aufkam. Merkwürdig gut paßte dieses Gespräch zu den Erlebnissen des Tages und zum Anblick der inzwischen nächtlichen Lichterstadt.

Als ich ins MS. VICTORIA zurückkehrte, die drei Racoons nicht achtend, die wie immer Wache hielten, hatte Peter Gutman wieder mal einen Zettel unter meiner Tür durchgesteckt. Ein Satz von Kleist war ihm mitteilenswert erschienen: *Doch das Paradies ist verriegelt und der Cherub hinter uns; wir müssen die Reise um die Welt machen, und sehen, ob es vielleicht von hinten irgendwo wieder offen ist.*

Es war noch vor Mitternacht, ich rief ihn an: Und wenn wir auf das Paradies verzichten würden?

Das glaubst du selber nicht, sagte er. Wir sind doch schon heftig bei dieser Reise um die Welt. Nur anders, als Kleist sie sich vorstellen konnte: Nicht mit der Kutsche. Mit Raketen. Wir suchen den Hintereingang, und wenn der auch geschlossen sein sollte, werden wir ihn aufsprengen. Notfalls mit Atombomben.

Herzlichen Dank, sagte ich. Das hilft mir beim Einschlafen.

Am nächsten Tag fuhren wir mit meinem kleinen roten GEO noch einmal zu seiner Freundin Malinka, durch die halbe Stadt, Malinka hatte einen Lunch vorbereitet, danach saßen wir draußen in ihrem winzigen Gärtchen unter einem duftenden Zitronenbaum und redeten über Sprache. Malinka sagte, sie sei serbokroatisch aufgewachsen und habe, als sie vor zehn Jahren nach Amerika kam, im Eiltempo Englisch gelernt, akzentfrei, um nicht aufzufallen. Sie schreibe in zwei Sprachen. Wenn sie aber etwas Persönliches schreibe, meide sie das Serbokroatische, um sich nicht »sticky« zu fühlen.

Meine Person war an die Sprache gebunden, die Sprache sei meine eigentliche Heimat, das klang banal, aber ich spürte, daß die anderen beiden das mit einem gewissen Neid hörten. Peter Gutman meinte, da sei eine zweite Person in ihm, die schreibe, in einer Sprache, von der er oft denke, daß es nicht die seine sei.

Wir liefen in Malinkas neighbourhood herum, am Fairfax, ein jüdisches Viertel, jüdische Restaurants, koschere Lebensmittelläden, in denen Malinka bestimmte Käse kaufte, jüdische Väter mit Kippa, ihre zwei kleinen Söhne an der Hand, sehr ernsthaft, auch mit Kippa auf dem Kopf, auf dem Weg zur Synagoge. Viele ältere Leute, in der Nähe sollten Altersheime sein. Nicht wohlhabend, dieses Viertel, diese Menschen, eher ärmlich. Aber eine langsamere Gangart als sonst in der Stadt. Ein friedliches Bild, wie durchsichtig. Diese Stadt als Patchwork.

Peter Gutman schien sich zwischen uns beiden Frauen, die

ihm beide gewogen waren, wohl zu fühlen. Er bekannte, er habe einen »sweet tooth«, und kaufte eine Menge sehr süßer Kekse.

Als ich den langen Wilshire Boulevard hinunterfuhr, war es schon dunkel.

Das winzige Häuschen im Hof hinter einem großen Häuserblock, in dem Rachel, meine Feldenkrais-Therapeutin, praktizierte, war mir schon vertraut. Ich konnte ihr melden, daß es mir besser ging, daß ich keine Tabletten genommen hatte, aber gerade war ich wieder ziemlich blockiert. Rachel machte bestimmte kleine Gelenke im Beckenbereich dafür verantwortlich, die sie mir auf einer anatomischen Tafel zeigte. Die Behandlung tat mir gut, war aber nicht schmerzfrei. Einmal legte sie mein Bein auf ein Kissen und redete ihm auf jiddisch zu: Geh schlaff!

Ich erzählte ihr von unserem Gespräch über unsere Sprachen. Rachel sagte: Meine Sprache ist Feldenkrais, und ich werde mein ganzes Leben brauchen, um sie wirklich zu erlernen.

Ich brachte die Rede auf William Randolph Hearst, über den uns gerade der berühmte Film von Orson Welles, »Citizen Kane«, vorgeführt worden war, weil wir einen Ausflug nach Hearst Castle planten. Aus mir unbegreiflichen Gründen sollte dies der beste Film sein, der je gemacht wurde. Rachel sagte: Men like Hearst and Carnegie and J. Paul Getty must have been evil men. Da waren wir uns einig. Sie werde mit ihrer Arbeit niemals reich werden. Reich werde man nur durch Betrug und Ausbeutung anderer Menschen.

Beim Abschied sagte sie: You are a clever pupil. Lange hatte kein Lob mich so gefreut.

Der gläserne Außenaufzug vom Huntley Hotel war wieder in Ordnung, Peter Gutman und ich wollten noch einmal hinauffahren, die dünne Margarita trinken, die spektakuläre Aussicht genießen, uns an den Tisch neben die high school teens setzen, drei Mädchen mit langen Haaren und verführerischen

Gesten, fünf Jungen, unterschiedlich angeberisch, alle etwa siebzehn, unglaublich laut, die Mädchen kreischten bei jeder Gelegenheit, alle benahmen sich, als gehöre ihnen, den Mittelklasse-Weißen, die Welt. Kein Mensch achtete auf den Sonnenuntergang.

Peter Gutman sagte, wie es denn wäre, wenn ich einmal meine Beobachtungen über meinen Aufenthalt in diesem Amerika verarbeiten würde. Eine einmalige Chance, meinte er. Sie sagen es, Monsieur. Verfremdet natürlich, sagte Peter Gutman, das muß ich dir ja nicht erzählen. Aber ganz rücksichtslos, gegenüber allem Personal. Ich fragte, ob er selbst nicht meine Rücksichtslosigkeit fürchten würde. Und wenn schon, sagte Peter Gutman, er glaube nicht, daß ein Autor sich beim Schreiben Rücksichten auferlegen dürfe. Ich sagte, es sei ein unlösbarer Konflikt, und um den abzumildern, habe ich es mir zum Prinzip gemacht, mich weniger zu schonen als die anderen. Und wenn auch das eine Selbsttäuschung sei?

Sich wiederholende Dialoge, mit wechselnden Partnern.

MIR IST KLARGEWORDEN, DASS ICH MICH ALS EXEMPEL NEHME, ALSO VON MIR ABSEHE, INDEM ICH MICH GANZ AUF MICH ZU KONZENTRIEREN SCHEINE. EINE MERKWÜRDIGE GEGENLÄUFIGE BEWEGUNG.

Ob ich eigentlich wisse, daß Orson Welles, eben weil er in seinem Film über den mächtigen Mr. Hearst nicht rücksichtsvoll genug vorgegangen sei, bei dem keinen Fuß mehr auf den Boden bekommen habe? Er läßt doch den sterbenden Kane jenes Wort sagen, das zum Schlüsselwort des ganzen Films wird: »Rosebud«. So soll – hör zu, das habe ich von einem amerikanischen Gewährsmann – Hearst selbst »a certain piece of the anatomy of his love«, einer berühmten Schauspielerin, genannt haben, und er soll außer sich gewesen sein, daß dieses innerste Geheimnis in dem Orson-Welles-Film breitgetreten wurde. Er hat dafür gesorgt, daß der Film in den Kinos nicht gespielt wurde, und angeblich sämtliche Kopien aufkaufen und vernichten lassen, und keine der Zeitungen des Hearst-Konzerns durfte ihn auch nur erwähnen. Orson Welles hat sich mit diesem Film übermächtige Feinde gemacht, und er hat später nichts Gleichwertiges mehr geschaffen.

Ich fragte Peter Gutman, ob er sich vorstellen könne, daß man begierig sei, soviel wie möglich über die Natur des Menschen zu erfahren, und dafür die Nachteile in Kauf nehme, die einem daraus erwüchsen. Das Innenfutter vom overcoat des Dr. Freud in seine Bestandteile zerlegen, verstehst du? So wie es Forscher gibt, die keine Ruhe finden, wenn sie nicht dahinterkommen, aus was für immer noch kleineren Teilchen unser Universum besteht.

Kann ich mir vorstellen, sagte Peter Gutman.

Und vielleicht hat mir das, was mich in letzter Zeit umgetrieben hat, widerfahren müssen, um näher an dieses Wissen heranzukommen. Auf dem direkten Weg, über die eigene Haut.

Wir sahen durch die riesigen Fenster hinaus in die einfallende Dämmerung, die schnell in Dunkelheit überging. Mir kam es so vor, als witsche eine Gestalt vorbei, in der ich Angelina, meinen Engel, erkennen wollte, es hätte mich nicht verwundert, ich war mir nicht sicher.

Aber als wir in dem gläsernen Aufzug hinunterfuhren, stand, oder schwebte? Angelina neben mir. Woher wußte sie immer, wann sie gebraucht wurde? Sie schien mir heute besonders spöttisch zu sein.

Glaubst du an Engel? fragte ich Peter Gutman.

He, Madam, sagte er. Was ist los?

Antworte doch einfach.

Also gut. Ich glaube an die Wirkungsmacht des Geistes. Daß das wirklich wird, woran man fest glaubt. Wenn man an Gott glaubt, dann bildet er sich eben, und dann wirken die Gebete an ihn.

Der Glaube versetzt Berge?

Jedenfalls gibt er dem Glaubenden die Zuversicht, daß er

Berge versetzt. Und es ist doch gut möglich, daß es in der Stadt der Engel von Engeln wimmelt.

Auch von schwarzen Engeln, Monsieur?

Was für eine Frage. Wo die Engel geschaffen werden, ist man nicht rassistisch.

Es war ein erprobtes Ritual, das sich abspielte, wenn unsere scholar-Gemeinde einen Ausflug vorhatte. Hearst Castle war angesagt. Der Bus hielt vor dem MS. VICTORIA, nach und nach erschienen die Mitfahrenden in der immer gleichen Reihenfolge, sehr pünktlich natürlich die Leute vom staff, für die der Ausflug Arbeit war, ich meistens im Mittelfeld, als letzte ohne die Spur eines schlechten Gewissens Ria und Pintus, oder auch Peter Gutman, der mit unbeteiligter Miene heranschlenderte und den niemand zu kritisieren wagte. Der Fahrer verstaute unsere Taschen in dem Gepäckfach unten im Bus. Ich beobachtete, wer sich zu wem setzte, die Ehepaare blieben zusammen, zuerst saßen die Singles allein, auch ich, es war mir recht. Ich wollte noch einmal links und rechts die Ausblicke der berühmten Küstenstraße 101 auf mich wirken lassen, wo die christlichen Missionare im Abstand von Tagesreisen ihre missions errichtet hatten, um die friedfertigen Indianer des Hinterlands mit allen Mitteln zum christlichen Glauben zu bekehren. Malibu zog vorbei, wo in diesen Tagen, da ich in den alten Aufzeichnungen lese, fast unbeherrschbare Feuer wüten. Santa Barbara.

Abzweigung zur Ranch des Regisseurs von »Dallas« und »Denver Clan«, der sich von seinem irrsinnigen Reichtum ein schönes Stück Land gekauft hatte, eine Ranch eben, ein Zug der Zeit, wie wir von Greg erfuhren, unserem Reiseleiter, der wie immer mit seinem Mikrophon neben dem Fahrersitz Platz genommen hatte. Hier in der Nähe sei auch die Ranch von Ronald Reagan, und wenn er während seiner Präsidentenzeit mit seiner Regierungsmaschine dort gelandet sei, dann seien in der Nachbarschaft die Garagentüren auf- und zugegangen, und die übrige Elektronik in den Häusern habe verrückt gespielt, weil sein Flugzeug so vollgestopft mit High-Tech gewesen sei.

Daß mein Kunstgeschmack altmodisch ist, war mir nichts Neues, die postmoderne Kunst, die der »Dallas«-Regisseur gesammelt hatte und in einem bunkerartigen Gebäude, das ein Hochsicherheitstrakt war, ausstellte, berührte mich nicht, riesige Leinwände, grelle Farben, mit breiten Pinseln aufgetragen. Oder eben einfarbig. Monochrom, sagte Lutz, unser Kunstwissenschaftler, der mich führte: zur Zeit besonders »in«. Passen sich dem Zeitgeschmack an und erzielen Phantasiepreise. Es gab natürlich mehrere uniformierte Sicherheitsbeamte, die unsere Schritte scharf beobachteten, und zwei Kunsthistorikerinnen, ausgeliehen von der nächstgelegenen Universität, die ihres Herren Liedlein sangen: Once or twice a month he will spend a weekend at his ranch.

Weißt du, woran mich das erinnert? sagte Lutz. An die Endphase des Römischen Reiches. Die wußten auch nicht, daß sie in einer Endphase lebten. – Das müssen sie auch nicht wissen, wenn es ihnen so gutgeht, sagte ich. Warum sollen sie sich ihr schönes Leben mit Gedanken an eine trübe Zukunft verderben, die sie doch nicht ändern können.

Wieder der Bus. Du schläfst und versäumst die schönsten Landschaften, sagte Peter Gutman. Wir hatten das Tagesziel erreicht, den Ort San Simeon, das Cavalier Inn, ein passables Hotel nahe am Ozean, gepflegte Zimmer. Ich holte nur meinen Badeanzug heraus und ging in dem komfortablen beheizten Swimmingpool des Hotels schwimmen. Zuerst konnte ich vor Schmerzen kaum die Glieder bewegen, nach und nach wurden meine Gelenke beweglicher, weicher. Wenn ich mich auf dem Rücken durchs Wasser gleiten ließ, sah ich direkt in den Himmel, der war jetzt, am späten Nachmittag, noch unglaublich blau. Die Kronen einiger Palmen schoben sich ins Blickfeld. Ich war allein im Pool, ich durchkreuzte, durchquerte ihn, über Wasser, unter Wasser, es war wie ein Reinigungsritual.

Wie gerne ich immer geschwommen bin. Euer heimatlicher

Fluß war bei eurer Stadt schon ziemlich breit, nicht weit vor seiner Mündung in den größeren Fluß, der Oder hieß und in die Ostsee mündete. Er roch auf eine unnachahmliche Weise, nie wieder hat ein Fluß so gerochen. Die Badeanstalt, in der du beim alten Bademeister Wegner schwimmen lerntest, war aus Holz in den Fluß gebaut. Meister Wegner nahm dich an die Angel und zog dich gegen die Strömung, bis heute kann ich den Zug um den Brustkorb spüren. Wenn man eine knapp bemessene Viertelstunde im großen Becken herumschwimmen konnte, hatte man sich »frei« geschwommen, ein schöner Ausdruck. Dann legte man sein Handtuch lässig neben das der anderen Schwimmer auf die heißen Holzplanken und ließ sich zum Sonnen auf dem Bauch nieder. Und im Winter gab es den regulären Schwimmunterricht im Volksbad, wo es stark nach Chlor roch, da ging es um Zeitschwimmen, da war die stämmige Christel aus eurer Klasse, die in allen anderen Fächern eine Niete war, unschlagbar, und die beiden dünnen ungeschickten Mädchen, Brigitte und Ilse, die Angst vorm Wasser hatten, wurden verhöhnt.

Warum hatte ich mir bis jetzt nicht klargemacht, daß es, nachdem du sechzehn und in andere Gegenden verschlagen worden warst, jahrelang für dich kein Wasser gab. Wohnorte ohne See, ohne Fluß, ohne Schwimmbad. Dein Meer wurde dann die Ostsee. Die See morgens vor dem Frühstück, eiskalt, allerhöchstens sechzehn Grad, ein Bad von wenigen Minuten. Die primitiven Quartiere, in denen man fror und in denen die Sachen kaum trockneten, wenn ihr wieder einmal in einen der verregneten Sommer geraten wart. Aber dann, in der Sonne, das Glitzern des Wassers bis hin zum Horizont, die schäumend weißen Wellenkämme, von denen du dich tragen ließest, die hohen Wellenbrecher, in die du dich hineinwarfst, das Schwimmen bis zur Boje, das Salz auf der Haut, Strandkorb an Strandkorb, die Kinder mit ihren komplizierten Sandburgen, oben auf dem Steilufer leidenschaftlich mit dem Freund über die Zukunft eures Landes reden, alles war möglich, diese kleine

Ostsee, ein Meer des Friedens, war ja verbunden mit allen Wassern der Erde, ihr mit allen Wassern gewaschen, warum denn nicht. Jahr für Jahr die Insel, autofrei, flach wie dein Handteller, die Tage mit Tee und Kartenspiel in der gläsernen Veranda, wenn draußen unaufhörlich der Regen fiel, die Abende mit Rotwein und Gitarrenspiel in den Kuhlen hinter den Dünen. Arglos, ach wie arglos. Der Gitarrenspieler war im nächsten Jahr nicht mehr bei euch, der berühmte Sänger hat sich später umgebracht, übrigens in einem See.

MIT ALLEN WASSERN GEWASCHEN

Warum denn nicht. Aber als wir letztes Jahr wieder einmal da waren, in dem Ort an der Küste, wohnten wir in einem schicken kleinen Hotel, und wir konnten die Straße zum Strand kaum überqueren, weil die Autos sie Stoßstange an Stoßstange blockierten, mit Nummerschildern nicht nur aus der Umgebung oder aus Berlin und Dresden, sondern auch aus Hamburg und Köln, darüber mußten wir uns freuen, das Land ist arm und braucht den Tourismus an seinen Küsten, aber wir wußten, wir würden nicht mehr herkommen.

Und einmal, das fällt mir jetzt ein, bist du dort an der Ostsee gewesen, wo sie mit Recht Baltisches Meer heißt, in Litauen, als dieses Land noch zur Sowjetunion gehörte, ihr kamt aus Leningrad, als diese Stadt noch nicht wieder St. Petersburg hieß, dort hattet ihr nur am Ufer gestanden und den Panzerkreuzer Aurora gesehen. Hier aber, in Litauen, besuchtet ihr die Freunde, die ihr zuvor am Schwarzen Meer kennengelernt hattet, in Gagra am Steinstrand, wo der blonde junge Mann dir erzählte, er sei Schriftsteller und schreibe gerade ein Stück über Jonas und den Walfisch, du verstehst, sagte er, der Walfisch verschlingt Jonas. Du verstandest nicht, das konnte er kaum glauben, der Walfisch sei das große Rußland und Jonas das kleine

Litauen, das von ihm verschlungen werde, und du hattest nicht gewußt, daß die Litauer es so sahen, und als ihr sie besuchtet, gingen sie mit euch zu Freunden, bei denen sie sich trafen, und es sollte nicht zu deutlich werden, daß sie euch dorthin mitnahmen, und sie erzählten euch von ihren litauischen Traditionen und schenkten euch Decken, mit ihren alten Mustern gewebt, die jetzt noch auf unserem Tisch liegen, und sie nahmen euch mit an ihr Baltisches Meer, das sie, so schien es dir, auf andere, innigere Weise liebten als ihr eure Ostsee.

Und wieder auf andere Weise die Skandinavier, von Stockholm aus mit einem Schiff voller Schriftsteller durch die Schären fahren, darunter Deutschland Ost und Deutschland West, und die tastenden höflichen aufmerksamen Gespräche. Oder auf knirschendem Eis am Rand von Kopenhagen mit einem Vertreter deines Landes eure Sorge um dieses Land besprechen. Ich wußte ja nicht, was alles in mir aufsteigen würde, wenn ich das Wort »Meer« denke.

Ja, im Schwarzen Meer hast du auch gebadet, es war deine erste Bekanntschaft mit dem Süden, die Orangen leuchteten in den Gärten aus dem tiefgrünen Laub. Und am Strand gehörtet ihr, ehe ihr es euch versaht, zu einer Gruppe, deren Mittelpunkt und Herrscherin Marja Sergejewna war, eine Rechtsanwältin aus Moskau, die ihr später auch in ihrem Hochhaus an der Moskwa besuchen mußtet, hier aber, am Schwarzen Meer, nahm sie euch Neulinge unter ihre Fittiche und weihte euch mit ihrem durchdringenden rauhen Baß in die Sitten des Ortes und in die juristischen Verhältnisse des Landes ein. Die waren allerdings undurchdringlich für einen Fremden, Marja Sergejewna aber durchschaute sie von Grund auf und ließ ihre russischen Klienten nicht im ungewissen darüber, daß sie als ihre Verteidigerin höchstens ein mildes Strafmaß von fünf Jahren anstatt eines von zehn Jahren für sie herausschlagen konnte, dazwischen gibt es nichts, trompetete sie über den Strand, und wenn sie die fünf Jahre schaffte, dann brachten ihr die Angehörigen des Verurteilten Geschenke, das fand sie knorke. Solche

Wörter hatte sie aufgelesen, als sie in den zwanziger Jahren in Berlin gewesen war, die allerschönste Zeit ihres Lebens, und für mich vermischt sich die Erinnerung an das Schwarze Meer immer mit Marja Sergejewnas Stimme und mit einer beträchtlichen in Pergamentpapier und in eine Nummer der »Prawda« eingewickelten Portion Kaviar, die sie an den Hintereingängen der großen Moskauer Restaurants bei den ihr verpflichteten Köchen für euch einsammelte, um sie euch in den Flieger nach Berlin mitzugeben.

Oder die Bretagne. Rauhe, verregnete Tage an einem rauhen grauen Meer, liebliche Farben und helle warme Strände in der Normandie. Von Lissabon und Cannes, und vom Rand Siziliens aus einen Blick auf das Mittelmeer werfen. Und nun der Pazifische Ozean. War es genug?

Dabei sind die Seen noch nicht einmal erwähnt, in denen du lustvoll geschwommen bist, der frühe Heimat- und Ausflugsee der Kindheit, die Seen um Berlin, die wunderbaren Mecklenburger Seen. Der eine, der zu einer Art Heimatsee geworden ist, an dessen Ufer, entfernt von der Badestelle, früher die Kühe der Genossenschaft, jetzt die der GmbH zur Tränke kamen und an dessen anderem Ufer die Forellenzuchtanlage war, die jetzt auch aufgegeben ist. Der sauber ist, und so tief, daß an seinem Grund die Maräne lebt, der empfindliche wohlschmeckende Fisch, den man nicht transportieren kann. An seinem Rand haben in einem Sommer die Kinder Krebse gefangen.

Ach ja, der Zürichsee, an dessen Ufer ihr euch entschloßt, dahin zurückzugehen, woher ihr kamt. War es genug?

Ich hatte nicht gewußt, daß ich mein Leben mit einer Geschichte der Gewässer verbinden könnte, in denen ich geschwommen bin oder an denen ich stand, denn nun kamen unaufhaltsam noch die Flüsse mancher Länder aus meiner Erinnerung ans Licht. Wer wird die Wipper kennen, ein Bach an einem thüringischen Ort, in dem ihr nach dem Krieg Wohnung fandet, aber fast jeder kennt die Pleiße, die stinkende Schaumkronen mit sich führte, als du in Leipzig studiertest, später in

Halle an der Saale hellem Strande wohntest. Dann kam schon die Spree, immer wieder und bis heute die Spree, immer wieder und zu verschiedenen Zeiten die Weidendammer Brücke, erwartungsvoll, freudig, traurig, gehetzt, angstvoll hast du sie überquert. Soll ich die lustige Panke erwähnen? Gewiß aber die Elbe bei Dresden, im Abendlicht, unvergleichlich, wenn die tiefstehende Sonne von Westen direkt in ihr Flußbett einfällt. Die Donau, die nicht blau ist und die nicht mehr mitten durch Wien fließt, wohl aber durch Budapest, deine erste ausländische Stadt. Aber die Moldau, an deren Grund die Steine wandern und die so vieles gesehen und gehört hat, was für dein Leben wichtig war. Der majestätische Rhein, bewundert, ein fremder Fluß. Die flinke lächelnde Seine, die behäbige arbeitsame Themse. Der Tiber in Rom. Und die unvergeßliche Newa in Leningrad in den hellen Nächten, wenn die Abiturientinnen in ihren weißen Kleidern und die Abiturienten in ihren dunklen Anzügen singend an ihrem Ufer entlangziehen. Die Moskwa natürlich, die schweigsame mürrische Moskwa, auf der du einmal sogar mit einem Schiff, das den Namen GOGOL trug, bis Nischni Nowgorod gefahren bist. Weiter nach Osten bist du nicht gekommen, die großen Flüsse Asiens und Afrikas hast du nicht gesehen, auch nicht sehen wollen. Nur einen noch, den Hudson River, in dem sich Wolkenkratzer spiegeln.

Ist es genug? War es vielleicht schon zuviel? Zuviel des Guten? Das einmal zu Ende gehen muß?

Ich weiß noch, jemand rüttelte mich behutsam an der Schulter: Ria. Hinter ihr standen Ines und Kätchen. Sie machten besorgte Gesichter und wollten wissen, ob ich krank sei. Ich lag in meinem Bett im Hotel. Wieso denn krank. Nun, man habe seit gestern nachmittag nichts von mir gehört. Ich sei nicht zum Abendessen erschienen, nun auch nicht zum Frühstück, und es sei gleich Mittag.

Ich habe im Pool gebadet, sagte ich töricht und merkte, dies war das letzte, woran ich mich erinnern konnte. Wie ich in dieses Zimmer gekommen war, meinen Schlafanzug ausgepackt hatte, ins Bett gegangen war – ich wußte es nicht. Das erzählte ich lachend. Sie wollten nicht mitlachen.

Greg, der gegen meinen Einspruch zu Rate gezogen wurde, fällte die Diagnose: Ein Blackout. Er wollte mich zu einem Arzt bringen. Dagegen protestierte ich so heftig, daß er den Plan fallenließ und mir das Versprechen abnahm, bei jedem etwa noch einmal auftretenden kleinsten Symptom sofort Meldung zu erstatten. Im übrigen blieb keine Zeit zu langen Diskussionen, die Gruppe versammelte sich schon zum Ausflug nach Hearst Castle. Peter Gutman setzte sich im Bus neben mich und betrachtete mich von der Seite.

Also irgendwas hat dein Unterbewußtsein dir mitteilen wollen, sagte er.

Ja, sagte ich. Daß ich ein Wassermensch bin und nicht auf dem Trocknen sitzen soll.

So heiter hab ich dich noch nie gesehen, sagte er.

Das macht dich wohl mißtrauisch, wie?

Heiter saß ich neben Peter Gutman in dem Bus, der uns den Berg hinauffuhr, welcher inmitten einer herrlichen, kaum bewachsenen Hügellandschaft liegt. Wir wurden vor einem Gebäude abgeladen, das am ehesten der Abflughalle eines kleineren Flughafens glich, wo man nach Tickets anstehen mußte. Ich war in der Stimmung, alles komisch zu finden, besonders die Begrüßung der Besucher durch einen nicht mehr jungen, in einen korrekten marineblauen Anzug mit weißem Hemd und Schlips gekleideten Mann, der einen Strohhut auf dem Kopf hatte und Angestellter des Staates Kalifornien war, sich aber sehr weitgehend mit William Randolph identifizierte und uns durch die Anlage führte, vom Außenswimmingpool, der umgeben war von griechischen Säulen und Statuen, manche echt, manche weniger echt, das sagte der Führer gleich, durch die herrliche Gartenanlage, betreut von acht Gärtnern, über schwingende Treppen in eines der Gästehäuser, dessen Zimmer mit altem Mobiliar vollgestopft und meistens düster waren, hier würden wir nicht wohnen wollen, versicherten wir uns gegenseitig, doch hatten sie alle hier gewohnt, von Garbo bis Chaplin, und wenn einer der Gäste sich danebenbenommen hatte und nicht mehr das Wohlwollen des Gastgebers besaß, konnte er oder sie, von einem Ausflug kommend, seine oder ihre gepackten Koffer und ein wartendes Taxi vor der Tür finden: Auf Nimmerwiedersehen.

Ich mußte über alles lachen, auch darüber, daß die Gäste von Mr. Hearst nur, wenn sie verheiratet waren, gemeinsame Schlafzimmer benutzen durften, während er Marion Davies mit hierherbrachte, seine mistress für viele Jahre, da seine katholische Ehefrau sich nicht scheiden lassen wollte. Dafür ließ er Marions Schlafzimmer mit echten Madonnenbildern vollhängen, und den Alkohol verschloß er vor ihr im Panzerschrank.

Das Haupthaus der ganzen Anlage, in dem der Besitzer wohnte und dessen Fassade der einer Kathedrale glich, mißfiel mir gründlich, alles mißfiel mir, der Raum, in dem die Gäste sich pünktlich eine halbe Stunde vor dem Hausherrn zum Dinner einfinden mußten, düster, gewaltige großblumige Sessel, das Eßzimmer, das am ehesten einem Rittersaal glich, Fahnenreihen oben entlang den Wänden, dunkle Täfelung, riesige kostbare Wandteppiche, überhaupt an jeder Wand Kunst, zusammengekauft in der ganzen Welt mitten in der Rezession, als das alles billig war. In sämtlichen Räumen Original-Renaissancedecken. Und dann, als unüberbietbarer Höhepunkt, das phänomenale »Römische Bad«, das so manche Stadt für ihre Bewohner sicher gerne gehabt hätte, durch eine Reihe milchiger Lampen in ein geheimnisvolles Licht getaucht.

Rom in seiner Endzeit, sag ich doch, sagte Lutz neben mir. Das kann nicht gutgehen. Das ist immer ein schlechtes Zeichen, wenn die Oberschicht einer Gesellschaft nicht mehr in ihrer Zeit leben will, sondern sich in eine Frühzeit zurückphantasiert.

DA WURDE MIR BEWUSST, ERINNERE ICH MICH, DASS ICH GERNE IN MEINER ZEIT LEBTE UND MIR KEINE ANDERE ZEIT FÜR MEIN LEBEN WÜNSCHEN KONNTE. TROTZ ALLEM? TROTZ ALLEM. EINE GEWISSE NEUGIER VERSPÜRE ICH, OB ES DABEI BLEIBEN WERDE. VIELLEICHT SIND DIE EXPLOSIONEN IN DEN MAGISTRALEN DES KAPITALS ZEICHEN VON ENDZEIT, JEDENFALLS FÜR UNSERE ABENDLÄNDISCHE KULTUR, ABER ICH GENIESSE DIE ANNEHMLICHKEITEN DIESER KULTUR, WIE FAST ALLE ES TUN.

Der Ausflug nach Hearst Castle war ein Wendepunkt, danach begann der Abschied, der sich allerdings über Wochen hinzog, Wochen, in denen ich das Gefühl hatte, in einer immer brüchiger werdenden Wirklichkeit zu leben. Als ob die Realität, was immer man darunter verstehen mochte, sich mir entziehe. Ich lebte zwischen zwei Wirklichkeiten, von denen die eine versunken war und meines Eingriffs nicht mehr bedurfte, die andere, angeblich zukünftige, immer weiter von mir wegzurükken schien und mich nicht betraf.

Vielleicht noch nicht betrifft, sagte ich zu Peter Gutman bei unserem letzten langen Gespräch. Noch einmal saßen wir auf unserer Bank an der Ocean Park Promenade, redeten und schwiegen, ließen die Jogger und die Walker und die Spaziergänger an uns vorbeiziehen, einzeln, zu mehreren, in ihren verschiedenen Sprachen miteinander sprechend. Das würde uns fehlen. Einen langen Nachmittag warteten wir noch einmal darauf, daß die Sonne unterging.

Er wisse nun, sagte Peter Gutman, daß er das Buch über seinen Philosophen zu Ende schreiben könne. Er habe bis jetzt nicht den Mut gehabt, die Fragen so radikal zu stellen, wie dieser Mann es erfordere. Immer eingedenk des Satzes sein: Aber ein Sturm weht vom Paradiese her, und sich dem Sturm aussetzen.

Wieder einmal können wir nicht wünschen, was geschehen wird, sagte ich zu Peter Gutman. Patchwork-Leben, sagte ich. Die einzelnen Stücke nachlässig zusammengeheftet.

Das schreib mal auf, sagte Peter Gutman.

Die Luft wurde gegen Abend milder, die Hitze zog über das Meer hin ab, wir wollten nicht weggehen. Ich dachte, ich würde dieses Licht immer in der Erinnerung behalten, doch jetzt weiß ich nur noch, daß ich das dachte. Das Licht, das kurz vor Sonnenuntergang über dem Pazifischen Ozean liegt, vergaß ich. Auch den Duft der Eukalyptusbäume. Aber ich weiß, es gibt ihn, also ist er mir nicht verloren.

Weißt du, daß Freud sich Sterbehilfe erbeten hat, fragte ich.

Er wußte es natürlich.

Übrigens, sagte er nach einer Weile, kannst du es noch auswendig?

Ich wußte gleich, was er meinte, und zitierte ihm, fast ohne zu stocken: *Sei dennoch unverzagt, gib dennoch unverloren.*

Wir verabredeten, daß er jederzeit den vollen Text von mir verlangen könnte, falls er ihn einmal brauchen sollte. Er hat ihn nie verlangt.

Übrigens, sagte er, wieder nach einer Weile, wir telefonieren nicht mehr. Es geht. Nicht besonders gut, aber es geht.

Das hatte ich mir schon gedacht.

Schnell war die Sonne weg. Schnell war es dunkel. Wir standen vor unserer Bank und verbeugten uns förmlich: Nice to meet you, Monsieur.

You're welcome, madam.

Rachel in ihrem winzigen Häuschen, 26th Street, Ecke Broadway. Feldenkrais lehre uns, sagte sie, durch kleine Bewegungen mehr Effekt bei weniger Anstrengung zu erzielen. Ich legte mich auf einen Tisch, sie ließ mich die bequemste Stellung finden und begann dann, meine Beine auf verschiedene Weise sehr wenig und sehr sanft zu bewegen. Your mind will tell you that's a Feldenkrais therapist, she wouldn't hurt me, but your system is not so sure. I respect your system. Sie ließ mich den richtigen Abstand finden, um meine Füße aufzusetzen, zeigte mir eine weniger anstrengende Art, aufzustehen. Was man falsch gelernt habe, könne man richtig umlernen, es gehe also darum, sich uneffektive Bewegungen umzugewöhnen, auf sanfte Art. Nach der Behandlung waren die Gelenke wirklich »softer«, meine Stimmung war aufgehellt, ich verspürte eine Bereitschaft, mir Gutes zu tun, zum Beispiel mir Kakao zu kochen und »to let it be«. War das die letzte Stunde bei ihr? Gab sie mir diesen Rat zum Abschied mit?

Dasselbe würde die Nonne sagen. Ich nahm ihr Buch mit, als ich zu Sally fuhr, die mich dringlich gebeten hatte, noch einmal zu ihr zu kommen. Sie wollte mir ein Video zeigen, einen Film, den sie mit sich selbst als einziger Darstellerin aufgenommen hatte. Ich suchte in ihrem Gesicht nach Spuren von Veränderung, fand sie nicht. Womöglich war sie gealtert. Einen Fortschritt gab es doch: Sie hatte die Scheidung von Ron eingereicht. Der Grund war: Haß. Haß gegen Ron und Selbsthaß. Sie hoffte, ihn durch diesen Schritt zu treffen, so weit war sie von der Wirklichkeit entfernt. Und ich hatte nicht den Mut, ihr das zu sagen.

Sie gehe jetzt viermal in der Woche zur Therapeutin, habe dabei natürlich herausgefunden, daß ihr Gefühl, nichts wert zu sein, mit ihrer Mutter zusammenhänge, die übrigens diese Therapie bezahle. Während sie ununterbrochen redete, mischte Sally einen Salat, wärmte einen Fisch mit Gemüse in der Mikrowelle auf, dazu Pasta, redete, redete. Von ihrer Einsamkeit, von ihrer Eifersucht. Daß sie nicht aufhören könne, sich in ihrer Phantasie in das Liebesleben von Ron und seiner Geliebten einzugraben. Daß sie nicht fähig sei, was aber ihre Analytikerin von ihr erwartete, einen einfachen, normalen Verlustschmerz zu empfinden. Statt dessen diese unaufhörliche Selbstquälerei.

Wir aßen. Das Licht in ihrer kleinen Wohnung war gut an diesem Abend, ein Nordlicht, das von verschiedenen Mauern draußen den Widerschein der Abendsonne empfing.

Dann zeigte mir Sally das Video, an dem sie seit einiger Zeit arbeitete, eine hüllen- und rücksichtslose Selbstaussage, eine Darstellung des reinen Schmerzes. Sie selbst zuerst als jüngere, schöne Frau, die sich schminkt, anzieht. Dann sie, wie sie jetzt war, stark gealtert, mit grauem Haar, weinend, zur Kamera sprechend, Fragen stellend. Sie, Auto fahrend, dabei redend. Sie im Slip und BH, in ihrer Wohnung, sich bewegend, ein paar Tanzschritte probierend. Rons Stimme, die sie zufällig auf einem Band hatte, und ihre, beide den gleichen Text lesend, übereinander geschnitten. Spielzeug eingeblendet, Clowns, Pinguine in ihrer Marionettenhaftigkeit, ein Hund, der endlos seine Geschlechtsteile an einem Stein reibt. Dann immer wieder sie. Ihr Gesicht, ihr Körper, auch nackt. Musik unterlegt, passend.

Ich war zuerst überrascht, dann berührt und bewegt, nichts war peinlich, nichts sentimental, alles war professionell, ohne im mindesten routiniert zu sein, es war mutig, bis an eine Grenze gehend, darüber hinaus. Warum müssen solche Entäußerungen immer durch Schmerz erzwungen werden, aber warum fragte ich das, ich wußte es ja.

Ich sagte Sally, wie gut ich fände, was sie da gemacht hatte, wir sprachen noch über den Schlußtext, der ausstand. Ich wußte, mein Beifall würde ihren Schmerz nicht lindern. Wir umarmten uns lange zum Abschied. Wirst du mal wiederkommen? – Weiß nicht, sagte ich und dachte: Kaum. Aber vielleicht kommst du mal nach Europa. – I don't think so. Am Schluß gab ich ihr das Buch von der Nonne zurück. Ich hatte ihr – und mir – einen Satz angestrichen: *My whole life is a process of learning how to make friends with myself.*

Die Abschiede. Ich versuche, sie mir zu vergegenwärtigen – welch passendes Wort! Wir saßen, die »Gang«, im Innenhof des MS. VICTORIA, jeder hatte »etwas zu essen« mitgebracht, hauptsächlich war »etwas zu trinken« damit gemeint, wir hatten Therese zu verabschieden, sie hatte, ihrem Auftrag gemäß, über die Wahl zum Bürgermeister dieser Stadt berichtet, bei der natürlich der von uns bevorzugte Kandidat verloren hatte. Nun muß ich mich schon mit einiger Mühe in die Stimmung jenes Abends zurückversetzen, der mir übrigens wie in eine andauernde helle Dämmerung getaucht erscheint, das Wort ist am Platze, als wäre nicht, wie es doch landesüblich war, mit einem Mal die Dunkelheit eingebrochen, als hätte es weder Mond noch Sterne gegeben. Sondern nur unseren Kreis, auf zusammengestückelten Sitzgelegenheiten um ein paar Campingtische herum gruppiert, auf denen verschiedenartige und verschiedenfarbige Flaschen standen, aus denen wir uns nachschenkten, jeder in das Glas, das er sich geschnappt hatte, und dazu Sandwiches, ein großer runder Käselaib, Brot, Salzgebäck, Obst. Wer da ein Aufnahmegerät angeschaltet hätte! Wer wenigstens in der Erinnerung behalten hätte, wovon da über Stunden die Rede war. Erstaunt stellten wir fest, daß wir schon gemeinsame Erinnerungen hatten, die sich eigneten, das haltbare Grundmuster der Gespräche zu bilden, weißt du noch, wißt ihr noch, Lachkaskaden, als hätten wir nur überaus Komisches zusammen erlebt. Tatsächlich hatte Susan sich das Haus entgehen lassen, über das sie damals – einige Wochen war es her – verhandelt hatte. Typisch Susan. Sie lachte mit. Oder Therese mit ihrem Los-Angeles-Fimmel. Wie sie den Obdachlosen, der sie schamlos bestohlen hatte, in ihre Begeisterung mit einschloß. Lachen. Oder nun gar Margery, die doch tatsächlich nach Berlin geflogen war, hingerissen zurückkam – da schlägt in diesen Monaten das Herz der Welt! – und sich allen Ernstes mit dem Gedanken trug, in Prenzlauer Berg ein amerikanisches Western-Restaurant aufzumachen: Das fehle dort noch. Dafür würde sie ihre therapiebedürftigen reichen amerikanischen Ehepaare glatt aufgeben. Mitleidiges Gelächter. Toby bot ihr an, die Innengestaltung ihrer Restauranträume zu übernehmen. So sei sein Aufbruch nach Mexiko noch nicht unwiderruflich? Therese lebte auf, schöpfte Hoffnung. Na wenn schon eine Expedition, sagte Jane, da sei doch vielleicht noch eine Fotoreporterin erwünscht, die das ganze Unternehmen dokumentieren

würde, von der ersten bis zur letzten Phase? Jubelnder Beifall.
Du könntest bei mir wohnen, sagte ich.

Ja, natürlich, wir waren alle ein bißchen betrunken, aber das
allein kann es nicht gewesen sein. Es war auch der Zeitpunkt,
der war günstig für solche Phantasien. Ein Jahr früher wären
sie noch nicht, ein Jahr später wären sie nicht mehr aufgekommen. Für ganz kurze Zeit hielt sich das, was wir »Wirklichkeit«
nennen, in der Schwebe. Unwillkürlich paßten wir uns diesem
Schwebezustand an.

Es gab noch nicht das Drohwort Irak, es gab gewisse Fotos
auf den Frontseiten der Zeitungen noch nicht. In der Rück-
schau zeigt sich, was wir auch selber von uns glauben mochten – daß wir ernüchtert seien, in gewisser Weise abgebrüht, auf
alles gefaßt –, wir waren noch immer ein wenig naiv. An heute
gemessen, noch immer ein wenig zu unschuldig. Ein Wort, das
nicht zu rechtfertigen war am Ende des Jahrhunderts der Ex-
treme, der Gewalt, der Ströme von Blut, der Wogen von Verrat, Denunziation, Gemeinheiten aller Art, vor denen niemand
unter uns Mitlebenden verschont geblieben ist. Und doch, und
doch … Die hier saßen, untergetaucht, so kam es mir vor, in ein
helles Zwielicht, schienen eine beinahe sträfliche Hoffnung auf
die Zukunft zu setzen.

Jemand schlug vor, wir sollten singen. Wieder erlebte ich,
daß Amerikaner keine Lieder kennen. Schließlich einigten wir
uns auf »We shall overcome«. Einst hätten sie es begeistert gesungen. Von uns beiden Deutschen wollten sie »Am Brunnen
vor dem Tore« hören.

Plötzlich waren die Sterne doch noch angesprungen, wir
löschten unsere Kerzen, damit wir sie deutlich sehen konnten.
Es war still geworden. Aus einem der oberen Fenster rief Greg
einen Nachtgruß zu uns herunter. Spät sammelten wir den Ab-
fall in Säcken ein und gingen auseinander. Auch Angelina war
verschwunden.

John und Judy waren nach Berlin geflogen, um Johns neue
Ostberliner Verwandte persönlich kennenzulernen.

Die Zeit, die unendlich erschienen war, wurde knapp.

Einmal noch traf ich mich mit Bob Rice. Hallo, sagte er zum Abschied. What about my overcoat.

O Bob, sagte ich. Der Mantel ist unzerstörbar. Er hat mir gute Dienste geleistet. Ich glaube, ich habe ihn dir zurückerstattet.

Bob sagte, so etwas habe er sich schon gedacht.

Die Farewell-Partys nahmen zu, einmal fuhr ich in meinem GEO ohne Klimaanlage in glühender Hitze den ganzen Olympic Boulevard hinunter bis zum Doheny Drive, um bei dem berühmten deutschen Fleischer sechzig Kalbswürstchen abzuholen und dann einen ganzen Vormittag lang eine Riesenschüssel Kartoffelsalat herzustellen. Jeder und jede von uns brachte ein Gericht aus der Heimat mit, und alle Flaschen, in denen noch Reste von Alkohol waren, und es wurde eine besonders schöne Party. Als Francesco in warmen Worten, immer noch mit schwerem Akzent, seine Dankes- und Abschiedsrede gehalten hatte, ließ der Direktor vom staff uns wissen, wie es ihn freue, daß wir anscheinend doch die Zeit hier genossen, daß wir sie alle und die ganze Institution nicht nur skeptisch gesehen hätten, da könne er ja ruhig zugeben, daß wir ihnen, dem staff, als die kritischste Gruppe erschienen seien, die sie bisher gehabt hätten, allerdings auch als die tüchtigste und selbständigste.

Mrs. Ascott trug eines ihrer großgeblümten Gewänder, kannte immer noch kaum einen von uns, begann aber unter dem Einfluß starker Getränke, die sie zu schätzen schien, verschiedene Gäste, die ihr über den Weg liefen, anzureden und in ziellose Unterhaltungen zu verwickeln, wobei sie ihre Gesprächspartner nicht ansah, sondern einen Punkt hinter ihrer linken Schulter fixierte. Francesco sagte: Weißt du, was mit der ist? Die ist schüchtern. Die hat Komplexe. Während Herr Enrico all seine Zurückhaltung ablegte und einen flotten Mexikaner gab, dem Tanz mit bevorzugten Mitgliedern des weiblichen

Geschlechts nicht abgeneigt. Ria und Ines wechselten sich ab, der tanzt uns nieder, sagte Ria.

Zu mir setzte sich der Direktor. Er wollte wissen, was ich jetzt vorhätte. Ich würde noch eine Reise in den Südwesten machen, sagte ich. Unter anderem zu den Hopi-Indianern.

Oh, sagte der Direktor. Sie suchen die Seele Amerikas. Good luck.

Am Treppenaufgang stand Angelina und betrachtete das Fest. Sie lächelte, als ich an ihr vorbeiging. Ich verabschiedete mich nicht von ihr. See you later, sagte ich. Sie schien sich nicht darüber zu wundern.

Ich erinnere mich, daß ich schwankte, ob ich die Reise in den Südwesten Amerikas mit Lowis und Sanna wirklich unternehmen sollte. Eher den Freunden zuliebe, die behaupteten, eine solche Gelegenheit dürfe ich nicht ausschlagen, sagte ich zu und war dann überrascht, als ich wirklich in der Maschine saß, die in Albuquerque landen würde, einer Stadt, von der ich vorher kaum gehört hatte und über die ich nichts wußte. Ich merkte mir, daß ich in eine Atmosphäre von Klarheit eintauchte, irgendwann über dem Staatsgebiet von Arizona, und daß diese Klarheit blieb, die ganze Reise über, die ja nicht länger als zehn Tage dauerte, und daß der Platz im Flugzeug neben mir leer geblieben war, ich aber wußte, wer ihn einnahm, Angelina war mitgekommen, wortlos waren wir uns darüber einig geworden. Ich hatte verstanden, daß sie immer dasein würde, wenn sie gebraucht wurde. Die Wirrnis der letzten Zeit fiel von mir ab.

Kam ich erst jetzt in dieses Land, das auf Legenden gebaut war? Als würden die Monate davor, in der dichtesten Wirklichkeit gelebt, verblassen. Als wäre dieser staubige Ort, in den die Wüstenwinde hineinwehten, die erste amerikanische Stadt, die ich sah, als wären die Indianerinnen, die in schweigsamer Reihe unter den Arkaden am Marktplatz saßen und Keramik mit indianischen Mustern feilboten, die ersten amerikanischen Frauen, die runden bienenkorbförmigen Pueblos auf dem Weg nach Santa Fe, die wir besichtigten, die angemessenen Behausungen.

Lui, die Psychoanalytikerin, die ihren Namen von einem indianischen Heiler bekommen hatte, der sie als Kind aus schwerer Krankheit rettete, nachdem die anderen Ärzte sie schon aufgegeben hatten, Lui, die Freundin von Sanna, lebte mit ihren Hunden am Rand der Wüste im Norden der Stadt, sie ließ uns in ihrem Bungalow übernachten, der angefüllt war mit indianischer Kunst, mit farbigen Töpferwaren und Masken, mit Schnitzereien, mit gewebten Teppichen und Stoffen, in die Lui sich selbst kleidete. Es liege ihr fern, sagte sie, sich in die andere Kultur einzuschleichen, sich eine Zugehörigkeit anzumaßen, die ihr nicht zustand. Aber es würde ihr falsch vorkommen, hier zwischen den nichtssagenden Alltagsgegenständen zu leben, die der durchschnittliche Amerikaner für unverzichtbar halte.

Ein Zauber ging von ihrer Behausung aus, dem wir uns nicht entziehen konnten und wollten. Daß Patienten gerne zu ihr kommen mochten, konnten wir uns vorstellen. Einmal erwähnte sie nebenbei, auch aus Los Alamos kämen Rat und Heilung Suchende, darunter viele Frauen, die ihr leeres Leben am Rande der Forschungslabors, in denen ihre Männer unter strengstem Schweigegebot an den furchtbarsten Waffen arbeiteten, nicht mehr ertrugen. Und wenn die Männer selber Rat suchten, sagte sie, dann folge ihnen das FBI auf dem Fuße und wolle wissen, was sie gesagt hätten und ob sie ein Sicherheitsrisiko seien. Sie lüge nicht, sagte Lui, sage aber auch nicht die volle Wahrheit und bespreche mit ihren Patienten, was sie den FBI-Leuten – psychologisch geschulten, intelligenten Beamten – erzählen könne, ohne den Patienten zu schaden. Die »Seele Amerikas«, sagte ich, und Lui erklärte mit einem resignierten Lachen, die sei längst auf einem Untersuchungstisch festgeschnallt und werde im Licht greller Lampen seziert und indoktriniert.

Aber wie sie dann ihren Beruf ausüben könne.

Indem sie Kompromisse mache, wie jeder. Und darauf achte, daß der Kern ihrer Arbeit nicht beschädigt werde.

Zum Glück habe ich unsere Route mit dickem roten Stift auf einer Landkarte von »Indian Country« eingezeichnet, ich würde sonst den bizarren Weg, den wir einschlugen, mit seiner Grundrichtung gen Westen, aber an zwei Stellen mit starken Ausschlägen nach Norden, gewiß nicht wiederfinden. Oder ohne die Notizen in dem roten Ringbuch – was wüßte ich noch von unserer Reise, die ich, solange sie andauerte, für unvergeßlich hielt? Oder ohne die Fotos, die uns, im Schatten unseres tüchtigen, grünlich schillernden Opel, in unsere Aufzeichnungen vertieft zeigen, umgeben von spärlichem dornigen Pflanzenwuchs?

War uns damals schon bewußt, daß wir unterwegs waren zu den Extrempunkten des amerikanischen Lebens?

LOS ALAMOS lag nicht an unsrem Weg, mußte aber mitgenommen werden, darüber gab es keinen Zweifel. Gen Norden also, von Santa Fe aus, auf einer Straße, die von Pueblos gesäumt war. Die Atombombe war mitten in einem der großen Indianerreservate der Vereinigten Staaten geplant und gebaut worden. Das bescheidene kärgliche Museum, das erste, das den Pionieren von Los Alamos gewidmet war, behauptete, die Indianer hätten gerne einen Teil ihres Gebiets den Bombenbauern zur Verfügung gestellt, weil sie loyale Bürger der Vereinigten Staaten gewesen seien, die das Ihre zum glücklichen Ausgang des Krieges hätten beitragen wollen, stolz auf ihre Söhne, die zusammen mit den weißen Amerikanern in der Armee dienten und an der Front kämpften.

Wer das Museum besichtigen wollte, mußte ein Einlaßticket kaufen, bei einem älteren Mann, womöglich einem Kriegsveteran, der seiner Aufgabe kaum gewachsen war und dessen Unbeholfenheit den Eindruck des Provisorischen verstärkte. Die Hightech, sahen wir auf Abbildungen, die in den Labors dieser Wissenschaftsoase entwickelt wurde, war buchstäblich aus dem Wüstensand gestampft worden, und die Spitzenkräfte, die dieses Wunder vollbrachten, hatten sehr bescheiden, fast primitiv gelebt und sich den rigidesten Sicherheitsvorschriften eines wohl an Paranoia leidenden Leiters unterworfen. Sie mußten ihre totale Abschottung von der Außenwelt dulden. Der Brief eines jungen Mitarbeiters an seine Mutter nach dem Abwurf der Atombombe über Hiroshima strotzt von Erleichterung, daß er ihr nun, da ihr Projekt in der Öffentlichkeit erfolgreich erprobt worden war, endlich eröffnen darf, woran er so lange gearbeitet hat. Und weder er noch irgendeiner der Mitarbeiter, die nach Hiroshima zu Wort kommen, bezweifelt den guten Zweck und die Notwendigkeit, die Bombe einzusetzen. Das ganze Museum erzählt eine Heldengeschichte. Es ist, sagten wir uns bedrückt, als habe man damals, im Jahr 1945, mit einem Zauberstab eine Vereisung der normalen menschlichen Gefühle bewirkt.

THE BOMB: Das neue Museum, gerade eröffnet, Stahl und Glas, groß, technisch auf dem neuestem Stand, war eine einzige Demonstration des Stolzes. Anders als das kleine dürftige Ur-alt-Museum nebenan stellte es die einzelnen Entwicklungsstadien bis zu dem angestrebten Ergebnis dar: THE BOMB, die in voller Größe inmitten des zentralen Raums präsentiert wurde. Wie könnte ich das Gefühl benennen, das mich überfiel, während ich die Bombe umkreiste, vor ihr stehenblieb, zu ihr hinaufschaute? Ein Gemisch von Schauder und Trauer. Während die Amerikaner, die in kleinen und größeren Gruppen nach Los Alamos kamen, Bewunderung und Stolz zeigten.

Nicht zum ersten Mal mußte ich an Einstein denken, dessen Unterschrift in einem Brief an den Präsidenten der Vereinigten Staaten die Produktion der Bombe mit in Gang gesetzt hatte. An seine Nächte nach ihrem Einsatz in Hiroshima und Nagasaki. Wir hatten uns daran gewöhnt, dachte ich, gutartige Männer wie ihn, die das Unglück hatten, auf einem gefährlichen wissenschaftlichen Gebiet ein Genie zu sein, in unlösbare Konflikte und in eine unvermeidbare Schuld verstrickt zu sehen.

Schweigend gingen wir zu unserem Auto. Als eine Art Pflichtübung umrundeten wir das riesige, durch einen soliden Drahtzaun abgesicherte Sperrgebiet, vor dessen Betreten scharf gewarnt wurde. Eine Menge häßlicher neuer Gebäude – Labors und Versuchsanstalten – hatte sich ausgebreitet. Wir zweifelten nicht daran, daß hier hochspezialisierte Wissenschaftler unter weit perfekteren Bedingungen und für viel mehr Geld als die ersten Pioniere von Los Alamos streng geheim sehr viel wirkungsvollere Vernichtungsmittel entwickelten, als die brave altväterische Bombe es war. Daß sie die Naturschönheit des Geländes schon zerstört hatten, war ein unvermeidlicher Nebeneffekt. Wir wollten diesen Ort so schnell wie möglich verlassen.

Wir saßen dann in einem ziemlich düsteren Restaurant im Western-Stil und kauten an tellergroßen Beefsteaks, das einzige Gericht, das hier angeboten wurde. Sanna fragte mehr sich selbst als uns, warum unsere Zivilisation den Weg der Selbstzerstörung eingeschlagen hatte, den Lowis für unumkehrbar hielt. Sei dieser Hang in unseren Genen angelegt? Neuere Forschungen widersprachen dieser These: Sehr kleine Kinder, die noch nicht sprechen konnten, halfen Erwachsenen, ohne daß es ihnen anerzogen war, wenn diese ein Mißgeschick hatten und Hilfe brauchten. Oder sei der erbarmungslose Überlebenskampf der frühesten Menschen so tief in uns eingebrannt, daß bis in unsere Tage der Zwang zur Überlegenheit um jeden Preis alle anderen »menschlicheren« Bedürfnisse unterdrücke? Solche Fragen beschäftigten sie Tag und Nacht – sie bereite gerade eine Inszenierung eines Robert-Oppenheimer-Stückes mit Laien vor, die gäben sich nicht mit oberflächlichen Antworten zufrieden. Ich hätte auch einmal eine Arbeit über einen Atomphysiker geplant, sagte ich. Ein Filmszenarium. Ob der Name Klaus Fuchs ihnen geläufg sei. Doch. Ja. Sei er nicht der bekannte Atomspion gewesen?

Er gehörte zu einer Familie evangelischer Theologen, sagte ich, in humanistischem Geist erzogen. Als Hitler kam, mußte er Deutschland verlassen und arbeitete in England an der Entwicklung der Voraussetzungen für den Bau der Bombe. Ja, er habe sein Wissen an die sowjetische Seite weitergegeben. Er sei überzeugt gewesen, daß die Vernichtung großer Teile der Erde nur verhindert werden könne, wen ein Gleichstand des Wissens über die Atomforschung zwischen den Blöcken herrschen würde. Er wurde, als er enttarnt war, als englischer Staatsbürger zu vierzehn Jahren Haft verurteilt, erzählte ich Sanna und Lowis, und kam 1959 nach seiner Begnadigung in die DDR, wo er stellvertretender Direktor der Atom-Versuchsanlage in Rossendorf bei Dresden wurde. Das hatten die beiden nicht gewußt.

Damals faszinierte euch der moralische Konflikt, in den er geraten war und aus dem er nur diesen Ausweg sah: Das Gleichgewicht des Schreckens zu befördern. Euer Freund, der Regisseur Konrad Wolf, wollte einen Film darüber drehen. Er mußte »höhere Stellen« bemühen, um zu Klaus Fuchs vorzudringen.

Dann standet ihr eines Tages wirklich in seinem Dresdner Arbeitszimmer. Er war ein großer, sehr schlanker Mann, zurückhaltend, fast streng. Dir fiel das Wort »preußisch« ein, und: Ein integrer Mann. Er hörte euch an. Er sagte, er habe sein Wort gegeben, daß er über diese Angelegenheit mit niemandem sprechen werde. Solange er nicht von diesem Wort entbunden sei, werde er schweigen. Damit wart ihr entlassen.

Man habe sich das ja denken können, sagte Konrad Wolf. Aber den Versuch sei es wert gewesen. Du hast den Eindruck nicht vergessen, den Klaus Fuchs auf dich gemacht hatte, und die Aura von Unnahbarkeit, die ihn umgab.

Trotzdem, sagte Sanna: Diente die Arbeit der Wissenschaftler an der Atombombe wirklich der Niederwerfung des Nationalsozialismus? Mußte ein Wissenschaftler sich nicht grundsätzlich weigern, an einer Waffe mitzuarbeiten, die letzten Endes die Menschheit vernichten konnte? Oder heiligte der Zweck die Mittel: Mußte der Wissenschaftler alles auf sich nehmen, um den Vernichtern der Menschheit in den Arm zu fallen, mit ihren eigenen schrecklichen Mitteln? Also schuldig werden in jedem Fall? Und dann noch, unvorstellbare Steigerung, gefordert zu sein, selbst die Ziele festzulegen für die Bombe, die sie gebaut hatten?

Wie Hiroshima danach aussehen würde, haben sie sich sicher nicht vorstellen können. Der Konflikt der alten Tragödien, sagte Sanna. Warum aber kommt mir der Konflikt des Orest, der Iphigenie menschlich vor, der unserer Atomphysiker aber inhuman? Ist es die ungeheure Vervollkommnung der Vernichtungsmittel? Hebt die Tatsache, daß die Existenz der Menschheit auf dem Spiel steht, diesen Konflikt in eine andere Dimension? Scheidet unsere Geschichte sich in ein Danach und ein Davor?

Lowis sagte, wenn gutwillige Menschen in eine solche Klemme gebracht werden können, dann ist die Gesellschaft krank, in der sie leben. Vielleicht todkrank.

Ich fragte mich, was du eigentlich am 6. August 1945 getan hattest. Von der Bombe jedenfalls hattest du nichts gehört, ich glaube, lange nicht. Wo ihr lebtet, in der Scheune eines mecklenburgischen Dorfes, gab es keine Zeitung, und die Radios waren von der Besatzungsmacht requiriert worden. Es war ein schöner Sommer. Du saßest im Amtszimmer eines Bürgermeisters und fülltest Bescheinigungen aus.

In meinem Zimmer im Motel nahm ich meine Reisechronik vor. Mein Maschinchen war schon über dem Ozean auf dem Weg zurück nach Europa. Ich schrieb:

ES WÜRDE SICH LOHNEN, EINE GESCHICHTE DER UNLÖSBAREN KONFLIKTE ZU SCHREIBEN. WO MÜSSTE DIE BEGINNEN? BEI DEN GRIECHEN? JEDENFALLS SIND UNLÖSBARE KONFLIKTE EIN KENNZEICHEN DER MODERNE. DAS UNGLÜCK DER STEINZEIT-MENSCHEN, DER ACKERBAUERN WAR VON ANDERER ART ALS DAS DER MODERNEN MENSCHEN. SIE KÖNNEN DAS POCHEN DES GE-WISSENS NICHT GEKANNT HABEN, DAS UNS BEGLEITET, WENN WIR SEHEN, DASS KEINE UNSERER UNAUSWEICHLICHEN ENTSCHEI-DUNGEN RICHTIG IST. DASS WIR KEINE WAHL ZWISCHEN FALSCH UND RICHTIG HABEN.

Daß Angelina mich hierher begleitet hatte, wunderte mich nicht. Ohne sie wäre meine Nacht in dem nüchternen, dumpf riechenden Motelzimmer mit dem riesigen Doppelbett allzu trostlos gewesen. Von dem zerschlissenen Sessel in der Zimmerecke neben dem Fernseher musterte sie alle Gegenstände in dieser traurigen Behausung. Allein durch ihr Benehmen gab sie mir zu verstehen, es existiere ein Zusammenhang zwischen solchen Zimmern und der strahlenden Bombe in dem lichtdurchfluteten Museum. Das eine sei die Bedingung für das andere. Was soll das, Angelina, sagte ich unglücklich, da setzte sie sich rittlings auf die Bombe und flog durch das breite Fenster davon.

Am nächsten Tag fuhren wir bei schlechtem Wetter ein beträchtliches Stück durch New Mexico und übernachteten in der Thunderbird Lodge, deren Zimmer auf deprimierende Weise allen anderen Zimmern glichen, in denen wir auf unserer Reise Unterkunft fanden.

Mir träumte, eine kleine Anzahl von Touristen ist im Aufbruch zu einer Expedition, alle tragen wir gelbe Anoraks und sogar Regenhüte, der Leiter unserer Gruppe warnt uns vor »üblem« Wetter, dem wir begegnen werden. Er flößt mir kein Vertrauen ein, aber aus irgendeinem Grund scheint man nicht mehr zurückzukönnen, wenn man einmal zugesagt hat. Die eine der beiden unansehnlichen Frauen, die zu uns gehören, sagt: Gott sieht alles. Wir müssen einen »hidden way« nehmen. Da sagt die andere: Wenn Gott sowieso alles sieht, können wir auch einen ganz offenen Weg gehen. Ich grübele darüber, was wir zu verbergen haben und welche von beiden recht hat, und kann mich nicht entscheiden. Ich weiß nur, ich möchte nicht hier sein, mir fällt aber nicht ein, wo ich sonst sein möchte. Dann denke ich:

ICH MÖCHTE SEIN, WO ES NOCH GEHEIMNISSE GIBT. WO NICHT EINEM JEDEN JEDES GEHEIMNIS MIT GEWALT ENTRISSEN WIRD, WEIL NUR SO DIE WELT SAUBER SEIN KANN.

Ich erwachte müde und mit zerschlagenen Gliedern. Das Wetter war noch schlechter als in meinem Traum: Kälte, Regen, Wind. Wir beschlossen, einen weiteren Tag in der Thunderbird Lodge zu bleiben, und ließen uns dazu hinreißen, uns einer Gruppe von Touristen anzuschließen, die trotz des unwirtlichen Wetters am Nachmittag einen Ausflug in den Canyon de Chelly machen wollten. Wir zogen alle warmen Sachen übereinander, die wir finden konnten. Wir würden auf einem offenen Truck fahren. Regenzeug wurde verteilt, das war unsere Rettung. Es hielt auch etwas den Wind ab, trotzdem froren wir mit der Zeit erbärmlich.

Timothy, ein Navajo-Indianer – die Navajo sind der größte Indianerstamm in Arizona –, war unser Fahrer und Guide. Er stellte sich vor: Er sei im Canyon geboren, das sei sein playground gewesen, die Tour durch den Canyon mache er seit neun Jahren, zweimal täglich. Er hielt bei den Touristenattraktionen. Im Schneetreiben standen wir auf einem Aussichtspunkt am Nordrand des Canyons, von wo aus wir nicht nur in die tiefe Kluft blickten, sondern weiter unten Ruinen der Anasazi liegen sahen, kleine, ineinandergeschachtelte Behausungen, in Höhlen hineingebaut – die Hinterlassenschaft jenes uralten geheimnisvollen Volkes, das hier wohl hunderte von Jahren gelebt hatte und dann auf rätselhafte Weise verschwunden war, erklärte Timothy. Es müssen, an der Größe ihrer Wohnstätten gemessen, kleine Menschen gewesen sein. Wir sahen ihre Piktogramme an der gegenüberliegenden steil aufragenden Felswand, weiße Zeichnungen, Antilopen, tanzende Männer, auch zweimal eine Swastika, Sonne und Mond als Kreise, größer und kleiner, schön und rührend. Timothy meinte, die Anasazi hätten jeden Morgen zu »Sunny Moon« gebetet. Er sagte nicht, woher er das wissen konnte, aber ich wollte es glauben. Ich spürte, wie das Geheimnis dieser frühen Menschen mich infizierte, es sollte mich nicht mehr loslassen.

Die späteren Navajo haben neben die weißen Piktogramme der Anasazi andere Piktogramme in roter Farbe gesetzt, ebenfalls Antilopen, aber auch Pferde, die sie bei den Spaniern gesehen haben mußten. Immer wieder trafen wir auf die Ruinen der Anasazi in den Höhlen der steilen Felsabhänge, unter den überstehenden Klippen. Diese Behausungen, die wohl Zeremonien dienten, waren nur von oben mit Leitern zu erreichen. Nein, sagte Timothy, der natürlich auch einen Indianernamen hatte, den er uns auf unseren Wunsch nannte, er könne uns nicht sagen, warum diese Ureinwohner um das Jahr 1200 herum ihr Gebiet verlassen hätten. Und wohin sie gegangen seien. Die Hopi behaupteten ja, sie, die Anasazi, zählten zu ihren Vorfahren. Timothy zuckte die Achseln.

Timothy sprach Englisch mit starkem Akzent. Er nannte Wörter aus der Navajo-Sprache. Die »kleinen Wörter« dieser Sprache seien mit den »kleinen Wörtern« der Alaska-Indianer in Kanada vergleichbar. Die großen Wörter nicht. Aber sie könnten sich miteinander verständigen. Die Anasazi hatten keine Schrift. So weiß man wenig Bestimmtes darüber, wie sie gelebt, was sie geglaubt haben.

Eisig brach der Abend an. Wir froren. Timothy mußte uns noch das Farmland am Grund des Canyons zeigen, das seit Beginn des neunzehnten Jahrhunderts im Besitz der immer gleichen Familien sei und niemals verkauft würde. Sie bauten Mais und Getreide an. Und – what I don't like, sagte Timothy, verlegen lachend – das Land gehöre den Frauen. Die vererbten es an ihre Töchter. Da müsse sich etwas ändern, fand Timothy. Und die Namen? fragte ich gespannt. Die Namen bekämen die Kinder natürlich von ihren Vätern, sagte Timothy. Ich hätte zu gerne mehr über die Überreste des Matriarchats in der patriarchalen Kultur erfahren.

Es war irgendwann auf dieser Tour im Canyon mit seinen intensiven Rot- und Ockertönen, die kurz vor Sonnenuntergang – gegen Abend hatte der Himmel aufgeklart – noch einmal beinahe schmerzhaft aufleuchteten, mit dem jungen Grün der Bäume, daß etwas Grundlegendes sich in mir veränderte. Als wir vor unserem Motel ausstiegen, ging auch noch der Mond auf, groß und rot und aggressiv, ich mußte stehenbleiben und ihn ansehen, mich traf eine Botschaft, oder eine Einsicht, oder wie soll ich es nennen. Es war ein tiefer Atemzug. Ich war frei.

Ja was denn sonst, sagte Angelina. Jetzt brauche ich dich aber erst recht, sagte ich. Bleib bei mir. – Okay, sagte Angelina, nicht sehr begeistert, aber warum sollte der erste Engel, den ich traf, von meinen Bitten begeistert sein. Okay, okay, mein Engel war eine schwarze Frau, die nahm mich nicht besonders wichtig, das war unleugbar, aber sie hatte zugestimmt, und Engel halten ihre Versprechen. Angelina lächelte spöttisch. Sie würde ein Auge auf mich haben. Ich sah, daß sie überanstrengt war, trotzdem war es mir nicht peinlich, sie in Anspruch zu nehmen.

Wir gingen in das von Navajo betriebene Restaurant, wurden unfreundlich bedient, aßen Speisen, die sehr reichlich waren, aber mir nicht schmeckten. Auf einmal ging durch den Sturm draußen, der wieder zugenommen hatte, das Licht aus, die Navajo-Kellnerinnen standen in einer Ecke kichernd zusammen, lange war es dunkel und wurde immer stiller in dem Raum, in dem es vorher sehr laut gewesen war durch die Touristen, die sich hier aufführten, wie sie es sich zu Hause wohl nicht erlauben würden. Dann wurden zuerst ganz dünne, etwas später dicke Kerzen in hohen Gläsern auf die Tische verteilt, sehr romantisch, sagte Sanna, die, wie Lowis und ich, sich nicht lösen konnte von den Bildern, die wir auf unserer Tour gesehen hatten.

Vielleicht war ich deshalb nach Amerika gekommen?

Die Zimmer in allen Motels sind groß, alle nach dem gleichen Schema eingerichtet, drei Leute könnten mindestens in ihnen übernachten, die Betten sehr breit und sehr weich, überall die gleichen Plastikdecken über den Laken, überall der Fernseher an der gleichen Stelle, überall der gleiche etwas muffige staubige Geruch, den überall das gleiche Reinigungsmittel zu vertreiben sucht. Arizona ist ein »trockenes« Bundesland, wir setzten uns noch ein Viertelstündchen in Sannas und Lowis' Zimmer zusammen und tranken einen Schluck von dem guten

Whiskey, den Lowis mitgenommen hatte. Die beiden waren für die gleichen Schwingungen wie ich empfänglich, das spürte ich an der Art und Weise, wie sie über die Anasazi sprachen, da war eine tiefe Anrührung, sogar etwas wie Ehrfurcht und Erschütterung.

Fiel mir schon an jenem ersten Abend das Wort ein, das dann eine Art Wegweiser für die ganze Fahrt wurde?

EINE REISE AUF DIE ANDERE SEITE DER WIRKLICHKEIT

Das Gefühl, aus der Zeit zu fahren – wie man aus seiner Haut fahren kann –, wurde immer stärker. Irgendwann kam ich auf die Formel: Traum-Reise, auch weil ich Nacht für Nacht durch die seltsamsten Träume geleitet wurde, die mich immer weniger verwunderten, die ich vielmehr – das Wort süchtig möchte ich vermeiden – zu erwarten anfing.

Beim Frühstück brachte Sanna zwei schöne Keramiktrinkschalen mit den schwarzweißen Mustern der Navajo aus dem gift shop, in dem sie sich schon eine Stunde lang umgesehen hatte. Die eine der Schalen schenkte sie Lowis, sie tranken beide, jeder aus seiner Schale, und grüßten einander mit den Augen, mir war, als erneuerten sie ein Versprechen.

Lowis studierte eine Broschüre über das Leben der Anasazi. Wir würden ihren Spuren folgen. Ihr Name übrigens, den die Navajo ihnen gegeben hatten, da man nicht wußte, wie sie selber sich nannten, bedeutete: »Die ältesten Leute«. Wir würden also zur Mesa Verde aufbrechen, wo die Hinterlassenschaft der Anasazi besonders sichtbar sein sollte. Wir kamen unverhofft wieder in eine unglaublich rote Landschaft, der Sandstein, der das Material für die Straßen, den Boden, die Felsen abgab, war in allen Rot- und Ockertönen gefärbt, wir konnten uns nicht satt sehen.

Wenn ich die Augen schließe, steigt, so viele Jahre danach,

ein Abglanz dieses Bildes auf. Es gibt den Hintergrund ab für eine Meldung von heute, die mich beschäftigt: Geologen haben vor, das Zeitalter des Holozän, in dem wir leben und das, verglichen mit früheren erdgeschichtlichen Zeitaltern, noch gar nicht so alt ist, schon jetzt für beendet zu erklären und statt dessen das Anthropozoikum auszurufen. Es sei erwiesen, daß der Mensch heutzutage die stärkste Kraft sei, die Veränderungen auf der Erde bewirke – auch solche, die Geologen in späteren Jahrhunderten wahrnehmen würden –, auf der Erdkruste, durch das massenhafte Aussterben von Arten, durch Entstehen neuer Baustoffe (Ziegel, Beton). Manche wollen Hiroshima als Epochengrenze nehmen, andere den Beginn des industriellen Zeitalters: 1800.

Die Anasazi haben keine Zerstörung hinter sich gelassen, als sie stillschweigend ihre alten Siedlungsgebiete räumten und in dürftigere Gegenden zogen, die wir auf unserer Reise noch kennenlernen sollten.

Da das Rot in der Landschaft nicht zu beschreiben ist, fotografierte ich entgegen meiner Gewohnheit exzessiv und wußte doch schon, daß ich Abzüge vor mir haben würde, die nur enttäuschen konnten. Das Rot ließ nach, während wir immer weiter fuhren auf der fast leeren Straße, Graugrün setzte sich an seine Stelle, wir mußten dem Wegweiser folgen, der uns zum Four Corners Monument führte. Dann standen wir also vor dem Stein, der das Aufeinandertreffen der Grenzen von vier Bundesstaaten markierte: Arizona, New Mexico, Utah und Colorado. Wir sahen, daß andere Gruppen, die sich vor dem Monument versammelten, anscheinend starken Respekt vor diesem Ort empfanden, wir blieben ungerührt, fuhren bald weiter und näherten uns der Mesa Verde, von der wir viel gehört und gelesen hatten, vorbei an den Sleeping Mountains, die ihre Gelassenheit der Landschaft mitteilten und deren Spitzen und Hänge mit Schnee bedeckt waren.

Wir waren länger unterwegs gewesen, als wir es berechnet hatten, zuletzt ging es eine Dreiviertelstunde lang hinauf auf die Hochebene, den »grünen Tisch«, es wurde Abend, das Museum, das von einem freundlichen Ranger betreut wurde, würde in einer halben Stunde schließen, wir ließen uns davon nicht abhalten, wollten etwas über die verschiedenen Stadien der Besiedlung der Mesa Verde erfahren und über die Anasazi, die achthundert Jahre hier gelebt, ihre Häuser unter die Klippen der Sandsteinfelsen gebaut hatten, unter die Ränder des Canyons, so daß sie von außen kaum zugänglich waren, und die noch weiter in den Untergrund hinein ihre Zeremonienräume gegraben hatten, die runden Kivas, die man nur über eine Leiter durch eine Öffnung von oben erreichen konnte. Man nimmt an, lasen wir auf den Tafeln an den Wänden des Museums, daß die Frauen die Häuser bauten und die Stämme matrilinear organisiert waren, wir fuhren dann eine Runde auf der Mesa Verde und sahen viele der Höhlenruinen, zum Schluß den berühmten vielgliedrigen Sonnentempel. Ein scharfer Wind blies, es war sonnig, aber unglaublich kalt, wir hatten nicht damit gerechnet, daß wir auf unserer Reise so frieren würden.

Vor dem Ausgang des Museums hatte es eine Vitrine gegeben: What we owe to the Indians, da wurde gezeigt, was der »weiße Mann« von den Indianern übernommen hat – von der Medizin bis zu pflanzlichen Produkten.

Wir freuten uns auf das warme Auto, Sanna und Lowis wechselten einander am Steuer ab, ich konnte mich, in eine Decke gewickelt, auf die hinteren Sitze legen, ich erlebte nicht, wie die Dunkelheit uns einholte. Ich verirrte mich in einem Labyrinth, dessen Wände den Häuserwänden der Anasazi glichen, der Faden, der mich hinausführen sollte, war mir nicht von Ariadne, sondern selbstverständlich von Angelina, meinem Engel, in die Hand gegeben worden, ich konnte ganz natürlich mit ihr sprechen, konnte sie fragen, ob nicht diese Anasazi »mehr Mensch« gewesen seien als wir heutigen reichen Weißen, Angelina beantwortete solche Fragen nicht, das wußte ich schon, sie hielt auch nichts von Schuldgefühlen, sie war der Meinung, die würden einen nur daran hindern, drauflos zu leben und dabei Freude zu haben und, egal, was wir uns aus der Vergangenheit vorzuwerfen hätten, frischweg das zu tun, was heute nötig sei.

Ich schwieg, ich hatte schon öfter insgeheim gedacht, die Lebensweisheit meines Engels sei ein wenig schlicht, er könne wohl die komplizierte Psyche des modernen Menschen nicht vollkommen verstehen, aber das hätte ich niemals ausgesprochen, übrigens schien es mir auch nicht wichtig zu sein.

Das Southern West Grand Hotel in Dolores hatten wir nicht erwarten können, wo wir reserviert hatten, wo Fredy uns an der Rezeption empfing, ein Hotelbesitzer, den man nicht hätte erfinden können, ein kleiner, knorriger Mann. Mit überströmender Höflichkeit wies er uns unsere Zimmer zu, die uns, das merkte man ihm an, in Begeisterung hätten versetzen sollen. Wir waren in ein Puppenhaus geraten: Fünf Räume, Alpträume in Rosa, winzig, dunkel, selbst wenn die Lämpchen mit den rosa Schirmchen brannten, auf jeder noch so kleinen freien Fläche ein Gefäß mit künstlichen Blumen, die Jalousien heruntergelassen, die Fenster nicht zu öffnen, ein winziger Schrank, eine winzige Dusche mit rosa Wänden und rosa Handtüchern. So, glaubte Fredy, stellten Europäer sich ein Hotel vor, ihnen wollte er entgegenkommen, ich aber spürte, wie unter seinem Redefluß meine Stimmung sich immer mehr verfinsterte.

Den beiden anderen schien es ähnlich zu gehen, wir brauchten etwas zu trinken, aber Fredy hatte keine Ausschankgenehmigung, er betrieb dieses Hotel noch nicht sehr lange, erfuhren wir. Er wies uns über die Straße zum liquor shop, einem engen Alkoholladen, in dem uns eine unglaubliche ältere Lady, die einem Miss-Marple-Film entsprungen sein mußte, nach längerem Hin und Her tatsächlich einige Flaschen Rotwein verkaufte, von denen sie sich schwer trennte: I told my husband to buy more red wine!, außerdem Whiskey, Tequila, wodurch wir uns natürlich bei der Alkohol-Lady hoch verdächtig machten. Be careful!, gab sie uns mit auf den Weg.

Fredy seinerseits, durchaus einverstanden mit unseren Einkäufen, geriet in Schwierigkeiten. Am liebsten hätte er uns den Wein in Kaffeetassen gereicht, damit man an den anderen Tischen in seinem übrigens kleinen Restaurant nicht beobachten konnte, wie er uns beim Sündigen half. Schließlich fand er einen Ausweg: Da das Restaurant mit Hilfe von viel Holz in Eisenbahnabteile unterteilt war, bugsierte er uns an einen Tisch in der entferntesten Ecke in das versteckteste Abteil, das niemand einsehen konnte. Da stand, wie auf jedem Tisch, eine Holzeisenbahn, die Salz und Pfeffer transportierte. Hierher traute sich Fredy Gläser zu bringen, er trank dann auch eins mit, während ein junges Mädchen, blond, mit stark geschminkten Augen, unsere Bestellungen aufnahm, American food, riesige Portionen zu billigen Preisen.

Fredy aber ließ nicht von uns ab. Während wir unser Steak aßen, erfuhren wir alles über seine Familie: Sein Großvater war als Wolgadeutscher 1906 herübergekommen, hatte sich mühsam als Farmer durchgeschlagen, sein Vater war von einem ökonomischen Zusammenbruch zum anderen getaumelt, aber er, Fredy, war policeman in Ohio geworden, kein schlechter Job, you see, und doch hatte er eines Tages alles aufgegeben und war, nur mit der Frau und den Kindern, hierher nach Colorado gekommen, hatte kurz entschlossen dieses Hotelchen gekauft, nachdem er bei Freunden einen Crash-Kurs in Hotelgewerbe gemacht hatte. Nun holte er aus ganz Amerika seine Familie zusammen. Der Bruder war schon da, eine seiner Nichten war das blonde Mädchen, das als Bedienung arbeitete, nun würde auch noch die Schwester aus Kansas City eintreffen. Wir sähen in ihm, sagte er, während er sein Rotweinglas anhob, einen glücklichen Menschen. Etwas beklommen gratulierten wir ihm.

Am nächsten Morgen, nach einer kurzen Besichtigung des Ortes, waren wir uns einig, daß Dolores der ideale Platz für einen Krimi war, der im alten Amerika spielen müßte. Nicht nur die frühere Station der Rio Grande Southern-Eisenbahn, die ihren Betrieb längst eingestellt hatte, war in ihrer altmodischen Schönheit konserviert, auf andere Weise verkörperte das Bakery-Paar Irene und Alf eine vergangene Zeit, sie kam aus Berlin-Kreuzberg, er hatte sie nach seiner Army-Zeit mit herübergebracht, jetzt buken sie Brot und Kuchen nach deutscher Art und verkauften deutsche Antiquitäten. Sie zeigten uns ihren Holzofen, wir kauften Roggenbrot und Bienenstich, den wir abends in meinem Hotelzimmer in Kayenta essen würden, jetzt aber hatten wir den blacksmith zu besuchen, einen sechsundachtzigjährigen Mann, der noch arbeitete (why not?), er machte schmiedeeiserne Wetterfahnen für das ganze Dorf. Er sei nach Dolores zurückgekommen, von wo er sich vor einundsechzig Jahren seine Frau geholt habe: Er habe sie zu ihrer Familie zurückgebracht. Er sei ursprünglich Holländer, als kleines Kind mit seinen Eltern nach Amerika gekommen.

Jetzt möchte ich doch mal einen treffen, dessen Eltern schon Amerikaner waren, sagte Sanna, während wir uns gegen Cortez, nach Westen abbiegend, nun auf einer dirt road in Richtung Kayenta bewegten, wieder in einer roten Landschaft, die überging in eine fruchtbare Gegend. Auf der wenig befahrenen, holprigen Straße kamen wir an vernachlässigten Farmen vorbei. Dann erschien – es war wirklich wie eine Erscheinung, unsere kühnsten Erwartungen übertreffend – rechterhand in einem eingezäunten Ranchgelände ein Cowboy auf einem Pferd ohne Sattel. Das glaub ich jetzt nicht, flüsterte Sanna, wir hielten an. Viele Kühe, die der Cowboy mit dem Lasso regierte, wie man es aus Filmen kannte. Er war ein Mann in den Fünfzigern, der zu uns an den Zaun kam, er trug abgerissenes Zeug, einen großen Cowboyhut, wirkte würdig. Neben ihm ritt, auch auf einem Pferd ohne Sattel, ein Junge von etwa sechs Jahren, mit einem knallroten Hemd und natürlich einem Cowboyhut.

Der Mann, offensichtlich der Vater des Jungen, wollte wissen, woher wir kämen, und sprach die Namen der fremden Länder nach. Er sei in diesem Tal geboren, gehe im Sommer mit der Herde in die Berge über Dolores, am nächsten Tag würde die Herde »gebrannt« werden. Er fragte nach unseren Berufen, die ihm unbekannt waren, und wollte dann wissen: What do you think about eternal life?, und nach unserem ausweichend-verlegenen Gestammel begann er, uns eine kurze Lektion über den »Salvator« zu halten. Er verachtete die etablierten Kirchen, er selbst war missioniert worden. Er nannte den Namen der Sekte nicht, der er sich angehörig fühlte, darauf komme es nicht an, der Heiland und Erretter garantiere uns das ewige Leben. Wir hatten den Eindruck, der Mann segnete uns, bevor wir weiterfuhren. Ich war froh, ihn fotografiert zu haben. Die Fotos würden meinen Verdacht widerlegen, daß wir keinem Menschen aus Fleisch und Blut, sondern einem Geistwesen begegnet waren. Tatsächlich ist er auf ihnen abgebildet, in seiner ganzen Cowboypracht, mit der Herde im Hintergrund.

Und auch die Straße, in die unsere dirt road überraschend mündete und die eine einzige Baustelle war, habe ich dokumentiert. Diese brandneue Straße wurde anscheinend nur von Indianern gebaut, wir näherten uns dem Navajo-Land, Indianer auf den riesigen Maschinen, Indianermädchen auf Traktoren, Navajo-Mädchen, die die Absperrsignale bedienten, wir waren fast die einzigen, die hier entlangfuhren. Wir fragten eines der Mädchen, wozu die Straße dienen solle. Sie wußte nur, es sollte ein Highway nach Cortez entstehen, für die Touristen. Wir hatten aber links und rechts der Straße Ölpumpen gesehen, ab und zu Hinweise auf Texaco und Mobiloil, einmal ein Schild von Mobiloil: We are proud to be a part of the Navajo nation. Das Mädchen, das wir befragten, lachte verlegen, als hätten wir sie auf eine unzüchtige Handlung angesprochen, sie tat, als hätte sie in ihrem Leben noch keine Ölpumpe gesehen, die begleiteten uns noch, bis wir wieder auf unsere vertraute unbefestigte Straße stießen und unbearbeitete Natur sich um uns ausbreitete.

Wir fanden einen Picknickplatz am Rand eines Canyons mit einem grandiosen Blick über die Landschaft. Wir aßen zum ersten Mal getrocknetes Beef, was uns wider Erwarten schmeckte, wir hatten Flaschen mit Wasser dabei und das gute Roggenbrot aus Dolores. Nach einem Abstecher in eine Landschaft, die uns sprachlos machte, wo sich tief unten der San Juan River schlängelte, gerieten wir in den Bannkreis von Monument Valley, dem bizarren Bergmassiv, das am Horizont steht, ein Menetekel, auf das wir lange zufuhren, ehe wir es schließlich erreichten und, nachdem wir am Eingang jeder fünf Dollar gezahlt hatten, hinauffahren konnten zum Visitors' Center, wo Dutzende von Autos den Parkplatz besetzten und wir bedrängt wurden von Navajo-Mädchen und jungen Männern, die eine Zweieinhalb- oder Eineinhalbstundentour anboten.

Wir waren müde, fühlten aber die Verpflichtung, nichts zu versäumen, so nahmen wir die kürzere Tour, wieder auf einem kleinen offenen Truck, den eine junge Frau fuhr, wie die meisten Navajo-Frauen sehr dick. Zu unserer Erleichterung steuerte sie das alte Gefährt recht vorsichtig über die schlimmen Wege von Monument Valley, das wir im besten Abendlicht sahen, bizarre Figuren in der untergehenden Sonne, wieder in einem unglaublichen Rot. Alle Steine hatten Namen, erfuhren wir: Die Fausthandschuhe, Der Elefant, Das Kamel, Die drei Schwestern. Der zweite Teil der Fahrt, im Schatten und bei Gegenwind, wurde wieder bitter kalt, diesmal würden wir uns sicher erkälten, ein Amerikaner aus Washington D.C. und seine Frau aus unserer Gruppe teilten unsere Befürchtungen, die Lowis etwas beschwichtigen konnte, indem er von seinen geliebten Ingwercookies austeilte, nach seiner Überzeugung ein Heilmittel gegen alle Krankheiten.

Hungrig kamen wir in Kayenta an, Wetherill Inn, ein von Navajo betriebenes Hotel, große Zimmer, blitzsauber. Um die Ecke, sagte man uns an der Rezeption, bekämen wir in einem Restaurant auch Navajo-Kost. Das war dann, wie überall, etwas Mexikanisches, fried bread, mit Bohnen drauf, darüber Salat. Enttäuschend.

Am nächsten Morgen, beim Frühstück, erlebten wir wieder, daß die Kellnerinnen nicht verstehen konnten, was wir mit unseren Bestellungen meinten. Sie brachten mir schließlich French Toast, und ich war damit zufrieden. Wir deckten uns noch mit Trockenfleisch ein und fuhren los in Richtung Hopi-Reservation, die, wie wir wußten, auf einer Hochebene lag, eingeschlossen von dem viel größeren Navajo-Land. Die Stämme seien sich nicht grün, hörten wir. Dies war, wie ich später herausfand, eine starke Untertreibung. Der Streit zwischen den seßhaften friedliebenden Hopi und den eindringenden nomadischen Navajo zog sich über Jahrhunderte hin und ging um Land und Eigentum.

Ich versuche, mich meiner Gefühle zu erinnern, sie waren zwiespältig. Interesse, Neugier überwogen, aber ein Mißbehagen konnte ich nicht ganz unterdrücken, weil nun auch wir uns in den Zuschauerstrom einreihen wollten, der ein altes, durch die Eroberer und deren fremde Zivilisation geschädigtes Volk besichtigte, wie man Tiere im Zoo besichtigt. Lowis hoffte, den alten Häuptling zu finden, der im vorigen Jahr durch Europa gefahren war, um Hilfe zu finden und Geld für sein Volk zu sammeln. Dabei war er Lowis, dem Schweizer, begegnet.

Wir fuhren bergauf. Der Boden wurde immer kärglicher, es sei ein Rätsel für Ethnologen, sagte Lowis, warum die Hopi sich gerade hier angesiedelt hätten. Nur noch Wacholderbüsche und trockenes Gras. Wir nahmen uns eine halbe Stunde Zeit, um unsere Reisenotizen zu vervollständigen. Lowis gab uns ein paar Informationen über die frühe Siedlungsgeschichte der Hopi, über die Kämpfe gegen die spanischen Eroberer und die späteren Amerikaner, er zitierte uns einen Buchtitel: »When Jesus came, the Corn Mothers went away«.

Dann ging es direkt ins Hopi-Land. Auf der Second Mesa, der zweiten Hochebene, fanden wir das Hopi Cultural Center, eine ockerfarbene Motelanlage, zweistöckig, mehrere Gebäude wie in einer arabischen Stadt ineinandergebaut. In der Rezeption empfing uns eine gräßliche Dekoration: Happy Easter! Lowis wollte gleich wieder umkehren. Aber da der andere Ort, wo wir Zimmer gebucht hatten, uns als »depressing« beschrieben worden war, checkten wir doch ein. Schöne Zimmer im zweiten Stock am Ende des Flurs. Sanna rief mich in ihr Zimmer, einen Schluck Whiskey trinken, weil wir erschöpft waren. Lowis war seit langem von der Geschichte der Hopi fasziniert, besonders von ihren Mythen und Ritualen, war aber noch nie im Hopi-Land gewesen. Er war aufgeregt und trieb uns an.

Wir fuhren in Richtung Hotevilla, einem Hopi-Dorf, das auf der Third Mesa liegt und wo der Häuptling James Koots zu finden sein sollte, den Lowis in der Schweiz kennengelernt hatte. Die Abendsonne auf der unbeschreiblich kargen Hochebene der Hopi. Weite, unendliche Ausblicke, unterbrochen von Höhenzügen aus Sandstein, und in der Ferne der Kachina Peak oder die San Francisco Mountains: Später begriffen wir, daß zwei Heilige verschiedener Religionen sich diesen Berg streitig machen. Die Kachinas sind die götterähnlichen Wesen der Hopi-Clans, die im Januar oder Februar von ihrem Berg ins Hopi-Land heruntersteigen und einige Monate unter den Menschen leben.

In Hotevilla fragten wir den ersten Mann, den wir trafen, nach James Koots, er sagte, der Sohn von James, Denis, sei gerade da. Der kam dann tatsächlich mit ein paar Einkaufstüten aus dem shop, von hinten hielten wir ihn für eine Frau, ein langer offener Zopf fiel ihm über den Rücken. Als er erfahren hatte, wen wir suchten, setzte er sich umstandslos neben Lowis ins Auto und lotste uns eine rough road entlang an den Rand des Dorfes. Vor einer Art aufgebocktem Eisenbahnwagen ließ er uns halten, verschwand darin und erschien gleich wieder, um uns hereinzuwinken. Wir hatten gehört, daß man ein paar Eßwaren als Gastgeschenk zu den Hopi mitbringt, hatten also eine Nußtorte und Früchte dabei.

Als wir ins Innere des Wagens traten, schlug uns Wärme und ein unangenehmer Geruch entgegen. Drinnen stand der alte Mann, er hatte gelegen, zog sich noch seine Jacke zurecht. Er sei gerade von der Arbeit gekommen. Er streckte uns seine feine, dünne schwarze Hand entgegen. Dies war also James Koots. In dem Dämmerlicht des Wagens sah ich, er war dunkelhäutig, hatte ein altes schönes Indianergesicht, sein eines Auge war mit einem Häutchen überzogen. Es dauerte eine Weile, bis er verstand, wann und wo er Lowis getroffen hatte, dann begann er sich zu erinnern und taute auf. Ach, Lowis lebe doch auf einem mountain, und sie seien doch mit seinem truck gefahren.

Denis, der uns jetzt erst seinen Namen nannte – er hatte den Anflug eines Bärtchens, schmale Augen, ein eher verschlossenes Gesicht –, fragte uns, ob wir Kaffee wollten. Wir gaben die üblichen europäischen Floskeln von uns, zierten uns, aber Denis sagte, es sei okay.

Bedrückende Armut, so könnte man die Lebensumstände der Hopi-Indianer beschreiben. Man durfte in ihrem Gebiet unter keinen Umständen fotografieren, wir hatten unsere Kameras, um nicht etwa durch unsere Reflexe verführt zu werden, in den Kofferraum gelegt und bemühten uns, unsere Augen wie Fotolinsen zu gebrauchen. Um die Behausungen herum, die wir als Behelfshütten bezeichnen würden, sammelte sich der Unrat vieler Jahre an: Von verrosteten Autowracks bis zu Bergen leerer Büchsen und den Abfällen der letzten Tage.

Denis führte uns zu einem Nebenhaus. Es war aus dunklen großen Steinen erbaut, Fenster- und Türrahmen waren von überallher zusammengesucht, sie schlossen nicht dicht, die Tür zur Küche sprang andauernd auf, mir war es unvorstellbar, wie die Bewohner ein solches Haus in den strengen Wintern auf der Mesa warm kriegen sollten. Dabei gehörte es noch zu den solideren Gebäuden ringsum.

Die Küche war ein großer quadratischer Raum. In der Mitte stand ein ovaler, mit Wachstuch bedeckter Tisch, drum herum Holzstühle, ein Sofa mit kaputten Lederpolstern, an der gegenüberliegenden Wand ein Holzsessel mit Kissen für James. Denis schenkte aus einem Aluminiumgefäß auf dem Herd ein bräunliches Getränk, das er Kaffee nannte, in Becher ein. James ließ sich in seinem Sessel nieder. Eine junge dickliche Frau kam herein, mit einem vierjährigen Mädchen. Sie setzten sich auf das Ledersofa. Die Frau war die Schwester von Denis, erfuhren wir, es war ihre Küche, in der wir saßen. Wir schäkerten mit dem Kind, das reizend war wie alle Indianerkinder und auf unsere Spiele einging. Seit kurzem lernten die Kinder in der Grundschule Englisch und Hopi-Sprache, hörten wir. Es gebe Hopi-Lehrer. Aber die Hopi hätten keine Schrift. Sie lehnten das geschriebene Wort ab und bauten nur auf die mündliche Überlieferung, die bis in Urzeiten zurückreiche.

Denis war ein einsilbiger junger Mann. Dreißig Jahre alt, wie er uns später erzählte, und er sei in Los Angeles zur Highschool gegangen, damals, als es im Hopi-Land noch keine Highschool gab. Aber er sei sehr gerne wieder zurückgekommen, das Leben hier sei nice, er liebe dieses Land.

Ich unterhielt mich mit seiner Schwester. Als ich sie fragte, wem bei den Hopi die Felder gehörten, sagte sie: Den Männern, und lachte hinter vorgehaltener Hand, als ich ihr erzählte, daß bei den Navajo die Felder den Frauen gehörten. Ob sie auch auf den Feldern arbeite. Ja. Die Männer bauten den Mais und die Bohnen an, die Frauen Chili, Tomaten, Squash.

Wir sahen am nächsten Tag die Ackergeräte auf dem Wagen von Denis liegen, starke Spaten, Grabscheite mit dünnem Blatt wegen des harten Bodens. Seit zwei Jahren habe die Familie einen Traktor, vorher hätten sie nur mit Pferden gearbeitet. Denis mußte drei Meilen weit fahren zu seinem Feld, das tief unten im Canyon lag. Die Hopi hätten, erfuhren wir aus einer Broschüre, eine bestimmte Methode des Trockenanbaus entwickelt, angeblich wußten die »weißen« Wissenschaftler bis heute nicht, warum die funktionierte. Ich spürte etwas wie Schadenfreude gegenüber den westlichen Wissenschaftlern, die in das innere Geheimnis dieser in ihren Augen primitiven Kultur nicht eindringen konnten, und ich merkte, daß ich den Hopi wünschte, sie könnten ihre Geheimnisse bewahren.

Wir fuhren mit Denis zu einem kleinen Haus, in dem er wohnte. Sofort erschien ein quicklebendiges, besonders reizendes kleines Mädchen, my daughter, erklärte Denis zu unserer Überraschung: Deniseya. Sie saß sofort bei uns im Auto, machte sich mit den technischen Einzelheiten vertraut, die Fenster hoch- und runterlassen, den Schlüssel ins Schloß stecken, hupen natürlich. Als wir weiterfuhren, saß sie mit Denis auf dem Beifahrersitz, ein waches, sehr intelligentes Kind, von einer Grazie und Lockerheit in allen Bewegungen, wie europäische Kinder sie nicht haben.

Denis fragte uns, ob wir es eilig hätten, ins Hotel zurückzukommen. Als wir verneinten, führte er uns zum Prophecy Rock, einem Felsen, der aus der Landschaft aufragte. Wir standen vor einer Höhle. Früher seien hier Zeremonien abgehalten, auch Prophezeiungen gemacht worden. Er zeigte uns ein Piktogramm an der Höhlenwand: Drei Figuren auf einer Art Wagen, zwei Figuren lassen sich auf einer Schlangenlinie zu ihnen herunter, die verschiedenen Teile der Zeichnung mußten zu verschiedenen Zeiten entstanden und immer wieder vervollständigt worden sein. Denis meinte, die Prophezeiung dieser Zeichnung werde sich erfüllen: Zwei Krieger, die miteinander kämpften. Dieser Krieg werde noch stattfinden. Zwischen wem? fragten wir. Zwischen den Hopi und den Navajo? Nein, sagte Denis und lachte. Vielleicht zwischen Amerikanern und Russen.

Am Eingang der Höhle sah ich ein mit Grashalmen zusammengehaltenes Bündel von kurzen Halmen liegen, vorne angekohlt. Ich fragte, was das sein könne, Denis sagte: Das sei eine Opfergabe. Er zeigte auf einen Stein etwas weiter hinten in der Höhle, auf dem ebenfalls Bündel von längeren Halmen lagen. Dies sei eine alte Opferstätte. Ja, manche Leute kämen noch hierher und brächten den alten Göttern ihre sehr bescheidenen Gaben dar. Das sei der deutlichste Beweis dafür, daß der alte Hopi-Glaube noch lebendig sei, zu dem Denis ein ambivalentes Verhältnis zu haben schien. Als er mir, ziemlich teuer, einen buckligen Kachina verkaufte, eine Götterfigur, die er aus leichtem Holz geschnitzt und bemalt hatte, wollte er nicht ausschließen, daß der schon nächste Nacht, wenn er bei mir Wache hielt, meinen Schlaf beschützen werde.

Ich aber stand lange vor den ärmlichen Opfergaben. War dies die Seele Amerikas, nach der ich auf der Suche war? Ich glaubte auf einmal zu verstehen, worauf die anonymen Mächte, die die menschliche Geschichte hervorbringen, es angelegt hatten: Daß ein paar Jahrhunderte ihnen nichts bedeuteten und daß sie uns alle einem Ziel zutrieben, welches sie uns nicht bekanntgaben.

Nachts hielt der Kachina bei mir Wache. Aus dem Schlaf heraus sprach ich mit Angelina, die ich in der Nähe spürte. Ich sagte, wenn man sich tief genug hinabsinken lasse, verschwänden die Unterschiede zwischen den Menschen und Völkern. Ein Geist umschwebe uns alle, sagte ich, schlafend. Es sei der Geist dieser Opfergaben, der auch in ihr, Angelina, lebendig sei. Und in der Nonne Perma, die sie wohl nicht kenne. Wollen wir ihn Ehrfurcht nennen? Wir Weißen haben uns am weitesten von ihm entfernt, sagte ich. Aber mir sei jetzt klargeworden, daß mir dieser Mantel des Dr. Freud aus keinem anderen Grund beigegeben sei, als um mich dieses Geistes zu vergewissern. Angelina schwieg.

Das Frühstück, blue cornmeal pancakes mit maple syrup, schmeckte.

Alle Dörfer auf der First Mesa, wo die Frühlingszeremonien der Hopi stattfinden würden, sollten für Nicht-Indianer »closed« sein, weil viele Weiße das Verbot, zu fotografieren und Tonbandaufnahmen zu machen, nicht beachtet hatten, und wir fanden dann überall unterwegs, bei den Zugängen zu den Mesas, Schilder: INTERMITTED FOR NON-INDIANS, und erfuhren zum ersten Mal in unserem Leben eine Zurückweisung wegen unserer Hautfarbe.

Punkt zwei trafen wir uns mit Denis in Hotevilla, nach Hopi-Zeit um eins, sie hatten ihre eigene Zeit, erfuhren wir: Am Tag stellten sie ihre Uhren um eine Stunde zurück, um sie zur Nacht wieder vorzustellen. Den Grund dafür konnten wir nicht herausfinden, aber Lowis erklärte uns, daß es in der Hopi-Sprache keinen Verweis auf die Zeit und auch keine

Beziehung zum Raum gibt, und ich verstand, daß wir in einer anderen Welt leben als sie und daß wir ihr Denken nicht begreifen können. Denis hatte sein schönstes buntes amerikanisches Hemd für uns angezogen, er schulterte Deniseya und lief los. Are we walking? rief Lowis ihm hinterher. Yes. Wir rannten ihm also etwa hundert Meter nach bis zum Rand der Mesa, er wollte uns die winzigen Felder zeigen, die tief unten am Grunde des Canyons lagen und von den Frauen bearbeitet wurden, mit primitiven Zäunen umgeben. Mir war es, als blicke ich von oben zurück in eine frühe Zeit der menschlichen Zivilisation, es hatte etwas schmerzlichrührendes, diese Felder der Frauen. Sie hatten einen mühsamen Weg hinunter- und hinaufzugehen, um zu pflanzen, zu säen und zu pflegen, und es mußte im Sommer da unten unmenschlich heiß sein. Aber ihre Familien konnten auf die magere Ernte, die sie nach Hause brachten, nicht verzichten.

Wir stiegen alle ins Auto. Denis ließ uns nirgends halten, er wußte nicht so recht, was er uns zeigen sollte. Er führte uns zu einem Aussichtsturm, rundum die Hochebene der Mesa. Ich fühlte mich verpflichtet, auf Deniseya aufzupassen, die immer zur Straße entwischen wollte. Ihr Daddy dachte nicht daran, auf sie achtzugeben oder ihr irgend etwas zu untersagen, sie lief mit zum äußersten Rand der Mesa, wo sie steil abfällt, und stand da neben oder sogar noch vor ihrem Vater, mit den Zehen über diesem Rand, aber er hielt es nicht für nötig, sie an die Hand zu nehmen. Sie lernte es früh, auf sich selbst aufzupassen.

Wir fuhren zurück zu dem Haus von Denis' Schwester. Auch der alte James kam wieder und setzte sich zu uns. Aus der großen Aluminiumkanne wurde uns in Plastikbechern Kaffee ausgeschenkt, und dann wurden wir zu einer richtigen Hopi-Mahlzeit eingeladen, dem cornbread: Ein in Maisblätter appetitlich eingewickelter Maisfladen, der gefüllt ist mit Chili – hot (aber nicht zu hot) – und beef. Ein gutes Essen, Denis' Schwester, die nicht mit am Tisch gesessen hatte, sondern ihre Mahlzeit abseits in einem Sessel verzehrt hatte, packte uns noch drei cornbreads für unterwegs ein.

Auf einmal interessierte sich der wortkarge Denis für unsere Lebensweise. Er fragte Lowis und Sanna, ob sie verheiratet seien, die beiden tauschten Blicke, dann sagte Sanna: We stay together. Worauf Denis und James verständnisinnig lachten. Ich fragte Denis, wie sie denn heirateten, er sagte: In Las Vegas!, worauf alle lachten. Dann kam heraus, daß sie ihre eigene Hochzeitszeremonie hätten, die werde von einem Ältesten ausgeführt, aber der Staat erkenne sie nicht an. Wenn die Frau eine Lebensversicherung abschließen oder beim Tod des Mannes erben wolle, müsse sie zum zweiten Mal heiraten. Ihr Leben kam uns sehr kompliziert vor: Ungenügende Vereinbarungen mit den weißen Amerikanern, die nicht eingehalten wurden. Eine kleine Insel Hopi-Land im großen Navajo-Meer.

Jetzt war um den Küchentisch herum ein lebhaftes Gespräch in Gang gekommen. James sah die Uhr an Lowis' Handgelenk, er zeigte, daß er die gleiche hatte, auch aus der Schweiz. Das seien sehr gute Uhren, die seine habe er einmal bei der Feldarbeit verloren und nach zwei Jahren wiedergefunden, da tickte sie immer noch. Er lachte spitzbübisch über diesen gelungenen Streich, den die Uhr ihm gespielt hatte. Denis wollte wissen, wo man eine solche Uhr bekommen könne. Ob er denn eine haben wolle, fragte Lowis. Yes. Er werde Denis die seine geben, sagte Lowis. Es stellte sich heraus, daß Denis ein Mitglied des Blue Bird Clans war. Es gebe in Hotevilla zehn Clans. Er, Denis, sei auch schon in den Kachina Peaks gewesen, jenen heiligen Bergen, von wo die Kachinas kommen, um unter den Menschen zu leben. Als wir später darüber sprachen, daß Denis den Hopi-Glauben wohl nicht mehr recht ernst nahm, sagte Lowis: Das Volk ist verloren, wenn es nicht mehr glaubt. Dann wird es entseelt und vom Schutt unserer Zivilisation zugedeckt.

Wir mußten aufbrechen. James sagte, er werde vielleicht im November nach London kommen, zu einem Kongreß. Die Hopi fühlten sich von dem Vertrag, der im vorigen Jahrhundert zwischen dem Staat und den Indianerstämmen abgeschlossen worden sei, übervorteilt und strebten eine Revision an.

Er verabschiedete uns würdevoll.

Lowis gab Denis seine Uhr, der sagte nur: Pretty good!, und steckte sie lässig in seine Hemdentasche. Sanna schrieb ihm die Wochentage auf englisch auf, die auf der Uhr in deutsch standen. Als wir losfuhren, zurück ins Hotel, war uns weh zumute. Waren die Hopi ein untergehendes Volk?

Wir saßen noch in meinem Zimmer, vielleicht, weil ich heimlich hoffte, Angelina würde uns zuhören. Lowis hatte sich wissenschaftlich, wie er sagte, mit untergehenden Völkern, mit untergehenden Weltreichen beschäftigt. Nicht in jedem Fall habe man das Rätsel dieses Untergangs lösen können. Bei ähnlichen Bedingungen brächen manche zusammen, andere überdauerten, wenn auch reduziert. Und schöpften anscheinend Kraft aus den Ruinen jener Bauwerke, die ihre Glanzzeit geschmückt hätten. Und wir, sagte ich, sind Zeugen zusammenbrechender Weltreiche und waren, wie anscheinend die Früheren, nicht darauf gefaßt. Aber wir können uns in sie hineindenken, sagte Sanna. Sie inszeniere demnächst ein Stück über den Untergang Trojas und brauche dazu nur eine nüchtern berichtende Zeugenstimme. Die erziele die größte Wirkung.

Lowis sagte, man rieche den Untergang. Habe ich den Untergang meines Landes »gerochen«? Merkwürdigerweise fiel mir eine Begebenheit ein, die ich bis jetzt nicht in die Kategorie Untergang eingeordnet hatte, ein Treffen mit dem sowjetischen Botschafter am 30. März 1990 in seiner großen Botschaft Unter den Linden, die ihr oft als die eigentliche Regierung eures Landes betrachtet hattet und in der ihr jahrelang nicht empfangen worden wart. Nun auf einmal diese Exklusiveinladung, ein Mittagessen. Die gähnende Leere der Garderobe, des überbreiten Treppenaufgangs, die riesigen leeren Vorräume, dann der einschüchternd große Eßraum, in dessen Mitte ein riesiger Tisch mit viel zu vielen Speisen für euch und das Botschafter-Ehepaar, das euch gegenübersaß, gedeckt war. Ein junger Dolmetscher, der nicht zum Essen Zeit fand, der brillant und akzentfrei übersetzte, an der Schmalseite des Tisches. Eine gedruckte Menükarte, mit Goldrand. Kaviar und Krebsfleisch, Seelachs überbacken, eine Borschtsch-Brühe, Hühnerfleisch überbakken. Eine stattliche Frau mit weißem Häubchen und weißem Schürzchen servierte. Die Gattin des Botschafters, eine Matrone, schwieg. Der Botschafter hatte das Bedürfnis, des längeren über die Vorzüge von Perestroika und Glasnost in seinem Land zu referieren. Er habe sich extra nach Berlin versetzen lassen, und nun sitze er hier in dieser schwierigen, nicht vorhersehbaren Situation. Die Wahlen zur letzten Volkskammer der DDR mit dem Sieg des konservativen Bündnisses waren keine zwei Wochen vorüber. Aber bei ihm zu Hause sei die Situation doch auch schwierig, kontertest du. Und er: Eben. Man müsse nur die komplizierte Lage mit Litauen betrachten.

Wozu wart ihr gekommen? Der Botschafter machte sich Sorgen um die Unruhe wegen der Stasi-Akten. Ob man damit nicht Schluß machen solle. Du verneintest, sagtest, man solle die Akten archivieren und sie den Gerichten und anderen Institutionen, die im Namen der Opfer forschten, zugänglich machen.

Der Botschafter berichtete von regelrechter Zensur seiner Botschaft durch die alte SED-Führung. Du äußertest den Verdacht, Gorbatschow sei mit dieser alten Führung zu höflich umgegangen, er bestritt das. Sechsmal sei er in den letzten Jahren bei Treffen zwischen Gorbatschow und der SED-Führung dabei gewesen, immer habe man von der sowjetischen Seite kein Blatt vor den Mund genommen. Und das letzte Mal habe Gorbatschow nach einem solchen Treffen auf dem Flur zu seiner Begleitung gesagt: Was soll man nun noch tun? Immer habe man ihm entgegengehalten, in der DDR sei alles in Ordnung, besonders auch in der Ökonomie.

Du fragtest nach der Grenzöffnung im November: Habe man ihn da nicht konsultiert? Er habe erst danach davon erfahren, er hätte dagegen gesprochen. Aber man hätte sowieso nicht auf ihn gehört. Man sei in Panik gewesen und habe sich von der Grenzöffnung eine Entlastung von dem Strom der Ausreisenden erhofft.

Auf deine Frage versicherte er: Daß die DDR in die NATO komme, würde die UdSSR niemals zulassen, da könntet ihr sicher sein. Sie würden doch ihren wichtigsten Verteidigungsposten nicht aufgeben.

Die Versorgung der Bevölkerung in der UdSSR würde sich schnell verbessern, meinte er, die Konsumgüter- und auch die Lebensmittelproduktion seien gestiegen, der Mangel vielerorts liege hauptsächlich an der fehlenden Transportkapazität und daran, daß die Leute zuviel Geld hätten und gleich alles wegkauften. Entweder mauerte er, oder er war wirklich blind.

Es stellte sich heraus, daß er die politischen Strömungen in eurem Land kaum kannte, daß ihm die Kräfte, die zur friedlichen Revolution geführt hatten, fremd waren, daß er euch anscheinend eingeladen hatte, um etwas darüber zu erfahren. Was hatte um Gottes willen sein Geheimdienst in all der Zeit gemacht?

Ohne viel Hoffnung auf Erfolg redetest du auf ihn ein, daß er die Rolle seiner Botschaft in Berlin endlich wieder aktivieren solle, daß er sie als ein Bindeglied zwischen Ost und West verstehen müsse, Schriftsteller aus dem Westen, der DDR, der UdSSR einladen solle, große Veranstaltungen organisieren. Sein Land von seiner besten kulturellen Seite zeigen. Er fand das alles »sehr wichtig und interessant«. Floskeln.

Ihr wart drei Stunden in der Botschaft. Nach eurem Aufbruch brachte der junge Dolmetscher euch noch über den Vorhof bis zum äußeren Tor. Auf den wenigen Metern, auf denen keiner der Wachhabenden ihn hören konnte, sprudelte er heraus: So ein interessantes Gespräch habe er in der Botschaft noch nie gehört. Der Botschafter, er winkte ab, ein »alter Opi«, der keine Ahnung habe. In seinem Land sei die Lage so schlimm, daß manche einen Bürgerkrieg für unausweichlich hielten, man frage sich nur noch, ob viel oder wenig Blut fließen werde. Gorbatschow könne man vergessen. Der habe unheimlich viel für sein Land getan. Er würde ihm ein Denkmal aus Platin errichten, aber nun sei er nur noch gut dafür, als Präsident ausgleichend zu wirken. Die KPdSU sei sowieso am Ende, die einzige Rettung wäre, wenn schnell eine sozialdemokratische Partei die Dinge in die Hand nähme.

Betäubt standet ihr Unter den Linden. Eine Begegnung der dritten Art. Du hattest den Untergang gerochen.

Unser nächstes Ziel war der Grand Canyon. Tausende von Touristen hatten das gleiche Ziel, die Hotels in der Nähe waren überfüllt, wir warfen von einer der Aussichtsplattformen einen Blick in die bizarre Tiefe des Canyons, die mich merkwürdig kühl ließ, weil die Ungeheuerlichkeit der Natur jedes menschliche Maß überstieg, wir kamen dann, etwas entfernt vom Touristenrummel, von dem wir kein Teil sein wollten, in der Roten Feder unter, wo wir auf dem Zimmer bei den Resten unseres Whiskeys weiter über den Untergang alter Völker sprachen. Lowis meinte, dieses Verschwinden habe fast immer damit zu tun, daß ein Volk oder Stamm oder Clan sich einer technisch überlegenen Zivilisation nicht erwehren könne. Wir sollten uns doch bloß der Briefe von drei Indianerhäuptlingen erinnern, die im Museum des Hopi Cultural Center ausgestellt waren, anscheinend an eine Regierungsstelle gerichtet, in denen sie die ungeheure Not und Armut ihres Volkes beschreiben und Hilfe vom Weißen Mann einfordern (Maschinen, Saatgut, Technik). Die Weißen seien großzügig und offenherzig. Und der eine spricht dann ausführlich davon, wie verstockt, narrow-minded, wie taub und blind viele aus seinem Volk seien, da sie sich den Vorzügen in der Lebensweise des Weißen Mannes verschließen.

Ich saß vormittags in der Roten Feder und schrieb das auf, während Sanna und Lowis den Zickzackweg zum Grund des Canyons hinunter- und vor allem wieder hochsteigen wollten, eine enorme Anstrengung, die für mich nicht in Frage kam. Am

Nachmittag, vom Helicopter aus, hatten wir das ganze Panorama. Ein gewaltiger Eindruck.

Später aßen wir ein hervorragendes Steak, baked potatoes und tranken ein hausgemachtes großes Bier. Wir hatten die Menge Whiskey unterschätzt, die noch in der Flasche war und die wir aus uns selbst nicht bekannten Gründen an diesem Abend austrinken mußten. Es kam mir so vor, als würde ich die Wirklichkeit, in der ich lebte, einmal umkreisen und von hinten wieder in sie eindringen.

Tröstlich war, ich spürte Angelina unerschütterlich an meiner Seite.

Nachts konnte ich nicht schlafen, das Gesicht meiner Großmutter tauchte vor mir auf. Warum ich so bedrückt sei, wollte Angelina von mir wissen. Was ist mit deiner Großmutter. – Sie ist 1945 auf der Flucht verhungert. – Und? – Und ich habe nie wirklich um sie getrauert.

Mochtest du sie nicht, fragte Angelina.

Sie war eine gefühlskarge, rechtschaffene Frau. Sie war ein schlichtes Dorfmädchen, bitter arm, das sich im Sommer als Garbenbinderin auf den ostelbischen Gütern verdingte, wo sie meinen Großvater kennenlernte, der Saisonschnitter war, ehe er zur Bahn ging und sich zum Lokomotivheizer hocharbeitete. Wozu er bei einem Lehrer, den sein Sohn, mein Vater, ihm vermittelte, soviel Lesen und Schreiben lernte, daß er die Prüfung bestand. Lange Jahre hausten sie in einer Kellerwohnung. Ob meine Großmutter richtig schreiben konnte, weiß ich nicht, ich habe nie etwas Geschriebenes von ihr gesehen. Sie legte die Pfennige aufeinander, wir Kinder bekamen für ein gutes Zeugnis von ihr einen Groschen.

Und? fragte Angelina. Was hat dich gehindert, um sie zu trauern?

Ich habe mir verwehrt zu denken, daß sie ein unschuldiges Opfer war, sagte ich. Ich habe meine Gefühle abgeschnitten, weil ich den Verlust der Heimat und unsere Leiden als gerechte Strafe für die deutschen Verbrechen empfinden sollte und wollte. Ich habe mich auf den Schmerz nicht eingelassen. Meine Großmutter war, als sie starb, nur wenig älter als ich heute bin, Angelina. Nun erscheint mir ihr Gesicht bei Nacht, wenn ich nicht schlafen kann. Warum gerade jetzt? Und warum hier?

Angelina antwortete nicht.

Morgens schrieb ich in mein Ringbuch:

DAS WEISS ICH DOCH SCHON LANGE, DASS DIE EIGENTLICHEN VERFEHLUNGEN DIEJENIGEN SIND, DIE IM STILLEN GESCHEHEN, UND NICHT DIE ÖFFENTLICH SICHTBAREN. UND DASS MAN DIESE STILLEN VERFEHLUNGEN SEHR LANGE VOR SICH SELBST VERLEUGNET UND VERSCHWEIGT UND DASS MAN SIE NIEMALS AUSSPRICHT. ZÄH UND DAUERHAFT HÜTEN WIR DIESES INNERSTE GEHEIMNIS.

Wenigstens eine Nacht wollten wir in Las Vegas verbringen. Las Vegas, hatte man uns gesagt, sei der Brennpunkt jenes Amerika, nach dem die Ausländer so stark verlangten. Das Hotel Mirage hatte uns mit seiner Werbebroschüre angelockt. Unsere Zimmer waren gebucht, erstaunlich billig. Man solle sein Geld in den Spielhallen lassen, sagte Lowis. Er zeigte eine Unruhe, einen Drang, schnell in Las Vegas zu sein, die mich erstaunten. Sanna und ich verständigten uns durch belustigte Blicke hinter seinem Rücken. Lowis sagte, wir sollten nicht so überheblich sein. Wir sollten nicht abstreiten, daß bestimmte Bedürfnisse, die der moderne Mensch sonst unterdrücken müsse, an Orten wie Las Vegas ernst genommen und ausgelebt werden könnten. Was diesen modernen Menschen, wenn er in sein Alltagsleben zurückkehre, befähige, wieder zu funktionieren, ohne krank zu werden.

Er winkte den Werbern am Straßenrand zu, deren Aufgabe es war, Heiratswillige anzulocken, um sie dann in eines der vielen kleinen hölzernen Gebäude zu treiben, in denen in ganz kurzer Zeit und sehr preiswert die Ehe geschlossen wurde. Na, sagte Lowis zu Sanna. Wollen wir? – Lieber gar nicht als so, sagte sie. Ob er auch dieses Angebot als eine Art Therapie betrachte. Warum nicht? sagte er. Wenn man die puritanischen strengen Ehegesetze, die sonst herrschten, dagegenhalte.

Das Mirage versprach jedem, der seine Schwelle überschritt, den

EINTRITT IN EINE PARADIESISCHE WUNDERWELT

Ich erinnere mich anhand der Bilder, die der Prospekt zeigt, der Gefühle, die mich ergriffen, als wir in die riesige, von exotischen Pflanzen, einschmeichelnder Musik und betäubenden Düften erfüllte Eingangshalle eingetreten waren: Ich fing an, mich zu wehren. Widerwillig folgte ich den Wegweisern zu den Fahrstühlen, die uns zu großen Umwegen zwangen, nur damit wir an den Sälen mit den Roulettetischen und an den Reihen der einarmigen Banditen vorbeigehen mußten, und Lowis machte sich lustig über unseren Unmut angesichts dieser billigen Tricks: Ja meinten wir denn, ausgerechnet an diesem Ort herrsche zwischen den Betreibern ein Wettbewerb darüber, wer am ehrlichsten mit seinen Besuchern umgehe und wer sie am wenigsten täusche?

Ich spürte von Anfang an eine Luftknappheit. So, als hätte jemand eine Blase, in der wir uns befanden, aufgepumpt und dabei den Sauerstoff verdünnt, mit dem wir auskommen mußten. In dem riesigen luxuriösen Zimmer warf ich mich auf das überweiche Bett und mußte gegen ein starkes Schlafbedürfnis ankämpfen. Aber ich hatte das Gefühl, ich hätte eine Art Vertrag mit der Macht abgeschlossen, die hier herrschte, und müsse diesen Vertrag nun erfüllen. Daß ich in einen solchen Zwang geraten würde, war das letzte, was ich hier erwartet hätte. Schon eher, was dann allerdings auch eintrat, daß die Atmosphäre narkotisierend wirken würde. Das heißt eine Dämpfung aller

Gefühle, damit sie nicht unter der Übermacht der Eindrücke, denen sie ausgesetzt wurden, zusammenbrachen.

Genau das mußte der ausgemergelten Frau passiert sein, die sich für einige Minuten im italienischen Restaurant an unseren Tisch setzte, nachdem wir ihr verweigert hatten, womit sie ihr Geld verdiente: uns zu fotografieren. Sie schien uns nur ihren Job erklären zu wollen, doch dann ging ihr Monolog über in eine unaufhaltsame Klage und wurde immer mehr zu einer Anklage des Systems, jener Maschinerie, die sich Las Vegas nannte und in die sie als naive junge Frau hineingezogen worden war, als ihr Freund, der beim Roulette gewonnen und mit einer schlanken Schönen auf Nimmerwiedersehen aus den Spielhallen und vor ihr geflohen war, sie vollkommen mittellos hier hatte sitzen lassen: mit einem Monster, das sie nicht mehr aus seinen Fängen ließ, gnade Ihnen Gott, sagte die Frau, das frißt Sie mit Haut und Haaren, das nagt Ihnen auch noch die Knochen ab. Dafür war sie mit ihrem gespenstischen Aussehen, das sie mit viel Kosmetik notdürftig zu übertünchen suchte, ein warnendes Beispiel. Sie ahnen ja nicht, sagte sie, was hier hinter den Kulissen los ist. Was die sich alles ausdenken, bloß damit Sie ihnen Ihr Geld hierlassen. Bis auf den letzten Cent. Und wenn Sie den verloren haben und niemand kommt, Sie auszulösen, dann expedieren die Sie zur nächsten Bahnstation und geben Ihnen ein Billett ohne Rückfahrkarte. Und für die Selbstmörder, die sie im Morgengrauen in den Hotelzimmern einsammeln, haben sie einen diskreten Service eingerichtet. Kein Gast kriegt die düstere Seite dieser Wüstenstadt zu Gesicht.

Aber wir wollten ja nicht die Untiefen der strahlenden Stadt ergründen, wir wollten zuerst noch ein paar Schritte in dieser glänzenden Scheinwelt herumlaufen, wir wollten die Vollkommenheit der Täuschung bestaunen, mit der wir durch einen kurzen Spazierweg nach Rom versetzt wurden, mit Häuserfassaden, die von den echten, die wir kannten, nicht zu unterscheiden waren, mit einem Himmel, der dem wirklichen Himmel Roms in nichts nachstand, nur daß er sich mit den Himmelskörpern alle Stunde einmal über der Stadt drehte und so einen ganzen Tageslauf imitierte. Plötzlich wußten wir nicht mehr, ob die Menschen um uns herum Besucher waren wie wir oder wirkliche Bürger dieses sagenhaften Rom. Mir wurde angst. Ich wollte schnell hier weg, aber es gab keinen Ausweg außer dem langen an den Spielsälen vorbei.

Wir wollten uns zuerst an den einarmigen Banditen versuchen. Die standen in langen Reihen, und in langen Reihen saßen die Spieler vor ihnen, die sie bedienten und anzapfen wollten, dicht bei dicht. Das Geräusch, das zu hören war, manchmal leise, manchmal laut, war das Klimpern und Rasseln des Geldes, wenn eine der Maschinen mittels Hebeldruck gezwungen wurde, ihren Inhalt in den Auffangbehälter zu entleeren. Dann fegte der oder die Glückliche die Beute in das Plastikeimerchen, das sie alle mit sich trugen, dann sammelten sich weniger Glückliche um den Platz des Gewinners, um sich Mut zu holen, um sich durch scheue Berührungen mit mystischen Kräften aufzuladen, um, im besten Fall, dessen Platz einzunehmen. Und wenn eine Gewinnserie zu auffällig wurde, erschienen Abgesandte des Managements und kontrollierten unauffällig, ob alles seine Ordnung habe.

Nachdem wir verstanden hatten, »wie es lief«, fanden wir Plätze an weit voneinander entfernten Maschinen. Halbherzig steckte ich meine Dollars in den Schlitz, zunehmend lustlos verfolgte ich die Mitteilungen meines einarmigen Banditen, der nur ein einziges Mal einen geringen Gewinn anzeigte, welcher meinen Verlust nicht ausglich. So ging es auch den anderen. Lowis erschien, ungeduldig, um mich mitzunehmen dorthin, wo »richtig gespielt« wurde. Woher Lowis Bescheid wußte und uns das System des Roulette erklären konnte, blieb uns ein Rätsel, er hielt sich nicht mit unserer Unwissenheit auf, fand einen Platz an einem der Tische und begann, sein Spiel zu machen. Ich setzte geringe Summen, verlor erwartungsgemäß und hörte auf, als ich den Betrag verloren hatte, der mein Limit war: Sechzig Dollar.

Jetzt aufzuhören sei Schwachsinn, sagte Lowis, man müsse dem Schicksal, das sich hinter diesem Spiel verstecke, Gelegenheit geben, sich zu zeigen. Er wendete sich wieder dem Spieltisch zu, ich verabschiedete mich von Sanna, die selbst nicht mehr spielte, sondern sich hinter Lowis postiert hatte. Warum ich schon gehen wolle. Es sei noch nicht Mitternacht, um diese Zeit schlafen zu gehen, das sei hier sittenwidrig. Mir sei langweilig, sagte ich, wahrheitsgemäß. Sanna lachte: Dann sei ich allerdings keine Spielernatur. Lowis dagegen … Er scheine gerade einen Teil seines Wesens zu entdecken, der ihm selbst bisher unbekannt gewesen war.

Ich sagte, das erfahre doch jeder mindestens einmal in seinem Leben, nur daß es bei mir eben andere Wesenszüge seien als bei Lowis, die nach oben drängten. Allerdings, sagte Sanna. Ich solle schlafen gehen. Sie müsse bei Lowis bleiben, was immer er in dieser Nacht anstellen werde. Es sei eine Ausnahmenacht in seinem Leben.

Ich konnte nur staunen über die Klugheit dieser jungen Frau. Ich war plötzlich so müde, daß ich kaum mein Zimmer fand. Ehe ich einschlief, versuchte ich mit Angelina in Kontakt zu kommen, aber natürlich folgte mir kein Engel an diesen Ort. Du hast also gelogen, sagte ich, als du versprachst, du würdest immer da sein, wenn ich dich brauche. Auch Engel lügen. Das hatte etwas Tröstliches. Etwas vollkommen Vollkommenes hätte ich schwer ertragen.

Draußen war es taghell von der elektrischen Lichterflut, aufgeregte Leute schrien auf der Straße. Ich mußte noch einmal aufstehen und die schweren Vorhänge vorziehen. In der Minibar fand ich ein Fläschchen Sekt, das trank ich aus. Dann mußte ich Berlin anrufen.

Ist was passiert, rief eine aufgeregte Stimme. – Nein, nichts. Das ist es ja. – Sag mal, bist du beschwipst? – Das auch. Aber vor allem will ich dich was fragen. – Frag. – Ist dir eigentlich klar, daß der ganze Inhalt deines Kopfes mit verlorengeht, wenn du stirbst? – Freilich. Außer dem, was du aufgeschrieben hast. – Ach. Dieser Bruchteil. Es scheint dich nicht zu stören. – Ich denke nicht andauernd daran. – Ich schon, seit kurzem. Nun schweigst du. Was ich noch sagen wollte: Wir werden älter. – Danke für die Mitteilung. – Gute Nacht.

Eine ferne Stimme. Ein ferner Ort. Menschenmassen, ein Demonstrationszug, der sich in Richtung Rotes Rathaus bewegt, ohne eine Anweisung zu brauchen. Aus den U-Bahnschächten strömen sie auf den Alexanderplatz, richten ihre Schilder auf, entfalten ihre Transparente. Eine Mischung von Fröhlichkeit und Stolz und Entschlossenheit geht von ihnen aus, die du weder vor- noch nachher auf so vielen Gesichtern gesehen hast und die dich ansteckt. Du fühlst, wie die Ängste der Nacht sich auflösen, sie schwinden, als dir am frühen Morgen rund um den Alexanderplatz die Ordner mit den orangefarbenen Schärpen KEINE GEWALT in bester Stimmung entgegenkommen, Theaterleute, du kennst viele, eine befreundete Schauspielerin kommt auf dich zu. Brecht, sagt sie, da hätte er dabeisein sollen: *Haben wir beschlossen: nunmehr schlechtes Leben / Mehr zu fürchten als den Tod.* Daß sein Stück von der Bühne auf die Straße springt. Und das Wunder, daß die Losung KEINE GEWALT im ganzen Land, von jedermann befolgt wird.

Eine provisorische, aus einem Leiterwagen errichtete Tribüne, auf der die Redner sich abwechseln. Es war das Unvorstellbare, das sich in Wirklichkeit verwandeln wollte. Und das, ihr ahnt es, nur eine historische Sekunde andauern konnte. Aber es hat es gegeben. Die Blumenhändlerin, die vor ihrem Geschäft steht und Flugblätter verteilt: Jetzt muß man dabeisein. Das darf man nicht versäumen.

Später Häme, Hohn und Spott, natürlich. Utopieverbot. Aber diese offenen, aufgerissenen Gesichter habe ich doch gesehen. Diese glänzenden Augen. Diese freien Bewegungen. Sie wurden gestoppt, ja. Die Augen richteten sich bald auf die Auslagen der Schaufenster und nicht mehr auf ein fernes Versprechen. Die Roulettetische gewannen an Zulauf.

Durch Lärm vor dem Hotel wurde ich wach und schlief nicht mehr ein.

Am Morgen herrschte hier schon ein Licht, das den Augen weh tat. Lowis erschien mit einer riesigen Sonnenbrille beim Frühstück. Er sei noch etwas müde, sagte Sanna. Sie seien erst um vier ins Bett gekommen. Ach so. Ich merkte, daß es nicht angebracht war, sich zu erkundigen, wieviel er gewonnen hatte. Viel später, als wir im Auto saßen, sagte er aus seinen Gedanken heraus, man müsse sich doch fragen, was es für die Evolution des Menschen zu bedeuten habe, daß bei gewissen Gelegenheiten unser Gehirn von einem Trieb überschwemmt werde, der stärker sei als die Ratio. Er hatte zu einem bestimmten Zeitpunkt sechshundert Dollar gewonnen, aber, anstatt aufzuhören, weitergespielt und nicht nur diesen Gewinn wieder verloren, sondern noch ein Sümmchen dazu.

Bei den einarmigen Banditen saß die alte Japanerin morgens an demselben Platz, an dem sie gestern nacht gesessen hatte, und spielte wie besessen. Wir mußten an die Ratten denken, die bei einem Test unentwegt eine Taste drückten, so daß in ihrem Gehirn eine Art Orgasmusgefühl ausgelöst wurde, die darüber Essen und Trinken vergaßen und, unfähig, auf dieses Wohlgefühl zu verzichten, sich zu Tode gebracht hätten, wenn man sie nicht daran gehindert hätte.

Mein Drang, diesem Ort zu entfliehen, wurde immer stärker. Wir fragten die ältere Frau an der Rezeption, bei der wir unsere Rechnung bezahlten, ob sie schon jemals in einer der Hallen gespielt habe. O never! rief sie aus. These people are ill!

Schweigend fuhren wir aus der Stadt, die funkelnde, glitzernde Oase, die mitten in die Wüste gesetzt war, um uns in Versuchung zu führen. Sanna saß am Steuer, ich neben ihr. Wir fuhren und fuhren, es wurde unmenschlich heiß, die Klimaanlage unseres Autos schaffte es nicht mehr, die Temperatur zu regeln.

Death Valley. Ja, so hatte ich mir die Wüste vorgestellt, endlose blendende Sandhügel. Sengende Hitze. An der Tankstelle

Warnhinweise, niemals allein in die Wüste zu gehen oder zu fahren, und niemals ohne Wasservorräte. Jedes Jahr fordere sie immer noch Opfer.

Totes Tal. Tal der Toten. Dort lagen sie alle, meine Toten, und quälten sich aus ihren Gräbern, während ich über sie hinflog. Sieh nur hin, sagte Angelina. Wie lange war sie schon neben mir? Wie lange schwebten wir schon über der Landschaft? Ich dachte, ob die Toten mir vielleicht etwas sagen wollten. Angelina, die meine Gedanken kannte, sagte: Nein. Das sei ein Aberglaube der Lebenden, daß die Toten eine Botschaft für sie hätten. Zu ihren Lebzeiten waren sie nicht klüger, als die Lebenden es heute sind.

Im Tod lernt man nichts. Das fand ich traurig.

Angelina beachtete Stimmungen nicht. Sie wollte gar nicht wissen, ob ich Angst hatte vor der unheimlichen Anziehungskraft der Toten. Wir flogen der Küste zu. Das unvergleichliche Gefühl des Fliegens, Angelina neben mir. Ich wußte, daß es ein Abschied war. Eine Arbeit ist getan, Angelina, aber warum bleibt das Gefühl der Vollendung aus? Ein Wort trieb mir zu, das ich seit Wochen unbewußt gesucht hatte: Vorläufig. Eine vorläufige Arbeit ist zu einem vorläufigen Schluß gekommen.

Angelina lachte: Aber ist es so nicht immer?

Wir flogen vom nördlichen Rand her direkt hinein in den dichten Smog über L. A. Downtown blieb rechts liegen. Das kleine Land, aus dem ich kam, war es zu unbedeutend, um Anteilnahme zu verdienen? Stand über ihm von Anfang an nicht das Menetekel des Untergangs: Ins Nichts mit ihm? Wäre es möglich, daß ich um einen banalen Irrtum so sollte gelitten haben?

Angelina erklärte kategorisch, das spiele keine Rolle. Gemessen würden nur Gefühle, keine Tatsachen.

Es mochte ihr Beruf sein, da Bescheid zu wissen. Ich aber mußte mich fragen: Gemessen von wem? Mit welchem Maß? Angelina schien mir gewachsen zu sein, wie sie da – jauchzend, ja, fast hätte ich dieses unpassende Wort gebraucht – über die Landschaft flog, hin zum Yachthafen mit seinen Masten und weißen Segeln, weiter über der Küstenstraße zu dem riesigen Parkplatz mit seinen Hunderten von Autos, die in der Sonne blitzten und blendeten.

Meine Bedenken fochten sie nicht an. Daß jetzt erst in Träumen – in Träumen, Angelina! – eine Ahnung mich anflog, worum es wirklich gehen müßte. Hätte gehen müssen. Die Erde ist in Gefahr, Angelina, und unsereins macht sich Sorgen, daß er an seiner Seele Schaden nimmt.

Das seien die einzigen Sorgen, um die es sich lohne, fand Angelina, weil alles andere Unheil sich aus diesen ergebe. Der Flugwind wehte ihr Haar nach hinten. Schwarz ist schön, sagte ich, nachdem ich sie lange von der Seite betrachtet hatte.

Wir näherten uns Venice. Ich erkannte die Gebäude, die schmalen Straßen, die Plätze, auf denen die Gaukler sich zeigten, auch an diesem Tag. Vor uns lag der makellose Bogen der Bucht von Santa Monica und Malibu (die inzwischen, neuere Nachrichten zwingen mich, das anzumerken, versehrt ist durch Unwetter und verheerende Waldbrände).

Müßte ich jetzt nicht eine große Schleife fliegen? sagte ich. Zurück auf Anfang?

Mach doch, sagte sie ungerührt.

Und Jahre Arbeit? Einfach wegwerfen?

Warum nicht?

Das Alter, Angelina, das Alter verbietet es.

Angelina hatte zum Alter kein Verhältnis. Sie hatte alle Zeit der Welt. Sie wollte ihren Leichtsinn auf mich übertragen. Sie wollte, daß ich diesen Flug genoß. Sie wollte, daß ich hinuntersah und, abschiednehmend, mir für immer einprägte die großzügige Linie der Bucht, den weißen Schaumrand, den das Meer ans Ufer spülte, den Sandstreifen vor der Küstenstraße, die Palmenreihen und die dunklere Bergkette im Hintergrund.

Und die Farben. Ach, Angelina, die Farben! Und dieser Himmel.

Sie schien zufrieden, flog schweigend, hielt mich an ihrer Seite.

Wohin sind wir unterwegs?

Das weiß ich nicht.

Viele der Informationen über die Mythen und die Geschichte der Hopi verdanke ich dem Buch von Frank Waters: »Das Buch der Hopi«, Eugen Diederichs Verlag, München 1980.